夏志清夏濟安書信集

卷四

(1959–1962)

王洞 主編

季進 編注

目 次

前排：左一，許芥昱；右一，王洞。舊金山州立學院（1961）

趙元任伉儷

陳世驤伉儷，加州柏克萊（1964）

前排：王際真；後排左起：王洞、夏志清、楊大萊、Ginger，紐約一家餐館（1989）

左起：健一、夏志清、卡洛（1960）

夏玉英、焦良結婚照，上海（1961）

《中國現代小説史》
第二版封面

左起：夏志清、芮效衛、史凱悌，哥倫比亞大學（1990）

胡適

左起：夏志清、劉子健、余英時（1996）

錢鍾書、夏志清，夏志清辦公室（1979）

夏志清、沈從文（1980）

中排右為姜貴

朱文長、夏志清（1975）

左起：夏志清，狄培理，孫康宜，哥倫比亞大學東亞系（1986）

夏志清、畢漢思，夏志清家（1988）

左起：夏志清、甘世蘭、華滋生（1991）

周策縱，洪銘水家（1991）

左起：馬逢華、夏志清、趙岡、陳鍾毅，趙岡家（1978）

蔣彝、夏志清

左起：矢島裕子、野添瞳、程靖宇（1960）

卷四中的人與事

王洞

　　《夏志清夏濟安書信集》已出版了三卷，尚有272封信未曾發表，計劃再增兩卷，共五卷刊完。此卷始自信件編號391，夏志清1959年7月18日於紐約州波茨坦發出的信至信件編號542，夏濟安1962年4月20日於加州柏克萊發出的信，共152封。濟安自1949年4月離開上海，經廣州、香港，1950年10月抵臺，直到1959年3月，一直在臺大外文系教書；期間曾於1955年2月訪美在印第安納大學進修一學期。返臺後仍執教於臺大，創辦了《文學雜誌》，聲名鵲起，儼然文壇領袖，因懼捲入政治，萌生永離臺灣之念。承蒙錢思亮校長推薦，1959年3月以英文系「交換教授」之名義來到西雅圖華盛頓大學，為期半年。濟安信裡充滿了為延長居留的焦慮與對臺大及錢校長的歉疚。

　　濟安的專業是英國文學，理應在華大教英國文學。由於系主任的「偏見」，不信任中國人教英文，沒有給濟安開課。濟安樂得清閒，除了在英文系聽課，和性情相投的教授們交際外，常到該校東方系走動，不久與東方系的教授們建立了良好的人事關係。華大《遠東與蘇聯研究所》所長喬治‧泰勒以「研究員」的名義替濟安延長了簽證（visa），該研究所以反共著稱。濟安為回報泰勒，竟不計酬勞認真地研究起「中共問題」來，寫出了關於瞿秋白、魯迅、蔣光慈等人的文章。濟安大去後，志清集結了這些文章及濟安其他的文章，於1968年由華大出版了《黑暗的閘門》。

　　濟安的學養與為人，不僅得到華大教授們的賞識，更得到加大陳世驤教授的青睞。陳教授聘請濟安去柏克萊加大研究並教書，濟安成了華大、加大兩校爭取的大紅人。濟安分身「有術」，平常在加大工作，暑期去華大研究。柏克萊、西雅圖來回跑，累了濟安，卻樂了志清。志清趁濟安在著名大學研究，盡找哥哥替他查資料。若沒有濟安的幫忙，不知《中國現代小說史》是否能面世？志清1952年得到洛克菲勒基金的資助開始撰寫《小說史》，到1955年，初稿大致完成。離開耶魯以後，忙於求職教書，加以結婚養育子女，無暇動筆。志清在密西根大學只教過一年中國文化，以後都是在小大學教英文，學校沒有像樣的圖書館，遑論中國書？濟安來到加大，柏克萊離帕羅奧圖（Palo Alto）不遠，開車可當天來回，濟安若在加大圖書館找不到託查的資料，就去斯坦福大學的胡佛圖書館查書。在這152封信裡，談的都是《小說史》裡的人物、社團與作品的出處，例如胡風、《創造社》與《倪煥之》等。研究現代文學的讀者對這些信的內容可能特別有興趣。

　　我1961年來到柏克萊加大讀書，對濟安信裡提到的人物相當熟悉。要談當時所見所聞，只得不避「自曝」之嫌，先說我怎樣來到加大。我是1960年來美，由我中學校長王亞權推薦，到加州薩克拉門托州立大學攻讀教育，得到加州初等教育司海夫南（Helen Heffernan, 1896-1987）司長資助，為期一年。我住在海司長家，她供我上學並給$50零用錢，待我如遠客，不做任何家事，常帶我去加州及鄰近各州名勝區觀光。翌年我轉學去柏克萊，僅得學費獎學金，必須打工，維持生活。海女士未婚，與其同事南斯夫人（Mrs. Afton Nance, 1901-1981）同住。南斯第二次大戰前去過上海，她與體育健將郝更生夫人高梓女士是米爾斯學院（Mills College）同學，聽說過趙元任，建議我寫信請趙教授幫忙。在得到趙教授回信前，我也寫了一封信給孔榮傑（Jerome A. Cohen）教授，申請去他

家做House Girl。（60年代，許多美國中產階級家庭，請一外國女生免費住在家裡，做一點輕微的家事，這種職業，稱House Girl。）我先接到孔教授的回信，就接受了他家的工作。後來才接到趙元任教授的信，說他的秘書要去法國一年，我可以代他的秘書。「秘書」勝過「幫傭」，我就「反悔」不去孔教授家了。孔教授沒有生氣，一直待我很好。

　　1961年春假我到斯坦福大學訪友，並找暑期工作，趁機拜訪東亞系陳受榮系主任，他沒工作給我，叫我找舊金山學院的許芥昱。我到舊金山即刻在電話亭裡給許教授打電話，他聽我的口音就雇了我，原來他正籌辦「暑期中國與俄國語言文化班」。7月初我辭別薩克拉門托到舊金山學院去教中文，也與俄語組同事一起上課學習「轉換文法」（Transformational Grammar）。中文組除了許先生外，還有一位曾憲斌先生，加上我只有三位老師。學生都是中學教員，有十幾個，來自全美各地，我與學生都住在學校宿舍裡。許先生專教文化，曾先生教語言與文化，我等於助教，訓練學生會話。曾先生是青年黨魁曾琦的公子，平常在耶魯東方語言所教書，住在許先生家。許先生家在帕羅奧圖，每天開車來舊金山上課，教材就在車上編。每個週末要帶學生課外活動，去約塞米蒂（Yosemite）看風景，到舊金山歌劇院賞《窈窕淑女》（Pygmalion），辦得有聲有色。因為成績卓著，1962年擴張成四班，我自帶一班並協調其他三班，升為協調組長。

　　許先生個子不高，人很清癯，但精力旺盛，總是興致勃勃，不停地工作。除了擴展系務、寫書之外，還喜歡吟詩畫畫唱歌。據聞他與卓以玉女士，興趣相投而相愛，礙於二人各有家室子女，不忍仳離。家戶喻曉的情歌，〈天天天藍〉的歌詞是卓以玉為許芥昱而作，許先生天生有副好嗓子，唱起〈天天天藍〉來，更是委婉動人。許太太是比利時人，原是許先生的法文老師，他們有兩個男

孩，在家都講法語。後來他們搬到舊金山，在金門大橋北面，依山建了一所兩層樓的房子，一目可望湛藍的海水，滾滾的白浪，飄曳的小船，美景如畫。不料1982年年初，大雨山崩，一襲洪水將許先生連人帶屋，沖進了大海。聽說許先生與幼子在家，已逃離即將傾塌的房屋，許先生又匆匆折返搶救他的手稿，因而喪生。噩耗傳來，親友莫不悲痛。

暑假結束我就搬去柏克萊，住進國際學社（International House）距開學還有兩個星期，趙元任先生開車來接我。我在薩克拉門托時，經常是南斯夫人開車，海女士坐在南斯旁邊，我坐在後座，所以趙先生停車後，我即刻鑽進後座。趙先生笑着說：「妳把我當司機啊！來，坐在前面。」按美國習慣，駕車人若非職業司機，客人應坐在駕駛座的旁邊，否則失敬。趙先生把我帶到他的辦公室，告訴他即將送外孫女去麻州劍橋上高中，交代我替他收取信件。他走後，我不知該把收來的信件放到他書桌上？或是送到他府上？久聞趙先生懼內，我沒車，去他家，得乘公共汽車，只好把信件堆在他書桌上。我沒去拜望趙太太，直到感恩節趙家請客，才見到趙太太。趙太太，楊步偉女士，很會做飯。凡是「無家可歸」的人，感恩節都可到她家做客，夏濟安也在座，是我第一次見到久聞大名的夏濟安老師。

趙太太很能幹，有些固執，學不好的東西，不要學。在美國住了那麼久，不肯學英文。她嗓門很大，喜歡教訓人，男女都「罵」，對男士稍好一些。常對我說妳們這些年輕女孩子，就喜歡招搖撞騙，嚇得我不敢跟人打交道。她在公眾場合，大聲說話，兩腳一蹬，叫趙先生站在一邊，不許說話。趙先生原本不愛講話，就笑咪咪地靜靜地站着。她很少來學校，趙先生見了太太，總是笑咪咪的。我想趙先生對太太，與其說「怕」，不如說「愛」。趙太太照顧趙先生，無微不至，趙先生不做家事，說他只會餵貓。趙太太罵

人，未嘗不是保護丈夫的妙法，因為趙先生人太好，求事者，被趙
太太一罵，就不敢開口了。趙先生很少說話，說起話來非常幽默。
他不僅會多國語言，發音特別準確，他會作曲。〈叫我如何不想她〉
是趙先生的傑作，傳言趙元任、楊步偉，唐榮祖、趙麗蓮、郝更
生、高梓等，幾對夫婦在北戴河度假，半夜趙先生起來，望着天上
的月亮，譜了這首情歌。有人問他，〈叫我如何不想她〉是不是為
趙麗蓮寫的？趙先生說：「我只作曲，詞又不是我做的，去問那個
死鬼劉半農吧！」

　　我的基本工作是替趙先生打《中國話的文法》手稿。我不會打
字，也沒有打字機。趙先生就把她女兒如蘭的打字機借給我。不管
打的字，字數夠不夠，我每月自填一定的字數，領取的工資，夠
我繳國際學社的住宿及伙食費。胡適過世，趙先生趙太太非常悲
痛，命我把胡適演講的錄音，記下來，我就一個字一個字地聽，
記，連哼哈的聲音也記下來。可惜我沒有錄音機，也買不起錄音
帶，沒有做一個拷貝，現在該多珍貴呀！我在舊金山教中文時，開
始對語言學發生興趣，目今又跟趙先生工作，所以我選了趙先生的
「廣東話」及「方言學」。方言學只有三個學生：羅傑瑞（Jerry Lee
Norman）、陳立鷗和我，研究的是福州方言。陳立鷗是福州人，說
福州話，供我們記錄。羅傑瑞會俄語，木訥而有才，由他記錄、分
析、寫報告繳給老師。課後陳立鷗就帶傑瑞和我去吃飯。立鷗會
作曲，〈天天天藍〉是他和卓以玉的創作。立鷗是遜清帝師陳寶琛
的幼子，排行第六，熟朋友稱他「陳小六」。他太太是鄭孝胥的孫
女，出手大方，舉止有大家風範。傑瑞研習福州方言，成了閩語專
家，到普林斯頓及華大任教，於2012年過世。1963年6月趙先生
70歲有半榮退，我拿到教育碩士，得隴望蜀，想去耶魯讀語言學。
趙先生一紙強力推薦信，把我送進了耶魯。趙先生是天才，很受語
言學界的尊重。

　　我讀書、打字兩忙，沒有餘力交朋友，加上怕趙太太「罵」，不敢去找別的教授。有一天從東亞系圖書館出來，碰到陳世驤，他叫我去他辦公室坐坐。他的辦公室就在圖書館旁邊，大而雅，比趙先生的神氣多了。我站着跟他說了不到5分鐘的話，就走了。我和志清結婚後，陳先生說他對我沒有一點印象，我卻對他印象深刻，因常見他帶着太太在校園裡走動。陳太太（名美真，暱稱Grace）很好看，臉龐秀麗，身材窈窕，穿着華麗的旗袍，非常耀眼。陳先生，西裝筆挺，口含煙斗，步履瀟灑，伴着麗人，儼然一對高貴的愛侶。又聽說他常帶着一群學生去舊金山吃飯遊玩，好不令人羨慕！沒想到他不到60歲，就心臟病發，與世長辭了。志清說世驤，好吃好喝，好菸好酒，從不虧待自己，病發即逝，自己不知不覺，卻給後人留下無盡的哀思。

　　世驤年輕時與一美國女詩人生有一個男孩，因未婚，子從母姓。世驤前妻是名音樂家姚錦新（1919-1992），原是喬冠華（1913-1983）的情人，因第二次世界大戰滯美，與世驤結婚，不到兩年，1947年就回中國去了，可惜喬冠華已與龔澎結婚，老情人未成眷屬。世驤與兩任妻子都沒有生育，世驤絕口不談往事，這些都是Grace告訴志清的。1967至1975年雷根（Ronald Reagan）任加州州長，削減教育經費，想來世驤薪俸大不如前。世驤好講派頭，可能把薪水花光，沒有按月扣繳部份養老金（pension）。除了房子，他沒有給太太留下任何財產，也沒有養老金。慣於養尊處優的Grace，不得不把房子分租給學生，自己外出工作，維持生活。2015年Grace走完了艱苦的後半生，去天堂與世驤相會。

　　我1961年初到柏克萊，自然要去孔榮傑教授家謝罪。孔先生家在離加大不遠的半山上，房子敞亮美觀。孔太太家常打扮，平易近人，他們有三個男孩，需人幫忙。希望找一個中國女生，管吃管住，跟孔先生用國語交談。孔先生在加大中國研究中心學國語，課

餘要練習會話。我自願每週跟孔先生練習會話一次。法學院離國際學社很近，孔先生每週來國際學社同我吃午飯，說中國話。不久他就成為研究中共的法學權威，1964年被挖角去了哈佛，教出兩位名學生：馬英九和呂秀蓮。孔先生熱心助人，和世驤共同幫濟安取得永久居留權，也幫我「討債」，我在舊金山學院的同事跟我借去三百美元，不肯還。孔先生託他華府的律師朋友，寫了一封信，就討回來了。

　　1961年志清時來運轉，3月《中國現代小說史》問世，出版前一月，就接到哥倫比亞大學王際真的信，邀請志清接替他來哥大任教。王先生來年退休，正在物色繼任人選，有一天他去耶魯，饒大衛（David Rowe）告訴他有一本討論中國小說的書即將出版，王先生就到耶魯大學出版社去看這本書，他看了「魯迅」一章，對志清的見解與英文，大為佩服，一面寫信給志清，一面向中日文系系主任狄培理（William Theodore "Ted" de Bary）舉薦志清。志清看過王際真翻譯的《紅樓夢》，但從未見過其人，就向濟安打聽。聽陳世驤說這個人很怪。王際真的確很「怪」，哪有人會為一個素昧平生的人犧牲自己薪水的一半？

　　原來狄培理說系裡沒錢同時請兩個人教中國文學，王際真就說我拿半薪（見信件編號492（1961年2月17日）。哥大只給志清做副教授，不是終身職。志清拒絕接受，去了匹茲堡大學中國中心教書兼管行政。既然夏志清不來，王際真要求恢復全薪，狄培理說預算已繳，不能更改，可憐王先生只好拿半薪。退休後搬去南加州，住在trailer（拖車式的活動房屋）裡。王先生不僅「怪」，而且「霸道」，他強迫妻子辭去聯合國的職位，跟他一起去南加州吃苦。王太太，姓高，英文叫Bliss，名門閨秀，上海長大，過不慣鄉下的苦日子，自殺獲救，再次自殺，終於擺脫了人世間無可忍受的痛苦。

　　Bliss過世後，王先生搬回紐約，仍住哥大的房子。（哥大擁有

許多房地產，租給教職員，房租約市價的一半。）他第一次見到我，對志清說：「王洞這麼老！又不會生兒子。」我不以為忤，因感念他對志清的提攜，我常請他來家裡吃飯。後來他結婚了，新婚妻子，楊大萊，比我小一歲，王先生非常得意。據王先生說，他們是在哥大附近的河邊公園（Riverside Park）遇到的；可是王太太說，王先生是她父親在威斯康辛大學的同學，她初來乍到，人地不熟，是去找王先生幫忙的。楊大萊有個女兒，叫Ginger，很聰明，是哥大化學系的博士生，楊大萊在國內也是學化學的，與丈夫離異後，攜女來美，母女相依為命，聽說王先生「怪」，沒有和王先生住在一起，每日來給王先生煮飯。

王先生愛菸嗜酒。他抽的是劣菸，喝的是濁酒，剩下的錢買糧食。主食是黃豆、雞蛋、青菜和義大利麵，這些食物雖然價廉，但營養最好。儘管抽菸喝酒，王先生，健步如飛，活了一百零二歲。王先生過世前離了婚，說是因欠債太多，怕連累妻子。楊大萊把王先生的遺物都送給我們：有王先生和他女友的畫像，也有他前兩位妻子的照片。從這些畫像和照片裡，可以想像王先生年輕時，相當風流倜儻。哥大薪金微薄，王先生想炒股發財，他做的不是普通股票，而是期貨，屢屢虧損，欠銀行債，往往向朋友借錢，有借無還。志清報答王先生的方法，不是借錢給他，是替他請一筆獎金，王先生以研究《呂氏春秋》得了三千多塊錢，回了一趟山東老家。王先生在十幾歲入清華大學前，奉父母命已娶了媳婦，生了一個兒子。民國以來，流行自由戀愛，王先生是所謂的「新派人」，置鄉下妻兒於不顧，老來思念鄉下女人的賢德，不甚悔恨。可惜回到家鄉，老妻已故，獨子亦垂垂老矣，孫女正值妙齡，非常喜愛。返美後，常說要把孫女接來，孫女一直沒有來，可能孫女不願來，或是爺爺養不起。

為篇幅所限，程靖宇的軼事，下卷再寫。

　　1956年建一（Joyce）出生，志清每封信必報告女兒成長的經過。濟安非常喜愛這個姪女，常寄禮物給建一。談家事，除了父母、妹妹、卡洛，又多了建一。此卷內志清給濟安的信，字跡混亂，因為志清的信是用藍墨水寫的，常提些問題，請濟安查證，例如胡風是哪一年死的？《鬼土日記》出版的年代和地點等。志清看了回信後，就用鉛筆或紅筆把答案寫在問題旁邊。掃描手稿一律是白底黑字，看不出字的顏色。蘇州大學的同學能夠辨別原信與附加字句之不同，去蕪存菁，使信件還原，功不可沒。難怪王德威教授力薦季進教授幫忙。季教授不僅學貫中西，還教出一批程度不凡的學生，特此向季教授和他的學生們致敬並致謝。

編注說明

季進

從1947年底至1965年初，夏志清先生與長兄夏濟安先生之間魚雁往返，說家常、談感情、論文學、品電影、議時政，推心置腹，無話不談，內容相當豐富。精心保存下來的六百多封書信，成為透視那一代知識分子學思歷程的極為珍貴的文獻。夏先生晚年的一大願望就是整理發表他與長兄的通信，可惜生前只整理發表過兩封書信。夏先生逝世後，夏師母王洞女士承擔起了夏氏兄弟書信整理出版的重任。六百多封書信的整理，絕對是一項巨大的工程。雖然夏師母精神矍鑠，但畢竟年事已高，不宜從事如此繁重的工作，因此王德威教授命我協助夏師母共襄盛舉。我當然深感榮幸，義不容辭。

經過與夏師母、王德威反覆討論，不斷調整，我們確定了書信編輯整理的基本體例：

一是書信的排序基本按照時間先後排列，但考慮到書信內容的連貫性，為方便閱讀，有時會把回信提前。少量未署日期的書信，則根據郵戳和書信內容加以判斷。

二是這些書信原本只是家書，並未想到發表，難免有別字或欠通的地方，凡是這些地方都用方括號注出正確的字。但個別字出現得特別頻繁，就直接改正了，比如「化費」、「化時間」等，就直接改為「花費」、「花時間」等，不再另行說明。凡是遺漏的字，則用圓括號補齊，比如：圖（書）館。信中提及的書名和電影名，

中文的統一加上書名號，英文的統一改為斜體。

　　三是書信中有一些書寫習慣，如果完全照錄，可能不符合現在的文字規範，如「的」、「地」、「得」等語助詞常常混用，類似的情況就直接改正。書信中喜歡用大量的分號或括弧，如果影響文句的表達或不符合現有規範，則根據文意，略作調整，刪去括弧或修改標點符號。但是也有一些書寫習慣盡量保留了，比如夏志清常用「隻」代替「個」、還喜歡用「祇」，不用「只」，這些都保留了原貌。

　　四是在書信的空白處補充的內容，如果不能準確插入正文相應位置，就加上〔又及〕置於書信的末尾，但是信末原有的附加內容，則保留原樣，不加〔又及〕的字樣。

　　五是書信中數量眾多的人名、電影名、篇名書名等都盡可能利用各種資料、百科全書、人名辭典、網路工具等加以簡要的注釋。有些眾所周知的名人，如莎士比亞、胡適等未再出注。為避免重複，凡是第一、二、三卷中已出注的，第四卷中不再作注。

　　六是書信中夾雜了大量的英文單詞，考慮到書信集的讀者主要還是研究者和有一定文化水準的讀者，所以基本保持原貌。從第二卷開始，除極個別英文名詞加以注釋外，不再以圓括號注出中文意思，以增強閱讀的流暢性。

　　書信整理的流程是，由夏師母掃描原件，考訂書信日期，排出目錄順序，由學生進行初步的錄入，然後我對照原稿一字一句地進行複核修改，解決各種疑難問題，整理出初稿。夏師母再對初稿進行全面的審閱，並解決我也無法解決的問題。在此基礎上，再進行相關的注釋工作，完成後再提交夏師母審閱補充，從而最終完成整理工作。書信整理的工作量十分巨大，超乎想像。夏濟安先生的字比較好認，但夏志清先生的中英文字體都比較特別，又寫得很小，有的字跡已經模糊或者字跡夾在摺疊處，往往很難辨識。有時為了

辨識某個字、某個人名、某個英文單詞,或者為了注出某個人名、某個篇名,往往需要耗時耗力,查閱大量的資料,披沙揀金,才能有豁然開朗的發現。遺憾的是,注釋內容面廣量大,十分龐雜,還是有少數地方未能準確出注,只能留待他日。由於時間倉促,水平有限,現有的整理與注釋,錯誤一定在所難免,誠懇期待能得到方家的指正,以便更好地完成後面二卷的整理。

參與第四卷初稿錄入的研究生有姚婧、胡閩蘇、王宇林、王愛萍、彭詩雨、張雨、曹敬雅、許釔宸、李子皿,特別是姚婧、胡閩蘇和王宇林付出了很大的心血,在此一併致謝。

2017 年 8 月

391. 夏志清致夏濟安（1959年7月18日）

濟安哥：

　　十四、十五日兩封信都已收到了。（支票錢已領還否？）謝謝你抽了空替我找reference，其實此事用不到這樣急，稍遲辦也可。《火葬》的quote及日本名字找出了（不要忘記「劉二狗」那一段），很好。哥倫比亞的《現代中國文學作家》想不到在美國是孤本，這本書現在已misplaced了，找不到了。《張天翼文集》既在Berkeley，你可託陳世驤一查，短篇小說幾分鐘即可看完，page reference一查即得。你覺得不好意思，請他把書借出，郵寄給你，比interlibrary loan方便得多。《生活在英雄》etc，我可託此地圖書館轉借。（《張天翼文集》這本書我自己是有的，搬場時遺失了。）美國人研究學問，非常methodical，寫本書，總要運用十幾盒卡片，有條不紊，references不會弄算［錯］。我寫那本書用的都是筆記簿，以看書先後為序地抄下去，有時quote東西，忘記附誌page number，所以弄得雜亂無章。有時找一個reference，要把全套筆記簿及零散字張全部翻過，浪費時間不少。以後弄學問，恐怕也祇好弄卡片，雖然這種科學辦法，我並不喜歡。宋奇的文章你請史誠之代找，很好，請代致謝意。

　　請你再辦兩件小事：《吶喊》中一篇小說〈兔（Rabbits?）與貓（Cat?）〉，title譯英文時，不知應用plural or singular number，請一查。《吶喊》中小說〈故鄉〉主角叫閏土，「閏」字我們讀「雲」差不多的音，但字典上注音是「潤」音，Mathews' Dictionary①：

---

① Mathews（Robert Henry Mathews，羅伯特‧亨利‧馬修斯，1877-1970），澳大利亞傳教士、漢學家，代表作有《麥氏漢英大辭典》（*Mathew's Chinese-English Dictionary*）。

Jun; also pron. Yüin，不知北京人「閏」字怎樣讀法。（請參考C. C. Wang，*Ah Q. & Others*，"My Native Heath"即可，或其他魯迅小說譯本。）

今天收到Joseph Chu②寄來的《綜合英華／華英大辭典》，不禁大喜。這本書，對我大有用處，你託人寄來，非常感謝。和Joseph Chu通信時，也代我謝他。這本書中文釋義 very lively，似較舊的《綜合大字典》更好。匯集的 phrases，idioms也極豐富，中國人讀英文，一向注重 idioms，但應該注意的是 idioms隨時代變，有的是日常用的，有的已不常用的。中國學生用苦工自修，把新舊，英美的成語都記住了運用，寫出文章來必定不倫不類。這本字典搜集了不少 slang，中國人學了寫文章，也是有害的。〈編輯大意〉上 cite了幾個例子，如稱 Chicago為 Hogopolis，Pigopolis，Porkopolis，這種稱呼，可能曾流行過一時，但現在是沒有人用了（何況 Chicago已非美國的大屠場了），放在字典內，有害無益。隨便翻到一頁，nowaday，nowadays兩次都有 entry，但 nowaday此字祇好算 illiterate，普通人是不用的。這本辭典對臺灣中大學生可能有害，對我大有益處，可把我的中文字彙大為增大。

《臺灣文壇》不必急，隨時寫好寄上即可。又，凌叔華③曾在《文學雜誌》寫過一篇文章（非常幼稚），她和陳源是否長住臺北 or London？陳源是否仍在 UNESCO做事？你有所知，請告訴我。前幾天，Joyce第一次看電影 *Sleeping Beauty*④，她一點也不怕，大為

---

② Joseph Chu，查無此人，《綜合英華／華英大辭典》係香港盜版，疑為虛擬的編者名字。

③ 凌叔華（1900-1990），廣東番禺人，現代作家、畫家，1947年後旅居歐洲，代表作品有《花之寺》、《女人》、《古韻》等。

④ *Sleeping Beauty*（《睡美人》，1959），據《格林童話》改編，克萊德·傑洛尼米（Clyde Geronimi）等導演，迪士尼出品。

Dragon，Witch等所amused，與玉瑛妹看《白雪公主》情形大不相
同。不多寫了，即頌

　　近安

弟 志清 上

七月十八日

392. 夏濟安致夏志清（1959年7月27日）

志清弟：

　　這一期的《文學雜誌》想已收到，其中有小說一篇〈衣錦榮歸〉，一半是我寫的，不妨翻出來，也許可以博你一粲。小說原稿是臺北寄來，我本來答應改而沒工夫改的，這次從加州回來，臺北已經催了好幾次，我把它草草改寫。第一節是用原來的底子，加以改寫；第二節大部份是那學生的（原來的小說還是第一人稱呢），照原樣發展下去，故事就不通了。我又把它改成 satire，把女孩子們挖苦一頓。

　　題目〈衣錦榮歸〉也是我起的，最後有一句「我要去換衣服了」，暗射「換愛人」。我本來還想於那女的男的每次出場都描寫他們的衣服（這是中國舊小說與禮拜六派小說的標準寫法），但是這方面的 vocabulary 太缺乏，平日又疏於注意，寫起來太吃力，所以並沒有力求完美。「衣服」這個 symbol 其實還可好好 develop。

　　最近看了《歇浦潮》，認為「美不勝收」；又看包天笑①的《上海春秋》，更是佩服得五體投地。可惜包著祇看到六十回，以後的不知哪裡借得到。很想寫篇文章，討論那些上海小說。英國人對於倫敦的嚮往與咒罵，以及法國人對於巴黎，兩國小說中必定常常出現，我一時搜索不起來，應該好好地看 Dickens 與 Balzac。Turnell 的 *The Novel in France* 已買來，其中所論 Balzac 似有幫助。最有趣的是關於 language 方面的討論，禮拜六派小說多用短句子，倒是合

---

① 包天笑（1876-1973），江蘇吳縣人，初名清柱，又名公毅，字郎孫，筆名包天笑，小說家、翻譯家，代表作有《上海春秋》、《海上蜃樓》、《且樓隨筆》、《釧影樓回憶錄》等，譯作有小《迦因小傳》、《馨兒就學記》、《孤雛感遇記》、《千里尋親記》等。

乎法國classical school小說家的寫法；後來的「新小說家」喜歡多用adjectives，句子拉長，字多堆砌，而句鮮整齊，這倒像Balzac以後的浪漫作風。這一點你的書裡似亦可採入。In general，你的書我相信一定同Turnell的書一樣精彩。

現在在看《海上花》，這本書是魯迅都讚美的。我看來很吃力，因為看蘇州話到底不習慣。那時（清末）的蘇州話和我們所說的又不大一樣，我很想做筆記來研究一番。書裡的話太頓，「哉，哯，嗬」用得太多，好像白話句子多用「的了嗎呢」收尾一樣的討厭，而且書中各色人等全說蘇白，背景又是上海，這樣也很不realistic的。（應該兼收寧波、上海、浦東、江北、山東……等地的方言才可，如陳得學和六阿姨的話就很不相同。）

老舍的《火葬》已借來草草看過，的確沒有什麼好；蓮小姐從軍以後該有最精彩的文章，這本十萬多字的小說衹好算是個Part I。老舍玩弄rhetoric得過火，好像看見一個overacting的演員在臺上做戲似的，有時候覺得討厭。禮拜六派倒是十分注意simplicity和clarity的。那時候的小說，我已好久沒有看；照我想來，玩弄rhetoric，老舍該不是the worst case，別人一定更為肉麻。新小說所以能把禮拜六派取而代之，大約是青年讀者喜歡看到中文句子翻來覆去橫說豎說地求變化，他們衹有在幼稚的rhetoric中才得到文字美的刺激，這是白話文學發展中必然的過程。禮拜六派和舊小說一樣，很少描寫的，一個人出場，衹寫年齡、相貌與服裝，有時加一點口音，總共五十字足矣。此人的性格，衹在故事的發展與對白中表現（別人偶爾也加一兩句評語），比較subtle與dramatic。不像老舍那樣，又是鐵啦，又是石啦，亂比喻一陣，結果我們讀者衹見他在賣弄文字（也不是頂好的文字），並不得到什麼比舊小說更深刻的印象。劉二狗的描寫在p.77（這頁是chapter 12的開始，起自「夢蓮獨自在屋裡」……到「因為他老穿洋服」止），我覺得也是用勁

太大，句子站不大穩似的。（禮拜六派還有受style的限制，不能像Dickens那樣的着力描寫一條街道，一個衖堂的人，他們擅長的是一個小範圍：客堂、臥室、茶館、戲園的包廂，還有妓院。）

禮拜六派小說之所以失勢，還有一個原因，即他們的作者對於新興的青年，大不了解。他們祇會寫舊式的才子，或莫名其妙的瞎鬧的新青年的表面。他們不懂得青年人的夢想、追求等等。他們雖然能極老練地描寫社會眾生相，但是青年人（還有一幫不成熟的中年老年知識分子）所注意的祇有兩件事（大約可與Shelley相比），一是他們自己的熱情，二是理想。小說寫這兩樣東西的，他們看了就有勁，至於社會眾生相，他們本來沒有興趣，小說家再把他們寫得活龍活現，他們也不覺其好。這我認為是中國近代文學史中一件大事，不知你以為如何？如禮拜六派喜歡描寫小市民的括精貪財等，但是那時的青年人根本瞧不起這種俗氣人，與這種俗氣的貪財之念，他們因此也不能了解貪財之念在他們周圍的人中是多大的力量。

你這幾年「新小說」看得很多，我很想知道，「新小說」中的上海和禮拜六派小說中的上海的寫法與看法的不同。我祇記得茅盾的一部《子夜》，那時我在高中讀書，父親在交通銀行做事，公餘也做做公債生意，大約有時候賺，有時候蝕。我對於「多頭」「空頭」何所指，尚一無所知，那天去請教父親了，父親恐怕恰巧心裡不痛快，說道：「你祇管讀書好了，這種事情用不着管！」我記得還有讀者寫信給《中學生》雜誌的編者，此人大約也剛看過《子夜》，去問「何謂多頭空頭？」編者給了他幾十字的答覆。我真不知道那時的青年讀者，連多頭空頭都不懂，如何看得下《子夜》的。還有夏衍②的《上海屋簷下》有兩個versions，一個是國語的，

---

② 夏衍（1900-1995），浙江杭州人，原名沈乃熙，字瑞先，文學家、劇作家，曾參與組建中國左翼作家聯盟、中國左翼戲劇家聯盟。1949年後，歷任上海市委

一個是上海話的，我都沒有看過。

像《子夜》裡的故事，如叫禮拜六派作家來寫，大約兩三個 chapters即夠，他們還要寫很多別的人別的事情。茅盾總算了解中國經濟情形，比他們清楚；而且小說中有中心人物，興趣集中在一個人的事業、野心、成功與失敗。茅盾的小說是要證明一件東西，大約是「民族資本家的不能成事」，禮拜六派比較是浮光掠影，祇是把這些事情有趣地記下來，作為茶餘酒後的談助，作者如有什麼要證明的，大約祇是「你看，公債市場阿要兇險；投機生意做不得呢」。至於人物談吐的生動，句子的漂亮等，究竟茅盾與禮拜六派作家（the better ones）孰勝，我因久未看茅盾，也說不出來了。或者可以說茅盾有tragic view，他們祇有comic view。

最近電影太多，來不及看。*Compulsion*③大約頭輪二輪都演過，我預備等三輪四輪了。*Anatomy of a Murder*④頭輪在演（同時的頭輪：*The Nun's Story*⑤，Kirk Douglas的西部片 *Last Train from Gun Hill*⑥，Capra導演的 *A Hole in the Head*⑦，Jerry Lewis的*Don't*

常委、宣傳部長、文化部副部長、中國文聯副主席等職。主要創作有話劇劇本《法西斯細菌》、《秋瑾傳》、《上海屋簷下》，報告文學《包身工》，電影劇本《春蠶》、《祝福》、《林家鋪子》，回憶錄《懶尋舊夢錄》等。

③ *Compulsion*（《兇手學生》，1959），犯罪片，理查·弗萊徹導演，奧森·威爾斯、戴安·瓦西主演，福斯發行。

④ *Anatomy of a Murder*（《桃色血案》，1959），犯罪片，奧托·普雷明格導演，史都華·李·雷米克主演，哥倫比亞影業發行。

⑤ *The Nun's Story*（《修女傳》，1959），弗雷德·津尼曼導演，奧黛麗·赫本、彼得·芬奇（Peter Finch）主演，華納影業發行。

⑥ *Last Train from Gun Hill*（《龍虎山生死鬥》，1959），西部片，約翰·史德治導演，寇克·道格拉斯、安東尼·昆主演，派拉蒙影業發行。

⑦ *A Hole in the Head*（《合家歡》，1959），喜劇片，法蘭克·卡普拉導演，辛那屈、愛德華·羅賓遜主演，聯合藝術發行。

Give Up the Ship [8]，還有法國片等，很多 *Time* 上還沒有見到影評），
我暫時都不想看。星期五晚上去看了 Double Feature MGM 鉅片，
Cat on the[a] Hot Tin Roof [9]，瞎吵瞎鬧一陣，不知所云，你對於 T.
Williams 的反感，是有道理的（以前在臺北看過一部中文叫做《姑
姑新娘》的，故事也嫌 flimsy，dramatic 的成份很不夠）。另一張
Some Came Running [10]，倒是很好。奇怪的是兩片主題都是哥哥做生
意（Jack Carson [11] 是律師，也是算盤精明之人），弟弟喝酒，「瞎
橫」。*Some* 可能是 James Jones 的自傳性小說。Shirley MacLaine 大
約是目前女星中最最聰明的一個。女明星中「聰明面孔笨肚腸」的
居多，連 Grace Kelly 也是「女人」的成份多，「聰明」的成份少。
E. Taylor 一定是 harebrained 的。A. Hepburn 大約衹能表現 precocity
（D. Varsi 亦然），不能表現 intelligence。你以前信中老提到 S.
MacLaine，我無法置評，因為我衹看過她四部戲，一、*Trouble with
Harry* [12]——看後「不大明瞭」，故事是能 fellow，不明瞭者，為什
麼要拍這部片子；二、*Artists & Models*——我不相信 S.M. 曾 stole
Jerry Lewis' show，我衹覺得 Dorothy Malone 醜陋，S. M. 的角色也

---

[8] *Don't Give Up the Ship*（《永不棄艦》，1959），喜劇片，諾曼‧陶諾格導演，傑
瑞‧里維斯、迪娜‧梅瑞爾（Dina Merrill）主演，派拉蒙發行。

[9] *Cat on a Hot Tin Roof*（《朱門巧婦》，1958），據田納西‧威廉斯劇作改編，理
查德‧布魯克斯導演，伊麗莎白‧泰勒、保羅‧紐曼主演，米高梅出品。

[10] *Some Came Running*（《魂斷情天》，1958），據詹姆士‧瓊斯小說《亂世忠魂》
（*From Here to Eternity*）改編，文森特‧明奈利主編，法蘭克‧辛納屈、迪恩‧
馬丁、莎莉‧麥克琳主演，米高梅發行。

[11] Jack Carson（傑克‧卡森，1910-1963），加拿大裔美籍電影演員，活躍於20世
紀30至40年代，代表影片有《朱門巧婦》、《瘋狂的愛》（*Love Crazy*, 1941）。

[12] *Trouble with Harry*（《怪屍案》，1955），希區考克導演，約翰‧福賽斯（John
Forsythe）、莎莉‧麥克琳主演，派拉蒙影業發行。

不大明瞭；三、*The Sheepman*⑬；四、*80 Days*——其中S.M.都是配角，似乎人人都會演的。在Oscar Night T.V. Show中，S.M.給我的印象極好，她是同Peter Ustinov⑭來頒Special Effects的獎。別人頒獎，一聲不響，祇是朗誦名單與得獎者就完了，可是她同P.U.來個「雙簧」，說明何為special effects，如空襲，飛機呼呼地轉，炸彈硼硼地響，S.M.與P.U.互相倚偎，作恐懼狀。這些表演得很乾淨俐落，有style。P.U.可能也是個怪傑，他在*Atlantic*連續發表的小說，我看了幾篇，覺得英文很漂亮，故事也還可以。*The Matchmaker*和最近大衛尼文的那一部（*Ask Any Girl*——Seattle已演過）我都沒有看，但是總括起來，包括前四部，我覺得S.M.是很會做戲。*Some*中的那個角色，是很不容易演的，別人恐怕無人能演，MGM的casting director能想到她，真是不容易。但是她太聰明了，我有點怕她。我私下所喜歡的女人還是比較含蓄，比較dumb的。

James Jones的小說論文章，大約是不講究style的。看那電影的故事，最後連Dean Martin都不贊成F.S.和S.M.結合，倒很使我佩服。照中國「新小說」作風（甚至Dickens），窮人（以及Bohemians），自有他們的樂趣，D.M.應該極力贊成他們的結合，或者從中出力，他們可以在一起過他們的「樂天生活」。但是James Jones居然不相信有這一套，承認世俗snobbery的力量，這點看法很高明。S.M.所表演的「十三點」，的確叫人受不了；可是同時又有其可愛之處，這就是難演之處了。

---

⑬ *The Sheepman*（《牧場風雲》，1958），西部片，喬治·馬素導演，葛蘭·福特、莎莉·麥克琳主演，米高梅發行。

⑭ Peter Ustinov（彼得·烏斯蒂諾夫，1921-2004），英國演員、作家、電影製片人、導演，曾兩次獲得奧斯卡獎，另獲艾美獎（Emmy Awards）、金球獎、葛萊美獎等。

　　英文系有一位年輕教員名Bluestone⑮，那天在一處Cocktail Party中見到，他寫了一本書叫*Novels Into Films*（John Hopkins U. Press出版），討論六大鉅片：*The Informer*⑯，*Ox-Bow Incident*⑰，*Grapes of Wrath*⑱，*Pride & Prejudice*⑲，*Wuthering Heights*，*Madame Bovary*，另附一章總論小說與電影。他自己的copy已借走，我已問他預定借來看。六大鉅片我都看過，他大為吃驚，他說他所遇見的美國人中還沒有全看過的呢。*Ox-Bow Incident*（中國譯名如何？如記得亦請告訴）我祇記得有關lynching，大約是在北平看的，詳細已不記得，別的我記得都還清楚。他根本不知道有一張以Bronte一家為背景的電影（Ida Lupino as Emily，片名我祇記得是一個字，也在北平看的，忘了）。這方面的學問想不到也有用處。我想去order了一本來送你（再想order一本送給宋奇），你可以寫篇書評，給高級review發表。我在這方面的學問大約不比他差，你大約是遠勝過他的，以優勢的立場寫書評，最為容易。在北平看的西部片，印

---

⑮　George Bluveston，生平不詳，所著*Novels into Films*（《小說改編電影》）由Johns Hopkins Press 1957年出版。

⑯　*The Informer*（《賣國求榮》，1935），據利亞姆・奧夫萊厄蒂（Liam O'Flaherty, 1896-1984）同名小說改編，約翰・福特導演，維克多・麥克勞倫（Victor Mclaglen）、普雷斯頓・福斯特（Preston Foster）主演，PKO影業發行。

⑰　*Ox-Bow Incident*（《無法無天》，1943），西部黑色電影，據沃爾特・凡・蒂爾保・克拉克（Walter Van Tilburg Clark, 1909-1971）同名小說改編，威爾曼導演，亨利・方達、達納・安德魯斯主演，福斯發行。

⑱　*Grapes of Wrath*（《美國的大地》，1940），劇情片，據約翰・斯坦貝克同名小說改編，約翰・福特導演，亨利・方達、約翰・卡拉定（John Carradine）主演，福斯發行。

⑲　*Pride & Prejudice*（《傲慢與偏見》，又名《郎嬌妾怨》，1940）據珍・奧斯汀同名小說改編，羅伯特・萊納德導演，葛麗亞・嘉遜、勞倫斯・奧立佛主演，米高梅發行。

象最深的是 *My Dear Clementine*，*Yellow Sky* ⑳次之。你推崇的 *The Gunfighter*（Peck?）我不知看過沒有，一點印象都沒有了。以前看見日本某影評家選舉的十大西部片中有它，美國影評家似乎也常提到它。

《文藝報》和《人民文學》還沒有去查，甚是抱歉。張天翼的小說已向Berkeley去借，本來可託陳世驤去鈔來，但是我已正式託他找事情，他還沒有回信，我不好意思再去麻煩別的事情。好在Berkeley和Seattle很近，不消幾天書一定會借到的。魯迅的《貓與兔》在王濟[際]真的集子中未見，他在序文中另外介紹幾篇英譯的魯迅，這篇也未見。譯名隨你定我看未嘗不可，既然沒有標準譯名。「閏」字照Matthews的譯法我想是對的；紹興話可能同蘇州話的發音相仿，但是我們照國語標準譯法，想沒有錯。如見到張琨時，當問他。

我已寫信給Indiana的Graduate School，請他寄一張DSP67來，憑它可以申請延長Visa。暫時先決定去Indiana也好，至少一年之內，穩拿M.A.。好處還不止此，為得M.A.，我得埋頭寫一本novel，這樣逼着寫本東西出來，可算是一收穫。我英文寫作在臺灣幾年差不多已擱下了，現在rusty得可怕，從那篇Appendix中可以看得出來的。Thermo-fax機器翻印的底稿，這幾天我還沒有勇氣拿出來看。再過幾天拿起來看，一定要大為不滿。你教了學生作文多年，想不到對你的英文很有幫助。我在臺大這幾年祇教「文學史」之類的課，沒有教作文、翻譯，上課祇是信口開河，於英文工夫反而忽略了。我想我的底子還不差，如把Victorian Masters再好

---

⑳ *Yellow Sky*（《荒漠美人關》，1948），西部片，據班納特同名小說改編，威爾曼導演，平‧克勞斯貝、安妮‧柏絲德（Anne Baxter）、理查‧韋德馬克（Richard Widmark）主演，福斯發行。

好地念念，再遵囑讀Conrad，寫novel也許還辦得到。事情不逼不可，否則愈來愈懶散了。現在在等Indiana的來信，所以東行之期未定。如visa不能延長，我尚可再辦去歐洲各國的visa，遊歷一番回臺灣也無不可。胡世楨也很惋惜，問我為什麼不在U.W.開課。我說：「這次來美『利』不錯，如再開課，『名』當更好；人生『名』『利』雙收的事可不容易，我豈可不知足呢？有了『利』也夠了。」有一個遠東系的學生對我說「這裡教中文的先生，對於西方文學沒有研究，甚感遺憾云」。Don Taylor（他們，英文系的朋友都很關心我的計劃）問我想不想教英文，我說，「我教中文大約可比這裡一般人教得好」，他說：「我看你的英國文學的智識，也超過有些英文系的教員呢。」足見我在這裡給人的印象還不壞。別的再談　專頌

　　近安

Carol，Joyce前都問好

濟安　啟

七月廿七日

　　［又及］American Express的支票，本來在San Francisco就可以拿，我回到Seattle，就去補回來了。那本《英華字典》（編者是假的）是共產黨出的，香港出版，臺灣翻版（中間略有改動）。臺灣連*Encyclopedia Britannica*都有翻版，大約二十幾元美金一部。

393. 夏志清致夏濟安（1959年7月28日）

濟安哥：

　　最近兩三封信已看到了，文章也拜讀了，這篇文章花了你不少時間，非常感謝，內容很精彩，結構亦好。文字ironical，的確與我的不同，有幾處小毛病，我重打時稍加修改即可（我打字很快）。有一句子比較ambiguous，There was never a serious introduction of James, Kafka, etc.，我不知你所指的是沒有人翻譯他們的作品，或者沒有人寫文章介紹他們，請指示。你對臺灣文人挖苦很兇，而且把臺灣一般麻醉情形說出來，美國讀者看後一定高興。你在翻譯方面講得很多，正好補我書之不足。全文極complement我的書，你在給Carol信上，謙遜太甚，是不應該的。我現在在重打notes，因為notes增多了，所以非重打不過，打完notes，即打你的文章，全稿即可交出了。

　　上次問你錢鍾書《宋詩選註》的材料，不知已看到否？華大如沒有《人民文學》等雜誌，最好請查1958年底、1959初的《人民日報》，找一兩篇有關該書的「社論」的titles給我即可。《火葬》一小quote，page reference我自己也找到了（你找到後，鈔給我也好，我的可能不正確的）。錢杏村［邨］①第一句我已不引，免得有了quote，沒有quote出處。張天翼那一段，你or陳世驤找到後，即

---

① 錢杏邨（1900-1977），即阿英，安徽蕪湖人，劇作家、批評家、學者。長期從事革命文藝活動，與蔣光慈等發起組織「太陽社」，曾編輯《太陽月刊》、《海風週報》、《文獻》等。1949年後曾任天津市文化局長、華北文聯主席、全國文聯副秘書長等職。主要著作有《小說閒談》（四種）、《夜航集》、《碧血花》、《海國英雄》、《楊娥傳》、《李闖王》、《現代中國文學作家》、《現代中國文學論》等，輯有《中國新文學運動史資料》、《晚清文學叢鈔》等。

告訴我。巴金《生活在英雄們中間》一段quote的page number，我查了自己的亂紙堆，也找到了。

下面一些東西，我今晚已寫信囑陳文星去找（因為我知道Yale有書），但他可能不在New Haven，你有空也代我一查，所花時間是不多的。

1）《魯迅全集》vol. 6，魯迅給徐懋庸[2]的公開信，頁數約在534頁附近。我quote的一段是：

「其次，是我和胡風、巴金、黃源[3]諸人的關係。……這是縱使徐懋庸之流用盡心機，也無法抹殺的。」Give page reference。

2）《聞一多全集》四大冊。查一查有沒有一篇聞氏早期文章，是指正郭沫若翻英詩（Shelley、Fitzgerald）譯錯的。沒有此類文章，請不多查（give title，page）。《創造季刊》華大想是沒有的。

3）Dorothy Borg[4]，*American Policy & the Chinese Revolution 1925-28*，第一章，May 30, 1925. The Shanghai Incident中有一句Many believed that the anti-foreign movement was being organized & sustained by the C. P. & the Communist were singling out… as the archenemy & the Chinese. 請給頁數。

4）Hu Shih，The Chinese Renaissance中引陳獨秀《文學革命

---

[2] 徐懋庸（1910-1977），浙江上虞人，作家，早年即參加革命，加入「左聯」，曾編輯《新語林》半月刊、《芒種》半月刊。著有《打雜集》、《打雜新集》、《徐懋庸回憶錄》等。

[3] 黃源（1905-2003），浙江海鹽人，作家、翻譯家，譯有《屠格涅夫生平及其作品》、《世界童話文學研究》、《三人》等，著有《在魯迅身邊》、《黃源回憶錄》等。

[4] Dorothy Borg（多蘿西‧博格，1902-1993）美國歷史學家，長於美國─東亞歷史比較研究，代表作有《美國政策與中國革命》（*American Policy and the Chinese Revolution, 1925-1928*）。

論》一段「打倒古典，貴族，山林文學，提倡etc」，請給我頁數。

我自己不動（我動，Carol也動，麻煩太多），託你做research工作，實在是說不過去的。

你UC及其他大學job有消息否？甚在念中。最好早日有頭緒，你也可以定心到東部來玩一下（給Joyce玩具，請不要買洋娃娃，最近有人送她一個大doll，Carol也買了一個，將來給她）。你照片上神氣很好，Shirley Simmons臉部看不清楚。你給父母的信，我明後天寫家信時一併寄上。玉瑛妹七月底放假，八月初可以返家一次。她在福建生活是極苦的，家中買了三隻雞，預備款待她。中共生活情形的苦，不堪想象，陳見山患肺病，肺部已割去半隻。

不多寫了，Joyce有一隻牙齒被蛀，昨天補牙，未哭一聲，她的態度大概和我愛吃藥的態度差不多，dentist頗為驚異。即請

近安

弟 志清 上

七月28日

394. 夏濟安致夏志清（1959年8月1日）

志清弟：

　　來信收到。承蒙稱讚我的文章，不勝感謝。我做文章，是想求精彩，而不求穩實。這篇東西，應該舉幾個作家和他們的代表作品，而且十年來的文藝活動，也應該按年代先後次序約略講一講，不過這樣一來，文章可能要dull（這是我力求避免的）。我祇是翻來覆去要create一個印象，話可能過火，事實也不全備，但是讀者可能很深刻地得到這個印象。

　　你能代我重打，最為感激。重打的時候，可能發現許多閱讀時候不發現的毛病，這些一齊交給你修改了。關於翻譯，還可以說許多話；我有一份稿子，所講的話還要多些，但是東鱗西爪，「文氣」受了影響，後來都刪了。你不妨再添補若干條：

　　1. 美國的代表作仍是 *GWTW*（傅東華①譯），和若干Hemingway（有電影的）。

　　2. 林琴南②（去年下半年Arthur Waley在*Atlantic*作文捧他）的譯品，很不容易找到，文言的讀者少。

---

① 傅東華（1893-1971），筆名伍實、郭定一、黃約齋、約齋，浙江金華人，編輯、翻譯家、作家。曾任復旦大學、暨南大學教授，與鄭振鐸合編《文學》月刊，1949年後長期任《辭海》編輯所編審。代表作有《李白與杜甫》、《李清照》等，譯著有《飄》、《失樂園》、《珍妮姑娘》等。

② 林琴南（1852-1924），即林紓，號畏廬，別署冷紅生，福建閩縣（今福州市）人，近代古文家、翻譯家，與人合作，翻譯了《巴黎茶花女遺事》、《撒克遜劫後英雄略》、《迦因小傳》、《黑奴籲天錄》等大量的西洋小說，產生了巨大的影響。除翻譯小說外，還有《畏廬文集》、《畏廬詩存》、《閩中新樂府》、《巾幗陽秋》、《畏廬漫錄》、《韓柳文研究法》等數十種著作。

3. 英國人最受歡迎的大約是Hardy & Maugham，Dickens譯成白話，句法很容易歐化，讀者並不欣賞。Jane Austin的譯文大約也不能表達她的好處。

4. 日文譯書臺灣人能讀，所以他們對於西洋文學知識可能不小。祇是政府小氣，很不贊成臺灣人講日文，讀日文（日文書進口有quota，限制很嚴格，大約是科學技術書居多，文學書不多。但是臺灣人家裡有藏日文書的）。這一點比前面三點重要。

5. Henry James等祇有很少的介紹文章（late 30's 40's —— by 卞之琳、蕭乾③等），那時左派大勢已定，未起影響。Laurence的 *Chatterley*（林語堂在《論語》裡說過：*Chatterley* 應該是大學女生的必讀書。他也沒有說出個所以然）大約有中譯本，其它novels 我就不知道了，他和Joyce的short stories偶然有譯文。關於Proust 和Kafka的介紹文章都很少，他們的名氣遠不如Romain Rolland④ 與Remarque⑤。Henry James的短東西：*Aspern Papers*（昆明出版，卞之琳的學生所譯），*Daisy Miller*（香港出版，宋奇的太太和秦羽合譯），*Turn of the Screw*，有中譯本。臺灣最近譯了 *Mme De Mauves*⑥，你亦知道。長東西的titles恐怕中國人都不大知道的。

關於出路問題，陳世驤已經替我在進行UC的教職，預定教兩

---

③ 蕭乾（1909-1999），原名蕭秉乾，生於北京，蒙古族，記者、作家、翻譯家，代表作有《籬下集》、《夢之谷》、《未帶地圖的旅人》等，譯作有《好兵帥克》、《屠場》、《尤利西斯》等。

④ Romain Rolland（羅曼‧羅蘭，1866-1944），法國戲劇家、小說家，獲1915年度諾貝爾文學獎，代表作有《約翰‧克里斯多夫》（*Jean-Christophe*）、《欣悅的靈魂》（*The Enchanted Soul*）、《名人傳》等。

⑤ Remarque（Erich Maria Remarque雷馬克，1898-1970），德國小說家，代表作有《西線無戰事》（*All Quiet on the Western Front*）。

⑥ *Madame De Mauves*（《德莫福夫人》），亨利‧詹姆斯小說，1958年由聶華苓譯成中文，發表於《文學雜誌》。

門：一、近代中國文學；二、中文。他說要九月才有確切回音，如
成事，當於明年二月開始上課，教半年。他說待遇很好，他又說：
找一個待遇低，名氣不好的事情，和找一個教書職位一樣麻煩，索
性往高處爬了。此事成否，當然看我運氣了。

　　他又替我弄了一件小差使，替MaGill⑦寫Master-plots，C. C.
Wang寫六本（包括《紅樓夢》），我寫四本：一、《詩經》；二、
《西遊記》；三、*Lieh Kuo Chuan*（《列國演義》？）；四、*The Circle
of Chalk*——我從未知聞，原來是德國人根據Julien⑧譯的元曲《灰
闌記》（亦從未知聞）重寫的劇本。英文譯本我已借來，下午去
中文圖書館去借元曲原文。劇本較短，預備先弄它。《西遊記》
和《列國志》（？）想亦不難。祇是寫1200字一篇essay介紹《詩
經》，此事非花幾個月研究工夫不可。不知你有沒有興趣和時間弄
這本「閒書」？我想把它退給陳世驤，他教過幾年《詩經》，寫起
來一定容易得多。我是寧可寫1200字介紹莎士比亞的。

　　這樣一來，八月還得在Seattle過（8月24日繳卷限期），我的
visa是九月廿幾號滿期，到東部來玩，想還有敷餘的時間。MaGill
的待遇是30元一篇，我不在乎這錢，目的是求多publish，那總是
好的。

　　印第安那來了回信，還要叫我填什麼Admission Form，補繳
大學本科成績單等，我興趣大減。決心等UC的回信，如成，就留

---

⑦ MaGill（Frank N. MaGill，馬吉爾，1907-1997），編輯，曾為出版社編輯了大量
　 的提要式讀本，如《世界哲學大觀》（*Masterpieces of World Philosophy*）、《美國
　 黑人文學大觀》（*African-American literature*）等。
⑧ Julien（Stanislas Julien，儒蓮，1797-1873），法國漢學家，在法蘭西學院
　 （Collège de France）執教達40年之久，元曲《灰闌記》1832年由儒蓮譯為
　 法文，譯名為*Le Cercle de Craie*；英文版*The Circle of Chalk*由詹姆斯·拉夫
　 （James Laver, 1899-1975）翻譯，初版於1929年。

下，如不成到歐洲逛逛回臺灣了。有UC這樣一個opening，把我的希望提高；這兩三個禮拜可安心寫master-plots，情形比55年在New Haven的狼狽情形，已是好得多了。

有了master-plots的assignment，我原定的研究「海派小說」的計劃，又得擱下來了。

下午去圖書館查書。很奇怪的1958年下半年（July to Dec.）的《人民文學》、《文藝報》、《文藝月報》和1959年上半年（Jan. to May）的，無一字提到錢鍾書的書。《人民日報》一月份全份似乎亦未提起錢書。可能是看得不仔細，但是共產黨攻擊一個人，一定大張旗鼓，我雖草草翻過，不該不引起我的注意。想再去翻香港出的反共刊物，如《祖國週刊》等，可能裡面有專文介紹這件事情的。史誠之在紐約，我想寫信去問他。

魯迅的quote在p.540，《聞一多全集》vol. III p.203起至p.221止有一篇〈莪默伽亞謨之絕句〉，內有「郭譯訂正」一段，原載《創造季刊》2卷1號。後附郭的回信，想不到郭的態度很平和。聞一多關於新詩的許多意見，我雖沒有仔細看，似乎不少有和我暗合的。聞一多的許多technical方面的意見，臺灣的新詩人分明沒有受他的影響。

這是在遠東系圖翻查的成績。還有兩本英文書，要去總圖書館才查得到，過一兩天再去查吧。我查這些東西不算一回事，你寫這本書，費多少工夫想起來那才是可怕的呢。你還有個亂紙堆，可以翻查你的筆記；我的「中國舊小說」，假如要寫的話，許多書都得要從頭看起；關於這方面的筆記（如已做卡片，就該省事），我沒有做什麼。單憑記憶，那怎麼靠得住呢？（如胡適說：「臺灣有不說話的自由」；這句話比較很容易查，但是我也懶得去查。胡適關於胡風事件曾給《自由中國》寫過一封信，裡面說：假如魯迅活在大陸，他也將成為反共分子。這句話不知對於你有用沒用？）

讀 graduate school，要寫很多 papers，不少當然是無聊的東西，但是可以養成不厭翻書找 notes 的習慣。這大約就是所謂 discipline，我在這方面是很缺乏的。我如去 U.C. 教書，當然還得要 publish，應該也設法學學寫 learned paper，方法我相信我並非不知道，祇是貪懶，不肯在這種事情上花時間，花精神，祇想憑 rhetoric 與 style 的 charm 來掩蓋這方面的缺乏。關於「禮拜六派小說」，舉個例說吧，要編一個像樣的 bibliography，恐怕就大非容易。關於《太平廣記》，資料方面的搜集，要做到 exhaustive，並非不可能，但是一兩年時間恐怕不夠的。

李濟的三篇 lectures on「中國文明的起源」（銷得很好，聽說已經三版），UW Press 送了我一本，我看了很佩服。文章是同時 scholarly 而不失 lecture 的 popular appeal，證引很博而饒有趣味；叫我來 lecture on「中國小說」，要達到這個標準，恐怕大非容易。李濟浸潤於此題目者，已有幾十年，我不過弄了一兩年，而且並未傾全力以赴。你不斷地鼓勵我寫「中國舊小說」，但是我還欠缺深入的研究呢。為了借《灰闌記》，把《元曲選》借來了；書中共收元曲百篇，翻翻看看，大部份和小說有關。（元曲有《尉遲恭單鞭奪槊》一劇，我以前就不知道的，很多還和京戲有關，如要做筆記，那也是很可怕的。何況元曲何止百篇？）

你說要從 *Arcadia* 等入手，比較研究中西舊小說，不知已進行否？別的再談，專頌

近安

Carol Joyce 前均問好

濟安　啟
八月一日

395. 夏志清致夏濟安（1959年8月1日）

濟安哥：

　　收到心滄信，即寄上。他給我的信上寫道：Please however explain to him that he had better be prepare to return to HK or Formosa after some time in Cambridge since immigration laws in Britain are enforced very much more strictly（hence the visa is granted with less fuss）。這是唯一缺點，不然這個job很清閒，夠你有讀書寫作的時間。你可先寫信去那裡，假如陳世驤，Frankel那裡已有下文，那也不必多此一舉了。

　　長信已收到，隔二日寫回信，匆匆，即頌

　　近安

弟 志清 上
八月一日

（心滄在Cambridge教書的頭兩年，也是當lector。）

396. 夏濟安致夏志清（1959年8月4日）

志清弟：

昨日又去圖書館，兩本英文書的頁碼都已查到：

（1）Borg在p.22；（2）Hu Shih在p.54。

我又把1958年全年的《新華半月刊》，plus 1959年上半年的，再翻一遍，並沒有見到有關錢鍾書的文件或文章。1958下半年、1959上半年的《祖國週刊》與《自由陣線》（都是香港出版的反共刊物）中也沒有提起，它們平常報導共產黨的動態是很詳細的。

今日接到轉來張心滄之信，此事未始不是一個機會（名義我是絕不計較的，做學生我都高興的），下午當寫信去接洽。希望你先去信謝謝他。UC之事仍有可能成功，現在多方進行再說。說是「多」，其實也並不多，除了劍橋與UC之外，祇有UW尚未去試。George E. Taylor，據張琨說，要幫忙很容易，他簽張什麼文件，我的visa就可以延長了。

八月初是Seattle的Seafair。上星期六downtown有盛大parade，我沒有去看。今天早晨University District有Kids Parade，也相當可觀，差不多走了兩個鐘頭才走完。Floats（此字我今天才認識）也有好多部，先是大約二十部簇新'59 Ford Galaxie Convertible（乳白色）載有Seafair的各種Kings，Queens，Princesses遊行；兜了一個圈子，那些Royalty與Nobility坐下，開始檢閱大遊行。Bands和Majorettes有好幾個，很提精神（Lee Remick第一次上銀幕，是在*A Face in the Crowd*①中演一個Majorette）。

---

① *A Face in the Crowd*（《人海浮沉錄》，1957），伊力・卡山導演，華特・馬修（Walter Matthau）、派特里夏・尼爾、李・雷米克主演，華納影業發行。

　　這種 parade 很使我想起上海的大出喪，不知誰家第一個想出來用 military bands 來點綴大出喪的？大出喪場面如要描寫，在 novel 裡可以佔一章，上海小市民不管喪家哀戚，還是以興高采烈的 festival spirit 來看它的。

　　上星期天晚上去看了日本人的 festival。有日本吃食小攤（擠滿了人，很像 country fair），日本人展覽插花，刺繡（很精彩，相形之下，臺灣的刺繡工夫真馬虎），盆景，與「人形」（Dolls）。街上有日本女人（from 老太太 to 小小孩），跳 Bon Odori（「盆踊」）之舞，大約同我國的秧歌相仿。從晚上六點跳到十一點半，每隻舞（LP 唱片的一半）總要費時半小時。舞者數百，排了隊，但是日本女人漂亮的很少，不像美國女人，大部份看來都很 pleasant 的。

　　星期四晚上有 Chinatown 的大慶祝，據說熱鬧更勝日本人之「祭典」。下午要去參觀航空母艦。中午可能去參觀 hydroplane 之預賽（Hydroplane 是速度超過 150mph 的快船）。

　　Seattle 夏天天氣並不舒服，有幾天中午九十度，晚上五六十度，第二天最熱又祇是七十幾度。冷熱不勻，抵抗不易，我有一兩次晚上受寒，消化不良，胃口減低，但是沒有什麼別的不舒服，請你釋念。稍不舒服，喝了酒精神就恢復了。酒大約對我很有用處。

　　英文文章最近又看了一次，發現其中有幾處甚為不妥，如 p.6 第一段末尾有一句幾個 they 用得很不明白；p.10 倒數第三行 under custody 是用錯的，應該說 under duress（句子還得稍微改一下）；p.12 中間有一句 either … or 分明用得不合文法。不知怎麼糊裏糊塗就寫下來了，其他不妥之處尚有，希望你多改。又 p.9 中間講起《自由中國》的稿費，不妨加一小註：約 US $2.00 一千字。

　　最近已把《海上花》看完，確是了不起的著作。《上海春秋》、張恨水等都不如甚遠。滿清三百年大約祇有《紅樓夢》和它兩部好小說。我一直看不起胡適的 critical sense，但是他能標榜

《海上花》，說出它的好處，也是很不容易的了。別的再談　專頌

　　近安

　　Carol，Joyce前均此

濟安　啟

八月四日

397. 夏志清致夏濟安（1959年8月5日）

濟安哥：

今天又看到你的信，知道你在job方面已有了辦法，希望UC的事早日發表，免得你心定不下。張心滄的信想已看到了，他做事倒很赤心忠良（他信上的英文亦極polished而漂亮），劍橋的事你可以去一試（你先寫信，信札來回兩三次大抵要一個月的時間，你stall到那時，UC的事也有面目了）。你愛adventure，到英國，碰機會也可能有很好的發展。但我以為，能留美國，還是留美國的好。

謝謝你找出許多東西給我。魯迅那一段很長，會不會佔兩頁（540-541？）？你可再check一下。錢鍾書的情報，都是程靖宇信上的，他說「《人民文學》在一月有黨幹部分子為文抨擊……此為十年來第一次指定其新書明令停止發行……」，假如案子怎［這］樣嚴重，文章必定很多，可能程靖宇是瞎吹，使我們更珍視他的贈書也說不定。所以你查不到也不必查了（我已去信問靖宇）。《聞一多全集》出版日期請告訴我。（1958年程硯秋去世，不［知］你在雜誌上看到否？）我《文藝報》1955、1956、1958的都看到了，惟1957年的還沒有看到，這一年花樣景［經］特別多，沒有看到，殊感不便。請你把《文藝報》（該雜誌那年篇幅大，可借《文藝月報》）1957年寄給我，航寄一定很貴，first class平寄即可，最好掛號或保個險，以防遺失。你借出書大概可以留用三星期，我看幾天即寄還，保證你可以在三星期內交還圖書館。書寄到後，可能revision已完成了，但如有漏錯處，仍可改的。陳文星回信說，他無Yale圖館借書證，不能去Yale查書，他大概在小大學教書教定了，住在New Haven，不利用Yale Library，不用功可想。

《衣錦榮歸》已拜讀了，你增添的部份的確很好，那位留學生

的醜態被你挖苦得厲害，小琪的個性也很抓得住（結尾那段極精彩），對白也很俏皮，第二節比較weak，大概因為你沒有修改之故。你那篇"Walter Mitty"比這篇rich，但這篇也可算是上乘之作。你對學生教授的種種懂得很多，將來有閒，寫篇諷刺的長篇，是很值得的。

　　信不想多寫，最近看過一本曹聚仁《文壇五十年》，上半部講的都是清末民初的文學和掌故，寫得很有趣，你可以參考。曹聚仁，宋奇是相當佩服的（我在哥倫比亞時，曾看到他在《今日中國》寫的曹聚仁一本書評），他外國學問沒有，但人是比較老實的。同書中他提出一位李劼人①，他寫過三本小說《死水微瀾》、《暴風雨前》、《大波》，據說是遠勝茅盾《子夜》之類的作品。三本小說講的是拳變起到辛亥革命止，成都人物種種，大概是自然主義的作品。對白都是四川土話，這幾本UW如有（中華出版），你可以借來一看，因為曹聚仁雖沒有明說，李劼人既在茅盾之上，在他看來，大約是中國近代第一大小說家了。《大波》中共最近翻版，但是已經被修改了。李劼人讀法國文學，翻過 *Bovary*，*Salammbô* 等作品。

　　上兩星期重打notes，花了不少時間，目前把1957年那一段重寫一下，不過三五pages。下星期打你的文章。我這暑假別的東西都沒有動，本想精讀《紅樓夢》，*Tale of Gengi*，*Arcadia* 之類，九月初有空，學校又要開學了。

　　《火葬》是極劣的小說，《四世同堂》也惡劣，抗戰以後老舍被宣傳迷了心竅，寫的東西大不如前。又「洋涇浜」此辭當如何譯，

① 李劼人（1891-1962），四川成都人，作家、翻譯家，早年任《四川群報》主筆，創辦《川報》、《星期日》，後留學法國。抗戰期間任《筆陣》主編。代表作有《死水微瀾》、《暴風雨前》、《大波》等。

《洋涇浜奇俠傳》，我譯 *The Strange Knight of the Bund*，如你覺得 *Strange Knight of Shanghai* 比較妥當，我可採用後者。許多話沒有談，你對《子夜》的評論是很對的，其實茅盾最好的小說是《虹》的上半部。不寫了，即頌

　　近安

弟　志清　上

398. 夏濟安致夏志清（1959年8月6日）

志清弟：

英國的信已發出，關於國語一段，我是這樣說的：

I was born, in 1916, in Soochow, Kiangsu, in the area of Wu dialect. So it will sound hardly convincing if I assert that I speak Mandarin fluently. But I do. The fact is that as a Southerner, I have always had the ambition to master the pronunciation and structure of Peking speech ever since my primary school days. I have never stopped learning from people who speak pure Mandarin, and my stay in Peiping (1946-48) helped me to a much greater extent than Professor Y.R. Chao's phonogram records to which I used to listen when I was a college student in Shanghai. What gratifies me is that my diligent studies seem to the rewarding. When I was in Taiwan, my speech was praised by my colleagues who are real Pekinese, such as Professor Ignatius Ying (英千里) that it was good Mandarin and that it did not show any trace of Soochow accent. That, I hope, will also satisfy you. I shall be only too glad to produce certificates from qualified persons if such are required.

這樣寫並不好算吹牛。我的國語「味道」很夠。偶然有些字，咬音不準（esp. 文言的字，因為我很少機會用北平話唸文言），但他們要求只是 fluently，那是我相信很夠格的。

我很想去劍橋，Berkeley 事如成，也得明年二月才開始。我得要在美國做半年馬浪蕩①。教書半年滿了，Visa 又成問題。張心滄

---

① 又作「馬郎黨」，上海方言，遊手好閒的意思，也指遊手好閒的人。胡祖德《滬諺》卷上：「馬浪蕩，十棄行……謂其一生遊蕩，百無一成。又稱馬郎黨。」

說one or two years，這個two years很有用，因為我在英國假如住滿兩年，照移民法，我又可以別種身份申請來美。那時別種機會總多些。在臺灣再去住兩年，那是脫身的機會很少的。何況照我看來，臺灣總要出事的。表面麻醉，內部緊張，大家都在等候刺激。

張天翼的書，Berkeley已寄來。你要找的頁碼是p.52。這一段你所翻譯的，我看an involuntary shudder似有不妥，因為shudder應該都是involuntary的。如把這個adj. 刪去較好；但shudder一個字似乎與下面gnats等等的關係還不夠（「她打了個寒噤，覺得有垃圾堆上那些小蚊子叮滿在身上似的」）。要換什麼adj.我也想不出來。請你斟酌吧。

那天晚上在Victor Erlich（此人在UW聲望極高）家裡見到Bernard Malamud[2]。此人現在Oregon State College教英文，據英文系的人說是美國當代的Chekhov。我沒有看過他的東西，他是猶太人，講英文倒很clipped。他大講Trilling vs. J. Donald Adams[3] over Frost。我這期PR已買來，Trilling那篇文章寫得很好，我是萬萬寫不出的。據我看來，Trilling對於Frost不好算不恭敬，只是對於在座諸公很是不敬，無怪Adams等要大怒。美國的Nationalists vs. Internationalist，rural aristocracy vs. city people的鬥爭我本來略有所知，想不到後者還要牽涉猶太人在內。Adams說：Frost might have had the Nobel Prize if so many New York critics hadn't gone whoring after European Gods. 但是Malamud似乎用了Semitic critics這樣一個

---

② Bernard Malamud（伯納德‧馬拉默德，1914-1986），美國猶太作家，主要表現美國的猶太人生活，曾獲美國國家圖書獎、普立茲獎等，代表作有《魔桶》（*The Magic Barrel*）、《修配工》（*The Fixer*）等。

③ J. Donald Adams（唐納德‧亞當斯，1891-1968），美國批評家，代表作有《書與人生之探討》（*Speaking of Books and Life*）、《作家的責任》（*The Writer's Responsibility*）、《魔法與神秘的語詞》（*The Magic and Mystery of Words*）等。

phrase。New England與New York之爭，中國人恐怕很少知道。

　　錢鍾書的事我已去信問陳世驤，不知他有沒有聽說什麼。Dick Walker對於此事，一些不知。

　　再談，專頌

　　近安

　　Carol，Joyce前均問好

濟安 啟

八月六日

399. 夏濟安致夏志清（1959年8月12日）

志清弟：

連日瞎忙，寫信都沒有工夫。上星期四晚上去看Seafair的Chinatown Festival，除了Floats外，毫無可看。這種fair我在銀幕上看過Pasadena的Rose Bowl，和Tampa，Florida的Pirates Festival（都是in color & cinemascope），美女是真多，照祖母的說法，都是「好娘娘」。中國古代讀書「佾人」去參加了一次踏青會等，看見美女都要害相思病。我不相信在美國如何會害相思病。美女太多了，令人目不暇接。一車總有好幾個，面孔還沒有弄清楚，或「印入腦海」，下一車美女又來了。相形之下，中國漂亮女人太少了。星期五是Far Eastern的picnic，在某俄文教授家裡。他家有很大草坪，在湖旁邊，容納一百人，還很寬舒。星期天是Geo. Taylor請去他在鄉下的cabin，那裡有森林、小河，可以游水釣魚。美國教授們除了住宅以外，在鄉下還要弄cabin，車子開去就得兩個鐘頭。美國人很多時間是很浪費在開車子上面的。我不知道開了兩三個鐘頭車子後，人如何還能靜心下來讀書。

謝謝Joyce寄來的生日卡。照母親的意思，一個人頂好把生日忘記，我是把你們的生日統統忘記了，今年自己的生日也非忘記不可。我查不到陰曆，舊金山出的中文《國民日報》上也沒有陰曆日子。馬馬虎虎八月八日（陽曆）就算是生日吧。那天（上星期六）我花了一天工夫在海軍軍艦上，看了一艘航空母艦（Yorktown "The Fighting Lady"）兩艘巡洋艦（Bremerton & Helena——上有H-Bomb warhead的飛彈Regulus），若干艘驅逐艦，潛水艇，一艘Missile ship叫做Norton Sound。在軍艦上爬上爬下，吃力可想。我也是被人約去的，爬了一天，好像又是爬了一天山。軍艦中的潛水艇似乎最舒服，

它的冷氣真冷，內部佈置也比別的軍艦snug。晚上我去約了David
Weiss①去慶祝生日，在一家日本館子，名叫Maneki（漢名「萬年
something」討一個口彩）吃sukiyaki，喝sake，我請客。晚後他請我
看日本電影，兩張都是Samurai的日本低級西部片。那天中午在海軍
碼頭喝了一杯Bourbon（50¢），加上晚上的sake，因此整天精神抖擻。

　　託查的東西：《聞一多全集》是1948年上海開明書店出版；魯
迅那一段在p.540佔四行，到「認識了──（p.541）徐懋庸之類的
人」轉頁。洋涇浜應該是愛多亞路（Avenue Edward VII），譯Bund
是不對的；鄭家木橋（福州路愛多亞路口）以前本是一頂橋，後來
「浜」填沒後只剩名字了。愛多亞路上還有二洋涇橋，三洋涇橋（確
址已忘），都是遺跡。譯Shanghai較妥，但是味道似還不夠。張天翼
這本書我以前看過，覺得很壞，好像是講什麼人家裡請了個仙人等等
（在《現代》連載？），好像事情不大plausible，諷刺得也沒有勁。黃
浦江、黃浦灘給人的聯想是比較的高級人士，或範圍較大的社會；
洋涇浜給人的聯想是小市民，或範圍較小的沾染洋氣的「土著」社
會。張氏此書照我想來不很重要，犯不著為它的題名多費腦筋了。

　　這幾天你想必忙於打字，不知稿子幾時可以弄舒齊？有空能
不能替我寫1200字的《詩經》？你如沒有空我當另外去找ghost
writer。如你寫就用你的名字發表了。我想起這個題目就緊張，有
無從下筆之感。要講的話很多，下次再談，先寄上幾張圖片，給
Carol，Joyce看看。專此　敬頌
　　近安

　　　　　　　　　　　　　　　　　　　濟安　啟
　　　　　　　　　　　　　　　　　　　八月十二日

---

① David Weiss，生平不詳，是夏濟安初到西雅圖華盛頓大學結識的英文系教授，
　夏濟安曾旁聽Weiss關於福克納的課程。

400. 夏志清致夏濟安（1959年8月11日）

濟安哥：

　　最近三封信都已看到了，許多reference的出處都已找到，謝謝。張天翼小說，我譯得不妥處，給你指正，非常感激。我改用creepy此字，不知你覺得如何？上次信上囑你借《文藝報》，隔兩三日知道書已借到了，即打個電報給你，想電報及時趕到，你沒有把書寄出。目前我在看1957的《文藝報》，此卷大如莎翁first folio，裡面全是攻擊的文字，雖然朱介凡①、東方既白②關於反右運動的事情講的大體都很正確，但非自己翻過原文不放心。《文藝報》上有一個西洋文學家及翻譯家的座談會的記載（在鳴放時），可得知我們所認識人在中共做些什麼事。錢鍾書夫婦（楊絳還發言）、袁可嘉都在科學院文學研究所做研究員，王佐良在北京外語專門學校當教授，楊周翰、吳興華在北大當教員，他們雖無苦悶，情況大概還是算好的（王佐良發言：以錢鍾書學問的淵博，不能在大學教書，很是可惜）。卞之琳、馮至③等都於1956年當在［上］黨員了（茅盾倒並非黨員），何其芳④以黨幹地位主持中國文學研究，勢力

---

① 朱介凡（1921-?），湖北武昌人，民間文藝學家，代表作有《中華諺語志》、《中國諺語論》、《中國歌謠論》等。

② 東方既白，係作家徐訏（1908-1980）的筆名。

③ 馮至（1905-1993），原名馮承植，河北涿州人，詩人、翻譯家、學者，曾為淺草—沉鐘社社員，北京大學畢業，曾留學德國。回國後，先後任教於同濟大學、西南聯大、北京大學，後任中國社會科學院外國文學研究所所長。代表著作有詩集《昨日之歌》、《十四行集》等，譯作有《海涅詩選》、《德國，一個冬天的神話》等，研究著作《論歌德》、《杜甫傳》等。

④ 何其芳（1912-1977），四川萬縣人，詩人、散文家、文學評論家，曾任《新華日報》社長、中國作協書記處書記、中國社會科學院文學研究所所長、《文學

極大，連吳組湘⑤都有微言。中共文學界周揚以下最重要的人是：
邵荃麟⑥、劉白羽⑦、何其芳、林默涵⑧等。

　　今天收到馬逢華信，他要去Berkeley，Center for Chinese
Studies做Research Associate了，他的論文導師也在那裡，所以有
照應，在那裡一兩年，一定可以換到較好的教書職位。馬逢華信上
還提到錢鍾書，宋奇文章的事，你自己幫了我不少忙，還不算數，
到處替我問人，實在很使我不好意思。不巧的是，《宋詩選注》此
書一定未受到什麼清算，錢氏在書上特別感謝鄭振鐸⑨、何其芳兩
位黨幹，序中更quote了毛澤東，況且是學術性質的書，不會出大
毛病的。程靖宇愛exaggerate，他也不曉得我對中共文壇情形很注
意，可能撒了一個大謊，害得你代我到處問人，花了不少時間查

評論》主編等，代表著作有詩集《夜歌》、《預言》，散文集《畫夢錄》，評論集
《關於現實主義》、《關於寫詩和讀詩》、《論〈紅樓夢〉》等。
⑤ 吳組湘（1908-1994），原名吳祖襄，安徽涇縣人，作家、學者，曾任清華大
學、北京大學教授，代表著作有《山洪》、《鴨嘴嘮》、《一千八百擔》、《說稗
集》、《中國小說研究論集》等。
⑥ 邵荃麟（1906-1971），原名邵駿遠，浙江慈溪人，生於重慶，作家、評論家，
代表著作有小說《英雄》、《喜酒》，劇本《麒麟店》，評論集《論批評》、《邵
荃麟評論選集》等。
⑦ 劉白羽（1916-2005），山東濰坊人，生於北京，作家，歷任中國作協書記處書
記、文化部副部長、解放軍總政治部文化部部長、《人民文學》主編等職，代
表作有《踏著晨光前進的人們》、《萬炮震金門》、《紅瑪瑙集》、《第二個太陽》
等。
⑧ 林默涵（1913-2008），原名林烈，福建武平人，文藝理論家，曾任《解放日
報》、《新華日報》編輯，1949年後歷任文化部副部長、中宣部副部長、文聯黨
組書記等職，代表論著有《在激變中》、《關於典型問題的初步理解》、《現實主
義還是修正主義》、《林默涵劫後文集》等。
⑨ 鄭振鐸（1898-1958），福建長樂人，生於浙江溫州，作家、翻譯家、文學史
家，代表作有《插圖本中國文學史》、《中國文學研究》、《中國俗文學史》等。

書，我除了感謝之外，只好向你道歉。程靖宇本人一直沒有信來，即是並無此事的鐵證。所以這筆案子，你也不必再問人了。（民盟造反時，京劇界李萬春也響應，被清算。）

張天翼那段quote，相當長，可能佔兩頁，你憑記憶可想起是否全在52頁上，抑52-53，或51-52。你如有書，信手一查最好。讀書中〈砥柱〉、〈在旅途中〉、〈中秋〉三篇小說，相當精彩，可以一讀。

張心滄所介紹的那事，我想大概是不成問題的。你那一段英文我也看了，可能寫得太長一點，但你文氣很盛，假如全信一鼓作氣，寫得這樣，看信人一定會被impress的。你去劍橋也好，你的wit英國人一定會欣賞的，劍橋有什麼中文專家，我也弄不清楚。你最好在第一年發表幾篇文章，使他們吃驚一下，以後聯［連］任是有可能性的。劍橋有Leavis及其他Critics，學者，和他們談談也是很得益的。MaGill *Master Plots* 一書我也用過，所需要的祇是人物、plot，簡評而已，你把這幾個synopses寫得如何了？你transliterate中國名字，可能靠不住，最好每個字都查字典，Matthew即可。但必須先讀Matthew的序言，因為有幾個音Matthew記錄方法是和Wade-Giles不同的。卞之琳譯了 *Hamlet*，祇拿到一千元左右。梁宗岱譯了《浮士德》part Ⅰ，被書局退回，說已有「郭老」的譯本了。傅雷[⑩]、周煦良1957年都發了些言。一年前，*Time* 有一段消息，講的可能是傅雷，不知你有沒有注意到。

關於新舊小說描寫上海情形，還是下次再談罷。上星期六把

---

⑩ 傅雷（1908-1966），字怒安，號怒庵，上海南匯人，翻譯家、美術評論家。曾合辦《藝術旬刊》、主編《時事彙報》、合編《新語》月刊等。1940年代起，致力於法國文學翻譯，翻譯了巴爾札克、羅曼‧羅蘭、伏爾泰、梅里美等名家名作，代表譯作有《高老頭》、《歐也妮‧葛朗台》、《約翰‧克里斯多夫》、《老實人》、《嘉爾曼》、《藝術哲學》等。

*The Sawbwa*一書當閒書看了，黎氏⑪把《紐約客》的文體改得簡單化了，寫得極普通，文字錯誤處也有（如such an xx, xx, xx, etc.），幽默也極輕淡，只好算本劣書。上星期*New Yorker*（Aug.8）有一篇Zen的 "The Art of Tennis"，看得我捧腹大笑，幾年來我看書還沒有這樣大笑過。你對 "Zen" 也有所研究，看後必有同感。可托人譯後載在《文學雜誌》上。

這期*PR*我也翻看過，Trilling開場白那段滑稽，可能imitate Frost or xxx⑫的。關於Frost文章有Warren的一篇in praise（in Selected Essays），Winters一篇（in *The Function of Criticism*）痛罵，這兩篇看後，對Frost也有一個大概的認識了。Frost的詩我看不怎麼樣好，雖然他的東西，我看得不多。美國批評恐怕最［只］有南方保守、紐約liberal（猶太人，Ed. Wilson自己倒是道地美國人）兩派，其餘的不足道了。

看了*Alias J. James*⑬，覺得不太滑稽，可能你說了一陣「誅仙陣」，我對它期望太高了。Hope最後一張滑稽片是*Lemon Drop Kid*⑭，以後就漸漸退步，最近有兩三張他的片子，都沒有看，Loyalty不能長久sustain，對我自己也很感regret的。

你前信上，述了許多翻譯方法的補充，我可以放一部份到文章裡去，明天預備帶Joyce到附近小城去看馬戲Clyde Beatty，不多寫了，自己身體當心，冷熱小心，即頌

---

⑪ 黎氏，指黎錦揚。*The Sawbwa*是黎氏的小說*The Sawbwa and His Secretary*（《土司和他的秘書》）。

⑫ 此處英文字無法辨認。

⑬ *Alias J. James*（《荒唐大道》），鮑伯・霍普1959年的滑稽西部片，夏濟安1059年6月16日給志清的信，大力推薦。

⑭ *Lemon Drop Kid*（《檸檬少爺》，1951），西德尼・朗菲爾德導演，鮑伯・霍普、瑪麗蓮・馬克斯維爾（Marilyn Maxwell）主演，派拉蒙影業發行。

暑安

弟 志清 上
八月十一日

［又及］張心滄的地址是 H.C. Chang. No.8, University Compound, Singapore 10。上次忘了附給你了。

401. 夏濟安致夏志清（1959年8月18日）

志清弟：

今日發出電報，請你相助寫篇《詩經》：*Book of Confucius Odes*，形式如附上者，約1200字，並注明英譯本的出版社，最好不要quote，只是直說你的話，因出版人怕版權糾紛，請用triple space打，duplicate，寄FRANK N. MaGill, 607 Los Robles Ave., Flintridge, Pasadena 3, California。我先寫信給MaGill，告訴他《詩經》也許寫不出來，擬請我弟幫助，你的寄去，他不會以為怪。信上講24日以前要寄到。你於星期五航空寄出還來得及，這對於你想很容易。我實在沒有工夫兼顧。本星期內要趕寫那三篇東西，雖文章不難，但是趕起來總很吃力。

我在Seattle日子無多，若無MaGill之事，可以快活得多。最近應酬又是特別的多。去看了兩次戲，學校的school of drama同時經營三個劇場，終年不斷，有三齣戲上演，成績斐然。我去看了*Kiss Me, Kate*①（百老匯式Musical），與*The Trojan Women*②，演得都不錯。今天晚上原定有人去約看*J.B.*③，我想在家打字，不去。晚上

---

① *Kiss Me, Kate*（《吻我，凱特》/《野蠻公主》），根據莎翁《馴悍記》改編的音樂喜劇，1948年在紐約百老匯首演。柯爾·波特作曲兼作詞，1953年米高梅將此劇搬上銀幕。

② *The Trojan Women*（《特洛伊女人》），希臘歐力匹德斯（Euripides）公元前415年所編悲劇，描述特洛伊戰爭結束後，男子盡被殺，女子淪為奴隸的故事，1971年搬上銀幕，由凱薩琳·赫本、韋尼沙·瑞德格瑞夫、珍妮薇芙·布希等主演。

③ *J.B.*，美國詩人劇作家阿奇保·麥克利什（Archibald MacLwish）根據聖經故事《約伯記》所編的詩劇，1958年12月在百老匯首演，伊力·卡山導演，雷蒙德·瑪希、克里斯多福·普魯默主演。

時間最寶貴，偏偏晚上都有約。星期六、星期天也很少能出空身體在家的。洋人星期六、星期日出去玩，其實我們中國人精神恐吃不消，如要工作比得上洋人，這種生活方式不能學。

昨天晚上（星期一）是 UW 歡送 Jensen④。Jensen 是教日本史的，似乎是個很聰明溫順的人。下學期轉去 Princeton 教書。宴會在中國館子「洞天」，擺七桌，大喝 sake（洋人自己帶來的，飯館不許賣）。洋人更有猜拳者，其鬧猛情形臺北上海的上等館子都看不到的。飯後餘興，又大鬧，節目之一是表演「Jensen 在 Princeton」的話劇，由 Mckinnon 演 Jensen，別人分飾 Princeton 的歷史系主任，訓導主任，P.R.O. Man，管人事的副校長，某某二科學家等。開頭非常滑稽，後來笑料用完，重複開頭的笑料，便覺差勁了。這種歡送會倒是別開生面的。請客以 Far Eastern 為主，別系教授也有參加的，別系的人看見 Dinner Party（吃飯時）如此鬧法，恐怕要皺眉，我曾向 Pressly⑤道歉。

最近看《東周列國志》，很感興趣。這是我第三次看，事情與人名還是記不大清。你曾讀《左傳》，對春秋時代動人的事跡，一定知道不少。我最感興趣的，是孔子以前的中國道德生活。那時荒淫無恥之事極多，但是可歌可泣的事情亦有不少。孔子以前，仁義也是有人講的。這種歷史研究一定很有興趣：中國道德規律與觀念的歷史起源與孔子的貢獻——這些似乎還沒有很多 scholars 做過（馮友蘭哲學史中似乎講起一點）。管仲提倡禮義廉恥，在孔子之前；百里奚於未遇時，欲如周，「蹇叔戒之曰：『丈夫不可輕失身

---

④ Jansen，應指 Marius B. Jansen（1922-2000），美國學者、歷史學家，普林斯頓大學日本史榮休教授，曾任美國亞洲研究協會主席，代表作有《日本與孫中山》（*The Japanese and Sun Yat-sen*）、《日中關係》（*Japan and China: from War to Peace, 1894-1972*）等。

⑤ 指 Thomas Pressly，時任華大歷史系系主任。

於人，仕而棄之則不忠，與同患難則不智……』」。後來公孫枝勸秦穆公用百里奚，說他：「賢人也，知虞公之不可諫而不諫，是其智；從虞公於晉而義不臣，是其忠……」忠智這些字，那時評定人物時已常用。孔子弟子常常去問他：某人可以算「仁」嗎？孔子說還不夠。「仁」這個概念當時想亦很流行，孔子只是想redefine它。五經是在孔子之前的書，加上各種legends與precedents（如「湯放桀，武王伐紂」，堯舜禹等），中國的道德觀念是否從這些東西形成的？儒家捏造歪曲事實可能也有，但是周的社會組織系於某種道德規律，是沒有問題的。這是個研究的好題目。老子等各派思想，在思想形成之前，大致都可找到照此種思想「實踐」的人。你的書要為《詩經》耽擱兩三天工夫，很抱歉。

　　張天翼的書只許在圖書館裡看，我翻一下就還掉了。你介紹的小說都沒有看，很遺憾。所引的文章，不會佔兩頁，因為那段描寫起自第三或第四行，一頁的字是很多的。你改為creepy比較好得多。

　　別的話等我把文章趕完了再說吧。專此　即頌
近安
Carol, Joyce前均此候安

濟安
八月十八日

402. 夏志清致夏濟安（1959年8月19日）

濟安哥：

　　昨天收到你的電報和張心滄的來信。讀了後者，心裡很懊喪，你job的希望只好等陳世驤那邊的消息了。Geo. Taylor回來後，你有沒有和他談過？Frankel那裡有沒有消息？中國人在美國找事極難，要研究中國東西只有在大大學major中國學問，一本正經讀Ph.D，就比較有出路（馬逢華能去UC當Research Associate，便是一例）。你我可以說都是半路改行，不易受人家注意。你在UW英文系朋友很多，可以不可以弄一個English Instructor做做？大一學生多，教英文的總是不夠的，在這一方面，你可以詢問一下。你Indiana既不想去了，就近問問UW英文系主任讀一年半載換個MA，也無不可。你去Yale讀一年，admission一定是不成問題的，一年讀四門功課，忙是相當忙的，但你說選一兩課輕鬆的，就比較容易對付。問題是，一、Yale未必會承認你在Indiana所讀的credits；二、Yale M.A.要兩個外國語，其中之一必是Latin，Latin你以前讀過一些，想也大半忘了，對付此事，要瞎忙一陣，對你也不上算。我覺得你最好的計劃是在華大讀半年書，再去加大教半年書。但加大的事不成功，就相當費腦筋了。希望你好好努力，我不能幫什麼忙，深感慚愧。（Rowe那裡可能要個助手，但他現在有一位研究生幫他忙，你要不要我寫信去問他一聲？）

　　電報上所托之事當照辦。我手邊《詩經》原文也沒有，只好參考Pound譯本，Hightower[1]，和鄭振鐸的《中國文學史》（在美

---

[1] Hightower（James Robert Hightower，海陶瑋，1915-2006），漢學家，哈佛大學中國文學教授，主要著譯有《中國文學流派與題材》（*Topics in Chinese*

國書店買的），胡亂寫一千數百字。據我所知，*Master Plots*注重synopses，《詩經》無「故事」可言，怎樣寫法，倒是值得商榷的。你下次來信，當有明確指示。我以前代Rowe寫過一篇"Korea"，給*Collin's Encyclopedia*發表，後來發表與否，不得而知。你另外assign的小說劇本，已寫好否？甚念。文字最好寫得和電影說明書一樣，求緊湊而不求流利，這一點你得注意。

我文稿修改得已差不多了，這次notes比上次增了很多，雖然是浪費篇幅，一般pedants是喜歡notes的。我添寫的東西，因為材料一批一批借到，有了新材料後，寫好的東西又得修改，所以浪費不少時間。假如在大圖書館研究，把應看的材料，一起看完了，就用不着花這麼多手腳。你的文章，我也打了一半，目前擱着，計劃先把正文，notes寄還Yale，Bibliography，和Appendix隔一些時候寄出，這樣Yale editor可以及早推動工作，我也用不着這樣趕。

今天收到父親、玉瑛妹的信。玉瑛返滬休息一月，又要匆匆趕回。父親給我的信，也是寫給你看的，茲一併附上，你看完後即寄回給我。上海食品缺乏，情形的確是空前。家裡還可以上館子，普通人收入根本不多，的確已面臨饑荒（父親每月收入有四五百元，雲鵬僅三十元，清苦情形可想）。最近中共巨頭開秘密會議，希望能改善人民生活。

《海上花》如此的好，將來有機會希望一讀。其實你看完這本小說，即可寫篇文章，介紹它一下，較專門性的journals一定會歡迎的。西岸fairs這樣多，的確比東部熱鬧。我在Ann Arbor仍看過

---

literature: *Outlines and Bibliographies*）、《陶潛的詩》（*The Poetry of T'ao Ch'ien*）、《陶潛的賦》（*The Fu of T'ao Ch'ien*）、《韓詩外傳》（*The Han Shih Wai Chuan*）等。

一個parade，上次去加拿大，也看了一些。看了 *Horse Soldier* ②，相當拙劣。John Ford 在 *Last Hurrah* ③表現的導演手法是很高明的，他和John Wayne合作的西部片大概都是專講生意經的。不多寫了，希望好消息聽到。專頌

　　暑安

弟 志清 上

八月十九日

② *Horse Soldier*（《鐵騎英烈傳》，1959），劇情片，約翰‧福特導演，約翰‧韋恩、威廉‧荷頓主演，聯合藝術發行。

③ *Last Hurrah*（《政海梟雄》，1958），據埃德溫‧奧康納（Edwin O'Connor）同名小說改編，約翰‧福特導演，斯賓塞‧屈塞、傑弗里‧亨特（Jeffrey Hunter）主演，哥倫比亞影業發行。

403. 夏濟安致夏志清（1959年8月22日）

志清弟：

文章三篇已寄出，這一星期工作很緊張，日子過得糊裏糊塗，英國來信已收到（Pulleyblank ① 有信來），也沒有工夫去想它，因此並不懊喪。現在就要去Mt. Olympic（在美國本部的最西角），還預備在motel過一夜。忙碌的工作三四天，週末又去鄉下旅行，這樣生活已夠美國標準；在我只是偶一為之，長年如此，精神必垮。

來信和父親、玉瑛的信，都已收到，等遊山回來，星期一再詳細答覆吧。

昨天晚上喝了啤酒，看了電影：*Compulsion*（很好）與*Al Capone* ②，*Al Capone*已第二次看，上次是專門去看它的，第二次仍很滿意。至少美國那時芝加哥大流氓的名字和事跡我都記熟了。

差不多一天寫一篇。到星期四晚上，一算時間已來得及，有人來邀打bridge，居然還打了幾個rubber。附近開舊書店的老太婆幫我打字，她生意忙得很（都是幾十頁，一百餘頁的papers），我昨天逼着她打完。今天早晨校對，寄走。現在仍有點糊裏糊塗。

去Mt. Olympic，坐的是1959 Cadillac，同去者是蘇州中學同

---

① 應指Edwin G. Pulleyblank（1922-2013），加拿大漢學家。1946年受中國政府獎學金資助，到倫敦大學學習漢語。1953年獲得劍橋大學中文講席，一直到1966年才回到加拿大英屬哥倫比亞大學任教，1987年退休。主要著作有《安祿山叛亂的背景》（*The Background of the Rebellion of An Lu-shan*）、《中古漢語：基於音韻史的研究》（*Middle Chinese: A Study in Historical Phonology*）、《古漢語語法綱要》（*Outline of Classical Chinese Grammar*）等。

② *Al Capone*（《蓋世黑霸王》，1959）傳記電影，理查・威爾遜導演，羅德・斯泰格爾（Rod Steiger）主演，聯合藝術（Allied Artists）發行。

學周則巽。他先在G.M.③，每年買一部新的Cadillac；現在改到Boeing④，待遇更好，但是他也是bachelor（光身）。

再談　專頌

近安

Carol，Joyce前均此

濟安 啟

八月二十二日

下星期好好休息，預備Packing，寄行李，東行了。

《詩經》想已寄走，謝謝。

---

③ G.M.，即美國通用汽車公司，由威廉‧杜蘭特創立於1908年，是全球最大的汽車生產與銷售廠商之一，擁有雪佛蘭、別克、GMC、凱迪拉克等一系列品牌。

④ Boeing，即波音公司，由威廉‧愛德華‧波音創立於1916年，是世界上最大的民用與軍用飛機製造商。

404. 夏志清致夏濟安（1959年8月25日）

濟安哥：

八月十八日信上星期四看到，星期五開始看材料，因為沒有《詩經》原文，不能得到明確印象，寫文章趕來就沒有conviction，難以着手。Waley，Karlgan的譯本比較忠實，也無法看到，只好把Ezra Pound譯本看了，Pound versification本領極大，但不免油滑，失掉《詩經》真摯之特點。「雅」、「頌」的詩篇以前看得不多，讀Pound也不得要領。文章寫到星期六晚上，還差一個page，星期日晚上寫完，字數比擬定的多了二三百字，當夜寄出，讓MaGill去edit罷。文章寄出遲了兩天，因為接到電報後，不知如何下手，沒有動，這是得向你抱歉的。給MaGill信上我說authorship由他決定，算你寫的也好，算我寫的也好（因為內容不夠精彩，只好算是應酬文章），惟稿費請他寄給你。你寫那篇〈臺灣文壇〉，時間花得更多，一無酬報，匯了三十元，還是你拿了罷（講美國工人按工作hours領取工錢，這數目實在是很微的）。你自己的三篇synopses想也趕完了。你交際這樣多，一星期內趕三篇東西，一定是夠忙碌的。

陳世驤處有信否？你job事我很為你擔心，希望這星期內有確切消息。Taylor處問過否？你visa即將滿期，總要有什麼工作證明書給immigration辦事人過目才好。希望你job定當後，來東部玩一陣，否則計劃未定，來東部也是徒然耗費你的儲蓄而已。上次你寄上的照片，神氣極好，體重似乎也增加了。

上星期一，黃昏時和Joyce玩，二人兜圈子不少次，最後我swirl她，我dizzy有faint的感覺，肚子也有作嘔的感覺。當時我對我心臟的condition頗起驚慌（其實是天熱，頭眩是和seasick差

不多的現象），星期四到醫院作了一個cardiogram記錄，發現心臟normal，才放心了。我目前血壓也僅130°，和在紅樓時相仿，而且十多年來沒有增高，足見身體極好。Cardiogram test很不費事，比ulcer test飲Barium液體照X光舒服多了。我惡嗜好只有吸煙，這次把文稿弄完後，一定把它戒掉，兩個暑假來，為文章事，抽煙極凶，一天兩包，有時出頭，想想是很可怕的。Brooks以前抽煙極凶，上seminars時Pall Mall①不斷口，上次見到他時，他不抽煙了，他的will power很使我欽佩。

昨天（星期一）Joyce有熱度，服藥後今天已退熱了。這暑假她身體很結實，這次還是第一次生病。今天去office我開始重讀一遍自己的文章，星期內預備寄回Yale。《列國志》我大概看過一部份，沒有看完，《封神榜》我在1952年重看了關於哪吒出世的一段。上星期晚上休養，把Mary McCarthy②的三篇介紹Florence的文章看了，Florence人才這樣多，實在人類歷史上少見的。McCarthy文筆極好，活用sources，等於是把Vasari③，Symonds④等消化後，重寫一遍。Huxley的 *Collected Essays* 出版，大感高興，九月中有了

---

① Pall Mall，即長紅牌香菸，又名波邁，是英美菸草和雷諾美國的共用品牌，由雷諾美國負責在美國的生產和銷售。

② Mary McCarthy（瑪麗‧麥卡錫，1912-1989），美國作家、批評家、政治活動家，代表作有《學院叢林》（*The Groves of Academe*）、《美麗人生》（*A Charmed Life*）、《群體》（*The Group*）等。此處所說的文章，應該已收入瑪麗‧麥卡錫《佛羅倫斯的石頭》（*The Stones of Florence*）一書。

③ 應指Vasari（Giorgio Vasari，喬治奧‧瓦薩里，1511-1574），義大利畫家、建築家、作家、歷史學家，代表作有《藝術名人傳》（*Lives of the Most Excellent Painters, Sculptors, and Architects*）。

④ 應指Symonds（John Addington Symonds，約翰‧西門茲，1840-1893），英國詩人、文學批評家，以研究文藝復興知名，代表作有《義大利文藝復興史》（*Renaissance in Italy*）。

錢後，預備定兩本，送一本給你。他的文章你也是大部份讀過的，是值得珍藏的。附上Joyce小照一張，是鄰居所拍，添印時，底片還有很多scratch了。即頌

　　近好

弟 志清 上

八月廿五日

405. 夏濟安致夏志清（1959年8月25日）

志清弟：

　　旅行已回來。這次可以說沒有走路。車子大約開了400 miles，Cadillac總算坐暢了。在太平洋邊上的Kalaloch過了一夜，那裡有我生平見過的最好的beach──沒有帳篷等俗物，玩的人很少。一面是太平洋，一面是高山，沙灘廣闊而長，是度假聖［勝］地。Carol遊蹤較廣，不知曾去過否？Olympus山裡面根本沒有開進去。我是喜歡「水」，勝過「山」；遊山太吃力，玩水可以meditate也。

　　本來還想去Yellowstone一遊，但是greyhound的escorted tour已經結束，自己沒有車，沒法去了。現在東遊有兩條路徑，一條是去Vancouver飛Montreal；一條是飛Syracuse；我預備先來你家，然後去紐約，華盛頓等地。但是我最怕packing，現在行李已有一百磅，預備先交給搬場公司，「出空身體」，只剩四十磅了，隨時可飛。行前將有電報通知。張琨勸我行前不妨舉行一次cocktail party，但是我怕太吃力──不是為了省錢──也許偷偷地走了。

　　出路事不大去想它。這裡的中國人，對於臺灣多無好感，只是各人的tact不同。說話有輕重而已。胡昌圖［度］是大罵臺灣的，他定明晨飛紐約，約我紐約再見。其人口才極好，可是怎麼會幫人的忙，我看不見得。有位程曉五，是溫州街舊友，讀Atomic Physics，在美六年，已得Ph.D.，現在UW做Research Instructor（月薪$675），管一隻Accelerator，他是個十分溫和的人，可是他說叫他回臺灣，寧可回大陸的。嗚呼臺灣！這裡的遠東系，洋人如Taylor，Michael等，都大捧臺灣，加上個Walker①（他已回South

──────────

① Walker（Richard L. Walker，吳克，1922-2003），美國學者、外交官，耶魯大學

Carolina），一唱一和，更為得意。但是張琨，胡昌圖［度］他們，都很看不起這輩洋人，尤其 Walker。Walker 新出一本 *Continuing Struggle*，我草草看了一遍，覺得他對於 scholarship，的確還有點問題。大陸可能如他所說，只有壞，沒有好，但是臺灣一定是好壞參雜的，他只報導好的，不說壞的，只能算宣傳，不能算研究，而且使臺灣的衰衰諸公，更加陶醉，也不是交友之道也。（捧臺灣的美國人，如 Knowland 等，都不「爭氣」，亦是臺灣的悲哀。）

我的懶惰，沒有鬥志，怕麻煩別人，臉皮嫩等等，使得我幾乎完全沒有為自己的前途用力。你可能都比我着急。我現在的人生觀是 adrift 主義，沒有 decision，不用 effort，這也許是東方哲學的奧義，但是你的西方哲學一定認為是大不妥的。我現在只等 Berkeley 一處，如那邊不成，也許（一）再申請入學等；（二）去歐洲飄蕩；或（三）乾脆回臺灣。如去歐洲，英國既入境困難，只好去法國（或比利時、瑞士）。德文已經忘得差不多，暫時德國不敢去，因為去了語言不通，自己不得益。

我對於日本大有好感，但是也因語言不通之故，不想去。日本在明治維新之前，政治社會制度和人生哲學等，都很像中國的春秋戰國時代。他們的 samurai，就是中國的「士」，為人講究氣節，說死就死。王室無權，皇帝永遠和某姓的女子結婚。幕府就是霸主（諸侯之強者），但是齊桓、晉文霸業都太短，不能如幕府那樣的世代相傳，挾制王室。幕府與諸侯內部，也因家臣的政權篡奪，而引起紛爭或流血，情形如魯之有三桓，齊之有田氏，晉之有六家也。

博士，曾任教於耶魯大學、南卡羅萊納大學，其中 1981 至 1986 年出任美國駐韓國大使。代表作有《共產中國：第一個五年》（*China Under Communism: The First Five Years*）、《不斷鬥爭：共產中國與自由世界》（*The Continuing Struggle: Communist China and the Free World*）等。

中國人分士農工商，日本亦然，但是中國後來的士，成為文弱之士，日本的士，還是文武雙全（至少武勝於文）。中國自秦以後，成為「官僚政治」，風氣一直到今日之臺灣不改（我評《官場現形記》就預備用這個觀點）。共產黨才把那些皇帝的助理者，徹底摧毀，但是新的官僚階級可能起來。日本的封建政治，去近代不遠，我對之大感興趣。這也當然是我的浪漫作風，你恐怕不會在這方面有共同的興趣。只是人的精力有限，再要研究日本文化，如周作人那樣，談何容易。

美國人做人真忙。我忙了一星期，趕MaGill的稿子，其間一星期之內，有 *My Fair Lady*[2]（百老匯的班子），*J.B.*，日本歌舞團 Takarazuka[3]（Rockettes Plus Mediaeval dance）等表演，Roethke的詩歌朗誦會，我都沒有時間欣賞了。學校演過了兩部老片子，*Birth of a Nation*[4]，與 *Covered Wagon*[5] 我都是糊裏糊塗的差［錯］過的，不勝遺憾。一個美國文化人，有這麼多藝術節目要欣賞，週末一定遊山玩水，家裡一定有雜務，交際應酬總不免（學校的會也很多），他還要讀書，研究，寫書寫文章，我真不懂他怎麼還有這麼多時間去應付的。（有人還要打網球呢。）

MaGill處稿承蒙指示不要「做文章」，甚感。MaGill寄了不

---

[2] *My Fair Lady*（《窈窕淑女》），根據蕭伯納的《賣花女》（*Pygmalion*）改編的音樂劇，1956年在百老匯首演，1964年搬上銀幕。由喬治·庫克導演，奧黛麗·赫本、雷克斯·哈里森（Rex Harrison）主演，華納影業發行。

[3] Takarazuka，成立於1913年的日本寶塚劇團。

[4] *Birth of a Nation*（《一個國家的誕生》，1915），無聲史詩片，格里菲斯（D. W. Griffith）導演，麗蓮·結許（Lillian Gish）主演，格里菲斯公司（David W. Griffith Corp.）發行。

[5] *Covered Wagon*（《邊外英雄》，一譯《篷車》，1923），無聲西部片，據艾默生·休（1857-1923）同名小說改編，詹姆斯·克魯茲（James Cruze）導演，凱瑞甘（J. Warren Kerrigan）、威爾遜（Lois Wilson）主演，派拉蒙影業發行。

少samples來，我已知道該怎樣寫。你用Pound的英譯本，極好，他說：他不管原文如何，只求介紹英譯本。Pound英譯本就叫 *Confucius Odes*。他心目中就是希望我們介紹這一本，你是做對了。

Waley譯《西遊記》，錯誤很多，胡適替他捉了七八處，其實至少幾十處。我忽忽［匆匆］地看，沒有仔細替他校閱，如仔細校閱，問題一定很多。中文真難。姑舉胡適所提的錯處兩點：（一）「花果山福地；水簾洞洞天」Waley不知道「洞天福地」是個成語，他以為的洞天的「洞」是verb。（二）唐僧姓陳，在通天河為金魚精所獲，擒入水內，豬八戒說，他成了「陳到底」了。Waley說此處似乎有個pun，但是他看不出來──足見他的了解能力很不夠。我發現了好幾處，懶得記它，這裡不寫了。但是他的英文很能表現一種droll humor，這是大不容易的，我譯不出來。

父親與玉瑛妹的信，過兩天再覆吧（先送上照片一張）。家裡的情形，似乎還好，能上館子，有好小菜，西瓜吃，能有阿二服侍，在大陸真是過得最高級的日子了。一般老百姓當然苦得要命了。張心滄的信，一直未覆，預備明天寫。擬好好的謝謝他。

臺灣最近水災（無家可歸者25萬）、地震（無家可歸者6萬），情形很慘。據我看來，臺灣很難應付未來的any one of the following crises：（一）中共入聯合國；（二）中共放原子彈（近年即可實現）；（三）金門馬祖撤退；（四）老蔣歸天。我如能在海外再觀望一年，當然頂好。臺灣的morale現在已很低，經［禁］不起再受打擊的了。

　　再談，專此　敬頌
　　近安
　　Carol，Joyce前均問好

　　　　　　　　　　　　　　　　　　　　　濟安　啟
　　　　　　　　　　　　　　　　　　　　　八月廿五日

406. 夏濟安致夏志清（1959年8月28日）

志清弟：

　　來信並建一照片都已收到，《詩經》已趕出，甚為感謝。悉你們身體都有點不舒服，甚念。下星期一即可見面，餘面詳，家信到Potsdam再寫吧。送上匯票$3,600，請檢收。下學期出路事，並不擔心。專此　敬頌

　　近安

Carol與Joyce前均此

濟安　敬啟

八月廿八日

407. 夏濟安致夏志清（1959年9月12日）

志清弟：

剛剛把長途電話掛斷，現在再把諸事補說一下：

遠東公司的地址卡片附上，此後可以去通信購貨。昨天去買了月餅（蓮蓉）、陳皮梅、線粉、冬菇、蝦米、皮蛋、紫菜、鴨肫肝諸物，打包裹寄上。其中月餅和陳皮梅是送給Joyce的生日禮物。干貝supermarket無有，據說要到中國藥材店去買，但是藥材店裡已賣完。只好以後到紐約來再說了。

昨天晴朗乾爽，精神大為愉快。上午去看Fahs，他的助手Boyd Compton①約我今天晚上吃晚飯，Compton是UW中文系畢業的，新近去臺灣遊歷，似乎很可一談。Fahs是忙人，能夠聯絡他的助手（處理遠東事務）也好。

從Rockefeller Center出來，到Broadway之南端Marine Midland Trust Co.去cash那張draft。該地已很近Wall Street，人是多極，都在街上走，街又狹，似乎沒有餘地給汽車行駛了。銀行裡兌取了旅行支票，轉去China Town吃午飯，在廣東館子叫了一客lobster（炒龍蝦，$2），很為美味。飯後瞎逛China Town。

晚上Korg②夫婦請我去Greenwich Village的Minetta Tavern吃晚

---

① Boyd Compton（波伊德‧康普頓），美國學者，1946年普林斯頓大學畢業，主要研究東南亞地區的政治與社會，1952-1957年獲洛克菲勒基金會支持赴印度尼西亞研究，發表了多部通訊作品，如《印度尼西亞：持續的革命》（*Indonesia: The continuing revolution*, 1953）、《印度尼西亞人評印度尼西亞時局》（*Indonesian comment on conditions in Indonesia: A letter from Boyd R. Compton*, 1955）等。夏濟安說「Compton是UW中文系畢業的」可能不確。

② Jacob Korg（1922-?），學者，哥倫比亞大學博士，1955至1968年任教於華盛頓

飯，我點的是Ravioli，味道遠不如中國餃子。但是該地方牆上掛了幾百張照片圖畫（有拳王Marciano③，明星Eva Marie Saint④等），情形如歐洲的小館子，地方擠，生意興隆。飯後，在Washington Square一帶參觀。

Korg夫婦已於多日前定了T. Williams的戲：*The Sweet Bird of Youth*。他們買的是樓上，大約五元多一張票。當天票已賣完，但是旅館裡有Ticket Service（名叫Tyson's，用臺灣的說法是合法的「黃牛生意」），一張票要多收一塊多「手續費」，票是正廳，一共八元幾，如此鉅款去看戲，是生平第一次。戲絕對不值這麼[多]錢。主角Geraldine Page⑤與Paul Newman⑥演技不差，但是Williams的劇本太亂七八糟，牽涉的問題太多，無一深入，symbols也淺薄得很。

今天下午也許去Modern Art Museum，也許去看電影。明天坐greyhound去華府。預備在小旅館住一夜，星期一飛Seattle。別的以後再談。

謝謝在Potsdam的招待，謝謝Carol。紐約之行給Joyce印象一定很深，我可以做各種games來形容紐約，但是不知在什麼時候了。

大學，其中1960年為國立臺灣大學訪問教授，代表作有《喬治·吉辛》（*George Gissing: A Critical Bibgraphy*）等。

③ Marciano（Rocky Marciano，馬里亞諾，1923-1969），美國職業拳擊手。

④ Eva Marie Saint（伊娃·瑪麗·賽恩特，1924-），美國女演員、出品人，代表影片有《碼頭風雲》、《奪魄驚魂》（*North by Northwest*, 1959）。

⑤ Geraldine Page（傑拉丁·佩之，1924-1987），美國電影、電視、舞台劇演員，代表影片有《蠻國戰笳聲》（*Hondo*, 1953）、《夏日煙雲》（*Summer and Smoke*, 1962）。

⑥ Paul Newman（保羅·紐曼，1925-2008），美國演員，曾獲奧斯卡獎，代表影片有《金錢本色》（*The Color of Money*, 1986）。

專此　敬頌

秋安

濟安　啟

九月十二日

408. 夏濟安致夏志清（1959年9月13日）

志清弟：

今日飛來（飛機票14.00）華府，氣候很好（現在溫度71°），所以人很舒服，旅館$6.50一天，房間相當雅致。這裡所在地就是downtown，給我瞎摸，摸到了「北京樓」。今天雖星期天，館子裡只賣五成座，生意不如紐約的興隆。另外在uptown有一家分店，不知你們上次去的是哪一家，使得Carol如此傾倒。電話簿子裡有一家Yenching Palace——「北宮」，廣告上說：We entertain more diplomats daily items than Whitehouse，想必是很豪華的地方。我一個人今天沒法點菜，叫了一碗「揚州湯麵」$1.75，並不很好吃。打鹵麵$1.50一碗，英文叫Home Style Noodles；炸醬麵亦是$1.50。

Downtown有Loew's戲院三家，*North by Northwest*[1]也在演。Warner戲院還在演*Cinerama*[2]（最後一天），我本想去看戲，但是在紐約太辛苦，今天晚上還是好好地休息吧。

華府的downtown遠不如Seattle熱鬧。名勝地區還沒有去看，但是從飛機場坐車進來，也粗略看到一點。大約是像一隻大學的campus。

這家旅館的房間明天已全部定出。明天下午必須遷出，如立即飛西雅圖，怕晚上太辛苦。想另找一家旅館，再住一晚，後天（十五日）早晨飛，後天下午到。

明天想找Gray Line導遊，坐他們的bus參觀全城。

---

[1] *North by Northwest*（《北西北》），阿爾弗雷德‧希區考克執導的懸疑片，卡萊‧格蘭特、詹姆斯‧梅森、愛娃‧瑪麗‧賽恩特主演，米高梅出品。

[2] *Cinerama*（《這是西尼拉瑪》，1952），瑪理安古柏執導，由洛韋爾‧湯瑪士示範的全景銀幕電影。

　　在紐約最後兩天的生活，不妨報導一下。星期六下午參觀 Museum of Modern Art，門票一元，裡面是各種近代派的繪畫與雕刻，其總和的印象，是「醜惡」。

　　在 Boyd Compton 家裡吃晚飯，談得很投機。你下次到紐約來，不妨去 R. Foundation 找他談談，他一定很歡迎的，Fahs 也記得你。Compton 家在哥倫比亞附近 106 街，據說晚上你可以聽見手槍聲音，蓋是 Pueto Rico 人居住中心地之一。他的 Apt. 不算豪華，但很寬大，房租 $190，飯後他陪我坐 taxi 去 12th street（又是在 village）想去看 The Magician③，到那裡有不少人在排隊等 Standing Room，我們想沒有意思，再換坐 subway 去 66th street 看 The Wild Strawberries④。此片他已看過，他送我到戲院門口後回去（戲院名叫 Beekman，奉送 Colombian coffee，院子後座可以抽煙，大約是專門優待文化人的）。Bergman⑤ 不愧是藝術大師，手法很新穎。處理全片很得 stream of consciousness 的要義，福斯公司的 The Sound & The Fury⑥ 能夠學到一二分就好了。戲中主角是個老年醫學教授，他回憶青年時代生活，別人都倒退幾十年，但他自己還是個老頭子，老少在一起，特別顯得 poignant。好萊塢拍回憶式的電影，

③ The Magician（《魔術師》，1958），瑞典電影，英格瑪・柏格曼（Ingmar Bergman）導演，英格麗・圖林（Ingrid Thulin）、馬克思・馮・賽多（Max von Sydow）主演，AB Svensk Filmindustri 發行。

④ Wild Strawberries（《野草莓》，1957），瑞典電影，英格瑪・柏格曼導演，維克多・斯約斯特羅姆（Victor Sjöström）、畢比・安德森（Bibi Andersson）主演，AB Svensk Filmindustri 發行、

⑤ Bergman（Ingmar Bergman，英格瑪・柏格曼，1918-2007），瑞典導演，導演 170 多場戲劇和 60 多部，代表影片有《第七封印》（The Seventh Seal, 1957）、《野草莓》、《呼喊與細語》（Cries and Whispers, 1972）等。

⑥ The Sound and the Fury（《喧譁與騷動》，1959），根據福克納小說改編，馬丁・理特導演，尤・伯連納、喬安娜・伍德沃德主演，福斯發行。

都由青年明星（or those who still look young）化裝成老年，然後再以英俊或嬌艷的姿態，重演青年時期的故事，結果是 sentimental。Bergman 這一點另闢蹊徑，確有獨到之處，全片是回憶、幻想，與事實混合的，連接得很好。片前有一部卡通（新派），叫做 Moon Bird⑦，演兩個小孩子，一個大約七八歲，一個大約三歲，三歲的那一個所講的英文，和 Joyce 所講的一模一樣，觀眾聽見他的英文就笑。不知什麼公司找到這樣一個語言天才來配音的？（我想不至於真的叫三歲的孩子來配音吧。）

今天中午在胡昌度家吃中飯，胡家我昨天去 Compton 家以前已去拜訪一次。他和他太太叫我搬到他家去住，並說下次來，一定要去住。我雖未去，但是此種盛意可感（我總覺得他為人太厲害）。他住的地方叫 King's College（Apt.55, No.501 W121 St. Tel. Mo. 2-8626，你下次來不妨找他談談），是歌〔哥〕大的宿舍，三間 bedrooms，他和他太太住一間，兩個男孩子住一間，的確還空出一間 guest room。房錢 $120，算是很便宜的了。他在 Newports 是 Associate Professor 三級（最高），現在到 Col. 來，階級仍舊，年薪 9000。他太太還想到 Col.Univ. Press 找校對工作做。據說兩個孩子讀書，初中的要一千一年，小學也要幾百塊，無怪 Carol 上次嘆息怕 Joyce 進不起學校。想不到美國讀書這樣貴。

飛機從 La Guardia 機場起飛，先飛到 Manhattan 的北面，看得見清清楚楚 Queens 的 Yankee Stadium（擠滿了人），飛過 125 St. 邊上的那幾幢很新的平民公寓，紐約的 skyscrapers 都飛過，最後是綠色的自由像。這樣飛一次，把 Manhattan 全部看一遍，是很划得來的。

---

⑦ Moonbird（《月光鳥》，1959），動畫家庭短片，約翰·哈布雷與妻子費斯編導，講兩個男孩，馬克與韓皮，半夜從窗戶爬出去捉月光鳥的歷險記。兩個小孩說話的聲音來自哈布雷的兒子，馬克與瑞，迪士尼出品。

　　明天主要的節目是遊覽。華盛頓的中國朋友，預備一個都不去找，可以減少不少應酬，也免得被人挽留。

　　MaGill處deadline是九月十八日，我是一篇都還沒有動。到了Seattle後擬寫信給他請求延期，同時進行寫作。

　　Berkeley之事如不成，擬再設法請UW幫忙，所以人必須在Seattle，才容易進行也。寄存的書中，三套禮拜六派小說，不妨取出一讀。還有些中國舊小說，都是臺灣寄來的，想不到都沒有用。還有Gigi照片兩張，都送給Carol吧。

　　這次東遊，你不要以為只是浪費金錢，沒有收穫。至少我在你那裡才決定不去歐洲的（天熱，疲倦，怕旅行），然後再決定回Seattle，這也許對於我的出路有點關係。

　　你們走後，我就在34街買了一件wash & wear的cotton shirt，價格不到$2.00，可稱便宜（34街就多這種小店），每天晚上把領子和袖子搓一搓，打上bowtie（現在不照鏡子都能打了），西裝筆挺，看上去像個人了。

　　Hotel New Yorker裡都是些衣冠楚楚的人，否則自慚形穢，住在那裡更不舒服了。

　　別的俟抵Seattle後再寫。專此　即頌
　　近安

濟安　啟
九月十三日

　　卡片一張送給Joyce。Doggerel沒有做像，請Carol修改。本來不想寫詩，寫完了看看，也許可以改成四句詩。

　　［又及］鑰匙一枚，請還給房東太太Mrs. Sweet。

409. 夏濟安致夏志清（1959年9月15日）

志清弟：

　　現在正坐Boeing 707西飛中（坐的是三等艙，所以晚飯小菜只是平常，也沒有酒），平穩異常，聲音還和平常飛機相仿，但少顛簸，所以人也舒服。一路向西沉的太陽追去，天似乎永遠不會黑了。機的高度是二萬呎，但是墨水筆一點也不漏，足見pressurized cabin做得的確不錯。上次飛越太平洋坐的是舊飛機，筆漏水，所以只好用ballpoint筆寫信。這次東來筆也漏水的。San Francisco的票買不到，改買Los Angeles，轉飛（當晚）S.F.。行程之奇怪，今天買票之前還沒想到。今天中午在TV看見K①進華府的情形（警察軍樂隊等parade），我想趕去看，已經走過。他走過的地方和我的住處很近。昨天在capital門口看見Halleck②，我上去同他瞎攀談，還替他照了一張相。假如再給K和Ike的車子照一張，華府此行可算不虛了。

　　再談　祝好

　　並問Carol，Joyce近好

濟安　啟
九月十五日

---

① 應指約翰·費茨傑拉德·甘迺迪（John Fitzgerald Kennedy, 1917-1963），1961年1月出任美國第35任總統，1963年11月遇刺身亡。

② 可能指哈勒克（Charles Abraham Halleck, 1900-1986），政治家，曾是美國眾議院的共和黨領袖。

410. 夏濟安致夏志清（1959年9月17日）

志清弟：

在SF住一晚，昨日搬來Berkeley，今晚飛回Seattle。可能仍住在Lander Hall，信不妨由Pressly轉可也。

陳世驤已見到，據談事情希望頗大，因為系裡沒有問題，定兩門課，一門是「近代中國文學選讀」，一門是「近代中國文學的發展」（講述）。問題是budget上沒有我，要動用Emergency funds，這個funds一動用，別的系也來請求動用，校方很難決定。最後一次開會是下星期一（21日），如成，我也許在S.F與Seattle之間還要往返地飛，然後搬來Berkeley。可能這學期就要上課，我雖毫無準備，也許能對付。如不成，就是從Seattle飛東京了。再進行別的學校（除了U.W之外），都來不及了。成敗如何，只看命運。

馬逢華也已見到。他的地址2411 Durant Avenue, Apt.3, Berkeley 4, California。他還沒有買車，對於Berkeley S.F.一帶的地理還沒有我熟悉。Berkeley有一家中國館子，他都不知道，他在Remer手下做事，沒有什麼不好，但是他仍想教書。他在Ann Arbor，恐怕很刻苦用功，像我這幾天的豪華浪費生活，他是從來沒有經驗過的。我們談了很久，對於臺灣，都看不出有光明的前途，可是他已申請permanent residence，而且可望核准。他在這裡沒有什麼朋友（每天坐辦公桌，研究尚未開始），很希望我能來。

在Berkeley買了一本Barzun的 *Teacher in America*，的確很精彩。非但文筆爽利，而且隨時流露的學問也十分淵博。看了這本書，我對於美國大學的情形知道得更清楚了。

在紐約與華盛頓，坐bar已成習慣。Berkeley找不到一家bar，很失望，但是住定了，喝酒的習慣也會戒除的。

前天晚上在L.A.降落之前，景色很好看。月亮相當圓，不知道中秋沒有到還是已經過了，天空碧清，下面L.A.這個大城萬家燈火，佔地極廣。中國人從來沒有紮過這麼多的燈彩，也只有極少數的人能夠在jet上賞月看燈的。（L.A.→S.F.坐的Super G. Constellation，也是很大的很新的飛機，但聲音就噪得多。）

回Seattle後，預備埋頭寫MaGill的文章，管他來得及來不及，我總把它寫完。心思集中，也可少為自己的前途擔心。

你們學校想已開學上課，你也將恢復正常的生活了。我在Berkeley只是短期名義（即使成功），希望你能來西岸，esp.加州，教書。這一期*Look*是加州專號，不妨買一本看看：加州的誘惑。

西岸的雜誌到得較慢，Moore封面的*Time*今天（星期四）才見陳列。九月十二日的*New Yorker*（裡有一篇Peter Taylor的小說諷刺某教授的假期生活，你也許會喜歡的），我上星期五、六在紐約已看見，在這裡還沒有出現。十月份的*Esquire*有Maleich[1]新劇本，S.F.也還沒有見到。（Bird和Fleming的兩本書，使我很感慨，好像都應該由我來寫的。）

Chinatown的food package想已寄到，Joyce生日不妨吃「索粉」——金鏈條、銀鏈條。Carol想也喜歡吃的。還有，做中國菜（尤其是索粉之類），頂好加味精，你們家如沒有，也可去China Town order。（報上講：seaweed據某教授研究，可防止ulcer。紫菜也是一種seaweed，不妨多吃。）

這次旅行，錢是浪費不少（我沒有帳，也不管它），但是如不

---

[1] Maleich，應作Archibald MacLeish（阿奇博爾德・麥克利什，1892-1982），美國著名詩人、劇作家。哈佛大學法學院畢業，曾任美國國會圖書館館長、哈佛大學教授，曾三次獲得普立茲獎，代表作品有《征服者》（*Conquistador*）、《詩選1917-1952》（*Collected Poems 1917-1952*）、《J.B》（*J.B.*）等。登在1959年10月號《老爺》（*Esquire*）雜誌上的劇本是《自由的秘密》（*The Secret of Freedom*）。

斷地有income，用用也不妨，只看命運了。如回臺灣，總是窮困，
再省也沒有用。如有好消息，當立即通知。專此　敬頌
　　近安
　　Carol, Joyce前均問好

濟安　啟

九月十七日

411. 夏志清致夏濟安（1959年9月20日）

濟安哥：

　　紐約、華府、飛機上寄出的三封信已收到，今晚電報公司打電話來通知你的電報，知道 Berkeley 的事已弄妥當了，不禁大喜，Carol，Joyce 也很高興。（很希望 Xmas 我們來西部來看你一下，不知能成事否？）假如這半年能在 U.W. 做些研究工作或教一兩課，即是更理想了。你上次東來，用了不少錢，Carol 也侵佔了你不少錢，我相當感［到］不好意思，現在你有了 California 的 job，這次浪費也不算錯。你教的三門課是什麼名目？美國近年來出版關於近代中國的東西很多，為教書方便起見，秋冬期間，把這類書可以隨時翻閱一下。你電報上托我寫《三國》、《聊齋》兩篇文章，這週末大概可以寫成一篇，即演述一下《三國》的故事，《聊齋》和《詩經》一樣，要夾敘夾議，非得略為把原書看一看不可。我的 Bibliography 和你的〈臺灣〉尚未繳出，所以最近仍相當忙碌，時間很少。假如 MaGill 答應展期，而你自己沒有緊急事務，不知你能不能自己趕一下，否則，我當遵命，看你來信這麼說法。又，你囑我把文章寄紐約，詳細地址你當然會在信上告訴我的。我在這裡，因為 popular，class 人數極多，兩班四十人左右，一班三十人，僅一班八人，星期一到星期五都相當忙碌，做不開自己的事情。只有週末是自己的，而星期日也不好意思離了 Carol，Joyce 去辦公。但你如要準備一個 lecture，抽不出身，我把《聊齋》趕寫一下也是可以的，只是 appreciation 的水準較普通浮淺罷了。

　　謝謝你送來了這許多禮物。那些 Chinese food 都是非常實惠的，月餅我十年未吃，已早已吃完了，陳皮梅 Joyce 很愛吃，只是不知道怎樣把肉和 stone 分開，只把它如糖果一樣 suck。昨天做線

粉肉圓湯，不料日本線粉放入沸水內，全部溶解，看來只好冷拌吃。蝦米冬菰都是做中國菜的必備作料，你給了我們遠東公司的地址，我們自己也可去order。

　　你給Joyce card寫得很有趣，你的確把Joyce的heart capture住了，她平日只見我和Carol兩人，你是她第三個最熟的人，她不時想到你，要和你通信打電話。許多遊戲我們現在如法炮製，如five-best food等。Joyce上次旅行很累，幸虧沒有出毛病，目前多多休息，大概不會得病了。我們回來後Potsdam已轉寒，今天吹來一陣熱風，天氣也稍轉暖。你返Seattle後，不知箱子（內有照片）已到達了否？另有一封Joyce，Carol給你的信，內附key。兩包書沒有打開，因為包捆麻煩（可能把它們打開，把《海上花》和禮拜六派小說看一看），你現在有了一定住所，兩包書即可寄還給你了。你身邊一二千元大概不夠用，隨時要錢，即可把款子劃返給你。

　　你來Potsdam，談談家務，另有一番滋味，你這次在美國住定了，見面機會一定很多。胡昌度在哥倫比亞任Associate Professor，他bargaining的工夫一定很精，是我們做不來的，他為人的確厲害，李田意在Yale守了十幾年，恐怕今年剛剛升任Associate Professor。前天看了 *North by Northwest*，今晚Carol在看。Hitchcock「生意經」噱頭極多，所以片子特別叫座。Hitchcock最愛用金髮女郎做女主角，Bergman、Kelly、Novak[①]、Saint都在他片子演過戲。我曾坐三層樓看過 *Rose Tattoo*，當然遠不如後來的movie version。看話劇，傷精神，貴，而得不到快樂。你有機會，還是多看些musicals，不多寫了。

　　即請　近安

---

① Novak（Kim Novak，金・露華，1933），美國女演員，代表影片有《狂戀》、《金臂人》（*The Man with the Golden Arm*, 1955）、《迷魂記》（*Vertigo*, 1958）。

Carol代筆問安

〔又及〕謝謝精美的日本doll，已放在臥室櫃子上，像好娘娘地供起來了。

弟 志清 上

九月二十日

412. 夏濟安致夏志清（1959年9月24日）

志清弟：

　　來信今日收到。今天發了兩個電報，把要緊的話先說了，怕你們懸念也。這幾天心相當亂，從SF回來後（Berkeley發的信，想已收到），借了《六十種曲》和《三國》，有空就看《三國》，文章反而忘記寫了。星期天（20日）星期一（21日）漸趨緊張，為等Berkeley的信息，文章不能寫。現在《琵琶記》寫了幾段，《三國》你寫了很好，過兩天定心一點，我當接寫《聊齋》。一路上打字機放在旅行袋裡，被行李房丟來丟去，到Seattle打開，打字機已損壞，spacing bar和capital letters key都不靈了，拿去修理，花了三元幾角，現在已拿回來。當時看見打字機壞了，更不想寫文章了。《三國》仍舊寄Pasadena可也，Magill已回信答應延長至九月底，你也不必急，寫這種summary在你只好算遊戲文章，慢慢地寫好了。

　　今天剛把Visa延長。Taylor先給我個名義Research Associate, for Academic Year 1959-1960，待遇都還沒有談。我說沒有錢都無所謂，他說他去掘掘看（dig up），如掘到，當有錢。Taylor的Far Eastern Institute是半獨立性的，給人名義不要開會等等手續，只要他一句話。雖然如此我還等了兩三天，原來在開學期間，他這種負責行政的人，十分之忙，找他談五分鐘話都不容易。Research Associate這個名義是我想出來的，我假如要換什麼別的，他也肯。但我相信這也夠大的了。有了學校的公文（拿了他的信，再辦學校公文），移民局那裡十分簡單，很快就簽出來了。只是管我公事的是一位老太太，名叫Mrs. Rilden，人很慈善。她不喜歡我抽pipe，覺得煙味觸鼻，很使我尷尬。

今日又有傷腦筋之事。我的房間快要分派給學生住，秋季學期註冊的人多，宿舍裡恐怕沒有空房間給客人住了。找房子我頂怕，此事頂吃力而 frustrating，瞎走半天，東按電鈴西打門，不一定有結果。學校附近有的是 rooming house，二三十元錢一間，大多房子破舊，人頭嘈雜。新式公寓，要百元左右，unfurnished，我不能住。舊式公寓幾全客滿。我預備出六七十元一月，反而沒有合適的房子，豈不怪哉。我不會開車，否則的話，偌大一個 Seattle，找房子豈不容易？現在只在學校附近找，但是學校 campus 大，四邊找起來，也很吃力的。

Berkeley 定開三門課：Mandarin Texts（讀雜誌報章，每週四小時）；Contempoary Chinese Writers（讀中文原文，每週三小時）；Survey of Vernacular Literature（用英文講，學生不一定懂中文，每週一小時），還算輕鬆。那門 survey 課，不知從《水滸》、《紅樓》講起呢，還是從五四講起，預備寫信去問。如從五四講起，你的書將是最好的參考書了。名義是 visiting lecture；薪水六個月 $4,578，明年一月到六月。（我到 Berkeley 去，UW 的人人人歆羨。）

我當然希望能在美國長住，但是目前無此跡象。現在 Berkeley 的正式聘書尚未發，原因是我的 Visa 尚未弄妥，他們一定等我在 immigration office 方面沒有問題了，再正式聘任，這也是負責人的謹慎之處。我的 visa 年年要傷腦筋，job 年年成問題的。今年傲倖 Taylor 幫忙，明年不知如何。明年之事明年再說吧。

Suitcase 已到，暫存 Pressly 處，等我找到房子再說（還沒有打開看裡面的照片）。兩包書不妨暫緩寄來。Joyce 如此想念我，我真希望你們於 Xmas 能來加州一遊。我十二月就預備去了，你們隨後來好了。現在身邊錢很夠用。不需要你們幫忙，如需要時再說吧。你工作如此忙碌，希望多保重。我近日心甚浮動，只是瞎忙，正式工作毫無，希望於最短期定下心來。Carol，Joyce 前問好，父母親

前希望你有空先去稟報。專頌
　　近安

濟安　啟

九月二十四日

　　［又及］轉來之信，並Carol，Joyce的卡片都已收到，謝謝。回
信暫時仍交Pressly轉。

　　在Potsdam我能每天早晨九十點鐘起身，下午睡午睡，真正享
清福。最近又是六、七點鐘就醒了，午睡很難得。

413. 夏濟安致夏志清（1959年9月27日）

志清弟：

房子已尋到，$80一月，離學校很近。但是不到月底或下月初，不能出空，這幾天住在旅館裡，很清靜。《聊齋》寫了一半，不難。正在看中文本，英文本被英文系的朋友Don Taylor借去，星期一問他要來，補寫幾個故事的大要，即可成功。

雖然時間已經開學附近，學校附近的rooming house，還有空房間。那種房間，左右全是住滿了學生的房間，可能很不清靜，而且和人家合用廁所浴室，也不方便。我是extrovert的傾向很大的，人一多，Wu-Wah, Wu-Wah，也會忘了讀書（如溫州街的打麻將）。現在的房子（樓下）大致寬敞，有private entrance，前面一家住一對小夫妻，一個小孩子，影響不到我（樓上住學生，他們走前面）。暑假住宿舍，也要$75一月。現在$80，但是為自己偶爾弄弄飯吃，也可以省一二十元錢一個月。水電煤氣，都已包括在內。還要裝一隻電話，添些零碎東西（如sheets，刀叉等，那些到Berkeley總用得着的），所費也有限得很。Seattle的房子似乎比Berkeley相差不多，馬逢華的房子，bed room和living room合而為一，晚上要把床（白天關起來的）拉下來，比較麻煩。我是有時候也喜歡白天在床上橫橫的。他的房租似乎$65，並不比我的便宜。我還有晾衣裳曬太陽的地方。自己的門口葡萄藤上已經結了紫色的葡萄。你們家的房租，想並不比我的貴多少，但我的living room比你們的大，kitchen只是range，沒有你們的寬敞。學校附近有一家Apt. Hotel，是一座大廈（不很新），一個Apt.（床也要拉下來的），要$125一月，外加maid service等十元一月，我還住不起。母親常說：屋寬不如心寬，我則要屋寬然後心寬，這大約是materialism與idealism

之不同吧。蘇州新橋弄的房子寬到極點，但是鬼影幢幢，住那種地
方是可以寫得出聊齋這種故事的。

　　你們開學後，工作很忙，希望《三國》不多佔用你的時間，徑
寄Pasadena MaGill處也可，地址你想有。事實上，《詩經》和《三
國》都是你的favorites。你寫這兩篇東西，也可以對介紹中國文學
稍花一點力量。Giles①的文學史已買來，錯誤百出。介紹《琵琶
記》，故事有好幾處弄錯，介紹《聊齋》，把干（Kan）寶（《搜神
記》作者）譯成Yü Pao，真是大笑話。他還把蘇秦譯成Su Tai（泰）
呢！中國人研究英國文學的，總還比他知道得清楚些。中國人頂多
把Ben Jonson拼作Ben Johnson而已。Carol想必忙碌如舊，Joyce的
疲勞想已恢復，希望你們到西岸來玩，我也許在Seattle住兩個月就
去Berkeley了。專此　敬頌

　　近好

濟安　啟
九月廿七日

　　[又及] 信還是暫時寄學校的好。

---

① Giles（Herbert Giles翟理斯，1845-1935），英國外交家、漢學家，1867年遠涉重
　洋來到中國，任英國駐華使館的翻譯、領事等職，長達25年之久。1897年，
　任劍橋大學漢學教授，直到1932年請辭。翟理斯一生著作等身，代表性著作有
　《中國文學史》（*A History of Chinese Literature*）、《中國古代宗教》（*Religions of
　Ancient China*）、《華英字典》（*Chinese-English Dictionary*）等，譯作有《古文
　選珍》（*Gems of Chinese Literature*）、《論語》（*Analects of Confucius*）、《莊子：
　神秘主義者、倫理學家、社會改革家》（*ChuangTzu, Mystic, Moralist, and Social
　Reformer*）、《中國笑話選》（*Quips from a Chinese Jest-book*）等。

414. 夏濟安致夏志清（1959年10月4日）

志清弟：

　　Seattle發出的兩信，想都已收到。Pressly這兩天生病，你的回信如已到，寄在他那裡，要等他病好了，才看得見。或者我自己到歷史系去拿。箱子也還存在他的office裡。

　　這幾天生活又換了個樣子，住在自己寬大的Apt.裡（廁所很小，沒有tub，只有shower；kitchen也只是range，但是living room大約有20'×20'有四百方呎），另有一種滋味。靜是靜極，倒並不覺得寂寞。最exciting的是自己煮飯煮菜，不妨把經驗略談。如有Carol和你實際指導，成績可以更好了。

　　Kitchen主要部門是一隻冰箱連sink連電灶的東西，但是左右和上面的架子櫃子抽屜等很多，尚無法利用。電灶上有三個眼，沒有bake的地方。但這三個眼已很夠用，用起來極方便。現在已經煮了五頓，經過如下：

　　Fri.晚飯：米飯極成功，事前已得若干專家指導：一碗米，加兩碗水，急火（電灶上的high）煮開，文火慢慢地煨（low，電灶上還有1到6的中間溫度，沒有用過）。米用的是California Pearl，煮出來果然軟熟晶圓，比廣東館子的「硬棚」的洋秈米（long grain）蒸飯好吃得多。菜則馬馬虎虎。我買的是日本人切好的sukiyaki牛肉一磅；另外中國青菜兩三顆 🌱；另有一種「白菜」較肥 🌱。用花生油炒，火力太猛，而手腳太慢，先炒肉，後炒菜，把肉炒焦了。好在我只用了一小部份肉。再試時，把青菜洗好，切好，蔥、薑、醬油都準備好，然後炒肉，肉的紅色消失時，把菜等放入，成績還不錯。

　　Sat.早晨：飯泡粥（上日剩下的飯），罐頭smoked Tuna（日本

貨很鮮），兩個白煮蛋，剝殼蘸醬油吃。（中午在外面吃。）

晚上：先去日本人店裡，請教sukiyaki的做法。很簡單，關鍵只是作料，作料是醬油，水，糖（這個很重要，東西做菜之不同在此）。熏酒（Sake我還沒有買，因為學校附近沒有）、牛肉有剩的，再加菜和罐頭筍、蔥、薑一起煮，居然很好吃。（標準sukiyaki的蔬菜是豆腐、筍、線粉、carrot、芹菜、番茄，以後買了酒可以好好的來幾次。）

Sun.早晨：白米粥、Tuna和白煮蛋。

中午：另出花樣。買了一種chopped ham（大約是次級的，只有4角幾一包，另外有五角幾一包的），拿兩片連切帶撕，和線粉（日本人也叫Sai Foon——豆腐日本人叫Tofu），筍，加鹽、味精（Ajinomoto味の素）一起白燒，也很鮮。你說線粉要煮溶，我並沒有發覺這種現象。美國火腿有好幾種，你上次燉雞的是哪一種？

今天晚上，有人約了去吃日本館子，廚房暫停。我現在所有的器皿：frying pan（鐵製，很重），鏟刀，和咖啡壺是在舊貨店買來的，三樣不到$1.50。另新鋁鍋兩隻，一隻約$1.00，可煮三碗多飯，另一隻$1.40容量3 quarts，還沒有用過，等到天冷一點，好好的燉雞、燉蹄膀來吃。燉菜大約是極容易的。

現在冰箱裡沒有牛奶butter cheese，水果也沒有，今天才去買了四隻番茄來。肉還剩牛肉片若干（放在freezer裡），火腿三片。沒有買過麵包（我記得我們在New Haven，麵包老是發霉，吃不完很可惜的），買了些麵條，另有兩罐Beef Vegetable Soup，必要時可以下麵吃。但是我喜歡吃飯，又怕開罐頭（很吃力），至今還沒有用，所以備而不用的東西很少。

咖啡壺是三節的，我還不知道怎麼用，你回信時不必來指導，大約任何美國人都會教我的。沒有買咖啡，這東西暫時還用不着。我只用下一節煮開水，買了日本人的綠茶（很綠），今天才泡

了一杯，昨天前天都是喝冷水，在我也無所謂的。

這樣的生活還算儉樸。我不想什麼fancy dishes吃，所以recipes也用不着。講營養，蛋白質澱粉是夠的了，脂肪可以大減少（不吃butter，不用豬油炒菜，不吃ice-cream），吃的東西大約同我們在蘇州的不合理的diet相仿。可能水果吃得太少（附近一家人家的梨樹熟了，落了一地，我今天撿了兩隻吃，很小然甜。我門口的葡萄藤也可以吃，但我捨不得），但是我似乎也不需要。好在我不會每天頓頓自己做來吃的。

還有一點美德，也是蘇州傳來的，即不糟蹋飯米。第一天吃剩的飯，第二天早晨做稀飯吃。昨天晚上飯鍋裡還有飯，刮起來太麻煩，我就用sukiyaki剩下的汁，倒在飯鍋裡，一起煮成湯，把剩飯都吃完。今天早晨剩下的稀飯，我不倒掉，把米放進去，再煮飯。飯當然太濕了，但是今天中午的菜是火腿湯，雜格亂拌一起吃，也不覺飯之濕了。

自立門戶，缺這樣缺那樣一下子想不起來。目前很需要字紙簍、掃帚和拖把。這些有空再去買吧。（電話ME 3-4569）

箱子還沒有開，所以照片還沒有看見。我另外一卷Ektachrome，剛剛沖出，成績都很好；印了幾張在1,000 animals那裡所照的，拿來了即可寄上，Carol和Joyce看見了，可以很高興的。替Halleck照的，也不錯。可惜沒有機會把K照入。

在UW掛了Research Associate的名義，而研究計劃難定。上星期寫《聊齋》，再看Giles的譯本，覺得可以來一個補編。《聊齋》故事431則（有些極短）。G君僅翻了160則，我想至少可以再找二三十篇來譯的。有些很有趣的較長的故事，都給G因為coarseness而刪掉。這些東西也許最合近代洋人的胃口，而且在心理學上也有價值。如〈恆娘〉毫不神奇，以狐狸精來討論feminine charm，是極有興趣的。這個工作可做，但是我暫時恐怕沒有時間來管它。不

知道你有沒有興趣？

　　Taylor想研究共產中國，我想從這方面來幫他的忙。這兩天看了兩種書：王瑤①（清華）的《中國新文學史稿》，和劉綬松②（武漢大學）的《中國新文學史初稿》。前者是1952年出版的，材料較多（魯迅讚美臺靜農③——臺大現任中文系主任——的話都寫進去了），立論上也較少專橫，如胡風的話，還常常引用。後者是1956年出版的，那是一副正統面孔了。胡風被稱為「蔣介石特務匪徒」；選材注意「鬥爭」，「正派」和「反派」都可得傳，中庸一點的人反而被抹煞了。毛、魯迅、瞿秋白、周揚和一位叫做馮雪峰④的話，是兩書都大quote的，所謂「文學史」只是根據他們的話編寫而已。

　　我現在想研究1930-1936所謂「左聯」的活動。許多個人主義的作家或小集團如何匯成這個大團體，共黨如何操縱，他們幫些共黨什麼樣的忙——這些是極有趣味的題目。研究起來不難，只是材料不夠。如左聯的publication，我相信即使Hoover Library也不會全備的。這方面你現在是美國少數專家之一，可惜我還沒有看到你的書。你的書可能多講作品，少講作家們的activities和心理轉變的過

---

① 王瑤（1914-1989），字昭深，山西平遙人，文學史家，1952年後任教於北京大學，代表作有《中古文學史論集》、《中國新文學史稿》、《魯迅作品論集》等。

② 劉綬松（1912-1969），原名壽嵩，湖北洪湖人，文學史家，1949年後任教於武漢大學，代表作有《中國新文學史初稿》、《文藝散論》等。

③ 臺靜農（1902-1990），字伯簡，安徽六安人，作家、書法家，早年活躍於未名社，1946年赴臺任臺灣大學中文系教授，代表作有《地之子》、《龍坡雜文》、《靜農論文集》、《靜農書藝集》等。

④ 馮雪峰（1903-1976），原名福春，浙江義烏人，詩人、文藝理論家，1929年參加中國左翼作家聯盟，1949年後任中國文聯黨組書記、中國作協副主席、人民文學出版社社長、《文藝報》主編等職，代表作有《湖畔》（合作）、《真實之歌》、《回憶魯迅》、《馮雪峰論文集》等。

程，我相信我如好好地弄，也許可以寫成幾篇文章補充你的書。

現在住址已定，兩箱書請寄信封上的地址為荷。可是又要浪費你的寄費了。身邊東西越來越多，將來再搬家如何了局？《三國演義》想已寄出，這次你不要同我推讓錢了，好不好？你現在有兩篇，也該自己出面，不要讓給我了。專頌

近安

濟安

十月四日

［又及］如寫家信，請把我做菜的情形，先約略稟告。我過些日子另行寫信。

415. 夏志清致夏濟安（1959年10月12日）

濟安哥：

十月四日來信收到已多日，前兩天Joyce不舒適，患Bronchitis，服antibiotics，已差不多痊癒了。上星期我把glossary，bibliography等東西弄好，你的那篇〈臺灣〉也打好了，一面打一面把文字多少修改一些，revised version文字比較緊湊一些，但原意未失，風格也如舊。我自己沒有留底稿，不能寫一份給你看看，等書出版後再看罷。我列的bibliography，有幾本書不知道出版的日期和地方（indicate上海or北京即可），請你找union catalogue和在華大圖館查一查。查得到最好，查不到，也無所謂：

　　史劍①：《郭沫若批判》香港195？

　　馮雪峰：《論民主革命的文藝運動》194？

　　郭沫若，周揚等：《論趙樹理的創作》194？

　　郁達夫：《她是一個弱女子》（or《饒了她！》）上海193？

　　　　　　　《屐痕處處》上海193？

　　張天翼：《鬼土日記》193？上海

　　李廣田：《灌木集》開明194？

　　茅盾：（抗戰後的短篇集）《委屈》194？

　　施蟄存的散文集：《燈下集》上海193？

　　老舍：《饑荒》（《四世同堂》第三部）晨光出版公司1951？

　　梁宗岱②：《詩與真》

---

① 史劍（1924-1983），本名馬彬，字漢嶽，浙江餘姚人，筆名史劍、南宮搏，畢業於浙江大學，後赴臺，出任《中國時報》社長，代表作有《漢光帝》、《武則天》、《太平天國》、《蔡文姬》等。

② 梁宗岱（1903-1983），廣東新會人，詩人、批評家、翻譯家，早年留學法國，

　　此外，Clarence Moy③有一篇文章叫"Kuo Mojo & the Creative Society"，載於哈佛Fairbank主持的Regional Studies Seminars所mimeo印出的*Papers on China*，1950，請查volume number（這些*Papers on China*，華大一定有的）。丁玲《太陽照在桑乾河上》中有一個地主名叫Hou Tien-Kueu，究竟是侯什麼（典貴？），我沒有書，無法查。你如借到該小說，我記得書前有人物表，一查即得。這些事，又要麻煩你一下，如找不到，請不必去驚動人了。

　　你搬進apartment，自己做菜喫，自有一番樂趣，中國菜煮法很簡單，你學會了炒和燉，大多數的菜，都可以自己做，不久即可成為expert。有幾點我可以指導你的地方：一、你的frying pan是鐵製的很好，鋁鍋雖輕便，煮飯可以，煮菜不相宜。鋁鍋和sink一碰，即有一片黑色留在sink底上，此黑色者即鋁也。如炒菜，鋁一定被炒到菜裡面去；有些蔬菜，放在鋁鍋內煮後，鋁鍋即變色也。所以aluminum可能被吞下，於健康有害。最好的pan，pots當然是stainless steel，Revere ware是stainless steel最老牌的一種，但價格較高，你有興，可以買一兩件。二、can opener你一定要買一件，而且必定要買用screws釘在牆上的那一種。我們用的牌子叫Swing-Away，非常方便（老牌Daisy想亦不錯）。小型的can opener，既麻煩，而且用起來不放心。小型can opener，cutting edge不smooth，結果金屬particles都掉在食品上，吃下去可能有害的。美國frozen

---

結識保羅‧瓦萊利（Paul Valéry），法譯的《陶潛詩選》獲得羅曼羅蘭的高度襃揚。回國後，任教於北京大學、清華大學、復旦大學、中山大學、廣州外國語大學等大學，代表作有《晚濤》、《蘆笛風》、《詩與真》等，譯有《莎士比亞十四行詩》、《浮士德》等。

③ Clarence Moy（克拉倫斯‧莫伊，1916-2015），出生在美國奧勒岡州波特蘭市，1934年到中國廣州、南京上學，美國密蘇里大學新聞系畢業，1947年參加美國中央情報局，1951年獲哈佛大學碩士。

蔬菜都是染色的，毒已很多，再吃金屬，與身體更不相宜。三、你的咖啡壺得用drip方法，Carol不會用，請問洋人。我們喝instant coffee，味道雖差，方便得多。四，你能買到中國作料，很好。但有幾種美國人用的東西，用起來很方便，如onion salt，garlic juice，等。有一種香料（at spice counter）anise seed，即茴香，燉紅燒牛肉最相宜，味道和中國的茴香一般無二。Ginger powder我是常用的，但其調味的功效遠不如老薑。你煮菜用的花生油，不知是什麼牌子，我們用corn oil（Mazola），另外一種cotton seed oil叫wesson oil，equally popular。Butter，lard等動物油質，boiling point既低，與身體也有害，少用為妙。Super market有cleaned好的魚、蝦、lobster等，這種海鮮放在作料裡soaked了一二小時，即可直接放進滾油裡去，很容易fry，你不妨試試。五，有時飯多了，隔日仍可吃飯，不必煮粥。買一個colander漏鍋 🥢，把冷飯放進去，然後把colander擱在大鍋後，鍋內先放下一兩寸熱水，把蓋蓋上。讓水boil，蒸汽上升，飯得到水蒸氣，到適當熱度，即可吃了。此法是我想出來的，很方便。六，美國frozen food得放在freezer，frozen orange juice，早上吃一杯，開胃提神，是很有益的，其他juices你可以試用，較吃水果方便便宜。此外frozen vegetables，紙盒出售，不知你買過否？Corn，peas等類大概比新鮮的好，leafy vegetable等則味道遠不如新鮮的。但有時prepare fresh vegetable麻煩，也可試用一下。美國canned soup最versatile，普通frozen veg.放在雞湯裡（instead of water，salt）一煮，也就很可口了。七，你的冰箱如是舊式的，日子一久了，freezer一定厚厚encrusted with冰雪。把frozen defrost，花時間很多，不方便。我的方法是每兩星期or so，用大spoon or hammer，把compartment敲打，冰塊受了震動，自己就掉下了來了，這樣方便得多。當frust仍在fluffy的stage，用spoon scrape freezer內部，那更省事。八，我用的ham是

daizy ham（可問attendant），是小型紙包的東西◯（紅黃色）像大型的sausage。此種ham與普通美國粉紅的ham是不同的。有fat，很鹹。普通美國人吃這種ham，把它放在一大鍋水中煮，煮熟了把水倒掉，吃肉，真是大大的不智。我invariably燉雞時，把daizy ham放在裡面，好像是一品鍋。注意：不要放salt，雞半熟時，嘗過後，再放鹽，因為ham是相當salty的。你有大白菜、香蕈、筍，燉起來更有味道了。八、supermarket fresh mushrooms很多，白色，這種東西用大量滾油炒以後（轉黑色）很可口，可和肉片同吃。

我做菜，因作料不夠，數年來，除炒菜外，不外蹄膀、燉雞、紅燒牛肉、咖喱雞，數種而已。你多experiment，可以做更多的菜。如豆腐此物，我從來沒有用過，因為買不到。

十月初給父母的信已報告你就職U.C.的好消息，你過幾天可以把住apt.，煮菜的經驗講給家中聽。你當Research Associate，Salary已講定否？你的research計劃，我覺得譯《聊齋》比較方便，容易見功。Giles的版權早已lasped了，他譯的文體可能不夠好，不夠faithful。你把他所譯的revise一下，自己多譯幾篇，可以好好地出一本書。《聊齋》文言很elegant，美國專家是不敢動的（〈恆娘〉似已被林語堂譯了，載在他的《中國短篇小說選》內，有pocket edition）。此外你可參考Martha Davidson④的 *A List of Published Translations from Chinese into English*，*French*，*German*，看看那〔哪〕幾篇故事是已有人譯過了。你譯《聊齋》可以出書，研究「左聯」活動，至多只好寫幾篇文章。「左聯」的內幕，究竟怎麼樣，我還不大清楚。它和Comintern的關係，也沒有人研究過。二十年代，常常有人罵魯迅有rubles的income，魯迅也寫文章否認

---

④ Martha Davidson，生平不詳。

過。「左聯」出的刊物這樣多，究竟有沒有第三國際津貼，也很難說。瞿秋白無疑是「左聯」的領導人物，馮雪峰後來參加長征，和江西關係是弄得很好的（他也被 purged 了）。此外，還有托派，其中大人物是創造社的王獨清⑤，但托派還有些什麼人都不清楚。生活書店，韜奮⑥（also 艾思奇⑦）這一段歷史也是值得研究的。巴金安那其派的人物也可入文，可以研究的材料是極多，問題是從現有的書本上，能否得到 accurate instruction。魯迅筆戰一場後，如何投降中共，這一段歷史的內幕（應看《魯迅書簡》，我沒有看過這部書），我至今還未弄清楚（approach 他的是馮雪峰）。周揚（大夏大學學生）在三十年代如何弄出頭的，也很費解（他是和胡風辯論而出名的，早一些時候，他僅是個 translator，他如何能得到中共的信任，也很難說）。總之，在我看來，郭沫若、周揚、創造社 veterans 是一派！魯、茅（非黨員）、胡風等是另一派，魯茅那一派有什麼政治背景，也很難說。你要研究這個題目，非得大看書不可，最好寫信問當年文壇老人（如胡適、黎烈文——《自由談》編輯，他應該掌故很熟），打聽內幕消息。我書上這種材料不多，你要研究這個時期，最好能翻閱舊雜誌，先讀一兩個月書，有了頭緒後，再可寫文章。你的兩包書，日內即寄出，你要動用存款，隨時可寄還。Carol 因 Joyce 病，很忙，隔幾日再給你信。我看了 *A Hole in The*

---

⑤ 王獨清（1898-1940），山西蒲城人，詩人、小說家，曾加入創造社，代表作有詩集《像前》、《死前》、《獨清詩選》等。

⑥ 韜奮（鄒韜奮，1895-1944），原名恩潤，江西余江人，記者、出版家，1926-1933年主編《生活》週刊，1932年成立生活書店。代表作有《小言論》、《大眾集》、《韜奮言論集》等。

⑦ 艾思奇（1910-1966），原名李生萱，雲南騰衝人，哲學家，曾任中國哲學學會副會長、中國社會科學院社會科學部學部委員，代表作有《大眾哲學》、《哲學與生活》等。

Head（Robinson演技很好，Sinatra和millionaire Keenan Wynn相會的那一段，我認為是拍得極好）。這幾天工作較輕鬆些。匆匆，即頌

近安

弟　志清　上
十月十二日

416. 夏濟安致夏志清（1959年10月12日）

志清弟：

　　收到來信，甚為欣慰，蓋期待已久矣。你功課如此忙法，我則很清閒。研究的題目還不曾正式開始，「左翼聯盟」的史材［料］太少（他們辦了很多「短命」刊物），也許就研究1949-1959間的中共文壇，最後寫一篇像樣的文章（不是paper式的），投稿給 *PR* 或 *Hudson R.* 等的chronicle欄。此事也許能做。上信提起「馮雪峰」，後來知道此人也是胡風反「黨」集團裡的。據聞魯迅當年曾和周揚筆戰，周的文章（早期）不知容易找否？最近在看Ernest Simmons[1]的 *Through the Glass of Soviet Literature*，發現蘇聯的文藝路線曲折經過，多少可以和中共paralled。毛在1942年的整風報告中提出文藝路線，1946年夏秋之交，Zhdanov[2]所提的蘇聯路線，可以說是毛的echo。這種東西可能沒有人研究過，可以取巧地發揮一下。中國在20's所介紹的共產文藝理論，如Plekhanov[3]、Lunacharsky[4]、

---

[1] Ernest Simmons（西蒙斯，1903-1972），俄國文學研究專家，代表作有《契訶夫傳》（*Chekhov: A Biography*）、《俄國現實主義導論》（*Introduction to Russian Realism*）等。

[2] Zhdanov（Andrei Zhdanov，安德列・日丹諾夫，1896-1948），蘇聯領導人，曾任聯共（布）中央政治局委員、中央書記等，長期主管蘇共中央的意識形態工作。

[3] Plekhanov（Georgi Plekhanov，普列漢諾夫，1856-1918），俄國革命家、理論家，早期的馬克思主義者，俄國社會民主主義運動開創者之一。代表作有《社會主義和政治鬥爭》（*Socialism and the Political Struggle*）、《歷史唯物主義論集》（*Essays on the History of Materialism*）、《論個人在歷史上的作用》（*On the Question of the Individual's Role in History*）等。

[4] Lunacharsky（Anatoly Lunacharsky，阿納托利・盧那察爾斯基，1875-1933），俄國革命家、美學家，蘇俄首任國民教育人民委員會委員，長期負責文化教育

Bukharin⑤……等，後來在蘇聯都受清算的。那些普羅理論書，現在也不容易借到了（除了《魯迅全集》裡的以外）。為對付UW，我也許就研究中、蘇共黨的文藝政策。Simmons還有一本書，其中有Erlich的 "Social & Aesthetic Criteria of Soviet Literary Criticism" 一篇文章，我認為這個題目取得很好（我尚未看）：中共文藝理論鬧了幾十年，主要也是想兩個criteria兼顧，偏左不好，偏右也不好。中共十餘年來文藝理論的根據一直還是毛的1942［年］那篇報告。

哈佛Fairbank歷年以來，私人印了（打字、油印）十幾套 *Papers on China*，我看見1958年的一本，收文五篇，其中有一篇論郭沫若的早期生活，大部抄他的自傳，沒有意思；還有一篇論「百花齊放」與費孝通，寫得很不錯。我一直對於「百花齊放」不大了解；臺灣的反共專家認為那是個trap，預備來捉那些心裡想反共的人的。據那篇文章（作者是女人，姓Hawtin）說，中共起初（陸定一⑥演說時）很有誠意要爭取「高級知識分子」的（1956），到1957，從6月8日到7月8日，那才是布下了天羅地網預備捉人的。她文章把日子一天一天排得很好，我才開始對於「百花齊放」有點認識。想不到美國人對於中共的事情的確有人是有點了解的。

英文系Weiss、Don Taylor、Hoover，三人合送一只Frying pan（市價要幾十塊一只），算是給我搬家的禮，盛意可感。那只pan，可以調節溫度，從150°到400°，並附詳細說明書，介紹各種西菜

和意識形態工作。1930年任駐國際聯盟代表。代表作有《實證美學概論》、《列寧和文藝學》、《社會主義現實主義》等。

⑤ Bukharin（Nikolai Bukharin，尼古拉・布哈林，1888-1938），蘇聯領導人，蘇共中央政治局委員、共產共際執行委員、《真理報》主編，曾被譽為蘇共「黨內頭號思想家」。1929年由於和史達林政見分歧被開除出蘇共，大清洗時被處決。

⑥ 陸定一（1906-1996），江蘇無錫人，1949年後任中共中央宣傳部部長、國務院副總理、中央書記處書記、文化部部長等職。

的做法（包括dessert，candy等），我收到了很窘。我不想做個好cook，那種西菜我也不想學（並不是我不喜歡吃美國菜，吃美國菜可以上館子，用不着自己動手了）。看來做steak最省事，只要把肉放上去，把溫度、時間算準就成了。那只pan同時可做三塊steak或六塊pork chop，可是我絕不想用我自己做的菜請客，要請客還得上館子。現有的電灶很夠用了。上星期買了一隻雞（約二磅多，已切成塊，附雞什雞肝），吃了三天還吃不完（白燒，湯極鮮），但天天吃雞，也覺單調。Thomson Hall（Far Eastern所在地）的janitor賣給我一隻鴨子，重五磅多，我想那是吃一個禮拜也吃不完了，乃送給Weiss，昨天晚上到他家裡去吃的飯，足見我對燒菜的興趣不濃。其實中國菜都不難做，炒菜只是搶個快，燉菜只是火候。附近A & P supermarket恐怕沒有蹄膀賣，幾時想做紅燒試試看。你恐怕不知道母親的紅燒肉是不合標準的（母親喜歡加百葉結或蘿蔔）。我在浦東，曾跟父親住過幾個月。父親根據cook book做紅燒肉，先白燒，然後加醬油與糖紅燒。這是標準做法，其肉嫩。母親是一上來就加醬油紅燒的，結果肉比較老。母親剛到浦東，還和父親辯論呢。父親說：「你問濟安。看啥人做的紅燒肉好吃。」我至今還沒買過麵包，咖啡，牛奶，冰淇淋，水果等，美國像我這樣一個廚房大約是很少的。廣東香腸極鮮（我曾用以炒蛋，加番茄），你們不妨去supermarket（紐約）去order。冰箱裡還有一大塊火腿，似乎不夠鹹，味道有煙熏的香味，只好算熏肉也。Carol對於我寄去的「皮蛋」，有何意見？Daniel Weiss很想一嘗Ancient eggs，但是Seattle恐怕沒有。

胡適在Seattle住了一天（在李方桂家裡），我因上月在紐約沒有去看他，這次特地到飛機場去迎接。他在臺灣，飛機場迎送的人每次都有幾千，我可一次也沒去過。他在飛機場同我瞎客氣，問我：「你太太好嗎？」這種話他對於半生不熟的人，大約常說，

對於我可用不上。李方桂家裡有一個reception，他見我大讚美你。
他對 Wilhelm 及另一人說：You must have his brother（可惜 Taylor
和 Michael 那時不在旁邊）；Wilhelm 說道：這大約是 family tradition
了。後來我要走了，向他告別，他忽然語調轉變，說道：「叫你弟
弟回臺灣來教書呀！」胡適在美國的聲望雖不如昔，在 UW 的遠東
系，他還是大受尊敬的。他轉 San Francisco，即飛臺灣。

最近才接到 Schafer 的信，告訴說，Dean & Chancellor 對於聘
任事都已表示贊成，這樣事情才算定當。此事怎麼成功的，我至今
還覺得很奇怪。只好以命運解釋。承蒙介紹柳、李的書，很感謝，
免得我編選講義麻煩了。我相信假如運氣好，教書也不會大失敗
的。

《聊齋》與《琵琶記》於月底前就寄出。支票90元也已收到。
你再把30元推讓給我，我真不好意思叫你寫那篇《三國》了。我
論《聊齋》說：中國小說中只有《紅樓夢》和《聊齋》是描寫女人
心理最成功的。《文學雜誌》已收到，其中思果⑦繼續在攻擊《聊
齋》，文章我還沒看，但他的第一篇我看了就不服氣，很想我也來
一篇。其實叫我來研究《聊齋》之類的東西，比研究左派作家有興
趣得多了。

箱子已從 Pressly 處拿來，發現 Kodacolor 一卷照得並不好。
毛病是 out of focus，我的 Leica 太舊，鏡頭拔出拔進，鬆了。在
Seattle 有時替人照相，也犯這個毛病（鏡頭焦點和軟片不成絕
對垂直），很窘。底片我已去添印，寄上兩張請轉寄家裡。另外

---

⑦ 思果（1918-2004），原名蔡濯堂，江蘇鎮江人，天主教徒，散文家、翻譯家。
代表作有散文集《香港之秋》、《林居筆話》、《橡溪雜拾》等，譯作有《大
衛‧考勃菲爾》（*David Copperfield*）、《西泰子來華記》（*The Wise Man from the
West*）等。

kodachrome寄上五張。Joyce真聰明，記得紐約的事情，還能拿來做遊戲。現在寄上的照片裡，有llama拉車（煩你扮演一次llama了），有animal food的箱子，想必更可喚起她的回憶。可惜我不能「出主意」，替她設計新的遊戲。Carol想必忙碌如常，過幾天預備寫封英文信同她討論燒小菜的經驗。

最近很想學開車，可能忽然會有一天心血來潮，真去學的。別的再談，專此　敬頌

近安

濟安　啟
十月十二日

[又及]這一期（10月）*Harpers*中論美國新小說與新詩二文，我已寄給臺北，請人翻譯去了。

搬來後還沒有整理過床，也還［沒］有掃過地，掃帚還沒有買。上信恐把地址寫錯了：這裡是12th Avenue N.E.，不是12th Street N.E.，請注意。

417. 夏濟安致夏志清（1959年10月18日）

志清弟：

　　接來信，知Joyce稍不舒服，現想已痊癒，甚念。我的〈臺灣〉，承蒙修改，甚感。其實我那篇東西，立論自信大致準確。寫完以後，近來想想，有些論點，還可以大加發揮。但是懶得去動它，你把它改成緊湊一些，那是最好了。托查的書，只有《她是一個弱女子》（郁）、《饑荒》（老舍）和《鬼土日記》（張）未查到，其餘的如下：

　　①史劍（1954）──此書根據David Tod Roy所著*K.M.J :The Pre-Marxist Phase*（收在F.氏所編*Papers on China* Vol.12, 1958──上信中已提起）的Bibliography中說：「作者did not have access to《創造季刊》與《創造週報》」。他真姓名是馬彬，查Union Catalogue，才知道他另一筆名是南宮搏，寫了很多香豔的歷史小說（如大美人，李師師，李鳳姐etc.），我一直把他當作無聊作家看待的。②馮雪峰，上海，1949。③郭、周等，1949，湖北新華。④《屐痕處處》，上海，1934。⑤李廣田，1946。⑥茅，1945，上海。⑦施，1937。⑧梁宗岱，上海商務部，1935。Moy的文章收在*P. On China* Vol.4, 1950，題目把創造社譯成The Creation Society。丁玲的小說，華大沒有，暫時也不想去轉借了。

　　你的書引證如此廣博，實在可怕。我只看見你的〈論張愛玲〉與〈結論〉兩章，以為注重在批評，後來愈來愈發覺你在scholarship上所用的工夫。這種書我恐怕是一輩子也寫不出來的，沒有這個精神和毅力也。

　　研究事，還無頭緒。昨天看《魯迅書簡》，倒很感興趣。魯迅致其母之信（母在北平，想是依周作人而居，魯在上海），一點不

像「革命文豪」的著作，簡直同我們的家信差不多。他討論修墳（紹興），講講親戚朋友，報告天氣和海嬰如何的頑皮等。他母親能看小說，幾次叫他去買張恨水、程瞻廬①等的作品，魯都買了寄去。魯說：張恨水的作品，他沒有看過。不知道他老太太看了《吶喊》《彷徨》是什麼意見。家信中一字不提周作人，也很奇怪的。（《書簡》於1946年出版，會不會許廣平給刪去的？）

　　1933年十一月五日致姚克②（莘農）信中，有對於《魯迅評傳》的意見，抄錄如下：

> 弟（按：他不寫「第」，專用「弟」；不用「於」，而用「于」）十一段至十二段，其中有不分明處。突興之後，革命文學的作家（舊仇創造社，新成立的太陽社）所攻擊的却是我，加以舊仇新月社，一同圍攻，乃為「眾矢之的」，這時所寫的文章都在《三閒集》中。到一九三〇年，那些「革命文學家」支持不下去了，創、太二社的人們始改變戰略，找我及其他先前為他們所反對的作家，組織左聯，此後我所寫的東西，都在《二心集》中。（按：似乎毫無enthusiasm）

他信中對於北大一批人頗為切齒，因為他們不讓他教書。前些

---

① 程瞻廬（1879-1943），名文梭，字觀欽，號瞻廬，又號南園，江蘇蘇州人，作家，先後在蘇州晏成中學、振華中學、景海女校任教，並在《小說月報》、《禮拜六》、《半月》、《申報》等報刊發表作品，代表作有《茶寮小史》、《眾醉獨醒》、《唐祝文周四傑傳》等。

② 姚克（1905-1991），原名姚志伊，又名莘農，安徽歙縣人，畢業於東吳大學。劇作家、翻譯家。1930年代初與魯迅交往密切。曾參與英文刊物《天下月刊》的編輯。代表作有劇本《清宮怨》、《楚霸王》、《美人計》、《蝴蝶夢》等，英譯有魯迅的《短篇小說選集》等。

日子，看見聞一多在某處說的話，大意是聞在清華教書時，自居「京派」，瞧不起「海派」的魯迅，在昆明時，很覺後悔云。北大那些五四英雄，後來「變節」，也是使他大感寂寞的原因之一，如胡適、劉半農、甚至林語堂等。

魯迅的脾氣、性情、思想，以及「鬥志」等，我自信能相當了解。不了解者，是他怎麼會「積極」地去支持與加入左聯。他是一股巨大的摧毀的力量，最能戳破中國人的complacency；我認為臺灣的烏煙瘴氣，實在需要「魯迅風」去一掃（我沒有這勇氣與救世的conviction）。魯迅某信中說：冰瑩③……與左聯亦早無關係。如此冰瑩亦曾加入過左聯的。

他的「兩間餘一卒，荷戟獨彷徨。」不知是在'30之前或之後寫的（魯迅這個卒，後來也是個「過河卒子」）。這使我想起自稱「過河卒子」的胡適。魯頗不齒胡之為人，於其治學方法亦不大贊成。但是胡這次回臺灣，可能做martyr去了。十一月臺灣要開國民代表大會，討論「修憲」和總統連任問題。前天跟蕭公權④（UW教授，清華教授，中央研究院院士，是個和善的前輩學者）談，他說胡適這次告訴他，回臺灣去後要大大地反對修憲和總統連任。胡是國大代表，在會場裡預備發表重要的演說。我真替他擔心。臺灣的事情，豈是總統換個人，捧牢了憲法，就可有濟的？胡適與其說是提倡民主，還不如說是提倡parliamentarianism，為這個理想，鬧得

③ 冰瑩（謝冰瑩，1906-2000），原名謝鳴崗，字鳳寶，湖南新化人，作家，曾留學日本，1948年去臺，代表作有《從軍日記》、《女兵自傳》等。

④ 蕭公權（1897-1981），原名篤平，自號跡園，江西泰和人，政治學家，早年留學美國，獲康乃爾大學博士學位，返國後先後任教於南開大學、燕京大學、四川大學、光華大學等學校。1948年當選為第一屆中央研究院院士。1949年底赴美，任西雅圖華盛頓大學教授。代表作有《中國政治思想史》、《憲政與民主》、《中國鄉村》、《問學諫往錄》等。

自己的性命有危險，真是何苦？蕭公權分析胡的性格，說他「太愛
名」，怕美國之寂寞，乃回臺灣。他又說蔣廷黻⑤曾指着胡說：「適
之，你不以為你提倡什麼科學方法，you are more a Chinaman than
any of us!」胡一向提倡民主的理想，但在臺灣，非得捲入實際政治
陰謀不可。有三方面人在拉攏他或捧他，而胡適最喜人捧：一、
陳誠——有野心想做總統，且極反對蔣經國；陳誠有自己的特務
（好像Beria管特務，但Malenkov等人也自有其特務），於黨方、政
方、軍方、財政經濟方面都有勢力，他只厭惡老蔣與恃老子為後
台的蔣經國。二、C.C.——陳立夫拖了一大批沒落的知識分子、
地方紳士與黨棍子進立法院，這幫人本為majority，現失勢（一部
份被拉進陳誠或蔣經國的圈子），但不服氣（雷震亦為C.C.），現
成臺灣的民主勢力（virtually是國會內部的反對黨）；鬧得最凶、
最使老蔣頭痛（陳誠表面上，可能事實上，還是效忠老頭子的），
凡是《自由中國》半月刊上所大鬧的案子（如電燈加價，出版法
修改……），立法院中皆由C.C.為回應，但C.C.無頭，預備捧胡出
來。據蕭公權說：胡公於去年回臺任中研院院長之前，曾邀他去談
話（在紐約），拿出真正的龍井茶餉客，胡說，決不預備談政治，
但很難，「人未回去，已經有人來拉攏了。」蕭問是誰來拉攏呢？
說是「C.C.」。三、不滿現實的青年——熱血分子，近幾十年來在
中國一直大鬧，在臺灣十年來沒有鬧的機會：大學生、中學生、職
業青年，甚至軍人。這幫人可能相信「議會政治」，但也可能有左
傾分子（他們被壓入地下，別的話不敢說，唱「民主」高調還是可

---

⑤ 蔣廷黻（1895-1965），字清如，湖南邵陽人，歷史學家、外交家，早年留學美
　國，獲哥倫比亞大學博士學位，返國後任教於南開大學、清華大學等學校。後
　棄學從政，1945年任中國駐聯合國常任代表，1961年任中華民國駐美大使兼駐
　聯合國代表。代表作有《近代中國外交史資料輯要》、《中國近代史》等。

以的），也有感到生活苦悶，只想以鬧一鬧為樂的。還有一批人，力量很大，跟胡還沒有什麼來往，但是雷震跟他們很要好，即臺灣地方勢力。現在只是高唱「地方自治」，「地方選舉民主」，先佔據了地方要職再說（Mayors, City Councillors 等），其中可能有大野心家，想搞「臺灣獨立」。胡不贊成「臺灣獨立」，但是一定支持他們的「縣市鄉鎮民主選舉」的。現在蔣是阻礙四方面（陳誠可能是例外，he can afford to wait；但另外三種人都在捧陳誠，不知陳將何以自處？）的力量，逼他下台的這四種人（陳誠的幹部想升官發財，也唯有等陳誠出來做No.1 man，他們也可能慫恿陳誠），老蔣即便肯放手，但蔣經國的話，他是聽的，可能還想做總統。今年年底明年年初，臺灣的局面將相當緊張。

十月一日北平開大會，*Time, Life* 等盡嘲弄之能事。我是始終不敢小看共產黨的陰謀與力量的。照我看來，共產黨志在必得臺灣，但又怕打美國人。他們的「解放」計劃，如要實現，只有讓臺灣內部起變化，把老蔣轟走，來個「民主」政府。如此美國既不便干涉，共黨又從此可以滲透，慢慢地把臺灣吞噬下去。老蔣雖缺點甚多，他到底還是安定臺灣的力量。他即使再連任，總得有歸天之一日，臺灣那時恐怕沒有太平了。

我講魯迅與胡適，其實也是講我自己。我在臺灣，以《文學雜誌》主編及所謂「名教授」的身份，麻煩是很多的。我已覺察出來危機（有些朋友——如劉守宜——及學生等，是希望我出來做官的），僥倖抽身得早，不知明年要不要再投身是非之地耳。我如對於政治毫無興趣，那倒是大大的幸福，但環境不容許（朱光潛都是三民主義青年團的理事），再則我對於政治的興趣，的確很濃。如一開頭寫文章討論政治，就欲罷不能，一篇一篇地寫，最後非採取某種立場不可。這是in spite of yourself的。如魯迅雖常嘲罵「革命文學」，他一直沒有反對過「革命」；如要革命，當然要群眾，群眾

又變成了「無產階級」，他之成為「左聯」的發起人之一，也許有這麼一個過程。胡適一直想做政府的「諍友」，這次他就回臺灣去，進可能是最後的「諍言」了。其間似乎有一種logical necessity。但政治很複雜，問題如單線解決，總是顧此失彼的。魯迅得到了「普羅」，一定失去些什麼。胡適把老蔣逼下台來了，臺灣的問題也許更複雜。我在臺灣就不知道採取什麼政治立場的好。我在講堂上曾公開地講，英千里曾勸我入黨，我說：「國民黨如自命革命的政黨，我決不加入；如改稱『保守黨』，我也許考慮。」當然，改名稱也沒有什麼用，即使國民黨真成了保守黨，那就能百分之百的符合我的希望和要求嗎？足見我的話說得很幼稚。雷震他們當然希望我去加入談「民主」。其實，英千里和雷震等，都是忠厚人，手段拙劣，假如碰到一些厲害的人（如曹操、劉備等），我也許糊裏糊塗的就拉過去了。許多教授在昆明、北平、上海、南京等地被拉入「民主陣線」（或C.C.集團），其間經過，一定都可以寫成小說的。可惜現在寫小說的人，無此imagination耳。

學者文人教授加入某一政治團體，大約同女人或某個男人結婚，情形相若。可能她只是想男人，而偏偏該男人追得甚緊而手段高妙，她就結婚了。事實上，她不一定就對該男人十分滿意的。

我在臺灣，好像是個prudish的處女，總算保其「節操」逃出來了。現在容光日益嬌豔，dowry也增加了，回去，追的人一定更多。

昨天UW和USC大比足球，同時又是Home-coming weekend，熱鬧非凡。USC是 Time 列入各大學足球第二名的，實力很可怕。這次我沒有去看，前星期UW vs. Stanford，我去看了，不甚有趣，球員都擠在「一足堆」，要訣是「寸土必爭」，攻到底線（touchdown）就贏。Barzun的 God's Country & Mine （討論美國風俗人情）我已買來（ Home of Intellect 尚未），他很不贊成足球，認為是

Muddy hecatomb，但很欣賞棒球，認為像 fencing，又像 ballet 云。
事實上，欣賞棒球也不易，一個好的 pitcher 連擲三個不犯規的球，
而叫 batter 接不着，該是極精彩的，但是不懂的人（如我）可能
覺得沉悶。UW 贏 Stanford，但敗於 USC。星期五晚上，到 Greek
Row 去參觀，真熱鬧，該 Row 佔地好幾個 blocks（好幾條街），各
fraternity 與 sorority，都紮彩掛燈，還沿街表演歌舞戲劇。女學生
漂亮的多極多極（表演的與旁觀的都算在內），平日在 campus 倒
反不注意。一切裝置與表演，都是表示要打死 USC 的 Trojans 隊，
而擁護自己的 Husties 隊。試舉一處 sorority 的表演：房子前面搭
一戲臺，作 barn 狀，barn 上面掛了一張布，上書 Gunfight at UW
Corral。先上來四個男裝少女，跳舞；後上四個少女，合跳；後加
至男女各八；再上來十幾個少女散坐在臺的四周，作各種表情。
上壞人（即 Trojan），有仁丹鬍子，眾人驚逃；再上兩部英雄（即
Husty），其人亦少女扮演，國色也；兩人比手劃腳多時，英雄把壞
人一槍打死。前面的八對男女再上來大跳舞慶祝。舞劇進行時，有
音樂（hi-fi）伴奏。其他各處 sorority 的歌舞少女，姿色大約都不
比 Radio City Music Hall 的 Rockettes 差。Fraternity 的表演以幽默為
主，味道就較差。

我因為在宿舍裡認識一批學生（宿舍不在 Row 的附近），所以
有機會去看這些低級趣味的東西。若專和 faculty 來往，是不會去
看的。他們大多數人之嫉視足球，不在你之下。美國大學生活真有
趣，一方面是蒼白的，shy 的，好靜的 faculty 與研究生，一方面是
Wu-Wah Wu-Wah 的本科生與 Alumni。我因為興趣太廣，對兩方面
都想略有認識。若一心做 scholar，就不免 miss 掉大學生活中的熱鬧
部份了。（今天聽說，昨晚一幢 fraternity house 失火燒掉。）

再看那些諷刺 USC 與 Trojans 的表演與裝置，那是 harmless
的，中國以前也學過美國的玩意兒，如清華之與燕京、交大（南

洋）之與暨南，在運動上競爭得都很厲害。我在中學讀書時，常看到報上交大、暨大比賽soccer的熱鬧情形。上一晚要「誓師」，也有「校花」獻旗，「文醜」寫壁報痛詆對方，校友和社會人士跟着瞎起哄。後來政局多故，學生的精神，多發泄到政治上去了（當然也有人在引導的）。如暨南大學的學生本來可能演戲挖苦交大的，後來改為宣傳抗日了；勝利以後，就成為宣傳反蔣，美國民主政治所以能維持，青年人寧可瞎鬧，而不去管政治，也是原因之一。如一旦那種fraternity與sorority演的戲，唱的歌，跳的舞，是反杜魯門，或反艾森豪的，美國政治大約已臨末日。即使大家唱歌跳舞來反對蘇聯，美國大約也快完蛋。美國之所以比蘇聯強，從青年人的「鬧」的不「納入正軌」，也可以看出來的。臺灣的青年一點也不鬧，政府偶然來領導熱鬧一下，大家敷衍了事。這也不是好現象。

　　Book of The Month Club的宣傳品，承你退回來，大兜圈子，剛剛寄到。十月份的那本書：John Hersey⑥的小說，來不及退掉，讓它寄到Potsdam去吧。只好請你掏腰包，把書款寄給他們。連Hersey之書，我已經買了五本，離開規定的購買數已不遠。為免周折起見，請你以後每月代拆，如書不合用，則請寄一明信片去，說不要。它所選的書，有些我是不要看的，如Hersey的小說，想無多大道理，有些也許還能一看，請你斟酌的好了。

　　承蒙指示煮菜法，甚感。我尚未做過紅燒牛肉，因切起來太麻煩。紅燒肉已做過，太性急，肉不甚爛，但還可以。配以白蘿葡一條；照母親做法，蘿葡先要到水裡煮一煮，把苦味煮掉，我也

---

⑥ John Hersey（約翰‧赫西，1914-1993），中文名韓約翰，美國作家，生於中國天津，十歲時隨父母返回美國。二戰期間，往返於歐亞大陸，為《時代》、《生活》、《紐約客》撰稿，1945年曾獲普立茲獎。代表作有《鐘歸阿達諾》（*A Bell for Adano*）、《廣島》（*Hiroshima*）等。

省了這一步。買了一大塊豬肉（loin 部份，帶肥肉與骨頭，想是和蹄膀相去不遠了），隨時切些做做，尚未吃完。大白菜（即蘇州做「爛汙肉絲」的那種）極肥而甜香。Potsdam 大約是沒有的。我怕切，肉絲之類是不會去做的。現用的花生油是 Planters 牌。Orange juice 尚未買，因為沒有 pitcher。但是常常到小店區買一杯來喝喝。Frozen 的東西還沒有買過。

此間可能沒有薪水。我向 Taylor 請求 job 時，自己提出來的條件。他說看他去 dig up 如何，系裡款項如多，不會不給我；如不夠，也許真沒有了。我現在生活除吃東西（仍舊不斷地在外面吃）、房租以外，其他用途也不多。即便沒有薪水，也可維持，請勿念。中國館子不大去吃，因為菜太豐盛；我小時吃苦，大了不肯糟蹋東西，菜不吃完，又覺可惜，勉強吃完，還得添飯，因此 over-eat，惹得父親發議論。在別種館子和自己煮菜時，吃得都很合中庸之道的。

昨天看了 *Love is My Profession*[7]，不大有趣，雖然 B.B 仍很美。我以為是一齣 mystery，不料不是。蹩腳三角戀愛，兩個男人個性都模模糊糊。Joyce 想已痊癒，你們不要太緊張，把大人累到了，也不好的。我寄給家裡的信與照片，想都收到。專頌

　　近安

　　　　　　　　　　　　　　　　　　　　　濟安　上
　　　　　　　　　　　　　　　　　　　　　十月十八日

---

[7] *Love is My Profession*（《不幸時刻》，1958），法國電影，據喬治·西默農（Georges Simenon）小說改編，克勞特·烏當—拉哈導演，尚·嘉賓（Jean Gabin）、碧姬·芭杜主演。

　　［又及］臺北現有的文人，除黎烈文、臺靜農外，尚有孟十還⑧（已擱筆）、戴杜衡⑨（即蘇汶，專寫報紙雜誌的editorials，現專攻經濟學，我拉過他好幾次）、胡秋原⑩（立法委員，中央研究院近代史研究員，寫得很勤，但不涉文壇）等，他們該知道些當時的情形的。葉青⑪已成KMT忠實信徒，當年是托派，辦辛墾書店。當時托派大本營該是神州國光社、王禮錫⑫等。

---

⑧ 孟十還（1908-?），原名孟斯根，遼寧人，作家、翻譯家，曾留學蘇聯10年，與魯迅來往密切。1949年去臺灣，任國立政治大學東方語文系主任。退休後，定居美國，後病逝於美國，卒年不詳。翻譯有果戈里的《密爾格拉得》、萊蒙托夫的《且爾克斯之歌》等。

⑨ 杜衡（1907-1964），原名戴克崇，筆名杜衡、蘇汶，浙江杭縣人，作家、翻譯家，曾任《無軌列車》、《現代》月刊等雜誌的編輯。代表作有《石榴花》、《叛徒》、《漩渦裡外》、《文藝自由論辯集編》等，譯作有《結婚集》、《道林格雷的畫像》等。

⑩ 胡秋原（1910-2004），原名胡業崇，湖北黃陂人，史學家、政論家，曾任上海亞東書局編輯、同濟大學教授。1949年去香港，1951年去臺灣。1963年創辦《中華雜誌》。主要著作有《近百年來中外關係》、《歷史哲學概論》、《中國文化之前途》、《民族文學論》等。

⑪ 葉青（1896-1990），又名任卓宣，四川南充人，政治家，早年曾參與發起組織「中國少年共產黨」，任中共旅法支部書記，後轉投中國國民黨，任國民黨中央宣傳部副部長。1949年去臺灣，曾任國民黨中央評議委員、臺北政治大學教授。主要著作有《胡適批判》、《民生主義真解》、《中國政治問題》等。

⑫ 王禮錫（-1939），詩人、作家，1929年在上海創辦神州國光社，後因宣導展開中國社會史的討論而轟動一時。代表作有《市聲草》、《海外雜筆》、《戰時日記》等。

418. 夏濟安致夏志清（1959年11月5日）

志清弟：

多日未接來信，甚為繫念，尤其是上信說Joyce有病，不知現已痊癒否？希望此信發出後，即刻看見你的來信。

書六包都已收到，害你又重新pack過，浪費許多精神，很對不起。我因為怕搬動打紮東西，還沒有把它們拆開來。雖然字典等等是要用的，也許拆一兩包試試。如今拆了，將來寄加州去，又是大麻煩事。

這兩個星期，忙於搜集材料，寫有關魯迅的paper。UW有一個Modern Chinese History Project，我算是加入那個東西，不好意思不拿些東西出來。如研究神怪小說，只好算是personal project，UW不一定要。Project裡有研究馮玉祥的，袁世凱的，康有為的，章太炎的等等。我這個魯迅還可以配合得上。

現在所知道的關於魯迅的材料，比兩個星期前多得多了。材料一多，只好寫小題目，希望寫《魯迅的末一年》（last year 1936），主要的出發點是他的1934、1935、1936[年]的信，信中對於左聯不滿的話很多。周揚和他恐怕很為不睦。那時瞿秋白、馮雪峰都不在上海（瞿秋白1935年死），沒有人去humor他；他覺得很孤立，周揚他們未始沒有打擊他的心思。若是沒有United Front「國防文學」出現，他也會和左聯as it was，斷絕關係的。這點事實共產黨是不承認的，所以我這篇文章也許還有點價值。

最缺乏的材料是（一）共黨在1930-1936年間在上海所佈置的地下活動的情形；（二）左聯所出的各種公開的與秘密的雜誌書報。

昨天剛去翻翻1955[年]的《文藝報》，那清算胡風的幾期，看了真恐怖，血腥得很。一個人這樣受攻擊，比槍斃還難受。

　　胡風的文章做得不行，我對他沒有什麼好感。他是個ambitious
的人，而才能恐怕不足副其ambition。他的「五把刀」的說法，倒
是想爭取立論創作的自由的。

　　馮雪峰這個人倒值得好好地寫一寫。其人的intellect在胡風之
上，據周揚攻擊他的話：（一）他經過二萬五千里長征，抗戰發生
後，反而退隱了；（二）1949[年]「解放」後，他說過：他覺得像
石子一樣的踢在路旁邊；（三）左派人士都去找他訴苦，稱他為「馮
青天」。此人是共黨而「良心未泯」者，功勞雖大，仍不免遭殃。
大約是Rubashov之流。可惜我知道他的東西太少，不能替他作傳。

　　聚精會神地研究一樣東西，在你是常事，我在這方面的經驗很
少，但弄起來很有興趣。我覺得一本full-length的魯迅傳，還是值
得寫的。鄭學稼①的文章惡劣，態度更惡劣（材料也沒有什麼特別
的）；王士菁②的，瞎抄書，自己的話恐怕不到全書的廿分之一；
小田嶽夫③的（及其他日本人的）沒有見過。日本人恐怕也只能作
粗淺的介紹而已。其實日本所藏的材料不少，所有左派在20's，
30's刊物，日本恐怕都還保存，不知他們能不能利用。西洋人看魯
迅的文章大多很費力，要有深刻的研究，也不容易。

---

① 鄭學稼（1906-1987），福建長樂人，歷史學家、傳記作家，曾任復旦大學、
　暨南大學、臺灣大學等校教授，代表作有《魯迅正傳》、《十年來蘇俄文藝論
　爭》、《陳獨秀傳》等。
② 王士菁（1918-2016），江蘇沭陽人，畢業於西南聯合大學，曾任中國社科院、
　北京師範大學教授、魯迅博物館館長等職，代表作有《魯迅傳》、《瞿秋白
　傳》、《魯迅創作道路初探》等。
③ 小田嶽夫（1900-1979），日本小說家，本名小田武夫。1924年，作為外務省書
　記員前往駐中國杭州領事館工作。後為了文學創作辭去外務省的工作，參加了
　同人雜誌《葡萄園》，與藏原、田畑修一郎等創辦《雄鶴》，也向《文藝都市》
　投稿，不少作品都以中國為題材。1936年6月，憑藉《城外》，獲得第三屆芥川
　獎。代表作有《紫禁城的人》、《魯迅傳》等。

　　《魯迅日記》（毛邊紙線裝24冊，分兩函。手記影印，看的時候有一種偷看人家秘密的thrill。）也借來了。他每天只記兩三行：來往的信，來訪的人，買的書，收到的禮物，天氣，如此而已。史料很少。不過他在上海看的電影不少，至少一星期一次，'35左右的電影中有《仲夏夜之夢》④、《十字軍英雄[記]》⑤、《從軍樂》⑥及麗都大戲院的上下集低級電影。他大約perversely地找《奪寶》⑦、《獸國》⑧等低級電影看，怕對美國電影發生好感。蕭紅記他的家（北四川路大陸新村）的情形很詳細，他家裡備兩個傭人，房子三層樓獨家住，算是中等的闊氣了。蕭紅沒有描寫「亭子間」，可能馮雪峰是曾住在他亭子間裡的。

　　父親買過不少商務印書館的「說部叢書」，其中我記得清清楚楚有一本是《紅星佚史》⑨──會稽周逴譯。現在知道那是周作人譯的，*The World's Desire* by Haggard ⑩ & Andrew Lang ⑪，敘述

---

④ 《仲夏夜之夢》（*A Midsummer Night's Dream*, 1935），浪漫喜劇，據莎翁劇作改編，馬克思‧萊因哈特（Max Reinhardt）導演，伊恩‧亨特（Ian Hunter）、詹姆士‧卡格尼（James Cagney）主演，華納影業發行。

⑤ 《十字軍英雄》（*The Crusades*, 1935），歷史浪漫電影，塞西爾‧B‧戴米爾導演，洛麗泰‧揚、亨利‧威爾克松（Henry Wilcoxon）主演，派拉蒙影業發行。

⑥ 《從軍樂》（*Bonnie Scotland*, 1935），霍恩（James W. Horne）導演，勞萊（Stan Laurel）、哈台（Oliver Hardy）主演，米高梅發行。

⑦ 在《魯迅日記》中未找到《奪寶》這部電影名，可能是譯名不一致。

⑧ 可能指由Martin E. Johnson（馬丁‧強生）編劇的《漫遊獸國記》（*Baboona*），1935年美國上映。

⑨ 《紅星佚史》（*The World's Desire*），由周作人、魯迅合作翻譯，以周作人為主，魯迅參與，署名會稽周逴譯，1907年上海商務印書館出版。

⑩ Haggard（Henry Rider Haggard，哈葛德，1856-1925），英國浪漫主義小說家，擅長寫異國歷險故事，影響廣泛，多部小說由林紓譯介到中國，如《迦因小傳》、《埃及金字塔剖屍記》、《百合娜達》、《洪罕女郎傳》、《蠻荒志異》、《紅礁畫槳錄》等。

⑪ Andrew Lang（安德魯‧朗格，1844-1912），英國小說家、詩人、民俗學家，

Ulysses第三次航海故事。（林辰⑫著：《魯迅事蹟考》，開明）。父親藏書中我還記得一本：《埃及金塔剖屍記》，大約也是Haggard著，林琴南譯的。我當時只以為古書才名貴，誰知道這種東西現在都是極難得的了。

　　我也許會去翻查1936［年］的《大公報》（聽說ＵＷ圖書館有），如把1935, 34, 33……等一疊一疊的翻起來，倒是十分有趣的，可以喚起多少回憶。其實我對於考證求真的興趣相當大，恐怕大過文學的欣賞。只是這方面從來沒有好好地發展過罷了。魯迅很恨《大晚報》的副刊《火炬》，和一張名叫《社會新聞》的小報（因為造他的謠言），這種東西大約是很難再找到的了。

　　李濟在西雅圖住了一個星期，已去哈佛。他帶了太太出來，這是很少的中國人做得到的。我又瞎忙了一陣。陪他的太太打過一次麻將，打到天亮四點半——好久沒有犯過這個戒了，只破一次例。輸約一塊錢。最近電影都很少看。

　　忽然想起來了，《魯迅日記》：

1936［年］四月二十九日　小雨。上午得程靖宇信。……
五月一日　晴。上午覆周昭儉⑬信並《死魂靈百圖》一本，又寄程靖宇一本。……

以整理童話、民俗、鄉謠知名，代表作有以12種色彩命名的《彩色童話集》，如《藍色童話集》（*The Blue Fairy Book*, 1889）、《紅色童話集》（*The Red Fairy Book*）、《綠色童話集》（*The Green Fairy Book*）等。

⑫ 林辰（1912-2003），原名王詩農，筆名林辰，貴州朗岱人，曾任重慶大學、西南師範學院教授、人民文學出版社編審，代表作有《魯迅事蹟考》、《魯迅述林》等，參與了《魯迅全集》的編輯和注釋。

⑬ 周昭儉（1919-？），又名周儉，江蘇常州人，文學愛好者，1936年曾參加《文學青年》編校工作。

　　程靖宇大約就是我們的朋友，但他從來沒有提起此事。他大約和名人們從青年時期起就喜歡往來的。《魯迅日記》中這種無名小卒的信都登錄下來的，有人還托他轉寄投稿。可是政治人物如瞿秋白等，日記中就很少見，據許廣平說是怕出亂子。

　　我這樣弄下來，寫 full-length 魯迅傳記也不是件難事。問題是我能否在美國住下去，如再住兩三年，教些粗淺的課，另外不斷地搜集材料，也許可以寫出一本書來。這樣一個題材，出版商大約也歡迎。

　　還有一個辦法，定幾個人，每人寫一兩萬字長的短傳，不以 footnotes 為主，而以文章漂亮和批評看法為主，寫一本合傳。現在想出有三個人，大約都不難寫：魯迅、胡適、林語堂。梁漱溟⑭大約是個很有趣的人物，但是從未讀過有關他的東西，他至少可以代表守舊一派。每篇傳記後面，可另附些思想態度相近的，如梁之後，附張君勱［勸］⑮、錢穆、唐君毅⑯等；胡適之後，附傅斯年、羅家倫等；林語堂之後，附周作人等。好像同 *Armed Vision* 相仿，不

---

⑭ 梁漱溟（1893-1988），蒙古族，原名煥鼎，字壽銘，後以漱溟行世，原籍廣西桂林，生於北京，哲學家，早年發起「鄉村建設運動」，代表作有《東西文化及其哲學》、《人心與人生》等。

⑮ 張君勱（1887-1969），原名嘉森，字士林，號立齋，江蘇寶山人，哲學家、政治學家，早年留學日本、德國，曾參與組織中國民主同盟，創辦國家社會黨（後與民主憲政黨合併為民主社會黨），負責草擬中華民國憲法草案，畢生志向是使中國成為一個民主憲政國家。代表作有《中西印哲學文集》、《新儒家哲學發展史》等。

⑯ 唐君毅（1909-1978），四川宜賓人，曾任四川大學、中央大學教授，1949年赴港，與錢穆等人創辦新亞書院。1958年與徐復觀、牟宗三、張君勱聯名發表現代新儒家的綱領性文章〈為中國文化敬告世界人士宣言〉。1963年香港中文大學成立後，長期任哲學系講座教授和新亞研究所所長。代表作有《人生之體驗》、《人生之體驗續編》、《中國哲學原論》、《生命存在於心靈境界》等。

過不着重在文學批評。再有兩個人也不難寫：蔣介石與毛澤東。請你想想看，此事是否做得，或者還有什麼人可列入。

　　我在臺灣時，看見國民黨的暮氣沉沉的樣子，本想寫幾個老革命黨之墮落，那是該模仿Lytton Strachey的：一、汪精衛──revolutionary turned漢奸；二、吳稚暉[17]，三、于右任[18]，四、戴季陶[19]（此人據張作霖在北京俄使館搜查出來的共黨秘密檔說，共黨在'20s忌他甚深，說他「十分能幹」，似乎國民黨中能夠和共產黨比賽理論的長短和爭取群眾的，只有此公一人，後來唸佛，再後來自殺），UW的Modern Chinese History Project慢慢地就要研究到這個時候來的。我如在UW有個permanent job（不論大小，不教書也無所謂，甚至更好），倒可大有作為。不過精力有限，單是魯迅一人，就可佔用一年的時間的。像Edmund Wilson那樣，一下研究這樣，一下研究那樣，其精神與腦力之充沛，不由得人不甘拜下風也。

　　我歷年以來，跟你討論過的計劃，不知有若干條了。可是現在剛剛開始seriously的研究魯迅。那是環境逼迫，加以我為人好勝之故。如回臺灣去，也許一個計劃都不會實現，就是糊裏糊塗地快樂

---

⑰ 吳稚暉（1865-1953），江蘇武進人，政治家、教育家，早年留學法國，鼓吹無政府主義，並發起留法勤工儉學運動。1924年起任國民黨中央監察委員、國民政府委員等職。代表作有《吳稚暉先生全集》。

⑱ 于右任（1879-1964），原名伯循，字誘人，陝西三原人，政治家、教育家、書法家，曾任國民黨中央執行委員、國民政府監察院長等職，並創辦復旦公學、上海大學、國立西北農林專科學校等，代表作有《右任文存》、《右任詩書》等。

⑲ 戴季陶（1891-1949），原名良弼、傳賢，字季陶，原籍浙江湖州，生於四川，政治家、理論家。早年留學日本，加入同盟會。辛亥革命後追隨孫中山，參加了二次革命和護法戰爭。曾任黃埔軍校政治部主任、中山大學校長、國民黨中央宣傳部長、考試院院長等職。代表作有《孫文主義之哲學基礎》、《國民革命與中國國民黨》、《學禮錄》等。

做人了。

　　Joyce 近況如何，至念。Carol 轉來的 *Book of the Month Club News* 已收到，這種東西請你以後代拆代行，不必再轉寄了。家裡想都好。專此　敬頌

　　近安

濟安　上

十一月五日

419. 夏濟安致夏志清（1959年11月7日）

志清弟：

　　昨天發出信，今日收到來信，知一切平安，甚慰。附上文章，業已拜讀，雖然微嫌pedantic，不算文章正宗，但遊戲文章做到這個地步，真是登峰造極了。中國最適宜於寫這類文章，句法還要古雅與乾淨，用典更要深奧，這種藝術，近幾十年來是失傳了。英文如這樣的文章，據我所知，似乎不多。但是人的學問和wit，到了某種程度，非這麼寫是不能過癮的。前月看《聊齋》，其中末篇故事，並無情節，只是作者做夢，夢見群芳（各種花）要向「風」宣戰，請作者寫篇檄文。檄文是四六的，大約有四page長，把各種風的典故都寫完了（據我看來），同時辭藻美麗，音調鏗鏘，我讀了愛不忍釋，讀了兩三遍。那篇東西，同你的這篇一樣，是我的despair。我是非常喜歡的，但是遊戲文章背後也需要多少training。

　　我現在所研究的，只好算是左聯時代的魯迅，而且文章還想集中在1936一年。左聯的全部活動我還照顧不周全，抗戰到今天，更弄不清楚了。我於兩星期後要讀一篇paper，文章大約十幾頁即夠，只希望對於共產黨的歪曲史實，有所糾正，野心是很小的。但是確要寫魯迅傳，我這篇東西也許有點用處。你所提出的關於周揚的問題，的確很有趣，但是延安四周，那時就有一個小鐵幕，其內幕除非將來等丁玲之流來寫回憶錄，無人會講。此時來研究，可能材料是一點都沒有。周揚歷年的職位，可查；他的陰謀和權力之獲得等，至少在目前，歷史家是無法可查的。

　　你的五六十頁的「1936-1957」那一段時間的文壇情況，我很想一看，但目前也不必亟亟。憑我現在這點知識，也無法有所貢獻新見。那有關左聯的一章，倒是立等着有用的。希望寄來，可以交

給系裡去打字，分發給seminar裡的人，作為我那篇東西的「背景」參考之用。但如長至50、60頁，那麼也請不必寄了。系裡打字也太吃力，最好是一、二十頁。你有了簡要的描寫，我可以集中於「國防文學」那一個episode了。

今天想起你上回介紹的《文壇五十年》（要看的東西太多，顧此失彼），一翻卡片，翻到了另一本：曹聚仁《魯迅評傳》（1956，HK，約三百餘頁。你bibliography中如未列入，不妨再添一條）。兩書都已到Berkeley去轉借。我的文章等着要出貨，恐怕來不及用到它們了。曹聚仁是很有資格寫魯迅傳的，一、二人間的私交不錯，二、曹自己很會寫文章。我在蘇州中學時，常看他所編的《濤聲》，以後寫了些什麼東西，我可不知道了。我只知道他有一種「烏鴉哲學」。他到贛州去跟過蔣經國。

共黨於1955-1957清算胡風、馮雪峰、徐懋庸三人之時，對於「國防文學」論爭一事經過，似乎無法自圓其說。那三人據說都有破壞「統一戰線」之罪，其實罪最大者，該是魯迅。而且所謂「破壞」云云，只是魯、馮、胡之不服周揚（或他的一派）的支配而已。徐則代周去做惡人，寫了封信給魯迅，這一點在1957也算是他的罪名的，真是冤枉。

魯迅《且介亭雜文二集》末後有一張'34的禁書名單，其中有周起應的兩本：一、《新俄文學的男女》；二、《大學生私生活》（均為現代書局出版，該書店也出郭沫若的《古代社會研究》、《石炭王》、《黑貓》、《創造十年》等，書大約都是橫排的，均禁）。這是周起應時代的有關他的唯一資料了。新俄云云他送了魯迅一本。魯迅日記中記着的。同一名單中還有他所做的《偉大的戀愛》一本，水沫書店出版，看書名，似乎和共產黨沒有什麼關係；或者因為他後來加入共黨，因此禁他的全部著作了。名單中，馮雪峰的書有七本，書名大多有關「社會」、「藝術」等等，比周起應的只

談「男女」、「戀愛」的，似乎扎實得多。1932年周和姚蓬子①合編《文學月報》，光華書局出版；《魯迅書簡》中對於光華書局有不滿之辭，但是我沒有抄下來，還得去查。

今天看'57的《文藝報》，看見卞之琳的攻擊丁玲。卞之琳說，他初到延安時，丁玲對他說：「在外面碰碰釘子也好。」卞之琳乃加以解釋，丁玲的意思是：「國統區」比延安好。卞之琳之所以出此卑鄙手段，無非是恐懼之故，我是原諒他的。這種背後的話假如可以揭發，卞之琳自己所說不利共產黨的話，我相信也有不少。最近看了Milosz②的 The Captive Mind，很受感動。波蘭文壇有人寫了，中國的恐怕永遠不會有人寫的。中國人的良心都已麻木——香港、臺灣、美國的自由中國人大致如此。大陸上還有有良心的人，但他們正在被人扼殺中。香港、臺灣出的反共書，大多思想簡單，雖然反共，寫法還是共黨的「教條式」、「宣傳式」、「發洩憤怒式」的。曹聚仁可能還有一點sophistication，但是他是共黨的特工，那我就不明白了。Milosz的頭腦和同情心都夠，文章也大有restraint，他該使臺灣、香港的反共人士感到慚愧的。

信上屢次提到錢的問題，該錢除非有如你所說的emergency發生（例如要補繳所得稅了），我是不想用它的。我在這裡除了房租稍貴以外，生活可稱儉樸。我對於吃與穿都不講究，只要不旅行，

---

① 姚蓬子（1891-1969），原名方仁，字裸人，浙江諸暨人，作家、編輯家，1930年加入左聯，1931年為《文藝生活》主編，1932年與周起應合編《文學月報》。曾創辦作家書屋。代表作有《銀鈴》、《蓬子詩抄》、《剪影集》。

② Milosz（Czesław Miłosz，切斯瓦夫‧米沃什，1911-2004），美籍波蘭詩人、作家、外交家，曾任波蘭駐美國、法國外交官，1951年向法國政府申請政治避難，1970年加入美國國籍。1980年獲得諾貝爾文學獎。代表作品有《被禁錮的頭腦》（The Captive Mind）、《三個冬天》（Three Winters）、《詩論》（A Poetical Treatise）、《個人的義務》（Private Obligations）等。

我一定儉省。旅行時因怕辛苦，凡一切可用錢買來免除辛苦之法，我是不惜花費的。假如買襯衫，2.50一件的，與1.50一件的，我一定買1.50的。但是假如粗事情有人來替我做，我是五元、十元的出去，決不考慮。

上次沒有提起的：給我的名義是Visiting Lecture，但是他們的薪水單子上是Associate Professor，Grade Step III，大約可算很高的了。假如有了那樣的一個「長飯碗」，做人也該知足了。

再回到你的「論左聯」，你有沒有講到蘇聯文藝思潮對於左聯的影響？劉學葦③（此人跟胡風一起清算掉的）在〈五四文學革命及其他〉（在其《論文二集》中，1952，上海新文藝出版社）中說：

> ［左聯］幾次的理論轉變：法捷耶夫④的唯物辯證法創作方法也好（《北斗》《創作方法論》）；吉爾波丁⑤的社會主義的現實主義的口號也好（一九三四至三六），自己不斷地提出理論上、寫作上之公式主義的急需清算也好（一九三二、三三、三六），理論上都沒有得出具體的徹底的解決，寫作上自然也就不能得到相同解決……從一九三〇到三三，從一九三三到三六……從「新寫實主義」到「唯物辯證創作方法」，再從「唯物辯證創作方法」到「社會主義的現實主義與革命的浪漫主義」，還是不行……

③ 應為劉雪葦（1912-1998），原名劉茂隆，貴州朗岱人。1932年加入左聯，1949年後任中共華東局宣傳部文藝處長。1955年胡風案件中受到株連，1980年平反。代表作有《論文學的工農兵方向》、《論文一集》、《論文二集》等。

④ 法捷耶夫（Alexander Fadeyev, 1901-1956），蘇聯作家，代表作有《毀滅》、《青年近衛軍》等。

⑤ 吉爾波丁（Valerii Kirpotin, 1898-1997），蘇聯批評家、理論家，曾任聯共（布）中央文學處處長，1956年以後在世界文學研究所從事文學研究工作。代表作有《俄國馬克思列寧主義的先驅者》、《陀思妥耶夫斯基的世界》等。

　　一九三〇—三六間，蘇聯的政壇與文壇變化甚大，其影響及
於中國者（當然是中共的「東施效顰」）一定也不小。往前再推到
Plekhanov，Lunacharsky等，左派內部的思想變遷，應該也是很有
意思的研究，可是這種研究大非容易。大約1942﹝年﹞，毛的「整
風文獻」發表，左派「理論」方才有比較通俗化而是「國產」的
﹝表述﹞。

　　真要詳細地寫左聯，要看的東西也有不少，而且那種理論東西
看了可能使人「昏昏欲睡」，我是不想弄了。李何林⑥《中國近三十
年文藝思潮論》（1946，重慶生活書店）裡面所搜的也不夠多。李
書只抓住幾個大題目（如「第三種人」「大眾語」「國防文學」等）
討論，關於左派理論的細微之處，根本沒有涉及。從他的書裡，可
以知道：周揚和胡風的仇恨起自1936﹝年﹞初至四五月間關於「典
型」（小說中的典型人物）的論爭。辯論些什麼，他沒有提。但李
書倒有點可敬之處，他自己已有立場：擁護胡風，反對周、徐之流
的。我現在研究的，不是文學，而是歷史，但是要reconstruct過去
的事實，是非常困難的，雖然也很有趣。下星期可能埋頭寫作，要
停兩個星期再寫信了。專頌

　　近安

濟安　啟
十一月七日

　　﹝又及﹞Carol，Joyce前都問好，謝謝所送的赫胥黎，脂硯齋
《紅樓夢》，所謂庚辰本是臺灣翻印大陸的。我去Berkeley後，也許
要到倫敦去多定購些中共所出的書。

---

⑥ 李何林（1904-1988），原名竹年，安徽霍邱人，學者，曾任天津師院、北京師
　範大學、南開大學等校教授，魯迅博物館館長，代表作有《魯迅論》、《近二十
　年中國文藝思潮論》等。

420. 夏濟安致夏志清（1959年11月20日）

志清弟：

　　文章昨天一打好釘好，就寄出；今天收到來信，甚為快慰。你所講的關於魯迅晚年的幾點，極扼要中肯，with your permission，我要設法放入文章的 part II。我是一面做文章，一面改，改的時候就想，想者無非要把思想想通，慢慢地也許也會達到你的結論，但是你已經給我想通了，可以省我好多時間，與少撕掉好幾張紙。很感謝。

　　本來想把文章一氣呵成，但是實在來不及了，只好中途作小結束的打算。現在雖只有拿出去半篇，我在 UW Far Eastern 的地位恐已確立。文章漂亮（我似乎在學 New Yorker 的 profile，那四篇講火柴大王 Kreuger①的，我看得比較仔細），人人嘆服。我本來還怕德國派的學者也許要認為漂亮文章是 suspicious 的。Scholarship 方面，也的確有點貢獻，而且所下的工夫，大家也看得出的。我今天大言不慚地說：I think I am the most qualified person to write a full-length biography of Lu Hsüu. 似乎沒有人有異議。如能在美國住兩三年，得 Foundation 的資助，一本《魯迅傳》是可以寫得出來的。對於盲目的四處 digging，不知你的興趣怎麼樣，我是大感興趣的。單是文章漂亮，也許內容虛，但是去瞎 dig 一些材料出來，就變成「內容充實」了。這實在是太容易了。有許多不會寫文章的，單是靠 digging 亦可做學者，這怎麼叫我佩服？

---

① Kreuger（Ivar Kreuger, 1880-1932），瑞典實業家、金融家，建立了他的「火柴帝國」和「金融帝國」，一度佔有世界上四分之三的火柴市場，被稱為「火柴大王」。

　　討論左聯的一章，已經拜讀，但是你的文章寄來時，我正在焦頭爛額中，沒有仔細看，連你的left wing我都沒有採用（仍用leftist）。現在再仔細看看，你的文章和我的之間的大不同，是你的一句有一句的份量，一段有一段的份量，思想緊密；我的大約是這樣，有一點idea，總要至少寫三句句子，求embellishment，求variations on the theme，而且非但一處出現，隔了一些時候，這個idea似乎還有一個漂亮的說法，我是還要叫它再出現一次（或兩三次）的。你的文章看了一句得一句之益，我的是一句只好算一個「分句」：句子本身並不成為「思想的單位」，看你的文章隨時應該停下來想一想；看我的，是一口氣的帶過去的。

　　我這篇東西裡，有幾句似乎有點「浮」，即所說的話似乎靠不大住。或者為了文章，把話說得過火。這種毛病你是沒有的。我的loose construction似乎也用得太多，雖然有時故意求「搖曳生姿」，好像女人拖着長裙似的，但是也可以表示思想的軟弱。好處是有所謂的cadence，念起來好聽。軟弱處（或虛浮處）必須大改，千錘百鍊地敲打，使它緊而韌，但是這個工作太吃力。寄上的有typographical errors沒有改，但無關宏旨。

　　你那一篇雖然所講的東西，大多是些熟知的事實，但縮成這樣一篇文章，是不大容易的。拉雜的感想有如下諸點：（一）關於老蔣，你所講的我不贊成。他本身有大缺點。其尊孔崇禮等，其實並不比孫傳芳、吳佩孚等高明。（二）關於孫中山，這種痛快話中國竟然沒有幾個人說得出，不亦怪哉！（三）關於托派，福建十九路軍造反（人民政府）時，托派去了好些人，「閩府」是想跟瑞金方面合作的，但是為了托派在那邊，瑞金方面沒有同意。胡秋原可能亦是托派。（四）關於創造社、魯、茅諸點，說得很扼要而精彩。（五）關於民族文學，魯迅似乎笑他們是「沒有作品的作家」，這恐怕也對的。他們的東西似乎很少人讀過。可能有好東西，給左派

罵得沒有人注意了？你似乎說得還嫌模糊。（六）關於小品文，說得很有道理，我那篇「臺灣」沒有把這個放進去，是個大遺漏。臺灣的作家，雖然「無大志」，或「不能載道」，但是講究閒適，回憶故鄉等等，還是很拿手的，而且還真擁有讀者。這種文章，句子還可寫得漂亮，使人覺得像是「文學」。不像新小說與新詩等常有莫名其妙或感情衝動的劣句。（七）關於傅東華的《文學》，色彩到底如何，很難說。傅走後，王任叔[2]接編，王是「國防文學」一派，其為左翼正宗無疑。但傅自己如何？魯迅和傅編《文學》有兩件不愉快事：一是伍實（即傅自己）的談休士[3]在中國，挖苦了魯迅和梅蘭芳（他似乎亦是公審胡風的主席團裡的一分子），因招待蕭翁而相聚一堂，二是周文的小說被刪改事，詳情我還不知。《中國文藝年鑑》（亦是根據左翼觀點而編的）1955本上引《星火》（杜衡、侍桁[4]、楊邨人[5]編——魯迅替侍桁贖過「當頭」，當侍桁在日本還是他的通信朋友時。許廣平說起過，魯迅日記中亦有）的話，說「《文學》不左不右」，是個「大百貨商店」云云。（八）沒有講起《譯文》（及以後的？《世界文學》），這個你也許已在別處另外

---

② 王任叔（1901-1972）筆名巴人，浙江奉化人，作家、外交家，早年曾參加文學研究會和「左聯」。1949年後，曾任中國駐印尼大使、人民文學出版社社長、總編輯等，代表作有《文學論稿》、《土地》、《印度尼西亞史》等。

③ 休士（L angston Hughes, 1902-1967），現譯休斯，美國黑人詩人、作家、社會活動家，是向世界介紹美國黑人生活的最重要的作家之一。1933年7月來訪問上海。代表作有《疲倦的憂傷》（*The Weary Blues*）、《不是沒有笑》（*Not Without Laughter*）、《黑豹與鞭子》（*The Panther and the Lash: Poems of Our Times*）等。

④ 侍桁（韓侍桁，1908-1987），原名韓雲浦，筆名侍桁，生於天津，評論家、翻譯家，代表作有《文學評論集》等，譯著有《紅字》、《卡斯特橋市長》、《雪國》、《拜倫評傳》等。

⑤ 楊邨人（1901-1955），廣東潮安人，曾參與創辦「太陽社」，加入左翼戲劇家聯盟，1949年後在四川理縣中學、川北大學等校任教。

加以補充。黃源受左翼正統之忌，我亦大不了解的。黃源據我在廿幾年前所知道的（那時我在中央大學，可能沒有根據），是傅的親戚：妻舅或是表弟什麼的。（九）巴金和安那其主義的活動，也是很難查考的事。林憾廬⑥編過一本雜誌（大約和我們的《西洋文學》——它是比較「京派」的——同時，1940吧？），名字已忘。主要是宣傳，巴金每期寫理論文章，討論無政府主義，短評中，似乎常常罵蘇聯，提起Barcelona之慘劇，似乎痛心疾首。我在上海讀過的《立達學園》（1931）是大家所知道的無政府主義大本營，雖然學生裡面似乎共產分子不少。安那其和托派同為革命minority，他們似乎主要的還是煽動了青年的革命熱情，替CP毛派製造候補黨員的。他和靳以⑦等辦刊物，不知有沒有政治背景。

　　來信中說起魯迅在去廈門之前幾年是創作力最高的時候，很對。他從北平去過一次西安，要搜集材料寫楊貴妃，雖然沒有寫成，但是他有一個observation是很精彩的：《長生殿》誓願是表示愛情的衰退（在天願為……，在地……）。這種insight在《故事新編》裡是半點影子都找不到的。

　　我現在寫'36的魯迅，主要的困難，是找不到有關那一年（和前幾年）的共黨在上海地下活動的組織佈置等等情形，故事講來，因此難以生動。

　　你那篇《左聯》，如蒙允許，我想拿去Berkeley作為lecture的材料，不知可否？（當然acknowledge authorship的）。還有那兩章，也想一用，但是現在還不急等用，等我去Berkeley後再說。

⑥ 林憾廬，林語堂三弟。

⑦ 靳以（1909-1959），原名章方敘，天津人，作家、編輯家，1930年代與鄭振鐸合編《文學季刊》，與巴金合編《文學月刊》，並創辦《文叢》。1949年後任中國作協書記處書記、上海作協副主席等職，1957年與巴金共同主編《收穫》雜誌。代表作有《前夕》、《祖國——我的結親血》、《心的歌》等。

這樣可以使我少寫三篇 lectures，感恩非淺！我是要從唐、宋講起的，如集中精神，專講舊小說、唱本、元曲等，那些東西也許統統用不着了。但是怎麼講法，現在還沒有定，如《水滸》講兩個鐘頭（一星期），《紅樓夢》講兩個鐘頭，不知何時才可說到左聯呢。

最近在 Chinatown 買到了干貝，今天交郵包寄上。也許趕不上 Thanksgiving，但是這個東西總是有用的。照母親的做法，干貝、蝦米，甚至炒或燒的肉都要放在酒裡浸透了，才下鍋的。干貝吸收水分的容量很大，先在酒裡浸，想可增加鮮味。我現在打聽到：線粉分兩種，你所用的一種可能是下鍋即化的，應該等湯煮沸了，再放線粉，即刻滅火。我在這裡所用的一種，盡管煮亦不怕。最近又買了一罐細的豆瓣醬，想做炒醬或炸醬麵吃。但是那是鐵罐，我還沒有把它打開。現在做菜最感困難的是：買來的東西吃不完，一棵白菜，一球 cauliflower，一包 carrot，任何一種東西，都可吃一個禮拜。肉亦然，一塊錢豬肉，似乎吃來吃去吃不完的。因此覺得單調，想到外面去吃，去外面吃了，冰箱裡的「原料」更用不完了。

最近看了一張電影，日本的《楢山節考》⑧（*Narayama something*），在 Venice 得獎，我組織了一個 party 去捧場，果然不同凡響。音（全部日本古樂）、色（棕色極重）、景（故意模仿 Kabuki 的舞台佈景）皆極費匠心（英文系 Jacob Korg 說，他看了有初次讀 Oedipus Rex 的印象，感情很 raw）。故事慘厲異常，沒有戀愛，沒有武士道，只是講某地的陋俗。老人過了七十歲，要到山上去餓死的。日本有一只 ballad，叫做 Ballad of Narayama，即是講那只故事。詩的朗誦穿插着電影，同時進行。詩句我當然聽不懂，但看其句法（英文字幕），似乎同中國的五言樂府有點相像。

---

⑧《楢山節考》（*The Ballad of Narayama*, 1958），木下惠介導演，高橋貞二、田中絹代主演，Shochiku 發行。

　　《文學雜誌》我已好久沒有理會，希望你哪天有空，放了寒假都可以，替Barzun的書寫篇介紹。這方面的感想，你累積了不少，趁此發洩一下也好，對於中國讀者也許有點用處。

　　美國人弄中國學問，恐怕弄不出什麼名堂來。相形之下，中國人弄西洋學問比他們高明多了。Schultz⑨（我們私交不錯）的論文，我已借來好久，厚達400餘頁，實在沒有什麼道理。先講家庭背景抄了很多周作人（以周遐壽的名字在共區發表），講到作品《吶喊》《彷徨》，一則一則故事替它作summary，翻譯了很多《野草》裡的散文。講到1927年為止，可是關於《熱風》、《華蓋集》等，碰都不敢碰，那些東西對於洋人（或現在中共區的青年）可能是不知所云的。總之，抄書太多（換言之，中譯英的工作做了不少），見解很缺。見解也去抄別人的，文章更沒有勁了。Bibliography很驚人，但是我懷疑他是否都看過。《魯迅書簡》在Bibl中赫然在焉，但他一句亦沒有用。其實魯迅的信中偶然也講起些自己的作品與過去的生活的，有時很有用處。

　　關於前途的問題，我沒有計劃。現在只想和UW關係搞好。UC只有一個陳世驤，他雖赤心忠良，但我不好意思多去麻煩他，因為Cyril Birch⑩非回來不可的。當然UC的關係也可能搞得好，現

---

⑨　Schultz（William.R.Schultz，舒爾茨，1923-），美國漢學家，1955年以論文《魯迅：創作的歲月》獲得華盛頓大學博士學位，後長期任教於亞利桑那大學，轉向古代文學與歷史研究，曾任該校遠東研究系主任。代表作有四卷本《民國時期人物傳記辭典》（*Biographical Dictionary of Republican China*）、三卷本《太平天國叛亂》（*The Taiping Rebelion*）等。

⑩　Cyril Birch（白之，1925-），美國漢學家、翻譯家，1954年獲倫敦大學博士學位，後長期任教於加州大學柏克萊分校，主要研究明代話本戲劇、中國現當代文學，代表作有《中國神話與志怪》（*Chinese Myths and Fantasies*）、《中國文學類型研究》（*Studies in Chinese Literary Genres*）等，譯作有《明代故事選》（*Stories from a Ming Collection*）、《牡丹亭》（*The Peony Pavillion*）、《桃花扇》

在還沒有把握。Taylor是國務院的consultant（今年三月他寫信給美國大使Drum Wright[11]，請他替我幫忙，visa不要留難云云，他是自動地寫的），只要共和黨在位，他要幫些小忙，絕無問題。他的顧忌（亦是我的顧忌）是把我留下，如何向臺大交賬。這些希望拖延一些時間，自然而然地解決（如臺大錢校長自己辭職等）。UC寫信來問，我算是UW願意release呢，或是loan？我想loan可以留一個退步，因此Taylor回信去說是loan。我去UC，人還算是UW的，好像Kim Novak[12]一般借給人家去拍片子。我現在UW不拿薪水（而且關於此事不提隻字），一方面拚命工作，拿成績出來，無非想博得Taylor及全系的好感（張琨就說：「你何必再寫什麼文章呢？」但是我的算盤比他精明）。犧牲了三個月薪水，Taylor總有些不好意思（如沒有工作成績，他倒泰然於懷了），將來有什麼事情求他幫忙，總容易一些。我的堅持要loan，亦可表示我對UW的忠心。我若是不學無術之人，再忠心耿耿他也未必要。但是，一、UC請我去教書；二、我的paper眾口交譽，這些可以證明我還是個人才。我的忠心他也會考慮到的。這些以後再說，但是我不是一些沒有佈置的。我只是心不夠狠（例如：不能毅然決然無緣無故和臺大break），做事不夠毒辣與當機立斷，但深謀遠算，我相信我實在很多人以上的。UW遠東系雖然人很多，但像我這樣的人才也不容易找。臺大也來過些人，但其表現（除了李濟，他是大家都服帖的）大多是，一、關心名位，不肯吃虧；二、金錢上斤斤較量，派頭「奇小」；三、英文至多能達意，sophistication是談不上的；四、公

（*The Peach Blossom Fan*）等。

[11] Drumwright（Everett F. Drumright，莊萊德，1906-1993）1958-1962年任美國駐臺灣大使。

[12] Kim Novak（金·露華，生於1933），美國女演員，代表作有《狂戀》（1955）、《金臂人》（*The Man with the Golden Arm*, 1955）。

開或半公開藐視洋人的中文程度不行，暗示如要研究中國東西，只好臺灣來領導。我一反其道而行之，亦可算苦心孤詣了。

我在UC的所得稅要扣掉30%，每月要扣二百十幾塊，其毒辣之處，不亞於宿舍的賊骨頭也。

你們一年Xmas買禮物要花多少錢？我在這方面經驗毫無，想去Bretano定一只中國雕刻的複製品，送給陳世驤。別人該送些誰，我想不起來了。不知美國規矩如何？Taylor他們要不要送？這些日子沒有工夫考慮這些閒事，希望你和Carol賜以指教。你們想都好，Joyce傷風想已痊癒了。家裡想亦都好。專此　敬頌

近安

濟安　啟

十一月廿日

421. 夏濟安致夏志清（1959年12月4日）

志清弟：

　　來信對於文章，頗加讚美，甚為慚愧。我今年初來美國時，英文已非常生疏，'55下半年回臺後，沒有好好地寫過一篇英文文章，總計那四五年中，英文恐怕沒有寫滿一千字（一年難得有一封英文信的）。所以心情如此頹唐，當然跟回臺灣有關係。*PR*的小說花的力氣很多，假如在美國繼續下去，雖不能完成一novel，一年寫一個像樣的短篇，總還辦得到的。但是我認為「名」和「利」都是前生註定的，寫英文出名也就是「名」；既然我在美國不能久居，大約命中不該有這個名，所以就自暴自棄了。精神比在上海抱了病，死讀十九世紀散文時，已經差得遠了。今年一來美國要寫臺灣文壇，覺得非常吃力。最大的困難，當然是材料不夠和顧忌太多（還要擺脫Faulkner的惡影響），但是筆不大聽話，也是真的。後來到勉強繳卷時，文思已稍順，後來又得感謝MaGill的五篇遊戲文章，雖然寫得很隨便，總算是一種很好的exercise。那篇魯迅，小毛病還有些，但是態度雍容，文思能管得住材料，很有幾句漂亮的句子，自己亦引以為慰。Part II希望能保持這個水準。再有大進步，是很難的事。錢學熙老覺英文寫不好是sex的關係，那只是替自己解嘲。

　　總之，獻身於藝術的精神與自己的眼界是兩件最重要的事。自己作文，總有一個標準，盡力達到這個標準，就是獻身的精神。我的標準是19世紀的，這恐怕也改不了，要達到它，仍是極吃力的事。19世紀散文大家我曾讀得非常仔細，我一輩子恐怕就沾這點光。老是想把18世紀的作家，好好地讀一讀，不知怎麼的，此事竟甚難實現。*Pride & Prejudice*我曾教了好幾遍，每教一遍，便

愈覺得J.A.的文章之不可企及。大約學她一句兩句都是不可能的。但是Dickens的瞎賣弄文章，我看了很過癮，有時也想學他。這個我相信倒不難，但是這步死工夫我也沒有用。所以我的英文還是靠上海養病時的那點根基，十九世紀大家中，我的確是最最佩服Newman①。初一讀，覺得Macaulay才氣縱橫（中國老一輩的人，就是其文章taste是從中國古文培養出來的，都十分喜歡Macaulay），讀仔細了覺得他有時過火，有時淺薄（丘吉爾還不如麥考萊），而做作太甚，是其大缺點。Newman的好處是有說不完的話；以為他沒有話了，他還在那裡滔滔不絕，這種resourcefulness是第一遍讀來就叫人服帖的。他的心靈之靜謐細膩，當然超過麥氏。Precision你是說過了，還有一點可以補充的，他所以吃力地做句子，無非覺得precision之難得。他的文章給人的另一個印象是極大的謙虛，努力求真理，也陪伴着讀者在求真理。其人Manners極好；其修辭技巧之神奇，固然給人拍案叫絕，但他並不因此沾沾自喜，主要的還是想把道理說清楚了。這點精神大不容易。十八世紀最講究Manners，其實那時的人的Manners很多帶一種看不起下等人、看不起俗氣人的神氣（當然有例外，Jane Austen的Manners就是極好的），只是在上等人之間講究虛偽而已。Newman的信教，真有點道理。

　　赫胥黎的書收到了，很感謝。好幾篇我都看過（舊作），新作也都很有趣。H氏才氣也是不得了的，但是我覺得他謙虛精神

---

① Newman（John Hernry Newman，約翰・亨利・紐曼，1801-1890），宗教領袖、作家，早年就讀於牛津大學三一學院，後來成為英國基督教聖公會內部牛津運動領袖，改奉天主教。其文字文華質樸，又論說縝密，用詞精確，又氣象萬千，被譽為維多利亞時期英國文學的高峰之一。代表作有《論基督教教義的發展》（*Essays on the Development of a Christian Doctrine*）、《自辯書》（*Apologia Pro Vita Sua*）、《失與得》（*Loss and Gain*）等。

不夠。他博覽群書，自以〔為〕看道理也很透徹，文章所表現的求真理的精神似還不夠。他有新奇之見，他對之很得意；對庸俗之見，似很看不起。說理常用驚人筆法，不肯像Newman那樣的細心抽繹，從常識出發（最後可能仍是歸到常識）。他是個brilliant talker，但讀者總覺得他跟他們不是一夥的。Newman之才，超過Huxley的，但是讀者覺得他是跟他們站在一起的。Newman有一篇文章，討論Prose Style的，極精彩。中國人從錢鍾書到宋奇，都是想學H氏之文，我相信他們的境界總不會很高。法文裡面好文章恐怕比英文多，但是這方面沒有下過工夫，不敢說。但看法國人的著作譯成英文的，有時都還比英文的著作高明（清楚，細膩，流利，平易），由此可以推想得到了。中國人學英文同任何國人學外國文一樣，是很吃力的。每個expression都要記，不記就不會用了。這是最基本的工夫，和Style不大有關係的。我在這方面的工夫，其實還不夠。亂看雜看報章雜誌等，對於增加字彙是大有幫助的，可是頂好要用生字簿，這種工作我已好久好久沒有做了。我對於H氏之文有不恭敬的批評，其實要做到他一步，恐怕此生都難有希望。Shaw能常常一口氣用七八個同義字（Huxley大約有三四個就夠，這方面他很有restraint），這是叫我瞠目而嘆服的。這麼一來，句子和段落都非拉長不可，否則船的噸位不夠，怎麼能載這麼多貨呢？Shaw，Huxley和Chesterton都是頭腦很清楚，而文章有勁。這兩點合在一起，就大不容易。中國的白話文，胡適的清楚，可是沒有勁。有些自命有勁的，大多所表現的是浮力（如郭沫若），taste極糟。魯迅的長勁不夠，勁是有的。魯迅恐怕沒有好好地寫過一篇exposition，其argument只求獲得勝利的滿足，說理也不大透徹的。你說我們的英文都還不如林語堂，這話很謙虛，可能也是事實。林語堂能傳世之作，恐怕也很少，他不過能模仿得巧妙，真要對英文散文有什麼貢獻，恐怕還談不上。他的好處，如你所說，是

熟練，能這樣熟練，就中國人說來，已是大不易的了。你的文章是緊而謹嚴，恐怕難有popular appeal如林或甚至如我的，反正你恐怕亦不求popular appeal。你的好處是觀察得深刻，其深刻可能還不如Eliot，但也決不在很多洋人之下。你對於文章，據我看來，還只以為是載道的工具，並不能拿style本身作為一種目的而追求的。有人說過，寫書的時候，頂好把每天的時間劃成三節（如上午，下午，晚上），一節整理搜集材料，一節寫，一節為style而讀書。這樣嚴格規定恐怕很難做到，方法倒值得採用。拚命寫的時候，再看好文章，好像體力大運動的人吸收維他命似的，最能得實惠。

　　我的半篇文章已產生具體的效果：一、年前我將拿三個月的grant，共九百元（不抽稅），算是support我的研究工作；二、U.W.決定明年暑假請我回來，擔任暑期學校的研究（或再加上課）的工作，薪水跟頭牌教授一律；一個暑假兩千塊，一半數目要抽稅，一半不用抽稅。這些都是意想不到的收穫。我三月間來的時候，就決心要和Far Eastern系搭上關係，忍耐了這麼久，總算搭上了。暑假之後，因護照問題，目前大家還是愛莫能助，我也不好意思開口說不回臺灣去。據我看來，臺灣明年可能要亂。老蔣聯［連］任三任問題，正在分裂臺灣內部的團結（蔣經國vs.胡適，陳誠，C.C.，liberals，及其他各種野心家），美國人和華僑也大多反對老蔣聯［連］任的。如蔣經國一派真得勢，錢思亮非下台不可，那時我就有理由不回去了。但是現在不必說，藏在肚裡，耐心地拖着，看臺灣的局勢發展。國運如此，我們這種私人的命運，總算比較好的了，不應該再有什麼不滿足。

　　今天聽Berkeley來的一位經濟專家（李卓民②？）講大陸經濟

---

② 李卓民，應為李卓敏（1912-1991），美國著名華裔經濟學家、教育家，出生於
　　廣州，後赴美深造，獲加州大學柏克萊分校博士學位，曾任南開大學、西南聯

情況，此人倒是頭腦極清楚的人，一點不pedantic。據他說：大陸工業發達是可觀的事實，但是農業一團糟，非常嚴重。1958所謂大躍進，糧食生產先是統計增加150%（他說：Stanford有位專家，姑隱其名，還替共黨辯護，說是絕對可靠），後來共黨修改，只承認增加30%，其中大宗是白薯。1958[年]所以辦「公社」，因為「集體化」已是complete failure，1959較之1956（共方自己數字）糧食只增加1%，而人口每年要增加2%到2.5%，其嚴重可想。共黨動員幾千萬人下鄉勞動（雖然動員了這許多人，那時覺得labor仍不夠），從事：一、築各種大小水利工程；二、搜集各種肥料；三、加工挖土「深種」……。公社之設，為的是要容納城市裡來的工作人員，並且加強動員人力。有牛津某專家說，毛澤東為了ideology才實行「公社」，是不明真相之談。1958年九月後大煉鋼，那是因為秋收以後，一大批人在鄉下無事可做，硬是找些事情來給他們做，使組織不致渙散。共黨目前農業情形，仍非常嚴重云。（十二月份的*Atlantic*是「紅中國」專號，看見沒有？）

　　你要查的幾個問題，不能有全部的答案，很抱歉，1954九月「中華人民共和國憲法」頒佈，是件大事。在那以前，Cabinet叫做「政務院」，在那以後改稱「國務院」。政務院時期，郭沫若一直是副總理，國務院時期（1954九月29日頒佈的任命），副總理沒有他的份。宋慶齡、張瀾③等「副主席」頭銜，也是那時丟的。1954年九月後，只有一個「副主席」，是朱德。文化部在政務院時期，沈雁冰是部長，周揚和另一個人是副部長；在國務院時期，沈仍

大、中央大學教授，1951年起任加州大學柏克萊分校教授，1964至1978年任香港中文大學校長。代表作有《中共的經濟發展》、《中共的統計制度》等。

③ 張瀾（1872-1955），字表方，四川南充人，1941年參加發起中國民主政團同盟（後改名中國民主同盟），任主席。1949年後任中央人民政府副主席、全國人大副委員長、全國政協副主席等職。

是部長，但副部長換成丁西林④、鄭振鐸、夏衍等七個人，周揚沒有了。「國」的組織容易查，「黨」的組織名單，共黨似乎不大公佈，我還查不到。如陸定一是宣傳部部長，那是連他的名字一起出現的時候的頭銜，到底宣傳部裡有些什麼人，我查不到。1958年《人民手冊》（所敘內容是1957）裡有一張共黨中委名單，胡喬木⑤是中委，周揚只是候補中委，名次還不在最前面。不知道現在他升成了中委沒有。王實味⑥譯過一本《有資產者》（中華書局出版）想是Galsworthy⑦的作品。胡風聽說已死，詳情再打聽。丁玲擦地板。

　　臺大有幾個學生，其中之一是白崇禧的兒子，名白先勇⑧，小

---

④ 丁西林（1893-1974），原名丁燮林，字巽甫，江蘇泰興人，劇作家、物理學家，曾任北京大學物理學教授、國立中央研究院物理研究所所長、全國科協副主席、文化部副部長等職，代表作有《一隻馬蜂》、《壓迫》等。

⑤ 胡喬木（1912-1992），原名胡鼎新，筆名喬木，江蘇鹽城人，曾任新聞總署署長、中共中央宣傳部副部長、中共中央副秘書長、書記處書記、中國社會科學院院長等職，著有《胡喬木文集》。

⑥ 王實味（1906-1947）原名詩微，筆名實味，河南潢川人，作家，1942年延安整風運動中受到批判，被開除黨籍，逮捕入獄，1947年被處決，1991年平反。代表作有《野百合花》等。

⑦ Galsworthy（John Galsworthy，約翰・高爾斯華綏，1867-1933），英國小說家、劇作家，曾在牛津大學讀法律，後放棄律師工作從事文學創作，1932年獲諾貝爾文學獎，代表作有《福爾賽世家》（*The Forsyte Saga*）、《現代喜劇》（*A Modern Comedy*）、《尾聲》（*End of the Chapter*）等。

⑧ 白先勇（1937-），生於廣西桂林，作家，1958年在夏濟安主編的《文學雜誌》上發表第一篇短篇小說《金大奶奶》。1960年與臺大的同學歐陽子、陳若曦、王文興等共同創辦了《現代文學》雜誌。後赴美留學，於1965年取得愛荷華大學碩士學位。畢業後長期任教於加州大學聖塔芭芭拉分校，一直到1994年退休。近年致力於崑曲推廣計劃。代表作有《寂寞的十七歲》、《臺北人》、《紐約客》、《孽子》等。

說曾在《文學雜誌》發表，是個文弱青年，一點不像「虎子」。要辦一本雜誌叫《現代文藝［學］》，寫信來索稿。他們曾幫我辦《文學雜誌》，我不好意思拒絕。Thanks-giving 假期，除了應酬之外，就替他們寫文章，寫了十二頁（這種紙），橫改豎改，結果還是沒有寄給他們。我文章內容是雜談五四以來的新文藝，題目叫「祝辭」，從青年們辦文藝雜誌說起，話裡難免觸及政治問題。他們的雜誌銷路不會好，可是一、文壇上的「英派們」（用魯迅的話），二、政府管檢查與思想管制的人，一定要注意的。我既是「文學雜誌」的 Founder 兼主編，又率領小嘍囉一群來辦另一種雜誌，聲勢太浩大，要遭人之忌。我在昆明、重慶、北平的時候，什麼文章都不寫，深得「亂世不出名」的要訣。臺灣現在的局勢，恐怕還要亂，出名的人不免倒霉。我既無 permanent residence 在美國可以長住，臺灣的閒事還是少管為妙。我那篇作後未寄文章，並沒有什麼特別好，但是我這點意見，臺灣亦未必再有人說得出。關於五四以來的新文藝運動，我近有很多感想，大約同你所有的也差不多，但是這種話，臺灣還是說不得的。這一來，感觸更多了。

　　再談，專頌

　　近安

濟安　首

十二月四日

　　［又及］臺灣新出一部長篇小說叫《旋風》⑨，雖和陶斯道不能比，但我認為相當好，已看完，另封寄上。想聽你的意見。

---

⑨《旋風》，長篇小說，成書於1952年，1957年由作者自費出版。作者姜貴（1908-1980），山東諸城人，原名王意堅，早年從軍，後轉業。代表作有《旋風》、《重陽》等。

422. 夏志清致夏濟安（1959年12月22日）

志清弟：

連續的兩張拜年片，兩套禮物均已收到，謝謝。煙袋很合用，這是抽Pipe的人必備之品（張心滄也送過我一只）。四大本希臘悲劇，那是可以成為傳家之寶的巨著。我沒有送什麼好東西，卻是些零零碎碎的。女用繡花拖鞋（給Carol的）的繡工之惡劣，看了要叫人冒火，真丟中國人的臉。但是Seattle買不到更好的了。齊白石大日曆那是替中國人爭光的（我相信我在visual art方面修養不差），還有給Joyce那張卡片。中國藝術如此光榮，落到Chinatown的繡花藝術，令人興悲。陳皮梅之外，又添了軟糖和芝麻糖，大約都是Joyce沒有嘗過的。甜麵醬也寄來了，可以做炒醬，炸醬麵等。在那家鋪子買完了之後，夥計已在包紮了，我發現了「油燜笋」，那東西你一定喜歡吃，可惜包紮得已經差不多，添不進去，不久我將再買些油燜笋寄上。

最近為「過節」，也是瞎忙一陣，錢瞎浪費，用得也不實惠，我也不去算它了。如寄臺灣的卡片，用掉三盒（@3.75），共七十五張，每張郵票25¢，你說可怕不可怕。該早寄，但是早寄想不到。我在美國算是得意的人了，臺灣的朋友都很窮苦，愈是如此，愈不能忘記他們。寄雖寄這麼多，還可能有遺漏的。美國該寄的也有不少，自己也弄不清楚了。

寄卡片以前，忙的是寫文章。那時之苦，為生平所未有。實在時間太局促，而Part II材料極多。精神已太昏亂，可是文章始終得保持頭腦清楚：體力不支，而文章要有勁，其苦可想。Part II裡漏

了不少東西，如魯迅最後的簽名等（和包天笑、周瘦鵑①、郭沫若等發表聯合宣言）──此事可能與周揚、徐懋庸等無關。他們的「反目」，據 *Yearbook 1936* 說，始終沒有得到調解。魯迅和共產思想之關係，亦沒有說清楚。文章中 Cliches 用得太多，但沒有精神力求精確了。

　　那幾天最苦的是：白天精神昏迷（所幸者，胃口一直不錯，身體才支持得下），晚上精神總是興奮（病態的），不能睡覺。生平第一次靠安眠藥（文章寫完後）入眠。服用的是一種 sleep EEZ，據 Drug Store 裡的人說（不要醫生方子），是一種 Anti-histamine，毫無副作用。我試用過一次，果然很好。服後（二片）約半小時入睡（我平常自己是頭觸枕就能入睡的），可睡足八小時，醒來精神煥發。此物多用當然有害，我只用過一次，現在睡眠已正常。好在文章寫完後，雖然為交際而瞎忙，頭腦是可以休息了。有一個時候，真怕生病。現在是已經完全恢復了。寫一百多張拜年片，也需要精神來撐的。現在已完全正常，請釋念。

　　我大約二十九、三十日之間去加州，可能搭便車去。詳情容再報導。先發一信，使你們釋念。專此　敬頌

　　全家新年快樂

濟安　啟

十二月二十二日

[又及] 明年暑假來研究 20's 時，魯迅和創造社吵架經過。

---

① 周瘦鵑（1895-1968），原名周國賢，筆名泣紅、俠塵、蘭庵、懷蘭等，江蘇蘇州人，作家、翻譯家，曾主編《申報》副刊、《禮拜六》週刊、《紫羅蘭》等刊物，代表作有《新秋海棠》、《行雲集》、《花前鎖記》等，編譯有《歐美名家短篇小說叢刊》等。

423. 夏濟安致夏志清（1959年12月28日）

志清弟：

　　今天收到來信，文章承蒙讚美，甚為感激。有些Cliches想除掉，但寫時精神不濟，沒有辦法。好在Far Eastern系裡的人沒有看得出。我一向因為貪懶（最近幾天又大貪懶），腦筋常常保持fresh，所以吸收能力相當強。記得我在九月底十月初寫信給你時，還不知道馮雪峰為何許人。兩個月之後，關於他的事已經知道得很多了。文中所引的許多details，因為我對它們發生特別興趣，所以也容易記得住。寫這一類的文章——夾敘夾議，津津有味的retell一件故事（真要講究narration我可本事還很差，所以成小說家很難）——大約我最擅長。我應該做一個biographer。最近Ellmann的Joyce傳為文壇一件大事，此書我尚未看過。Weiss（他在U.W.開過Joyce）和他認識，說他年紀不到四十多歲，攻Joyce有八年之久，八年以來，各處寫信，打聽有關Joyce的生平瑣事。如要寫「魯迅傳」，也非得這樣廣事搜集材料不可，但是這種工夫我是怕做的。到圖書館裡去瞎翻，則興趣甚大。

　　你所提起的日本太太以及cancer等事，我可一點都沒有注意，真慚愧。魯迅的紹興太太姓朱（？）在北平和魯母住在一起。魯迅在北平時，曾追過許欽文[1]的妹妹許羨蘇，此事曹聚仁的「評傳」中約略提起。許欽文在50's所寫的回憶錄似亦隱約提到。你所注意到的有關蕭紅一事，我看很有見地。蕭紅的「回憶魯迅」寫得非常之好，雖然只是片片段段，不成系統，但是此女的眼光和文才都是

---

[1] 許欽文（1897-1984），原名許繩堯，生於浙江山陰，作家，代表作有《故鄉》、《許欽文創作選》、《欽文自傳》等。

上等的。

關於魯迅和俄國作家，又很慚愧的，我暫時無話可說。這就是做scholar的不行之處。關於我自己的題目，我知道得是很多，題目以外的東西，就很可憐的無知了。如《死魂靈》我還沒有看過，事實上，時間亦來不及。如魯迅之和高爾基，不是好好地讀幾個月書，無法下筆的。有兩個題目可以寫的：Lu Hsun as a Translator; Lu Hsun as a Scholar，這兩點一向似不大有人注意，你所提的科學神怪小說，可以成為MLA很好的一篇paper。（明年暑假也許來研究和創造社筆戰那一段。）

文章的Part I已由Rhoads Murphey[2]送給*Journal of Asian Studies*，下落如何，尚不得而知。Part II發表前似乎還要補充很多東西。

你對於賀年片的不安，使我也聯［連］帶地不安起來了。Potsdam是小地方，不容易有特別精美的賀年片，那是真的，這點無需道歉。你們所送的那一張，我很喜歡它的富麗堂皇——過年過節，只要富麗堂皇，真正「雅人」對於過年過節是不感興趣的（如我的朋友Weiss）。這裡平常很「雅」的人家，一到過Xmas之時，滿屋紅紅綠綠，也雅不起來了。我很喜歡你們的賀年片，因為那才是代表Xmas spirit——這點請轉告Carol。所謂「雅」的賀年片，只合收藏之用，不是過節所宜用的。你以前在Yale寄來的賀年片（空白的）我還有好幾張鎖在臺北的箱子裡，太好了，捨不得寄出去。

父親的信已經拜讀。我們輪流寄家用，那是理所應該的。暫時

---

② Rhoads Murphey（羅斯・墨菲，1919-2012），美國學者，致力於亞洲地理、歷史研究，曾為*Journal of Asian Studies*編輯，代表作有《亞洲歷史》（*A History of Asia*）、《東亞新史》（*East Asia: A New History*）等。

先在那筆錢裡去扣。我主張你可停寄一年，由我來負擔一個時候，那才是道理。以後等我在美國生活稍趨安定，再另定計劃。我於來秋以後之事，和Taylor談也沒有用。他自動地請我暑假回來，交情到這種地步，我如一再有所請求，未免太不識人情了。他是願意幫助我的，我因為感激就不應該再給他什麼麻煩。我之留美或返臺，對於一生的關係太大，我相信冥冥之中，必有安排。我是一點都不放在心上。我相信上帝對我已經是很好的了。

　　還有一件事，可能對你和Carol相當exciting的。我三月間從臺北飛來美國的時候，同飛機有兩位臺灣小姐，是去紐約學Nursering（護士）的，一路之上，我表現得很瀟灑，因為我是熟門熟路，路上情形熟悉，再則我英文講得比她們流利，可以照料她們。我們在舊金山機場分手，她們轉飛紐約，我逛舊金山去了。其中有一位葉銀英小姐（名字很怪，但她的旅伴叫楊梅，更怪）曾從紐約寫了兩三封信來，國語倒很通順的，她說她「永遠不會忘記」（在路上）我的幽默和熱心等等。我好像回了一封信，很冷淡的。我好像對她說起過如到紐約去，要去看她們（我們在Peking Cafe喝Martini的時候，我也隱約提起過，記得嗎？），結果沒有去，主要原因還是心境不好。我那時是否要回臺灣還不知道，她們拿學生護照的，反而可以長期居留，中國女孩子在紐約還會找不到男朋友嗎？我也不用去瞎敷衍了，因此連電話都沒有打一個。今天去學校，收到一張拜年片，一看所用的字眼，把我呆了半天。那位葉銀英不知道我的住址，把賀年片寄到學校裡去了。片子沒有什麼特別，上面寫了這幾個字：To Dear Professor Hsia Love Yen-Ying。Love這個字中國女孩子豈能隨便用的？臺灣女孩子可能受些日本影響，但是她受了十年中國教育，這點輕重總是該明白的。那只有一個解釋：她是真有意思。她為人照我厲害的眼光看來，該屬於純正善良一派，絕非flirt，因此把我呆住了。此人並不很美，但我相信她是溫柔的正

派人，她的朋友楊梅我就不敢說了。路上我也許對葉比對楊更好些。信怎麼回法，我還不知道。假如諸事順利（如美國有「長飯碗」等），我亦許不再「浪漫」，就去和這位葉小姐談戀愛去了。目前我不會有什麼急遽的表示，但是我將以極gentlemanly同時很溫柔的回她一封信。以後的事情，看上帝安排。我是個大fatalist，不大替自己打主意。以前還想表現一下自己的will，現在做人愈來愈「隨和」了。你們也不必太樂觀（切不可告訴父母親玉瑛妹和別人），因為事情太渺茫了。不過我要告訴你和Carol：我不願意再使鍾意我的女孩子失望了。受了這麼多年教育，這點gentleman的做人條件總要做到的。

本來定卅號搭學生便車去加州，但張琨警告說一路前去一千里多是山路，還有積雪，學生開車太靠不住。我決心犧牲八元錢（預付給那學生的），改坐火車或bus前去，大約仍舊卅號走。一月一日是Pasadena的Rose Bowl，有U.W.（西海岸第一隊）和Wiscousin（Midwest第一隊）的足球大賽，Seattle去的人多極，車票很難買，我且試試看。那幫學生也是去看足球，同時出賣黑市球票的。Packing很可怕，我又買了一只漂亮的皮箱（廿五元，就像你們所看見的那只一樣），預備把東西丟進去。書已陸續付郵。你上次寄來的書，我大多都沒有拆，所以寄起來很省事。三只箱子坐火車應該不成問題的。

Joyce的信已經收到。這次寄上三種糖果：陳皮梅、軟糖、芝麻糖，她最喜歡哪一種？SF中國好東西更多，當陸續購買寄上。齊白石的畫大約還可以買得到。德國人的印刷（還有瑞士人）確是世界第一，令人嘆服。再謝謝你們送的希臘悲劇（Weiss很「眼熱」）全套和煙袋。1960快到，希望大家──父親、母親、玉瑛妹、你和Carol和Joyce還有我──都有更好的運氣。你的書出版了，名譽一定大好。回信請寄：C/O Prof. S.H. Chen, 929 Ramona

Avenue, Albany 6, California。再談　專頌

　　新年快樂

濟安

廿八日晚

　　PS:現定30日中午坐greyhound去Berkeley，31日中午可到。火車票買不着，greyhound也相當舒服的。餘續告。

　　這幾天瞎忙——Party Going，打牌（麻將，Bridge）等，文章是一個字都寫不出來。《旋風》你如看得滿意，不妨在文章（Appendix後）再加三四百字Note，說明臺灣也曾出了一本對於共產黨確實有些了解的反共小說。

424. 夏濟安致夏志清（1960年1月4日）

志清弟：

連日很辛苦，但加州天氣太好——陽光明媚，高約五六十度，低約四十度（西雅圖也不冷，高約四十幾度，低約卅幾度，但陰雨天較多），所以精神很好。

本定三十日走，但因懶於packing，且有不少人挽留，卅一日在李芳桂家打馬[麻]將，元旦日又有兩家應酬。二日中午走的，火車票飛機票都買不到，仍坐greyhound。車子開得很穩，但座位不舒服（腿伸不直），走長路總不合適。三日中午到Berkeley，仍住Carlton旅館，已付一星期房租（三元一天），慢慢地找Apt.。

UC要三月初才開學，早知如此，我該住舊金山，好好地玩一玩（*Ben Hur*[1]西雅圖不演，但舊金山在演）。現在只好靜心看書，同時預備學開汽車。一個月之內定可學會。加州天氣好，附近好玩的地方多，沒有車子，太對不起那地方了。

昨天（三日）晚上，同陳世驤夫婦和蔣彝[2]到林同炎[3]（土木工程教授，美國研究concrete的權威）家去吃飯，他們先約好的，我是湊巧也跟着去。飯後坐車到SF的Broadway，去一家night club

---

[1] *Ben Hur*（《賓漢》，1959），威廉・慧勒導演，卻爾登・希斯頓、傑克・霍金斯主演，米高梅發行。

[2] 蔣彝（Chiang Yee, 1903-1977），江西九江人，畫家、作家、書法家，曾任教於倫敦大學、哥倫比亞大學、哈佛大學等學校，被選為美國科學院藝術學院院士。代表作有十二冊的《啞行者叢書》等。

[3] 林同炎（1912-2003），原名林同棪，祖籍福州福清，工程學家，是預應力工程理論的研究者及最早的實施者，曾任美國工程院院士、臺灣中研院院士、加州柏克萊分校教授，獲美國國家科學獎等大獎。

喝酒。Club名叫Bocce Ball，是義大利人開的，餘興是唱opera和彈鋼琴。一個男歌唱家面孔很像Lee. J. Cobb④，唱tenor，聲音之洪亮，似不在Mario Lanza⑤之下。兩個女的（一個soprano，一個contralto）雖不怎麼傑出，似乎都比臺灣開演奏會的那些太太小姐們高明。鋼琴彈了一支Chopin，一支J. Strauss。這家night club趣味高級，生意並不很好。我喝的是Venetian coffee加Brandy的。附近各種狂熱或低級的night club很多，我只在門口走過，不知道裡面是些什麼東西。有一家門口貼着The world's most talked about show——據說是男扮女裝的表演，想是homosexuals的大本營。我在Seattle曾看見德國出的homosexual雜誌，裡面是男人照片——那些男人似乎都不如京戲裡的旦角漂亮。裡面用三個文字，譯登了一首唐詩，王建（？）作給朋友的，據我看來，這種詩在中國是毫無homosexual意義的。舊金山有自己的opera，恐怕也有ballet，很想和紐約一較長短。Broadway並不broad，但是星期天晚上liquor store都開門，據說要開門到半夜兩點。相形之下，西雅圖是規矩得多了，西雅圖的liquor store是州政府「專賣」的。

　　蔣彝你想也聞名已久。他已入英國籍，在Boston住過一陣，最近一本描寫Boston的書（Norton出版），已銷了一萬三千本，他很高興。現在在搜集材料，預備寫一本 *The Silent Traveller in S.F*。他是舊式中國人樣子（在中國做過縣長），英文講得一點也不流利。

　　今天找到馬逢華，他剛回來。曾去華府開經濟學會，回來路上又在Ann Arbor停了一兩天。今天午飯同他一起吃的，等一下將一

④ Lee. J. Cobb（科布，1911-1976），美國演員，代表作有《十二怒漢》（*12 Angry Men*, 1957）、《碼頭風雲》（*On the Waterfront*, 1954）、《驅魔人》（*The Exorcist*, 1973）。

⑤ Mario Lanza（馬里奧・蘭札，1921-1959），美國演員，男高音歌唱家。

起吃晚飯。他去開會的目的，是要找 teaching job，目前尚無頭緒，因離秋季開學尚早。他為我的事，也出了很多主意。我那種聽天由命的精神，在美國住久的人恐怕看來很奇怪的。他住的地方和旅館很近，你來信不妨由他轉，因為我們最近可能天天見面（我無聊時可能就去他的 Center for Chinese Studies 看書），他的地址：

2411 Durant Avenue Apt. 3

今天約略看了些書。共產黨把左聯時的作家的作品也印出來了：我看見了《葉紫選集》和《蕭紅選集》。葉紫⑥和魯迅的關係也不壞，他是1933年入的共產黨。蕭紅集裡還有她的照片，是全身的，穿了大衣，臉不大清楚。書中蕭軍⑦的名字似乎從來沒有出現。

Berkeley 幾條街上書店多（大多兼賣圖畫），唱片店多，有兩家所謂 art cinemas，預告了各種奇怪的電影：如 Chas. Laughton⑧導演，Robt. Mitchum 主演的 *Night of the Hunter*⑨（1955）。Eisenstein 的俄國片 *Potemkin*（1925-1958 Brussels 世界博覽會中選舉它是「歷來最偉大的電影」云）；John Barrymore⑩與 Myrna Loy⑪

---

⑥ 葉紫（1910-1939），原名余鶴林，湖南益陽人，作家，代表作有《豐收》、《火》等。

⑦ 蕭軍（1907-1988），原名劉鴻霖，生於遼寧錦州，作家，代表作有《八月的鄉村》等。

⑧ Chas. Laughton（查爾斯·勞頓，1899-1962），英國電影演員，代表作有《英宮豔史》（*The Private Life of Henry VIII*, 1933）等。

⑨ *Night of the Hunter*（《霧夜驚魂》，1956），查爾斯·勞頓導演，羅伯特·米徹姆、謝利·溫特斯主演，聯美發行。

⑩ John Barrymore（約翰·巴里摩爾，1882-1942），美國演員，代表作有《公正》（*Justice*, 1916）、《理查三世》（*Richard III*, 1920）、《哈姆雷特》（*Hamlet*, 1922）等。

⑪ Myrna Loy（瑪娜·洛伊，1905-1993），美國女演員，除參演默片知名，代表作有《風流偵探》（*The Thin Man*, 1934）等。

的 *Topaze* [12]（1933），Conrad Veidt [13]，Emil Jannings [14]，Werner Krauss [15]（Dr. Caligari主角）的德國恐怖片 *Waxworks* [16]（1924）等。看來這地方連影迷都有不少是自命風雅snobbish的。但是銀行各窗洞口都長長的排了隊，足見生意興隆。加州的「活力」還得好好地體會。再談　專頌

　　近安

濟安

元月四日

　　［又及］Carol和Joyce前均問好，我在買車以前，到SF去還是不很方便，雖然有bus。

　　寄紐約的信還沒有寫。

---

[12] *Topaze*（《陶白士教授》一譯《教授外史》，1933），據馬塞爾‧帕尼奧爾（Marcel Pagnol）同名劇作改編，D'Abbadie D'Arrast導演，約翰‧巴里摩爾、瑪娜‧洛伊主演，雷電華影業發行。

[13] Conrad Veidt（康拉德‧韋特，1893-1943），德國演員，代表作有《卡里加里博士的小屋》（*The Cabinet of Dr. Caligari*, 1920）、《禁苑藏龍》（*The Man Who Laughs*, 1928）、《月宮寶盒》（*The Thief of Bagdad*, 1940）、《北非諜影》（*Casablanca*, 1942）等。

[14] Emil Jannings（埃米爾‧強寧斯，1884-1950），德國演員，曾獲奧斯卡金像獎，代表作有《藍天使》（*The Blue Angel*, 1930）等。

[15] Werner Krauss（沃那‧克勞斯，1884-1959），德國演員，代表作有《卡里加里博士的小屋》、《蠟像館》（*Waxworks*）等。

[16] *Waxworks*（《蠟像館》，1924），德國無聲片，保羅‧萊尼（Paul Leni）導演，埃米爾‧強寧斯、康拉德‧韋特、沃那‧克勞斯主演，UFA發行。

425. 夏志清致夏濟安（1960年1月11日）

濟安哥：

　　Seattle臨走前及抵Berkeley後兩信都已收到，這幾天房子想已找到了，甚念。你文章寫完後，交際了一陣，最近又旅行了一下，換了新地方，腦筋可以藉此休息，保持永遠alert的狀態，很好。我一直少動，交際又不多，生活實在比你單調得多。你有志學開車，確是好事，希望你一個月內學會。

　　葉銀英小姐給你信和賀年片，我看是很有意思的。希望你早日覆她，和她保持聯繫。我想臺灣女子比中國女子多情，世故不深，所以葉小姐卡片上的「love」一字一定是表達她愛慕之意。憑你的文字，寫幾封信使她全部傾倒實在是很容易的事。Carol和我為此事都很高興，希望你好自為之，不要太non-committal，真正把她當對象追求。人家既然對你示意了，你信上也應當感恩示意，情願自己吃虧，不使對方hurt，才是gentleman追求的作風。舊曆新年，valentine，可以送些小玩意兒給她。

　　我這兩星期來實在忙得可以，文稿已全部寄還了，從頭看了一遍，有幾處文字和內容可考慮的地方，還得斟酌一下，因為這次文稿送回後，下次的節目就是校看galleys和做index了，盡量想把錯誤減到絕無僅有。加上學期將到來，卷子特別的多，大部還沒有過目，所以下兩個星期，更要大忙。我有幾個老問題，請你在加大再查一查：

　　郁達夫《她是一個弱女子》（《饒了她！》）出版期1932？

　　老舍：《饑荒》，出版期，地點，1950？1951？

　　《桑乾河》，侯Chung-Chuan（忠全？）中文名字，中共版小說卷首有人物介紹，一查即得。（如查不到，也就算了，因為都是不

關緊要的小節目。）

此外有幾個新問題，也請代為解決：

「大負販」如何譯英文？Peddler僅是小販。

《學衡》雜誌，從李何林到劉綏松，都認為是1921年出版的，其實第一期出版期是1922年正月。加大如有此雜誌，請再check一下。又，該雜誌何年停刊？（可查看Fairbank et al，*Modern China: A Bibliographical Guide*）

有一篇中共小說白刃《戰鬥到明天》，我不知道是短篇抑長篇，《文藝報》1952年正月號有文批評該小說，請查一究竟。

錢鍾書《圍城》中述一個老媽子跑得快，衝進房間像棉花彈一樣（大意），「棉花彈」作何解，英文如何譯法？

你文章上提到《祖國》趙聰一篇文章，〈巴金難逃煉獄苦〉（Nov.17, 1958），內容講些什麼，不知你記得否？巴金何時開始吃苦的？

《火葬》你新近看過。文城中的大火如何燃起的？石隊長等先殺日本人，再放火or先放火，再殺人。憑你記憶所得，略述一二。

元旦拍了一卷照片，茲附上四張（可看到record player和齊白石的畫）。附上程靖宇信。父親有信來，下次再附上吧。這幾天相當緊張，不多寫了，專頌

大安

弟 志清 上
一月十一日

馬逢華前代問好。

［又及］《中國小說史料》明日寄出，這本書我retain了很久，很不好意思。

426. 夏濟安致夏志清（1960年1月14日）

志清弟：

多日未接來信，甚念，我已搬入新公寓（地址見信封），為一cottage，很講究，較Seattle那一所似更舒服。房租75，自付電與煤氣。房東叫Loeb，是物理系教授，似乎很愛好中國的東西。老夫婦都很和氣，供給我一切用具。但是他們講究清潔，我這人癩莉癩塔［邋裡邋遢］已慣，現在和房東住得這麼近（Seattle的房東住在鄉下），不免極力想養成整潔的習慣——例如，每天早起都「鋪床」了，以前是從來不管的。這座cottage可以說原來是一些灰塵都沒有的。

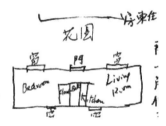

學校尚未大考，離開下學期開學還有相當時候。功課似乎沒有什麼要準備的，學校太擠（Campus不夠大，人太多），我至今還沒有分配到office。我也無所謂。

加州好玩的地方太多，我已決心學開車。今天拿到instruction permit，明天開始上第一課。你雖然極力反對歐洲車子，我有一個時候仍很想買一部小巧的歐洲車子的。但駕駛學校的教員反對gear-shift，他和你一樣是擁護美國大車子的。將學autonomous transmission這一類車子。趁這幾個禮拜，好好地把車學一學。假如買車的話，買'55左右的大車，大約不到一千元即夠。駕駛學校

的教員還主張我用 power steering ——凡是一切省力的配備，他都主張用，我想我為人一向 clumsy，寧可多用機器幫忙，自己少為開車費力。Gas 多費一點也無所謂，美國的 gas 總是全世界最便宜的，也許論月的去租一部：Falcon，Comair 是六十元一個月，我如去租一部'58 的大車，也許還不要這麼多錢。Carol 在這方面是專家，她有什麼意見？

加州要學車也不容易，事前先經過筆試，我好好的把交通規章讀了，考得還不錯（四十題錯了兩題）。檢查眼睛，我的眼睛有毛病，還特別去找眼科醫生檢查。普通人在 MVD motor vehicle division 稍一檢查即可。檢查費五元，那醫生倒非常和氣，而且很有耐心。檢查了差不多一個鐘頭，發現我那副眼鏡還合用，只是我左眼幾乎全沒有用——這個我自己知道，不知道你知道不知道？——我在昆明時也去檢查過，那裡的儀器當然不全（那是生平第一次）；在臺北也檢查過，也沒有什麼補救的辦法。我小時候「鬥雞眼」，左眼球的肌肉拉歪了，看東西不正；醫生說，Nature 後來根本就不用它，就讓右眼單獨工作。但是左眼還能吸收些印象，在腦筋裡造成一種錯亂，這是我所以「口吃」的緣故之一（後來左眼漸趨不用，口吃倒反而好起來了）。醫生說：也可能是我生下來之時，被「老娘」（midwife）硬拉頭部，手指碰傷了我的眼睛（你知道，我是難產的。我的「扁頭」同難產也許有點關係。假如真是這樣，我兩隻眼睛都給那老娘弄壞了，豈不可怕？醫生說：一隻眼睛也能開車，只是頭部忙一點，多轉動向左右看就是了。我同他說 UW 足球隊第一名健將（在 Rose Bowl 得勝的，請看 Jan 11 的 *Time*）是一個獨眼龍；他知道那人，他說此人衝刺力強。瞄準工夫也很好（普通人瞄準時，也得把一隻眼睛閉上），但是空中接球工夫差。因為他只用一隻眼睛，猜測距離的能力不會好的。這又使我想起我小時踢毽子技術之惡劣，踢了上去，一定接不着的。對於我，3D 的

電影、圖畫或地圖是毫無意義的。

那醫生說，New Hampshire的Dartmouth College附設醫院，有人專研究我這一類的眼病——即一隻眼睛廢而不用的（有一個術語，我沒有抄下來）。他又說：據專家研究，看書從上至下（像中文那樣），最合眼睛運動習慣。眼球上下活動，力量比左右活動要大得多。這也是專家研究出的。中共把書橫印，實在並不聰明。我看起來就不大習慣的。

在這裡有一個時候，很想念自己做的菜。Berkeley有中國的館子，做得也不差，但是我自己所做的，也別有風味。Berkeley買東西還沒有Seattle方便，我至今還沒有筷子；別的中國東西，也不大容易買到，如老薑就沒有。此外我也很想念日本人的罐頭魚（有好多種，都很鮮），和日本人的醬菜（日本人叫「漬」），那兩樣東西早晨用來吃粥，最是開胃。Oakland東西該多些，但我還沒有專程去過。S.F.東西當然更多，但是B.和S.F.之間往返很不便，過海公共汽車50¢，到了S.F.還要乘公共汽車，才能到Chinatown。上回去S.F.聽opera清唱表演，已經寫過了。上星期六同馬逢華和另外一個學經濟的洪家駿（此人有車），又去S.F.一次。吃中國飯之後，去Broadway最有名的Moulin Rouge夜總會。M.R.地方不大，但尚稱高尚。兩元錢cover charge，一元錢任何種drink。節目有三種歌舞（我很喜歡一個跳拉丁舞的叫Gwen什麼的，其人很瘦，但跳得很有勁，全身動作都有節奏）；兩個跳脫衣舞的，一個叫Zabuda，跳天方夜譚舞，印度祭神舞，硬充exotic，手腳亂動，一無是處；一個叫Patti White，算是頭牌明星，其人的臉和身材都和當年*Esquire*上Patty所畫的電話美女相仿，可說是個美女，但我是不大喜歡的。一個男的，表演魔術。MC叫做Bert Henry，算是幽默滑稽，我大約聽懂70%。笑話裡面很多是「葷」的。我因此想上海和蘇州的說書先生也常常穿插「葷」笑話，可是叫我回想，我是一隻也想不起

來了。這也可見小說之難寫。小說裡若要活龍活現穿插一個說書先生，我就不行。

　　對於最近的美國電影，除了 *Ben Hur* 之外，我是一張都不想看。似乎沒有一張的明星、故事和導演等，能引起我的興趣的。*Third Man on the Mountain*①（Disney的）應該不錯，Seattle演時，我錯過了。*Time*列入listings的 *Pillow Talk*②和 *They Came to Cordura*③我都不想看。來Berkeley之後，倒也看了兩次電影，兩次都是在電影院看的，第一次兩張，都十分滿意：*Dead of Night*④——英國的鬼故事（1946），有五隻小故事，全片的frame work也有神怪意味的。緊張玄妙，非常精彩。還有一張上回信裡已提過，勞頓⑤導演，Agee⑥編劇，R. Mitchum主演的 *The Night of the Hunter*⑦，居然也非常精彩。其緊張之處，我認為勝過 *North by*

---

① *Third Man on the Mountain*（《峭壁驚魂》，1959），據烏爾曼（James Ramsey Ullman）小說改編，阿納金導演，邁克爾・倫尼、詹姆斯・麥克阿瑟（James MacArthur）主演，迪士尼影業出品。

② *Pillow Talk*（《夜半無人私語時》，1959），浪漫喜劇，馬克爾・戈頓（Michael Gordon）導演，拉塞爾・勞斯（Russell Rouse）、Maurice Richlin主演，環球國際發行。

③ *They Came to Cordura*（《威震群雄》，1959），西部片，羅伯特・羅森導演，賈利・古柏、麗泰・海華絲主演，哥倫比亞影業發行。

④ *Dead of Night*（《猛鬼林》，1945），驚悚劇，卡瓦爾康蒂（Cavalcanti）導演，邁克爾・瑞德格拉夫、約翰斯（Mervyn Johns）主演，環球影業發行（US）。

⑤ 勞頓（Charles Laughton，查爾斯・勞頓，1899-1962），英國演員，代表作有《英宮豔史》（*The Private Life of Henry VIII*, 1933）等。

⑥ Agee（James Agee, 1909-1055），美國作家、劇作家，代表作有《失親記》（*A Death in the Family*）等。

⑦ *The Night of the Hunter*（《霧夜驚》，1955），驚悚劇，據戴維斯・格拉布（Davis Grubb）同名小說改編，查理斯・勞頓導演，羅伯特・米徹姆、謝利・溫特斯主演，聯合藝術發行。

Northwest，而且它一望而知是匠心獨運的，*N by NW* 還是俗套太多。另一次是兩張法國片，*Les Enfants du Paradis* ⑧（1945），據說有很多象徵意味，我看不出來。只是普通的古裝愛情片，演小丑的某人是 M. Brando 最佩服的明星（見下 Capote 所寫的文章），此人演小丑時很好，卸了妝，臉上粉擦掉後，其演技也不過如此。另一張是 Jean Cocteau 的 *Le Sang d'un Poete* ⑨（1930）是電影中的 Dali，太怪了，沒有話說。

馬逢華和我往來很密。他生活很刻板，在 Ann Arbor 考了駕駛執照，但還沒有車（考慮太多，不知買哪一種牌子的好）；公寓裡有廚房，但從來沒燒過飯（每月照付煤氣 $1.60），中飯晚飯天天在一家中國館子吃（他很贊美你做的菜）。他似乎比我 serious，不喝酒，不打 Bridge，又缺乏我的 high sprites，跟他在一起玩，不大有勁。他似乎也不大想玩，在 Ann Arbor「讀苦書」把精神拘束得太厲害，得學位後，沒有拿到長飯碗，精神還不敢放鬆。我們雖常在一起，但是我總覺得我們是兩類人。陳世驤有他的家，住得又比較遠，我們也不能常在一起玩。我有一度覺得非常寂寞，很想念 Seattle。那邊中國美國朋友一大群，熱鬧得很。但是初到 Seattle 幾個月，我也很寂寞的，後來混熟了朋友愈來愈多，在這裡大約也是如此。

你們想都好，好久沒有見到來信，很是想念。宋奇已經皈依天主教。程靖宇的母親故世，你那裡想已接到信，聞之不覺愴然，感慨很多。還有很多話（如關於 UC 同事等），下次再談。上海家裡

---

⑧ *Les Enfants du Paradis*（《天堂的孩子》，1945），法國電影，馬塞爾・卡內爾（Marcel Carné）導演，阿萊緹、巴勞爾特（Jean-Louis Barrault）主演，Société Nouvelle Pathé Cinéma 出品。

⑨ *Le Sang d'un Poete*（《詩人之血》，1932），讓・科克多導演，Enrique Rivero、米勒（Elizabeth Lee Miller）主演，Vicomte de Noailles 出品。

想也都好，也很想念，專此　敬頌
　　近安
Carol 和 Joyce 前都問好

濟安 啟
一月十四日

　　［又及］來信寄學校也可：Dept. of Oriental Language, U. Of C., Berkeley 4, Cal.

427. 夏濟安致夏志清（1960年1月19日）

志清弟：

　　來信收到。你最近這樣忙，暫時不寫信也好。所托查的東西很多還沒有查到，很抱歉。

　　「大負販」據陳世驤說，可能是 traveling merchant.

　　「棉花彈」不知道。照我想，把棉花搓成彈狀，也可以打得很快的。什麼場合上用這種棉花彈，待考。軍火中大約沒有一種子彈叫棉花彈的。陳世驤建議說是否和「彈棉花」有關。

　　《桑乾河》裡的人物是叫侯忠全。

　　白刃《戰鬥到明天》圖書館裡有，那是1958北京作家出版社出版的，381pp.，還是「第一部」。《後記》中說，該書曾於1951年出版，但有些批評家拿當時的「解放軍」和抗戰時敵後的「解放軍」相比，認為他寫得不好。也有人鼓勵他的。他於是重寫（茅盾似乎是鼓勵他的）。《後記》中的話，我擬擇要抄下寄上。《文藝報》我在 Seattle 翻得很熟，這裡來還沒有發現，有大約一定有的，讓我找到了，再把人家批評的話一起抄下寄上。

　　這裡的書比 UW 的書多，但中日文混合起來放；卡片箱用部首（如舒慶春的「舒」我就不知道該查什麼部〈舌部〉）而不用拼音，所以我還沒有用熟。《宇宙風》、《論語》以及《風雨談》（柳雨生的一篇《〈封神演義〉考證》是他在 London U. 的 Ph.D. 論文，他在香港教了很多年中文，London U. 不 require residence 就可以考 Ph.D. 的）的合訂本放的地位倒很明顯。

　　《學衡》的合訂本可能也有，還沒有找到。根據張靜廬《中國近現代出版史料》，確是在1922年創刊。Fairbank 的 bibliography 對我將大有用處，我還沒有去查。張靜廬的書計有七本，從清末同文

館講起，內容十分有趣，關於「左聯」的材料也搜集了不少——恐怕是搜得最詳細的了。你的bibliography中如沒有把這部書引入，我下次書中可以把內容（各卷）約略介紹寄上。他書雖名叫《出版史料》，其實是偏於「革命」的；《學衡》等「反動」刊物就不免忽略。張靜廬是30s冒出來的出版家，辦「上海雜誌公司」，當時有點臭名——投機取巧之名。

《祖國》中論巴金之文，內容大意也於下次信中介紹，假如這裡有《祖國》合訂本的話。我於Part I1脫稿後，在UW圖書館中又發現一篇文章叫做〈中共鬥不倒巴金〉，刊於香港的《聯合評論》，大約是1959年四月到六月之間。內容：中共要鬥爭巴金，但讀者紛紛來函擁護巴金，使中共沒有辦法。當時我把期數、作者抄在一張舊信封的反面，這次搬家到了加州找不到了。我想寫信給Seattle托朋友複印寄過來，大約你並不着急地等着。《聯合評論》是比較新的小報size刊物，每星期出8 pages，UC圖書館大約一定沒有，雖然它在紐約有航空版的。

《火葬》內容不記得了。《饑荒》也查不到。

《她是一個弱女子》總得在1932或以後出版。素雅（李贊華）[1]編的《郁達夫評傳》（1931，現代書局）你想見過（很有趣），那裡面就沒有提起這本書。我在Union Catalogue中發現一本有趣的書《郁達夫的流亡與失蹤》，大約是香港出版的，你如要，我可以去定；書在Congress或Harvard，寄來總要兩個禮拜。

---

[1] 李贊華，筆名素雅、李芷香、殘華，生卒年不詳。1930年代曾任現代書局總編輯，編過《前鋒月刊》、《現代文學評論》等，其作品多見於《申報》、《前鋒月刊》、《現代文學評論》、《真善美》等報刊，代表作有短篇小說集《變動》等。《郁達夫評傳》是其編選的一本評論選，收入了周作人、成仿吾、錢杏邨、沈從文、王獨清等人關於郁達夫與創造社的18篇文章。

　　本星期六我已約了 Richard Irwin ②開車到 Hoover Library 去，有一個上午的時間可用。我只是想去瞎翻翻，同時希望能解決一些你的有關 dates 以及其他的問題。

　　Irwin 為人很熱心，我寄在系裡的好多包書，都由他駕車送到我的 Apt. 來的。他也在這裡教初級中文，我向他請教一些問題，他的 nervous 情形，不亞於蘇州中學的英文教員碰到外國人。關於《水滸》，我是隻字不提，怕他窘。去 Hoover Library，也是他建議的，我只是說想去看看而已。他的車是 Peugeot，似乎也很漂亮，不像 Renault 那樣的小得過份。Schafer 人也很和善，他似乎有點自知之明。我讚美他去年四月寫的那篇 paper：講唐朝時候各國來的進貢，裡面材料倒真不少。他似乎很難為情，把手一揮，好像說：「不要提它了。」但他很用功，常在圖書館看書，Taylor 所忙的就只是行政與交際了。

　　我在這裡開的三門課，都是 under graduate 的，學生程度不會好，所以很定心。一門 Intermediate Chinese，一門 Contemporary Literature 都預備用 Yale 的書，已去 order（每班大約十人左右，教來一定不吃力）。另一門 survey 課，我預備從唐宋講起，這門課不難，最要緊的是 bibliography ——給學生的「壓生」。中國小說譯成英文的多找幾本，讓他們看了寫 paper，此外由我瞎講。

　　《中國小說史料》此間圖書館有，我也不等着用。你如不提起，我已經把這本書忘了。此間於二月八日上課，兩門有 text 的，根本不需要什麼準備。Survey 課，第一堂總講，描寫一下課程內容，和中國歷史綱要。以後定每星期寫一篇 paper —— lecture

---

② Richard Irwin（Richard Gregg Irwin, 1909- ？），曾任加州大學柏克萊分校東亞圖書館副館長，80年代飲彈身亡，代表作有《中國小說的演進：〈水滸傳〉》（*The Evolution of a Chinese Novel: Shui-hu-chuan*）等。

notes，我相信也不難的。總比研究魯迅容易得多了。這方面的
bibliography你如有所知，盼隨時告訴，但是不急，等你把稿子、
學生考卷等弄舒齊了再說。

　　上星期五開了一小時車，學right turn，很緊張，但在Berkeley
市區，速度定25 miles，也闖不了什麼大禍的。今天下午又要學第
二課，可能是left turn。最難的還是steering。情形下信再描寫。專
覆　敬頌

　　近安

　　Carol和Joyce前均問好

濟安

一月十九日

　　［又及］照片都已經收到，你們精神都很好，家裡很乾淨，除
了Hifi之外，似乎還添了家具。馬逢華很喜歡Joyce。可是雪下得
太大了，這裡是春天。

428. 夏志清致夏濟安（1960年1月24日）

濟安哥：

　　一月十四日、十九日兩信都已收到，謝謝你又花了不少時間，替我找材料。上次所問的大多是不關重要的。《戰鬥到明天》是1951年出版的長篇，這一點情報已夠。《桑乾河》我要問的人物是地主侯Tien-Kuei，請再查一查，上次是我信上寫錯了。巴金的事既發生在1958-1959，我的書僅cover 1957，也管不到。《她是一個弱女子》王瑤說是「一二八」後出版的，想是1932年無誤。此外有幾個新問題，請指教：

　　一、白朗①《為了（更？）幸福的明天》是何年出版的？

　　二、如看到《文藝報》，請一查關於胡風集團的「三批材料」，這許多信，最早的是何年（194？）寫的？胡風給舒蕪信上曾說到何其芳、劉白羽從延安來訪問他，這封信是何年何月寫的？這封信若屬於「第一批材料」，則page reference當為No.9-10，p.29，不知確否？（我寫文章時，書已寄回哥倫比亞，無法再查）如是寫給另一人，則當在第二三批材料找，請一查。

　　三、你以前信上說過胡風已死，不知消息確否？有無根據？

　　四、關於「棉花彈」，請查看錢鍾書《圍城》最後一章，last few page：方鴻漸和太太打架，方太太的奶媽衝進來勸架，狀如「棉花彈」，你看了原文，或可知道中文的本意。

　　五、老舍的《饑荒》看來美國沒有此書。《惶惑》、《偷生》宋

---

① 白朗（1912-1990），原名劉東蘭，遼寧瀋陽人，作家，曾任《國際協報》編輯、《解放日報》副刊編輯、《東北文藝》主編，代表作有《為了幸福的明天》、《在軌道上前進》等。

奇送給我，我是看過的，後來美國出了一本 The Yellow Storm，是《四世同堂》的 abridged version，我也看了。但《饑荒》從沒有看到，也不知其出版年月。茅盾 & associates 在 1948-1949 在香港出版過《小說月刊》（加大無此雜誌，請不必查），後來搬到上海，也出了一兩年。《饑荒》是在該月刊上連載過的，請一查，何期開始連載，有沒有刊完？該刊也載過卞之琳《山山水水》的一章，你可看一看，有沒有 Henry James 的味道？

張靜廬的《史料》我沒有列入 bibliography，你把此書各卷內容介紹給我，再好也沒有。最近我向 Stanford U 郵購了一本 Eugene Wu②，Leaders of Twentieth Century China: An Annotated Bibliography of Selected Chinese Biographical Works in The Hoover Library，中國近代文人的傳記材料並不多，但魯迅的材料卻列了 42 種，你如想順便研究魯迅，Hoover Library 去一次倒是應該的。美國關於中國現代文學真正研究性的書一本也沒有，bibliography 倒這樣多，很使我頭痛。你下學期開三門課，除 survey 一門稍要準備外，另外兩課是上課講書，毫不需要準備的。中國舊小說有名的幾種譯本，你想是知道的（去年 Charles Tuttle、Vermont 重印了 Kelly & Wash 的《三國演義》，Grove Press 前年重印了 Buck③的《水滸》），此外

---

② Eugene Wu（吳文津，1922-?），曾任斯坦福大學胡佛研究所東亞圖書館館長、哈佛大學燕京圖書館館長，代表作為《20 世紀中國的領導者》（Leaders of Twentieth-century China: An Annotated Bibliography of Selected Chinese Biographical Works in the Hoover Library）、《吳文津文集》等。

③ Buck（Pearl S. Buck，賽珍珠，1892-1973），美國作家，在中國生活了近四十年，1934 年才離開中國，回國定居。1932 年獲得普立茲獎，1938 年獲諾貝爾文學獎。1942 年創辦「東西方聯合會」（East and West Association），致力於亞洲與西方的理解與交流。代表作有《大地》（The Good Earth）、《東風·西風》（East Wind: West Wind）、《群芳庭》（Pavilion of Women）等。

中共出版了英譯本《儒林外史》（*The Scholar*）、《今古奇觀》選譯（題名*The Courtesan's Jewel Box？*），不知加大有沒有？張心滄譯了三章《鏡花緣》，也可列入參考書之內——*Allegory & Courtesy in Spenser*。近幾年的*J. of Asian Studies Annotated Bibliography*，你多翻翻，就有數目了。Yale Far Eastern Publications去年出版了袁同禮的*China in Western Literature*，Martha Davidson的兩本中國文學西洋文譯本目錄，有了這兩本東西，你在bibliography方面，大概不成問題了。值得注意的是paperbacks。我所知道的有Anchor：Wang譯《紅樓夢》（節譯的節譯）；Grove：Waley，*The Monkey*，Lin Yutang，*Chinese Tales*（Pocket Books）。這些書可鼓勵學生去買，他們讀後，你再討論，可增加些生趣。我教書是從不編lecture的，在Ann Arbor時，教陌生東西，抄一些note，在這裡簡直是信口開河，毫無準備。你除非想把lectures準備整理後出版，把lectures寫出是多餘的，只要每一點鐘，有足夠lecture和討論的材料，就夠了。（我在Michigan開過一門中西文化文學交流史，曾花了些工夫開了一個bibliography，可能對你有用，另茲附上。另外中國近代思想史，中國思想史的bibliography，都是很普通的，沒有什麼新東西。）

　　你初到Berkeley，不免寂寞，多認識了人，就不會有這個感覺了。馬逢華單獨和他在一起是很serious的，但和許多中國人在一起，他話也多了。我覺得你紐約那封信應當寫了，否則對不起人。Valentine即要到了，可送一張card給銀英小姐。你學開汽車，很好。我要學汽車，也學得會的，但苦無時間。日間時間實〔寶〕貴，連理髮也怕麻煩，看牙醫也麻煩。我看過眼醫，右眼近視加深，右眼4.00，左眼4.50，最近不感到strain了。我在中國時，兩眼眼力相仿。在Yale第一學期住在人家家裡，檯燈放在左邊，把右眼加深了0.25度，但十多年來，日夜看書，近視並沒有增加了多

少。你左眼不管事，你以前也說過的，但左眼外表很正常，也就算了。我初看橫排的《文藝報》，簡字特別多，實在是很費神的。

上星期五把考卷看完（看得極馬虎），看完這星期可以耗神對付文稿。Wade-Giles我算弄得很通了，但仍非每一字查字典不可，最近看到的書，抓到文稿上的兩個小錯處。《牛天賜傳》中的「賜」北京音讀tz'u，我寫了ssu；沙汀的「汀」想不到是t'ing，我用了ting。電影已一個月沒有看。上星期領Joyce看了 *Li'l Abner*④，自己還看了 *Middle of the Night*⑤，是一貫Paddy C.⑥的作風。這星期過舊曆新年，你那邊想必很熱鬧。我今年生日湊巧和Carol同一日（二月七日）。程靖宇處我已去信，宋奇做天主教信徒，想是受徐誠斌的影響。他這樣arrogant的人，其實是和天主教（天主教反共最徹底，是值得我們資助的）合不來的（但Allan Tate也是目中無人的人，也被convert了）。不多寫了，祝

　　新年快樂

弟 志清 上
一月廿四日

［又及］家中你可寫封信去，我轉寄也好。

---

④ *Li'l Abner*（1959），音樂劇，梅爾文・法蘭克導演，彼得・帕爾默（Peter Palmer）、萊斯利・帕里什（Leslie Parrish）主演，派拉蒙影業發行。

⑤ *Middle of the Night*（《午夜夢迴》，1959），德爾伯特・曼（Delbert Mann）導演，馬奇、金・露華主演，哥倫比亞影業發行。

⑥ Paddy C.（Paddy Chayefsky，帕迪・查耶夫斯基，1923-1981），美國作家、劇作家，曾三次獲得奧斯卡最佳編劇獎，代表作有《君子好逑》（*Marty*, 1955）、《看錯病症死錯人》（*The Hospital*, 1971）、《電視台風雲》（*Network*, 1976）等。

429. 夏濟安致夏志清（1960年1月24日）

志清弟：

前上一信，想已收到。昨日去Stanford的Hoover圖書館（一月廿四日書），因有Irwin陪着，不大方便，且時間只有兩個鐘頭（上午10-12）不能暢快地翻閱。但是Hoover圖書館的確有些不大多見的東西。我注意的是舊雜誌，發現：

左聯的刊物至少有三種，《前哨》、《文學月報》（周起應主編）和《文學界》（《今日世界》舊的可能也有，我想起《倪煥之》來了）；

胡風於40's所編的刊物《七月》和《希望》（還有一本叫做《冰流》的，出了一期《追悼丁玲遇難》專號）；

上海的小報《社會新聞》專門造左派的謠言的；

《生活知識》（關於這個下面再談）；

《中央週報》——國民黨對外不公開的刊物。20's 30's都有，裡面應該有些關於左派的內幕報導。

共產黨在江西印的小冊子等。

那邊還有一本沈鵬年①編的《魯迅研究資料編目》，1958.12月出版，沒有工夫看。但編者在序言（並說……[此處原稿不清]魯迅、郭沫若、蔣光慈的聯名宣言云）中攻擊馮雪峰，說他「隱瞞事實」云。

這裡離開Stanford約四十五里（據說相當於上海到常州的距

---

① 沈鵬年（1920-2013），江蘇蘇州人，原名沈凝華。1949年以前做過紡織工人，曾在滬西實驗工校學習。1960年調上海電影廠工作。編著有《魯迅研究資料編目》、《魯迅及有關史實年表》，著有《行雲流水記往》等。

離），往返很不便（可能有bus），非得自己開車不可（學車上了四課，至少還要上六課我才有把握去考照會）。我如買了車子，相信在Hoover圖書館一定可以發掘到很多關於左派的新材料。

昨天在Frankel家吃的午飯，他在Stanford教中文。Irwin在燕京讀過書，他本想研究魯迅，後來把材料讓給Harriet Mills，自己專研究《水滸傳》了。

關於你托查的東西，很少結果，很抱歉。

《她是一個弱女子》和《饑荒》，Hoover也沒有。關於這兩本書，我想也許可以查得到，就是瞎翻'32左右與'50左右的雜誌，注意上面的出版廣告。此事恐怕還要費些時間才有結果。

《文藝報》UC很不全，1952正月號的沒有。但是關於白刃的書，另外找到些材料，另紙找［抄］上。（又，關於《學衡》的和魯迅的翻譯俄國小說。）

《祖國週刊》這裡有全份，《巴金》一文還沒有去重讀。日內查到了當再報告。《聯合評論》一文，已托人在UW圖書館翻印，寄來後當一併寄上。

《火葬》大約只有UW有。暫時沒有辦法，我想托Inter-Library去借。UC圖書館有《作家》月刊。它的目錄是摺疊式的，上面印有作家肖像十餘幀，中國人只有一人，那是魯迅（其時魯迅尚未死），放在高爾基和巴爾札克之間；此外有莎翁，蕭伯納，托翁，歌德，賽凡提斯等。

在魯迅的〈答徐懋庸〉之後二月，巴金也發表一篇〈答徐懋庸〉（並論西班牙人民陣線），裡面大講安那其主義在西班牙所受的災難，並駁斥「破壞統一戰線」之說。文中提起一件有趣的事：

徐懋庸在《生活知識》上發表過一篇小說，攻擊不加入「文藝界協會」的人。這篇小說在Hoover也許可以查到，大約是很有趣的。

最近看了鄭振鐸的《中國文學研究》三冊。鄭的最大興趣是買書，搜集材料。文章寫得很壞，根本還不知道批評文章該怎麼寫法。有時忽然會出現低級的詩意散文，如：

「這情形大有似於今日的說唱『彈詞』。南方的夏月，天空是藍得像剛從染缸中拖出來的藍布，有幾粒星在上面睞着他們的小眼，還有一二抹輕紗似的微雲，在恬靜的懶散的躺着。銀河是唯一有生氣的走動的東西，在這一個都靜默不動的空氣之中。……」

這是從一篇很嚴肅的《宋金元諸宮調考》中抄下的，這裡本來是要討論「說唱彈詞」，忽然來大做「散文詩」，看了令人作嘔。這樣勤謹的一個scholar而有這樣低的趣味，恐怕在五四以後的中國是很常見的。魯迅的《中國小說史略》文章乾淨老練；胡適的考證文章文字平平，但是肉麻的話究竟不多。

我很懷疑那些小說家（鄭振鐸的朋友們）恐怕也會寫出這種美麗的文字。五四以後的taste是大成問題的。我們的《文學雜誌》想力矯其弊，但是對於挽救風氣一道，成就可說毫無。

鄭振鐸在scholarship方面的貢獻很大。愈讀他的東西，愈覺得Giles的文學史中論小說戲曲的話，幾乎一無是處。但是這是一本唯一容易買到的書。應該有人好好地重寫一本，取而代之。你的「處女作」完成後，我很希望你再來一本《中國古代小說史》。工作將是很吃力的，但是「英文讀書界」真需要這麼一本書。我自己也想寫，但是我只會夾敘夾議的table talk，弄得好頂多像David Cecil②，

---

② David Cecil（大衛‧塞西爾，1902-1986），英國傳記作家、史學家，著作甚豐，代表作有《維多利亞早期的小說家》（*Early Victorian Novelists: Essays in Revaluation*）、《英國詩人》（*The English Poets*）、《小說家哈代》（*Hardy the*

弄得不好，大約連 Walter Allen ③的 *The English Novel* 都趕不上的。我寫批評文章還是不行，在西洋文學方面的知識，也不夠。如「彈詞」的文學地位究竟如何，我就說不出（我恐怕還沒有耐性仔細去讀那種東西）。鄭振鐸在《研究中國文學的新途徑》中說：

> 彈詞，又是一種被籠罩於黑霧之間，或被隔絕於一個荒島中而未為人發現的文藝枝幹。彈詞卻並不是很小的或很不重要的文學枝幹呢！她（！）有不少美好的東西，她有不比小說少的讀者，她的描寫技術，也許有的比幾部偉大的小說名著還要進步。夏天，夜色與涼風俱來時，天空只有熠熠的星光……（alas！）……如《天雨花》、《筆生花》、《再生緣》、《再造天》、《夢影錄》、《義妖傳》、《節義緣》、《倭袍傳》以及「三部曲」之《安邦志》、《定國志》、《鳳凰山》等等，都可算是中國文學中的巨著。其描寫之細膩與深入，已遠非一般小說所能及的了。有人說，中國沒有史詩；彈詞可真不能不算是中國的史詩。我們的史詩原來有那麼多呢！

我還看見過陳寅恪的《再生緣考》。他說他曾讀過希臘與印度的epic（原文），但是據他看來，《再生緣》並不比它們差。

今天去Oakland買了些東西，另包寄上。內有西瓜子、蓮心、紅棗子等，點綴過新年，是很好的。並有糯米粉一磅，湯糰年糕恐怕很難做，但是「圓子」（加水，揉成小圓珠狀即可）是不難的。

Novelist: An Essay in Criticism）等。

③ Walter Allen（沃爾特・阿蘭，1911-1995），英國小說家、批評家，代表作有《英國小說》（*The English Novel: A Short Critical History*）、《傳統與夢：從20年代至今的英美小說》（*Tradition and Dream: The English and American Novel from the Twenties to Our Time*）等。

也許趕不上過年，但是新年裡面也可以讓Carol和Joyce嘗嘗中國味道。請向她們問好。這種東西上海恐怕反而沒有，說起來話又得很多了。再談　專頌

新年快樂

濟安

一月廿四

［又及］《小說史料》已收到了。

我同馬逢華很要好，只是他比較拘謹而用功，不能陪我一起玩，我有時未免有點失望而已。

430. 夏志清致夏濟安（1960年1月26日）

濟安哥：

給你一封短信，又是有幾個問題請教於你：

一、蕭軍《八月的礦山》[1]，Eugene Wu書上謂1954十一月出版，大約是不錯的，我書稿上寫了1955年出版，請check一下。（加大無此書，可查《文藝報》封底廣告。）

二、老舍《偷生》中有一段：「一棵松樹修直了才能成為棟樑；一株臭椿，修直了又有什麼用呢？」「修直」意義是否是把樹砍下來以後，再修直，抑樹還在生長時，把它guide直，請指示。

三、端木蕻良[2]的小說《科爾沁旗的草原》，普通書上（如王瑤）都稱《科爾沁旗草原》，端木蕻良自己在另一小說《大江》書後mention此小說時，卻加了一個「的」字，請查一查。

四、上次你告訴我馮雪峰《民主革命的文藝運動》，出版於1949年，我書稿上卻早已寫了1946年，恐怕有來歷（大約1949是滬版，1946是渝版）。請把此書的出版期再查一查。

大半年來幸虧有你在大大學幫忙，否則我實在是lost了。

舊曆新年過得想好，附上上月父親信一封。匆匆　即頌
近安

弟　志清
一月二十六日

---

[1] 應作《五月的礦山》，夏志清鋼筆寫的是「八」，鉛筆寫的「五」是收到夏濟安的信後，加在旁邊的。

[2] 端木蕻良（1912-1996），原名曹漢文，遼寧昌圖人，作家，曾加入「左聯」，代表作有《科爾沁草原》、《大地的海》、《曹雪芹》等。

431. 夏濟安致夏志清（1960年2月2日）

志清弟：

　　來信都收到，托查的東西，很抱歉，還沒有全查到。侯什麼的名字叫做侯殿魁。白朗的書，這裡恐怕沒有。胡風的死我是聽說的，那人看見Seattle去年八月份的英文報上有這麼一條；死者的名字似乎拼做Hu Fung。我從未去查過。假如Seattle報上有（那邊兩張報編得都很惡劣），*N.Y. Times*上一定有。但是查舊報太吃力，什麼時候有空，讓我出空身體把去年八月份的*N.Y. Times*好好地拿出來翻一番。

　　說起報紙，舊金山的報紙也很惡劣，沒有什麼可讀的。我想寫封信給Whitney[①]，叫他把*N.Y. Herald Tribune*搬來。他的報紙在紐約難有前途，在西海岸很容易壓倒一切，成為出類拔萃的報紙。加州人口增加得快，他的報的銷路也一定有辦法。很多人都在期待一張較好的報紙。

　　今年庚子年，照我八字應該是大好的。照你相貌，你四十以後（你已經四十歲了，簡直不能想像；不看見父親的信，我絕想不到的；我總把你——及我自己——看作二十歲的），也比過去五年好。你的鼻子挺，眼睛則還不夠「清」。照中國相書，眼睛管 30−40 歲，四十以後是鼻運。今年適逢Carol和你同天過生日，真是再好也沒有。兩張卡片已寄出，禮物買別的都來不及，明天想去唱片店裡挑選一兩張航空寄上。唱片輕，而且也很實惠。不一定是音樂，或者挑選朗誦詩歌，或各家劇本等，這些你們家裡似乎還沒有。同

---

① Whitney（John Hay Whitney惠特尼，1904-1982），出版家、外交家，曾任美國駐英大使，《紐約先驅導報》（*New York Herald Tribune*）出版人。

時希望你們走好運，長久的快樂。你的書出版後，一定可博得好評，你在學術界，一定可以有更好的地位，這樣Carol和Joyce，父親母親玉瑛妹等也可以更快樂了。

　　你的書花了不少勞力，這種工夫與耐心，我是十分佩服。我的下工夫是sporadic的，忽冷忽熱，要寫整本的很難。但是如有人逼着（如UW的research project），我也會發憤用功的。我雖貪懶，得過且過，但仍是很要面子的人。

　　舊曆年大除夕是在趙元任家過的，年初一在陳世驤家。UC的天下還沒有打出，只好同中國人來往。其實我很喜歡和美國人來往，同中國人講話總要斯文客氣些，同美國人可以「瞎七搭八」，而且可以隨時表露wit（講中文反而dull），因此很想念Seattle的Weiss等人。

　　年初也有些好消息：*Asian Studies* 的主編來信（Roger Hackett[2]），他說我的paper（Part I），已經給編輯委員們和readers看過：…it has received a most favorable response. It is, I believe, a most interesting & important article.這樣就是不發表我也很滿意了。他要我把part II寄去，但是part II雖然在Seattle也很受歡迎，但是我寫得太倉促，有許多事情都來不及放進去（如魯迅後來和包天笑、周瘦鵑的聯合宣言等），若干部份還須擴大修改，如田漢為侏儒，周揚是弱不禁風一流，我稱他們是huskies（魯迅原文是「四條漢子」），關於老蔣部份也得tone down）。Hoover Library有這許多材料，我如不好好地去看一看，也不甘心的。我回信給Hackett叫他再等一個月，我把part II寄去。上下篇如一起發表，文章可以更

---

[2]　Roger Hackett（羅傑・海克特），密西根大學教授，專治日本史，1959年至1962年主編 *The Journal of Asian Studies*，代表作有《現代日本崛起中的山縣有朋，1838-1922》（*Yamagata Aritomo in the Rise of Modern Japan, 1838-1922*）等。

精彩（有頭有尾），對我的聲望可以更好。

今天陳世驤匆匆地說：Indiana缺人教中文，詳情我明天到他家吃完飯再談。當然我是十分希望能重遊舊地，去Indiana再住上一年半載的。成不成看運氣如何了，我為自己的前途一點都沒有打算。一切聽天由命。在美國延長居留，在美國大學教書，在美國settle down，──這些成否都在命中，強求也沒有用。近年別的沒有進步，修養倒是很好。什麼都不着急，什麼看得都很淡。

開車已經學了十課，Driving School恐怕也是想乘機撈一票的，叫我再上五課，我也願意做sucker，預備再上五課。開車不難，我現在大約已經算會開的了。但是經驗不夠，寧可在instructor指導之下，多兜幾個圈子。我學開的車是1954的Plymouth，已經走了四萬五千多哩，但我覺得它已經很順手，開起來不吃力。將來買車，也許去挑一部'54（或'53、'55）的Plymouth。車子上有automatic transmission；Gear Shift還不會，可能也不學了──怕麻煩。

初來時，很想去S.F.；近來已不大想它，當它不在附近，也就心平氣和了。過陰曆年，S.F. Chinatown是大熱鬧的，但我沒有去看。

承寄來的bibliography，很有用，十分感謝。各種instructions也可以幫我不少忙。我那survey課主要是叫學生念英文text，課堂上討論。那是一學期教完的課，範圍很廣；我想分兩節：五四以前，五四以後。五四以前的指定讀物是《紅樓》、《西遊》、《三國》、《水滸》、《金瓶梅》、《儒林外史》（圖書館有沒有還沒有去查），也許加《好逑傳》、《鏡花緣》、《隔簾花影》（新出的，我去翻過Davidson的書目，發現Kuhn此人真了不起，其翻譯之多不亞於Constance Garnett③）；短篇小說：林語堂的，Birch的「古今小

③ Constance Garnett（康斯坦斯·加內特，1861-1946），英國翻譯家，擅長十九世

說」，《今古奇觀》（不知道圖書館有沒有）；劇本：《西廂記》（我已買到Hart④的本子）、《灰闌記》（曾替Master-plot寫過撮要，但我已買到此書，實在是本冒充的中國劇本）——此外不知道有些什麼元、明、清的劇本是譯成英文的了。熊式一的《王寶川》可不可用？法文的《趙氏孤兒》也可以開下去。我以前曾讀過法文的《殺狗勸夫》（忘了是劇本還是小說）。Julien恐怕譯了不少東西。在漢譯英方面，美國人所做的工作，實在少得可憐。林語堂的短篇小說，我也已買來，發見其taste很成問題。《碾玉觀音》我以前在《婦女雜誌》看見過，其taste只是投合那種讀者的興趣。中國人naive講故事的味道喪失殆盡，他只求slick。五四以後，暫時不管，我已買到《駱駝祥子》與《離婚》，還買了一本《黎民之兒女》（都是舊書），據你說，那就是《小二黑結婚》、《李有才板話》，那麼作為共產文學的代表作，也可以指定給學生看？加上魯迅、沈從文、茅盾等，也差不多了。劇本方面，曹禺的《雷雨》大約有英譯本（在《天下》？但不知有無單行本？），此外有些什麼？郭沫若？田漢？五四以後的，預備在復活節後再教，現在還不急。這班學生（人數大約不會多）因為不懂中文，如單教五四以後的，反而有選材的困難。北平出的*Chinese Literature*雜誌，以前的《天下》（合訂本，不知這裡有沒有），將是主要的材料來源了。

　　來了加州以後，還沒有看過美國電影。歐洲電影看了這些：

紀俄國文學翻譯，曾翻譯過托爾斯泰（Leo Tolstoy）、陀思妥耶夫斯基、契訶夫等作家的作品。

④ Hart（Henry H. Hart，哈特，1886-1968），美國漢學家，編譯有《中國詩歌研究概覽》（*The Hundred Name: A Short Introduction to the Study of Chinese Poetry*）、《馬可波羅：威尼斯的探險家》（*Marco Polo: Venetian Adventurer*）、《牡丹亭》（*A Garden of Peonies*）等。

Hulot's Holiday ⑤（很多畫面像 *New Yorker* 裡的卡通），*Baker's Wife* ⑥（法片，描寫 cuckold，很殘酷的 comedy），*The Beauty & The Beast* ⑦（又是 Jean Coctean 的，很好，是最不俗氣的童話片——MGM 那張 *Cinderella* 最俗氣，令人難受），*Wax Works*（無聲片終究是無聲片的樣子，沒有什麼了不起），*The Bridal Path* ⑧（英國喜劇，鄉下人出門尋女人做家老婆），*Brink of Life* ⑨（Ingrid Bergman 描寫產科醫院的，沒有以前幾張有 fantastic 的美，但相當可怕。這種可怕，美國電影也拍得出來的）。最後兩張（都是 double feature）還加映了一張英國短片，叫做 *Jumping, Standing* 什麼的，是模仿無聲滑稽片的近作（它也是無聲），想入非非，很滑稽。

最近在看《金瓶梅》（淫穢部份都刪掉的）。我覺得它很像《紅樓夢》，也是講大家庭的日常生活，非常細膩（尤其注意過年過節過生日等 festivity），曹雪芹不知是不是模仿它的？二書大不相同處，當然是《紅樓夢》裡的人有 spiritual life，《金瓶梅》裡的人沒有，此所以《金瓶梅》還不夠「寫實」。

另附上抄來的資料，還有些東西要查的，隔兩天再寄。又照片

---

⑤ *Hulot's Holiday*（《于洛先生的假期》，1953），法國電影，雅克・塔蒂（Jacques Tati）導演，雅克・塔蒂主演，Discifilm 發行。

⑥ *Baker's Wife*（《麵包師的老婆》），法國喜劇片，馬塞爾・波尼奧爾（Marcel Pagnol）導演，Raimu, Ginette Leclerc 主演，1938年發行。

⑦ *The Beauty & The Beast*（《美女與野獸》，1946），法國浪漫喜劇，讓・科克多導演，讓・馬萊（Jean Marais）、朱賽特・黛（Josette Day）主演，DisCina 發行。

⑧ *The Bridal Path*（《找新娘》，1959），英國喜劇，法蘭克・勞德（Frank Launder）導演，比爾・特拉弗斯（Bill Travers）、喬治・科爾（George Cole）主演，British Lion Film Corporation 發行。

⑨ *Brink of Life*（《人生邊緣》，1958），瑞典片，英格瑪・柏格曼導演，伊娃・達爾貝克（Eva Dahlbeck）、英格麗・圖林（Ingrid Thulin）主演，Inter-American Productions 出品。

一張，那是在Greyhound下車後不久照的（西裝是香港做的），精神顯得不差。林同炎是土木工程研究concrete的世界權威。他家裡出過一個研究歷史的怪傑，叫林同濟⑩（辦《戰國策》），你想知道。

葉銀英那裡的信，今天發出。卡片要落人話柄，不寄了（中國沒有這個習慣）。信很簡單，只是謝謝她的卡片，並報告已到加州而已。

你們過生日想必很興高采烈，恨不能來參加。我自己做炸醬麵，很好吃。哪天一定再做一次。附上寄父母親的信，他們近況很好，我較放心。專頌

近安

濟安
二月二日

［又及］Carol和Joyce前均問好。講起出痧子，美國大約常見chicken pox；中國孩子一定要出痧子，美國孩子不一定要出的吧。

---

⑩ 林同濟（1906-1980），福建福州人，學者，早年留學美國，獲加州大學柏克萊分校博士學位，回國後任教於南開大學、西南聯大、復旦大學等學校。1940年與陳銓、雷海宗等人創辦《戰國策》半月刊，呼籲中國文化重建，被稱為「戰國策」派。代表作有《日本在中國東北的擴張》、《天地之間》等。

432. 夏濟安致夏志清（1960年2月5日）

志清弟：

　　唱片兩張已寄出，希望你們喜歡；一張英詩，一張莎翁。這一類的唱片你們好像還沒有。你們的生日party想必很熱鬧，可惜我不能參加。

　　托查的東西可以報告如下：

　　一、白朗——查不到。Hoover有57（？）58（？）兩年份的全「國」出版物總目錄，那是上次看見的。

　　二、《饑荒》——也查不到。《小說月刊》UC沒有，Hoover可能有。什麼時候重去Stanford，當好好地查一下。

　　三、1958《新中華》上中華書局的廣告上，有王實味譯的《資產者》（*Man of Property*）與《奇異的插曲》（*Strange Interlude*）。這種書能容許出版，可能表示王實味還不是完全在黑名單上（當然1950還早，我忘了注意月份）。周作人的散文集聽說一本也沒有重印。

　　四、蕭軍《五月的礦山》據union catalogue，確是1954，《文藝報》1955 No.24 Dec.30有一篇文章晏學、周培桐①二人合作的〈蕭軍的《五月的礦山》為什麼是有毒的？〉

　　五、端木蕻良的書名中沒有「的」字。1948開明出版。

　　六、老舍文中「修直」據陳世驤說，是quick的意思。

　　七、馮雪峰《民主革命的文藝運動》我上次的data可能是根據UW的Union Catalogue；很奇怪的，這裡的Union Catalogue沒有這本書。（under「馮」，under「民主」）。會不會署名上有個「論」

---

① 晏學、周培桐，均為中央音樂學院教授。

字？（《論民主……》）今天擬再去查一查。

八、「爆進來像一粒棉花彈」已經看到原文。我也只好猜：棉花彈會不會是nitrocellulose？據化學書上說，棉花浸在硝酸裡，一碰就要炸的。會不會有一種低級的hand grenade，把「硝酸纖維」放在瓶子裡擲的？問題是「粒」字。大約只有手槍子彈才可以用「粒」字；步槍子彈在蘇州、無錫一帶也許還可以用「粒」字，在北平話裡也許就不用了。還有個可能是田裡的棉花果是「爆」開來的。這樣，問題有兩個了：「粒」字和「彈」字。錢鍾書的用字一定很小心，他為什麼用了這個「粒」字，我不能了解。

九、這裡的《文藝報》，很不全。胡風三批資料那一期偏沒有，但是《新華月報》No.6 1955這裡有，兩本刊物都是轉載1955 May 13的《人民日報》的。

你要查的那封信，在《新華月報》的p.2，那是第一批資料的第一封，頁碼在《文藝報》裡一定也很在前。日期是1944七月廿二日（那時何、劉已在重慶）。第一批資料分兩類，第二類的第一封日期是1944三月七日（重慶），那恐怕是全部資料裡的最早的一封信了。（第一類是攻擊人的，第二類是攻擊思想的。）

胡風那一百十幾封信，還沒有人好好地study過，這裡面大有文章好做。1953年何其芳和林默涵就有文章攻擊他。《文藝報》一卷12期，二卷四期有文章批評他的長詩《時間開始了》。

一〇、胡風的死還沒有去查。

我在美國，慢慢地有名氣，「圈子」裡的人認識多了，找事情也許不難。但是護照不知是否能延長一年。護照比visa更麻煩；visa請學校的dean，系主任等幫忙，倒好解決。護照要臺灣外交部批准延長（不是這裡的領事館），手續很麻煩。所以我在這方面，不敢多想。（最高的奢望：國會有個議員提個一個special bill為我申請永久居留。這當然很渺茫。）

學開車已經學到最後一步：turning 與 parking。下星期去考 road test 了。只怕考的時候 nervous，表現不佳。

再談，專頌

近安

Carol 和 Joyce 前均問好

濟安

二月五日

433. 夏志清致夏濟安（1960年2月8日）

濟安哥：

　　最近三封信都已收到，費了你不少時間精神，代我查東西，很是感激。賀片兩張，及新年禮物、生日禮物也都已收到。生日賀卡，其實是用不到的，那些禮物更是不必辦。我們不斷受你的東西，很不好意思。其實直接向紐約函購中國食品，也是很方便的，只是Carol和我都太懶罷了。所收到的東西很實惠，西瓜子Carol恐怕不會有耐心吃，蓮心、紅棗子、筍、香蕈、榨菜、線粉都極受用。紅乳腐已開罐了，隔幾日做稀飯喫。上次送來的醬，還沒有開罐，做炸醬麵一定很好喫的。事實上，我們沒有過什麼年，因為我太忙，沒有閒情逸致做飯吃。生日也沒有開什麼party，只是Carol定［訂］了一隻蛋糕，生日那天（昨天）到館子吃了一頓（side order spaghetti，也算吃壽麵），此外Carol送了些小禮物給我（我不開車，不上街，Carol的禮物，都是自辦的）。其實照美國算法，我只好算三十九歲，四十大慶是明年，所以不慶祝也無妨。兩張唱片已聽過了，以Dane Edith Evans①所灌的 *As You Like It* 最精彩。這兩張唱片一定花了你不少錢，外加航郵，實在是不必的。糯米粉做湯糰最好，可惜湯糰比水餃更難做，看來祇好做圓子了。下兩星期有空，預備好好做一頓中國飯。陳皮梅收到了好多盒，冬季屋裡暖氣太烈，很容易乾掉，所以這種東西暫時可以不必買了。你送了這樣許多東西，一兩星期來我們這裡多少有些新年氣象，Joyce也很高

---

① Dane Edith Evans（伊迪絲・埃文斯，1888-1976），英國女演員，以出演舞台劇知名，代表作有《已故的克里斯多夫・賓恩》（*The Late Christopher Bean*）、《湯姆瓊斯》（*Tom Jones*）、《告密者》（*The Whisperers*）等。

興，我們只好等機會，將來再報答了。

一星期來，工作太忙。稍有些傷風，今天在醫生處拿到了些 antibiotics，大概日內即可痊癒。我一傷風，即服呑 antibiotics pills，所以不會太嚴重，但 drugstore 所售的 cold pills 不能使 virus 全部消除，所以一傷風，總要拖一些日子，很麻煩。你所給我的 information 很 valuable，其他查不到，弄不清，也就算了。我查查筆記薄，《饑荒》是在《小說月刊》1950六月起連載的，有沒有載完，則不得而知。Ida Pruitt[2]的 The Yellow Storm，是《四世同堂》的節譯，此書1951在北美出版，《饑荒》當出版於1950年無疑。抗戰前夕的左派雜誌有《作家》、《文學界》等種（你〈魯迅〉文中都提到過），如有更詳細報導，如何年創辦等也請指示。《讀書生活》是何人編的？魯迅在《書簡》中對雜誌似很重視。《亂彈及其他》初版想是1939年，但 preface 是指明1931年寫的。我看到的一種是上海霞社1941年出版的。加大可有《瞿秋白文集》，請查一查該書的出版史。（張天翼長篇《鬼土日記》何年出版？）

張靜廬的《出版史》，曹聚仁《文壇五十年》中提到過，我不能看到此書，很感遺憾。如有茅盾《霜葉紅似二月花》、《腐蝕》初版日期，請告知。《文藝陣地》想是1938出版的（1948是筆誤），以前我只知道該雜誌曾在香港、重慶出版過，想不到最初是在漢口出版的。

魯迅《四條漢子》這段文字我去年暑假也翻譯過，我把「漢子」譯成 guys，以示魯迅輕蔑的態度，你譯 huskies，和原文比較

---

[2] Ida Pruitt（蒲愛德，1888-1985），作家、社會工作者，出生於中國山東，在美國讀完大學後，又回到中國，長期在中國工作。代表作有《中國童年》（*A China Childhood*）、《舊北平的歲月》（*Days in Old Peking*）、《傳統中國故事》（*Tales of Old China*）等，並譯有《四世同堂》等作品。

妥切。我「guys」此字，Yale編輯認為太colloquial，看來只好譯
「man」了。東方既白③在《自由中國》1959 4/1, 4/16, 5/1上說（《在
陰黯矛盾中演變的大陸文壇》），魯迅那篇文章是由馮雪峰起稿
的，所以和魯迅普通的文章不大一致，那時魯迅已病得很屬害，可
能寫不出這樣長的文章。東方既白說information是根據徐懋庸在鬥
丁、馮時所disclose的。不知你有沒有看到中共雜誌上提到過這句
話？

　　胡風死訊，查*N.Y. Times*太吃力了。加大東方系office裡一定有
香港U.S. Consulate所編譯的*Survey of Mainland Press*，*Hong Kong
Press*多種mimeo的材料（是Walker寫書的主要材料），你不妨把這
種東西查看一下，如胡風死掉，這消息是一定不會漏過的。丁玲的
近況，也一定會有報導。

　　你文章得到極高好評，自在意料之中。*Journal of Asia Studies*
刊載的文字都是很拙劣的，內容也不太好，你那篇〈魯迅〉文字
內容都好，是不多見的。希望文章在Summer issue or Autumn issue
刊出來。我本來也有意把幾個chapters在各雜誌上預先發表一下，
但打字麻煩，一直沒有空重打一份作投稿之用。現在投稿，想已
太晚了。我的書是solid的，但*N.Y. Times*等可能請左派人物Edgar
Snow④、Robert Payne（後者在*Times Book Review*上常寫書評）作書
評，我反共太烈，可能引起這班人的惡感，但這種小問題，也顧不
及去想它們了。希望下星期把文稿全部交出，暫時可relax一下。

　　上星期看了*Wild Strawberries*，連着看了兩遍，這種舉動在我

---

③ 東方既白（1908-1980），即徐訐。

④ Edgar Snow（愛德加・斯諾，1905-1972），美國記者，以報導中國知名，是第
　 一個採訪陝甘寧邊區的西方記者，代表作有《西行漫記》（*Red Star Over China*）
　 等。

是鮮而為之的。該片的確極精彩，很absorbing，第一遍看時，有許多注意不到的東西，第二遍可以好好欣賞，所以一點也不沉悶。該片的theme「人的寂寞」，支配許多近年劇本、電影，好像是modern drama的唯一主題（*Middle of the Night*亦然），但Bergman導演攝影技術都高，幾個dream sequence，和那對長臉couple是極memorable的。有些地方和Kafka很接近，雖然Kafka我讀得很少。關於Marianne大夫那一段似太勉強，和情理也不合。

馬逢華也給了我們卡片和信，請預先道謝，隔兩星期再給他信。他的朋友趙岡⑤，弄經濟學而有空研究《紅樓夢》，是相當可令人吃驚的。父親最近有信來，謂玉瑛順便開會，可在新年期中在上海小住。前兩次匯款，陸文淵套匯，托他父親把款項直接交給父親，結果上海某銀行就去責問父親，最近兩次匯款是怎樣匯的？可見中共事事注意，什麼事都要追根問底，很使人可怕。上海的food供應不夠，將來終有大家沒東西吃的一日。

你照片上神氣不錯，希望如你所說的，今年以後大家交好運。辦護照事應早開動，免得以後麻煩，Indiana事如無下文。匆匆，Joyce，Carol皆好，專頌

近好

開汽車學會了，congratulation！

弟 志清 上

二月八日

---

⑤ 趙岡（1929-），黑龍江哈爾濱人，經濟學家、紅學家。1951年畢業於臺灣大學經濟系，1962年獲美國密西根大學博士學位，先後任教於美國密西根大學、加州大學柏克萊分校、威斯康辛大學。主要研究明清經濟史，同時也是《紅樓夢》考證專家。代表作有《中國棉業史》、《中國經濟制度史論》、《〈紅樓夢〉研究新編》等。

434. 夏濟安致夏志清（1960年2月10日）

志清弟：

　　來信和Joyce的卡片都收到。Valentine的卡片這是我生年第一次收到。想不到美國在這一天也印了各種卡片寄給各式人等的。謝謝Carol和Joyce。你們不要想送什麼東西給我。因為我在美國尚未住定，東西多了將來怎麼搬回臺灣去呢？

　　上了一個星期的課，「白話文」和「短篇小說」沒有什麼意思，主要是逐字逐句解釋，同教初中英文差不多，我所要準備的只是查國語發音，尤其注意的是 -n 和 -ng 的分別，與四聲（tones）。此外大約是很省力的。Survey較有趣，可以亂發議論。看樣子五四以後都來不及詳細討論，只預備草草應付，主要預備對付中國的 major novels（五本「四大奇書」plus《紅樓夢》），assign 英譯本叫學生寫 paper，我在堂上發揮我的看法，我可說的話很多，不一定都 sound，但相信大多是發人所未發，對於美國學生也許有點 stimulating 的作用。空談了兩堂，接着要討論「變文」（敦煌發現）的「目連救母」，然後略談宋人說書，然後《三國演義》。你說《三國演義》有諷刺關公之處，Robert Graves 說 Homer 也是諷刺的。Graves 的意見是不是並不為專家學者所接受？我看你在把書稿校對整理就緒後，不妨寫篇文章來討論《三國演義》，日積月累，這種文章多了，也可以出版的。（希望你少吃 antibiotics，這東西對付傷風 virus 未免大材小用；據說以後如犯了細菌病，再用 antibiotics 要不靈的。）

　　「左聯」暫時不及兼顧。附上關於「巴金」的文章一篇，及《火葬》內容撮要，都是 Seattle 托人寄來的。別的要查的再陸續寄上。剛開學，有點亂，忙倒並不忙。過了幾天，「生活上了軌

道」，空閒還是很多的，因為所教的可不需要什麼準備。

丁玲的特務丈夫同時也是Smedley①的秘書，Smedley的書裡（就是我在文章裡所引的）把他譯成Feng Da，那麼應該是「達」字了。Smedley在上海，一直是這個人釘着她。政府恐怕很不放心她，所以找個特務去做她的秘書。但是這個特務的工作成績很差——據我們現在看來。大約特務們都沒有什麼政治主張，他們只想求刺激冒險，再加上sadism，對於工作本身是並不寄託什麼理想的。很多軍統中統的人，在上海改投「七十六號」，幫日本人捉愛國分子。但是很多汪派（甚至日本軍部裡面）的高級中國特務，又是和重慶通氣的。德國的Nazi特務後來又變成共產特務，共產特務變成納粹特務想也有。特務大約是生活最空虛的一種人——這點當然是liberals所不能了解的。英國有「福爾摩斯」傳統，其特務也許文雅一點，但是福爾摩斯生命也很空虛的。Graham Greene的小說我看過兩三本，他對於特務似乎也並沒有深切的認識（他稱間諜小說為entertainment）。Conrad似乎也寫過，也許比較深刻一點（沒有看過）。關於Feng Da此人，我們知道得很少，如要寫一篇關於「左聯」的故事，如能描寫一個KMT的特務，文章可以有趣得多。《文學雜誌》裡那篇關於丁玲的文章，也是KMT特務寫的。此人叫朱介凡，現在身份是保安司令部的上校（或少將），據說本來也是左派人（可能是共黨），被政府捉去，改做KMT特務的。此人很溫和而沉默寡言，微笑而不露聲色；愛好文藝是他的weakness，關於丁玲的文章在臺灣不是他的身份來寫，別人是不敢動筆的（在

---

① Smedley（Agnes Smedley，史沫特利，1892-1950），美國記者、作家、社會活動家，1928年底來華，在中國工作長達12年，向世界報導中國的抗戰。代表作有《大地的女兒》（*Daughter of Earth*）、《中國人的命運》（*Chinese Destinies*）、《中國反擊》（*China Fights Back: An American Woman With the Eighth Route Army*）等。

香港另作別論）。我和他私交不夠，否則，如再見面，可以請問他一些 '30s、'40s 時的左派內幕。他自己當年也可能是一個文藝青年，丁玲的過去，他一定知道得很多的。

最近生活的大事是買了一部汽車。房東 Dr. Loeb 是個已屆退休年齡的物理教授，有兩部車，一部是 '41 的 Oldsmobile（很好），一部是 '59 的 Olds。他用 Olds 已有幾十年，跟 Oakland 的 Olds dealer 頗有交情。承他去關照的 dealer，如有結實耐用好的舊車來 trade in，請他留下給我。上星期買了一部 '53 olds，星期四 Loeb 開了他的 '41 Olds 同我一起去看了。車子果然很新（外表絕不比你們的 '59 Ford 舊，而且看來並沒有 repair 過，像舊家具、中國扇子的扇骨似的有種 mellowness，顏色是深綠色的），機器試了一下，很好。別的我不懂，至少它是十分 quite。我連 Mileage Meter 都沒有看，就買下來了，$550。我還沒有去考 license，車子存在 dealer 處。我這樣慷慨地草草地把車子買有［了］，朋友們都大為責備。因為美國汽車 dealer 的名譽很壞，自命精明的人似乎從來沒有誰跟去匆匆一看就把一部舊車子買下來的。其實我不是傻子，我是全部 trust Dr. Loeb。他很懂車子，而且很講究 quality，他說好（而且是 awfully good），那是一定沒有問題的了。他自己是十分小心的人，他看得出原來的 owner 也是處處小心保養車子的。

馬逢華的責備，你們也可以相信得到的。他考慮買車已有半年多，每個月要買好幾種雜誌（如 *Motor Trend*，*Motor Life*，*Consumer's Report* 等）比較研究。我們平常見面就討論車子。他本來想買 Falcon，但是又嫌它馬力不夠（90）（Corviar 更少），'59、'60 的 Chev. 又太長，'60 的 Ford 更長了。舊車他不敢買，怕上當吃虧；Chrysler 廠的出品他全部不信任（這也是滑稽的；Chrysler 廠的出品我想決不比別人的壞，只是美國人沒有理由的不去捧場而已）。他橫挑豎挑，結果是一部車子都買不成了。他現在是等 Buick 的

Compact Car，希望它有Aluminum V8，這樣大小和馬力都合他的需要了。他本來對Comet寄甚大之希望，但Comet仍用Falcon的90 h.p. engine，他大失所望。

昨天我們一起吃午飯，又碰上一位姓賴的朋友（你們過生日的那天，我們一起吃麵的）。其太太叫Sandy，和Carol一樣是美國人。賴氏夫婦都有driver's license，飯後，我們一起去看我的車。賴太太說：amazing，七年舊的車子這樣好，是她從來沒見過的。馬逢華第一個先去看Mileage Meter，發現是五萬六千多哩（平均八千哩一年）。他和賴都試了一下引擎，結果都十分滿意。而且把馬逢華的哲學都推翻了：一、dealer之中也有好人──並不全說謊的；二、'53的車子也有好車，其performance幾乎和新車相仿，外表也很新。這樣鼓勵起他買車的興趣，而且也開始欣賞我做人的態度。我們四個人以賴的駕駛技術最高明，車子就由他開回Berkeley來了。馬逢華也開了一段覺得十分smooth。

車子是4 door sedan，"88"，用premium gas，也許稍為廢〔費〕油一點，且有power brake（沒有power steering）。我因為沒有學過power brake，且車子尚未保險，所以還不敢開，但是買了一部好車，心裡很得意，而且可以使懷疑的朋友們都一一吃驚，這是另一得意之處。'53年份的車，還沒有像以後那樣的長，矮和闊，其dimensions還是合理的。Maneuver想亦不難。再談　專頌

　　近安

濟安

二月十四日

東方既白即徐訏，他用這個名字寫比較serious的文章。他的話可能有根據。徐懋庸在鬥丁、馮與百花齊放階段，曾用各種筆名寫了二十多萬字文章（據攻擊他的人說）。香港也許看得到那些東

西。他後來算是「社會科學理論家」，他發表東西的地方，也許不是《文藝報》、《人民文學》之類的文藝刊物，而是別的刊物，很可能在報紙上。

魯迅的信雖然和他一般的style不同，但是我看馮雪峰亦寫不出來。馮的style是比較喜歡兜圈子的，他的長處絕不是「爽利」，而那封信顯然是爽利的。

《自由中國》那幾期我沒有看見，謝謝你提起它們。

胡風與馮雪峰是《作家》的發行人之說，亦來自香港，亦很難查考。

Hightower的Topics的最後一章，評中國近代文壇，倒有幾句中肯的話。他說中國近代作家「結幫」之風甚盛。一個雜誌就是一個幫。「作家」與「文學界」之對立，即是兩個幫的對立也。

我對於《文學雜誌》喪失興趣原因之一，就是怕「結幫」，或被identified為「幫魁」。

435. 夏志清致夏濟安（1960年2月15日）

濟安哥：

　　有幾個問題，如能查到答案，請即作覆：

　　一・我在"Leftists & Independents"一章上，提到 *The Sentinel*，後改名 *Literary Bulletin*，*The Sentinel* 想即是《前哨》，*Literary Bulletin* 中文該如何寫法，一時無法可查，不知劉綏松 or *Union Catalogue* 上有沒有提到？

　　二・《亂彈及其他》初版日期，請查《瞿秋白文集》。此問題不知上次信上已提及否？

　　三・到1958年底 or 1959年底為止，《郭沫若文集》、茅盾、巴金、葉紹鈞文集，一共出了幾冊，已出全否？According to《茅盾文集》，《第一階級的故事》、《霜葉紅似二月花》、《腐蝕》是何時何地初版的？

　　昨天做了中國菜，開了一罐「油悶［燜］筍」，十多年來未吃到此物，大為欣賞。匆匆　即頌

　　好

　　　　　　　　　　　　　　　　　　　　　　弟　志清　上
　　　　　　　　　　　　　　　　　　　　　　二月十五日

436. 夏濟安致夏志清（1960年2月19日）

志清弟：

　　這幾天的大事是開車。License已經考到，車子亦已保險，是AAA承保，且已加入AAA為會員。我的駕駛技術雖能滿足考官的要求，但是經驗還是很差。有三點尚須補救者：（1）公路上尚未開過，我的最高speed是30哩，超過它該是怎么樣的thrill，現尚無所知。（2）Parallel Parking（那是要考的）已會，但是別種還不會。所謂Parallel Parking是倒退而入兩車之間的空檔，靠curb而park。但如馬路有坡度，或curb成curve狀，——那種P. P.則尚未試過。尤其San Francisco的很多路都有坡度，那地方需要前輪緊貼curb（成角度），這恐怕是非常難學的。（3）跟上面有關係，即在小地方還周轉不靈（雖然U-Turn要考的，且已考及格），小地方如Closed Parking Space，找Filling Station等地，所以還得好好練習，才談得上enjoying driving。現在虧得有個馬逢華，他的程度大約同我相仿，可以互相研究。只是他研究學問十分用功（趕寫論文），不能老陪着我，別人則不好意思去麻煩也。Carol大約是世界上最好駕駛員之一，她大約可以教我很多，現在且讓我瞎摸吧。這三天是美國大放假，加州又是冬季Olympic開會之地。今天星期六陽光明媚，十分暖和，穿shirt就夠，街上（住宅區）粉紅色的plum（梅花？）盛開，公路上全是車，市區反而人少車少。我是公路上還不敢去，趁此機會在市區練習練習算了。

　　AAA有一種sticker，⟨AAA⟩，你大約見過很多。AAA的說明書上說：It is a mark of distinction & identifies you as a careful and responsible motorist. Display it proudly！我還沒有把它貼上去，只怕駕駛技術惡劣，替AAA丟人。到什麼時候我把那東西貼在車上，

我才可以說對駕駛有了自信了。

托查的東西，除了胡風之死尚未去查以外，其餘各點，敬覆如下：

（1）共黨簡字表，似乎只有達作达（裡面是大小的「大」）。

（2）《瞿秋白文集》（一）（1954）p.252的註：「《亂彈》的稿本有兩份，其一為作者在1932末或1933初交謝澹如保存，後由謝出版的《亂彈及其他》（1938，May，霞社）中《亂彈》部份即是；其二是交魯迅保存的……」，後者有修改，有增加（文章篇目）。普通圖書館（據 Union Catalogue）所藏者，皆為1949霞社本。

（3）甲·《郭沫若文集》的第八本出版日期是'58九月。UC圖書館有一至六，並第八本。第七本缺，但想已出版。

乙·《茅盾文集》已出一至八，第八本的日期是1956年六月。

丙·《巴金文集》第六本日期是1958十月。

丁·《葉紹鈞文集》第三本日期是1958十月。

關於此條尚擬去check Union Catalogue，看看別家圖有了些什麼新添的沒有。

（4）根據《茅盾文集》

甲·《第一階級的故事》出版日期是1945。

乙·《霜葉》是1942年寫，1943桂林華華書局。

丙·《腐蝕》1941年寫，在該年的《大眾生活》（韜奮主編）上連載。

（5）《文藝陣地》是1938年創刊的（據張靜廬：《文藝戰線》一卷五期（1940五月出版，周揚主編，曾被禁）。

（6）《讀書生活》尚未查到。據張靜廬：1936年成立「讀書生活出版社」，後改（when?）「讀書出版社」）。「讀書生活」本身當在「出版社」之前。

（7）張天翼《鬼土日記》可能是1931（或1932）。《亂彈》中

有「畫狗罷」一文是評《鬼土日記》的，其中用這樣的話：「最近出版的《鬼土日記》」，且mention在此以前所出的《二十一個》（1931出）。問題是瞿寫此文是在哪一年。霞社本把此文放在《亂彈》collection之末，文後沒有日期。《文集》本把此文放在《亂彈》的第三位；第一篇是《亂彈》，日期是1931九月十七；第三篇（即此文）後註日期為八月十日，沒有說明是哪一年。我想可能此文寫在《亂彈》之前，那幾篇東西是連續發表的，叫做《笑峰亂彈》（瞿所用筆名是「陳笑峰」），後被禁，改用「司馬今」筆名寫《水陸道場》（column之名）雜文。而《文集》是先排《亂彈》一系統的雜文，接排《水陸道場》那系統的雜文的。又《文集》本中《亂彈》部份最後一篇文章是「評《三人行》」，這個可藉參考。

（8）《文學導報》見另紙。又馮書出版日期。

（9）關於馮雪峰，有一點資料，不知你曾注意到否？

《文藝報》1958第4期（Feb. 26）有姚文元[1]作《馮雪峰資產階級文藝路線的思想基礎》談起兩件事情：

甲·1937年10月19日魯迅逝世週年紀念會會上，馮作如下講話：

「我們的民族，即大家所誇耀的古民族，本來已走上和有些已經滅亡的古民族一樣的滅亡過程上……幾千年的黑暗專制統治，和近百年來帝國主義的宰割，將中國人民摧殘，壓迫，曲折得成了怎樣的病態了。」據我看來，拿這個態度來評魯迅，是正確的。但姚文元評曰：「這正是工農紅軍長征勝利，神聖的抗日民族戰爭已經開始，中國人民已經在黨的領導下顯示出偉大的，不可戰勝的生命力量的時候，馮雪峰眼中的人民卻是這樣的麻木。」

---

[1] 姚文元（1931-2005），浙江諸暨人，「四人幫」成員之一，曾任《紅旗》雜誌總編，主管意識形態工作。姚文元於1965年、1966年發表的《評新編歷史劇《海瑞罷官》》、《評「三家村」——〈燕山夜話〉〈三家村札記〉的反動本質》，揭開了文化大革命的序幕。

　　按：其時抗戰已發生，那次紀念會不知在何處開的。馮的失勢以及退隱是否從那篇演講發表以後開始的？

　　乙‧1953年第二次全國文代大會籌備期內，馮雪峰起草《報告》初稿，後未被採納。他《報告》中有語云：（quote姚）

　　「怕『在政治上犯錯誤』是一種比資產階級『更壞的』『落後心理』。」「藝術上犯錯誤也就是政治上犯錯誤。」

　　這種主張以前在蘇聯也惹過大禍的。

　　（10）〈巴金難逃煉獄苦〉文中要點，即如上次所說一樣，介紹那幾篇文章。文中說姚文元是中共理論權威。該文中並說：在鳴放時期巴金亦發表訴苦言論，說他雖位居「作協」的什麼地位，但並無實權。他並說：文藝應還給人民；不滿黨的領導與干涉。巴金的文章見1957四月八日《光明日報》，五月一日《人民日報》，五月八日《解放日報》，但他並未因此受禍。

　　（11）關於《作家》與《文學界》兩刊物，請看拙文part II的notes 52與59。《中國文藝年鑒》1936此類材料頗多。

　　（12）關於魯迅，在《文匯報》上找到一點材料，特翻印寄上。

　　再缺什麼，請統計一下，下星期可查出寄上。這裡上課很輕鬆。再談　專頌

　　近安

　　　　　　　　　　　　　　　　　　　　　　　　　　濟安

　　　　　　　　　　　　　　　　　　　　　　　　　二月十九日

　　〔又及〕Carol和Joyce均此候安。待稍空要寫封信給Carol描寫開車之緊張。

　　《戰鬥到明天》第一部，白刃著，北京作家出版社1958年8月第一版。

《後記》，一九五八年三月十三日

p.380抗戰期間，我在山東八路軍中工作……抗戰勝利後，總想寫部長篇，把耳聞目睹的告訴讀者。一九四八年冬天，乘部隊戰鬥的空隙，在平津前線一個小村裡，開始寫這部小說。……

小說寫成後，得到許多同志的幫助。茅盾先生在百忙中看了稿子，並寫了序言勉勵作者。小說於一九五一年在中南部隊中印行。

無疑的，這是部幼稚的作品，有許多缺點，個別章節也有錯誤（p.381）。部隊首長，讀者和批評家們及時指出來，給我很大的教育與啟發。但是也有些教條主義者，硬不顧抗戰敵後的真實情況，拿現在解放軍的標準衡量當時的部隊，說我歪曲這個，歪曲那個。尤其是張立雲②的批評更是突出。

虧得黨的愛護，上級的鞭策，同志們的幫助，消除了我的灰心喪氣，堅持從事寫作，茅盾先生還認為這個題材有教育意義，公開提出要我鼓起百倍勇氣，把小說改好。幾年來，我的文藝思想混亂極了，想按某些批評家們的要求修改，未免昧了良心說假話，想照真實情況重寫，又怕棍子無情，只好一放數年，沒有勇氣去動它。

感謝黨中央提出的「百家爭鳴，百花齊放」的方針，給了我新的力量，澄清了我的思想。……

改作後的《戰鬥到明天》，除保持原來一些主人公的名子和某些基本情節以外，已經和當年的本子大不相同。在描寫時間上，也從幾年的多次戰役，集中到一個月中的一次反「掃蕩」鬥爭。而知識分子的改造，是通過軍民英勇抗日的影響，通過他們自身在鬥爭中的鍛鍊。當然這僅僅是一個開始，許多東西我準備在續篇中去完

---

② 張立雲（1921-?），河南睢縣人，評論家，曾任《華北軍大報》總編、《解放軍文藝》編輯，代表作有〈論《戰鬥到明天》的錯誤思想和錯誤立場〉、〈《柳堡的故事》創作思想的探索〉、〈泰山旅行記〉等。

成。……

《學衡》雜誌

Fairbank的書目是說1922正月創刊的，並說No.6 Dated June 1922。大約哈佛所藏者只有六本。

UC共藏七十九本，從Jan. 1922到July 1933，以後是否絕版，不得而知。1922到Oct. 1925是在南京編印，此後在北京，那時吳宓到清華去教書了。總代理發行者，為上海中華書局。

《域外小說集》中收：

Stepniak ③ 1篇；Garshin ④ 2篇；Tshekhov ⑤2篇；Sologub ⑥ 1篇；另寓言10篇；Andreyev ⑦2篇。其中魯迅所譯者為G氏1篇，A氏2篇。

周作人自己譯過一本《空大鼓》，其中俄國小說有Tolstoy 1；Dantchenko ⑧ 1；Tshekhov 1；Sologub2；Kuprin ⑨ 3；Andreyev 1。

另《現代小說譯叢》也是魯迅、周作人合譯的（商務出版），

③ Stepniak（Stepniak Kravtshinski，斯蒂普涅克，1852-1897），俄國社會改革家、小說家，流亡英國，作品多表達俄國民生疾苦。

④ Garshin（Vsevolod Garshin，迦爾洵，1855-1888），俄國小說家，代表作有《紅色花朵》（*The Red Flower*）。

⑤ 即契訶夫。

⑥ Sologub（Fyodor Sologub，梭羅古勃起，1863-1927），俄國象徵主義詩人、小說家、劇作家。

⑦ Andreyev（Leonid Andreyev，安德烈耶夫，1871-1919），俄國小說家、劇作家，俄國「白銀時代」（Silver Age）的代表人物。

⑧ Danchenko（Vladimir Nemirovich-Danchenko, 1858-1943），俄國導演、作家，莫斯科藝術劇院（Moscow Art Theatre）創辦人之一。

⑨ Kuprin（Aleksandr Kuprin，庫普林，1870-1938），俄國作家，代表作有《決鬥》（*The Duel*）、《摩洛克》（*Moloch*）。

其中俄國部份，收：Andreyev 2（魯）；Tshekhov 2（魯）；Sologub 2（周建人）；Artsybashev [10]2（魯）；周作人只譯一篇Militsina [11]的。

胡適和很多文學史家都說《域外小說集》銷路奇慘。但是我記得清清楚楚蘇州桃塢中學圖書館就有一本，我還看過。照我看來，它一定不止祇銷21本的。

《羅生門》也是魯迅第一個翻出來的。

1953《文藝報》第4期（Feb. 26）

姚文元：《馮雪峰資產階級文藝路線的思想基礎》一文中透露若干事實：

I. 1937年10月19日魯迅逝世週年紀念會上馮雪峰作如下講話：

「我們的民族，即大家所誇耀的古民族，本來已走上和有些已經滅亡的古民族一樣的滅亡過程上……幾千年的黑暗專制統治，和近百年來帝國主義的宰割，將中國人民摧殘，壓迫，曲折得成了怎樣的病態了。」姚評：這正是工農紅軍長征勝利，神聖的抗日民族戰爭已經開始，中國人民已經在黨的領導下顯示出偉大的，不可戰勝的生命力量的時候，馮雪峰眼中的人民卻是這樣的麻木。（按：那次紀念會是在哪裡舉行的？馮的失勢是那時候開始的？）

II. 1953，第二次全國文代大會籌備期內，馮雪峰起草《報告》初稿，後被推翻。馮認為「怕『在政治上犯錯誤』是一種比資產階級『更壞的』『落後心理』」；又認為「藝術上犯錯誤也就是政治上犯錯誤」。

---

[10] Artsybashev（Mikhail Artsybashev，阿爾志跋綏夫，1878-1927），俄國作家，俄國自然主義先驅。

[11] Militsina（Elizaveta Militsina, 1869-1930），俄國作家，所著《鄉村牧師》（*The Village Priest: and Other Stories*）述說俄國監獄囚犯的故事。

437. 夏志清致夏濟安（1960年2月26日）

濟安哥：

　　最近兩封大信封的信，都已收到了，謝謝你花了不少時間，查到這許多材料，還托人把兩篇文章由Photostat印出，抄下了《火葬》的故事。我不能在去年暑假看到張靜廬的史料，很感遺憾，否則很多要查的東西，都可以迎刃而解，用不到這許多通信的周折了。張靜廬，曹聚仁（《五十年》）是提到的，可惜當時沒有去注意他。所查的東西大抵已差不多了，文稿已寄回了一大半，這星期六再整理一下，把餘下的交出。關於「文總」的材料，因為稿子已脫手，暫時不能派用場，可能在看galley proofs，稍加修改一下。可以一查的東西是《新月》、《人間世》、《論語》、《宇宙風》終刊的日期，《人間世》好像不到抗戰就終刊的。《論語》、《宇宙風》抗戰期還出版着，其歷史比較難trace，張靜廬書上沒有情報，也就算了。「科爾沁旗」這個term怎麼譯法，中共譯Kolchin，Schyns[1]譯Khorch'in，你可請教馬逢華，他若不知道，他Institute內的朋友一定知道的。另外一個比較困難的問題，是巴金老提到的波蘭作家Leopold Kampf[2]（名字像德國猶太種），他的劇本《夜未央》巴金自己譯過，Leopold Kampf是何許人，我查不到，但據巴金說《夜未央》曾在紐約上演，1st decade of the 20th century，相當轟動，所

---

[1] Joseph Schyns（善秉仁，1899-1979），比利時天主教神父，1925年被派遣來華，先後在內蒙、寧夏傳教。1943年被日本憲兵隊拘留，直到1945年才獲釋，期間開始閱讀中國現代文學作品。1948年任北京懷仁書院秘書，1952年回比利時退休。後長期任比時利Verviers副本堂。代表作有《中國現代小說戲劇一千五百種》、《說部甄評》（法文版）、《文藝月旦》（中文版）等。

[2] Leopold Kampf（廖抗夫，1881-?），波蘭作家，代表作有《夜未央》。

以查 *N.Y. Times Index*（1900-10）一定可查出，該劇本的英文譯名，學校如有波蘭文學史之類，查起來可比較省力。此劇本在五四時代就有人翻譯了（巴金看到後，深深感動），但《新文學大系・史料索引》中未列 Kampf 之名，不知何故。According to Schyns，巴金《小人小事》是文化生活出版社1945年出版的，但不知出版地是上海 or 重慶？以上問題，查不到也無所謂，反正我這兩天內要把文稿交出了，你有興致，不妨慢慢地查。

一月多來，一直很忙，我信上除問問題外，很少談到別的事情。去年秋季有兩次匯款是由陸文淵套匯的（他在上海有的儲蓄，由他的父親當面送上門），不料上海那家銀行，四個月沒有經手匯款，就去問父親，最近幾月來為什麼沒有款子匯來，父親就老實把陸文淵父親的名字告上。文淵得訊後，大為恐慌，恐怕因套匯事連累他家大人。但他又想把自己的存款提出，所以這次二月初匯款時，囑我虛報一個數目，少報的一部份錢（$50）仍由他父親送上。他又怕我寄上海的信被拆看，一定要我把由銀行轉匯的實數（$150）寫在家信上，這樣中共當局如要調查，也看不出不妥處。我不久前答應父親，兄弟二人每次寄款二百元，改寄一百五十元，實在想不出理由，所以我在信上說因特殊原因，這次匯款數目減為150元，即［接］着寫了許多話，都是加密圈的，說最近打撲克，輸了二三百元，只好少匯些，我恐怕父親誤解，加了下面這幾句話：「兒嗜賭如命，大人素知，以前在滬時，即打馬［麻］將，深夜不歸 etc.」。我在滬時從不打牌，父母是知道的，不會再有什麼誤會了（信是寫給 censor 看的）。不料上星期父親來信，信以為真，把我好好地勸告了一番，當時父母在慶祝我四十大慶，興致一定大為減低，而且想到我一直很規矩的人，怎麼轉壞了，一定很傷心（我信未到前，玉瑛曾返滬住了幾天，希望她沒有看到此信）。父親發信後，不數日匯款即到（陸文淵父親處的錢已拿到了），看看數目比

二百還多（代陸文淵買書約二十元，他一併匯上），希望他能猜到我的苦衷。我自己上星期立即覆信，但信在路上要走十多天。第一段事情很使我想到有人告訴曾子母親「曾參殺人」，曾母真的逃避起來了那故事的truth。我自己名譽受損失雖然不要緊，但父母無緣無故發愁，傷心三四個星期，我的「不孝」責任實在太大了。又，中共把一切事情調查得這樣清清楚楚，也可使我們吃驚。

　　你學會了開車，並買了一輛Olds 1953 Sedan，我很為你高興。在美國沒有汽車行動不自由，有了汽車，方便得多了。你托可靠的人在熟識的dealer那裡注意有沒有結實的舊車，這辦法是對的。馬逢華太小心，殊不知自己瞎研究，最後挑選的汽車不一定是最理想的。Yale的小郎也是萬分prudent的，他買汽車也是研究了好幾年，結果買了一部1953 Chevy新車，隔半年，1954 Chevy上市，style完全改過，照我看來是大不上算的（小郎買照相機等小東西，也要研究）。我以為美國大公司的出品都是可靠的，他們的廣告也是可相信的。相比下來，*Consumer Report*並不怎麼樣可靠。我記得有一期*Consumer Report*研究襯衫，結果認為Sears Roebuck的襯衫最好，Arrow Shirt祇列第三位or第四位。但照我看來，arrow shirts一定比sears shirts好，因為價錢高，prestige高。另一期*Consumer Report*說Imperial駕駛起來還不如Plymouth，我想Chrysler大廠自己testing車子的equipment一定要比*Consumer Report*的equipment高明得多，*Consumer Report*的話即使可靠，我也不相信的。以前美國小廠出的汽車（如Hudson）可能靠不住，目前廠家出的汽車都是很好的，買車的條件是願意花多少錢，哪種style對胃口而已。Chrysler最近兩三年來一直是forward look，所以營業很差，希望明年把style大改，搶一部份GM，Ford的生意來。Olds的車子自1948年來，式樣一直很好看，它和Chevy外表都是比較feminine（但近年Pontiac式樣較Olds，Chevy更好看），很對我胃口（相反的，

Buick一直是很rugged，masculine，而醜陋的，但Buick二三年來，外表變得sleek後，生意反而不如Olds，Pontiac了，可見有一部份美國人是歡喜rugged的車的）。據Carol說Corvair最大的危險是，萬一汽車和別的東西一撞，front沒有機器做cushion，容易有性命之憂。Carol又說San Francisco市街忽高忽低，開車最難，應當格外小心。其實公路上開車最容易，速度有規定，pass也容易，但西部speed limit可能太高，如不喝醉酒，是絕對不為［會］出毛病的（我公路上看Carol開車看慣了，實在容易得很）。在city街道上，我最怕小弄堂，可能你沒有注意，弄堂小街上半腰開出一部汽車，和你相撞。我開汽車的道理都懂了（Carol的缺點是性急，喜歡pass別的車子），但不知什麼時候會有空去學開車。Premium gas當然是比regular gas好，所費多少也談不上考慮。美國人目前喜歡小汽車，ostensible purpose是省油，park容易，其實真正的理由是對大汽車bored了，對gadgets bored了，歡喜開小汽車過過癮。小汽車馬力不夠，走公路容易出事情，在城市裡開開也無所謂。

　　昨天看了 The Magician（下星期看 The Seventh Seal①），覺得遠不如 Wild Strawberries，Vogler內心一直很苦悶，但不知苦悶些什麼。他和那醫生鬥法，allegory是很明顯的，但最後變得滑稽化了。幾處comedy場面處理得很好，但故事本分缺點太多，所以無法使人深深感動。看預告片，Seventh Seal 是正經電影，一定比 The Magician 好得多。Bibi Andersson② 在兩片中都出現，Summer Night 可能也是她做主角，她很輕俏可愛。

---

① The Seventh Seal（《第七封印》，1957），瑞典電影，英格瑪‧柏格曼導演，布耶恩施特蘭德（Gunnar Björnstrand）、本特‧埃切羅特（Bengt Ekerot）主演，AB Svensk Filmindustri 發行。

② Bibi Andersson（碧比‧安德森，1935-），瑞典女演員，參演《野草莓》、《第七封印》等。

　　你在講堂發揮自己的意見，一定很有興趣，不知那課學生有多少？護照延期事已開始辦理否？今天看 *Time*，老蔣三次連任總統希望極大，所以臺大一時不會換校長，你的事應該早日辦理才好。葉銀英處有消息否？Carol，Joyce身體都很好，我一直沒有休息機會，傷風也一直沒有斷根，但極輕微，最近不吃藥。此次冰雪滿地，看醫生都厭麻煩。謝謝你給了我這許多information。開車當心，即祝

　　近安

弟 志清 上

438. 夏濟安致夏志清（1960年2月28日）

志清弟：

　　多日未接來信，想必忙於整理文稿，甚念。我近日多了一件worry，即車子駕駛尚不能得心應手。很想把它再賣掉，損失幾個錢也無所謂。但是一方面又想挺下去，多練練也許會enjoy駕駛也未可知。有了車子的worry，別的心思反而多不用。我們大約都是很容易absent-minded的；要不absent-minded，只有用很大的effort來集中注意力，這樣人又太緊張，對於開車也是不合宜的。你不學開車是明智之舉。

　　車子是買得很好，別人開過的都讚美說好，但是我的駕駛技術尚未臻純熟，很覺對不起這部車。

　　Berkeley在海灣的東邊，連接S.F.的是一座很長而漂亮的橋（Bay Bridge），這是唯一交通線（以前有ferry，後來因橋落成後，擺渡生意清淡，就被淘汰了）。但橋上六條lanes（來三、去三）都很狹，車子開得又快，車子又多，我至今還不敢去橋上試試。

　　到了S.F.，開車更困難。人多，車擠，加上不時出現的可怕的山坡，不知再要學幾個月才能在S.F.開車。

　　Berkeley一帶問題較簡單，但是parking還是傷腦筋。我在學校裡有Parking Permit，但是這個特權尚未享用過，因為還不會開進Parking Lot去。如為了parking花了十幾分鐘時間，左進右退，把車子停好，那麼不知要阻礙多少交通。交通一被阻礙，我心慌亂，技術更要大打折扣。

　　托查的東西：

　　（一）香港美國領事館出的survey，我去查過去年六七八九月的，沒有發現胡風死的消息。那幾個月中似乎只有一個重要的

obituary note：張元濟①（菊生）。

（二）《讀書生活》是李公樸②主編的，英文名稱叫 *Intelligence Monthly*，創刊在1934年，似乎為11月。1936年十月被封停刊，那時一起被禁的有《生活星期刊》、《中流》、《作家》等十餘種左派刊物。

（三）圖書館有一本《瞿秋白著譯系年表》，那篇評《鬼土日記》的文章，確是1931年八月所作。

（四）《巴金文集》1959十月出了第九本，九本我都已見過。

最近沒有做什麼正經的事，有了部車，心很野；車還不能駕駛純熟，心裡又不高興。預計去 Stanford 翻書的計劃，不知何日始能實現。*Journal of Asian Studies* 的文稿還沒有送過去。學車浪費很多精神時間，假如早十幾年學會了，現在可拿車子派用場，那就快樂得多了。

在加大朋友很少，遠不如在 Seattle 時。英文系在什麼地方，都還不知道。希望慢慢地把天下打出來。初到 Seattle 的時候也很寂寞的。現在最親密的朋友還是馬逢華，他要 struggling 找「長飯碗」，對開車十分嚮往，而技術比我好得有限。我們同病相憐的地方較多，所以談得最投機。再談，專此　敬頌

　　近安

濟安

二月廿八日

---

① 張元濟（1867-1959），號菊生，浙江海鹽人，出版家，1902年加入商務印書館，歷任編譯所所長、經理、董事長等職，後擔任上海文史館館長，曾主持出版《四部叢刊》、《百衲本二十四史》等。

② 李公樸（1900-1946），原名永祥，號樸如，生於江蘇淮安，中國民主同盟早期領導者。

439. 夏志清致夏濟安（1960年3月2日）

濟安哥：

今天收到二月28日信，知道你最近相當寂寞，學開汽車也操了不少心，甚念。開汽車你經驗不夠，最好有朋友有車的，坐朋友的車，跟他學（馬逢華有汽車，就好辦得多了），據Carol說在Bay Bridge上駕車，比我們去夏進紐約市的George Washington Bridge更困難，所以你目前還是不試為好。學習parking最好有熟人坐在你旁邊指導，各種方式多試幾次就好了。加大太大，交友比較困難，我在Michigan時，除同幾個中國人來往外，其他也沒有來往。Felheim開始很熱誠，同我吃中飯，後來我一直沒有邀他吃飯（吃了一次飯，在家），也漸漸冷淡了。馬逢華這樣用功，與他的寂寞也有關係，看到*Asian Studies Newsletter*，馬逢華四月中要去紐約讀paper了，希望他這次找事成功。我這次Asian Studies開會仍舊不想去，雖然有了馬逢華，Rowe（也讀paper）等熟人，不會和以前去開會那樣寂寞無聊。自己不出名，不想多露面。（你和馬逢華同去New York，兩人替換開車，倒是學開車好法，但學校schedule一定不允許。）

今天同時收到程靖宇的信和照片，茲附上。他為捧野添[1]，四日夜不睡覺，也虧得支持下去的。他自作多情，在旁人看來是作「瘟生」，照片上看來他實在消瘦得很。這次追野添比追Ada更是希望渺渺，希望他早日覺悟，追一個容易到手的美女。上次我信上勸他去日本遊玩一兩個月，討一個日本太太，帶回香港。他和野

---

[1] 野添瞳（Hitomi Nozoe, 1937-1995），日本女演員。代表作有《女經》（*Jokyo*）、《白鷺》（*Shirasagi*）等.

添言語不通，那次宴席的講辭一定肉麻不堪，那些禮物，也不會impress她的（她拒date跳舞，就是毫無興趣的鐵證）。你可去信勸勸他。在月份牌上，野添是個doll，香港照片上人瘦些，貌頗（正面）似夏萍。我把他給我的照片也寄上，可看到程靖宇臉部消瘦的狀態，那兩張給我的，你看過，請寄還。

今晚看了 *Seventh Seal*，大為滿意，該片我看成就較 *Wild Strawberries* 更高，全片mood一致，而中世紀氣氛全capture在film上，是不容易的。幾個演員（Bergman的班底），演技皆特出，非好萊塢明星可比擬。我所看的三張影片，Bergman都在assert上帝的存在。Seventh Seal典出 *Revelation*，我也翻看了一下。好萊塢大導演中實在沒有人可和Bergman相比。主要原因恐怕是好萊塢電影腳本受realism限制，導演最多在細膩上下工夫，很少能獨出心裁，在畫面上、鏡頭上花工夫。

你文章Part II實在用不到什麼修改，祇要加一兩段文章就可以了。我看你那文章早日寄出，早日發表，終是好的。謝謝你又寄了幾段information，我這個週末預備把討論《旋風》的幾段文字寫好，把未交出的稿子全部交上。以後發現錯誤，在校閱galley proofs再修改了。不多寫了，即頌

近好

弟 志清 上
三月二日

440. 夏濟安致夏志清（1960年3月5日）

志清弟：

　　上一封信亦許引起你們的一些worry，這幾天我對於車子的態度已經轉好。那幾天有些性急，有了車，趕快要想派上用場。現在知道離開派用場還有一段時間，倒也心平氣和了。學校裡只是星期六、星期天開進去兜兜圈子；平常日子車子太多，我雖然有教授的parking permit（那張東西還沒有貼在車上），但只怕在parking lot裡周轉不靈，耽誤別人的時間，妨礙別人的出進，所以暫時還沒有用這個特權。公路上也還沒有去開過。最高速度只是25左右，暫時不冒險。我認為市區開車是很容易的。想趕路的人也許認為那些紅綠燈、stop signs等是阻礙物，我倒喜歡常常多停停，腦筋可以relax一下，周圍交通情形也可以多加注意。叫我開了車找路還不會，只有在紅燈的時候，可以停下來看看路牌上寫的是什麼。車子有無線電，從來沒有好好去聽過，開了車管不到這些了。有好幾次，我把車借給別人開，去S.F.或Oakland，那時我在車子裡才真是relax了。車子引擎很好，在我手裡老走「牛步」，覺得有點對不起它。別人開了，可以讓車子「出出彎（蘇州人讀如「披」）頭」，讓它也痛快一下。Carol在公路上喜歡「超先」（passing），據陳世驤說，這是很好的習慣。因為在公路上開車很dull，開了長以後，注意力容易鬆散；偶然「超先」一次，可以把精神集中，對付周圍環境。效力勝過吃no-doz。這點請轉告Carol。

　　Kampf此人在波蘭文學界恐怕並無什麼地位，我查過Shipley①

---

① Joseph Twadell Shipley（約瑟夫・希普利，1893-1988），美國學者、戲劇批評家，哥倫比亞大學博士，代表作有《尤金・奧尼爾的藝術》（*The art of Eugene*

與Columbia兩種歐洲文學辭典，在Polish Lit.下面，他的名字沒有出現。但是巧得很，《夜未央》的法文譯本，U.C.圖有。收在L'Illustration的《戲劇補編》裡（L'Illustration Théâtrale），那是第八十一期，1908年二月八日出版。戲名 *Le Grand Soir*，並附有作者肖像與演出劇照。我看法文，即使不查字典，平常亦可懂十之七八。但為免於譯錯起見，把法文介紹，抄幾段在下面（介紹文作者Gaston Sorbets[2]）：

Leopold Kampf, qui était hier ignoré, qui sera demain célèbre（事實證明恐不然），est jeune: trente-deux ans à peine…Né en Pologne russe, il s'affilia, tout jeune, au parti socialiste polonais…Néanmoins, le séjour de son pays natal devenant dangereux pour lui, il gagna l'Allemagne. C'est à Berlin qu'il écrivit sa pièce, en allemand.（此前的波蘭文學史不載其名乎？歐洲此類「難於歸類」的作家似乎不少。一過流亡生活，可能入外國籍，或用外國文字作文章。）

La police intervint, la première représentation n'eut pas lieu. Il alla jusqu'à Hambourg et là, fit une autre tentative. La première représentation eut lieu… La police intervint encore et cette première n'eut pas de seconde. Cette fois, Kampf découragé, s'embarqua pour l'Amérique.

Il y vécut d'une existence mouvementée et rude, pénible même. Une foi ardente le soutenait: tous les camarades à qui il lisait son

---

O'Neill)、《詞源辭典》（*Dictionary of Word Origins*）、《世界文學辭典：批評、形式、技巧》（*Dictionary of World Literature: Criticism, Forms, Technique*）、《文學百科全書》（*Encyclopedia of Literature*）等。

[2] Gaston Soberts（加斯通，1874-1955），法國記者、詩人、劇作家，曾主編《插圖》（*Illustration*）雜誌，著有《圖書館資源》（*Ressources de la Bibiliothéque*）等。

ouvrage s'enthousiasmaient et l'encourageaient. Il présenta donc son manuscrit aux directeurs de tous les théâtres de New-York: effrayés tout d'abord par l'inspiration même de l'œuvre, ils ne remarquèrent pas sa valeur scénique; et Kampf dut attendre que le théâtre allemand de la grande cité américaine se décida enfin à jouer cette pièce qui avait été écrite, d'original, en langue germanique.（我亦查過 *Oxford Companion to Theatre* 及另一本戲劇目錄，此劇皆不見載。）

Là, les représentations suivirent leur cours paisible, --- ou plutôt bruyant, mais d'applaudissements.（那是 1907 的事？）

Et c'est là précisément que la directrice du théâtre des Arts,（巴黎劇院名？）de passage à New-York, entendit *le Grand Soir*; elle en admira la classique et forte beauté; elle vit l'auteur, traita avec lui, rapporta en France son manuscrit, le confia à M. Robert d'Humières. Celui-ci, gentilhomme de lettres, apprécia en artiste l'œuvre de Leopold Kampf, en fit une fidèle et vivante traduction…Le succès éclata, brutal, étourdissant.

底下還有好幾段各報的「好評潮湧」。

《夜未央》我沒有看過。法文雖然不難，但手邊沒有字典，暫時怕去看它。如能找到巴金譯本，中法對照一看，應當是很有趣的。

在圖書館翻書對我亦是一種樂趣。我在學校裡有 office，但不知怎麼的，在 office 裡我不能做事，連寫信都「噁心想」。Office 是很靜的，只是我沒有這個習慣。我做事一定要在自己屋子裡，穿了拖鞋，鬆了領帶，泡一壺茶，etc.，這些在 office 裡是不可能的。在學校裡時間反正浪費，到圖書館去翻書比較有趣得多。

張靜廬書裡也許還有有關此劇的資料，還沒有去查。

另外一些小問題，大致都已查到：

《小人小事》收在《巴金文集》Vol.9。《小人小事》的後記是1945年11月在上海寫的。其中《女孩與貓》一篇是在重慶寫的，「到上海後才完成」。此書可能是在上海出版。按1945年11月，日本投降才兩個月，那時後方到上海的交通工具很缺乏，很多公務人員要等一年半載，才弄到船票飛機票，巴金很快能回上海，亦可算是有辦法的了。

科爾沁旗據 Albert Herrmann ③的 *Atlas of China*（Harvard-Yenching Series），是拼作 KHORCHIN，我想那比較靠得住。

《新月》的 vol.4/7 期是1933年6月出版。《人間世》末期是1935年十二月。1936年有史濟行④（《魯迅日記》中有幾次罵他無恥，又《全集》中關於白莽《孩兒塔》一文，亦罵過他）出過幾期漢口版的冒牌《人間世》。《論語》似乎在1937年七月停刊（盧溝橋事變）；1946的十一月或十二月又復刊，1948年六月又停（林語堂和邵洵美⑤間的事，你想知道）。《宇宙風》1935九月創刊，1947年六月停刊。這些都是根據UC的holdings，我想與事實上各刊的起迄必相差不遠。

你和陳世驤等都為我下半年的出路打算，非常感激。這個問題，我自己是不去想它，因想它亦無用。Indiana有信來，對我似

---

③ Albert Herrmann（阿爾伯特·赫爾曼，1886-1945），德國考古學家、地理學家，尤擅古代地中海地區和中國地理，代表作有《中國歷史和商業地圖集》（*Historical and commercial Atlas of China*）等。

④ 史濟行，浙江寧波人，曾編輯《人間世》（漢口出版，後改名《西北風》）等刊物。

⑤ 邵洵美（1906-1968），祖籍浙江餘姚，生於上海，詩人、出版家、翻譯家，早年入劍橋大學攻讀英國文學。曾開辦金屋書店，出版《金屋月刊》，主持《論語》半月刊等。晚年從事外國文學翻譯。代表作有《天堂與五月》、《花一般的罪惡》。

尚感興趣。我老實不客氣地把護照問題先提出，希望 Indiana 大學幫助解決，假如他們真正需要我這樣一個人的話。照陳世驤的意思，先把 job 弄定當，再談護照問題。這也許是比較 prudent 的辦法，但是我怕對不起 Ind. 大學，他們把我請定當了，到時候我的護照又發生問題，反而使他們尷尬。所以我沒有商得陳的同意，自說自話地先把問題提出來，假如他們因此不把我放在考慮之列，我也就算了。其實我目前並不愁 job 的問題；無論如何，華大是一定要我的。Taylor 等人野心勃勃，想把遠東系辦好。他們經費辦法很多，我的為人與本事他們已深知，我要替他們做事，他們無有不准之理。所顧忌者，祇是臺大耳。假如我拋棄臺大，改進 Ind. 大學，Taylor 等反而要不高興：一樣的在美國大學做事，為什麼不留在熟手的華大呢？印大的好處，是臺大可以管不着；但是他們如不代為出力，我仍無法享受這點好處。現在先拖一些時候再說。

你的「曾參殺人」的故事，我聽見了很難過。共產黨檢查監視之嚴密，自在意中。此所以我不大敢多寫信，過些時候，我假如回了臺灣，父母親將很難向「當局」交賬。我不如表現出對於寫信很為懶散的樣子，以後如不能寫信回家，也不致多引起 censor 的猜疑。又，假如我在上海，看見了你的信，也許會懂你的意思。我這點 shrewdness 還有，希望玉瑛妹的頭腦也有這點靈活。母親根本是個 worrier，我們小的時候，她們替我們各種事情着急，其實她所着急的事情，有很多根本不可能發生的。父親老於世故人情，但最近幾年來，身體較衰，又加上共黨各種折磨，腦筋運用，恐怕不如前。父親其實不大識人的，他一向敦敦〔諄諄〕教誨的是要「擇交」，他自己卻很少 on guard。他為人豪爽，凡是有人稱讚他豪爽，他大得意，乃更豪爽。父親真是 capable of generosity 的，但他眼睛裡看見的壞人又太多，雖然從小熟讀孔孟之書，對於 human nature 還是有點悲觀的。「一個純潔的年青人，初入社會，誤交劣

友，乃致墮落」——這種故事他對我講了不知多少遍。雖然我們的表現，so far，毫無有成為prodigal sons的可能，但他自己已受這種教訓的影響，對於depravity的可能性還是相信的。不知道你回信如何解釋。洗得太清白，也許又要惹censors的注意。我想：你不妨說，來美以後，只賭過這一次；後來又賭一次，小勝，結果只輸了二三十元，以後發誓不再賭。不妨再說幾句在上海時候的情形，常常和何漱六⑥、夏乾安⑦（這些都是不賭的）等攤牌九，「年代久遠，大人恐已記不清楚；但兒之為人今昔如一，大人可不必深責」。有了這話，那麼美國的賭博情形不再提亦好。

葉銀英那裡去了一封信，沒有回信來。可能賀年片上那字是沒有什麼深意的。

最近非但毫無交女朋友之意，而且連女明星看了中意的，都沒有幾個了。B.B.看了兩三張劣片之後，已不願再看。前天同馬逢華去看了 *Never So Few*⑧，對於Lollo毫無好感——該片甚平凡，遠不如 *Kwai Bridge*⑨。加映的 *7-Thieves*⑩ 倒可以一看。你最近大看 Ingmar Bergman，此人確是怪傑。*The Magician* 我尚未看過，但 *Smiles of a Summer Night*⑪ 已看過，該片亦顯不出特別天才。Bibi

---

⑥ 何漱六，夏濟安的表哥。

⑦ 夏乾安，夏濟安的堂哥。

⑧ *Never So Few*（《戰地尤物》，1959），約翰‧史德治導演，辛那屈、珍娜‧露露布麗姬妲主演，米高梅發行。

⑨ *Kwai Bridge*（*The Bridge on the River Kwai*《桂河大橋》，1957），英美片，大衛‧連導演，威廉‧霍頓、傑克‧霍金斯主演，哥倫比亞影業發行。

⑩ *7-Thieves*（《七妙賊》，1960），亨利‧哈撒韋（Henry Hathaway）導演，愛德華‧羅賓遜、羅‧斯泰格爾主演，福斯發行。

⑪ *Smiles of a Summer Night*（《仲夏夜的微笑》，1955），瑞典電影，英格瑪‧柏格曼導演，烏拉‧雅各布森（Ulla Jacobsson）、伊娃‧達爾貝克（Eva Dahlbeck）主演。

Andersson只有在 *The Seal* 裡最美，*Wild Strawberries* 裡不如遠甚。最近看的電影中以 *He Who Must Die*[12]（1958）為最佳，其深刻動人處確可列入世界鉅片之中。歐洲電影好的（如Ingmar Bergman的幾張，*La Strada* 等）似乎每幅畫面都有勁；而美國電影的畫面（除了 *Anne Frank*，*12 Angry Men* 等傑作）大多鮮見精彩，只像 *Sat. Eve Post* 上的插畫。電影的畫面好像文章的句子章法，美國導演不能注意及之，電影終難拍得好（歐洲劣片大約亦很多，只是不大運出口而已）。我初到Berkeley之時，街上正在演 *Journey to the Center of the Earth*，但苦不知該片評價如何，所以沒有去看，雖然James Mason還是我心目中的英雄，Arlene Dahl[13]我亦認為很美的（已好久未看見）。想不到 *Time* 影評後來很捧它。最近看的John Barrymore的 *Topaze*，倒很滿意；老約翰英文之漂亮，工架之好，為目前影壇所罕見，如Mason，魯濱遜，Claude Rains[14]，George Sanders等，英文口齒十分清楚，派頭亦夠，但似都不如老約翰。他的英文還帶Oxford Accent（如o唸成ou等），這在美國人中亦少見的。Myrna Loy的「東方美」不一定在眼睛，可能在嘴。她的嘴很小，可以說是櫻桃這一類吧，近一、二十年來，西洋美人都是大嘴（廣東美女亦是大嘴的）。Loy的嘴亦許小一點，但至少那時塗口紅是只在中間一點，如 ━❂━ 狀。後來不知從什麼時候開始，鼓勵女人「咧開大嘴」笑的。「摩登女子」可以Doris Day為

---

[12] *He Who Must Die*（《山河淚》，1957），法國電影，朱爾斯‧達辛導演，讓‧塞維斯‧卡爾‧穆勒（Carl Möhner）主演。

[13] Arlene Dahl（阿琳‧達爾，1925-?），美國女演員，代表作有《地心遊記》（*Journey to the Center of the Earth*, 1959）

[14] Claude Rains（克勞德‧雷恩斯，1889-1967），英國演員，代表作有《攝青鬼》（*The Invisible Man*, 1933）、《俠盜羅賓漢》（*The Adventures of Robin Hood*, 1937）。

代表，顯得和藹可親，能幹，self-reliant；但嘴大了，什麼東西都outspoken，神秘之感乃少。東方美還有一點是「削肩」，這是美國明星（除了Garbo?）之外，無人做得到的。我喜歡看日本女明星穿了Kimono，肩膀一點都看不出，自然有弱不禁風之態（還有京戲的旦角）。日本事事醉心西化，但日本電影還是能保留東方美的。並不是說我一定喜歡削肩、櫻口、裊娜的東方女子，只是這種女子漸將extinct，也該像保護whooping crane，mustang，wild buffalo等，有人來提倡「保存」的。香港的中國女明星，都是歐化十足的。而旗袍實在亦不好看：處處束者束，挺者挺，非但線條上不悅目（靜態），且使wearer動作很僵。穿旗袍而要舉動大方是很需要一點訓練的，此所以中國女子在旗袍之外，都喜加件大衣，有了大衣，行動才有飄逸之態（有些時髦女人都加件白大衣的）。臺灣的女學生，舉動上還很帶羞澀，可是在重要party，都穿旗袍，曲線大為heightened，於是其頭，其手，其腳都沒有安放處了。

　　UC人多，Campus顯得小。女學生漂亮的似乎多極，但美國的美人似乎可分成幾型，很多人都長得差不多的。美國女學生似乎有一種「制服」：即咖啡布（？）的大衣。一頭秀髮，靈活的眼睛，唇紅齒白，但都披了一件non-descript的drab的大衣。在UW，UC我所見者皆然。UC學生中似乎左派很活躍，Socialist Papers（小報）有三種，但我從來沒看見過人買過。Chessman死刑事⑮，學

⑮ Chessman，即Caryl Chessman（卡里爾‧切斯曼，1921-1960），因搶劫、綁架、強姦等罪名，1948年1月在洛杉磯被判處死刑，引發加州大學柏克萊分校學生抗議，呼籲在加州廢除死刑。切斯曼在獄中完成了四本書《2455號牢房，死囚室》（*Cell 2455, Death Row*）、《神判法》（*Trial by Ordeal*）、《正義的面孔》（*The Face of Justice*）、《那孩子是個殺人犯》（*The Kid Was a Killer*），暢銷一時，其中《2455號牢房，死囚室》還於1955年被搬上銀幕。切斯曼最終於1960年4月被執行死刑。

生瞎鬧了一陣。又鬧過廢除ROTC。今天看見學生約一二十人在Woolworths與Kress兩家商店門前示威，舉了木牌，乃是抗議南部那兩家商部［鋪］discriminate against黑人的（此事示威已進行了好幾天）。東方系裡的美國學生，似乎沒有什麼左傾的。他們對於中共，並無好感。雖然程度大多惡劣，但我認為孺子尚可教。

今天報上看見Nelson Rockefeller⑯大罵一張電影*On the Beach*⑰，心裡覺得很痛快。那張電影，香港的兩家共產報紙是大捧的。R氏的道德勇氣，很令人佩服。紐約這幾天又是大風雪，務請保重身體。如有小傷風，不妨稍為喝點酒，可以增加抵抗（禦寒）力，而且可幫助你relax，睡覺更為酣熟。Carol和Joyce亦請多多保重。再談　專頌

　　近安

濟安

3/5

---

⑯ Nelson Rockefeller（納爾遜・洛克菲勒，1908-1979），美國政治家，曾任美國紐約州州長（1959-1973）、第四十一屆美國副總統（1974-1977）。

⑰ *On the Beach*（《和平萬歲》，1959），史丹利・克藍瑪導演，平克、艾娃・嘉娜主演，聯美發行。

441. 夏濟安致夏志清（1960年3月7日）

志清弟：

昨日發出長信，今日接到來信並程靖宇信照片等，再覆一封。程處回信已寫了。

程靖宇追求的勁道，真令我吃驚。年紀已不小了（看了覺得又可憐又可笑），還如此自作多情（此與歌德、卓別林、羅素等又不同，他們是真能「玩」女人的），亦人間罕見者也。我回信勸他趕快去日本，因為去了日本，亦許可以叫他死心了——這話當然沒有說，免得替他潑冷水。

野添瞳誠是美惠，但追求她的人一定有一長排，程靖宇不知可輪到第幾。程如真為國際聞名之作家，如C.Y. Lee者，女孩子羨慕虛榮，再加上「才子佳人」的幻想（這種幻想，日本人應該也有的），也許還有希望。現在這樣，希望甚微。

想不到他的日文還是這樣不行，看來簡單的會話還不能對付。如何能談戀愛？他要替日本大映公司寫劇本，恐怕亦是永田君說着玩的（永田之父永田雅一①，即 *Rashomon*，*Ugetsu*，*Gate of Hell* 等監製人），按日本電影是大企業，日本靠賣文為生者又多，很難輪得到香港的程某也。

我對於日本，大有好感，但是不大敢去日本旅行。一則因為日本在我夢想中是「美之國土」，親自跑去一看，亦許會使夢想破滅。再則，準備工作不夠。至少應該花一年工夫，好好地讀日文（我想我讀日文，成績一定比程靖宇好得多），多讀日本文學以及有關日本的文化、歷史、美術、宗教等書籍，否則去了亦看不到什麼

---

① 永田雅一（1906-1985），電影製作者，曾創立第一映畫社。

東西，我因為日本的古裝片（「武士道」）看得多，對於日本歷史已有極簡單的認識，但這是不夠的（歐洲旅行，除了英國以外，我的準備工作都不夠的。法國還勉強。義大利我根本不配去）。

陳世驤曾於五七秋冬之間在日本住半年，對日本印象大好。我對於日本的好感是看電影看出來的（此地日本電影只有S.F.才有，沒有車，去看很不方便），有一次我說：假如1937左右我對於日本也有現在這點認識（或misconception），我也可能做周作人的。他很同意這句話。但是我們從小受了愛國教育——五九國恥②、五三③、五卅、九一八等，那時無論如何不會對日本用別的角度來看的。

日本電影庸俗的很多，但是好的、奇怪的也不少。我所看過的好的日本電影，已經可列一張表了。

我現在並不反對久居日本，甚至入籍做日本人。

這是從程靖宇的信引起的感想。

最近的mood受汽車的影響很大。開車如不順利，到處撒〔彆〕扭，心裡覺得frustration很大。這幾天因為開車較順利，已經多少能enjoy driving，人也快樂得多。開車的小問題，反而沖淡了人生很多大問題。孔子曰：「人無遠慮，必有近憂。」我說：「人有近慮，可無遠憂。」如此說來，學開車（或學任何別的東西），都是逃避現實的一法也。再談　專頌

　　近安

---

② 五九國恥：1915年5月9日袁世凱與日本簽訂了「二十一條」不平等條約，將德國在山東的權益讓給日本，是為「五九國恥」。

③ 五三：1919年5月3日，北京各大學的學生代表在北大法科大禮堂舉行會議，通電中國代表，不得在《凡爾賽和約》上簽字。5月4日在天安門前舉行集會遊行，是為「五四運動」之肇始。

濟安

三月七日

［又及］Joyce, Carol前均問好。照片奉還。

442. 夏志清致夏濟安（1960年3月23日）

濟安哥：

收到三月五日信後，一直還沒有給你信，倒不是事忙，十天前把稿子全部繳出後，人有些懶散，所謂懶散也者，就是有空閒多看些文學書報，沒有精神提筆寫信（三月七日的信也看到了）。你信上所給的材料都很可貴，尤其查到Kampf的生平和作品，最不容易（我同時托Yale editor找John Gassner①〈戲劇權威，編了不少教科書〉，不知他有沒有查到Kampf的來歷）。我還得寫一篇preface，預備星期五放春假後寫，以後編index，校對，又要忙一陣。前幾天Pottle去義大利旅行前，給我一封信，謂Mary Wright（現任Yale歷史教授）spoke very highly of my book and was eager for its publication。Mary Wright恐怕是美國中國專家中最左的一位，她對我的書很重視，倒是我所料想不到的（她曾大罵Walker：*China Under Communism*）。我的書出版後，美國學術界的reception可能會很好的。

你既有standard中國地名表，不妨再查幾個地名的英文譯名：劍門關，（湖南）鳳凰縣，大明湖。前次信上你給我關於《葉紹鈞文集》的報導，「葉紹鈞」會不會是「葉聖陶」的筆誤？最近十多年來葉聖陶已不用葉紹鈞這個名字了。《茅盾文集》所載幾本小說寫作出版日期，可能不可靠。我Bibliography上寫道《第一階段的

---

① John Gassner（約翰‧蓋斯納，1903-1967），美國學者，戲劇專家，以其名字命名的John Gassner獎專門用於獎勵戲劇創作與表演方面的優異者。代表作有《戲劇大師》（*Masters of the Drama*）、《我們時代的戲劇》（*The Theatre in Our Times: A Survey of the Men, Materials, and Movements in the Modern Theatre*）、《現代戲劇的形式與觀念》（*Form and Idea in Modern Theatre*）等。

故事》，Second Printing，1939。這點材料如不是你抄給我的，必另有根據，請在Union Catalogue上再查一查。《霜葉紅似二月花》，曹聚仁說是在香港《立報》連載過的，茅盾說是在桂林寫的，不知哪個報導比較可靠。我最近和哥倫比亞一位寫茅盾論文的學生通信（名叫John H. Davis[2]，在譯《霜葉》，由Doubleday出版），他把該小說的題名根據《茅盾文集》內的〈後記〉給我解釋一下，但他說的不大明白，你把這篇〈後記〉看了後，請把title的意義簡單地闡明一下。Franz Kuhn《子夜》譯本德文title，Hightower和Martha Davidson給了兩種不同reviews（好像是Zwielicht in Schanghai，Schanghai im Zwielicht），不知哪種是正確的。以前信上你提到Franz Kuhn譯書數量驚人，《子夜》的德文title你一定可以找到的。郭沫若繼《少年時代》、《革命春秋》後好像曾寫過自傳的第三集《亡命十年》，此書Union Catalogue有沒有提到？《郭沫若文集》中有沒有include？請告示。又《胡適文存》出過三個series，很多本，究竟每series（date）共有幾冊，請告示。以上種種，都是些零星問題，你有空請一查。我稿子上如有錯誤，在讀proofs時改正還不遲。

你學車已有進步，甚慰。希望早日把各種parking方法學會，就方便得多了。Potsdam 1960的新車不多，有好多種我還沒有看到過，我每月坐車不過三四次，所以最近對汽車興趣不濃，也毫無研究。

上星期讀了一隻Hawthorne早期的故事"My Kinsman Major Molineux"，不知你曾讀過否？這篇小說和"Young Goodman Brown"有異曲同工之妙，據Marino Berit[3]說是Hawthorne最好的一篇短

篇，Q.D. Leavis ④ 在 *Sewanee Review* 1951 曾有專文討論，可惜此地無書，無法看到。*New Yorker* 七期連載的 Max Beerbohm 我都看過了，Beerbohm ⑤ 的文章和 caricature 我看都不大高明，他的 style，cliché 很多，和 L. Strachey 一樣，不能算是上流。七期文章所 expose 祇是 Beerbohm 的生活和著作內容的空虛而已。但讀 memoir，biography 之類的確是很好的消遣，比小說能引人入勝，無怪在美國 biography 銷路總是很好的。Errol Flynn ⑥，C.B. DeMille 的自傳及 B. Crowther 的 Mayer 傳（*Hollywood Rajah*）都可以一讀，其中掌故一定不少，可惜沒有閒情去讀它們。這星期日 *N.Y. Times* 上看到 The Life of J.M. Murry（Oxford）的書評。我在上海時 Murry ⑦ 的書看得不少，對他一直很有興趣，已寫信 Oxford 去訂購一本（去年 *Paris Review* 載了一篇 T.S. Eliot Interview，附 Eliot 文稿真蹟，這篇文章是 Murry 的回憶，不知刊在什麼雜誌上）。

　　昨天看 *Suddenly, Last Summer* ⑧ 大為滿意，這可能是 Williams

---

④ Q. D. Leavis（Q. D. Leavis，列維斯，1906-1981），英國批評家，係 F. R. 列維斯（F. R. Leavis）的太太，夫婦二人曾一起合編《細察》（*Scrutiny*）雜誌，代表作有《文集 1：英國小說的英國性》（*Collected Essays, Volume 1: The Englishness of the English Novel*）、《文集 2：美國小說及對歐洲小說的反思》（*Collected Essays, Volume 2: The American Novel and Reflections on the European Novel*）、《文集 3：宗教腐論辯的小說》（*Collected Essays, Volume 3: The Novel of Religious Controversy*）等。

⑤ Max Beerolm（1872-1956），英國散文家，漫畫家。Zuleika Dobson 是其最著名的作品，也是他唯一的小說。

⑥ Errol Flynn（埃羅爾・弗林，1909-1959），澳大利亞—美國演員，主演《鐵血將軍》（*Captain Blood*, 1935）等。

⑦ J.M. Murry（J.M. 默里，1889-1957），英國作家、批評家，著作豐盛，代表作有《陀思妥耶夫斯基述評》（*Fyodor Dostoevsky: A Critical Study*）、《兩個世界之間》（*Between Two Worlds*）等。

⑧ *Suddenly, Last Summer*（《夏日驚魂》，1959），曼凱威奇導演，田納西・威廉斯

最好的作品，雖然未讀劇本本文，不能下斷語。Hepburn，Taylor 演技極佳，得金像獎的希望極大。K. Hepburn 所飾的角色，很有些悲劇的意義。你以前信上說 T. Williams 的對白很精彩，在影片中也可體會到。上星期看了 *The Mouse That Roared*⑨，上半部很 whimsical，下半部，pacifist 氣味太濃，故事也不通了。

此地仍是街道兩旁積雪如山，春天的景象還沒有，和California 實在不好比。葉銀英沒有回信，也就算了，Berkeley 不知有沒有可談的小姐否？Indiana 有沒有下文？父親已有信來，已明白上次謊話的真相了。並寄上照片兩套（玉瑛返家時所攝），母親如舊，玉瑛妹較黑，父親已帶老態了。馬逢華近況想好，兩星期來常駛車往郊外旅行否？〈魯迅〉文已修改完畢否？Carol，Joyce 皆好。上星期六，Joyce 看 *The Living Desert*⑩，很高興，可惜這類影片不多。匆匆　專頌

近安

弟 志清 上

三月二十三日

編劇，泰勒、赫本主演，哥倫比亞影業發行。

⑨ *The Mouse That Roared*（《鼠吼記》，1959），英國片，據韋伯力（Leonard Wibberley）同名小說改編，傑克·阿諾德（Jack Arnold）導演，彼得·謝勒（Peter Sellers）、珍·西寶（Jean Seberg）主演，哥倫比亞影業發行。

⑩ *The Living Desert*（《生活在沙漠裡的動物》），記錄南加州沙漠裡的動物，迪士尼公司1953年出品。

443. 夏濟安致夏志清（1960年3月28日）

志清弟：

　　來信收到，敬悉平安。我也有兩個多禮拜沒有寫信給你，一定害得你們也很掛念。這兩個禮拜，第一個是為車子而傷腦筋，第二個是交際應酬忙，今天心才平靜下來。

　　先說車子，我已決心不抱野心學會開車了。原來我已出過兩次事情，但是沒有人受任何損傷，請你們放心。我上次有一封信，mood顯得很壞，那是在撞車之後寫的，但是我沒有說明原因。那次撞的是一部park好的'60 Chevy，是條僻靜的路，但很寬，右邊也沒有車park，左邊亦沒有來車，照例這種路最容易開了。但是我眼睛只看前面的intersection，沒有注意近處，因為右邊一路都沒有車park，我的車不免靠右一點，糊裏糊塗中忽然有一部車park在那裡，我就撞了上去。那車沒有錯，只是我眼睛看得太遠；那部車停在那裡我應該是看見的，但是我沒有考慮它，沒有想到我的course一直偏右了一點，會撞它的。

　　第二次是在我寄回程靖宇的信之後不久發生的。那次撞的是別人等紅燈的停住的車，我要左轉彎，但是那時是下午五點半，一往左轉，西方的太陽全照在眼睛裡，一時眼睛看不見東西，我的steering wheel沒有還原（或者是還原得慢了一點），轉彎轉成了，但是車頭還在往左偏，因此撞了人家停住的車。五點半時traffic很忙，我在轉彎之前，前面有車來，亦是使我心慌原因之一。

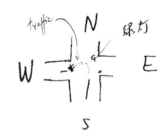

　　第一次可以說是我糊塗，但毛病是：（一）看遠不看近；（二）

Misjudge distance，明知park一部車在邊上，但我判斷不出我要撞它的，還是一直往前開。第二次則表示我的技術太差，慌慌張張，肌肉反應太慢——在太陽bother我眼睛的時候，我忘了鬆steering wheel。

兩次相隔時間約一個月，一個月出了兩次事情，我心裡難過得不得了。尤其第二次，那是非常危險的，可能撞死人，因我在左轉時，是要過人行道線的，人行線卻巧沒有人走，否則在我blackout之時，可能撞到個把人的。想到此事，心裡害怕得不到〔得〕了（同時羞愧無已）。

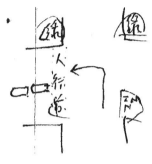

第一次出事後，就想把車賣掉；第二次更是個大warning，我so far只在市區走，開得很慢，尚且出了兩次事。如在公路上，speed如此之快，小小一點錯誤，可以釀成大禍的。但朋友們都反對我賣車，我暫且不賣，但是不在專家督導（坐在旁邊）之下，我不去開它。當它是個大玩具，到我離開Berkeley時，把它「三錢不值兩」的賣掉。

我從小就「抓」（clumsy），肌肉反應遲鈍之至——不是太緊張，就是太鬆懈，兩個極端對於開車都是大不利的。精神則absent-minded時候很多，眼睛不是頂好，可能有時還要視而不見。從小如此，大了要訓練回去，也來不及了。這幾個月為了車子忽而興奮，忽而懊喪，好像又鬧了一次戀愛似的——最後是失戀收場。這幾天已心平氣和，車子停在門口（已修好），我當它不是我的；再則已不想把開車學好，不去練它了。熱心朋友有空來指導我，我就再take a few lessons，自己不去練它了。

上星期Am. Oriental Society西部份會在Berkeley開（Seattle來人不多，張琨沒有來），加上Bridge Party，各種應酬，我連續有四

個晚上睡得很晚。現在精神已復原，那幾天幾晚的瞎應酬，把為車子的失戀忘掉了。本來可以多寫一點，但是趕快要把信寄走，免得你們焦慮。明後天當再有信，茅盾等事尚未去查。《夜未央》事，我去查過張靜廬，上面有蒲梢①的漢譯東西洋文學目錄，「廖元夫」（L. Kampf）底下，只有巴金譯的《微娜‧夜未央》。我又去查過兩本戲劇目錄（好像是Minnesota什麼人編的），在Kaufman下，列戲無數，Kampf之名不見。

你很需要休息一下，我既不預備把時間花在練車上面，也希望做些正經事出來。

寄來的照片，看見了心裡很高興。母親精神很好，父親是像個老太爺樣子了，精神亦不差。玉瑛妹稍胖，但眼睛似乎有毛病——近視，像玉富似的。漱六本來不常見面，但看來顯不出老，他好像是一直是這個樣子的。

請Carol放心，我開車不會再出事情。請向她和Joyce問好。那些accidents其實不大，但給我情感的刺激很深，僥倖沒有闖大禍，為此我該感謝上帝的。

再談　專頌

近安

濟安　上

三月廿八日

車子是在AAA保險的，所以沒有什麼糾紛。

---

① 蒲梢（1901-1981），原名徐名驥，字調孚，筆名蒲梢，浙江平湖人，曾任《文學週報》、《小說月報》、《東方雜誌》等編輯，1949年後長期任中華書局編輯，代表作有《中國文學名著講話》、《現存元人雜劇書錄》等。

444. 夏濟安致夏志清（1960年3月31日）

志清弟：

　　茅盾的兩篇後記寄上，他說得很清楚，關於出版時間和地點應該沒有什麼問題。曹聚仁可能記錯，也許把香港《立報》的那部小說張冠李戴了。

　　地點祇查到一個Fêng-huang；劍門關和大明湖都沒有，但是這兩個地名應該不難翻，劍大約是chien（同建）；門如「金門」之「門」（Men），關是Kwan；大是大冶、大庾之「大」（Ta），明是昆明之「明」（Ming）。中國地名呆板譯法，如臺北為Taipeh，近幾年才改為Taipei。

　　《子夜》德文本，UC圖書館有，*Schanghai im Zwielicht*，1938 Dresden出版。

　　《葉聖陶文集》，沒錯，是我隨便寫，寫錯了。

　　《沫若文集》已經出到Vol. 10（不知上回我說出到第幾），Vol.10是1959六月出版，內收《文藝論集》、《文藝論集續集》、《盲腸炎》等，好像都是'20s時的作品，Vol.9是1959九月（反而在後）出版，內收自傳之第四部《洪波曲》，原1948香港《華商報》連載，後又改寫。Vol.8是自傳之第三部《革命春秋》，《亡命十年》似乎沒有；在《少年時代》（Vol.6）與《革命春秋》（Vol.8）之間，另有一部自傳，適圖書館中Vol.7出借，我不敢斷言，大約是《創造十年》之類吧。

　　《胡適文存》初集——洋裝二冊，平裝四冊——1921年Dec.出版；二集——冊數同上——1924年Nov.出版；三集——冊數同上——1930年Sept.出版。

　　上信大約使你們很掛念，但是今天我仍開車，現在當然經驗漸

富，怎麼樣的自信可是不敢說。長途跋涉走公路，已不作此想，大約到六月把車子賣給馬逢華，另覓交通工具去Seattle。馬逢華已決定去Los Angeles State College做Assistant-Professor，同時和研究所（Center for Chinese Study —— Rand Corp.①支持）關係不斷。他去Los Angeles，太需要一部車子了，Los Angeles的freeway密如蛛網，路上車子密集開快，實很可怕。他現在的駕駛技術恐怕還不如我；只是他為人謹慎，步步小心，開車可以把穩，不像我的常易absent-minded，忽好忽壞，自己都沒有把握。胡世楨下月來加州（Easter），我有部車，對他也方便一些。

　　最近在舊書店買到一本 *The Insolent Chariot*，John Keats②作（好像 *New Yorker* 上曾有評），1958出版的，看得很痛快。該書把Detroit罵得狗血噴頭，有許多意見你一定是不贊成的，但是大體上很有道理。我現在開車的困難在，一、Parking；二、認Lane還不夠準；三、轉彎；假如車子再小一號，這三個困難就很容易解決。當然，我的'53 Olds比起'59、'60的Olds還小了很多。我現在每星期至少去一次舊金山（去時主要為吃飯，Chinatown的中國飯很好），都是成群結淘而去，每次玩得都不痛快，不像紐約反而我一個人曾經加以explore。去舊金山，有時開我的車（別人開），有時開陳世驤的車，有時是一位王適③（電機系副教授，electronics專家，年

---

① Rand Corporation（蘭德公司），創建於1948年，以研究分析國際政策為主的非盈利的組織。總公司在加州聖塔莫妮卡，分公司遍布美國各大城市，在英國、比利時、澳洲亦設有分公司。

② John Keats（約翰・濟慈，1921-2003），美國作家、傳記作家，代表作有《傲慢的戰車》（*The Insolent Chariots*）、《霍華・休斯傳》（*Howard Hughes: The Biography of a Texas Billion*aire）等。

③ 王適，江蘇無錫人，1951年獲哈佛大學博士學位，加州大學柏克萊分校教授，代表作有《固態電子學》。

紀很輕）開。王適的車是一部'58的Ford，我每跟他去一次，就對
「過橋」發生絕望之感。蓋'58的Ford太寬，把Lane幾乎擠滿，兩
旁車子往來又多，如稍微出線一點，就可能碰撞（'60的Ford更是
寬得沒有道理）。陳世驤的車是'59的Rambler American，在Lane裡
似乎尚有餘地，steering比較容易得多。所以我坐陳世驤的車去，
自信就稍恢復。他的American曾去Yosemite（大約只有九十匹馬
力），翻山越嶺，如履平地，一點沒有馬力不足的現象；我想馬力
在一百以上，都是多餘的，反而增加危險。Falcon的馬力大約也是
足夠用的了，祇是Falcon的座位太低，看前面還不大清楚。我看
Detroit的Medium Priced的車，都有被淘汰之危險；Buick適逢其
會，恰巧在'58、'59之間換style，大家就怪它的style不受歡迎，其實
chev.的高價車（Impala）有Buick一切的長處，而定價便宜；Buick
之類的生意，大約都是給高價chev.搶去的。Cadillac不會淘汰，但
是真正有錢人也許需要用個chauffeur來駕駛。洪家駿（他在U.C.
Davis Campus教經濟，週末來Berkeley，常教我開車，是個極好的
駕駛教師與駕駛員；我如能在他監視與指導之下，多開幾次，那兩
次禍也許不會闖了）說，他如開Cadillac，還要先練幾次，才敢上
公路，因為實在太長太寬了。再說那Bay Bridge，計長八哩，分兩
層，上層六條Lanes，來三去三，下層走卡車Bus等。設計時的lane
寬度和那時的車的寬度還配合，但是新出的車子，都太寬，把lane
「拍拍鋪滿」。現在聽說要把lane重新劃過，六條改五條，一層完全
是來車，一層完全是去車，卡車，公共汽車和私人車在同層走，舊
金山的交通也實在太不方便，就靠這麼幾頂橋，以前還有ferry，後
來因生意不行而停掉。現在又聽說要建地下鐵道了。舊金山本身的
交通情形，那是比橋還要危險（紐約其實不難，你只要有耐心，肯
多停紅燈，大家慢慢地魚貫而行，不會出什麼事的；進紐約那幾處
公路，如林肯山洞，華盛頓橋等地，那當然也可怕的）；路仄而常

上坡下坡，坡度有的很陡。那種狹街而有坡度的，誰要是能park，真是本領不小了。陳世驤進了舊金山，就常把車子交給garage，由garage敲竹槓，多出幾個錢，免得兜圈子找parking的困難。

　　對於美國的汽車文化，我因有兩三個月的經驗，已經認識得比以前透澈。Carol實是世間最好的駕駛員之一，你不學開車，完全對的，你的個性恐怕也不合適開車。而且你讀書太用功，開車時腦筋未必能專注於車也。至於Mary Wright讚美你的書，我想亦是當然之事。她們雖思想左派，但是對於紮實與不紮實，深刻與不深刻的書，究竟還分得出來。林語堂與Walker等挨罵，不僅是左右問題，而是右得不深刻不紮實也。再談　專頌

　　近安

濟安

三月卅一

　　［又及］Carol和Joyce前都問好，兩三天內當再有信。

445. 夏志清致夏濟安（1960年4月13日）

濟安哥：

　　三月廿八日的信收到後，相當為你worry一下，讀卅一日信，知道你mood已改善，駕駛技術已漸進步，甚慰，多有朋友指導，我想普通情形之下開車，parking想是不會出毛病的。我不學開車，以後想也不為〔會〕抽出時間去學。我做菜領小孩都比Carol能幹，她喜開車，這是我唯一不會幹的事，出門都要依賴她，也可使她高興些。我最近二三星期來，好像神經「衰弱」，容易脈搏跳得很快，經醫生檢查，血壓較去年增高（請不要worry，我在上海時，就有這種現象了），雖是nervous性質的，但終不是好現象。現在暫且休息一陣，看情況會不會改善。

　　很奇怪的，去年夏天以來，為整理書稿忙碌，身體一直很fit，最近精神鬆懈下來，反而注意到自己的身體。恐怕我的體質，一定要在tension下工作，才能保持常態，也未可知。我停服tranquilizer後，一直服用（臨睡）一粒最小denomination的Phenobarbital，這種老法催眠藥是會引起癮的，可能服用時間久了，不管事了，也未可知。前星期春假，寫了一篇preface，這以前寫了篇《旋風》的短評，《旋風》舊名《新檮杌傳》，按《辭源》，檮杌是穌的別稱，另一義是一種怪獸，我想後者定義比較applicable，不知你以為對不對？你送上的材料，很有用，謝謝。茅盾說得明明白白，我想他把小說寫作出版年月是不會記錯的。郭沫若另一本自傳，title是叫什麼，書如能recall，也請查一查。

　　這幾天把Middleton Murry[1]的傳看完了，他和K. Mansfield[2]

----

① 即前面提及的 *The Life of J.M. Murry*。

② K. Mansfield（Katherine Mansfield凱瑟琳・曼斯菲爾德，1888-1923），出生於紐

結合，K.生肺病，服侍了好幾年，不久又結婚，太太又是生肺病的，Murry和錢學熙一樣（相貌也相像），一直主張true love的，又日夜不倦地服侍了她五六年。Violet死後，Murry討了一位不學無術在他家照顧小孩的三十多歲的阿媽Betty。Betty性情兇悍，日夜和Murry吵架，弄得Murry心神不安，加上Betty生了兩個孩子，Murry為免孩子受罪起見，不忍離開她。一直到WW II結束前後Murry才硬了心腸，和另一婦人同居（Betty死後，才結婚），比較享受一些domestic tranquility，雖然那時Murry已被人遺忘了，後境還算不錯。Murry一生差不多三十年為了愛情結婚受苦，同時寫了三四十本書，也是虧他的。Murry兩歲即能看報（Joyce三歲半還不識字），雖然他成就不大，天賦當是比我們高得多，而把我們比〔和〕普通人比，我們的intelligence又高了很多，人比人，終是氣煞人。1932年北京大學曾聘Murry去做教授，屆時Murry把此事忙掉了，沒有動身。不知有意請他的（是）什麼人？（徐志摩已死了否？）

春假期看了George Steiner[3]的 *Tolstoy or Dostoyevsky*，此書 *N.Y. Times Books Review* 評得並不太好，但書極精彩，我看得很滿意，自己買了一本作參考。Steiner才三十一二歲，相當了不起，中小學在法國讀的，Chicago B.A.，Harvard M.A.，得Rhodes Scholarship，Oxford Ph.D.，回美後在Institute for Advanced Studies做了一二年

西蘭，後定居英國，短篇小說大家，代表作有《花園舞會》（*The Garden Party: and Other Stories*）、《曼斯費爾德小說集》（*The Collected Stories of Katherine Mansfield*）等。

[3]　George Steiner（喬治‧斯坦納，生於1929），美國文學批評家、理論家，曾任日內瓦大學（1974-1994）、牛津大學（1994-1995）、哈佛大學（2001-2002）教授，代表作有《語言與沉默》（*Language and Silence*）、《巴別塔之後》（*After Babel*）等。

fellow，把書寫成。這樣的record，在美國當代的younger scholars中也算是頭挑了。我最近加入了Mid-century Club，贈書*Love & Death in the American Novel*，其中有幾章以前是讀過的，但很想把它從頭看一遍（研究美國文學的好書，近年來出版得很多，實在沒有時間分顧）。*Love & Death*的封面上的圖案是❋，大約前者代表「愛」，後者代表「死」，《文學雜誌》第八卷起封面上也用這兩個symbols，不知是誰出的主意？（最近《文學雜誌》譯的幾篇論文，重要性都不夠，你可以指導侯健，譯幾篇重要的文章。）

你講授小說二個月，一定很有些心得，有空最好把notes整理起來，寫幾篇文章。以後集合起來，也可以和Fiedler一樣的寫一本*Love & Death in the Chinese Novel*，key terms當然得換掉。我最近心定不下來，等把index編好後，再好好研究一下中國舊小說。目前看些雜書，把英美研究小說的專書多看看，也是好的。〈魯迅〉一文已交出否？早日出版，終是好的，所以我勸你不要把此事拖延。

老蔣三次連任，臺大administration大約不會換人，你要在美國長住，在錢思亮方面還得表示得態度強硬一些。去華大後，我想拿一個permanent appointment是不成問題的，主要還是你自己不要感到對不起臺大。

馬逢華在Los Angeles State College已有了job，很好，他和Rand仍保持關係，收入一定是很好的，請代問好，隔幾日再寫信。Joyce，Carol近況很好，今晚Carol在看*Ivan the Terrible* Parts I & II，明晚我看，Potsdam art movies到了不少，也增加了些小鎮的生趣。上次父親給你信，忘了附上，茲寄上，我看你寫封短信，報告平安，是不會引起什麼問題的，免得母親掛念。專頌

春安，駕車順利！

弟 志清 上

四月十三日

446. 夏濟安致夏志清（1960年4月13日）

志清弟：

又是好久沒有收到你的來信，想必仍在休養。我近況很好，最近為交際瞎忙。Berkeley來往之人都是中國人，結果我的生活變了跟在臺灣時差不多。在Seattle時中美朋友各半，我自己在Apt做菜亦有興趣。這裡中國菜館較多，我總在外面吃，自己很難得做菜。又常去陳世驤家打bridge，一打總打到兩三點鐘。還有些中國朋友喜歡去China Town（S.F.）去吃飯，接觸的都是中國人，說的是中國話，吃的是中國飯。好像並沒有在美國，只是生活在一種Chinese colony而已。這幾天因為等候胡世楨來，買了兩種武俠小說，預備送給他。自己看看亦很出神，且把陳世驤引誘得亦入迷了。他對於武俠小說的智識，只停留在彭公案、施公案階段，但是近年香港所出的武俠小說，其結構、文字、人物描寫等已可與Dumas的 *Three Musketeers*，*Monte Cristo* [1] 等相頡頏。武俠小說在香港的revival，paradoxically的該歸功於左派報紙。香港的中國人，百分之九十是反共的，親共的左派報紙大家是唾棄的；後來左派報紙改變作風，以軟性讀物吸引讀者，政治毒素含得很少。最成功的features是幾部長篇武俠小說，文字流利，情節離奇，高潮迭出，使得讀者看了不忍釋手，今天看了明天還要看。有個叫做金庸 [2]（筆名）的，以《書劍恩仇錄》一書成名。該書寫乾隆皇帝（據傳說，他是漢人，海寧陳閣老的兒子）和陳家洛（乾隆的half-

---

[1] 即大仲馬（Alexandre Dumas）的《基督山伯爵》（*The Count of Monte Cristo*）、《三個火槍手》（*The Three Musketeers*）。

[2] 金庸（1924-），原名查良鏞，浙江海寧人，武 小說家，代表作有《射雕英雄傳》、《神雕俠侶》、《倚天屠龍記》、《天龍八部》、《笑傲江湖》、《鹿鼎記》等。

brother，幫會的領袖）的鬥爭，很是緊張動人。後寫《碧血劍》（李自成）與《射雕英雄傳》（成吉思汗）（南宋末年，元、金、宋的鬥爭）都極好。書中毫無馬列思想，還是提倡忠孝節義那一套，俠客當然都是愛國的。他的小說在東南亞各地（如越南、泰國、印尼……等）的中文報上都翻印，那些報倒不一定是親共的。最奇怪的是臺灣的人亦等着看香港的武俠小說，其情形猶如當年 Boston 的人等英國來船，看 Dickson 小說也。在臺灣翻印親共報紙的小說，罪名很大（翻印別的書倒無所謂，臺灣翻印美國書最近成「大買賣」，如 *Encyclopedia Britannica*，才五十美金，美國 publishers 很怕臺灣的翻版書倒流入美國，此事報上有記載），但是因為利潤厚，做的人很多，我在臺灣時就從來沒有看見它們禁絕過。這種書真有讀者，這幾年來，要講小說的傾向，讀者頂多的是武俠小說。Serious fiction 分明已進入極低潮。武俠小說其實很難寫，尤其像我這樣從小看武俠小說的讀者。一切 tricks 都瞭然於胸，要使我看來覺得很緊張，是不容易的。程靖宇亦算是一個武俠小說作家（他的《江湖情俠傳》在《星島日報》——香港最大的報，胡文虎③〈反共〉辦——連載數年）。我亦看過他寫的一部，講些什麼東西，已經一點記不起來。他大約只是抄襲模仿平江不肖生而已。他文字流利是沒有問題的，但是不善佈局，亦不能 invent 特出的人物和武功和 situation 等。他知道我喜歡看武俠本來還想把他的武俠小說 dedicate 給我，但我從來沒給他什麼好評，他在信上亦不再提起他的武俠。他的長處是諷刺，寫短文極刻薄，不過他自己是不知道他的長處的。臺灣出的武俠小說沒有一本是好的，香港有一二流的，臺灣只有三四流的而已，人才凋零，不亦怪哉？

不知道你對於《旋風》是怎麼評的？《新聞天地》（香港的雜

---

③ 胡文虎（1882-1954），生於緬甸仰光，南洋華僑企業家，曾創辦《新島日報》。

誌）曾載有關於作者的生平；此書在臺灣倒真是轟動，寫小說的人都很佩服。因為臺灣沒出過一本像樣的長篇小說。陳紀瀅的《荻村傳》（將有張愛玲的英譯本，在香港出版）是模仿《阿Q》的一個「傻常順兒」為主角（從民國初年寫到1950），此人在共黨之下，莫名其妙的成了荻村的什麼官。還有《赤地》（亦陳紀瀅著），篇幅較長，以抗戰為背景，但是對於當時的政治，多有忌諱（愛國青年、漢奸、貪官污吏、共產黨等沒有一個寫得像樣的），毫不深刻。陳紀瀅的唯一長處是北平話流利，寫販夫走卒的談話，如聞其聲，但是書中的主要人物，都是colorless與toneless的，且他對於中國與世界都沒有一個看法。想反映時代，結果是很不convincing的替國民黨做宣傳而已。臺灣的intellectuals並不看得起他，雖然他自己很vain，以為了不起。陳紀瀅曾任《大公報》記者，還有個人叫王藍④，一直跟張道藩⑤（《狄四娘》的翻譯者，在南京曾為C.C.辦「民族文藝運動」，現為臺灣的立法院長）做事，他寫了一部《藍與黑》，算是臺灣近年的best seller，亦是從1937寫到最近，包括抗戰、「戡亂」等大事，穿插了戀愛故事。我看文字與情節均一無可取。有一部最荒唐的書，叫做《紫色的愛》，不知是誰寫的，內容是共方女間諜愛上國民黨的特務，紅和藍相交，他們的愛不是成紫色了嗎？

　　這些你如要用以補充你的appendix，亦很好，不知來得及否？總之，香港與臺灣的風氣，是escape literature為主。Escape literature中又分「香豔愛情」（sentimental，我最近看臺灣的報紙，

---

④ 王藍（1922-2003），祖籍河北阜城，生於天津，長於北京，筆名果之，作家，曾任臺灣國大代表等，代表作有《藍與黑》、《長夜》等。

⑤ 張道藩（1897-1968），字守之，原籍貴州盤縣，美術理論家、政治活動家，1921年就讀於英國倫敦大學，曾任國名黨中央組織部副部長、內政部常務次長、教育部常務次長、中央宣傳部長、立法院院長等職，代表作有《近代歐洲繪畫》、《三民主義文藝論》等。

只對於Peck與Deborah Kerr的那部以Fitzgerald生活為背景的電影，大為讚美。這種電影在臺灣最吃香，所謂「文藝愛情」電影是也。在臺灣的中國人的自卑感加深，較前更容易感受美國的低級趣味的影響，好萊塢那些tear jerkers在美國不值高尚人士一哂的，在臺灣正在培養中國人的趣味。此種風氣由來已久，你總記得*Waterloo Bridge*與*Great Waltz*⑥。很多人在中學時代看了，大了還在留戀不捨）、「肉感淫穢」、「歷史」（南宮搏──即史劍──是此中巨擘）與「武俠」。偵探大約只好翻譯外國人的，western與serious fiction在東方沒有起什麼影響，蓋中國的武俠小說，已兼二者之長了。臺灣還有幾個人寫serious fiction的，但是都是才氣不夠，短篇偶有佳作，長篇則因見事不明多所忌諱，無可看的了。相形之下，《旋風》還能講一個像樣的故事，算是難得之作了。

這星期在放春假，so far，什麼事情都還沒有做。很想重弄魯迅，但尚未開始。旅行亦不想了，我其實是很怕旅行的。開車，以後大約不會再闖禍，蓋我已不想在公路上試，不想真的把開車學會。過些時候，把車賣掉，和開車的因緣就此斷絕了。我學「跳舞」和游泳，學了很多年，都沒有學會。一切運動，大約對我都無緣。想到這裡，亦就心平氣和。

你這本書想必整理得很有頭緒，我很希望你能繼續花幾年工夫，寫一本中國舊小說的研究。關於這類的研究，好書是如此之少，真中國學者之恥也。Scholarship其實不難，別人已經做的工作，拿來整理一下，亦夠用了。我在班上已討論過《三國》、《水滸》和《西遊記》。這三部書我最佩服的還是《三國》，作者對於三國大勢，真有個clear vision。《水滸》的最大功勞是金聖歎，沒

---

⑥ *Great Waltz*（《舞曲大王》，1938），傳記電影，朱利安·杜維威爾導演，Fernand Gravet、路易士·萊納（Luise Rainer）主演，米高梅發行。

有金聖歎，《水滸》（不論100回的或是120回）是都很weak的書。金聖歎硬派宋江做奸雄，刪去許多無聊的詩詞（使narrative緊湊生動），且刪去後部的無聊故事（征遼、征方臘的描寫，其實比薛家將之類高明得並不多），使《水滸》勉強有一個結構。其實《水滸》作者的world view是很狹小的。《西遊記》作者的imagination是夠高的了，但後來也不免repeat himself。Waley把取經故事大部不譯，不知何故。我認為「吃唐僧肉」是全書一個主要的theme；假如那些妖魔，不想吃唐僧肉，取經沒有那麼多的危險。Waley大約沒有看出這一點。《西遊記》裡的symbolism還沒有人好好地研究，如唐僧怕被人吃，而孫行者最喜歡被人吃，加上老君的煉丹爐，以及能吸人進去的瓶和葫蘆等，這些symbols可能有其意義。明末有董說者，即在火焰山之後補寫若干回，成《西遊補》一書。孫悟空給羅煞女吃下去兩次，出來後神魂顛倒，那就是《西遊補》的事。《金瓶梅》我總認為是部很dull的書（so is《儒林外史》），但是它對於過年過節，賞花吃酒等的詳細描寫，可能給曹雪芹很大的啟發。《紅樓夢》本身可說的話最多，這裡有一點可說：《水滸》裡的英雄和孫悟空都是rebels，但是最徹底的rebel還是賈寶玉。賈寶玉非但是總結中國舊小說的rebel tradition，而且也是一切才子佳人小說的發展的頂點。Leslie Fiedler的新書，大約很精彩，不知你已看過沒有。對於中國舊小說，這類的書，有好幾本可以寫。

　　Easter我不再買什麼東西寄上，只是買了三個小紙球，給Joyce玩玩。紙球又是日本貨，不知那玩意兒是什麼時候傳到日本去的。別的再談，專頌

　　近安

濟安　上

四月十三日

家裡想都好，祝你們那裡Easter快樂。

447. 夏志清致夏濟安（1960年4月28日）

濟安哥：

　　收到你四月十三信後，還沒有給你信，前兩天收到你在遊玩Carmel時寄出的風景照片，想是胡世楨夫婦已抵California，和他們一同去玩的。你寄給我們的Easter cards和給Joyce的紙球，也已收到。Carol事前沒有想到寄你Easter card，待你的卡片到達時，補寄已來不及了。我上次給你信後，即去看醫生，現在服用Equanol（即Miltown），此藥藥性平和，反應很好，一天僅服兩片，如有不好副作用，當即停服，望勿念。現在身體很正常，血壓想亦已降低。最近仍多看雜誌書籍，好久不讀書，要看的東西很多，所以興致很好。Fiedler的書看了一小半，他自謂得益於C.S. Lewis *Allegory of Love*不少，精彩見解很多，此書大半祇好算是literary sociology，*Time*和*N.Y.Times Book Review*都以literary criticism評它，是不公道的。最近一期*Sewanee Review*有一篇 "Joyce & the Finite Order"，評得很公道。Ellmann的書，我看是捧Joyce的climax，因為近幾年來，downgrade Joyce的文章，數量增加，恐怕不久的將來Joyce的著作必將貶值無疑。前兩天我看了 *The Exiles*，全劇embarrassedly personal，主角Richard和少年時代的Stephen一樣的不可愛。許多critics說後半部portrait內的Stephen不是Joyce自己，實在是替Joyce辯護。我看Stephen的disagreeable characteristics都是Joyce自己的。

　　前天收到Salem Press寄來*Masterplots*兩大冊（你的兩冊，想一定也收到了），看到我們兄弟的名字在preface上一同列入很高興。你和我的幾篇東西都已看了，覺得文章都比王際真寫的那兩篇好。你的那篇《聊齋》Essay Review是篇極好的譯文，可惜bury在參考書內，不能得到學術界的注意。我的那篇《詩經》，也發表

了些意見，可惜當時無書，不能把原文重讀，有許多information
是根據Giles和M. Granet的，不知可靠不可靠。MaGill自作主張加
了一條：first transcribed: 12 Cent. B.C.，實在是不通的。最後一節
中有一段：the spontaneity of the natural, unashamed womanhood，
讀來很不順，我原稿是the spontaneity & their natural unashamed
womanhood。可能是misprint，或是被MaGill改動了。*Masterplots*
3rd series列入了不少比較冷門的名著，倒是部很好的參考書。

　　你老是和中國人玩，行動比較不自由，講話也不能太隨便，去
舊金山也不能玩個暢快，這種情形我能想像得到。我在New Haven
時也歡喜和美國人玩，在中國人面前（除陳文星外）總是不免有拘
束的。幾年來沒有和中國人接觸，將來如重返中國人較多的地方，
生活還得好好調整一下。我們在這裡，社交生活簡直沒有，上星期
sorority weekend，我和Carol是某sorority的honorary member，星期
五、六玩了兩晚，星期六吃steak dinner，喝酒，至深夜兩時方返，算
是一樁大事。Joyce已used to babysitters，所以最近我們行動也自由些。

　　我武俠小說已二十年未看，印象最深的還是《霍元甲》、《大
刀王五》之類的。大約在Yale時仍重讀過一章《江湖奇俠傳》（飛
劍斬雞頭那一章），覺得寫作技巧極拙劣。還珠樓主從未看過，最
近新出的更一點也不知道，一時大概也不會有空去看它們。《旋
風》我覺得是部極好的小說，是抗戰後兩三部最好的小說之一（抗
戰前長篇小說最多，但成就都不高），全書引人入勝，雖然有一兩
個episodes寫得較差（董銀明殺父入獄之類）。最值得注意的作者
的intelligence，能把許多grotesque的事情記錄下來，自己不動聲
色，是大不容易的。這種怪事的堆積，的確有些像Dostoevsky *The
Possessed*的作風。胡適、高陽①都看重《旋風》對共黨的分析，其

---

① 高陽（1922-1992），原名許晏駢，浙江杭州人，作家，以創作歷史小說著稱，

實方祥千自己腦筋簡單，姜貴對共黨心理分析方面沒有什麼特別貢獻（這方面當然表示中國人思想簡單，和歐洲 intellectuals 不同）。高陽更看重作者變態性心理的描寫，其實姜貴所學到的一些 Freud 究竟是皮毛，不值得大驚小怪。我覺得《旋風》的好處還是在能繼承中國諷刺小說（和一小部份武俠小說）的傳統，而把它發揚光大，從史慎之到韓復渠到張嘉，都是極好的諷刺。世界上恐怕很少有方冉武怎［這］樣笨拙的地主，但是正因為他笨得發瘋，這個腳色也寫得很好。有幾段文章是極細膩的（如康子健、方其麥洞房花燭夜的描寫，曹小娟搬進方宅後寂寞的情境），讀後我大為佩服。姜貴把中國舊社會腐敗分子和中共黨徒用同一眼光去看，所得 grotesque & macabre comedy 自成一格，大不容易。我覺得此書可以列入 Irving Howe 的 *Politics and the Novel*，和 Dostoevsky，Conrad，Jonson 政治小說，deserve 同樣嚴肅性的討論。Dos Passos ② 的 U.S.A. 篇幅較《旋風》大得多，但人物不夠有趣，諷刺也不夠入骨，成就上還不如《旋風》。最近的英美的小說也沒有這種 fresh & distinguished 的成就（L. Durrell ③ 的《四部曲》報章捧得很兇，我看也不會太好），不知你覺得我的意見如何？

　　昨晚看 Chabrol ④ 的 *The* ［*Les*］ *Cousins* ⑤ 很滿意，歐洲的好電影

代表作有《李娃》、《慈禧全傳》、《紅頂商人》等。

② Dos Passos（John Dos Passos，多斯‧帕索斯，1896-1970），美國小說家，代表作有《美國》三部曲，包括《北緯四十二度》（*The 42nd Parallel*）、《一九一九年》（*1919*）和《賺大錢》（*The Big Money*）。

③ 即 Lawrence Durrell（勞倫斯‧杜瑞爾，1912-1990），英國小說家、詩人、劇作家，代表作有《亞歷山大四重奏》（*The Alexandria Quartet*）等。

④ Chabrol（Claude Chabrol 克，勞德‧夏布洛爾，1930-2010），法國電影導演，代表作有《一箭雙鵰》（*Les Biches*, 1968）、《不忠的妻子》（*La Femme infidèle*, 1959）、《屠夫》（*Le Boucher*, 1970）。

⑤ *The* ［*Les*］ *Cousins*（《表兄弟》，1959），法國電影，克勞德‧夏布洛爾（Claude

看得多了，好萊塢的片子會愈看愈不入眼了，前幾天看了 *Solomon & Sheba*⑥，兩三次都想 walk out，看完後，心中很不舒服。我因為 admire Gina 的美，看過她三次，第一次她是個 dumb brunette（in *Beat the Devil*⑦），第二三次 Gina 都化妝成 dark skinned 女郎（*Hunchback of Notre Dame*⑧），以後不想看她的影片了。Sophia Loren 在演技方面比 Gina 高明了不知多少。前日 *N.Y. Times* 載，Ingmar Bergman 差不多已答應為 Paramount 拍片兩張，同時 Par. 搜羅到 Sinatra，D. Kaye，Wayne 等諸大明星，可以稍有生氣。

　　謝謝你給了我不少新材料，但恐怕已無法安插在書裡面了。馬逢華春假去紐約讀 paper，反應想很好，不多寫了，Carol，Joyce 皆好。即請

　　近安

弟 志清 上

四月28日

　　［又及］陳文星寄上訂婚照片。

Chabrol）導演，熱拉爾・布蘭（Gérard Blain）、讓―克勞德・布里亞利（Jean-Claude Brialy）主演，Les Films Marceau 發行。

⑥ *Solomon & Sheba*（《所羅門王與貴妃》，1959），歷史劇，金・維多導演，尤・勃連納、珍娜・露露布麗姬妲主演，聯美發行。

⑦ *Beat the Devil*（《霸海群英》，1953），約翰・休斯頓導演，亨弗萊・鮑嘉、珍妮佛・瓊斯主演，聯美發行。

⑧ *Hunchback of Notre Dame*（《鐘樓怪人》，1956），法國電影，據雨果《巴黎聖母院》改編，讓・德拉努瓦（Jean Delannoy）導演，珍娜・露露布麗姬妲、安東尼・昆主演，聯美發行。

448. 夏濟安致夏志清（1960年5月3日）

志清弟：

最近不大寫信的原因之一，是精神有點頹唐，怕坐定下來檢討各種問題。頹唐當然和前途有關係，但是前途太複雜，不願意去想它。所以近來的生活，只是嘻嘻哈哈，好像人生毫無什麼問題似的。

韓國之事，是這裡的中國人之間平常討論的大題目。馬逢華是絕對反共的，還有些人的態度是中間偏左，但他們好像都希望臺灣出些事情。並不是我幸災樂禍，照我看來，臺灣內部潛伏危機甚深。假如早晚非爆發不可，那麼為自私的打算，與其以後我在臺灣時爆發，不如現在爆發了，可以給我一個觀望的機會。

最近看《五代史平話》（寫得很糟，但在宋朝，說五代史是與說三國一樣的受歡迎的，只是五代史不幸沒有碰上羅貫中那樣的能剪裁、編排、描繪、渲染的寫作之人耳），內有陳摶「老祖」之詩，其中兩句很可代表我對於臺灣的態度：「愁聞劍戟扶危主，悶見笙歌聒醉人。」

胡世楨（他要來UCLA教一年，可能改permanent）已來過，他總是催逼我去辦移民的事情的。我已經去見過一個律師（移民法專家），他勸我暫時盡量的把exchange visitor的身份延長下去；延長到不可延長時，再出「絕主意」急救。我暫時擬聽他的話，到Seattle再去設法。

老蔣是五月廿幾號就任總統，此間感傷新內閣中將由蔣經國出任教育部長（馬逢華在紐約亦聽見這麼說，張群①做prime minister），

---

① 張群（1889-1990），字岳軍，四川華陽人，1927年起任國民政府兵工署長、上

如此錢思亮的校長地位仍然可以動搖的。下一兩個月內臺灣和臺大都可以出一些事情。

我在加州大約還要住一個多月，回顧在加州這幾月，時間大多是浪費掉的，工作效率遠不如在西雅圖時，希望回西雅圖後，再發憤一下。

開車亦浪費不少時間、精神與金錢。現在車已不大去開它，臨走時只好「三錢不值兩」的賣掉，不過賣掉亦殊不容易耳。開車能夠練到隨便開出去散散心的程度，總得要好幾年的工夫（據專家們講是五年），我哪有這麼多工夫練完？像胡世楨等，都有十萬哩以上的經驗（我大約至今只開了兩三百哩），但據我看來，胡世楨、陳世驤等開車技術都還不算好，這大約跟天生手腳的clumsy有關係。他們開得當然比我熟練了好多倍，但是手腳與車子的配合行動，還不夠smooth。這和他們學車年齡較晚亦有關係，像Carol這樣，才算是頭挑的駕駛人才。

你的血壓問題總是個隱憂。我的血壓恐怕亦有問題，但是不去理它，好在還沒有什麼symptoms。一個人的生活習慣養成不容易，如為了某種健康問題，如血壓，而要改變生活習慣，這是更不容易了。你的問題恐怕還是太喜歡吃藥；藥不是沒有用，即是利害參半，絕對有利的藥恐怕是沒有的。神經系統太delicate，藥物來管神經系統，總是管不好的。這種鎮定神經的藥，偶一服之還可以，常服必有害。但是如精神真不安定，覺得非吃藥不可，那又有什麼辦法呢？我以為吃藥還不如吃酒，酒當然亦有害處，但是少量的酒的害處亦許不如某種藥（即使少量）。人生有這個身體，真難服侍。要對付神經系統，頂好的辦法恐怕是yoga，但是yoga練起

海市長、國民政府外交部長（1935年12月至1937年3月），後任國名黨中央政治會議秘書長等職。

來很難，其事為一種art，練的人亦需要一點天才，再加上悟性恆心等，庶幾有成。我們要學的東西，要做的事情太多，恐怕沒有精神時間再來練yoga。練yoga時，心頭大約可以有真正的寧靜，其效果可勝過tranquility。西洋人每星期上一次教堂，亦可求片刻的寧靜耳。像平常人的生活，恐怕是沒有時間能真正的寧靜的。曾國藩的養生法是「君逸臣勞」：君是心，它應該少活動；臣是身體，它應該多活動。我們的體力都有限，多做體力活動是辦不到的。我現在的生活情形是，「君逸臣逸」——少用心，少費力，多貪懶；你現在的情形恐怕是「君勞臣逸」，用心過多，而體力活動不夠。做文章是最傷身體之事，連續寫幾個月的文章，我尚無此種經驗；但連續寫幾個星期的文章，人就很疲倦了。但是身體雖疲倦，神經仍很excited，因此很難休息。你現在的需要是讓神經盡量鬆散。怎麼辦呢？只有你看了斟酌着辦了。

寫到這裡，收到28日來信，知道醫生prescribe Miltown，效果很好，甚慰。年齡增加，血壓降低是不大可能的，能夠維持這樣就很好了。如要血壓正常，頂好的辦法是「懶散」二字，但我等功業未就，到底懶散不得的。

*Masterplots*亦已收到。書到時，我還不敢去看它，過了兩三天再去看它。你的兩篇都非常之好，尤其《詩經》，我絕寫不出來，因我無這麼多研究也。我那篇《聊齋》自己看看亦還不差，已在班上讀給學生們聽了。王CC的那兩篇還沒有看。我那篇《灰闌記》德國人名字不given（恐怕版權談不妥），弄得故事不倫不類。我在UC圖書館發現一本某人真是從中文譯出的《灰闌記》，故事和中文的一樣，序文中說明要改正Klabund②的錯誤。可惜Seattle圖

---

② Klabund（克拉邦德），係Alfred Henschke（阿爾弗雷德‧亨施克，1890-1928）的筆名，德國詩人、劇作家、小說家，代表作有《布拉克——一個滑稽者的故

書館中無該書，那篇synopsis在scholarship方面留了一個大缺點。12th century B.C.云云，亦大成問題。你說我們該不該寫封信去謝謝MaGill，同時成問題的地方亦指出來，讓他在再版時修正？

　　Carmel是同陳世驤夫婦和從香港來的畫家趙少昂③一起去的。趙少昂的功力不差，但為人比較dull，天分有限，我看不能成為第一流畫家。但在中國當代畫家中，前十名中是挨得進的。近在顧孟餘④（曾在國民政府做過部長，及中央大學校長等職，現在Center for Chinese Studies研究）家中看見一幅徐悲鴻畫的松樹，樹幹極粗，龍鱗可數，松葉幾叢，濃綠有力，大約如左圖，倒是一幅了不起的Myopic寫實傑作。San Francisco的中國畫很少（香港就極多，都是大陸近年翻印的），徐悲鴻的馬倒常見，似乎有點「熟湯氣」，沒有買。不知你們有興趣否？要買不過一元錢一幅而已。

　　附上照片三張，一張請轉寄家裡。我有點out of focus，但人顯得很relaxed。那家餐館叫Nepenthe，是加州一大勝地，在山上，下望是海，形勢如中國之廟。Big Sur的戶口三百，所居多「雅士」，據說Beatniks之流常有光着腳開兩百哩路汽車從San Francisco趕來吃飯的。另一照片：車子已撞過兩次均經修理，現在看來還不舊。

　　我亦跟你一樣，歐洲佳片怪片多看了，看美國片總覺得imagination太tame。*Ben Hur*是同胡世楨一起去看的，雖Wyler大

事》（*Bracke- ein eulenspiegel Roman*）、《波吉亞家族》（*Borgia*）等。

③ 趙少昂（1905-1998），字叔儀，原籍廣東番禺，曾任廣州市立美術學校中國畫系主任、廣州大學美術科教授，代表作有《實用繪畫學》。

④ 顧孟餘（1888-1972），原名兆熊，祖籍浙江，生於河北宛平，畢業於德國柏林大學，曾任北京大學教授、廣東大學校長、中央大學校長、國民黨中央執行委員、宣傳部長、交通部長等職。1949年後先在香港，後定居美國加州柏克萊，1969年返臺灣定居。

用苦心，畫面並不俗氣，且有時很難（不特別看重大場面，這是Wyler的taste勝人之處），但其religious sentiments總覺得很假（同*Seaventh Seal*一比，是天上地下了）。但賽車一場，的確驚心動魄。Heston得金像獎，更不配。今年Academic Award的TV節目，我仍看的，只有Bob Hope一人支持而已。姑舉一笑話：Rock Hudson要出來給獎，——大約是頒給最佳女主（配？）角，Hope說，「現在倷伲要請一個人來給獎，格個人呀，樣樣事體才要學奴概，著衣裳，說閒話，走路才是學奴概，而且倷兩個人面孔，身配才來得個像—— Rock Hudson！」一陣鼓掌，Hudson英俊如昔，走出來，拍拍Hope的肩膀（Hope顯得很矮）說，「本來倷是雙生子哇！」好萊塢能夠吸引我的不多，*Who was That Lady?* [5] 是要看的（尚未看），昨天同馬逢華看了*The Unforgiven* [6]，Huston導演手法亦算佳妙，但是情感總亦是勉強的。好萊塢的好片子頂好不涉及情感問題，如Marilyn Monroe的*Too Hot* [7] 等，索性去拍melodrama與comedy等，娛樂成份反高。

看了一本F.L. Lucas的*Literature of Psychology*，此書*New Yorker*評得很好（短評），但其實說理極淺。英國學者的本事大約是抓住淺顯的一點道理，拚命舉例，舉之不盡，Toynbee [8]，Frazer

---

[5] *Who was That Lady?*（《浪蝶偷情》，1960），喜劇片，喬治・西德尼導演，湯尼・寇蒂斯、迪恩・馬丁主演，哥倫比亞影業發行。

[6] *The Unforgiven*（《恩怨情天》，1960），西部電影，約翰・休斯頓導演，蘭卡斯特、赫本主演，聯美發行。

[7] *Too Hot*，應該是英國電影*Too Hot to Handle*（1960），曼斯費爾德（Jayne Mansfield）主演，而瑪麗蓮・夢露主演的情節喜劇叫*Some Like it Hot*（《熱情似火》，1959），夏濟安可能寫錯了。

[8] Toynbee，即阿諾德・約瑟夫・湯因比（Arnold Joseph Toynbee, 1889-1975），英國歷史學家、歷史哲學家，曾任倫敦大學教授，代表作為12冊巨著《歷史研究》等。

的書都是這樣寫的。他們不大會從道理上分析、演繹、發揮。我看還是美國學者的頭腦有力，思想透闢。C.S. Lewis的書還沒看，亦許跟他們不一樣。你對於《旋風》的批評，非常得當，非但臺北無人說不出，我亦說不出，很是佩服。希望有空，詳細替《文學雜誌》寫一篇。「檮杌」據我記得是晉國或楚國的《春秋》（魯國的叫《春秋》），不知《辭海》上有沒有這條解釋？再談，專頌

　　健康

濟安

五月三日

　Carol和Joyce前均此。

449. 夏濟安致夏志清（1960年5月19日）

志清弟：

　　又是多日未接來信為念。上星期寄上 *Ben Hur* 畫冊與齊白石畫冊各一本，想已收到。這幾天開車稍有進境，心裡很高興。學開車和追女朋友相仿，情緒忽好忽壞。本來有一時期想放棄不學了，但是在朋友鼓勵之下，還是硬着頭皮繼續地練習。最近已去過 San Francisco 開來回，第一次開的時候，緊張得兩條腿都軟了。第二次，就 relax 得多。現在一個人開車過橋（Bay Bridge）還不敢，還需要一個人在我旁邊代我注意很多事情：steering 直不直，背後的車離我的遠近（有時換 lane 是必需的，如公路的 lanes 由分而合，由合而分的時候），與各種 signs——那些我還可能忽略的。橋都開過了，Berkeley 附近市區交通（25 mile speed limit）當然容易應付得多。人慢慢的 relax，開車的樂趣亦增加。現在最大的危險是怕因 relaxation 而 alertness 減低。以前是太緊張，因此顧此失彼，再則技術還幼稚。現在必需常常警惕自己：保持 alert，和初學時候一樣的守法。

　　這個月內當繼續練習，下月初擬開去 Palo Alto，在 Stanford 附近旅館裡住幾天，到 Hoover Library 裡去發掘材料。我答應 Seattle 做的研究工作還沒有開始，我相信在 Hoover 工作幾天可以抄到很多材料。Berkeley 和 Palo Alto 不遠，我在公路上再練幾次，開去大約沒有什麼問題。

　　下學期的事情，陳世驤正在設法替我在 Center for Chinese Studies 弄一職位，成功希望很大。只要護照能延長（那個要到 Seattle 後再辦），職業大約沒有什麼問題。陳世驤待人真熱心，弄得我不好意思向他討論我的問題。Center 的事情也是他自出主意

的。我本來見了他不談我私人問題的。在 U.C. 教書，我自信很成功，但是 U.C. 空缺有限，下學期 Birch 是一定要來的，我無法延長。在 center 研究，如成功也不錯。

這幾天時局十分緊張，大家見面總是討論國際大事，打，一下子恐怕還打不起來。但美蘇妥協的可能性幾乎已經全部喪失，如非蘇聯軟化，或美國屈服，甘居第二流國家之列也。蘇聯很難軟化，蓋聽說 K 君還是溫和的，蘇聯國內強硬派多得很；美國如 Nixon 出來，大致將是 Ike 的老路。如 Kennedy 做總統，Stevenson 做 Secretary of State，對於遠東也許讓步，對歐洲（柏林問題等）是決不會讓步的。這樣緊張下去，可能會真的打起來。

局勢如此，看看 UC 的那輩教授學生，真正氣人。東方系左派人還沒有什麼，但 UC 學生所表現的（有教授贊助），如歷次為黑人問題（Woolworth，Penny 的 lunch counter）、Chessman 案等的 picketing，多屬瞎鬧。最近 Un-American Activityies Sub. Committee 來 S.F. 調查，學生們又大鬧一陣。這輩知識分子似乎忘了蘇聯要毀滅美國的切身禍害。美國這幾年的民心一般而論似乎尚未崩潰，再隔十年廿年，不知要士氣低落到什麼程度。

你最近健康情形如何？甚念。你這樣容易神經過敏，需要吃藥，我很奇怪你為什麼不多看看醫藥書（尤其關於神經系統的），作為消遣。以文學為本行，以醫藥書作為消遣，我相信一定也很有趣的。醫藥書裡也許可以告訴你一些小毛小病的來源，和簡易治療法。我說的當然是科學性的醫藥書。即使非科學性的，也可以看看。陳世驤太太根據那本 best seller *Folk Medicine*，常吃 cider vinegar 與 honey 的混合飲料，據說成績很好。吃那種「單方」，可能無效，但是害處是不會有什麼的。

上星期 Aldous Huxley 來 U.C. 演講，熱鬧之至。講題是 "Matter, Mind & the Question of Survival"，定晚八點講，我七點三刻到，

自以為已經很對得起他了，到時禮堂（可容千人以上）大門已
關（客滿），另外一間大教室，可容數百人，放了兩架TV，一隻
loudspeaker，我跑去時也已坐滿。禮堂stage door附近擠滿了人，
我也去擠在那裡，倒是看見Huxley在我身旁走過，走進去的。但
stage door不容我們進去，我仍去大教室，立在TV背後，聽他的
講演。H氏講得並不精彩，但觀眾反應熱烈，大有人鼓掌。他先
從ESP講起，方法還是experimental science的，想從那裡找靈魂
的根據。這個我相信正統科學家一定不贊成的。講到靈魂問題，
他顯得並不eloquent，說話似乎格格不吐。對於Mysticism，他
還是抱Eclectic的態度，把東西各派一視同仁地容納，這表示他
對Mysticism其實並沒有什麼研究（好像清朝與民國的學者，把
Newton與Watt，Edison與Einstein等科學家一視同仁一樣的）。他
並沒有為靈魂不朽的問題，present a cogent argument。他皮膚與頭
髮皆灰白，人瘦長，眼鏡不戴，我在TV上catch一兩個glimpses，
他讀notes時也不用眼鏡的。聲音似乎蒼老，全部牛津音（比
Spender的標準），說話不快，人顯得很relaxed，演講雖有notes，
但句子常用It is remarkable that等緩起法開頭，然後再想適當的字
眼放進去，英文並不緊湊。明天Jacques Barzun要來講，希望精彩
一點。

　　在加大糊裏糊塗的停留日期快滿，這幾個月來工作實在毫無
成績（關於舊小說所講的意見，有些也許尚可取，但可惜沒有寫
下來），也沒有交到傑出的新朋友，但一般而論，日子過得還算舒
服。假如天意只叫我糊裏糊塗地過舒服日子，那麼自己也不必鬧撇
［彆］扭了。

　　很希望日內看見來信。Carol和Joyce前都問好，家裡想必也都
好。專此　敬頌
　　近安

濟安　上

五月十九日

［又及］《沫若文集》vol.7，U.C.圖書館根本沒有。

450. 夏志清致夏濟安（1960年5月23日）

濟安哥：

　　最近不大動筆，但想不到已有近一個月沒有和你通信了。自服 Equanol 以來，身體很好，望勿念，但沒有好好費精神寫文章，身體究竟如何，還沒有經過一個測驗。一個多月來，一直等 Yale Press 把 galley proof 寄來，校閱完畢後，還得 prepare 一個 index，相當花時間，此事不告一個段落，心裡總是不痛快，不想做較 serious 的研究工作。但多看圖書，也看得煩了，很想上勁做些工作。目前學期終了，卷子很多，過後想把《紅樓夢》從頭讀一遍，把那兩種譯本也看了，好好寫一篇文章。兩星期來重讀了些 Yeats 和關於他的參考書，在這裡教 poetry 和在北大教 poetry 差不多，需逐字逐句的講解，而 Yeats 有幾首詩的確是相當費解的。Yeats 詩句綮硬，是他最偉大的地方，但 paragraph 和 paragraph 間往往缺少連繫，而 symbolism 也免不了有晦澀之處。Yeats intelligence 比 Eliot 差得多，但能寫出這樣許多乾淨利落的詩句和詩篇，也實在是不容易的。最近研究 Yeats，Eliot 的人都把他們視為神聖一般的崇拜（要不然，就像 Karl Shapino[1] 那樣不負責的瞎罵），走的都不是批評的正路。我覺得最近美國短篇小說成就實在很高，可惜一般人不注意。前星期讀 John Cheever[2] 的 *Clementina*（載 *New Yoker*），讀後極為滿

---

[1] Karl Shapino（卡爾・夏皮羅，1913-2004），美國詩人，曾獲得第十五屆「桂冠詩人」榮譽稱號。

[2] John Cheever（約翰・契弗，1912-1982），美國小說家，尤以短篇小說著稱，被譽為「郊區的契訶夫」，代表作短篇小說集《收音機》（*The Enormous Radio and Other Stories*）、《約翰・契弗短篇集》（*The Stories of John Cheever*）、《泳人》（*The Swimmer*）等。

意，很有一些Flaubert "A Single Heart"的味道。Malamud *The Magic Barrel*中的那篇"Title Story"寫得很怪，但很多篇小說題材都相仿，不能算是第一流人才。他小說結構較鬆懈，pace較casual，這大約是他像Chekhov的地方。

你在加大半年，學車終算學出一點成績來了，所以時間不能算是浪費掉的。你已能開車過橋，還是很難得可貴的achievement，我想你自己一個人去Stanford，公路上都跑跑，緊張心理自然慢慢會消失，而可真正enjoy開車的樂趣。你的Olds我想也不必賣掉，何不在暑期學校開學前，花一兩天工夫開往Seattle，這樣一切行李書籍，都可放在車上，也不必再經一番包紮郵寄的麻煩了。

陳世驤替你設法在加大Center for Chinese Studies弄一職位，我想十分之九是靠得住的，所以把護照延長後，下年度的job是不成問題的，我很代你高興。臺大方面不知常有消息否？錢校長如要你回去，你可以正大光明對他說在西岸研究學問是不可多得的機會，各種條件要比在臺大教書好得多，可以做些成績出來，留在臺大僅是大材小用而已。錢校長是讀書人，自己也常常來美國，你的request他當然會答應的。

韓國日前鬧事的情形，真相我不大清楚，但二三月前，西德鬧過納粹反猶的風潮，接着土耳其學生也鬧風潮，西德、土耳其、韓國都是反共最堅決的國家，這許多風潮我想可能是因蘇聯agent唆使的，以民主的名義來破壞反共的實力。而美國支持民主勢力，正好中計削弱free world反共的力量和決心。這兩天日本學生又在抗議美日條約的簽訂，臺灣學生較docile，其中中共分子也不多，所以我看不像會出事，要真正出事的話，非要有以前北大「民主廣場」那一套舉動不可。蘇聯知道英國人耳朵軟，一向同情民主運動，所以在許多小國家（including Latin America）製造民主運動，來削弱反共實力。Franco反共三十年，而美國對他仍很冷待，因為

他的作風不民主也。在美國本國，這種民主運動的盛行更令人可笑可恨。UC學生的舉動，看來是innocence，其實已是symptomatic of 美國人三十年來在liberalism熏陶下受毒之深。哈佛左傾和UC相仿，Seattle、Yale比較上還是右的。好萊塢Brando，Preminger[3]，Sinatra都是有名前［激］進分子，他們的作風實在是很可憐的。Brando據說要拍一張Chessman的傳記片來protest against capital punishment。Brando人是聰明的，但和乾安一樣，自己教育自己，不免受了左派的毒，他走的路子我看和Chaplin的路子如同一轍。好萊塢明星這一派leftist Democrats勢力極大，他們私生活雖腐敗，而講起道理來，一本正經，無形中為共產黨增大勢力（California四五年前是共和黨的根據地，想不到現在左得如此可怕）。我看美國政界除幾位老人（MacArthur，H. Hoover）不算外，真正反共有信心的，祇有Thomas J. Dodd和Barry Goldwater兩位senators，其餘都是希望和蘇聯妥協的糊塗蟲。Rockefeller態度比較強硬些，但他究竟有什麼政策，我們不知道。Nixon為人是pragmatic的，但他要court liberal分子，也不會堅決反共。但他如能當選總統，態度終要比Kennedy強硬些。Kennedy當總統，Stevenson做Secretary of State，美國可能要走上亡國之路，也很難說。Stevenson發表談話要investigate U-2失事造成國際危機的事，他的motive顯然是appeasement。許多Democratic Candidates中我看Stevenson是最懦弱的一位，他當Secretary of State，將是美國的不幸。相反的，Acheson如能上台，重作國務卿。美國外交政策可能強硬些。

上星期K.口出瘋言，大罵Ike，他若肯堅持這種強硬態度，free world倒可以好好團結起來。可惜隔了兩三天，他又在講和

---

③ Preminger（Otto Preminger，奧托・普雷明格，1905-1986），奧地利裔美國導演，代表作有《絕代佳人》、《墮落天使》（*Fallen Angel*, 1945）。

平，講開summit會議了。顯然的，K. 希望Democratic Party得勝，
談判起來可以多佔便宜，而Macmillan之流又會去上他當的。在某
一方面看來，帝國主義是一個民族自尊性的表現，中共、蘇聯都
是imperialist，因為他們有自信。大英帝國尊嚴最後的喪失是在侵
埃及那一段事件上（同時也是艾登的悲劇，假如我讀他的自傳，
我一定會對他深表同情），英國聽了華盛頓說的話，自動把部隊撤
退，在整個英國歷史上，從來沒有過這樣一般丟人的episode。一
個國家同一個人一樣，在他有野心求進取時，不大注重security，
一旦他專求苟安圖享福的時候，大約他的野心也喪失了，事業性也
完了。英國現在就停留在這個階段，過去的光榮已全部忘掉，但求
舒舒服服過苟安的生活，只怕原子彈掉到頭上來。美國的情形也並
不比英國好多少。以前在中國，一個傳教徒被謀殺了，即可引起一
場戰爭，目前美國人民在Cuba，在蘇聯，在中國被扣留被監禁，
被判死刑的不知有多少，政府不protest，人民也不聞不問，一點
national pride也沒有，這種情形不能不算是一種國運衰亡的徵象。
相反的，一個按法處死刑的囚犯（Chessman），卻引起全國的同
情，瞎鬧了一陣，這種decadence實是inexcusable的。

　　Huxley有兩三次上過TV，我沒有TV，沒有看到。在加拿大電
台上曾聽過他的一次interview，他說話慢吞吞，愛用enormously，
extraordinarily，extremely等big adverbs，和他的prose相仿。其實
Huxley對mysticism很有研究，只是他對任何psychic現象都有興
趣，浮面看來，好像他不夠「正派」。他的 *The Perennial Philosophy*
引證廣博，說理透徹。和上海「五教同融會」的那種社會名士的
言論是不可相提並論的。Huxley的mysticism對我是一個forcible
reminder that有史以來有不少人是真正的saint or sages。這種state我
們天賦不夠，沒有「虛心」的耐心，當然是達不到的，但用「聖
人」的眼光看歷史，我們可以領悟到不少道理。Huxley對人類各方

面觀察的精到，他的那種徹底悲觀的態度，是值得我們佩服的。除了上帝之愛之外，人生最precious經驗當是男女之愛。這方面做工夫比較容易，但我們也沒有做到，沒有領會到ecstasy。現在受年齡生理限制，祇好靠intellectual life來得到些比較不平庸的安慰。

齊白石畫譜，*Ben Hur*兩冊都已收到了，謝謝。齊白石的風景畫我以前沒有看到過，畫上的幾幅構圖設意都極好。齊白石的colors比一般中國畫家的gay，這一方面他很像Matisse，但成就比Matisse高。齊白石畫的花草蟲魚，範圍好像比一般畫家廣，以前很少有人畫蝦蟹、老鼠的。我們從少受教育，都以人的立場來指定害蟲益蟲，garden flowers & weed，齊白石能夠transcend這種偏見，看得到萬物都是「善」的，都是「美」的，這就很不容易了。中國畫家大約不是用Eden（花草）眼光看世界，即是用recluse（山水）的眼光看世界，所以得到的境界是Blake的innocence。Tragic，experience，suffering中國畫家是看不到的，這和中國文人不注重悲劇經驗一樣，但人如真能享受到自然界的樂趣，悲劇經驗也並不是必需的。

六月中我們要去New Haven參加陳文星的婚禮，同時也準備去紐約住兩天，Carol已寫信給我們上次住的hotel定了房間。最近看了*400 Blows*④，該片博得好評不少，但我覺得仍是一部conventional movie，結局更是sentimental（雖然許多children的畫面極好），不如*The [Les] Cousins*遠甚。後者我看後很為感動。此外沒有看什麼電影。你什麼時候去Stanford，Seattle暑期學校何時開課？馬逢華處日內當寫信。Carol，Joyce都很好，父母情形也還不錯，只是有

---

④ *400 Blows*（《四百擊》，1959），法蘭索瓦・楚浮（François Truffaut）導演，讓－皮埃爾・利奧德（Jean-Pierre Léaud）、阿爾伯特・雷米（Albert Rémy）主演，科西諾（Cocinor）電影公司發行。

錢買不到東西喫。照片上看來，你的Olds很新，你的神氣也好，不
多寫了，即頌

　　暑安

弟 志清 上
五月二十三日（一九六〇）

　　寫一篇批評《旋風》的文章，我又得把小說重讀一遍，暫時恐
怕不會寫。

451. 夏濟安致夏志清（1960年6月5日）

志清弟：

　　長信收到。知道近日體力精神，均漸趨正常，甚慰。我近況大致如昔，行期將屆，但尚未決定何日動身，或怎樣走法。

　　先說開車，我已開過Sacramento（加州首府），一口氣開七八十哩，已沒有什麼問題。但一個人開去Seattle，還沒有把握。

　　一、我在公路上開的speed是45，65哩是怎麼樣一個境界，現在還不能想像。

　　二、在公路上怕路彎，如是全部直路，我可以把車開到五十哩，如路有點彎，我就把油門（accelerator）鬆掉，讓速度降到三十五哩，車子比較容易控制。

　　三、去Seattle有兩條公路，一條是US101，那是靠太平洋岸走的，據說風景很好，但是曲折得很，我不擬嘗試。一條是US99，在加州與華盛頓兩段都很寬，且是multiple lane，但聽說在Oregon州，路是single lane，狹仄，而且都是繞山而轉。如連轉四五個鐘頭，而我的steering還沒有十足把握的話，那麼神經的緊張就可以使我夠疲倦的了。一走繞山的路，我就得（照現在的程度）看好路上的白線（怕出線），就再沒有精神看「照後鏡」與兼顧路上的signs了。這樣是很危險的。

　　學車誠然是難，我現在來往Berkeley與Oakland之間，已相當得心應手。但是經驗的累積，談何容易？現在所以還不敢開去Seattle，即為經驗不夠之故。如繞山路多走幾次（在專家督導之下），這次我也許就自己開車回去了。

　　車子ship到Seattle去，運費約需百餘元，這個我已不加考慮，現在可能把車子存放在garage裡，暑假後再回來用。

　　Job事，此間已完全談妥，薪水是八千元，工作十一個月，每三四個月交出一篇paper（有關中共的文藝、語言之類），事情可以說是很輕鬆。但我近日一點也不快樂或興奮，蓋護照仍成問題。問題當然已經簡單化，如又要找事情又要為護照而鑽營或奮鬥，那是我一定沒有精神來對付的。現在僥倖不費吹灰之力，已把這裡的事情弄妥，剩下的只是護照問題，但這個問題還得碰運氣。這個到Seattle去再辦，即使臺北不通過，我必要時可以找律師打官司（放棄護照）。好在我已有employment，已有sponsor，打起官司來較為理直氣壯。但麻煩仍很多，想起來有點頭痛。無論如何，今年是不回臺灣的了。回臺灣，變了對這裡的Center for Chinese Studies失信；不回臺灣，當然是對臺灣失信。要失信，還是繼續的對臺灣失信吧。

　　行李packing比較簡單，大部份的書與冬季衣服等，都擬存放在陳世驤家。隨身帶些簡單的行李，也許就飛回Seattle去了。

　　Stanford仍擬去幾天，如無那邊的材料，我在Seattle恐寫不出好文章來。我這裡的房子是九號滿期，我可能在下星期（六、七）連去三天，也許七日或八日搬去Palo Alto住幾天。Seattle的工作何日開始尚未定，但我很想能早一點去（雖然在Berkeley也有些應酬要敷衍），蓋辦理護照亦得花一些時間也。

　　Seattle仍住老地方，地址你想記得（4125 Apt.13 12th N.E.?）。信寄C/O Far Eastern Institute轉亦可。我大約總要十日以後才離開加州。請你斟酌着寄信可也。（不知道暑假裡有沒有工夫到東部來看你們。）

　　最近看了 *Masters of the Congo Jungle* [1]，值得鄭重推薦。

---

[1] *Masters of the Congo Jungle*（《剛果叢林之王》，1958），紀錄片，亨利・布蘭特（Henry Brandt）、海因茨・希爾曼（Heinz Sielmann）聯合導演，比利時國際科

Potsdam上映該片時，希望Carol和Joyce都能去一看。Walt Disney
的 *Prairies Desert* 和《北極風光》，你們看了想都很滿意。這張
Congo是比國政府協助攝製的，大約花錢更多，費時更久，成績比
Disney的那些Nature Life片子更好。黑人常常出現，但並不討厭，
蓋有關anthropology studies也。攝影很美，氣魄雄偉，充分表現
cinemascope的長處。

　　你要寫《紅樓夢》，甚是好事。希望你仔細把galley proof校閱
過後，再寫一部中國舊小說研究。如我們能合作，不妨你集中精
神寫幾部大書（《紅樓》、《三國》、《水滸》等），我來寫零碎的幾
章，如唐傳奇、宋人說書、明人短篇、歷史小說總論、社會小說
（after《儒林外史》）總論等。此事等到雙方定心一點，再詳細討論
亦可。

　　看看俞平伯（《〈紅樓夢〉研究》、《〈紅樓夢〉隨筆》）、林
語堂（《論高鶚》）與趙岡（除了《文學雜誌》的一篇以外，還有
《自由中國》上幾篇，《大陸雜誌》《民主評論》上各一篇，我希望
他能集合成單行本出版）研究《紅樓夢》的文章，對於他們讀書的
仔細，甚為佩服。我們大約是不可能這樣精心地寫考證文章的（材
料先不夠，趙岡搜集了不少東西，虧他的！），但是幾十年來中國
學者對於舊小說的考證，也沒有多少成績，要做summary，關於每
本書可說的亦不過幾頁而已。曹雪芹的傳記材料最近發現了不少。
趙岡說，脂硯齋（畸笏叟？）乃曹雪芹的堂兄，此人曾見過曹府的
繁華時代，曹雪芹生也晚，只是憑hearsay與想像寫他的大觀園而
已。不論脂硯是何人，我是很不贊成胡適與周汝昌[2]的認為《紅樓

學基金（The Belgian International Scientific Foundation）出品。

[2] 周汝昌（1918-2012），天津人，紅學家、學者、詩人、書法家，曾任燕京大
學、四川大學教員，人民文學出版社編輯，中國藝術研究院研究員等。其紅學

夢》即是「自傳」的極端主張的。在周汝昌以後的傳記家，倒漸漸要恢復《紅樓夢》的小說的面目了。這也許才是「紅學」研究的真正的開始。盼多保重，行前當再有信。專此　敬頌

　　近安

濟安

六月五日

Carol和Joyce前都問好，家裡想都好。

　　P.S.

　　昨日聽于斌③（Archbishop of Nanking）主教談話，此人在臺北聲望可和胡適相比。口才的確不錯，談話內容無非鼓勵對反共前途的信心。輔仁大學要在臺灣復校，預計十年後將設十二院，學生人數一萬二，校舍分佈臺灣各部，如文學院在臺北（附設中國文學、中國哲學、中國史學三研究所，不知哪裡去找這麼多教授？），工學院在高雄等。他剛從遠東返美，在日本去找了Kishi（岸信介④）。他以為Kishi一定神情緊張，心緒惡劣，不料見面時發現此公態度悠閒鎮定。Kishi說：這是民主政治存亡的考驗，國會多數通過的法案當然是民意，暴民想推翻這個法案就是想根本破壞民主政治，他只有堅持彈壓云。日本官方很希望Ike不顧一切地去日本訪問，日本民間的spontaneous warm response聲勢必可壓倒暴民的騷動。

　　研究代表作《紅樓夢新證》力主考證派，是紅學史上一部具有開創意義的重要著作，此外還著有《曹雪芹傳》、《石頭記會真》、《紅樓夢與中華文化》等。
③　于斌（1901-1978），字冠五，號希岳，黑龍江蘭西人，1946年任天主教南京總教區總主教，1954年去臺，1960年任輔仁大學校長。
④　岸信介（1896-1987），日本政治家，1920年畢業於東京帝大，歷任偽滿洲國政府實業部總務司司長、總務廳次長等。

今年暑假在Moscow有個Orientalogists的會議，UC去的將有Levenson，Schulman（教社會學的，聽說過沒有？）和趙元任。趙元任本來說要去，U2事件發生後，不知怎麼說又不去了。Levenson我曾在一處Colloquium中聽見他讀過一篇paper，報告中國近代學者對於井田制度的看法，無甚新見，可是英文相當漂亮。他英文有點英國口音，後來在一處party中碰見他的太太，原來他太太是英國人。Schulman的太太是中國人，他的作品我沒有讀過，聽他的談話，好像思想相當左的。UC研究遠東問題另一權威叫做Scalapino⑤，是政治教授，年紀相當輕，但佩服他的人很多。他的作品我亦沒有讀過，只是上次Conlon⑥報告，他是三個起草人之一。

我快要和UC的Oriental Language Dept.告別，不妨把系裡的情形約略一談。系主任Schafer下學年休假，將去歐洲。他是研究唐代文化和各種奇怪鳥獸蟲魚的專家。人是個爽快強幹的美國executive樣子。老教授Boodberg⑦曾任系主任多年，是俄國流亡來的，至今反蘇（如TV上出現K的面孔，他就把TV關掉）。學問據說淵博之至，但是怪論亦多。陳世驤很不贊成他的許多理論，但是一般美國學生都還捧他。他講演過幾次翻譯問題，他似乎主張英文翻中文

---

⑤ Scalapino（Robert A. Scalapino，施伯樂，1919-2011）1943-1946年供職於海軍情報局（U.S. Naval Intelligence），1948年獲得哈佛大學博士學位，美中關係國家委員會（National Committee on United States-China Relations）創始人之一。

⑥ Conlon報告，指1959年美國參議院外委會委託智囊機構康倫有限公司（Conlon Associates Ltd.）就美國的亞洲政策所提交的研究報告（*United States Foreign Policy: Asia*），其中對華部份由施伯樂執筆，對美國19世紀60年代調整對華政策產生重要影響。

⑦ Boodberg（Peter A. Boodberg，卜弼德，1903-1972），俄裔美國漢學家，1920年遷居美國，執教加州大學伯克萊分校40年之久，1963年出任美國東方學會會長。代表作有《古漢語導論》（*Introduction to Classical Chinese*）、《卜弼德文選》（*Selected Works of Peter A. Boodberg*）等。

時，要把中文的偏旁（部首）一起翻出來。如「道」應譯作lode-（「辶」也）head。「道可道」是Lodehead brook lodehead。「秋」是「禾」「火」，應譯作seretide。結果他的譯文可能比中文還難，都是些從各國文字（他恐怕通十幾國文字，同Joyce相仿）裡雜湊而成的怪字。趙元任在學生之間的聲望當然很高，不過他是快要退休的了。趙太太據說脾氣特別，關於她的故事很多，總之趙先生大約是個很懼內之人。Oriental Language是個很小的系，中文方面除了三位之外，就是我（or Birch）和陳世驤了。此外還有Carr（教Indonesian文？），Shiveley（日文），Rogers（韓文）等。Irwin似乎不教書，主要工作是圖書館。

452. 夏濟安致夏志清（1960年6月17日）

志清弟：

又是多日未接來信，甚念。我於昨日（6/15）飛來西雅圖，當晚在旅館住宿。今日已遷返舊屋，居然感觸很多。最顯著的兩點是：此間公寓之舊而髒——我在Berkeley的cottage是新房子，每星期有maid來打掃，窗明几淨，倒也習慣了。再則，忽然有寂寞之感。這是好的，人應該有機會靜下來，體會一下寂寞。其實我在Seattle朋友很多，只是尚未正式和他們恢復聯絡而已。Berkeley有一家廣東小館子，叫做Yee's，那邊成了我們的club，我老在那邊吃飯，吃飯就遇見很多人，高談闊論，這種盛況，這裡是不可復得的了。我覺得Seattle的環境倒可以做些研究工作出來的。Berkeley的distractions太多。

Olds存在一家garage裡，每月現金十元。明天（星期五）預備去租一部車子開着玩，已定好一部Rambler American，開一個週末，十塊錢。

今天已去找過一位律師，談過護照問題。我在Berkeley的職位已無問題，只是護照要到臺北去延長，恐不能獲准，我向那位律師提起由一congressman提出special bill的問題，該律師也想這麼辦。情形如何，下星期聽回音。既有sponsor，special bill提出來，比較理直氣壯。（辦妥了，八九月之間亦許到紐約來看望你們。）

這裡暑期學校兩個月，送我兩千塊錢，我真覺得有點受之有愧。非得好好做些成績來不可。我去Stanford住了兩晚，翻得很勤，沒有什麼了不起的發現。可談者約略如下：

　　1、《倪煥之，誰換之？》，作者唐文冰①，發表在《今日世界》1954年1月1日那期，總號為44.，你書 Proof Reading 時可添入。

　　2、沈鵬年《魯迅研究資料編目》（1958）美國只此一本，此書亦該列入你的 bibliography。內容是豐富得很（約四五百頁），我抄下來很多。如魯迅書簡在49以後，還發現很多封，以收信人計之，至少有六七十人，每人少則一封，多則十幾封，這些材料很是名貴，可惜沒有編印出來，我們看不到了。馮雪峰不得勢，中共當局大約不會再把和它的文藝政策牴觸的魯迅文獻印行出來（魯迅日記之照相印出來，大約馮雪峰的功勞很大）。《編目》的確下了苦工，那是看得出來的，但有兩點我在《編目》中還找不出線索。（1）魯迅常自歎被人攻擊不做事情：誰攻擊他的？發表過沒有？我只見一條《文藝新聞》（左聯外圍刊物）中的題目「魯迅伏處牖下一事無成」，未見內容，不敢說一定是反對魯迅的。《文藝新聞》是樓適夷②做 NO.2 編輯，NO.1 可能是侍桁，他後來「變節」，共方不欲再談起他的名字。但侍桁在32、33之前應該還是魯門的一員大將。（2）胡風說丘東平曾於批評魯迅的一封公開信上署名，這封信在哪裡發表的，《編目》中亦遍找無着。《編目》很想湮沒某些人的名字，如《文藝新聞》只說是樓適夷等編，這個「等」是誰？但據樓適夷自己的回憶（收入於張靜廬），明明另外有一個人是主編，此人的名字他（樓）亦不願說出來。又如《萌芽》，王哲甫的文學史中說是魯迅、馮雪峰編，在《編目》中就成了魯迅等編了。

---

① 唐文冰，宋奇（淇）的筆名。

② 樓適夷（1905-2001），原名樓錫春，浙江餘姚人，作家、翻譯家、編輯，曾參與《前哨》、《新華日報》、《抗戰文藝》、《文藝陣地》、《作家》等報刊的編輯工作。1949年後任人民文學出版社副社長兼副總編輯、作家出版社總編輯等職。代表作有《掙扎》、《病與夢》、《第三時期》等，譯有《在人間》、《天平之甍》等。

3、根據張靜廬和沈鵬年，左聯的刊物一共有些什麼，我們大約已十知八九。那些刊物，Hoover搜集得甚不完備。最名貴的有《前哨》一本（原僅出一本），《拓荒者》兩期（pre-左聯時代），周起應的《文學月報》六期（一卷），還有徐懋庸的《文學界》等。《萌芽》、《北斗》等全缺。《光明》半月刊（洪深、沈起予編）一卷七期（1936）有魯迅致何家槐③信一封，說明不加入「文藝界協會」之緣故，該信《書簡》未收。Hoover有《光明》，可是缺一卷七期。

要是有系統地研究左聯時期的文學，Hoover所藏，甚是不夠也。

行前送上一大疊*Playboy*，希哂納。這個雜誌據說男人是要瞞着太太看的，希望Carol不介意。我先發現這雜誌是在去年十月，甚為激動，因此還到舊書店去補了些back issues。現在連看幾個月，覺得刺激性很少，裸體美人，今年所挑選的幾位都很美，但是多看了，似乎差不多，亦不過翻翻而已。你平常大約不看這類的東西，忽然一大包送來了，「百美俱陳」，或者可以使你耳目一新。裡面的文章似乎還不差。你要看消閒讀物，這種東西大約最好。*Playboy*裡是另外一種世界，是我們以及該雜誌的大多數的讀者只能夢想不能親身體會的。

七月裡臺灣要來二十幾位老前輩，開中美文化交流會。人選有胡適、錢思亮、劉崇鋐、毛子水④、沈剛伯、羅家倫等。我很怕看見他們，他們如問起我回臺灣的事情，我既不便撒謊，又不便據實

---

③ 何家槐（1911-1969），筆名永修，先河等，浙江義烏人，左翼作家，1932年加入「左聯」，代表作有《曖昧》、《寒夜集》、《竹布衫》等。

④ 毛子水（1893-1988），名準，字子水，浙江江山人，歷史學家，早年留學德國，回國後歷任北京大學、西南聯大教授，1949年後任臺灣大學教授。代表作有《毛子水全集》等。

告訴。情形如何，到那時再說。

　　臺灣總算情形還安定。日本近來鬧得太不像話，美國人看來也許很奇怪，其實這只是1949年前中國左派學生鬧事的翻版而已。美國人雖近年花大量金錢，研究近代中國，但是從歷史上得到什麼教訓，很是難說。那些scholars勤於搜集材料，但是智慧是不夠的。周策縱⑤的《五四》，看*N.Y. Times*的書評介紹，似乎毫無新見，而美國書評家還說它有新見，不亦怪哉。中國大陸已淪陷，日本的大亂，恐怕難免，朝鮮亦站不直了。這種變亂的因果，似乎歷史家還沒有好好地寫文章指出來，美國人的遠東政策只好還是摸索。再談，希望不久看到來信。專頌

　　近安

Carol和Joyce前都問好，家裡想亦都好。

濟安　上

六月十七日

⑤　周策縱（1916-2007），湖南祁陽人，歷史學家、紅學家，美國密西根大學博士、威斯康辛大學東方語言和歷史系終身教授，代表作為《五四運動：現代中國的思想革命》（*The May Fourth Movement: Intellectual Revolution in Modern China*）、《紅樓夢案》等。

453. 夏志清致夏濟安（1960年6月20、21日）

濟安哥：

六月三日信收到後，我們正在準備動身去New Haven參加陳文星婚禮，沒有空寫覆信。我們在New Haven、紐約玩了一星期，回來不久就收到你在Berkeley臨行前寄出的insurance policy，這幾天你重住Seattle舊地，想已把apartment佈置得很舒齊了，中文系、英文系的朋友想也見到了。我們不大旅行，這次旅行，情形很好，大家很高興。祇是六月十五（星期二）開車返Potsdam那天，Carol想已很累，caught a cold，返Potsdam後Joyce也受了風寒而咳嗽，但毛病極輕微，不影響食慾，天氣轉暖後，咳嗽也想必停止了。望勿念。

我們六月九日出發，當晚留宿在Duncan Hotel（在Chapel Street，Normandy Restaurant對過，你想記得），翌晨我去見了Yale的editor，David Horne，Yale Press數月前搬到York Street的新屋子（即China Trading Co.左邊的bakery），式樣不差，同時去Art Gallery參觀了一下Yale Alumni的畫展（見 *Time*）。Yale collection很多，精品不少，Rembrandt即有了三張，impressionists大抵每個大家都有好幾幅，以前教科書上常見到的A. Pope肖像（戴黑帽，穿黑衣），想不到是Wilmarth Lewis①所藏的。Lewis是十八世紀專家，專弄Walpole②，家裡有錢，所以十八世紀的書籍圖畫搜集得

① Wilmarth Lewis（W.路易斯，1895-1979），美國藏書家，對18世紀英國文化，尤其是霍勒斯·沃波爾（Horace Walpole）感興趣，與妻子Annie Lewis一起將搜集到的大量書籍、手稿、繪畫等捐贈給耶魯大學，建立了劉易斯—沃波爾圖書館（Lewis Walpole Library）。

② Walpole（霍勒斯·沃波爾，1717-1797），英國作家，輝格黨領袖羅伯特·沃波

也很多。他住在New Haven郊外，據說房子完全是模仿Walpole的castle的。那天晚上在陳文星apartment吃飯，新娘Ellen Chang③嘴闊一些，臉扁一些，但態度舉止都很文靜，沒有染上紐約中國小姐的俗氣，所以相貌身段看來都很不差，陳文星討到這樣一位太太，也算他福氣，數年的努力也不是不［白］費掉的。翌晨在天主教堂結婚，于斌主教從西岸趕來officiate，穿黃袍，戴黃帽，相當regal。Nuptial mass要花半個鐘點，和新教婚禮的簡便不同。隨後到Albertus College④吃午餐。出席者有錢穆，他人很矮小，精神很飽滿，不會講英文，所以不大說話。他在Yale已住了一陣，畢業典禮時，聽說他拿到一個honorary degree（他在Yale演講，都是由李田意翻譯的）。丁乃通夫婦本來也要來參加婚禮，最後打長途電話給文星，說在講臺上跌了一跤跌傷了，所以不能啟行。丁乃通近年來運道不好，現在仍在Texas邊境教墨西哥種的學生。Yale有辦法的人也不少：夏道泰已去Library of Congress做事去了，管什麼東方法律科，是薪高責任輕的job。陳文星的apartment就是夏道泰讓給他的，在Park Street。柳無忌下半年去U of Pittsburgh，任director of Chinese Studies。李田意和Pittsburgh的James Liu⑤很要好，想

爾（Robert Walpole）的四子，其代表作《奧特朗托堡》（*The Castle of Otranto*）被認為是哥德式小說的淵藪。

③　Ellen Chang，張婉莘的英文名字，夏濟安的學生，臺大外文系畢業，1966年獲紐約復旦大學（Fordham University, 1841年創校的天主教大學）哲學博士學位。曾任教於紐約聖約翰大學，現已退休，遷居波士頓。代表作有《中國道教中自然的概念》等。

④　Albertus College，阿爾伯特學院（Albertus Magnus College）是一所私立的天主教文理學院，創立於1925年，緊鄰耶魯大學，陳文星當時在該校任教。

⑤　James Liu（劉子健，1919-1993），宋史專家，祖籍貴州，就讀於清華大學、燕京大學，1950年獲美國匹茲堡大學博士學位。1960年任教於斯坦福大學，1965年轉往普林斯頓大學任教，直至退休。代表作有《宋代中國的變法》等。

必是李田意幫忙的。James Liu自己將去Stanford，replacing Arthur Wright。

　　當天下午，陳文星夫婦去蜜月，我們搬進了他的apartment。同時和Janet Brown（她也參加婚禮的），Harry Nettleton夫婦，Norman Aubrey（你大約沒有見過他）相敘，晚上在Weathervane吃了一頓。星期日休息了一天，吃飯是和鄔勁旅⑥在遠東吃的。星期一去紐約，參觀了Bronx動物園，使Joyce很高興（她在New Haven Peabody Museum看到了dinosaur的骨骼），當晚住在King's Crown Hotel，即是我們去年住過一晚的hotel。吃飯與翌日午餐都在Shanghai Café吃的，下午去Chinatown買了些東西。星期三下午動身。當晚趕到Potsdam。

　　New Haven mayor Richard Lee做事很有魄力，舊房子拆掉了不少，連Loew's Poli Theater也拆掉了。Poli對面一條街的房子全部torn down，downtown area顯得很寬暢。Prospect Street新apartment房子也多了不少幢。我在Yale、哥倫比亞看了些書，並借了郭沫若《批判》、茅盾《四十年的文學道路》、楊燕南⑦《中共對胡風的鬥爭》、*The Case of Hu Feng*四本書返Potsdam。楊燕南也quote from《魯迅書簡》，他說「三郎」是蕭軍，此外沒有什麼未看到的研究中國現代文學的新書。Yale Press把我的書Proof Reading Schedule已定出，六月底到七月中看galley proof，九月初幾天看page proof，同時要把index編好，時間很侷促。書的頁數約五〇〇左右，定價$8.50，也可算是相當有份量的書了。第一版印二千冊，書價十分

---

⑥ 鄔勁旅（King-Lui Wu, 1918-2002），學者、建築師，曾師從哈佛大學現代建築開山大師格羅庇烏斯（Walter Gropius）教授，畢業後長期任教於耶魯大學建築系，開設「日光與建築」、「中國園林藝術」等課程，培養了一大批優秀學生，包括華盛頓越戰牆設計者林瓔（Maya Lin）。

⑦ 楊燕南，不詳。

之一歸我所有，書全部賣完，可有一千六百元的收入，如有二版三版，也可多些外快進賬。（我今夏在校教summer school，六個星期，必異常忙碌。）

你建議我們合作寫一部中國舊小說研究，這個計劃很好。你把中國舊小說已看得差不多了，有空就可以寫。我對那幾部大書，沒有什麼研究，其他是短篇小說根本沒有看過，寫起來比較慢，但把幾本小說細讀一番後，心得是一定會有的。你自己教了一學期小說，對那幾部名著，心得一定很多，不把它們organize了寫下來，是件很可惜的事。所以我覺得你盡可先寫文章，在雜誌上發表，同時我自己也動手研究，如果在時間上我趕不上，你先單獨出書，也無不可。你以為如何？（去New Haven前，讀了 *Huckleberry Finn*）

你下學年job事已談妥，甚好，薪水和工作條件都很優越。以前Berkeley寄來的幾本Miss Li Chi⑧的 *Monographs*，想就是她在research center工作的成績。她所研究的盡是些Communist terminology和最近時行的phrases，這種東西寫好後，對中文程度不好的外國學生是很有益的，但對中國學者講來，是毫無用處的。所以我勸你預定一個計劃，好好研究些有關痛癢的問題，否則每三四月交出一篇無聊的paper，也太呆板了。你去Stanford研究想很有些結果，最近Harriet Mills給我信，她暑期要去Harvard做研究，把論文寫完，下學年她去Cornell教書，所以我勸你月內即把那篇魯迅論文交出，趁早在 *Journal of Asian Studies* 刊載了，先聲奪人。Mills的論文的發表與否，也不容你關心了。我想Mills雖然研究了魯迅數年，成

---

⑧ Li Chi，即李祁（1903-?），湖南長沙人，畢業於牛津大學，曾任加州大學柏克萊分校中國研究中心研究員、加拿大UBC大學教授等。當時正在陳世驤負責的「最新中文語言專案」（Current Chinese Language Project）中編寫《中國共產黨術語研究》（*Studies in Chinese Comunist Terminology*），先後撰寫了六本相關研究小冊子。

續也不會比Schultz的高明多少，因為她文學修養有限，看不到中國現代文學全景也。

汽車想已安放在garage內，護照延期事已開始辦理否？Carol好久不寫信，這次長途旅行，她可寫的事實一定很多，所以一兩天內她要寄你一封信，我也不多寫了。張琨處代問好，專頌

暑安

弟 志清 上

六月二〇、二十一日

［又及］昨天見醫生，血壓已降低至125/90，很正常，望勿念。

父親來信，托我代買手錶鋼筆，送給玉瑛妹。據他說僑屬寄東西，可以免稅，我去問了陸文淵，他說手錶這類東西絕不可以進口，你可在Seattle打聽一下，有沒有人寄包裹到大陸的。

454. 夏志清致夏濟安（1960年6月23日）

濟安哥：

抵達Seattle後寄出的那封信已收到，《倪煥之》的reference代我找到十分感謝。

明日我們又要長征去Buffalo參加Liz Sing的婚禮。Liz Sing是去年這裡畢業的學生，她的groom是David Wu，他的父親是香港textile industry的大亨。

河上肇①英譯名Kawakami（河上？）Hajime（肇？）大約是不錯的，但不知那一個字是姓，那一個字是名，請指示。又郭沫若曾譯過一本Turgenev的小說叫《新時代》，Schyns以為此書為 *Virgin Soil*，不知確否？沈雁冰編《小說日報》，大約到1923年就不幹了，請把阿英《大系‧史料索引》一查，因為明天又要動身，不便多寫，草草，專頌

大安。

弟 志清 上
六月二十三日

---

① 河上肇（1879-1946），日本經濟學家，社會評論家，馬克思主義者，代表作有《貧乏物語》、《唯物史觀研究》、《經濟學大綱》和《〈資本論〉入門》等。

455. 夏志清致夏濟安（1960年6月29日）

濟安哥：

上星期Carol和我寄出的兩封信，想都已看到。我們去Buffalo，在motel住了兩晚，星期日返Potsdam。順便把Niagara Falls的風景也領略了一下。Niagara Falls可看的地區不大，遊人很多，不知為什麼成了蜜月聖地，新婚夫婦在那裡得不到多少privacy。大瀑布附近老式旅館很多，飯菜也似較別處便宜。Niagara Falls城本身工廠很多，一點也不attractive。幾個瀑布，都很壯觀，但我們走馬看花，也並不能好好欣賞。

你已請了律師，代辦在美國長期居住問題，很好。希望能順利找到一congressman來sponsor你，那就沒有問題了。臺灣方面，當然應該繼續negotiate，能夠把護照延長了，也可有更多的時間，把permanent residence的資格爭取到。在美國住久了，你自己覺得對不住臺大的guilt feelings想也沖淡了。下月到Seattle的二十幾位老前輩，他們做人也是相當現實的，不會逼着你重返臺大的。況且，你在美國工作可以更有成績，這點連錢校長也不可能否認的。（這一期《文學雜誌》還沒有收到，不知侯健在編輯方面有沒有碰到困難？）

一大疊Playboy已收到，很為感謝。那天從Buffalo回來，看了一晚上，真是如你所說，「百美俱陳」，看不勝看，在Austin時，吃了午飯沒有事，也曾把Playboy在市區drugstore經常翻閱。來Potsdam後，不大走動，已好久沒有機會看它了。Playboy的特點是增加human interest，在介紹每期playmate前，把她的姓名、生活情形一起報導一下，好像使你真正認識了一個人，在照相雜誌上的裸體美人，無姓無名，總給人cold的印象。許多playmates中，我

最欣賞Ellen Stratton①（legal tender），該雜誌讀者也一致擁護她，所以她的照片在三期不同issue上登載，使我很高興。Ellen嘴角帶微笑，天真無邪，而且乳部極美，是很難得的。美國一部份人喜歡「大哺乳動物」，其實乳房太大了，不容易持久firm，結果可能令人厭惡。Monroe，Jayne Mansfield②都已pass了她們的peak，而且她們堅持不戴奶罩，近兩年的figure實在並不美觀（J. Mansfield在London拍片的三張照片，比起她前面三年的照片來，已不能同日而語）。法國女明星在銀幕上裸體的情形，相當shocking，但多看了裸體美人，觀眾也就看厭了，專靠性感吸引觀眾，總不是電影的正路。我看 *Les Liaison Dangerous*③和義大利的 *The Sweet Life*④兩片在處理sex方面，已reach了超前的frankness，在這方面再有新發展，已不大有可能（除非是學Beatniks，攝《春宮》電影，文見 *Playboy*）。*Playboy*中的小說，我還沒有看，Herbert Gold⑤之類倒也是有名的新作家。

---

① Ellen Stratton（愛倫・斯特拉頓，1939-），美國模特兒，是《花花公子》雜誌1959年12月月度玩伴女郎和1960年年度玩伴女郎。

② Jayne Mansfield（珍・曼斯菲爾德，1933-1967），美國女演員，早期《花花公子》女郎，以性感著稱，上世紀50年代至60年代初風靡一時。代表作有《成功之道》（*Will Success Spoil Rock Hunter?*, 1957）、《春風得意》（*The Girl Can't Help It*, 1956）等。

③ *Les liaisons dangereuses*（《危險關係》，1959），愛情片，羅傑・瓦迪姆（Roger Vadim）導演，讓娜・莫羅（Jeanne Moreau），讓・路易・特蘭蒂尼昂（Jean-Louis Trintignant）主演，法國Les Films Marceau-Cocinor出品。

④ *The Sweet Life*（《甜蜜的生活》，1960），劇情片，費德里科・費里尼導演，馬塞洛・馬斯楚安尼（Marcello Mastroianni），安妮塔・艾克伯格（Anita Ekberg）主演，義大利Riama Film公司出品。

⑤ Herbert Gold（赫伯特・古德，1924-），美國小說家，畢業於哥倫比亞大學，長期遊歷法國和海地，後定居舊金山，代表作有《一個英雄的誕生》（*Birth of a Hero*）、《樂觀主義者》（*The Optimist*）等。

趙岡的文章，他已大部份寄給我，他的考證本領，實在令人佩服，他同時趕寫Ph.D.論文，能夠抽出時間作這方面的研究，更使我吃驚。他幾篇文章上重複之處雖然很多，但把周汝昌的許多論證駁得一錢不值，很使人感到痛快。「脂硯齋」是史湘雲的假設，實在是很不通的，趙岡的theory比較plausible得多。可惜趙岡弄的是中國東西，假如他能把英國大作家作同樣的研究，有同樣的發現，我想他被聘牛津、劍橋去做教授，也可當之無愧。在中國雜誌上寫文章，一般人indifferent而無辨別能力，不易得到reception和物質上的reward。

你去Stanford，查到了幾條東西，雖然material不太多，你也花了你的心力了。希望你把part II revise後，趕快發表。研究1920s，30s的中國文學，我看在雜誌方面，還是以哥倫比亞搜集得最完備，雖然左聯的刊物並不多。Columbia有全套《小說月報》、《文學》。朱光潛的《文學雜誌》、《文學季刊》、《文學月刊》、《新月》、《現代》、《學衡》、《創造學刊》、《文藝復興》（Postwar）等，可惜我經濟能力不敷，以前不能在哥倫比亞附近住一陣。《小說月報》、《文學》bound volumes太重，不能全部借出，沒有好好把它們翻一遍。比較下來，哈佛的collection（根據Bibliographical guide）就沒有這樣完整，兩岸諸大學也比較差一點。Yale最近中共出版的書買得很齊（這次回去，周作人的兩本講魯迅的書也有了），1949以前的書報，少得可憐。沈鵬年的書，出版地點想是北京⑥。

韓侍桁的文章我看過幾篇，他經常在《語絲》投稿，魯迅被圍攻後，他也是罵革命文學的一位要員。他在《現代》上也發表了

---

⑥ 沈鵬年的《魯迅研究資料編目》，1958年由上海文藝出版社出版，而非在北京出版。夏志清當年看不到書，故猜測有誤。

不少文藝批評，論點很中肯公允，後來不知怎的，他費勁去翻譯George Brandes[7]的「文學史？」，1935、1936年就不大見到他的文章了。五四以來critics不多，他可算是較competent的一個。

這兩天內Galley Proofs即將寄來，心神不定，不能好好把《紅樓夢》重讀，只是想些書稿上可能有問題的小節目。周策縱的那本書，本來不想買，我給學校order的一本還沒有寄到，今天自己也去order了一本，可能有些材料，是對我有用的。周策縱在《自由中國》上寫的新詩，實在不像東西，學問是很不夠的。他的《五四》是密大的論文，馬逢華以前也講起過他。研究東方文學的學者，我看Earl Miner[8]（Los Angeles）的西方學問還算不錯，陳世驤的英文文章我一直沒有看到，不知他在什麼雜誌上發表的。Achilles Fang捧Pound，也走了斜路。Yi-tsi Mei Feuerwerker（梅儀慈）最近在一本 *The Oriental Classics*？的symposium上有一篇 "The Chinese Novel" 不知你已見到否？她是梅光迪的女兒，我曾見過一面，相貌很文靜，她的那篇文章恐怕也無多大道理。

附上父親的信，上海物品供給，一年不如一年，父親已開始向陸文淵處去求買罐頭食品了。父親在給我的信上說，六月份起僑胞匯款至國內，受款人享受優待（上月開始，家裡生活可以改善）。以人民幣一百元為例，可得糖二斤，油二斤，魚二斤，豬肉二斤，

---

[7] George Brandes（勃蘭兌斯，1842-1927），丹麥文學批評家、文學史家，對19世紀70年代至20世紀初的歐洲文壇產生重大影響，代表作是六卷本的《十九世紀文學主潮》（*Main Currents in the Literature of the Nineteenth Century*）。

[8] Earl Miner（孟爾康，1927-2004），美國普林斯頓大學教授，曾任加州大學洛杉磯分校教授，主要研究日本文學、英國文學和比較詩學。代表作有《德萊頓的詩歌》（*Dryden's Poetry*）、《日本宮廷詩導論》（*An Introduction to Japanese Court Poetry*）、《比較詩學》（*Comparative Poetics: An Intercultural Essay on Theories of Literature*）等。

普通人每月恐怕祇能配給到幾兩豬肉。以前父親經常寄powder milk、維他命丸給玉瑛妹，現在也辦不到了。中共物資這樣恐慌，美國還當它強國對待，實在好笑。僑胞寄東西到大陸，可以不抽稅，想是真情，不知你已打聽到確訊否？玉瑛妹暑期返滬，很想看到禮物，我想先寄（航空）一枝51號筆去，61號可能太fancy。Carol，Joyce身體皆好，即請

　　近安

弟 志清 上
六月29日

　　［又及］來Potsdam路費太貴，我看還是明年夏季我們到西部來看你較好。Potsdam太dull，我們來東部，有你招待，可以好好vacation一下。

456. 夏濟安致夏志清（1960年7月3日）

志清弟：

　　好幾封信都收到，要說的話很多，先從家裡說起吧。在加州可以看到很多種中文報，《人民日報》大約隔一個星期即寄到Berkeley來了（真正航空寄，而不via Hong Kong的）。加州中國人多，大家特別關心中國。程靖宇來信說過香港的華人有寄幾兩花生米、一包掛麵（粉麵）回國內去的；馬逢華說花生確已絕跡，所出產的統統出國去換外匯了，他是有figures為證的。大約兩個月之前，我看見某報上說，凡是海外寄返國的食物小包，統統要交給公社去「共產」。這樣海外有親友的人也無法享用那些寄來的粗陋的「珍品」了。上海市內尚未普遍實行公社，但是統制一步一步地緊，換言之，即物資日益集中到政府手裡去，老百姓當然日益吃苦。將來陸文淵那裡的罐頭食品都不容易寄到父親那裡去了。寄去了可能要充公。關於玉瑛妹鋼筆、手錶的事，我不知道父親為什麼要出這個主意。為了玉瑛妹快樂起見，我勸你暫時不要買，51型在東南亞各地（即使臺灣）都當寶貝看的，在國內更是了不起的寶貨。請問玉瑛妹怎麼好意思拿出珍貴的東西來使用，在普遍的窮困，加以惡意的嫉妒的環境之中？請想想我們中小學時候，假如有一個同學用派克自來水筆，別人用什麼眼光看待他？現在國內的一般窮困已到淒慘狀況，而一般人嫉視奢侈心理可以更惡意地發揮。玉瑛妹有了一枝好筆或好表［錶］，只是無形中得罪很多朋友，原來跟她不睦的人（這種人總是有的），更要大興問罪之師了。在臺灣比較是自由經濟的環境下，我都不大願意穿新西裝，因為一般朋友大多是寒酸的，而我是了解人的嫉妒心理的。請聽陸文淵的話，如鋼筆不能寄，則此議作罷；如能寄，則寄一枝21型即可。中共

現在亦出自來水筆，如關勒銘（Rockman）等，且大量出口，國內普通人亦許買不起。21型和「國產」水筆在品質與美觀上相差不致太遠，不致hurt中共的驕傲自大心理。最好是寄幾枝Scripto（五角左右一支的）的ball point pens回去，丟了不可惜，要是有人眼紅，隨便送掉亦無所謂。（有了51筆，哪裡去買51墨水？）總之，父母親與玉瑛妹的問題，不單是窮困；若單是窮困，則盡我們弟兄二人之力，總可減輕家人的痛苦的。現在他們是生活在六萬萬個同樣窮困或更加窮苦的人中間，而大部份人因窮困而神經變態了，共幹的陰謀陷害與瘋狂且不必說。這是我們特別要小心的。你良心太好，目前還是聽從陸文淵的勸告為是，他知道得總比我們清楚。我所擔心的，是不要因我們的孝心或愛心，反而引起家裡的麻煩。在共黨下過日子，能夠無聲無臭不受人注意最好，任何方式惹起人注意總是給自己招麻煩的。在mob裡面，頂好生活裝扮得和別人一樣；雖然苦，但可少麻煩。記得我們坐海船到秦皇島去的那一次嗎？我們因為生活稍稍舒服（雖然亦坐damn統艙），且不與那些學生來往，後來才發現那些人對於我們的痛恨了。船上只有幾十個學生，但已成為mob了。我對於人生的看法是相當dark的，大陸淪陷，更使我無法對人生樂觀。若說中共之得勢，是「命該如此」，那反而是樂觀的看法，蓋注定要來，不免注定要去也。若不承認命定論，說有free will，那麼才是大大的悲觀了。怎麼會有這麼多人chose slavery的呢？

關於你書上的問題，拉雜談來：

1、河上肇是姓Kawakami，日文河、川等字是Kawa（或變音讀作gawa），如芥川為Akutagawa，市河為Ichigawa等。還有大明星早川雪洲①，Sessue Hayakawa。

---

① 早川雪洲（Sessue Hayakawa, 1889-1973），日本千葉縣人，電影演員，是最早

2、《小說月報》和《新時代》都忘了查了，很抱歉，這兩天放假，五號以後一定去查。UW的《小說月報》似乎有全份，郭書大約查生活全國總書目就可以了。

3、傅東華在1937年所寫的《十年來的中國文學》看見過沒有？那是收在商務在1937年所出的《十年來的中國》，很厚的一冊書，編排裝訂印刷如馮友蘭的《中國哲學史》。扉頁題字者為陳立夫，寫編輯後記的是樊仲雲②（提倡「中國本位文化」的十教授之一，後在「汪偽」處做事，當時是上海某大學教授，大約和CC有關）。這本書是七七抗戰之前，蔣介石黃金時代十年治跡的記錄，各篇作者都是國民黨有關之人，除了傅的這篇。大約書去送印時，尚未打仗，書出版時，就碰上八一三了。傅東華這篇寫得很好（各方面都寫到），對於創造社和左聯，評得嚴厲公正；他說標榜主義的人，不如埋頭創作的人，前者往往叫囂一陣，而沒有作品產生的。他認為中國新文學的主流是周作人「人的文學」——文學研究會（茅盾、老舍、葉紹鈞等）——和生活書店的「文學」。他主張現實主義，讚美反映現實而不硬湊主義公式的作品。對於「民族主義文藝」的批評很得當（不妨引入你的書裡面），他認為民族主義亦是和創造社一樣的熱情浪漫叫囂派。這一句話就可以dismiss民族主義文藝了。他不承認他編的《文學》是和左派有關係的，對於提拔的新人有如下之說：

活躍於歐美電影界的亞洲演員，代表作有《矇騙》（*The Cheat*, 1915）、《桂河大橋》（*The Bridge on the River Kwai*, 1957）、《藝妓男孩》（*The Geisha Boy*, 1958）等。

② 樊仲雲（1901-1989），字德一，浙江嵊縣人，知名學者。曾任商務印書館、新生命書局編輯，上海復旦大學、暨南大學、光華大學等校教授，抗戰爆發後為汪偽政權服務，歷任中央大學校長、國民政府政務參贊等職。著有《中國本位的文化建設宣言》等，主編《社會與教育》，《文化建設》等刊物。

　　「現在文壇上的後起之秀如艾蕪③，蔡希陶④，征農⑤，何穀天⑥
（周文），臧克家⑦，萬迪鶴⑧，吳組湘，盛煥如⑨，劉白羽，陳白
塵⑩，蔣牧良⑪，蕭軍，謝挺宇⑫，王西彥⑬，舒群⑭，端木蕻良，哨

---

③ 艾蕪（1904-1992），原名湯道耕，四川新繁人，左翼作家。早年漂泊雲南、緬
　甸、新加坡等地，1932年加入「左聯」，1949年後任重慶市文化局局長、文聯
　副主席等職。代表作有《南行記》、《山野》、《百煉成鋼》等。

④ 蔡希陶（1911-1981），原名中矩，字侃如，浙江東陽人，植物學家。青年時期
　熱愛文學，發表在《文學》月刊上的短篇小說〈蒲公英〉曾受到魯迅的稱讚。

⑤ 征農（1904-2008），原名夏正和，筆名夏征農、夏子美，江西新建人，左翼作
　家。代表作有評論集《野火集》，短篇小說集《結算》等，主編《辭海》等。

⑥ 何穀天（1907-1952），原名何開榮，筆名周文、何穀天等，四川榮經人，左
　翼作家。在《文學》上發表了成名作《雪地》（1933），其他代表作有《分》、
　《愛》、《煙苗季》等。1952年在「三反」運動中受迫害而死。

⑦ 臧克家（1905-2004），山東諸城人，現代詩人。受聞一多影響極大，有詩集
　《烙印》、《罪惡的黑手》、《臧克家詩選》等，1949年後任《詩刊》主編。

⑧ 萬迪鶴（1906-1943），現代作家，早年留學日本，1933年在《文學》上發表處
　女作〈達生篇〉。出版小說集《火葬》等。

⑨ 盛煥如，不詳。

⑩ 陳白塵（1908-1994），原名陳增鴻，江蘇淮陰人，現代劇作家，小說家。代表
　作有《結婚進行曲》、《升官圖》、《歲寒圖》等。

⑪ 蔣牧良（1901-1973），原名蔣希仲，湖南漣源人，現代小說家。受張天翼鼓勵
　開始文學創作，處女作〈高定祥〉（1932）發表於《現代》，受到魯迅關注。代
　表作有小說集《十年》、《夜工》等。

⑫ 謝挺宇（1911-2006），原名謝廷玉，浙江武義人，現代作家。曾留學日本，
　1937年回國參加抗日戰爭，後加入中國共產黨。1049年後在東北從事專業創
　作，代表作有《斷線結網》、《霧夜紫燈》等。

⑬ 王西彥（1914-1999），浙江義烏人，現代小說家。1931年在《橄欖月刊》發表處
　女作〈殘夢〉，代表作有「追尋三部曲」（《古屋》、《神的失落》、《尋夢者》）等。

⑭ 舒群（1913-1989），原名李書堂，黑龍江哈爾濱人，滿族，現代小說家，「東北
　作家群」代表人物之一。在《文學》發表成名作〈沒有祖國的孩子〉（1936），
　主要作品有《戰地》、《老兵》、《秘密的故事》等。

吟⑮等等，大半都是由《文學》上發表處女作而成名的。」

　　周作人後來譏左派文學為「八股傳統」（VS公安竟陵自由傳統），他亦引進去了。這篇文章讀後，對於傅東華大起尊敬之心。

　　4、郭《沫若文集》在UW的一套亦缺Vol.7，缺的是什麼？倒引起我的興趣了。

　　5、《葉聖陶文集》Vol.3，是1958 Oct出版的，已經看到（Vol.4尚未見，UC是不是有？忘了），內收《倪煥之》及短篇小說十餘篇。他說1953（？記不准）那本《倪煥之》，刪了八章（？），現在遵朋友之勸，恢復原狀，一章不缺。文字到底有無改動，我還沒有去對照比較。總之，宋奇那篇文章似乎已經失掉意義。

　　你這本書主要的是作品的批評，關於史料方面，現在搜集的這點已夠。再多搜集，恐怕反而要把書的重點掩沒。我現在對於五四以來的社會文化文學史，倒大感興趣。這方面如好好地研究，可以寫一本很生動有趣的書。這種書中共出的，當然是謊話居多；臺灣方面好像也不會有人寫。香港人寫書，大多寫出算數，很少有人去research的（史彬［劍］⑯的《郭沫若批判》已看過，可說毫無scholarship可言，主要材料是抄沫若自傳的）。如能在美國花多年工夫，亦許可以寫成。這個時代亦算是我們的時代，如不把它記下來，有許多事實真相，亦許就此要湮沒了。最困難的還是材料難找，如'20s，除幾種有名雜誌外，次要雜誌如《真善美》、《樂群》、《金屋》……等，最好亦能覓到。有幾個chapters不妨先寫的，但都很難寫，如「胡適」。他人雖健在，但已可「論定」。先

⑮ 哨吟，蕭紅（1911-1942）的筆名。蕭紅原名張榮華、張廼瑩，黑龍江呼蘭縣人，現代女作家，「東北作家群」代表人物之一，因特出的文學才華以及坎坷而富有傳奇性的一生而聞名於世。代表作有《呼蘭河傳》、《生死場》等。

⑯ 史彬，《郭沫若批判》（香港亞洲出版社1954年版）的作者署名為史劍，是曾任《和平日報》主編的馬彬的筆名。

說一點：with all his amiability，他的領袖欲還是太強，有時甚至不惜抹煞真理。在Berkeley聽到兩個故事：一、Richard Irwin不是在研究《水滸傳》版本嗎？胡博士曾在Berkeley講學幾個月，Irwin去請教他關於《水滸》的問題了。據說胡的答覆是：「你只要看我的兩篇文章好了，問題都已經解決了。」——這不是Irwin說的，亦不是陳世驤說的，好像是李祁（Miss Li Chi）說的，但我沒有去問Irwin證實。二、這是馬逢華說的，趙岡的幾篇稿子是統統寄給《自由中國》的，雷震本來說要用，但後來胡博士不贊成，一直把它們壓住。趙岡要拿到別處去發表了，雷才替他發表一部份。胡適是贊成周汝昌的。

要寫近人傳記，非得訪問很多人不可（Columbia大學有美國名人tape recording library），但這種工作我是怕做的。

有一篇文章可寫，寫出來大有趣味，即〈留法勤工儉學團〉是也。可在美國先搜材料，寫一部份，再向Foundation申請款項，到法國去一年，再搜集材料。（在日本可搜集的材料，當然是太多了。）

關於左聯，我至今沒有看見全份會員名單，認為是憾事。即第一天開會的出席名單，也不全的（中共故意suppress有些名字）。胡也頻⑰和丁玲都不在創辦人之列，可能1930三月他們二人在濟南。最近讀了沈從文的〈記胡也頻〉和〈記丁玲〉，裡面事實也不全。胡之傾左，沈似乎事前一無所知。丁玲和瞿秋白的弟弟一段，該是很有趣的故事。「上海大學」⑱就是一篇有趣的文章。

---

⑰ 胡也頻（1903-1931），原名胡崇軒，生於福建福州，現代作家，1930年加入左聯，是1931年在上海被捕並秘密殺害的「左聯五烈士」之一。代表作有《到莫斯科去》、《光明在我們的前面》、《也頻詩選》等。

⑱ 上海大學，1922年由國共兩黨合作創辦，于右任任校長，瞿秋白任教務長，1927年被國民黨當局強行關閉。瞿秋白的兩個弟弟和丁玲都在「上大」讀書。

　　左聯有多少人被政府捉去而懺悔釋放的？韓侍桁恐怕是一個，他曾經把當票從日本寄來，請魯迅贖當頭。田漢可能亦曾懺悔。

　　在Hoover看見一本勝利出版公司的《關於魯迅》，中有魯覺吾[19]的一篇，據其人說：他和魯迅之母是本家，叫魯迅為「周家大阿官」，又在濟南和胡也頻同事。此人當有一肚皮的故事，可惜寫下來的太少。

　　我上次那篇文章，至少有兩點要改（都是我自己發現的），1、馮雪峰1936不是從延安返滬的，那時延安還在國軍手中，西安事變後，延安才給共黨拿去。2、徐懋庸答覆魯迅「萬言書」的信，措辭亦很毒辣，因為我在Hoover翻到那期《今代文藝》了。

　　日本改造社《大魯迅全集》有Notes，對魯迅研究當很有用。書分七本（？），四本是小說、論文、回憶錄之類，是由日本專家（如增田涉[20]等）寫「解題」的；三本是雜感，都由胡風寫「解題」。雜感都是罵人文章，胡風的commentary應該很有興趣。關於《現代評論》的話，郭沫若在《創造十年續編》中曾經駁過，我看還是胡風說得對，至少胡風是照着魯迅的意思說的。

　　關於胡風之死，總算找到一些根據。今年4月份香港出的《展望》（西名Look）（自聯出版社Chih Luen Press出版）有一篇紀念

夏濟安此處可能是說上海大學的成員複雜，男女戀愛本身就是一篇有趣的文章。

[19]　魯覺吾（1900-1966），即魯莽，浙江紹興人，魯迅母親親戚，知名報人，作家和戲劇家，代表作有《杜鵑啼倦柳華飛》、《自由萬歲》、《黃金萬兩》等。曾任國民黨中央圖書審查委員會官員和三青團宣傳部長等職，在抗戰期間積極支持抗日話劇上演。

[20]　增田涉（1903-1977），日本島根縣人，畢業於東京帝大中國哲學文學科，歷任島根大學、大阪市立大學、關西大學教授。1931年來到上海隨魯迅學習，結下深厚情誼。將《中國小說史略》翻譯為日文，在魯迅去世後參與改造社版《大魯迅全集》的翻譯工作，並一直致力於中國文學研究。

胡風的文章，文章一開頭就說，根據「自聯通訊社」消息，胡風業已自殺云。

關於郁達夫之死，香港《文藝生活》（*Literary Life* ──司馬文森㉑編）1949四月十五那期（總號NO.43）有金丁㉒（姓汪）的文章一篇，說得很詳細。金丁和郁一起在南洋的。（篇目都已忘記，如需用，當去抄來。）

我自己的問題很簡單，但也很傷腦筋。找律師做難民，暫時不進行，蓋此法太drastic。只有等錢校長來了，和他磋商延長2年之一法。我的口才拙劣，加以理不直氣不壯，求起人來更加無話可說。攤牌在即，不知如何對付。雖然平常不去想這個問題，但是隱憂在胸，總是很難排遣的。對於發表魯迅一文，最近亦不大起勁。如果要回臺灣，這種文章發表了對我沒有什麼好處。我現在的問題不是找不到job（暫時並不需要靠paper來建立我的地位），而是護照immigration等，這些不是靠發表文章所能解決的。現在的態度，且看運氣如何吧。錢校長如不答應，我是一點辦法亦沒有的。H. Mills的論文要出版，對我沒有什麼關係，我相信我鑽掘材料與文章花描的本領，她絕趕不上。而且Ph.D.論文中不免要充塞很多platitudes（美國人寫中國題目），不像我的處處要尋求引人入勝也。周策縱的書我匆匆翻了一下，發現他主要的工作是在記載政治外交罷課罷市等事，對於文化思想方面說話很少，如有，大致沒有什麼精彩的話。有一點我不知道周策縱寫進去沒有（別的在美國的學者恐怕亦大多忽略的），即社會manners & morals的記錄。這包

㉑ 司馬文森（1916-1968），福建泉州人，現代作家，1934年加入左聯，在抗日戰爭和國共內戰期間積極參與宣傳工作。代表作有長篇小說《雨季》、《南洋淘金記》等，文革期間受迫害去世。

㉒ 汪金丁（1910-1998），筆名金丁，北京人，左翼作家。1932年加入左聯，代表作有小說《孩子們》、《兩種人》等。

括public taste（如月份牌）、娛樂（第一家電影院何時建立的？）、交通工具（轎子在上海何時disappear？腳踏車何時始用？）、服裝（男女）、風俗（如文明結婚，以鞠躬代磕頭，以白紗代紅裙）、建築（拆城牆）等等，這在中國modernization方面是很重要的，即便禮拜六派文藝亦是推動中國人對於時代自覺的一種力量。這些問題似乎還很少人研究，周策縱書裡如不包括這些，對於五四as a movement的了解還是不夠的。洋人看中國書報大多都很費力，大約是不可能在這方面研究，因為這樣一個研究可能要在幾千處地方找材料，這在他們是辦不到的。我對於歷史，大有curiosity，且自信有fresh outlook，如能完成這樣一部著作，倒可算是「宏舉」。但腦筋雖靈活，而毅力不夠，不知何日始能開始之耳。

Carol的信照舊的非常生動有趣，這封信已經寫得很多了，她的信明後天再回覆吧。我在這裡三個週末，都去租了一部Rambler American（十元錢一個週末，加七分錢一mile，汽油他們出），開着玩，開車技術在進步中。Rambler American比Oldsmobile靈活，馬力充足得很，一發動似乎就要衝出去的樣子，這倒是出乎我意料之外的。第一個週末我開了一百多哩，第二個開了兩百多哩。這是個long weekend，不敢上公路，也許就在市區附近玩玩了。

The Apartment [23] 精彩得很（小地方處處討俏），當年劉別謙成績想亦不過如此。此片如*Love in The Afternoon*，幽默中帶溫馨；不像*Some Like It Hot*的使人狂笑。附加的*Islands of The Seas* [24] 是狄斯

---

[23] *The Apartment*（《桃色公寓》，1960），愛情喜劇，比利·懷德導演，傑克·李蒙（Jack Lemmon），莎莉·麥克琳（Shirley MacLaine）主演，The Mirisch Company出品。

[24] *Islands of The Seas*（《海之島》，1960），紀錄短片，Dwight Hauser導演，迪士尼影業出品。

耐㉕的生物教育片，亦很有趣。中有Iguana打架的場面，打架之前兩隻怪物先互相吐口水，好像頑皮兒童打架一般——Joyce看了且不要學壞樣。

父親的信已拜讀，他希望家庭團圓，足見老懷悲愴，看了使人很難過。時代巨劫，我真覺力量之薄弱。回信當於寄Carol信中附上。

別的再談　專頌

精神愉快

濟安

七月三日

㉕ 狄斯耐，即迪士尼影業（Walt Disney Productions），美國最知名的電影公司之一，取名自其創始人華特・迪士尼（Walt Disney, 1901-1966），以創造了米老鼠等一系列廣受歡迎的卡通形象而享譽全球。

457. 夏志清致夏濟安（1960年7月8日）

濟安哥：

　　七月三日長信已收到，同時收到父親的信，托買61型筆和名牌好錶。你信上說的理由，都很對，父親要我們買錶和筆，可能是我們大學畢業前後，他也曾給我們錶和筆各一種，所以要維持tradition，也未可知。你文筆好，可否寫封給父親，觀〔勸〕告他舉動的不智，信可直接寄上海（712弄107號Chang Ning Rd），或由我轉。我可能下星期買一支21號航郵寄上海，看能不能寄到。

　　謝謝你給我關於胡風自殺的消息。Associated Press（聯通社？）的release美國報章上應該查得到。他的死期是否是你以前信上所說的？《展望》上的那篇文章，有沒有署名？有沒有給確定的死期？請再查一查。

　　我去夏《文藝報》1955年正月份那期看起，可是胡風在「文聯」「作協」聯席會議上兩篇講辭都沒有看到，那兩篇東西都載在《文藝報》1954年22號（十二月份）上，Seattle如無《文藝報》，《新華月報》想也可能轉載。我所要知道的是兩篇發言中的內容和着重點究竟有什麼不同？此兩篇發言時間是十一月七日、十一日會議上，請你查一查，把內容不同處轉告給我。如篇幅不大，托library攝了影寄給我也好。葉紹鈞的《未厭居習作》想是散文集，而不是小說集，不知《聖陶文集》上有沒有提起？這星期在校對proofs，長信隔兩信再寫，專頌

　　研安

弟 志清 上
七月八日

458. 夏志清致夏濟安（1960年7月11日）

濟安哥：

今天整理notes，抄出了幾項東西，希望你替我查一下。U. of W.如有書，找這幾個quote（附紙）一定很容易，如沒有書，也就算了。《倪煥之，誰換之》一文刊在《今日世界》何年何期，宋奇自己也不記得了，UW如有該雜誌，也請查一查。渡邊兩個字英文怎樣譯法，遠東系日文專家一定很多，一問即知。我為了找quotes的page references，不知花了多少時間，僥倖的是，上次去New York，New Haven，把引書的頁數差不多全數找到，缺的祇有這幾項，因為書misplaced或遺失了。我把兩章已送去打字，其餘要修改的地方都是很簡短的，不必多費時間。吳相湘想已離Seattle，你也可以定下心來多讀書寫作了。〈臺灣文壇〉一文寫好後，請即寄上。

又，U.W.如有《文藝報》或《人民文學》，請將本年正月份攻擊錢鍾書《宋詩選注》的文章粗略一看，並將那兩篇重要文章的作者和titles抄給我。我給程靖宇信後，他沒有回音。

昨晚看了 *Black Orchid*①，Anthony Quinn演技很好，如把關於Quinn，Loren的子女部份去掉了，該是一張好片子。

你job方面有消息否？希望早日能把明年的事情安排好。不多寫了，即祝

近安

弟 志清 上
七月十一日

---

① *Black Orchid*（《黑蘭花》，1958），劇情片，馬丁・里特導演，蘇菲亞・羅蘭、安東尼・昆主演，派拉蒙影業出品。

459. 夏志清致夏濟安（1960年7月14日）

濟安哥：

這幾天讀proofs，沒有空寫長信。Galleys上misprints極少，惟capitalization，punctuation等要求一致，每個chapter精讀兩遍，也要費不少時間。

胡風的兩篇發言已查到否？魯迅的《藥》曾在Snow，*Living China*上載過，我翻譯了一段《藥》，文字大約是根據Snow而稍加修改的。這段文章在小說的結尾：

The old woman moved a few steps nearer, gave it minute scrutiny, & then …… the crow, his head drawn back, perched among the straight boughs as if it were cast in iron.

請你把Snow上相仿的那兩段文字抄發［給］我，並指明頁碼（& edition），我的文章如和Snow的譯文相差不遠，應當在Notes中作一個acknowledgement。

近況想好，做些什麼研究？周策縱書寄到了，粗翻一翻，該書英文的蹩腳，相當驚人。周君想已五十左右，在Preface上說他曾在郭沫若編的雜誌上發表過新詩。Carol，Joyce近況皆好。父親處的信已寫了沒有？今天我們先寄了一兩件衣服（航郵），看能不能寄到。匆匆　專頌

近安

弟　志清　上

七月14日

460. 夏志清致夏濟安（1960年7月16日）

濟安哥：

　　有兩個小問題，要請你查了書。《創造季刊》創刊號出版日期想是1922 5月1日，本來我書上也這樣寫，去年重翻《大系》錢杏邨《史料索引》，我把這段記載改為「《創造季刊》1922秋季出版」。其他書籍（including周策縱）都說是5/1出版的，請你把《史料索引》查一查，看它作什麼說法。郭沫若的《女神》詩集，我譯 *Goddess*，Achilles Fang在一篇文章上譯它為 Goddesses，周策縱也跟着譯 Goddesses，我想他們是譯對的。請查查《沫若文集》中的《女神的再生》，告訴我郭沫若究竟 invoke 了哪九個女神？

　　胡風的兩篇發言已找到否？請你抄給我大意，希望日內看到來信。近來校對極忙，一直沒有好好給你寫信。近況想好，專頌

研安

弟 志清 上
七月十六日

　　Helena Kuo[1]譯過一本老舍的小說，*The Drum Singers*（Harcourt Brace 1952），不知是根據哪一部小說節譯的。我沒有見到這本書，所以無法揣測。《離婚》、《牛天賜》、《四世同堂》都已有譯本了。請你把書查看一下，看它最像哪一部小說。

---

[1] Helena Kuo（郭鏡秋，1911-1999），美籍華裔作家、翻譯家，是美籍著名畫家曾景文（Dong Kingman）的夫人，也是宋奇親家。郭鏡秋出生於澳門，1937年移居英國，任倫敦《每日郵報》的專欄作家。1939年移民美國，任美國之音和美國新聞社翻譯。譯有老舍的兩部小說《離婚》（*The Quest for Love of Lao Lee*, 1948）和《鼓書藝人》（*The Drum Singer*, 1952）。老舍曾作七律〈贈郭鏡秋〉，以表謝忱。

461. 夏濟安致夏志清（1960年7月18日）

志清弟：

　　上星期忙得不得了，華大舉辦了「中美學術合作會議」，臺北到了二十幾位代表，加上美國各地的中美代表，交際應酬極多。開會亦浪費很多時間。美國代表中，Creel火氣最大，認為他是愛護中國文化，而一般social scientists，linguists是要殺害中國文化的。最後一天還說，這個會是Scandalous！Martin Wilbur①，是白髮和善老者，沒有同他講話。Lindbeck②（哈佛）像Jack Lemmon③，但很嚴肅。中國人之中，楊聯陞④傻態可掬。劉大中⑤（Cornell經濟）京

① Martin Wilbur（韋慕庭，1908-1997），美國漢學家，哥倫比亞大學博士，主要研究興趣為近代中國，尤其是孫中山與國民黨崛起的歷史，代表作有《孫中山：壯志未酬的愛國者》（*Sun Yat-Sen: Frustrated Patriot*）等。韋慕庭也是上世紀50年代末開始的哥倫比亞大學中國口述史項目的主要發起者。

② John Lindbeck（約翰・林德貝克，1915-1971），美國漢學家，耶魯大學博士，父親是在華傳教士，自幼生活於中國，1959年受費正清邀請出任哈佛大學費正清中國研究中心（Fairbank Center for China Studies）副主任，1967年離開哈佛，出任哥倫比亞大學東亞研究所主任，著有《理解中國：美國學術資源評介》（*Understanding China: An Assessment of American Scholarly Resources*, 1971）等。

③ Jack Lemmon（傑克・李蒙，1925-2001），美國演員，一生獲獎無數，是歷史上第一位集坎城、柏林、威尼斯三大電影節和奧斯卡金像獎最佳男主角於一身的演員，代表作有《熱情如火》、《桃色公寓》、《中國綜合症》（*The China Syndrome*, 1979）等。

④ 楊聯陞（1914-1990），字蓮生，生於河北清苑，歷史學家。上世紀40年代初赴美留學，獲哈佛大學博士學位，後留校任教，主攻中國經濟史。代表作有《中國貨幣與信貸簡史》、《中國制度史研究》等。

⑤ 劉大中（1914-1975），生於北平，計量經濟學家，康奈爾大學經濟學博士，先後任職清華大學，國際貨幣基金組織，康乃爾大學和臺灣中研院，在臺灣的賦

戲極好，能唱八大鎚中之《陸文龍》、《舞雙槍》。袁同禮（Library of Congress）很和善。臺北方面出席者有胡適、錢思亮、毛子水、羅家倫、蔣夢麟⑥、劉崇鋐、梁實秋……等。我租了部車，供朋友們代步，開了［來］開去，現在經驗大增，對於開車已經很少有恐懼之感了。原定早日要覆父親及Carol的信，均無暇執筆，甚歉，日內補上。

托查的東西都已查到：

（1）沈雁冰停編《小說月報》日期，確如來信所言。（《文藝新聞》是袁殊⑦和樓適夷編的，袁後投「汪偽」，故共方不欲再提起他的名字。）

（2）根據生活《全國總書目》，郭書是Virgin Soil（郭鼎堂⑧譯）

（3）《未厭居習作》根據Union Catalogue（Berkeley的）上說是「小說」。但1935《中國文藝年鑒》上把它列入「小品」。我想以後者為是。要不要到U.C.去把書借來？

（4）《展望》上的文章叫做〈懷念胡風先生〉，作者署名「啟明」⑨。香港的史誠之（友聯）也來開會，我問過他。他說據他所知（最近消息），胡風是「求自殺未遂」，現在還活着。《展望》是司

稅革新中發揮了重要作用。代表作是《中國大陸的經濟：1933-1959》（與葉孔嘉合著）。

⑥ 蔣夢麟（1886-1964），原名夢熊，字兆賢，浙江餘姚人，教育家。哥倫比亞大學博士，師從杜威，歸國後先後擔任北大校長、國民政府教育部長等教育界要職，代表作有自傳《西潮》等。

⑦ 袁殊（1911-1987），原名學易，化名曾達齋，生於上海，新聞記者，情報工作者。活躍於上世紀30、40年代的上海灘，身份極為複雜，遊走於中共、中統、軍統、汪偽與青幫之間，1949年後受潘漢年案牽連下獄，著有《袁殊文集》。

⑧ 郭鼎堂，郭沫若的筆名。

⑨ 啟明，不詳。

馬璐⑩辦的，司馬璐曾著《鬥爭十八年》，你想知道。關於此事，我曾查過 *N.Y. Times* 的分類索引，沒有找到任何報導。這個也許以前信裡沒有提起。現在唯一的文字根據，僅《展望》而已。

（5）胡風的兩次發言，似沒有涉及要點。但周揚的說話（1954）已經對他批駁得很厲害。'55的大 purge，殺機已種於此。我是叫圖書館印 Photostat 的，不知怎麼的，館員沒有聽清楚我的話，印成了 Microfilm。叫他們改印，恐又要耽擱時間。只好先把 Microfilm 寄上，你想辦法去讀它吧。（可向圖書館借 viewer。假如早知是 microfilm，我索性就多印幾頁了。）

（6）*Living China*（John Day, Reynal & Hitchcock, N.Y.，可是我手頭這本又說是 Made in Great Britain，Bristol 某印刷所印，出版日期亦沒有）p.39：

For many years neither of them has seen clearly, & yet now both see these fresh blossoms. They are not many, but they are neatly arranged; they are not very splendid, but they are comely in an orderly way. Hua Ta-ma looks quickly at her son's grave, & at the others, but only here & there are a few scattered blossoms of blue and white that have braved the cold; there are no others of scarlet. She experiences a nameless emptiness of heart, as if in need, but of what she does not wish to know. The other walks nearer, & examines the flowers closely, "what could be the explanation?" she muses. Tears stream from her face, & she cries out:

"Yu, my son! You have been wronged, but you do not forget. Is it

---

⑩ 司馬璐（1919？-），中共黨史專家，早年加入中國共產黨並赴延安學習，1941年因政治原因被開除出黨，避居香港，後移居美國。擁有大量中共高層早期事跡的一手資料，在香港期間主辦雜誌《展望》，著有《中共歷史的見證──司馬璐回憶錄》。

that your heart is still full of pain, & you choose this day & this method of telling me?" she gazes.

(P40): around, but seeing only a black crow brooding in a leafless tree, she continues: "Yu, Yu, my son! It was a trap; you were buried alive! Yet Heaven knows! Rest your eyes in peace but give me a sign. If you are in the grave, if you are listening to me, cause the crow to fly here & alight on your grave. Let me knows!"

There is no more breeze, & everywhere the dry grass stands erect, like bristles of copper. A faint sound hangs in the air, & vibrates, growing less & less audible, till finally it ceases entirely .Then everything becomes as quiet as death. The two old women stand motionless in the midst of the dry grass, intently watching the crow. Among the straight limbs of the tree, its head drawn in, the crow sits immobile, and as though cast in iron.

怕你久等，先把這封信發出。一、二日內當再有信。你proof-reading如是之忙，我真想來助你一臂之力，Carol和Joyce前都問好。父親處的信，下次一併寄上。專此　敬頌
　　近安

　　　　　　　　　　　　　　　　　　濟安　頓首
　　　　　　　　　　　　　　　　　　七月十八日

　　[又及]胡與袁：《文藝報》1954年第22號（Nov.30，主編馮雪峰，副主編陳企霞⑪，侯金鏡⑫。可是該期登了個小啟事：「本刊本期因故延至十二月九日出版，希讀者鑒諒」，當時內部鬥爭情形還很緊張）周揚文刊，……23，24號合刊（Dec.30，編輯者：中國文學藝術界聯合會文藝部編輯部）。

　　Mote⑬也讀過你的原稿，非常讚美。

---

⑪ 陳企霞（1913-1988），浙江鄞縣人，左翼作家。早年與葉紫一同創立了無名文藝社，1933年加入左聯。1949年後任《文藝報》副主編、主編，1955年被打為「丁玲、陳企霞反黨集團」，文革後始得平反。主要作品有《獅嘴谷》等。

⑫ 侯金鏡（1920-1971），北京人，文藝評論家，1954年開始擔任《文藝報》副主編，文革期間遭迫害致死。著有《鼓譟集》、《部隊文藝新的里程碑》等。

⑬ Frederick Mote（牟復禮，1922-2005），美國漢學家，金陵大學歷史系畢業，西雅圖華盛頓大學博士，普林斯頓大學教授，代表作有《中華帝國，900-1800》（Imperial China 900-1800）等。

462. 夏志清致夏濟安（1960年7月23日）

濟安哥：

　　七月十八日信及microfilm都已收到，信上所指示的數點及microfilm對我都很有用，我書上把胡風的發言寫得過火一點，現在參看原文後（用viewer讀文章還是生平第一次），重寫了那一段，比較妥切些。Snow所譯（當然是請人譯的）的《藥》，與我的對照，大約「意譯」之處較多，英文也不好。魯迅在雜文集常常提起一本在準備中的「草鞋集」，是由洋人翻譯的中國近代小說集，我想就是那本 *Living China*。《倪煥之》既在《聖陶文集》內重印了，請你查一查倪煥之臨死前說的那段話的頁碼（大約是最後一兩頁）："Aye, so let it to death! Feeble ability & unstable emotions, they are useless, completely useless! One hope after another came within my grasp & then fled; if I had 30 more years to live, it would be still the same!" 這段文章是宋奇quote過的，現在有了《文集》，就用不到依賴宋奇的那篇文章了。我書中所討論的小說都全部看過，祇是《倪煥之》看的是abridged edition，《四世同堂》第三部《饑荒》沒有看到，甚是遺憾。《饑荒》1950年在上海《小說月刊》開始連載，當於1951年方可載完，但Ida Pruitt的英文節譯本 *Yellow Storm* 在美1951年即出版，此事很使我費解。晨光出版公司的單行本不知會不會比《小說月刊》連載的出版日期為早？大陸淪陷前後，不知晨光（趙家璧）有沒有搬到香港去，把書在香港出版？I am tempted to寫封信去問問Ida Pruitt（via her publisher），她究竟用的什麼版本。

　　上星期printer度假期，書稿的最後200多頁還沒有看到校樣，其中一百頁是notes，bibliography，之類，得花工夫細讀，免得有錯誤。有空翻看了周氏《五四運動史》，周氏說胡適在1916年夏季

開始和朋友們討論白話文和做白話詩的問題，我記得清楚是1915夏天，請你把《新文學大系》第一卷的「導言」和第十卷的「逼上梁山」翻看一下，以便confirm這個date。又，周氏說1915夏季胡適已讀完了Cornell的大學本科，他的說法一定是對的，請你同時在那兩篇文章上查一查（或者翻一翻《留美日記》）。上次信上問及《創造季刊》第一期出版日期，想已查到了。

傅東華那篇文章我沒有看到，他的觀點和我的相仿。《文學》可能不是左派，但左派寫文章的人不免多了些。他所說關於《文學》的那一段大意，我可以放在note裡面。史誠之既認為胡風仍是活着，《展望》的那段消息我想也不放進書裡面去了。

上星期你和中美學術界代表在一起，見到不少人，想玩得很好（加上去年加大的會議，我想你已把美國的中國專家全部看到了）。和錢思亮他們，不知你有沒有好好地把護照問題談一談，我想你在美國研究情形很理想，錢思亮是不會刁難的。胡適在 TIME 照片上好像較在［前］消瘦黝黑一些。你上次信上所講的幾段笑話，我想都是真的。胡適的「大膽的假設」，其實也是dogmatism的變相。我想中國歷代留下的文件這樣不全，任何什麼假設都可以得到些plausible的證據。周汝昌書上下了不少「大膽的假設」，無疑使胡適對他大為佩服了。

前兩天買了一支21型筆（$5），已航郵寄陸文淵處，由他再轉寄上海。筆不值錢，丟掉也無所謂（筆如能收到，再寄一隻較可靠的手錶）。你前次信上所說關於嫉妒心理的話，都是對的，不知何故，父親想不開，一定要我們送玉瑛妹筆和錶。可能他在上海，除了食品恐慌外，還沒有多接觸到中共的醜惡面。此事出主意的人是玉富（她告訴父親僑胞寄東西可以免稅），她在中共生活了十年，似應該明白一些道理。

　　Demo. ticket Kennedy和Johnson①相當堅強，Nixon可能鬥不過他們。而Kennedy上台後，Stevens，Chester Bowles②支持外交，free world的前途更不堪設想。最近Congo事變，白種人受了萬種侮辱，使我感慨很多。我看白種人的黃金時代是從十六世紀到十九世紀，那時期人有自信，各方面都有超前發展。第一次大戰後，西方開始衰落（想看看Spengler③，看他如何分析西方的衰落）。一方面提拔弱小民族，一方面對蘇俄抱旁觀態度，結果今日野蠻民族抬頭，蘇俄倡狂，只好算西方人自己掘自己的墳墓。西方的禍源是法國革命，拿破崙下台後，虧得英奧德國保守，把殘局收拾得差強人意。第一次大戰後理想主義者Wilson重新apply法國大革命的principles，自由，平等，民主，結果世界大亂。那時美國人不加入國際聯盟是對的，目前美國靠UN來推行自己的政策，終不是一個辦法。不多寫了，你開車大有進步，甚慰。希望你自己有工夫做研究，心境愉快。Joyce，Carol皆好，專頌

　　近安

弟 志清 上

七月廿三日

---

① Lyndon Baines Johnson（林登‧貝恩斯‧詹森，1908-1973），第36任美國總統（1963-1969），民主黨人。他在1960年大選的黨內競爭中不敵甘迺迪，轉而接受副總統提名，1963年甘迺迪遇刺後繼任總統職位並取得連任。

② Chester Bowles（切斯特‧鮑爾斯，1901-1986），美國官員，曾出任美國駐印度、尼泊爾大使等職。1960年大選期間，擔任甘迺迪的外交政策顧問，並在勝選後被任命為國務次卿。1961年因對「豬灣事件」（Bay of Pigs Invasion）持反對態度等原因遭到解職，引發了史稱「感恩節大屠殺」（Thanksgiving Day Massacre）的官員洗牌。

③ Spengler（斯賓格勒，1880-1936），德國哲學家、文學家，其在一戰後寫下的名著《西方的沒落》（*Der Undergang DES Abendlandes*, 1918）影響深遠。

463. 夏濟安致夏志清（1960年7月28日）

志清弟：

來信收到。《倪煥之》（開明戰前版）與《小說》（1950）四期（《饑荒》連載，惜未見全豹）均已借到，擬印 Micro Film 寄上惜來不及，返 Seattle 後即辦。

我在加大事無問題，但錢校長催我回去，所以要去加大找人商量，擬找律師 fight。在加州約三天耽擱即回。詳情函告。專頌　近安

濟安

《創造季刊》：郭著《創造十年》中說是5月1日創刊，阿英①的目錄上說 Autumn。也許那期叫做秋季號吧。「女神」有四個，並無 invocation。胡適事查後再覆。

---

① 阿英，即錢杏邨（1900-1977），原名錢德富，安徽蕪湖人，作家、文學史家、編輯。早年發起組織「太陽社」、「左聯」等文學革命團體，對清末小說有深入研究，代表作有《晚清小說史》、《晚清文藝報刊述略》等。

464. 夏志清致夏濟安（1960年7月30日）

濟安哥：

上次那封信，想已看到，信上所問九個問題，希望日內看到回音。因為according to schedule，我應當在8月3日把galleys寄還，希望能在那一天前把各種小問題解決。

另有三個小問題：

a.《語絲》何年終刊？我看了川島①那篇文章後（《文藝報》，No.16, August 1956），在notes中寫了「1929年終刊」，但在Bibliography上，我載的年份是1924-31，不知哪一個date正確，請你查一查。

b.我書稿正文中，寫道，「1921年創造社出版了三部書：《女神》、《沉淪》和郭譯《維特的煩惱》。」（這句話是有根據的，不知出什麼書），周策縱書上寫郭譯《維特》1928年出版，Schyns書上所載date亦是1928，請你一查。

c.《文藝復興》一卷五期（June 1946）有一篇《山洪》（or《鴨嘴澇》）的書評，by余冠英②or俞冠英（我抄書，在兩處不同地方，抄了兩個不同的Yú字），Seattle如有雜誌，請一查。余冠英想是寫過書的，請你在reference works上查一查他的名字。

一星期來，每晚三時入睡，忙不堪言，你近況想好，專頌

---

① 川島，即章廷謙（1901-1981），字矛塵，川島為其筆名。浙江紹興人，作家、學者。畢業於北京大學，與魯迅關係密切，後和孫伏園等人發起創辦《語絲》，是「語絲文體」的代表人物，出版有散文集《月夜》等。

② 余冠英（1906-1995），江蘇揚州人，古典文學史家。畢業於清華大學，抗戰期間曾任教於西南聯大，1949年後任中國社會科學院文學所研究員、副所長、《文學遺產》雜誌主編等。主持編寫的《唐詩選》、《中國文學史等》影響深遠。

近安

弟　志清　上

七月30日

465. 夏志清致夏濟安（1960年8月1日）

濟安哥：

今日接來卡，悉你已去Berkeley找人商量，頗為你worry，希望一切進行順利。錢先生的話恐怕也是空口說說，算不得準的。假如他來華大，你不在那裡，恐怕他不會從臺北寫信來認真催你的。信到時，想已返Seattle，希望聽到好消息。

《倪煥之》、《饑荒》（both《葉聖陶文集》vol. III or 戰前edition，give date of Publi.）我沒有看到，也是說說而已。Microfilm靠viewer來讀，實在不方便，看整本的書，我是不會有這樣的耐心的。我所要的僅是上次所抄的那段quote的頁碼而已。galley proofs這星期寄回，昨天信上所問的問題，祇好在page proofs上改了。謝謝你告訴《女神》、《創造季刊》兩點。所餘問題請早日告我，我可以同editor通信，由他代改。匆匆，專頌

一切進行順利

弟 志清 上
八月一日

466. 夏濟安致夏志清（1960年8月5日）

志清弟：

　　幾封信都收到。我在舊金山申請延長護照，成否尚不可知。普通護照在領事館即可延長，我的可是要到臺北去的。如護照只在外交部兜一個圈子，只費些時間，亦無所謂；只怕外交部再轉教育部再轉臺大，那麼大有碰釘子的可能。我現在不去想這個問題，聽天由命。據律師（專家）講，護照如不能延長，問題變得很困難。必要時，我預備去歐洲玩幾個月，再轉香港，再也不回臺灣去了。

　　在這裡的research亦沒有什麼成績，亂七八糟的東西是看了不少，最近擬寫一篇瞿秋白。他的《餓鄉紀程》與《赤都心史》講的是他內心的追求，這兩本東西和他死前的懺悔錄〈多餘的話〉之間，似有脈絡可通。〈多餘的話〉1936年於《逸經》發表（該刊主編人是簡又文①即大華烈士，研究太平天國的專家，他們是拿該文當作「忠王李秀成供狀」來看待的），1958年香港《展望》又轉載。據我看很像是真的，但是很難證明它是真的；即使是真的，亦很難證明沒有經過改動。瞿秋白文人氣質重，做了共產黨很有幻滅之感。如該文是真，當是一篇很重要的文獻。

　　倪煥之之死：

　　他夢囈似地說：「腸窒扶斯typhus！我就要結果在腸窒扶斯吧？三十五不到的年紀，一點兒事業沒成功，這就可以死嗎？唉，死吧，死吧！脆弱的能力，浮動的感情，不中用，完全不中用！一個個希望抓到手裡，一個個失掉了，再活三十年，還不是那樣？

---

① 簡又文（1896-1979），字永貞，筆名大華烈士，太平天國史專家。著有《太平天國全史》、《太平天國典制通考》等。

同我一樣的人，當然也沒有一個中用！成功，是不配我們領受的獎品；將來自有與我們全然兩樣的人，讓他們去受領吧！啊，你腸窒扶斯！」（p.404，《葉聖陶文集》第三卷，1958年10月北京人民文學出版社。Microfilm已送去印，尚未印好。）

根據《創造十年》，郭是於1921年翻譯《少年維特》（同年鄭伯奇②譯《盧森堡之一夜》），書是否1921出版，待考。1928年是靠不住的，黃人影③（顧鳳城，後被指為托派）編《郭沫若論》中收有〈讀了《少年維特之煩惱》以後〉，by熊裕芳④，該文寫作日期為十三年（1924）十月廿八日，發表於上海《時事新報‧學燈》。該書至少在1924年前已出版了。

駱賓基《蕭紅小傳》（《文萃》1946-47連載）中說三郎是蕭軍在東北時的筆名。你在哥大借到的那本茅盾研究，我在Berkeley時亦約略翻過，其中有一點似有問題。景宋⑤的某書裡說「××先生從日本回來了……」，該書說「××」即是茅盾，但我在上一篇paper裡，說××是胡風，因該××是很不popular的，不像是茅盾。不知道你有沒有注意這一個問題？

《語絲》據阿英說（《大系》）是1931年停刊，但是他在後面所抄的目錄，抄到156期為止（1927年10月），不知何故。大約《新文學大系》只編到北伐，北伐以後就不收，那麼1931停刊可能是對的。他又說《語絲》終刊後，北新又出了一種《駱駝艸》，「不過那是一九二八年以後的事了」。（請看加注）

---

② 鄭伯奇（1895-1979），原名鄭隆謹，字伯奇，陝西長安人，左翼作家、文學理論家，左聯的發起者之一。代表作有《抗爭》、《打火機》等。

③ 黃人影，即顧鳳城（生卒年不詳），字仞千，江蘇無錫人，左翼作家、文藝理論家、編輯，代表作有《沒落的靈魂》、《新興文學概論》等。

④ 熊裕芳，貴州龍里人，生卒年不詳。

⑤ 景宋，即許廣平。

語絲據Union Catalogue，Hoover Library有這麼些本：

Nos.1-140（Nov.24-July1927）

Vol 4. No.1-Vol 5. No 52 Jane 1928？-March1930

原注：1924-1927在北京出版，1930停刊（？）

胡適《藏暉室札記》（後來改《留學日記》）明明說是1915年和朋友們討論文學革命的：

一九一五　九月十七日，送梅觀莊⑥往哈佛大學詩：「新潮之來不可止，文學革命其時矣。」（「文學革命」一辭，恐怕真是胡適第一個用的）

九月十九日，叔永⑦戲贈詩（送胡生往科倫比亞大學）：「文學今革命，作歌送胡生。」（胡是1915.9.20去科大的）

九月廿一日，昨夜車中戲和叔永再贈詩，卻寄綺城諸友：「詩國革命何自始，要須作詩如作文。」

一九一六　七月六日追記（那時胡已在紐約）「在綺色佳時，與叔永、杏佛⑧、擘黃⑨三君談文學改良之法，余力主張以白話作文作詩作戲曲小說……」

《新文學大系・建設理論集》大約被人借走了，沒有看見，但是《留學日記》想更可靠。

---

⑥ 梅觀莊，即梅光迪。

⑦ 叔永，即任鴻雋（1886-1961），生於四川巴縣，學者、科學家、教育家。同盟會成員，中國近代科學的奠基人，創辦了中國最早的科學刊物《科學》，著有《科學概論》等。

⑧ 杏佛，即楊銓（1893-1933），江西玉山人，經濟學家、社會活動家，國民黨左派人士，組織發起中國濟難會、中國民權保障同盟等民權組織，1933年遭國民黨特務刺殺。

⑨ 擘黃，即唐鉞（1891-1987），福建閩侯人，心理學家。哈佛大學博士，中國心理學的奠基人，譯介了大量西方心理學著作，著有《唐鉞文存》、《國故新探》等。

關於左聯，我仍不斷地在搜集材料，但是第一張名單（加盟人）還沒有找到。我很想trace各人的活動，包括被捕的人。司馬璐《鬥爭，十八年》是香港最近十年來出的最好的一本書，描寫共產黨給他的痛苦，很深刻。他說他在延安碰見李初梨[⑩]和徐懋庸。兩人都很失意。周揚沒有提，但是他說毛澤東「整風運動」是對付陳紹禹[⑪]的，陳紹禹（王明）後來就打垮。據我猜想，周揚大約曾在整風運動中出過大力氣，被毛欣賞了。

此次去加州，我曾開車去Palo Alto（找沈剛伯，臺大文學院院長），Frankel夫婦說起一個故事，使我愕然久之。他們說，共產黨進城了，地下分子都暴露身份，你猜北大裡面共黨黨齡最高的是誰？是王珉源！他那時已有廿幾年的黨齡了。我們只注意他和張祥保談戀愛，誰知還有這一套！現在想想，他似乎太「陰」，但不知他那時有沒有操縱學潮。操縱又如何操縱法？小說真難寫。

下星期Vancouver有李少春等真正京戲表演，這裡很多人要成群而去。我是買了兩張票，臨時也許要送人。所以不去者，還是想保持反共的身份。他們有了美國公民身份，去去無妨。陳世驤夫婦也將來了同去。錢穆夫婦也將來西雅圖，我的票也許就送給他們了。錢穆今年仍舊希望我回新亞去的，我沒有答應。到處亂答應，到處失信，以後不能做人了。我當然還希望留在美國，如必要時去香港，暫做 free lance 也可維持生活。我今日之地位和十年前大不相同；這點地位，在美國是微不足道；在臺灣是反成累贅（今後文壇、政壇〈臺灣真在組織反對黨，叫做「中國民主黨」〉、教育界

---

⑩ 李初梨（1900-1994），四川江津人，文學評論家，後期創造社的主要成員，代表作有《怎樣地建設革命文學？》、《請看我們中國的 Don Quixote 的亂舞》等。

⑪ 陳紹禹（1904-1974），即王明，安徽金寨人，中共早期領導人，與毛澤東在發展道路上存在諸多分歧，在延安整風運動中受到嚴厲批判。

的糾紛，我都將很難不管了，假如回臺灣）；在香港則謀生必不成
問題的。電影已好久未看，你太辛苦，盼多保重。專覆　敬頌
　　近安
Carol、Joyce前都問好

濟安

八月五日

　　［又及］余冠英近年還在大陸編過《詩經選》、《樂府詩選》
等，你講的人大約就是他了。俞冠英未聞其名。《文藝復興》
Berkeley有，此間無。

467. 夏志清致夏濟安（1960年8月15日）

濟安哥：

八月五日來信已看到，所指示數點，都十分有用，謝謝。你去舊金山申請延長護照，希望不久有好消息，反正你在Berkeley有job等着你，護照事拖一年半載，也無所謂。我想外交部不會出惡主意，一定逼你返臺的，如真有困難，你托朋友，律師，和校方幫忙，把時間拖長，最後一定可得到圓滿解決。你已抱不再返臺的決心，事情好辦得多，我想你在美國有job，移民局一定讓你好好住下去，臺灣方面的說話不一定有多大力量。暫不得已去香港住一陣也是好的，但我想你不會有去香港的必要。

Galley proofs前星期繳出，書中factual errors我想仍是有的，即是周策縱這樣努力research的人，他書中仍免不少錯誤，但我自信已把errors減到極少數。可能有問題的有下面三樁小事：一、瞿秋白去江西作文化部長抑教育部長，我書中兩處作了不同的記載（根據兩種不種[同]的sources），最後為求consistency起見，把「教育部長」的頭銜除去了，但「文化部長」可能是新名辭[詞]，瞿的職位可能是教育部長，你在研究瞿秋白，請指示。二、郭沫若抗戰初年任National Military Council（？）第三廳廳長，後來任Cultural Work Committee委員長。郭沫若不作第三廳廳長後，第三廳有沒有被撤除，抑重新改組？關於這一點情報也不一致，你如有所知，請賜教。三、最近看到袁同禮編的 *China in Western Literature* 那本大書（很有用，自己也去order了一本），書中有一項是

Su Hua（凌叔華）*Ancient Melodies*. Introd. by V. Sackville-West[1]-

---

[1] V. Sackville-West（薇塔・薩克維爾・韋斯特，1892-1962），英國作家、詩人、

London-Hogarth[2]，1942 (?)

不知此書是凌叔華自己譯的短篇小說集，抑是英文創作的長篇？Seattle 圖館如有此書，請翻看一下，或找 librarian 幫忙查一查。此事不關緊要，但我很 curious 凌叔華在英國究竟寫了些什麼東西。

1952 年 Harcourt Brace 出過一本老舍的 *Drum Singers*，我不久前曾寫信給 Helena Kuo（via Harcourt），問她究竟譯的是哪一本小說。今天得到回信，署名 Helena Kuo Kingman 郭鏡秋（可能是 artist Don Kingman[3] 的太太），說這部小說是老舍在紐約寫的，中文本從沒有出版過。中文題名是《鼓書藝人》（主人翁一家人姓方，title 很有 Rickshaw Boy 封面上「洋車夫」三字的氣味，不像是真的）。中共統治中國後，老舍曾寫過一本 play 叫《方珍珠》，也是描寫走江湖的藝人的，我想老舍後來把小說中一部份材料放到劇本裡去了。《四世同堂》譯者 Ida Pruitt 處我也去了信。

瞿秋白的一生值得研究，你有興趣寫文章把他討論一下，也是好事。瞿秋白早年是文學研究會會員，不知他和該會關係

園藝家。其一生充滿傳奇色彩，與丈夫哈羅德‧喬治‧尼克爾森（Sir Harold Nicolson, 1886-1968）共同修建了著名的西辛赫斯特城堡花園（Sissinghurst Castle Garden），擁有多名同性戀人，其中包括小說家維吉尼亞‧吳爾芙，並成為吳爾芙小說《奧蘭多》（*Orlando: A Biography*）的靈感來源。代表作有《耗盡的激情》（*All Passion Spent*）、《大地》（*The Land*）、《詩集》（*Collected Poems*）等。

[2] London-Hogarth，此處指位於倫敦的霍加斯出版社（Hogarth Press），1917 年由吳爾芙夫婦創立於里奇蒙（Richmond）的家中，該出版社以出版布魯姆斯伯里文化圈成員的作品以及翻譯作品聞名。

[3] Dong Kingman（曾景文，1911-2000），美籍華裔藝術家，水彩畫大師，郭鏡秋的丈夫。一生活躍於繪畫、電影和文化交流領域，獲獎無數。

深淺如何。我一二月前翻看Robert C. North④，*Moscow & Chinese Communists*，書中有一段關於瞿臨死的描寫，很有趣。North所述的是根據李昂⑤《紅色舞台》的報導。李昂說「長征」開始前，瞿肺病已很嚴重，所以毛澤東沒有把他帶走。他臨死前，寫了一首詩，高唱International，槍決時手指間還夾着燃着的香煙。瞿的翻譯我都沒有看過，他的雜文給人的印象是非常專橫，除魯迅外，他把別的左翼作家都不放在眼裡（在《學閥萬歲》內，他提倡「大反動文學」，頗有殺人不眨眼的態度），不知你有沒有同感。

　　上星期把應列入index的subjects按章打了下來（用adding machine的紙卷），但沒有看到page proofs前還不能把index好好編排，所以這星期可以比較閒一些。昨晚看了一百多頁H. James的 *The American*，描寫美國純潔青年（36歲）Christopher Newman，追求法國貴族寡婦，極引人入勝。法國破落貴族家庭規矩之嚴，頗似中國舊式家庭，其殘酷或且過之。James的早年小說我想都是十分可讀的。今天在office讀在［了］頭幾章《紅樓夢》，發現問題很多，即「賈雨村」這個character就很ambiguous。一方面賈雨村代作者說了許多要說的話，一方面他的人格舉止不夠正派，似不應有做spokesman的資格。關於「京都」和「金陵」我想是作者固［故］意弄玄虛，實在只好算是一個地方。《紅樓夢》中許多discrepancies我想是作者故事考慮不周密的結果，不值得大驚小怪地去作考證

---

④ Robert C. North（羅伯特・諾斯，1914-2002），美國紐約州人，第二次世界大戰期間在遠東服役，戰後任斯坦福大學胡佛研究所研究員，獲斯坦福大學博士學位，後任政治系教授，直至退休。代表作有《莫斯科與中國共產黨》（*Moscow & Chinese Communists*）等。

⑤ 李昂，即朱其華（1907-1945），浙江海寧人，中共早期黨員，上世紀30年代脫黨返滬，以不同筆名發表作品，代表作有《中國資本主義之發展》、《中國農村經濟關係及其特質》、《紅色舞台》等。

的。Carol，Joyce近況皆好。上次臺灣要人來後，不知你同他們談些什麼。葉子銘⑥《茅盾》那書我看得很粗心（把抗戰以後那段好好看了），沒有注意到XX先生的事，但我想你的推測一定是對的。近況想好，即頌

　　近安

弟 志清 上
八月十五日

　　［又及］「倪煥之」攝影，不知你要不要花錢，很不好意思。

　　李少春如到Montreal來上演，好想去看他。*N.Y. Sunday Times* 上武松打虎一景中的武松恐怕就是李少春。

---

⑥ 葉子銘（1935-2005），福建泉州人，現代文學專家，長期任南京大學中文系教授，以茅盾研究見長，著有《論茅盾四十年的文學道路》等。

468. 夏志清致夏濟安（1960年8月17日）

濟安哥：

昨天收到父親來信，茲寄上。看後請寄還。

玉瑛妹的婚事，我幾年來不時想到，但從沒有寫信去問過（如「玉瑛妹已有男朋友否？」），一則不好意思問，二則近兩三年中共人民生活奇苦，一個人自己的衣食都管不了，怎麼可以結婚？玉瑛妹一向很 shy，可能沒有男朋友，不結婚累贅較輕，也就算了。父親信對我是個 surprise，對你恐怕也是。焦良可能是個好青年（名字使我聯想到焦贊孟良①，並帶話劇明星、作家假名的氣味），他和玉瑛妹熟識了好多年了，人想是靠得住的。在共黨奴隸生活下，life's claims 是壓不倒的。生活愈枯燥乏味，男女間的 mutual solace 更是人生可能享受的唯一的 privacy，更覺得有需要：在這一點上我們對玉瑛妹及焦良只好表示好意的同情，希望他們能得到一點做人的快樂和趣味。但正因為人生的 urges 是壓不倒的，共產黨可以利用這個弱點把它的統治鋪排得更嚴密，更使人透不過氣來。中共人口增加是事實，而人口愈增，吃苦的人也愈多，這個 vicious circle 也永久可保持其完整性。我希望玉瑛妹懂得 birth control，不要生子育女，把自己的生活弄得更苦楚，把自己生下的小生命白白地讓共黨糟蹋作踐。

讀父親信，家中對玉瑛妹的婚事是不大贊成的，可能為了此事，玉瑛已和父母吵了架。父親還想替她辦家具，不知道玉瑛妹結

---

① 焦贊、孟良，宋代抗遼將領，在《楊家將演義》中被描述為六郎楊延昭的左膀右臂而廣為人知，因二人在小說中常常一同出場，故有「焦不離孟，孟不離焦」之說。

婚後能不能和焦良住在一起，還成問題，實在是想不開。將來結婚後，焦良可能很 proud，不要我們的接濟，但婚禮是應該送的，我以為除了那隻手錶外，再送一百元美金，你以為如何？至少父母有了錢，可以添辦一些東西，暫時減少他們的 worry，而 maintain 一點嫁兒女時應有的 excitement。

　　日內我要選購一隻較實用的 shock-resistant，water-proof，stainless steel 的手錶寄回家去。其實在大陸衣食不全，有了一隻錶，有什麼用處，能得到些什麼快樂，實在也很難說。兩年以前父親信上總很樂觀，對中共建設很有信心。最近兩年來信上顯得很寂寞，對中共很失望，可能也後悔當年不聽你的話，逃到香港去（兩年前，夏季照舊每天開西瓜，現在西瓜市面上也見不到了）。他希望玉瑛妹能調往上海，事實上是不可能的。希望見信後，給父母寫封長信，勸慰他們。玉瑛妹你有要說的話，也可給她一封信，我們給她 moral support，她心頭也可高興些。

　　不多寫了。*The American* 已看完，看後很有回味。James 雖然自稱該小說僅是 romance，但有許多 scenes（如最後 Newman 和 Duchess 某的 interview）是非大小說家寫不出，想不到的。即祝

　　近安

　　　　　　　　　　　　　　　　　　弟　志清　上

　　　　　　　　　　　　　　　　　　八月十七日

469. 夏濟安致夏志清（1960年8月22日）

志清弟：

　　兩封信都收到。玉瑛妹的婚事，我並不反對。父親的信亦已拜讀，我覺得「家境貧寒」似不成為理由。大陸上現在恐已很少不貧寒之人，如共產黨還要維持若干時候。有希望的人恐怕還是那輩年青幹部與技術人員（即Djilas①所謂New Class），他們也許可以拿到較高的待遇。你的話不錯，男女間的戀愛在共產暴政下也許還可以給人生一點安慰與privacy。玉瑛妹雖然交了一個窮朋友，但這是戀愛結婚；焦良大約是個好青年這一點，我也同意（但他如單是善良，刻苦耐勞等，而不陰險，亦很難爬上高位）；物質生活困苦，本是意料之中的事，只希望精神上能得些安慰就好了。最大的blow，是給父母的。他們將要感到更大的寂寞。焦良不會是「半子之靠」之類的人，可能和父親母親感情亦不大好。玉瑛妹是忠厚人，她不會誘導焦良的感情，使他對我們的父母盡此孝道。我們兩人遠在美國，唯一能安慰安慰父母的，是玉瑛；她的婚事已成定局，以後請假又難，她恐怕真將成了「嫁出去的女兒潑出去的水」了。父母親的老境是很淒涼的，這一點使我們特別的難過，物質生活的困苦，倒是其次。我們所能勸玉瑛者，只是教他們小夫妻在可能範圍之內，多給些「溫情」給父親母親而已。

　　最近中共的動態，很值得注意。糧食增產大是失敗，並且沒有改善的希望（聽錢穆說，農民們真的是怠工的，取消了私有財產，

---

① Djilas（米洛萬‧吉拉斯，1911-1995），前南斯拉夫共產黨和國家的主要領導人，革命家、政治家，1953年因與狄托在體制問題上產生嚴重分歧，激烈批評斯大林主義和狄托的政策，被剝奪一切職務，成為異見者與反對派，此後多次因反對當局的言論下獄，其政治主張被稱為「吉拉斯主義」。

他們做工就不起勁了）。最 puzzle 的是，中共在外交上亦將走入絕路。和蘇聯的關係鬧得很糟，上星期有一天報上的 headline（AP）說：蘇聯專家數千人離華，中共留俄學生亦多召回。這是根據南斯拉夫和法國方面的報導。但是有一椿事情，真表示兩國感情之惡化。八月初莫斯科開一個 Orientologists 大會，美國去了很多人，UW 是 Michael，UC 有 Schultz（社會學）、Levenson 等（趙元任本亦擬去，後來不敢，——怕和中共代表見面；頂妙的是，臺灣當局還訓令趙元任去，這一下嚇得趙更不敢去了），此外有 Lattimore, Fairbank, Hackett，以及 Richard Walker 等。其中不少美國人，是想去見見中共代表的。最近消息說，中共代表（人數原定三百）根本沒有參加那個會。除了兩國關係惡化之外，我想不出中共為什麼要下蘇聯這個「台型」。據美國時事分析家的意見（如 *Time*），「中」蘇歧見之處一是公社，二是第三次大戰。其實中共何嘗敢打？中共是希望美蘇打起來，它守中立；美蘇互相大破壞，它埋頭建設，它才有機會躋入強國之列。蘇聯內部大約亦有反對 Khrushchev ② 擁護毛澤東的人，毛才敢一意孤行。美國外交如好好運用，還有希望拆散中共與蘇聯的「團結」。美國外交界目前恐無如 Pitt ③，Disraeli ④

---

② Khrushchev（赫魯雪夫，1894-1971），1953-1964 年間蘇聯共產黨和國家最高領導人，執政期間實行去斯大林化政策，平反斯大林時期的政治案件，使得蘇聯社會各個領域迎來「解凍期」。在外交方面，他雖多次出訪西方國家，但也製造了第二次柏林危機、古巴導彈危機以及中蘇關係惡化等重大事件。

③ Pitt，此處指的應該是小威廉‧皮特（William Pitt the Younger, 1759-1806），英國首相（1783-1801, 1804-1806），因任期內帶領英國成功抵抗了法國大革命和拿破崙而獲譽，其代表的新托利主義（New Toryism）亦對日後的英國政壇產生深遠影響。此外，他的父親老威廉‧皮特（William Pitt, 1st Earl of Chatham, 1708-1778）同樣是傑出的英國首相（1766-1768），在七年戰爭中作為英國的實際領導者，帶領英國扭轉了不利局面。

④ Disraeli（Benjamin Disraeli，本傑明‧迪斯累利，1804-1881），猶太人，英國首

之類的縱橫捭闔之才，但美國如像現在這樣下去，亦不一定會有什麼壞結果。我不相信民主黨會出賣美國利益。共產黨最大的危險是蹈希特勒的覆轍：自己天天宣傳如何強大，敵方如何脆弱云云，結果自己亦相信了自己的鬼話，可是敵方並不如所宣傳那樣的脆弱，自己的強大反而經［禁］不起嚴重的考驗的。就目前所表現的，中共與蘇聯還是穩紮穩打，很有些韌性。這是很可怕的。美國朝野，似乎都很了然於局勢的嚴重，這次增加國防費用，是兩黨一致要求，連Ike都只好同意。站在中國人立場，我是絕對地反對中國共產黨，但是美國人如有辦法把中共從蘇聯那邊拉過來（雖然目前希望非常之小），那將是外交上最大的成功。主義云云，本是騙人的，希特拉［勒］、史大林都可以「互不侵犯」，中共未始不可和美國改善關係。中共目前所需要的是機器和糧食，美國都可大量供應；不像蘇聯那麼小氣，何況蘇聯糧食還需要中共來接濟呢。目前如要解除中國大陸人民的痛苦，只有希望U.S. aid to Red China——這當然是wishful thinking，但我不反對美國和中共舉行談判（即使暗中吧），我不相信中共真像它所表現的那樣的intransigent。共黨的反覆無恥，是天下著名的；它是只講究實惠，不講究道義的。抓到這一點，美國還是有機可乘。

最近又是瞎忙一陣，陳世驤等從加州來去Vancouver看戲，在Seattle逗留時，我又不得不陪他們玩。Vancouver的戲，這裡去看的人很多，我也曾定了兩張票，後來想想，還是不去了，把票子送了人。星期三到星期六四個晚上演的是同樣的節目：《三岔

相（1868, 1874-1880），小說家。在將托利黨改造為保守黨的過程中發揮重要作用，同時作為殖民帝國主義政策的積極鼓吹者，他還創作了多部政治小說，包括被稱為「迪斯累利三部曲」的《康寧斯比》（*Coningsby*）、《西比爾》（*Sybil*）和《坦克雷德》（*Tancred*）。

口》、《秋江》（崑曲？）、《虹橋贈珠》（有一妙齡武旦，據說很精彩）、《霸王別姬》（袁世海，杜近芳⑤）、《雁蕩山》（李少春主演武戲），另外有些舞蹈節目，如絲帶舞、孔雀舞（都是些妙齡少女）等。星期日白天演全部《白蛇傳》，據說精彩更甚。演員中最好的是杜近芳，她今年27歲（大陸淪陷時，她才19歲，無怪我們未聞其名），據曾唱老生的李桂芬（她是 *Mountain Road*⑥女主角 Lisa Lu 盧燕香⑦〈丈夫姓黃〉的母親，她們一群我都見到了）說，杜近芳的玩意兒遠在張君秋、言慧珠等之上，可列入四大名旦而無媿色云。我很贊成你們能去 Montreal 一看，Carol 看了一定會滿意，你也可以得到很大的樂趣，也許 Joyce 也會喜歡。《三岔口》也是李少春主演的，可是故事改得不像樣：任棠惠是奉命保護孟良（古銅色臉，不是焦贊了！）的，而劉利華一家也是奉命保護孟良的，要暗害孟良的是那兩個原來是很可憐的解差。黑夜之中，雙方起了誤會，任棠惠和劉利華「摸黑」大戰，最後誤會消釋，Happy Ending。《白蛇傳》取消了「祭塔」，杜近芳一人到底，很賣力氣（不「飲場」），做工細膩，嗓音甜潤，在「盜仙草」與「金山寺」中的開打，亦頗使人咋舌。戲班已去東部，在 Toronto 演完後去 Montreal，希望你們注意開演日期，早去定票。聽說在 Toronto 有李、袁的《野豬林》，戲碼將有更動。在 Vancouver，戲班還舉行一次 reception，酒是茅台酒（一種高粱）；男演員都西裝筆挺，女演

⑤ 杜近芳（1932-），北京人，京劇演員，自幼學習青衣，師從王瑤卿、梅蘭芳，亦工花旦、刀馬旦等。

⑥ *Mountain Road*（《山路》，1960），戰爭片，丹尼爾‧曼（Daniel Mann）導演，詹姆斯‧史都華、盧燕香（Lisa Lu）主演，哥倫比亞影業發行。

⑦ 盧燕（1927-），別名盧萍香、盧燕香、盧燕卿，生於北京，旅美華人電影演員。京劇名伶李桂芬之女，《山路》是其在美國主演的第一部劇情長片，代表作有《瀛台泣血》、《傾國傾城》、《末代皇帝》等。

員塗脂抹粉，穿一種長到拖到腳板上，開叉〔衩〕很高的旗袍。我的朋友們也有去後台參觀的。京戲無論如何經中共瞎改，要想表演「人民的力量」，總不能成為宣傳共產主義的vehicle（neither does "ballet Russe"——我看過俄國的 *Swan Lake*⑧影片，英國拍的，其中妖人一角，很像Stalin），味道仍是封建社會的。而在中共暴政之下，演員不敢拆爛汙（尤其武工更求完美），演出水準反提高了。

在Seattle社交很忙，連電影都好久未看了。這裡的李方桂與其太太是華人社交界的中心，家裡常常住滿很多客人。我同他們來往得很熟。我對於社交的興趣，一直比你大，但是精神也浪費不少。

瞿秋白在江西時，任「中華蘇維埃共和國教育人民委員會」的commissar。他出國過早，沒有幫文學研究會多少忙。他的前妻王劍虹⑨（後早夭，續妻楊之華⑩）是丁玲最要好的朋友，據沈從文在〈記丁玲〉中說，還是很「美麗」的。郭沫若在抗戰初期任軍事委員會（蔣是委員長，國府主席是林森⑪）政治部第三所所長，他卸任後，何人接任，不詳。《沫若文集》中可能提起，是不是一定要查？你們跟Joyce送的兩張卡片，都收到了。謝謝。今年那天生日都不知道，反正那幾天天天有應酬，無形中亦celebrate過了。再談

祝好

濟安

8/22

---

⑧ *Swan Lake*，即《天鵝湖》。

⑨ 王劍虹（1901-1924），四川酉陽人，知識青年，丁玲在上海大學的好友，瞿秋白第一任妻子，因肺病在上海去世。

⑩ 楊之華（1901-1973），浙江蕭山人，婦女運動活動家，瞿秋白第二任妻子，曾任中共中央委員、中共中央婦女委員會主席等職，文革期間被迫害致死，著有《婦女運動概論》等。

⑪ 林森（1868-1943），福建閩侯人，近代政治家，字子超，號長仁。同盟會成員，國民黨元老，「西山會議派」重要人物，長期擔任國民政府主席之職。

　　［又及］父親來信並我的家信附上，另附上支票100元，即作為我給玉瑛妹的婚禮。行蹤尚未定，等定了，再寫信給Carol，她和Joyce處均問好。

470. 夏志清致夏濟安（1960年9月2日）

濟安哥：

八月二十二日的信收到已多日了，接着又收到父親和玉瑛妹的來信，兩封信上都沒有提到婚事，不知何故，父親信上沒說什麼，玉瑛妹的信現在附上。你寄上的賀禮我也寄陸文淵處了，這禮本應我們兩人合送的，但暑期中我經濟情形並不好，你既把錢都付了，我現在在 Ward 定了一隻自動的女用表，約四十多元，不日寄出，也就算了。看玉瑛妹的信，大約她終日教書開會勞動瞎忙一陣，只要身體能維持，大約也不能算太苦，因為人的身體精神久處於苛刻的 regimen 下，遲早 develop 了抵抗力，會消極地混日子。我以前軍訓三月，一點自由也沒有，大約玉瑛的情況還比我的優勝些。

讀了你的信，極有興趣去 Montreal 一觀京戲。前天我們去 Ottawa 玩了一天，買到了 Ottawa，Montreal 兩份報紙，看到了京戲上演的日期：Ottawa 九月 19-20，Montreal，九月二十三 → Oct；我們已去定了兩張九月廿五日戲的票，那天是星期日，路上來回比較方便些。日戲是 Vancouver 演出的 variety program，夜戲是《野豬林》，我很想留在 Montreal 看兩場戲，當晚住旅館，翌日坐 bus 趕回，但到底交通不方便，還是看完日戲，喫頓夜飯，和 Carol 一起回家的好（計劃可能更變）。《雁蕩山》這齣戲我好想［像］沒有看過，不知所演的是哪一段歷史。李少春大陸淪陷前好像沒有貼過《野豬林》（楊派武生戲他似乎不大唱的），但應該很精彩。杜近芳的《白蛇傳》僅演九月 25、29 兩個夜場，我那時候學校已開課，想是無法看到了。杜近芳不知是不是梅蘭芳的門生，抑是跟李世芳學的？總之，這次看京戲，當是在我 Potsdam 生活史上一樁大事。

　　John Owen①（此地教drama的）重返Stanford去讀書，他把他的舊TV set（17″）送給了我們，這兩天也偶然看一看舊片子。第一晚上看到了Dead End Kids②和年青的H. Bogart，看了十分鐘，影片大約就是Goldwyn's *Dead End*③，但不見Sylvia Sidney④出現。現在Dead End Kids原班人馬，改名*Bowery Boys*，十年來專做鬧片。第二晚上收聽了幾分鐘Zachary Scott⑤，Faye Emerson⑥的劣片，再改聽early '30的偵探片，華倫‧威廉⑦（已死了多年了）飾Perry

---

① John Owen，不詳。

② Dead End Kids，一群年輕的紐約演員，在西德尼‧金斯利（Sidney Kingsley）的百老匯戲劇《死角》（*Dead End*, 1935）中嶄露頭角，獲得製片人薩繆爾‧戈爾德溫（Samuel Goldwyn）青睞而進軍好萊塢，拍攝了包括同名電影在內的許多作品，極受歡迎。其成員包括Billy Halop、Huntz Hall、Bobby Jordan、Leo Gorcey、Gabriel Dell和Bernard Punsly。

③ *Dead End*（《死角》，1937），犯罪劇情片，威廉‧惠勒導演，西爾維婭‧西德尼（Sylvia Sidney）、喬爾‧麥克萊（Joel McCrea）、亨佛萊‧鮑嘉主演，聯美發行。

④ Sylvia Sidney（西爾維婭‧西德尼，1910-1999），美國電影女演員，戲劇專業出身，上世紀30年代出演了一系列好萊塢電影，如《蝴蝶夫人》（*Madame Butterfly*, 1932）、《狂怒》（*Fury*, 1936）等，之後專職於舞台演出，直到1973年才重返銀幕。

⑤ Zachary Scott（扎瑞特‧斯考特，1914-1965），美國演員，擅長扮演反面人物和神秘人物，代表作有《混世魔王》（*The Mask of Dimitrios*, 1944）、《欲海情魔》（*Mildred Pierce*, 1945）等。

⑥ Faye Emerson（菲伊‧愛默森，1917-1983），美國電影女演員和電視節目主持人，其代表作正是與扎瑞特‧斯考特共同出演的《混世魔王》。她也是羅斯福總統（Franklin Delano Roosevelt）的兒子艾略特‧羅斯福（Elliott Roosevelt）的第三任妻子（1944-1950）。

⑦ 華倫‧威廉（Warren William, 1894-1948），美國演員，上世紀30年代初風靡百老匯和好萊塢，被稱為「前審查時代之王」（King of Pre-Code）。代表作有《1933年淘金女郎》（*Gold Diggers of 1933*, 1933）、《春風秋雨》（*Imitation of*

Mason，故事相當精彩，半途看起，倒把它看完了，女主角是Mary Astor[8]，另一位詳〔想〕不出來，可能是Madge Evans[9]之類，影片中汽車都是我們住在交通銀行那時候的汽車，但因為嶄新，倒也很漂亮。幾分鐘前，我tuned的一張舊片，有Colman，C. Grant，Jean Arthur，想必是*Talk of the Town*無疑。對我這樣有歷史癖的影迷，Old movies on TV應當是一個極大的誘惑，但夜間十二時、一時正是我的讀書的時間，所以也無法多看。相反的晚飯前後的家庭comedy，西部節目，都相當惡劣，實在是不值得一看的。

最近精讀《紅樓夢》，只看完了半本，對曹雪芹寫實的手腕，實在很佩服。從17章到54章，整整講了一年內賈府的事情，許多事情是極瑣小的，但把它們去掉了，小說的力量也必減弱。這一大section中有不少篇幅是述賈家姊妹做詩作樂的情景，以前看過覺得並不好，現在讀了，也覺得很有趣。《紅樓夢》譯英文很困難，但節譯極易，因為故事沒有連貫性，小節目、繁重的對白都盡可削去。我把Kuhn和Wang的譯本同時翻看了，Kuhn的較詳盡，但錯誤極多（可能是德譯英，把原意走了樣），Wang本沒有什麼錯誤，但節譯和不譯的地方太多，無怪Anthony West讀了，覺得更不滿意了。如把《紅樓夢》全部譯成英文，我想書的銷路並不會太好（要西洋人記住這樣許名字，是相當吃力的事），但節譯就削弱了原書的力量。我以前很看重《紅樓夢》allegory這方面的東西，但現在看

Life, 1934）等。

[8] Mary Astor（瑪麗‧阿斯特，1906-1987），美國女演員，跨越了默片與有聲片時代，代表作有《馬耳他之鷹》、《火樹銀花》（*Meet Me in St. Louis*, 1944）等。

[9] Madge Evans（瑪吉‧伊萬斯，1909-1981），美國女演員，童星出身，出演了《七姊妹》（*The Seven Sisters*, 1915），《化名吉米‧瓦倫汀》（*Alias Jimmy Valentine*, 1915）等電影，成年後繼續活躍於舞台和大銀幕，代表作有《起立歡呼》（*Stand Up and Cheer!*, 1934）等。

來沒有多大道理，精彩的還是在寫實方面。最ambiguous的case當然還是秦可卿，她表字兼美，當然是兼寶釵、黛玉之美，她臨死前託夢鳳姐，顯得她是極賢德的人。但普通人以為early version章目有「淫喪天香樓」一句，再加上焦大罵公媳「爬灰」的事，斷定秦氏和賈珍一定有曖昧關係，可能是冤枉她的。寧國府大做喪事，正表示一家大小都愛這個媳婦，假如真有什麼淫蕩的事跡，也不會這樣的大做。警幻仙子引寶玉和可卿相歡，正表示可卿是警幻仙子的最得意的exhibit，她也不過如此，況論寶釵、黛玉了。黛玉是相當unpleasant的character，但她和寶釵有了諒解後，也使人覺得她相當可憐了。對全書有什麼新見解，讀完後再同你討論。同時我覺得要研究這樣一部着重sentiment的小說，法國的古典小說，Clarissa H.⑩等，都得一看，才可發言。要研究《紅樓夢》，純從文學批評出發，不做考據，也是大費時間的事。

　　你不知何日返Berkeley，Seattle研究事有了個結束沒有？你在給父親信上說去Berkeley，還沒有決定，不知你有什麼其他計劃，甚在念中。辦護照事，有下文否？我想除非Seattle請你教書，還是回Berkeley的好。不久前收到一本Li Chi注譯的中共出版的國語文法，倒是一部很有趣的書。Carol，Joyce近況都好。Joyce今夏不斷流鼻淚〔涕〕，最近檢查，大約是hay fever，究竟她對多少種pollen有敏感，現還在test中，以後只好長期打一陣針，看明夏情形會不會改善。不多寫了，專祝

　　近安

---

⑩　Clarissa H，即Clarissa Harlowe，塞繆爾‧理查遜（Samuel Richardson, 1689-1761）的代表作*Clarissa*中的悲劇女主人公，這裡用來代指整部小說。小說講述了女主人公對於美德的追求一再被其家庭挫敗的故事，被認為是現存最長的英語小說。

弟 志清 上
九月二日

Labor Day weekend 預備哪裡去玩？

《饑荒》的 microfilm 已收到了，謝謝。但所攝的既是全書的一小部份，我還沒有去讀它。

471. 夏濟安致夏志清（1960年9月6日）

志清弟：

　　我是九月一日離開西雅圖的，在Berkeley已住了幾天，因事情未定，心緒甚是不寧，所以沒有寫信。行前幾天也沒有看見你的信，你們想都好。

　　我在U.C.已有一office，隨時可開始辦公，但因護照事尚未解決，不想開始辦公，人懸在那裡，相當無聊。

　　護照是等臺北的回信，如回信OK，當然可以安心地在U.C.做一年事；如回信不行，則需要fight，如何fight法，是很傷腦筋的。

　　今天看報，見AP電，雷震與《自由中國》三個編輯被捉去了（九月四日入獄）。國民黨政府為何如此倒行逆施，令人不解。雷震和幾個臺灣人正在籌備組織「民主黨」，他被捕了，組黨事當停頓。但老蔣在國際上聲望將更跌落，而且韓國與土耳其之類的暴動，在臺灣亦可能發生。那三個編輯之名尚未見，可能是夏道平①、金承藝②之流，他們都是我的好朋友。他們和雷震的見解，我不一定全贊成（他們主張「變」，我主張「安定」），但老蔣如剝奪他們的自由，乃至用嚴刑拷打，那是我不得不要氣憤的。老蔣和《自由中國》各走極端，臺灣不得不要分裂（精神上已經分裂了），這是反共大業的不幸，亦即是俗話所謂：為親者所痛，仇者所快。

---

① 夏道平（1907-1995），原籍湖北大冶，經濟學家，《自由中國》主筆。該刊被查禁後，不再過問政治，專心譯註教學，曾任臺灣政治大學、東海大學、輔仁大學等校教授。

② 金承藝，中國近代史學者，清朝宗室，曾擔任胡適的私人助理，後長期執教於澳大利亞墨爾本大學。

李承晚③倒了，共黨在南韓的勢力大約已增加。如老蔣再倒，反共力量必減弱。假如我亦必需站在反蔣的一面，實在是很使我心痛的。

胡適仍在美國，他不知道要不要回去了。《自由中國》是他一手創辦的，很多主張他是首創或鼓勵的（如臺灣應成立反對黨等），現在闖出這個大禍，不知他是否能再做政府的「諍友」，或者亦必需聲明反蔣了，至少該辭「中央研究院」之長之職。他一向作風溫和（或軟弱），這回是真正碰到一次 moral crisis 了。他豈能繼續和蔣保持友誼的關係？雷等之被捕，政府是存心不把胡適放在眼裡了。

共產黨前幾年清算胡適的文章，你不知有沒有 follow？共黨似乎抄到了胡適未曾發表的日記。胡適的態度（這倒是一貫的），是擁護反共的政府，同時向那個政府伸手要「民權」。他生平的大事（政治上的）：一、1920後和《新青年》拆夥；二、北伐期間，擁護孫傳芳，反對親共的廣州政府；三、擁護反共的蔣介石。他不能關起書房門來做學者，他對於政治有甚大之興趣與關心，他自己知道不是政治領袖人才，他乃希望現有的政府改善——走美國式的民主。他是先知先覺的，又是貫徹始終的反共鬥士。可是他所擁護的反共政府，可能使他很難堪，甚至像最近那樣，也會打擊他的。他終於像歐洲小國的一些智識分子那樣，在左右兩種極權政治之下，軋扁了頭。他之因反共而親蔣，實不亞於歐洲有些人之因反希特勒而支持史大林也。

雷震事件當然使我更下決心不回臺灣去了。他們當然不會逮捕

③ 李承晚（1875-1965），原名李承龍，號雩南，朝鮮黃海道平山郡人，政治家，普林斯頓大學博士，二戰後出任大韓民國首任總統，並連任三屆。因對內實行集權統治，於「四一九革命」中被迫下台。

我，我是很守法而又很膽小的。但是雷震事件將加深反政府人士對政府的仇恨，以後可能有大動亂，這是我所害怕的。蔣倒，而暴民政治開始矣。蔣極力要維護自己的政權，何其心勞日絀也。戊戌政變帶來了辛亥革命，聞一多、李公樸之死，乃致大陸變色；雷等之被捕，則使人相信，改革之無望，其alternative乃造反也，何其可怕哉！（當然老蔣還可以壓制一個時候，但也沒有多少時候可壓制了。）

這幾天本來相當depressed，雷案倒給我一些刺激，使我精神一震。臺灣現在真無言論自由，我不回去，更可以理直氣壯了。

別的再談，玉瑛妹婚事如何了？念念。信暫寄陳世驤處為感：C/O Prof. S. H. Chen. 929 Ramona Avenue, Albany, California。

Carol與Joyce前均問好，今年暑假快完，大約是沒有工夫東遊來訪問你們了。專頌，

近安

濟安

九月六日

472. 夏濟安致夏志清（1960年9月17日）

志清弟：

　　九月二日的信，才收到不久。我到了Berkeley，又回Seattle去了一次，所以有一個時候，信的寄遞是很成問題的。我在U.C.的工作，可以九月一日開始，但是臺北的回信還沒有來，我想還是九月十五日開始吧，乃返Seattle去研究瞿秋白（North翻的那首瞿著絕命詩，錯誤百出）。現在臺北回信仍沒有來（護照想沒有什麼問題），U.C.的工作不可久拖，故已正式報到。這裡的工作大約不難，李祁去Ann Arbor教中文，我是代她的，原計劃將沒有什麼大改變，仍是編些terminology。這種工作反正不可能exhaustive，可多可少，所以做來不緊張。不像「左聯」（我仍在搜集材料中，今年是左聯卅周年紀念，共方發表不少紀念文章）那樣，我至今仍難描繪出一幅完整的圖畫也。我大約將從舊小說與神話傳說的故事與用語着手，看看「共黨文章」受它們的影響有多少（如《東風壓倒西風》之類）。《毛澤東選集》已看了一半，此人文章寫得極清楚有條理，其intellectual power未可輕視；大約列寧（什麼都沒有看過）亦是此類作家，能把複雜的問題說清楚，從而影響別人的思想與行動。對於威脅他的領導權的思想，他能勇敢地面對之（他最恨王明），而且清晰地駁斥之。如果王明真能取得領導權，中共也許早已毀了——至少毛的文章給人這種印象。馮雪峰批評周揚他們的「宗派主義、關門主義、教條主義」，即毛澤東用來批評王明的，但後來周揚反而起來大約在延安時「辯以順逆」，大大地出力打擊王明（張國燾①到延安時已很慘，不值得一擊了）。今年八月，中

① 張國燾（1897-1979），字愷萌，江西萍鄉人，中共創始人和早期領導人，其領

共開文藝工作者大會，馮雪峰仍當選為一個什麼委員，巴金則為理事，朱光潛都有委員的份。中共最近受清算之人為巴人（王任叔），他主張文藝要描寫永恆的「人性」，當然為共黨所不能容。

　　蔣介石太愛說教，不善辯論，於其領導大為吃虧。最近雷震一案他答覆美國新聞記者說：（大意）過去大陸淪陷，即為此輩囂張分子所致，今此輩又來活動，不得不加制裁，「以後事實必可證明」他的做法是對的云云。他的話也許有道理，但是說不清楚，因此很難博得中立分子的相信。大陸淪陷的責任，老蔣就從來沒有面對事實徹底分析過一次。國民黨的錯誤當然很大，但在抗戰末期與勝利以後，國民黨已癱瘓，此後從未revitalize過。蔣經國學俄國作風來「改造」黨，這未始不可（孫中山就這麼做過），但比之中共的嚴格統治與上令下達，相差仍不可以道里計。40's以後的自由分子，大多頭腦不清而被捧為時代的先知先覺，自己的功名利祿思想（錢端升、張奚若②、羅隆基③等都是想做官，而老蔣不給他們做的），表現為愛國愛民的正義感，糊裏糊塗，把自己把民族國家都帶到毀滅的路上去。我們都不想做官，因此很難想象一般有「官迷」的讀書人，他們是什麼都做得出來的。中國知識分子的思想貧弱與立場

　　導的紅四方面軍在長征途中與中央紅軍分裂，南下另立黨中央。紅軍三大主力會師陝北後，張國燾遭到批判並被剝奪兵權，1938年逃離延安投奔國民黨，加入軍統從事反共活動。1949年後逃亡香港、加拿大，晚年出版回憶錄《我的回憶》。

②　張奚若（1889-1973），字熙若，陝西朝邑人，政治學家、教育家，同盟會成員，早年留學美國，與胡適、陶行知、宋子文、蔣夢麟等同學，回國後積極投身政治與教育事業，同時也是「中華人民共和國」國名的提議者。著有《主權論》、《社約論考》等。

③　羅隆基（1896-1965），字努生，江西安福人，學者、政治活動家，倫敦政治經濟學院博士，中國民主同盟創始人之一，反右運動中被劃為「中國第二大右派」。著有《人權論集》、《政治論文集》等，

動搖，英文裡恐怕還沒有一本書好好地研究過。洋人恐怕至今還不知道。北伐以前乃至民國初年的思想動態，似乎還沒有人好好地寫過，中共的simplification（如進步的與落後的，無產階級的與資產階級的）將可欺騙世人不少時候。胡適就是需要debunking的一個，但是老蔣根本就ignore胡適的「思想」，只知道他名氣大，值得聯絡聯絡而已。雷震之產生，乃臺灣之病之徵候，把他關起來，甚至把他殺了，仍不能治病，一個徵候去掉了，更多的仍會起來的，最後也許搞得一個不可收拾。現在自由的中國人，大致已分成「捧雷」「反雷」（或「捧蔣」「反蔣」）兩派，這種「兩極化」（各趨極端）即為動亂之預兆（當然還有很多很多人是什麼都不關心的）。要在「蔣雷」之間，說句公平話，用中文恐怕是沒有地方可以發表的。洋人當然更不知道中國人在搞些什麼名堂。好好地做幾篇文章，分析廿世紀中國政治與學術思想間的關係，是很需要的，如我們不寫，真理也許更將湮滅（周策縱對於五四，大致是不加批評的；他的書傳流愈廣，一般人更不知道五四的真實意義了）。但美國的research，太不容易做，旁徵博引，要費多少時候！而且鑽牛角尖，不切大體。周佛海、陳公博為共產黨發起人，下場如此，而共產黨今日當權者根本不承認有這兩個「祖宗」。戴傳賢④、吳稚暉早年何等brilliant，後來變成那樣的昏庸。此四人者，任何一人都可以供美國研究生寫一篇Ph.D.論文。這篇論文費三年五載寫完了，對於中國近代文化現象之大體，該研究生恐怕未必了然也。像你那樣的書，美國是太少了，但是你寫來，已非常之吃力，再寫第二部，又得要花好幾年工夫。我現在對於歷史，有很大之興趣。從歷史上看來，雷震雖然outspoken，究竟還是個「立憲派」（用憲法來對付政府之極權），此種人在清末民初都有過，若政府對這種

---

④ 戴傳賢，即戴季陶。

人而不能容，另外在地下（因此並不很outspoken）蠢蠢的暴動分子將更獲得人的同情了，結果是deluge。我現在可以寫一篇「The Case of雷震」，*New Leader*等也許要，花兩個星期也許夠了，但是我的瞿秋白還沒有寫完，精力有限，只好把這個大好題目暫時擱一擱了。

你對於《紅樓夢》的意見很精彩。宋奇似乎猜到了「兼美」的意思，但不能把它同「色空」連起來。胡適的榜樣放在那裡，學者們所走的路的確是會變狹的。你來寫舊小說研究，必可用世界眼光估計它們的價值，為中國文學批評開一新路。可是能follow這條路的人，就目前看來，還是非常之少。

在西雅圖寄出書一包（動物圖畫），怕時間來不及，趕不上Joyce的生日，故用航空。今年不能來趕上熱鬧，很覺遺憾。近來因護照問題，心裡老是不定。如不能在美國耽下去，一切研究工作都是白費的。我研究的是中共（換言之，靠中共吃飯），這種研究在臺灣是用不著的。臺灣有官方人去研究，我不願意跟他們混在一起。這幾天又稍為定心一點，生活漸趨正常，可以做些事情。

我又遷回上半年所住的Cottage（2615 1/2 Etna Berkeley 4），環境熟悉，可幫助我定心。在Berkeley有車子，出入方便（惟Parking仍傷腦筋），家裡不預備再做飯了。不管護照事如何，我假定再在Berkeley住一年。一切計劃，準此而行，算是又暫時settle down了。

陳世驤當然給我的幫助最大。他聽說要寫一部英文的中國文學史，這真可以fill a long-felt want（要窮年累月之工夫才能完成的）。今年上半年*Far Eastern Journal*（你家裡有的）裡有他的一篇評A. Waley《袁枚》之書評，文章很漂亮，亦顯得大有學問。最近一期英國*China Quarterly*中有他一篇介紹中共民歌運動，那只是一般性質，告訴洋人有這麼一回事而已。我跟他很熟，看他平日生活很忙，似乎剩下沒有多少時間可做research。像我這樣，真要在美

國打天下，好好地寫本書出來，非得每星期工作七天，而且謝絕
應酬不可。Scholars真得要過修道院的生活，或像魯迅有篇小說，
「幾無生人樂趣」，但在美國，好玩的東西這樣多，能專心修道者，
確是不易。一個人的精力充沛與否，亦有關係。陳世驤精神極好，
開車到Oregon去看莎士比亞，去Vancouver聽京戲，就使我很羨慕
的。你說你每天半夜十二點到一點看書，這個我亦辦不到。我十二
點睡覺已養成習慣，但十一點以後（甚至十點以後）所看的書就不
大用腦筋了。怕的是失眠。我這種精神，在臺灣已經算頭挑了——
臺灣一輩中國人的萎靡不振，同你在北平所看見者相仿。但中國人
到了美國，大多很奮發有為，足見環境之能刺激人也。

　　我沒有無線電，唱機，或TV，怕的是搬家麻煩（連新西裝都
沒有買過，再買箱子裡放不下了），再則亦怕耽擱時間。偶然聽聽
無線電或TV，發覺頗有助於英文——美國人常說的那一套，可以
聽熟而容易運用。有了唱機，就得買唱片，這樣行李負擔更不得
了。過些日子，亦許去買一只無線電。

　　Joyce有allergy，這亦是文明病（或因文明發達而想出的
病名），我常常大打噴嚏，你想記得。我平素不服藥，但Anti-
histamine之類，是常備的；打嚏（？，手邊無字典）之後，即趕
緊服兩顆（出門都帶在身邊）。傷風（？）即被遏住，鼻涕亦不流
了。有時皮膚癢，大約亦是allergy。Joyce能藉打針把這個治了，
亦是好事。美國一般人身體都很健康，乃有餘暇注意此種小病；中
國大病都無法對付，小病只好不管了。

　　玉瑛妹來信不提婚事，很奇怪。禮送了，很好。玉瑛妹的書
法，似比以前進步，文章亦通順，很少奇怪的「簡字」。她信上提
起西瓜，使我很安慰。想起母親在我們的小時，如此重視西瓜（要
灌我喝的），假如過了一個夏天（伏天），而沒有西瓜，那真是淒
慘了。我小時有幾年拒絕吃西瓜，大約是因為母親大驚小怪所致，

後來不知怎麼，又吃了。

　　希望你們能看到《野豬林》，單看Variety Show，是沒有什麼意思的，雖然那些少女都很美。並希望能看到《安天會》⑤，Joyce一定喜歡，Carol可以先看 *Monkey*（假如尚未看過）後再去看戲。我在Seattle的朋友Don Taylor，每晚上念一節 *Monkey* 給他的孩子們聽，騙他們睡覺（他們聽得很出神）。Carol不妨亦試試。《雁蕩山》講的是隋（？）末英雄孟海公，精彩開打是「筋斗過城」。

　　Carol處沒有寫信，很抱歉，希望今年能於Xmas左右見面。再談，專頌

　　近安

濟安

九月十七日

---

⑤《安天會》，京劇，根據《西遊記》前幾回改編，講的是孫悟空大鬧天宮以及被收服的故事。

473. 夏志清致夏濟安（1960年9月19日）

濟安哥：

已好久沒有寫信了，上次寄Seattle的那封信想已轉到。九月六日你在Berkeley發出的信已看到了。上星期收到你寄給Joyce的賀卡及書四本，Joyce看到後很高興。據Carol說，那四本書是從Seattle航空寄出的（平寄即可，太花費了），不知你最近有沒有重返華大？甚念。護照的事進行得如何了？希望你能把這樁心事早日解決，也可定下心來多做些事情。（胡世楨給我一封信，說他給了你兩封信，都未見覆音，他的新住址是1147 Galloway, Pacific Palisades, Calif.，你可給他一封信。）

關於雷震的事，我也有同感。老蔣這種作風，實在是不智之極，雖然我對《自由中國》那幫人的主張，也相當討厭。殷海光的nationalism，其他人借用or翻譯Stevenson，Bowles，Conlon的意見來批評臺灣和中共的前途。總之在亞洲小國家，智識分子鬧民主，政府當局壓制，最後共產黨漁翁得利，把政府和民主勢力同樣地壓倒。我希望這次雷震的事不要鬧大了，引起南韓和土耳其式之暴動。雷震那幫人鬧民主，大約也是由於臺灣政局沉悶，許多frustrations只好用政治方式來發洩。雷震親近共黨的說法，我想是毫無根據的，但他和美國許多人一樣相信「共存」的說法，以為大陸無法恢復了，只有在臺灣好好地弄民主，做個榜樣，在精神上、道義上和共產勢力反抗（《自由中國》關於南韓及李承晚下台的種種觀察，都是不大妥當的）。我們要民主，但同時我們要防制共黨agents在爭取民主的局面下，獲取政權：這可說是亞洲各國面對的難題。反共比較effective的小國家，大多由strong man獨自執政，但因為那些strong man不得民心，或容易受到批評，結果國內鬧起

風潮，strong man下台，反共勢力也因之削弱。Strong man是否是（遏止）Communism的最好的answer；在共產勢力猖獗的今日，如何實行民主，保障自由，這種種問題，一時實在沒有答案。因雷震事件，你決定不返臺，並且有藉口不返臺，這個主意很好，希望移民局能早日贊助你，使你常駐美國。

學校上星期開學了，此地freshmen每年增多，教授的burden也每年增大。這一學期我開了一課歐洲文學，從Moliere①，Racine讀起，這門課我當然沒有資格教，但正因為如此，自己也可有些長進。Moliere，Racine我一直想把法文讀好後再讀，但法文只讀了一暑假，幾年來一直沒有工夫去［看］它。將來也不知什麼時候有空。關於法國文學，Lytton Strachey那本小書仍舊可讀，只是十九世紀寫得差一些。此外Martin Turnell幾本大書外，英美學者似乎沒有寫過多少研究專書。《紅樓夢》重讀了一遍，我覺得最精彩的一段還是晴雯的死，不知你有沒有同感。後四十回在敘事方面的確和前八十回有不同之處，許多節目，因要交代的事情太多，不能淋漓盡致地寫出。但黛玉之死，寶釵結婚寫得極好，賈母對黛玉既callous，對寶釵也並不好。許多人都為林妹妹叫屈，但寶釵因「沖喜」而草草結婚，其suffering也不小。最後有幾章描寫賈薔、賈環等小輩的墮落和巧姐兒的下場極好，劉姥姥的四進榮國府，不特前後照應，她的引救巧姐兒也是故事上inevitable的發展。劉姥姥的鄉村生活，變成了和榮國府對照的norm，更顯得賈府的cruelty和decadence。賈寶玉第二次夢遊太虛幻境後，簡直是和Oedipus在colonus差不多，成了個硬心腸的prophet了。寶玉可以給寶釵、襲人較快樂的生活，但他決定出走，這一段情節可說是全書最大

----

① Moliere（莫里哀，1622-1673），原名讓・巴蒂斯特・波克蘭（Jean Baptiste Poquelin），法國劇作家，古典主義文學的代表人物，古典喜劇的開創者，代表作有《偽君子》、《慳吝人》等。

的tragic irony。全書敘述戀愛結婚種種式式悲慘情形，但並沒有
invalidate人生戀愛可能有美滿的一方面；寶玉自已即有力量給寶釵
襲人相當的愛和保障，但他情願轉為石頭，和塵世隔離。《紅樓夢》
雖然把「情」和「慾」混為一談，但「情」的cases究竟和「慾」
的cases是不同的。尤三姊和司棋的死都出於shame和誤解，她們
的戀愛生活可能是美滿的，但曹雪芹不肯把純passion的結合正面
寫出來。惟其如此，全書對人生和愛情所抱的態度，非常complex，
不知我什麼時候能把頭緒理出來。

　　不久前我和Evan King通信，討取quote *Rickshaw Boy*的
permission。他回信極客氣而nervous，要討好我的樣子。我回信告
訴他抄襲趙樹理的事，結果他惱羞成怒，發了兩封long telegrams，
給我和Yale Press，threaten to sue for libel。此事下文，尚不得而
知。我雖然證據充足，但真正上法庭也是極麻煩的事。我起初堅
持一字不易，但後來想想和人結怨也沒有什麼意思。寫信告訴Yale
Editor把Evan King的名字和書名delete了，Evan King也就沒有上
訴的憑藉了。Yale Press如何處理此事，一兩天內當有下文。

　　玉瑛妹在家住了十八天，已返福建了。大約寒假時和焦良
結婚。Joyce昨天生日，沒有什麼舉動，僅拆看了幾種presents，
和喫了蛋糕。Joyce對weed之類，確allergic。兩星期內做了不
少tests，即日將開始打針，希望把anti-bodies build up起來。目
前氣候轉冷，各種pollens也不再在空氣中飛舞了。Joyce晚飯前
收聽TV上的卡通節目，我TV也少看。現近看了兩張滿意的電
影*Sons & Lovers*[②]，和*The Apartment*，後者的故事bitter sweat實在
處理得極好。Billy Wilder自己編導，不根據什麼「原著」，比起

---

② *Sons & Lovers*（《兒子與情人》，1960），英國劇情片，傑克·卡迪夫（Jack
　Cardiff）導演，特沃瑞·霍華德（Trevor Howard）、迪恩·斯托克維爾（Dean
　Stockwell）主演，二十世紀福斯出品。影片改編自D.H.勞倫斯的同名小說。

Wyler，Steven來更勝一籌。十多年來他的影片我張張看過，他的
resourcefulness實在是驚人的。

你近來做些什麼事，請詳告。甚在念中，匆匆，專請

近安

弟 志清 上

九月19日

474. 夏志清致夏濟安（1960年10月2日）

濟安哥：

　　九月十七日信已看到了，知道你已返 Berkeley 安心工作，甚慰。研究中共文字，可能寫出好文章來，李祁注譯的那本漢語文法，就很有趣。你的國文根底當然要比李祁好了多少倍，研究中共套用的 idioms，必然是很輕易的工作。你為了左聯和瞿秋白，看了不少參考書，文章寫出來，一定很精彩，抓住人家看不到的地方。

　　前兩日程靖宇給了我一封，內中一封長信及《自由中國》復刊啟事一紙是托我轉寄胡適的。我既不知胡適通訊處，已把該信及啟事寄李田意處，托他代寄（寄給你，因胡適在東岸，恐費時太久）。他給我們的信很簡短（茲附上），希望我們多寫稿子。我看程靖宇和雷震那幫人毫無關係，此次用閃電戰方法取到了《自由中國》在香港出版的許可證，並且和某出版商合湊了一萬港幣，辦這個刊物，目的純在投機賺錢，但希望他這個大 gamble 能得到預期的成功！程靖宇不看英美報章，對政治的看法，僅憑香港臺灣報導上的記載評論，恐怕自己一無新主張，寫起社論來，可能遭［貽］笑大方。臺北《自由中國》的社論堅持自己的主張，抱一貫反「不民主」的態度，白話文寫得也很謹嚴；程靖宇的雜誌要達到這個水準，實在不容易。程靖宇雖然是讀歷史的，我看我們的政治知識不知比他高明了多少。我對《自由中國》的主張，一向不大贊同，所以也不預備為程靖宇寫文章。你和他友誼較深，免不少［了］要應酬幾篇，但多寫了，也是沒有意思的。最好你能找到個藉口，不寫稿子為妙。

　　星期日、星期四我們去 Montreal 看了兩次戲：什錦節目和《白蛇傳》，《野豬林》僅在星期日晚上演了一場，無法看到，甚是遺

憾。星期日日戲有四齣短戲，《三岔口》、《拾玉鐲》、《秋江》、《虹橋贈珠》，都是「動作」戲，觀眾極為滿意。其餘跳舞節目以「絲帶舞」為最精彩，餘者平平。有一位郭女士唱歌，觀眾鼓掌後還連唱了一段《蝴蝶夫人》和Mozart Requiem中的一段Hallelujah。她的歌喉雖很好，但我要看的是京戲，她這樣的浪費時間，倒把我急煞。一個中國樂器的樂隊，彈奏了幾支曲子，那些musicians，身穿黑色中山裝，頭髮長長的，面黃肌瘦，看到後，相當不舒服。《三岔口》武生上場，我李少春在國內時看過很多次，看看相貌不像（《虹橋》演出時，他出來舞了一回大旗，想他必是二牌武生Wang Ming Chung）。演劉利華的武丑，鼻上抹些白粉，那個grotesque的臉譜全部沒有畫上，更使我失望。武生、武丑上台，總要表表姓名，做幾個把式（葉盛章、張椿[春]華①，把黑袍掩面奔上台的情形，我們都不會忘記）。現在中共把這種場面都取消了，可能是要節省時間。二人摸黑，開打了約十分鐘左右，戲就完了（焦贊仍是焦贊），以前李葉摸黑，總要三四十分鐘，情形是大不相同的。Program上《虹橋》主角是Liu Chi②，武功極好，這齣戲全武行，大獲觀眾欣賞，我看得也極滿意。《拾玉鐲》也是Liu Chi演的，我起初還以為她是杜近芳。節目表上本列有《霸王別姬》，由袁、杜演出，臨時改了《拾玉鐲》。原來當晚李、袁、杜要演重頭戲，日戲三人都沒有出場，好在洋人不知道who's who，許多在座的中國人恐怕也不知道，所以大家看得極滿意，鼓掌不絕。《秋江》女主角Hsia Mei-Chan③做幾個坐船姿態也很好。我十幾年來

① 張春華（1924-），天津人，京劇演員，葉派武丑傳人，

② Liu Chi（劉琦，1937-），山東文登市人，京劇武旦演員，1959年中國戲劇學校畢業。

③ Hsia Mei-Chan，不詳。

看京戲，看到了許多花旦的「做工」和開打，當然很高興，但看了半天戲，竟沒有聽到半句老生青衣的唱工，實在不能過癮。回Potsdam後，還是叫Carol打電話定了座看《白蛇》，Carol什錦節目看得滿意，當然也要看一齣像樣的大軸戲。杜近芳的確如你所說，唱做全好，是坤旦中少有的人才（言慧珠喉音極狹，但我印象中童芷苓的voice似比杜近芳的好。張君秋表情呆板，他的唱工和杜近芳執勝，就難比較了）。《金山寺》表演的武功也很好，但不如那位「妙齡武旦」Liu Chi。杜近芳「斷橋」的大段唱工，最是難能可貴，我屢次要叫好，但在外國，沒有這個規矩，心頭癢癢的，覺得很對不住她（觀眾 less enthusiastic，只為開打場面鼓掌，終幕後，鼓掌也不如星期日那樣熱烈）。李少春演許仙，仍用武生（or 老生）喉音。我重讀梅蘭芳《舞台生活四十年》，討論到俞振飛演許仙時，唱的都是崑腔；李少春唱的僅是些搖板之類的簡單調子，不知何故。李少春演許仙，當然是大材小用，雖然幾個撣帽滑跌身段很不錯。袁世海飾法海也無戲可做，voice 也沒有十年前宏亮（他手下兩個用照妖鏡鎮壓白蛇的神將，口噴火星，Joyce 看得大為滿意）。《斷橋》以後，全戲草草了事，沒有什麼精彩了。中共劇團帶來的行頭都是嶄新的，《白蛇傳》有幾個backdrops，用國畫之法，淡淡幾筆，倒是很可取的。戲完後，穿中山裝的musicians也一齊出場，按俄國方法，自己拍掌，是相當 disgusting 的。總之，這十幾個musicians使我想到中共的 drab life，心頭很不高興，大約這些琴師在國內舞台上，也穿制服伴奏了。

　　兩次長征，看戲都很滿意，對 Joyce，Carol 這是新經驗，第一次看後，更是滿意。Joyce 對京戲的開打大為神往，美國的西部片只有放槍角鬥，比起中國的 stylish combat，簡陋得多了。《拾玉鐲》、《秋江》情節簡單，我們在家也伴 Joyce 作了幾番演出。因為語言不通關係，中共劇團在國外所演出的節目，都是經過部裡考慮

的，但老生青衣的「靜場」戲不能演出，總不能表演京劇的全面優點。國內情形如何，也很難說，新出道的演員究竟太少，老觀眾看戲的熱誠想必大大減低。即北京上海想像中也不可能和以前一樣經常有商業競爭性的演出。幾個大名角演戲，可能是招待外賓，或慰勞軍士工人，這些人的欣賞能力有限，大抵也只求熱鬧有趣。演員沒有內行觀眾的challenge，在藝術的努力方面可能會漸漸鬆懈的。

你信上把想做官的intellectuals批判得很對，希望你真能抽出時間把雷震的事件在 New Leader 上報告分析一下。程靖宇在國內恐怕和胡適關係很淺，最近幾年一直纏住他，現在創辦《自由中國》，簡直是以胡適的門生自居了，情形是很可笑的。

Test結果，Joyce的確對很多東西是allergic的，預備日內開始注射針來。明日Joyce開始進nursery school，目的是因為她一個孩子很寂寞，到學校去坐半天，可多些朋友。這種學校，比幼稚園更低級，學不到什麼東西，只是玩玩而已。

一星期來，各國共黨領袖大鬧UN，此次開了例，以後一年一度，情形更不堪設想。而Ike熱誠支持UN，美國外交受UN牽纏太多，更不容易有什麼驚人的反共表演了。我看最好美國退出UN，UN沒有了美國的經濟支持，可能會自己瓦解。沒有了UN，Communist和Neutralist blocs也可減少些驕氣。

這學期我擔任一門extension course，每星期二到water-town去教一些小學教員（在晚上），浪費時間精力不少。開學以後，工作時間減少，最近沒有做成什麼事，玉瑛妹寒假結婚事，上次信上已報導了。父親信附上。專請

　　近安

　　　　　　　　　　　　　　　　　弟　志清　上
　　　　　　　　　　　　　　　　　十月二日

475. 夏濟安致夏志清（1960年10月5日）

志清弟：

今晚在飯館吃飯時，有人告訴我是中秋，但今晚有小雨，一點月亮都看不見。在外國，陰曆節氣總是不記得的。回到家來，看見來信，和父親的信，很高興，總算是團圓了。

加拿大的戲，我雖沒有去看，但在Seattle看見了不少Lantern Slides（都是朋友們照了帶回來的），陳世驤又照了些8mm電影，我已看過兩次，大致是怎麼回事，我已知道。雖然沒有人錄音，但他們這次的京戲，不注重唱，想亦不過如此。據我所聽見的批評，卻是raving praise，原因恐怕是一般中國人，在美國住久了，實在太home sick了。我對於京戲，自命亦是半個專家；在臺灣歷年看過幾次，沒有一次是滿意的，因此興趣淡下來了。我最喜歡的是蒼涼的老生戲，譚富英的《打棍出箱》、《戰太平》，李少春的《打鼓罵曹》以及很多人演過的《捉放曹》、《空城計》等都使我感觸很深，這種經驗是沒有別的東西可以代替的。余叔岩在高亭公司灌的幾張唱片（《空城計》、《搜孤救孤》、《魚腸劍》……等）是百聽不厭的。臺灣就沒有一個好老生。青衣戲我不喜歡的居多，尤其梅派，因嗓音太甜，不夠蒼涼的味兒。張君秋我看過很多，其實沒有一齣使我能完全滿意的。梅自己我看的太少，不敢瞎評。臺灣在1951年左右，有個跟程硯秋拉琴的琴師叫周長華①的，在無線電台

① 周長華（1907-1954），京劇琴師，繼穆鐵芬為程硯秋操琴。兩人合作十餘載，相得益彰，代表作是《鎖麟囊》。1947年娶盛毓珠（穎若館主）為妻，1949年後赴臺定居。夫妻二人均被認為是「程派」在臺灣的重要傳人，時常登台表演，亦在電台說戲。1954年，周長華在為盛毓珠伴奏演出《玉堂春》後突發腦溢血，死於後台。

教《鎖麟囊》，他的太太是中國大富豪盛杏蓀②的孫女（化名，穎若館主③），因學戲嫁給他的，亦在電台做助教，我有一個時候聽得很過癮。但後來周長華死了（死在舞台上的，想是stroke），程派好戲亦不易聽到了。程的戲大多太偏僻，不像老生戲那麼家喻戶曉。青衣戲編得亦沒有老生戲好（若說老生戲是程長庚④首創的，此人的天才着實可觀），青衣只有苦戲（如《玉堂春》、《六月雪》等只是瞎吃苦），不像老生戲那樣的有靈魂受熬鍊受磨煎的呼號。這恐跟中國社會有關係，中國男人所負的責任大，其靈魂所受的考驗亦深，發之於戲，仍是深刻的；女人負的責任小，大多受命運的顛撲而已。至於老生青衣合演的戲，不少亦有好的，如《三娘教子》、《寶蓮燈》等。有男人襯托，女人的苦惱更顯得出來了。戲編的好壞，大有講究，如《霸王別姬》是一塌糊塗的，你以前亦說過。又如《定軍山》，人只是出場下場，忙得跟走馬燈似的，沒有人能把它唱好的。幾齣好的老生戲真有unity，音樂、唱腔、身段和情節、人物性格等配合得都極好的。這些還沒有人好好地談過。

---

② 盛杏蓀（1844-1916），即盛宣懷，字杏蓀，號愚齋，江蘇武進人，清末洋務派官員。同治九年（1870）年入李鴻章幕府，先後主持包括輪船招商局、中國電報總局、中國通商銀行、北洋大學堂、上海圖書館、萬國紅十字會在內的一系列近代化事業。有《愚齋存稿》行世。

③ 穎若館主（1917-？），即盛毓珠，字岫雲，藝名穎若館主，盛宣懷的孫女，「盛老四」盛恩頤之女。自幼迷戀程派唱腔，後下嫁程硯秋的琴師周長華，成為「程派」在臺灣的重要傳人。時常登台表演，並灌有《女兒心》、《四郎探母》、《玉堂春》等唱片（周長華胡琴伴奏）。周長華去世後嫁給曾向周學藝的馬芳蹤。2003年馬芳蹤煤氣中毒去世，穎若館主赴美與女兒同住，現已作古，卒年不詳。

④ 程長庚（1811-1879），名椿，字玉珊，堂名四箴，安徽潛山人。京劇老生演員，同光十三絕之一，先後擔任「四大徽班」之一的三慶班班主，「精忠廟」會首等。代表作有《文昭關》（飾伍員）、《群英會》（飾魯肅）和《戰長沙》（飾關羽）。

最近中共上演一齣戲，叫做《官渡之戰》⑤，可能非常之好。那是演袁紹失敗的悲劇，譚富英演袁紹，據說其唱做繁重不亞《戰太平》。馬連良演許攸，他要倒到曹操那邊去，很有點內心表情，和他所擅長的大段說白。曹操是裘盛戎，其他配角均極一時之選。這種戲中共想亦編不出來，可能是老戲，富連成有很多老三國戲，除它的優秀畢業生李盛藻還貼演以外，別人是不大動的了，如《馬跳檀溪》、《三顧茅廬》、《舌戰群儒》等；馬連良亦曾灌過《斬鄭文》、《胭粉計》（氣司馬懿）、《上方谷》、《五丈原》等。中共最近似並不急於要替曹操翻案，雖然郭沫若嚷過一陣。《官渡之戰》的情節是可以列入與莎翁的歷史劇相媲美的，可惜這種戲一時是看不到的。

你們這次去看戲，Carol和Joyce都很快樂，我聽見了亦很高興。中國的武工［功］，的確另有一功。Robert Taylor在 *Ivanhoe* 和 *Round Table* ⑥的「舞」劍，笨拙非凡，怎麼能使人聯想得起古代英雄的英姿呢？我近年的一大消遣，是看日本電影，日本的「劍道」（Kendo），和中國不同，劍風凌厲，常求一下把人劈死，但身、手、眼三法仍極有可觀處。在陳世驤家看了他在Vancouver照［拍］的電影，中國的武功身段靈活，花巧美觀，確是為洋人所不能夢想的。Joyce回家來要表演，我們小時候看了戲回家不是亦要「掮槍使棒」的嗎？

雷震一案，我不斷地在注意中，這裡的中文報多，容易得到消息。據說雷對他的太太說：無論如何請胡適回國來替他說話，其情極為淒慘。胡適原定九月初回去，現在是非觀望不可了。據紐約

---

⑤《官渡之戰》（1960），孫承佩根據《三國演義》及《戰官渡》改編的京劇，北京京劇團演出，馬連良飾許攸，譚富英飾袁紹，裘盛戎飾曹操。

⑥ *Round Table*（《圓桌武士》，1953），古裝動作片，理查德・索普導演，羅勃・泰勒，艾娃・嘉娜主演，米高梅英國工作室出品。

《華僑日報》（這是一家共產報──不僅是同路人而已──美國政府不知怎麼讓它出下去的）說，臺灣有些人亦想清算胡適思想呢。他們對於胡在Seattle那篇演說大表不滿，若所傳是真，我真看不出胡那篇文章哪裡得罪了國民黨，雷震案定本星期六宣判，不知將怎麼判法。如真把雷震關他十年八載，臺灣要向海外號召，將更為困難了。另據舊金山《世界日報》（民主人士的）說：胡表示有兩可能：㈠和臺灣絕交；㈡回去為民主奮鬥。

　　程靖宇在香港的生活，一部份是小丑，一部份是郁達夫式的才子，一部份又帶點招搖撞騙。我亦不懂他怎麼能seriously的來談「民主」。香港倒的確有一幫人，和臺北的自由中國派一鼻孔出氣的，思想與文風都相近，不知程靖宇能否把這幫人抓到手。我自己因護照事尚未解決，很怕在這緊要關頭去得罪政府，程靖宇的請託，只好不理了（回信要寫的）。人在美國，只希望吃口太平飯，麻煩愈少愈好。政治只想談過去的，不想談目前的，而且不想用中文發表。程靖宇如想接雷震的台，必定要罵政府，這個渾水我不敢蹚。他如照他自己的意思瞎來來，非驢非馬，那末上至胡適，下至舊《自由中國》的青年讀者，都要罵他無恥冒牌，我們又何必捧這個場？

　　近日生活很有規律，每天開車上班下班，與暑假期內的混亂情形，大不相同，希望不久拿些成績出來。我是無大志的，人生能一輩子如此，亦就知足了。但不知造物能否相容耳？移民局不來麻煩，護照事讓臺灣拖延下去不解決亦無所謂。

　　父親信過些日子再寫。希望不久我能在Joyce和Carol前表露一下我的京戲修養，請向她們問好。專此　敬頌

　　近安

濟安

舊8/15，Oct.5

476. 夏濟安致夏志清（1960年10月9日）

志清弟：

　　昨晚看 TV，看到半夜以後，那時 ABC 早已送給 Kennedy 三百多票（ABC 的報告員 John Daly 睡眼惺忪，說話錯誤百出，如把 presidential election 說成 vice-presidential election 等），NBC 知道如何吸引觀眾興趣，還只給他 268 票。但是大勢已定，今後四年乃是 Kennedy 的天下了。照你平日的信念，心裡一定很不痛快的。我在美國還是「過客」，關心的程度不如你。我是很希望 Nixon 當選的，因為我的 temperament 是近乎保守一派，不願見到工人猖獗，政治上亂改一陣等。但 Kennedy 既勝，不得不想些理由來安慰自己，兼以安慰你。Kennedy 為人究竟如何，世界人士與美國人士大約都不清楚，他似乎以 Roosevelt 自居，看他鼓動群眾的能力，不愧是一絕頂聰明的 demagogue。此人在一切 liberals 之中，比較還是保守，而且亦許自己有些主張，不會讓別人牽着鼻子走。忘了是什麼雜誌，但我曾看見有些條內幕新聞，說 Kennedy 不會讓 Stevenson 或 Bowles 做 Sec. of State，他要像 Roosevelt 一樣，找一個軟弱聽話的人來辦外交，然後運用他自己縱橫捭闔的大才。這當然很危險，但 Stevenson 與 Bowles 的外交主張，人人都知道，Kennedy 的外交主張，大家還不大清楚，可能會對蘇強硬，亦說不定。他曾說過要大擴軍，但是擴軍亦許只是年輕人好大喜功（拿破崙、李世民、忽必烈、亞歷山大握權時年紀比他還要輕）的表示。他如要真心整頓國防，看他有沒有魄力，壓倒左派謬論，恢復原子彈試驗。他當然要先來幾次對蘇談判，談 disarmament 的問題，談當然不會有結果，然後看他有無決心恢復原子彈試驗（Ike 自動停止這種試驗，實在只是個穩重的老人的示弱的表現），假如這一點辦到了，可不

用擔心他會對蘇讓步。他亦許真想拿些「顏色」出來的。

　　那些號召 big-spending，socialism 的做法，亦許是使 Kennedy 贏得大城市（連帶着幾個工業大州）的主要原因。這種做法，是否對美國有利，我沒有研究過不敢說。這種做法，當然是把美國帶到左傾的路上去。但假如「偏左」而能使那些左派囂張分子滿意，亦許是避免使他們變成「赤化」的一個辦法。左派囂張分子（不論是大學教授，工人，或無知黑人等）是美國政治上一大力量，他們總是要囂張的。對付他們是很吃力的事。這次即使是 Nixon 當選，他對付左派恐怕要比 Ike 對付更為吃力。Nixon 如右傾，他們亦許左得更厲害，Nixon 將拿他們無可奈何。Ike 到底是得全國大多數人擁護的，他的所謂「壓」左派，無非可以不理左派的囂張，而無損於他自己的 popularity。左派如囂張下去，赤化的人漸多，對美國更不利。美國各大學的所謂 loyalty oath，我看是很難貫徹。美國到底是自由國家，不能勉強人家發誓。大學裡的人不肯發誓，倒是傻得可愛。中國講究「面和心不和」，美國則「心不和，面亦不和」，這亦是防止隱患的好辦法。Kennedy 上台，給左派一些「甜頭」吃吃，至少暫時可以使他們安靜一下。

　　Nixon 的說話不能像 Kennedy 那樣的有力（即使兩個人口才相仿），是因為他是採取守勢，要替共和黨的政策辯護，因此就不便放「大砲」。攻的人說話總是容易聳動聽聞。Kennedy 的四年（希望這四年內不出大亂子）亦許可以造成一個局面，即左派或將被迫採取守勢，讓右派來攻擊。左派政策亦許引起美國經濟大不安；Kennedy 要辦這樣，要辦那樣，有識之士早就看出他的困難：他的錢將從何處來？左派要替自己辯護了，說話亦將沒有勁；右派反可振振有辭了。這四年亦許是右派復興最好的機會：抓住左派弱點而加以痛擊。Ike 上台之初，左派的確是不得民心，否則像 McCarthy 之流的人，亦不會變得這樣重要的。Democracy 總有它的缺點，

老百姓總是糊裏糊塗的；倒來倒去自己亦莫名所以。左派的only chance是像Castro①那樣，一把握政權，即來獨裁，誅戮異己。如左派跟人公平競爭，未必一定佔便宜。美國可能出McCarthy，出Reuther②，但是出現Castro，到底是不能想像的事，除非是給蘇聯征服了。假如Cold War繼續，而左派無力應付，右派捲土重來的機會仍舊有。現在美國不少人提起McCarthy就痛恨，但能知道Reuther之可怕者，只是少數先知先覺之士。可能有一天Reuther亦全變成被唾棄之人的。

　　美國到底組織健全，潛力豐厚。這四年未必一定弱下去，即使弱下去，亦許仍有翻身的機會。美國人可說個個天真，Nixon若真是陰險之人，決不會接受Kennedy的挑戰，在TV上去辯論的。奸雄是玩弄老百姓的人，Nixon還是尊重老百姓，不敢玩弄他們的。要woo老百姓，一定要有seducer的本事。亞洲與歐洲，有seducer，亦有奸雄。在美國，seducer大約是不存在的，男女雙方大多是各取所需的，政治方面亦很少有奸雄。女權既張，民權亦盛。羅斯福多少有些seducer的本事，但「女人」心裡還愛他，當他是個devoted lover，which he may have been。Ike是個老實規矩丈夫，Hoover，Truman都可算是個好丈夫。Kennedy目前給「女人」的印象是青年有為，「女人」就想跟他。青年丈夫開頭計劃很多，但在社會環境與自己能力限制之下，亦許結果仍舊規規矩矩老老實實的做個bread-owner，並不會比Ike出色多少的。

---

① Castro（Fidel Castro，菲德爾・卡斯楚，1926-2016），古巴革命家、政治家、馬克思主義者，上世紀50年代領導古巴革命，推翻巴蒂斯塔（Batista）政權，將古巴轉變為社會主義國家。後長期出任古巴領導人，2011年隱退。

② Reuther（Walter Reuther，沃爾特・魯瑟，1907-1970），美國工人運動領袖。20世紀中葉，全美汽車工人聯合會（United Automobile Workers）在其帶領下成為民主黨以及「產聯」（Congress of Industrial Organizations）中的主要力量。

　　接到來信知道你很忙（《駱駝祥子》已收到）。那種編card index的事，是應該讓assistants們來擔任的。你以後如有書出版，希望已在大的學校教書，學校出錢來替你雇用研究生，幫你做這種瑣碎的事情。Asiatic「Asian」studies明年在紐約開會，要請一個人報告中國近代文學，陳世驤已推薦你去。那時你的書已出版，可以揚眉吐氣地去一會「群雄」。會裡將有正式信來接洽，希望你答應。Xmas假期十分希望你們來加州玩兒，Carol和Joyce都這麼起勁，你何忍拂逆她們的興致？別的再談，專此　敬頌

　　近安

濟安

十月九日

477. 夏志清致夏濟安（1960年10月12日）

濟安哥：

　　中秋節晚的信已看到了。這兩天Yale Press把page proofs寄來了，校讀page proofs極易，但編index仍得費一些工夫，我平日教書，要抽了時間來，實在不容易。書大約有600頁，也可算是本像樣的著作了。

　　Yale Press把排印書事拖了很久，原因都是Evan King那樁公案（前信提到），結果Yale Press cautious，提議把指明Evan King plagiarize那兩段文字delete，我也答應了。但E. King早已給我信，不准quote他的 *Rickshaw Boy*，我雖早已把他的inaccuracies修正過了，但免雷同起見，預備把所quote兩三段重譯一下。手邊無書，記得你買到過一本《駱駝祥子》，可否見信即將該書航空寄上，為要。如無書，請向library借一本，寄上。

　　今晚給父親寫了封信。不多寫了，上星期看了 *Black Orpheus* [1]，*Psycho* [2]。隔兩天再寫信。即祝

　　秋安

弟 志清 上
十月十二日

---

[1] *Black Orpheus*（《黑人奧菲爾》，1959），愛情悲劇片，馬塞爾‧加繆（Marcel Camus）導演，布雷諾‧梅洛（Breno Mello）、馬彭莎‧道恩（Marpessa Dawn）主演，法國Dispat Films、巴西Tupan Filmes出品。

[2] *Psycho*（《驚魂記》，1960），懸疑片，希區考克導演，珍妮‧李、安東尼‧博金斯（Anthony Perkins）主演，派拉蒙發行。

478. 夏濟安致夏志清（1960年10月22日）

志清弟：

　　短簡收到。《駱駝祥子》已寄出，此書你多用幾天也沒有什麼關係。另外平信寄上英文《白蛇傳》一冊，可請Carol讀給Joyce聽。故事是很引人入勝的，雖然該書所用的情節和通常所知道的稍有不同；另外那些廣東譯名，也請你改成標準國語譯音。

　　我的護照事大致已解決，臺大已批准續假，現在只等「公文旅行」，到那時就可正式批准居留一年了。

　　所以近日很定心，只是工作甚緊張耳。這裡的工作我只用一部份時間來對付，很多時間是用來寫瞿秋白。已寫了幾千字，不知到什麼時候才可以完工。我現在所有的材料，寫一篇文章已嫌多（假如一萬多字的話），寫書還是大大的不夠。此外，寫英文仍很吃力，改起來很費時間。我現在最感欣慰的是生活有規律，文章一頁一頁地打出來，雖然完工尚不在望，心裡亦有點高興。偶然打Bridge，打到一兩點鐘（A.M.）睡覺，心裡就覺得損失。這樣能在工作中找到樂趣，我已經很配能在美國大學做研究工作了。工作上了軌道，最怕外事分心。有一個時候，我很怕臺灣來信，假如信裡有些什麼對我不利的話，我真將不知如何做人了。因精神大部份放在研究工作裡面，沒有餘力對付別種問題了。儌倖護照事已解決，我非得好好地拿些成績出來不可。

　　胡適在最近期內返臺灣，已見報載。不知他回去後，對雷震案要說些什麼話。程靖宇的《自由中國》，香港的book dealer已有信給我們的center，希望我們訂閱。我說恐怕是「滑頭戲」，訂閱是無所謂，但切莫當它是臺灣版的復刊。

電影每星期看，*Black Orpheus*，*Psycho*，*Elmer Gantry*①等都已看過，都很滿意。最近期 *New Yorker* 大讚美 Jean Simmons 在 *Spartacus*②中之美，其實她在 *Gantry* 裡也很美；雖然照相不慎，仍可顯出「老形狀」來，如眉頭上的一條斜皺紋。

San Francisco 只有星期天才開車去，因星期天 San Francisco 市裡和那頂大橋上車子比較少，開起來少緊張。San Francisco 要好好地 explore，無此精神，最近亦不想。開只是開到 Chinatown 去吃飯瞎逛逛而已。

你最近為 proofreading 又得辛苦一陣子，這次看完，可以好好地 relax 一下了。我有個建議，請你們一家在 Xmas 左右到 Berkeley 來玩如何？叫我到紐約來，我怕冷，而且我也不大想玩。你們好久沒有出遠門旅行，加州溫暖（冬天大約仍在五十度至七十度之間），順便可去 Disneyland，讓 Joyce 快活一下。我建議：

（一）你們來的兩張票（jet，小孩免費？）由我來買，因為你們不來，我反正要去東部，來回票亦差不多價錢。

（二）來了住在我的小 cottage 裡，我這裡有廚房，你們「開伙倉」省事些。我自己擬搬去附近的 rooming house 暫住幾天。我現在有很寬暢的 office，常常在 office，漂亮的小 cottage 平常不大在那裡，是很可惜的。

（三）我的車子讓 Carol 開，給你們開出去四處旅行。這裡附近

---

① *Elmer Gantry*（《孽海癡魂》，1960），劇情片，理查德·布魯克斯（Richard Brooks）導演，畢·蘭卡斯特（Burt Lancaster）、珍·西蒙絲主演，聯美發行。

② *Spartacus*（《斯巴達克斯》，1960），歷史片，斯坦利·庫布里克導演，道爾頓·特朗勃（DaltonTrumbo）編劇。寇克·道格拉斯、勞倫斯·奧利佛、珍·西蒙絲主演，環球發行。因特朗勃1947年被列入親共作家黑名單，他所編的《羅馬假期》（1953）、《勇敢的人》（1956）等，都署化名。道格拉斯堅持編劇署真名，此後特朗勃的作品得以解禁，傳為佳話。

好玩的地方很多。你們如來玩兩個禮拜，一定可以很快樂地回去。希望你先同Carol商量一下，過些日子我再寫信給Carol。

　　有美國朋友說我這次看不到競選的熱鬧情形，是很可惜的。今年的競選，似乎很冷靜。身上佩Button的人很少，露天演講也還沒見過。Nixon、Kennedy在TV上的第二次辯論，我看了一部份，覺得兩個人都很緊張，很可憐，為做總統，如此拋頭露面（如江湖戲班拉客的），真是何苦？兩個人的英文句子都不漂亮，比起Churchill③與Bevan④的賣弄辭藻，那是差遠了。Kennedy人家說他在TV上表現得mature了，我看不出來。他話說得很快，衝勁足，亦很清晰，但他給我的印象只是一個大學裡的出風頭青年，碰到問題不假思索侃侃而談，十足表現「自信」，但是有什麼mature thinking，那也不見得。這種青年每所美國大學裡大約都有，哈佛恐怕特別多。這種人我是怕跟他們談天的，因為他們認真，缺乏幽默感，只是以辯論勝利為樂。真正mature的人大約是那些法官，他們說話慢吞吞含糊糊的——至少電影上所表演當是如此。Nixon臉色蒼白（那是第二次，第一次聽說更糟），眼睛有點眯，兩頰闊大，一點笑容都沒有，給我一種sinister的感覺。Kennedy也不笑，但那種「自以為是」的青年是不大肯笑的。Nixon算是代表man in the street，他可亦毫無和藹可親的表情。Ike可算「表情聖手」，嘴

---

③ Churchill（Winston Churchill，溫斯頓・邱吉爾），英國政治家、作家，英國首相（1940-1945，1951-1955），在任期間帶領英國取得二戰勝利，發表「鐵幕演說」（The Sinews of Peace）拉開冷戰序幕。撰寫系列回憶錄《第二次世界大戰》（*The Second World War*, 1948-1953）獲1953年諾貝爾文學獎。

④ Bevan（Aneurin Bevan，安奈林・貝文，1897-1960），英國政治家，工黨左派（「貝文派」，Bevanite）領袖，致力於爭取工人權利與社會正義，在二戰後出任衛生大臣（1945-1951），推動了國民醫療服務制度（National Health Service）的建立。

大，臉上肌肉善動，上特寫鏡頭是很「討俏」的。Lodge⑤的英文
亦不漂亮。英文還是Stevenson。但是做總統誰最合適，那亦很難
說。Truman初上台時，誰知道他有這麼大的魄力去派兵到韓國打
仗呢？再談，專頌

　　近安

濟安
十月廿二日

---

⑤ Lodge（Henry Cabot Lodge ，Jr.小亨利・卡波特・洛奇，1902-1985），共和黨
　參議員，1960年總統大選中尼克森的競選拍檔，副總統提名者。出任過美國駐
　聯合國、南越、西德以及梵蒂岡大使。

479. 夏志清致夏濟安（1960年11月3日）

濟安哥：

　　中秋節的信還沒有好好作覆，十月廿二日的信在桌上也擱了好多天，再不寫信，自己也說不過去了。這幾天我在編排index，真是傷筋動骨的工作，希望這星期六能把index排好，星期日前始把它打出來。編index的方法是把galleys上可編入index的phrases用red pencil underline，然後按章把這些phrases一條一條的打出（打在adding machine papers roll上）。Page proofs收到後，再得注明頁碼，然後把entries一條一條的抄在3×5卡片上。這幾天的工作是把頁碼謄抄在卡片上，把放在box內的卡片一張一張的抽出放進，實在極mechanical的工作。Eliot的散文集都沒有索引，很使我羨慕（但 On Poetry & Poets 校對不密，錯字極多）。

　　你護照事已將弄妥，甚慰。我不久前applied了citizenship，第一次interview已輕易完事，大概再隔二三星期，即可辦妥了。有了citizenship，旅行及做犯法的事（如寄錢去香港）都方便些，此外沒有什麼。我有了市 [公] 民證，對你長住美國可能有幫助：你的弟弟既入了美國籍了，你再弄個permanent residence可以簡便得多了。你現在安心做research，很使我高興，希望你把瞿秋白那篇文章早日寫完（那篇魯迅其實也應把它出版了完事）。我這學期教書，比較馬虎，但為了出版事大忙，自己讀書實在沒有時間。《紅樓夢》讀完後，一直沒有時間看參考書，把自己的心得整理下來，很感遺憾。上星期重讀了 Adolphe，第一次讀還是看的卞之琳的譯文。法國文學比德國文學豐富得不知多少，可惜我法文沒有根底，不知什麼時候能抽出一個夏天讀法文。不久前教了《浮士德》Part I，實在看不出什麼好處，歌德如此，其他想讀的德國作家實

在不多。

　　李田意這學年在 Indiana U.，我的信轉到時，胡適已去臺，所以李田意把程靖宇給胡適的信也退回了。我想程靖宇一定已和胡適取到聯絡，那封信反蔣色彩太濃，也不必寄去了。雷震既已入獄，不知胡適有沒有辦法把他救出來。雷震自己署名的文章我看過他在《自由中國》上登載的自傳，他不斷說教式的講愛國，可見他是個很忠厚善良的老派人（見解和父親相仿）。但他記憶力很強，把學生時代的枝節小事都記得清，我就辦不到。最近看到他的〈我的母親〉，僅 first installment，雜誌想已停辦，以後看不到了。

　　我近來很多電影都錯過了，*Elmer Gantry* 就沒有看，今天 Carol 去看 Bergman 的 *A Lesson in Love*①，我也沒有時間去看。但 *Black Orpheus* 是看過的，黑人跳舞甚 energetic，頗引人入勝。但故事一味仿效 Orpheus myth，男黑人的死實在是多餘的，最後一幕小黑人彈琴，也有些 sentimental 的味道。TV 上的 old movies 已久未收聽，Nixon，Kennedy 的 debates 倒聽了兩次。Nixon 嘴角上的微笑，給人陰險的感覺，怪不到很多人都 dislike Nixon。但一般教授 intellectuals 們痛恨 Nixon 主要原因還是他把 Alger Hiss②定了罪，正和他們後來痛恨 McCarthy 一樣。據 *TIME* 估計，Kennedy 入選總統，已無問題，我希望這個 prediction 不準確。Nixon 再壞也不過和 Ike 相仿，Kennedy 上台，則國內情形弄得一團糟且不說，外交

---

① *A Lesson in Love*（《戀愛課程》，1954），喜劇片，英格瑪・柏格曼導演，伊娃・達爾貝克（Eva Dahlbeck）、甘納爾・布耶恩施特蘭德（Gunnar Björnstrand）主演，瑞典 Svensk Filmindustri（SF）出品。

② Alger Hiss（阿爾傑・希斯，1904-1996），美國政府官員，曾以總統顧問身份出席雅爾達會議，1948年被前美共黨員惠特克・錢伯斯（Whitaker Chambers, 1901-1961）舉報，指控其為共產黨員和蘇聯間諜，1950年在當時的國會議員尼克森的推動下，被判處偽證罪。此案至今仍存在爭議。

上一定更是軟化下來，美國的prestige當更將低落。他被Bowles，Fullbright，Stevenson等包圍，外政上除了增加economic aid外恐怕沒有別的方法。他真肯出兵征Cuba，我才佩服他，但這事是不可能的。

　　Joyce現已上學，每晨去nursery school，學不到什麼東西，僅是和小朋友們遊戲而已。謝謝你寄的那本《白蛇傳》，Carol已讀給她聽了好多遍了。

　　你建議我們來California玩很好，但這幾天我忙得緊，實在想不到旅行這方面去。待我把出版事弄好後，再給你下文如何。Carol，Joyce當然是很高興來California的，但我天性不好動，總覺得麻煩太多。你finance我們一半旅費，衷心感謝，希望隔了一兩星期，我的mood改變，欣然決心來Berkeley看你。Potsdam冷得可以，你寒假千萬不要來。不多寫了，專頌

　　研安

弟 志清 上
十一月三日

父親最近沒有信來。

　　〔又及〕《駱駝祥子》已於三日前平郵（special handing）寄還，謝謝。

480. 夏志清致夏濟安（1960年11月28日）

濟安哥：

　　已好久沒有給你信了。上星期五接到你給Carol的信，並收到支票$300一紙，十分感謝。這次我們來Berkeley，花你的錢不算，還得使你勞神，upset你工作的schedule，希望你能夠afford時間上的損失。作較長時期visit，對host和guests，都是相當勞煩的事，希望你不作elaborate的招待，這樣我們都可以好好地relax，enjoy reunion的樂趣。我生平祇坐過一次飛機（從北平到上海），這次旅行，對我可算是一椿豪舉。舊金山，我初來美時住過五六天（在YMCA），對它印象極好，這次重遊，自己有了family，有你在一起，情形當然和上次不同。

　　Index和Proofs於十一月中全部交出了。Index整理成cards後，打字並不困難，所以所耗的時間比預計的短。我自校對書樣後，看書十分仔細，發現很多書都有misprints，祇是普通讀者不注意罷了（*Time*，*New Yorker*，*Life*，這種大雜誌，misprints可說絕無僅有），我的書不能說沒有misprints，但比普通書少。我對types也發生了興趣（我的書是Baskerville type①），覺得English的types種類繁多，實在無法全部identify。相反的，漢字排印僅有普通鉛字，仿宋體，粗號字幾種，實在不夠應付，所以一般書籍總不很美觀。有什麼人肯花工夫重刻一種鉛字，當然是不容易的事。美國publishers在書上說明用何種type排印的，據我所知僅Knopf和Yale（近兩

---

① Baskerville type（巴斯克維爾體），一種襯線字體（serif typeface），1757年由約翰·巴克斯維爾（John Baskerville, 1706-1775）設計於英國的伯明翰，是對當時老式字體的改良。

三年）兩家，所以一般人對此事不注意。Knopf一直注意印刷裝訂的，它的Vintage Books design就比其他的paperbacks好。

　　書樣繳出後，我忙着看考卷，至上星期Thanksgiving假期方定心看了一部小說Laclos，*Les Liaisons Dangereuses*，這本書雖兩年前曾拍過電影[2]，對一般讀者仍是一部冷門書。這本書是書簡體寫成的，雖然受Richardson影響，但書中主角（Vicomte de Valmont；Marquise de Merteuil）對自己行為動機分析得透徹深入，實在是一般小說所不能比擬的。尤其Merteuil，實在是女中豪傑，她的聰明陰險，令人覺得可怕，相較之下，Becky Sharp，王熙鳳，潘金蓮，都祇好算是bunglers，沒有一貫的哲學來支持她們的行動（Becky Sharp，王熙鳳都是相當可憐的；潘金蓮究竟如何，我不知道，因為沒有把《金瓶梅》讀完）。近代小說從Flaubert以來，都注重imagery & symbolism，但可能因為小說家對人性觀察可說的話很少，祇好用另一種的richness來disguise他們的psychological poverty。Laclos格言式的小說，實在不容易寫，真和Pope的complete普通詩人寫不好一樣。但Pope的觀察大部份還是表面的，Laclos對l'amour的了解，一貫法國classical傳統分析作風，似又勝一籌。Johnson's *Rasselas*[3]對人生種種也有不少格言式的警句，但他的comments和故事本身沒有關係，力量也不夠，有時似乎他在indulge in melancholy。Laclos一點也沒有sentiment，最是他難能可

---

② 此處指*Les Liaisons Dangereuses*（《危險關係》，1959），愛情片，羅傑‧瓦迪姆（Roger Vadim）導演，珍妮‧摩露（Jeanne Moreau）、讓‧路易‧特蘭蒂尼昂（Jean-Louis Trintignant）主演，法國Les Films Marceau-Cocinor出品。

③ *Rasselas*（*The History of Rasselas, Prince of Abissinia*，《阿比西尼亞王子》，1759），英國作家薩繆爾‧約翰遜的哲理小說，講述了一個生活於「幸福谷」中的王子與同伴周遊世界，尋找幸福的根源，並獲得種種人生哲理的故事。在主題上類似於伏爾泰的《老實人》（*Candide*）等哲理小說。

貴之處。我希望你有空把這本小說一讀，該書法文很淺，你可讀法文本。

你近來忙得如何，瞿秋白一文已寫完否？甚在念中。謝謝陳世驤推薦我去，在Asian Studies年會上讀paper，但至今此次［事］沒有下文，相當納悶。我收到你的信後，隔兩日看到Asian Studies的Newsletter，自己寫了封信給Richard Mather④（他負責中國文學方面），也不見下文。這次年會在Chicago舉行，地點相當遠些，如沒有paper可讀，去那裡就沒有意思了。明年job的事我還沒有plan什麼，可惜書出版遲了，在學術界有什麼impact還得正月書正式出版後（十二月間書可以印好）。希望有什麼學校來請我，自己活動，總是太費精神，也不得什麼結果。此次來Berkeley，當可和陳世驤好好談談（但除熟朋友外，系裡人請不必多驚動）。

Citizenship已於十一月十八日拿到了，同時領到市［公］民證的有三十多人。競選那時，我正忙着，Kennedy當選，雖然不高興，但並不upset我。我希望Kennedy肯重用Acheson，此人見解似已較七八年前大有進步。美國黃金流到國外，實在是一樁隱憂。不知Kennedy有什麼辦法。父親常有信來，手錶已妥收了，你好久沒寫家信了，可寫封信安慰老人家。Carol，Joyce皆好，上星期Canada TV Station轉播了中國京戲節目，我們又watch了一次什錦節目。不多寫了。專頌

近安

弟 志清 上
十一月廿八日

---

④ Richard Mather（馬瑞志，1913-2014），美國漢學家，明尼蘇達大學中國文學教授，《世說新語》的英譯者。

481. 夏志清致夏濟安（1960年12月2日）

濟安哥：

今日接到Richard B. Mather（Minnesota大學）回信，我覆信已答應去Chicago讀一篇關於《紅樓夢》的paper。上次信上我說因未得Mather回音而有些worry，現請釋念，並向陳世驤道謝他推薦我的好意。

我上次給Mather的信上說：我可以present一篇關於近代文學的paper或關於《紅樓夢》的paper。他回信說，他計劃一個panel「The Literary Revolution in Asia」，關於中國方面已於十一月初請Cyril Birch作講，Birch回信遲遲不到，所以他不好早invite我。現在他在set up一個關於中國舊文學的panel，unless我prefer讀中國近代文學的paper，《紅樓夢》的paper，真是再好沒有（on the panel: Frankel "Time & Self in Chinese Poetry"，Hsu Kai-yu[1] on 李清照）。

我信上推薦你，說如Birch無意讀paper，你是最好的candidate，你研究過魯迅、左聯、瞿秋白，對文學革命和革命文學一定有很多的新見解。你可和Birch談一談，他如無意去Chicago，你何不也趁此機會去Chicago，顯顯本領？Birch不去，我想Mather會寫信給你的，Mather是陳世驤的學生。如Birch決定去Chicago讀paper，我想舊文學的panel上祇有三篇文章約定，你何不毛遂自薦去suggest一篇，《西遊記》、《聊齋》你已作過相當的研究，題目是現成的，我想Mather一定歡迎的。此事你可和陳世驤商量商量。

---

[1] Hsu Kai-yu（許芥昱，1922-1982），生於四川成都，美籍華人學者、藝術家，曾就讀於西南聯大，1947年赴美留學，1959年獲斯坦福大學博士學位，後長期任教於三藩市州立大學。代表作有《二十世紀的中國詩選》（*Twentieth Century Chinese Poetry : An Anthology*）、《周恩來傳》等。

　　你我同去芝加哥，可在大城市中玩玩，同時一起開會，也增加興趣不少。不多寫了，專頌

　　近好

　　　　　　　　　　　　　　　　　　　　弟 志清 上

　　　　　　　　　　　　　　　　　　　　十二月二日

482. 夏濟安致夏志清（1960年12月5日）

志清弟：

　　兩信均已收到。芝加哥之會你去講《紅樓夢》一定精彩萬分，而且可以促進你第二部書的寫作。那種會其實無甚道理，好像你以前說過，大部份人是去聯絡感情或者是找飯碗去的。15分鐘或20分鐘一篇 paper，很難發揮，而且得假定聽眾都已有了基本工夫（這個假定都是靠不住的），大部份這種 paper 都是「言者草草，聽者懵懵」的。最近 Thanksgiving 我到 S.F. State College（地方很漂亮）去開過一次 west coast philological society（MLA 的附屬機構），那地方的 paper 比較 Oriental Society 的還有意思一點。

　　談談我最近的研究成績，〈瞿秋白〉已於 Thanksgiving 以前寄到 Seattle 交他們打字。什麼時候打好，我也許（明年一月）要去出席替自己辯護。寫文章太吃力，寫完懶得再去看它，甚至不再去想它。文章命運如何是不大關心的。〈瞿〉文約比〈魯〉文稍長，內容仍極有趣，我心目中總有個 New Yorker "profile" 的寫法標準，「娓娓道來」。但 New Yorker 一般作者能運用的生字與句法都比我多得多，我是不及的。〈瞿〉文有幾段亦許寫得還漂亮（雖然不像 New Yorker 那樣「慢吞吞」作風），但是亦有幾段寫得不行，重讀時不滿意，再改太吃力，而且時間亦來不及了。先繳了卷，了一樁心事再說。

　　我們這裡的 center 開過一次「雷震案座談會」，主要的講員是我。我說明不談雷震一「案」，只談過去 background。雷案是要 Scalapino（Conlon Report 起草人之一，「民主行動派」──ADA──分子）來談的。臨時 Scalapino 生病，派他的學生來讀了四封信，兩封是 Sca. 與 John Fairbank 寫給 New York Times 的，兩封是社會人

士（一封署名A Taiwanese）寫給Sca.的。我把舊的《自由中國》翻了一下，加以個人回憶，與香港報刊的意見與報導，講了許多facts是洋人們所不知道的。講得相當有趣，雖然英文的broken是難免的（因為我沒有擬稿）。Facts之後，附有小小的意見：雷震固然是anticommunist patriot（胡適說的），但老蔣亦是anticommunist patriot，雙方不和只是給共產黨佔便宜，甚為不幸云。這些材料可以寫下來，但是恐怕暫時沒有餘力了。最近在寫一篇Metaphor, Myth, Ritual of the People's Commune，是給center的。這個題目太漂亮，有點唬人，我有點不敢用，但是陳世驤很喜歡，我相信你亦喜歡的。我只怕題目太漂亮，太吸引人，而內容不夠充實，使人失望；不如題目定得灰色一點（如瞿文題目是 "Chü Chiü po's Autobiographical Writings"），而內容使人看得有趣。我對於commune，相信知道得已很透徹，美國人很少能比得上我的；只是把它和Metaphor, Myth, Ritual牽聯［連］起來，需要的學問太多，我的準備工作恐怕還不夠。當然我可以「持之有理」地講得很生動的，但是學問不夠，講來總有點吃力。

該文已着手，大約再隔兩個多禮拜可以竣事（idea已想通，只是琢磨文句而已，文章亦可以寫得平凡一點），你們來Berkeley時我可以「出空身體」了。其實〈瞿秋白〉加「Metaphor etc」兩篇文章在三個月內趕完，亦是相當吃力，應該痛快玩玩。我對於自己「八字」還沒有十分信仰，假如真是注定要寫文章出名，那末苦幹的日子真是剛開始呢。我的惰性太大，尤其怕寫文章，在臺灣一follow就是幾年，去年一至九月主要是遊散，九至十二月寫了一篇〈魯迅〉；今年一至九月更是一字未寫（暑假搜集材料，加上陪客人們玩），九月以後又來趕忙。如在美國想立住腳頭，寫文章非養成習慣不可。筆頭勤，出產可多。其實我腦筋一直很靈活（懶人腦筋多休息之故），如為center寫這篇paper，我本來想學李祁那

樣寫法，找三十個terms，一天解釋一個，三十天很輕鬆地就寫完了。洋人們看了亦會滿意的。但是我愈研究commune，愈對李祁的寫法不滿意。她對於中共的人生社會似乎毫無興趣，她把language與life切開來研究，是錯誤的態度。再則她的文章不立綱要，先沒有什麼話要講，只是胡適的所謂「點點滴滴」的研究，這亦不是做文章的道理。我對於commune已有某種看法，我的文章是理論的推衍，那些terms都是用來說明我的理論的。這樣寫法，文章又得一氣呵成，但是「一氣呵成」，文章前前後後要顧得照應，寫來就吃力得多。但是為了對得住自己的「藝術良心」起見，只好挑難的路走，一反李祁之道而行。好在我已想通，文章亦許不能漂亮，內容是有點精彩的。說起我的研究commune，亦很滑稽，我是當它消遣的，寫瞿秋白寫得疲倦了，拿一份《人民日報》看看，挑選幾個terms寫在卡片上，現在居然亦寫了幾百張卡片（生平治學用卡片之第一次）。然後建立理論線索，挑幾十張卡片來說明我的理論，如此而已。此事實很輕鬆，只是寫文章吃力一點而已。

這一次因為是以研究commune為主，材料大多用《人民日報》。這篇寫完，明年要寫Revolutionary Romanticism & Myth，那是要多看些中共的民歌、小說、劇本（電影劇本、京戲等）了。不過那亦是比較有趣的題目。

明年Oriental Society西岸分會將在Los Angeles開會，我是會員（只加入了這麼一個，那是因為因緣湊巧，Seattle，Berkeley兩次的會都給我趕上的），我想去讀一篇十五分鐘的paper：The Fascination of Death──討論魯迅對於無常鬼、「女吊」等的研究。這個問題我尚未開始研究，不過研究起來將非常有興趣。我讀《太平廣記》（這套書內容太豐富了）時略有心得，胡亂找些材料，寫篇短文是不難的。其實研究中國問題（任何問題）都還有很多新看法是從未經人道及的，不像英國文學，路都給人走完了。例如公社，美國

亦有一大幫人在研究公社，我相信我的意見對於他們將是十分新鮮的。

明年三月以後，要去S.F.的U.C. Extension（中共所謂「業餘大學」）去講三個lectures，每次兩小時，討論中共的文藝、語文等問題，屆時至少亦得寫些outline出來。

你主張我去芝加哥一會「群雄」，陳世驤亦曾如此主張。我當時對他的答覆：這種事情不忙，等我多寫幾篇paper，外面有了點stir，再去出風頭不遲。這種事情，只要我留在美國，早晚要落在我頭上來的。現在你主張我們一起去玩玩，倒亦是好意思。不過我還不是會員，那時我的文章能否準備完成，亦很難說。讓我考慮一下再說。

恭喜你取得美國國籍。講起明年的job問題，我是一點打算都沒有，完全是樂天行事。（因為明年臺灣如何？護照如何？都還不知道。）前幾個禮拜陳世驤說Rochester U.需要人教中文的，他想推薦我，我反而婉謝了！（那時我還不知道你的意圖，沒有提起你。）我說，成不成固然難說，成了不能去亦對不住大家的。這種機會陳世驤那裡比較多。以後如有機會，他一定會推薦你。你的寫這本書，真像Dr. Johnson的編字典，一個人含辛茹苦的苦幹，但願書出之後，一舉而天下聞名！（Yale的廣告已看見，很多人——包括Levenson——在等着拜讀。）

你們來S.F.玩，真是太好了。我對於S.F.的night life，亦不大熟悉（因為晚上怕開車），中國night club有兩家，一家叫「大觀」（sky room），很糟，一家叫「紫禁城」（Forbidden City），還有美人可看。上星期六去看Musical Comedy: *Destry Rides Again* ① （with

---

① *Destry Rides Again*（《碧血煙花》，1960），舞台劇，由1939年的同名電影改編，約翰‧雷特（John Raitt）、安妮‧傑弗里斯（Anne Jeffreys）主演。

John Raitt②, Anne Jeffreys③），是別人請客的。Musical Comedy只是熱鬧而已，大約沒有一齣有什麼intellectual quality的（不像電影那樣可玩弄「手法」）；像共舞台的海派京戲，但還沒有海派京戲過癮（主要是我對西洋音樂不大能欣賞）。再談　專頌

　　近安

濟安

十二月五日

---

② John Raitt（約翰・雷特，1917-2005），美國演員、歌手，百老匯明星，代表作有音樂劇《俄克拉荷馬！》（*Oklahoma!*）、《睡衣仙舞》（*The Pajama Game*）等。

③ Anne Jeffreys（安妮・傑弗里斯，1923- ），美國女演員、歌手，活躍於好萊塢和百老匯舞台，代表作有《疤面大盜》（*Dick Tracy*, 1945），《烏合之眾》（*Riffraff*, 1947）等。

483. 夏濟安致夏志清（1961年1月11日）

志清弟：

你們走後，我在趙元任家吃了中飯晚飯，打了兩個rubber bridge，六圈麻雀，一天糊裏糊塗過去。次日寫文章，花了兩天，把第三部份寫完，但是大考附近，找不到打字的，文章於上星期三送出去打，迄今未見送還，這一個星期人又大為鬆懈，連信都懶得寫。看了一大本《民國通俗演義》①，百萬餘字，從袁世凱講到吳佩孚，很有趣。還看了兩本關於太平天國的的書。像你這樣，能夠維持數年緊張，確屬不易。我在暑假以後，先為護照事傷腦筋，後又完成兩篇文章，覺得所花力氣已不小，第二篇文章寫完，腦筋就懶得再動了。等到Part III打完，就添footnotes，算是正式交卷。下一篇可能是討論Revolution and Romanticism的，其實沒有什麼research可做，因為共產黨的材料，就是這麼一些，解釋名詞更是無聊之至。若是回溯到過去的普魯文學與「社會主義現實主義」，在那些方面多搜集材料，內容亦許可以充實一點。其實所謂research，總得要帶些歷史性的，單純研究current的題目是不可能的。

Carol的信已收到（過幾天再寫回信），知道你們曾在Chicago耽擱一晚，不知影響到你的上課否？回家以後，Joyce有沒有想念加州的溫暖？所照的照片，大致都很好，只是彩色底片，有幾張似乎顏色不夠鮮豔，我就沒印。有一張是Joyce在UC Campus照

①《民國通俗演義》，一百六十回，蔡東藩著、許廑父續寫後四十回，為《中國歷代通俗演義》之一種，因蔡氏寫作此書時廣搜資料，詳細敘述了辛亥革命、袁世凱稱帝、蔡鍔討袁、張勳復辟等大事件，具有相當的史料價值。

的，她因為跑路過多，臉上flushed，照出來倒是臉上紅馥馥的，
我已把它放大到8″×10″，兩三天內可以寄上；其它的印成wallet
size，亦可一同寄上。五彩的照片，一定要顏色鮮豔才好看，照人
像頂好的亦要像Nixon上TV之前做一次化粧，想不到Joyce瞎跑一
陣之後，照在五彩上更為好看。

　　你們走後，這裡冷了好幾天（天倒是晴的），晚上都在冰點以
下，早起車子上的冰結得厚厚的。因此我只好在家裡吃早飯——烤
麵包很省事——瞎摸摸到九點鐘左右才開車去上班。那時太陽已
大，車上的冰已曬化，免得刮冰的麻煩。這種天氣在這裡已經算是
冷得出奇了，但是積雪到底是沒有的。現在在家裡吃早飯已養成習
慣，且已吃過一次hot dog加soup，作為晚飯，亦很省事。（Loeb送
來了一大盆中國水仙花。）

　　電影看了一次，*I Am All Right, Jack*[2]，Peter Sellers[3]的演技是
很精湛的，演一個工會頭目，很像。片子是滑稽電影，把工會和資
本家都諷刺了。工會亦真「橫」；我看工會和共產黨於同時冒起，
亦許有其生剋關係。「工會」的「橫」，大約不是民主政府所能對
付得了的，只有共產政府（或法西斯政府）才能把它鎮壓。由工會
運動引起共產黨的猖獗，再由共產黨來壓制工會，這不是冥冥之中
自有定數嗎？

---

[2]　*I Am All Right, Jack*（《傑克‧我一切都好》，1959），喜劇片，約翰‧博爾
汀（John Boulting）導演，伊恩‧卡邁克爾（Ian Carmichael）、特里—托馬
斯（Terry-Thomas）、彼得‧謝勒（Peter Sellers）主演，英國Charter Film
Productions出品。

[3]　Peter Sellers（彼得‧謝勒，1925-1980），英國喜劇演員、歌手，因在BBC廣
播劇《傻瓜秀》（*The Goon Show*）中的表現成名，後因主演《一枝梨花壓海
棠》（*Lolita*, 1962）、《奇愛博士》（*Dr. Strangelove*, 1964）等名作以及《粉紅豹》
（*The Pink Panther*）系列電影成為世界級影星。

　　我定24號飛Seattle，飛機來回票已由Seattle寄來。瞿秋白一文當從Seattle寄給你和Carol（一天12元per diem，他們希望我去玩一個禮拜）。最近身上是輕鬆了，要在開始寫第二篇文章時，才能再把「發條」扭緊。你的書什麼時候出版？過兩天當再有信，專此敬頌

　　近安

濟安

一月十一日

484. 夏志清致夏濟安（1961年1月12日）

濟安哥：

　　回來已十天了，還沒有和你通過信，實在是旅行之後，總要經過一段時間，才可恢復正常生活。離舊金山機場到Potsdam一段經過，Carol信上已稍加敘述。AIR FRANCE靠meals出名，可惜我們沒有吃到飛機上的午飯與香檳。從Montreal到Potsdam一段路上，兩旁都積了厚雪，bleak的景象實在和加州的情形不好比，當時看了相當depressing，現在又習慣了。這次來訪，你破費很大，最使我不好意思。佔住了你的cottage不必說，此外meals和娛樂消費上面你也花了很多錢。你目前收入還好，但父親信上一直要你儲蓄，恐怕你還沒有做到，這次為了我們，動用了你六七百元，實在是很不應該的。我今年收入可以好一些，因為版稅方面至少可以拿到一二千元（depending on sales，每本書我抽十分之一，85¢）。今年暑期我又可拿到了一筆State University fellowship $750，可以不教書順利過去了。

　　這次旅行是家庭性質，Carol和Joyce都玩得極高興，你做主人的應當很滿意。我重遊舊金山，心境也很好，同時漸漸可以把tranquilizer戒掉，也是一樁好事。但正因為伴着family玩，朋友交際方面工夫恐怕沒有做好，如你勸我去看Frankel，我沒有去看他，即是一例。Frankel和我同在一panel上讀paper，此事已揭曉了，所以三月底我可以看到他。陳世驤夫婦這次熱誠招待，請代致謝意。我書月底可以出版，出版前job事不易推動，但各大學有什麼openings，仍請世驤隨時留意。Leonard Nathan談吐很好，讀書很博，見面時也請問好。

　　你最近三月來大寫文章，很使我佩服。我們離開Berkeley

後，想myth metaphor一文已寫好了。瞿秋白一文印好後請即寄
一份來，上次信上你說正月間可去Seattle，不知何日動身。你和
Taylor，Michael關係弄得很好，Michael如有什麼offer，我想你不
顧臺大情面還是接受的好。目前在加大做research很好，問題是李
祁要不要回來。所以這次去華盛頓，如有好機會，千萬不要放過。
我最近已好久不寫英文，月底學期終了有一星期假期，預備把那
篇《紅樓夢》（25分鐘）寫好，可說的話很多，但問題是能否把要
說的話在十多頁內精彩地說出來。我計劃要讀好幾本西洋小說，
*Tale of Gengi*也想把它讀完，但時間恐怕不夠了（這個週末可能重
讀*Swann's Way*①）。祇好先［寫］好短文，將來再寫長文（同panel
上有柳無忌的《The True Story of 蘇曼殊》）。

上星期末讀了Camus的*The Stranger*，*The Fall*。*The Stranger*
寫得不壞，*The Fall*則不能算是好小說。Proust後法國很少有人寫
大規模的小說，Gide②，Camus等的作品都極簡短（此外Colette③，
Sagan④也是如此），好像毅力不夠。同時Gide，Camus等好像都是
Dostoevsky的徒子徒孫，祇是他們對於Dostoevsky的Christian love
不能接受，所以祇能領受運用「存在主義」一方面的思想，但沒
有大發展。你對Camus很有研究，我的浮淺印象可能是靠不住的，

---

① *Swann's Way*（《在斯萬家這邊》，1913），普魯斯特長篇小說《追憶似水年華》
（*In Search of Lost Time*）的第一部。

② Gide（André Gide，安德烈‧紀德，1869-1951），法國作家，1947年諾貝爾文
學獎得主，代表作有《田園交響曲》、《偽幣製造者》等。

③ Colette（克萊特，1873-1954），法國女小說家，1948年諾貝爾文學獎得主，其
代表作中篇小說《吉吉》（*Gigi*, 1944）被多次搬上大銀幕和舞台。

④ Sagan（Françoise Sagan，法蘭索瓦絲‧莎岡，1935-2004），法國女作家，18歲
時發表小說《日安，憂鬱》（*Bonjour Tristesse*, 1954）一舉成名，其一生因為漂
亮的外表和鮮明的個性而備受關注。

但他所改編的 *The Possessed*，氣魄方面實在是和原著無法相比的。我Kierkegaard沒有讀過，二十世紀歐洲文學思想上的啟發人可能是以Dostoevsky和尼采二人為最重要。這學期讀了些法國東西，自己教書，也等於take了一門survey course。

Joyce本來易咳嗽傷風（so called allergy），加州回來後身體很好，食量也大，加州樹木到處皆是，照例應當對花粉野草之類更allergic，但身體漸強，可見allergy之說是靠不住的。玉瑛妹還是沒有結婚，父親方面你可以寫兩頁報導我們訪問加州，同時把照片和我的信一同寄去，可使他老人家高興些。

Carol留給你的dandruff ointment，希望你經常用它，是很靈的。你的眼睛牙齒我覺得應當去醫生處檢查一下，眼睛老流水，不是好事，牙齒也可能有cavities，這種小事請不要忽略。這一期 *Time* cover story所recommend的diet，和你平日吃飯的方式，很相近，Carol注重high protein diet，實在是不對的。我們butter之類早已不大碰，但我平日牛奶雞蛋吃得太多，以後當少吃少飲。你工作想已上規[軌]道，我們在San Francisco已被spoiled了，最近在家吃飯，實在覺得毫無胃口，不多寫了，專頌

　　近安

　　　　　　　　　　　　　　　　　　弟 志清 上

　　　　　　　　　　　　　　　　　　正月十二

485. 夏濟安致夏志清（1961年1月18日）

志清弟：

　　來信收到。照片附上，另有一張8″×10″的Joyce像另封寄上。照片看看transparency都不差，放大了滿意的很少。顏色不正恐怕是Technicolor沖洗的關係（Kodak軟片，頂好是由Kodak自己來洗），但是我的Leica因年代太久恐怕亦不大靈了（那是第二次大戰以前的貨）。快門恐怕已不標準（為1/100秒亦許不止1/100秒），鏡頭拔出來時，焦點距離亦不準。例如Joyce在飛機場坐着的一張，什麼都很好，就是距離有問題。照理，有自動對光的照相機，距離是絕不會有問題的（這種毛病已出過幾次），但是我的Leica用大光圈照時，距離必有誤，想必是鏡頭鬆了，距離不準了。

　　照片背後署有「濟安」二字者，我已去添印，不妨先把這幾張寄給父母親。或者由你斟酌，等到下一批（至少再得等一個星期）添印到時，再寄給父母親亦可。此外你們喜歡什麼，請告訴我，我亦可添印。你們亦有人要送的，如Potsdam的朋友們，Joyce的外祖母等。那張放得頂大的「得意傑作」，我預備送一張小的給陳太太。Wallet size添印很便宜（二角幾一張），再添印十張亦無所謂，請你們不必客氣。

　　你們回去了，身體都很好，我很高興。中國人講「水土」，是有點道理的。如我的身體即是在昆明與北平乾燥的氣候下漸趨結實的，北平對於你已是太乾燥（記得嘴唇燥裂與「嫩維雅」嗎？），對我卻巧合適。臺北非常之潮燥，但我身體已練好，亦不怕它了。加利福尼亞天氣的確不差。所謂smog我亦不覺得，有人說smog傷眼睛，但是我的眼睛在沒有smog的地方亦流水，想和smog無關。

　　講起food，Keys的理論未必就對。至少*Time*沒有說cholesterol

是從多少年紀開始沉澱的，我想十七八歲以前總無「血脂過多」的問題。Carol的high protein理論亦不差——她亦是有根據的。過去的營養學家，都說中國人、日本人、義大利人等吃的蛋白質太少，因此體質瘦弱，TB猖狂，而日本人的瘦小與近視眼的普遍，想必與營養有關。營養學只是一種經驗的學問，沒有什麼大理論在裡面；中國人在這方面的經驗很豐富，那些由經驗累積的教訓，都值得我們尊重，所差者為有許多教訓尚未經過如Keys之流的人來做科學研究而已。中國老人講究吃長素，而中國相書上亦說，老人瘦而皮色黃潤的主長壽；這種人血壓不會高，而皮色紅潤或紫氣騰騰的老人，反而在心臟方面血管方面有問題。中國人所說的「寒體」「火體」「溫補」「涼補」等，必有學理根據，可是這種學理尚未經人研究而已。

吃東西頂好雜吃，什麼都吃一點。營養豐富的東西如雞蛋、牛奶、橘子、番茄多吃了亦都有弊害。如蛋白質過多妨礙腎臟（「蛋白尿」是很麻煩的病），番茄中聽說含鈉（Sodium）太多，「空心肚皮」吃Orange Juice或Grape Fruit Juice聽說最刺激胃，於Ulcer大不利的，上次沒有跟你說，不妨留意。如和toast一起吃，就能吸收胃酸了。美國有一時候，大家提倡吃菠菜，後來又發現菠菜的害處。

Time那篇文章只講脂肪與心臟的關係，但是脂肪和別種內臟（尤其是胃，因為脂肪是酸性的，）的關係，就沒有講到。中國過去吃東西有他傳統的一套辦法（如牛奶頂好在「立冬」以後吃，交春就不吃了），其中雖有錯誤，大家亦安之如素。美國人可憐是沒有傳統，只有fad，而fad又常常變的，fad可能亦有錯。美國人眼巴巴地望着營養科學家，而營養科學家沒有研究過的問題還有很多。我的主張是不去理他們那一套，愛吃什麼就吃什麼，年紀過了四十，偶然讓肚子餓一兩個小時，總是沒有錯的。牛奶我有時

亦吃，Carol留下的牛奶，我燉熱了吃，就沒有瀉肚子。美國有些菜和很多種點心裡面，都是有牛奶的，喝咖啡加cream是很合衛生的，中國人說咖啡是「刮腸」的，那是說，它容易和人身裡的蛋白質化合成一種不好的東西，如在杯子裡先讓它和蛋白質化合，對於人身較好。

這一期*Look*有周恩來給Snow的談話，我已買來看過。其中有一篇講Clark Gable[①]的，說起Gable為拍Misfits，硬做把體重減輕39磅，我想此事和他的死亦許有關。在減重期間，很多內臟必同時受損；減重有它的好處，但是內臟受損（這個很難查察，但是我們憑常識可以想像：人身是個整體，一部可以牽連他部），身體反而弄壞了。崔書琴活生生的一個人，亦要來減重，結果很快就死了。減重的人，住在醫院裡，不做事，經常有醫生check，亦許沒有大害。體重減輕後，還得休息很長一段時期，而Gable卻去拚命做cowboy，力拉劣馬等，無怪他要死。假如我有一天體重過高，我決不減肥，假如我同時要工作的話。體重高的胖子，吃東西有精神，說話做事都有精神，實在亦不必過慮的。

*Journal of Asian Studies*來信，說〈魯迅〉一文定八月號刊出。我定下星期二（24號）晚上飛Seattle，坐Jet只消一個半鐘頭好了。在那邊預備住四天，星期天（29號）飛回。我相信「華大」的人對於我的那篇〈瞿秋白〉會看得中意的。華大對我的幫助（如去年暑期的job，這次的旅費與per diem）很大，反而使我不好開口。但是我相信：在我走投無路，真正desperate的時候，華大必可收

---

① Clark Gable（克拉克・蓋博，1901-1960），美國電影演員，好萊塢巨星，代表作有《一夜風流》（*It Happened One Night*, 1934）、《叛艦喋血記》（*Mutiny on the Bounty*, 1935）、《亂世佳人》（*Gone with the Wind*, 1939）等，人稱「好萊塢之王」（The King of Hollywood）。

容我的。現在先「聽天由命」觀望一個時候再說。總之，還是懶，怕多想，多動。眼睛和牙齒是都該治，但是眼睛麻煩一點（耽擱時間），等有空閒再說。牙齒亦許去弄弄它。因為在我的office同一層樓上，即有一位牙醫，我走過去就是，不會耽擱時間的。頭皮油尚未塗過，此事麻煩很小，已不大放在心上，下次洗頭時，將試一試，免得忽略Carol和你的好意。過去年輕，覺得禿頂不好看；現在已習以為常，而且更迷信命運之說：照相面先生說來，我的臉型可能禿頂，運氣可以更好。

Camus的小說，我一本亦沒有看過，但法國人寫作的魄力減低，我亦看得出來的。我只看了Camus的 *Sisyphus* 與 *Rebel*，那都是essay，討論思想與學問的。我近年來，正式小說看得很少，主要原因是怕看見談戀愛。小說裡如有戀愛場面，看了似乎就很不舒服似的。我看小說，還是注意英文的文章，對於人生大事，反而有點處女式的怕懼。現在最有興趣的是歷史，大事件的起伏與小事件的考證。最近幾天，倒看了兩本小說，屠格涅夫的 *Superfluous Man* 與 *Rudin*，那是因為瞿秋白曾引用，我的文章中亦提起的，去Seattle之前，得先準備一下。*Superfluous Man* 相當淺薄，*Rudin* 亦不夠深刻（但是戀愛場面看了仍有些不舒服，那是和小說好壞無關的）。屠氏在中國瘋〔風〕靡一時（在臺灣仍然如此）和他的可愛的半解放的女孩子們有關係的。當然，俄國那時的社會，中國人亦最易了解。照我看來，George Eliot在 *Mill on the Floss* 與 *Middlemarch* 中對於女性心理的描寫，比屠氏深刻。講起對智識分子的描寫，Dostoevsky亦深刻多了。

你的《紅樓夢》想必很快就可寫完。Oriental Society在LA的開會，我要不要寫文章，還沒有定。最近看曹聚仁的《北平通訊》（他是擁共的），他在1958年去訪問過知堂，知堂好像仍舊很「沖淡」的樣子（住北平他的舊宅），知堂題了兩首詩送給曹聚仁：

（《兒童新事詩》）

山魈獨腳疑殘疾，魍魎長軀儼阿獸，最怕橋頭河水鬼，播餞遊戲等人來。

目連大戲看連場，搬出強梁有王傷，小鬼鬼王都看厭，賞心只有活無常。

這兩首詩大約和魯迅所謂的《女吊》、《社戲》等有關。替這些鬼怪做考證亦不容易。

最近聽高友工[2]說，Stanford暑校要請David陳、勞幹的兒子（在哈佛讀歷史，尚未得Ph.D.，在寫論文）等青年人來教書。高自己亦是正在寫Harvard的論文，Stanford專請未出道之人，想必可少出幾個錢薪水吧。

別的再談，父母親那裡的信，下次再寫（一併寫了附上）。專此　敬頌

近安

Carol與Joyce前都問好

濟安

一月十八日

---

[2] 高友工（1929-2016），美籍華人學者，哈佛大學博士，普林斯頓大學中國文學教授，代表作有《唐詩的魅力》（與梅祖麟合著）、《美典：中國文學研究論集》等。

486. 夏濟安致夏志清（1961年1月27日）

志清弟：

星期三下午飛抵Seattle，現住Meany Hotel。星期四已經把文章在會場上討論過，人人大為滿意，我所以這幾天略有點洋洋自得，至少寫文章的苦心沒有白費。

U.W.很希望我在他們那裡工作，暑假大約可以來，他們希望有更長期的合作。同時他們似乎還有點怕我這樣一個「人才」會給別的學校搶走。其實，我在美國是沒有什麼辦法的。

他們聽說，我那篇〈魯迅〉交給*J. of AS Studies*發表，很覺可惜，他們希望我多寫幾篇這類的文章，彙集成一本書出版。

在U.W.研究範圍較寬，而且中國五四以後的intellectual life，正是我最感興趣的題目，Communist Terminology我是不大感覺興趣的。

我的態度很是平和。我不是來求事情的，而且我對他們，老實說，護照等的問題尚未徹底解決。我的情形，如有U.W.大力幫忙，亦許有點希望。

所在我在美國的處境很奇怪：別人講Publish or Perish，U.W.的人反而勸我慢慢地publish！

H. Mills在*China Quarterly*的講魯迅一文，想已讀過。我早知道她是寫不過我的，一看果然。內容是相當compact而平穩，但沒有什麼精彩。其中略有小錯誤：

（1）柔石在左聯成立前，不是共黨黨員，他是左聯成立後，才入的黨。

（2）魯迅會見的是陳賡不是陳毅。

（3）周揚在後期左聯的權力恐怕沒有她所說的那麼大。

我這篇〈瞿秋白〉相當輕鬆，Carol看了一定會覺得有趣的。

別的俟回到Berkeley後再談。專此　敬頌

近安

濟安

一月廿七

Carol與Joyce前均問好。

有一本Robert Elegant ① *China's Red Masters*，你見過沒有？（1950出版），其中有半章討論瞿秋白，用了《多餘的話》的材料，並論及丁玲與郭沫若。我是在來西雅圖之前看到的。該書態度親共，用了《多餘的話》而不說出來源，掩人耳目是很滑稽。

---

① Robert Elegant（羅伯特·艾列根特，1928- ），美國作家、記者，普立茲獎得主。精通中文，其作品主題大部份都與其在遠東地區的記者經歷有關，代表作有《中國的紅色領袖》（*China's Red Masters*, 1951）、《一種背叛》（*A Kind of Treason*, 1966）等。

487. 夏志清致夏濟安（1961年2月1日）

濟安哥：

　　〈瞿秋白〉長文前天收到，一口氣看完，大為佩服。這篇文章比〈魯迅〉那篇文章對我更饒興趣，因為我根本沒有看過《餓鄉》、《赤都》和《多餘的話》，你文章上所present的材料對我都是新的，從瞿秋白的早年生活到他在蘇聯喫苦的經過到他晚年的懺悔，文章段段精彩，引人入勝。Part I頭幾頁的開場白實在不容易寫，而你寫得實在好（難者在讀者對soft hearted communist這個concept可能毫無興趣，而你能引導他對這問題發生興趣；並且在描寫這個假定人物的時候，你已把瞿秋白精神生活的輪廓放在讀者面前了）。寫文章中英文道理一樣，你白話寫作翻譯經驗多，各式各種體裁都嘗試過，我想對你寫英文也是極有幫助的。我中文沒多機會寫，寫英文在Yale受訓練者亦僅是批評文、學術論文兩種，像你這樣的大規模的critical biography實在是無法寫的。加上我對人物的personality興趣不濃，恐怕也沒有耐性寫。你這篇文章價值實在比Levenson的《梁啟超傳》高了十倍。Levenson對梁的一生經過，思想變化，實在沒有什麼興趣，他的興趣僅是用梁啟超做代表來說明他自己對modern Chinese mind所有的一套理論而已。你注意concrete details，所表現的同情心成份較irony強，quote多而不憑自己主見來manipulate facts，做biography的條件實在比Lytton Strachey完備得多。以前讀 *Eminent Victorians* 很有趣，此書已十多年未翻了，但我想他的 "Chinese Gordon" 那篇文章as biography as literature可能都不如你的那篇。Strachey不識中文，材料搜集方面一定大成問題，但他的目的是exhibit Gordon as a可笑的specimen，你在可笑之外還看到可悲，境界就比他高。你的文體和Strachey是

相近的（去秋重讀了他的 *Landmark of French Literature*，這本書講法國文學很有道理，因為 Strachey 對 French mind 較接近，對它的優點容易欣賞），如一連串 noun phrase 的排列，長短句的交互運用。在加州時我 mentioned 的 Santayana① 也是這種作風，但 Santayana stylistic resources 較 Strachey 豐富，讀了不會使人厭倦。總之，你寫文章是抱 stylist 的態度，而目前有這種為寫文章而寫文章的散文家實在不多。以前我說過林語堂英文好，去年我翻了他的新書 *The Secret Name*（關於王實味一段），文章的馬虎實在令人難以置信，和他早年 *Importance of Living*，*Moment in Peking* 用功寫文章情形大不相同，無怪沒有人讀他了。

我所看過的瞿秋白作品僅是《亂彈》一書，覺得他是目中無人的橫人（他除對魯迅特別尊敬外，當時別的文人似乎一個也看不起），所提倡的種種節目我看了覺得都是毫無道理，所以對此人毫無好感（李何林書上所載的照片，相貌清秀，文弱書生的樣子，給人的印象就不同）。讀了你的文章，才知道他內心的一段苦痛，而且他早年為是學佛的。你一直說要替戴季陶、吳稚暉作傳，其實憑你的能力康梁你應當寫，蔣毛也應當寫，此外蔡元培、胡適之類，都可以寫（胡適的一生你了解得很透徹，要寫隨時可寫，假如你肯不顧情面的話）。就近計劃，你已有了魯瞿兩篇長文，再寫兩三篇現存材料較多而為人本身很有興趣的人物（如周作人、郭沫若等）即可出版一本很厚而極重要的書了。「魯迅」一文已準八月份出版，可喜可賀。*Journal of Asian Studies* articles 篇幅不多，你的文

---

① Santayana（George Santayana，喬治·桑塔耶拿，1863-1952），哲學家、文學家，生於西班牙，1872年移居美國，獲哈佛大學博士學位，並留校任教，後辭去教職去歐洲，定居羅馬。代表作《美感》（*The Sense of Beauty*, 1896）、《理性的生活，或人類進步諸相》（*The Life of Reason*，5卷，1905-1906）、《存在諸領域》（*The Realms of Being*，4卷，1927-1940）等。

章一期登完，其餘的篇幅只好都載 Book Reviews 了，也等於 *Asian Studies* 代你出了一本《魯迅專號》。Mills 的文章，看到你信後我再讀的，文字很緊湊，但如你所說的，毫無新鮮見解。她的着重點我想是 objectivity，但自己沒有主張純客觀的研究，終是沒有大道理的。Mills 花多少年心血研究魯迅一人，結果還不如你數月的瀏覽。八月中文章出來後，她一定會很傷心的。

　　我上星期看了些中共研究《紅樓夢》的書（最近我向香港 Universal Book Shop 定購了些書，很便宜），把全書翻看了一下，星期一二兩天寫了十九頁（今天到 Watertown 去了，沒有寫文章），明天再寫。大約把我要說的話都寫下來，恐怕要有 40 頁，而年會 paper 僅需 25 分鐘，只好把初稿寫完後，提出重要的論點，寫他十二三頁。將來發表，我想還是根據初稿重新整理較好；要讀的 paper 太短，不能有充分發揮。我繳出去的題目是 "Love & Death in…"，我現在發現我真正的題目是商榷《紅樓夢》的 Tragedy。俞平伯因後四十回寫賈府復興，大罵高鶚，林語堂在《平心論高鶚》上又大罵俞平伯的「酸」。其實，在某一方面看來，《紅樓夢》的確可以算是有 happy ending 的。林語堂對悲劇的看法仍舊是不免庸俗的。純以道家的眼光看，《紅樓夢》可能和《神曲》一樣稱得上是一部「喜劇」。但賈寶玉本身的故事又是 tragic 的，我的 paper 想把小說悲劇性的道理說明。據我看來，林黛玉一生行為僅是 pathetic 而已（往往 disgustingly pathetic），夠不上 tragic。以前梅蘭芳演林黛玉，扮得成「好娘娘」一般，曾被魯迅大罵，我想是罵得有道理的（你如記得起這篇文章，請把 title 和那幾句惡罵抄給我）。薛寶釵的一身 [生] 比林黛玉悲得多。全書最重要的關節當然是寶玉重遊太虛幻境回來以後的幾段文章。寶釵和寶玉爭辯「不忍」的一段（第 118 回）可說是全書悲劇的中心點。寶釵道：「我想你我既為夫婦，你便是我終身的倚靠，卻不在情慾之私。論起榮

華富貴，原不過是過眼煙雲；但自古聖賢，以人品根柢為重。」寶釵承認情感榮華的illusory nature，她承認道家禪宗的看法，但她堅持 "love" or "charity" 的重要，堅持「赤子之心」和「不忍」是做人的根本。寶玉辯不過她，「也不答言，只有仰頭微笑。」即着也答應去考功名，表面上維持做人的道理。我想這一段辯論（Waley & Kuhn都略過不譯）是孔孟和釋道的爭辯，也是中國文化上最crucial的一個debate。曹雪芹（or his editor）能抓住這一點真不容易。《紅樓夢》的悲劇不在人死得多，死得慘，不在用釋道眼光來看人世的過眼煙雲，而在tag-of-war between the claims of love and of personal salvation（or detachment）。我信上講不清楚，寫出來可能很有些道理。

我的書要在三月出版，書大約這兩星期內即印好了，但一般規矩是把review copies早寄出，書正式出版時，reviews也可同時登出。我本月收到書後，即寄給你。明年job事，我也不大想，還是等書出來後再說。

你這次去Seattle，大為成功，我很替你高興。我想Washington這樣看重你，還是把job事明說了，大家定了心。Berkeley有陳，Birch兩人，再添中文教授，兩三年內必不可能，研究terms也無聊，還是暑假去Seattle後，一直在那裡住下去好。華大discourage你發表文章，我想也是出於jealousy，恐怕知道你的人多了，白白「發現」你這樣一個人才。其實文章發表後，再集在自己的書內，是出版界的常事。普通Asian Studies文章不再重印，恐怕內容dull，太專門也。

父親給你一封信，茲附上。玉瑛妹寒假結婚，想已結了婚了。上次信上附來的照片，已看到了。有幾張雖不夠理想，但總是上次重聚很好的紀念。照片上署「濟安」者都已寄父母，此外我多寄了兩張，一張是你在Carmel抱建一的那張（署名照片上你出現的次

數太少，這張可看到你的上半身，可使父母高興），另一張是17-mile drive有棵樹作背景的那張（讓父母親欣賞美國風景）。Carol prefer Joyce在樹上的那張to你放大的那張，你可添印三四張，尺寸如舊。已寄父親的幾張也請你每張重印一份。放大的那張，我們見了都很喜歡，當把它放在鏡框內。放大照片又花了你不少錢，謝謝。

　　Carol讀了〈瞿秋白〉很為滿意，對你style大為佩服，日內她自己會寫信。Joyce最近突然對TV沒有興趣了（intelligence的表現？），平日多看書，多和我們玩（2 skits：Joyce as waitress serving sukiyak，她記憶力很好，serving時步驟不亂；天亮了，大家起床，開車過橋，給黑人toll money，到airport吃早餐，早餐畢，到飛機場，飛機已開掉了，大家興高采烈在Berkeley再住一天）。不多寫了，即祝

　　年安

弟　志清　上
二月一日

　　Cyril Birch的"Fiction of the Yenan Period"[2]翻看了一下，覺得他讚美延安小說的辭句太多，不大滿意。在英美捧徐志摩的也是Birch，可見他的taste還不夠好。

　　[又及] 張心滄去秋得子，單名英。他在編一部早期俗文學Anthology，自己譯，由Edinburgh V. Press出版，消息可轉告世驤、Birch。

---

② 發表於《中國季刊》（*The China Quarterly*）1960年第4期。

488. 夏濟安致夏志清（1961年2月3日）

志清弟：

　　星期天從西雅圖返此，多日未接來信為念。我的生活大致如舊，明天要去Squaw Valley（冬季Olympics舉行之地），是坐chartered bus去，那邊雪很多，你們那裡的雪太多，我們可是要專誠［程］去賞雪。

　　電影看了一張*Behind the Great Wall*①，Cinema Scope五彩紀錄中國情形，比我想像的好得多。政治色彩很淡，照相很美，音響配得亦好。中國在共黨底下，矯揉造作不近人情之處太多，電影總算還盡量把「人」與「自然」表現出來，這些是共黨所不能毀滅的。

　　大陸的饑荒聽說很嚴重（從《人民日報》上是看不出來的），我想寄錢給陸文淵專買糧食小包寄回去。現在的問題恐怕是有錢買不到糧食了，寄錢回去不切實用。中共過去有一度是不准糧食小包進口的（進口了亦要沒收），最近弛禁，買餅乾、粉麵、火腿、牛肉乾、肉鬆等耐藏的東西都可以。大陸人民到底缺糧到什麼程度，這裡都是猜測，可能很嚴重。上海亦許比鄉下好些，江南亦許比黃河流域好些，到底好多少亦不知道。聽說公社要放鬆，共黨拿人來瞎做試驗，人民不知道還要吃苦多少時候。父母親生平從來沒有遭受過饑荒，想不到老來還要受饑餓的威脅。

　　Angel Record有一張是北平劇團灌的唱片，我在Seattle聽過（Vincent施②家裡），其中有一段是《白蛇》，唱的人可能是杜近

---

① *Behind the Great Wall*（《中國長城》，1958），紀錄片，卡羅‧里查尼（Carlo Lizzani），義大利Astra Cinematografica出品。

② Vincent施，即施友忠（Shih, Vincent Yu-chung, 1902-2001）。

芳，我聽亦不覺得特別好。在Berkeley唱片店裡找不到，當再慢慢地找到，找到了當買來送給你們作為生日的禮物。Carol一定會喜歡的。（這張唱片聽說已discontinued，銷路不好，不出了。）

張琨近交到一女友，有結婚可能。女士叫Betty Schaft（Shaft？不像是猶太人），亦是Yale出身，讀linguistics的，她不記得你，但是Carol或你亦許記得她，她亦是在你們那個時候在Yale的。U.W.找來了十名西藏人，做各種專家的informants，張琨，Thomson③（他是Betty的介紹人，介紹到U.W.去的），和女士是研究他們的語言。該女是九月以後才去的U.W.，張琨和她在Xmas左右才「軋熟」的，現在看來已going steady。女士是方額骨，沉默寡言，個子不比張琨矮。

看報上說，胡適將於三月底再來美國，是應M.I.T.之邀參加什麼慶典的。他不知此番來了，要不要再回去。

你書出版沒有？甚念？《紅樓夢》[文]寫得怎麼樣了？附上添印的照片若干張，可以給你們送人。Grace那裡由我送了。報上講，東部又是大雪，Carol和Joyce想都好，甚念。今天晚上要早睡，明天要早起，不多寫了。專此　即頌

　　近安

濟安

二月三日

---

③ Larry Thomson（Lawrence Thompson，勞倫斯・湯普生），耶魯大學語言學博士，泰語專家，與李方桂在西雅圖華盛頓大學創立語言學系，後轉任夏威夷大學教授。

489. 夏志清致夏濟安（1961年2月2日）

濟安哥：

　　《紅樓夢》一文打好後星期日寄Mather（文章送王際真看，你覺得妥否？他是看不起後40回的，而我所討論的都是後40回的東西）。這兩天定心校讀了兩三遍，稍加修改，寄上請你和世驤指正。因為初稿打了四十頁，許多東西都裝不下，寫final draft時，極力想condense（許多observations都只好割愛），寫的多是很長的複句，沒有我平日文章的較簡潔利落，雖然讀起來可以impress聽眾，不能算是style的上乘。不知你讀後有沒有同感？請你把翻譯的一段，好好的同原文（Chapter 118）對閱一下，有錯誤處，請告訴我。寶玉引的一句「聚散浮生」，不知你知道出典否？林黛玉我僅提了兩三句，把我的道理講出來，恐怕聽眾不會服貼，還是少提為妙。文中allude to Vivas[1], Laurence，*Catcher in the Rye,* Genji, *Remembrance of Things Past*，Dostoevsky嚇人也是盡夠了。《紅樓夢》末了兩個chapter，有些地方交代不清楚，寶玉光頭披着紅氈斗篷，打扮可能是和尚，後來被賞了個「文妙真人」的道號（但柳湘蓮也是削髮後跟道士出走的），寶玉家中都說寶玉成了佛，不知他究竟是僧是道。賈雨村和甄士隱談話後，在急流津覺迷渡口長睡了一場，看來他自己並未悟道，祇是同情道家的看法而已。又「晴雯」英譯"Bright Cloud"（Kuhn-McHugh[2]）似較妥切，王譯

---

[1] Vivas，即Eliseo Vivas（維瓦斯，1901-1991），美國哲學家、批評家，曾任教於威斯康辛大學、芝加哥大學、西北大學、愛荷華大學等大學，代表作有《創造與發現》（*Creation and Discovery*, 1955）、《勞倫斯：藝術的失敗與勝利》（*D. H. Lawrence, the Failure and the Triumph of Art*, 1960）等。

[2] Kuhn-McHugh，即麥克休姊妹（Florence and Isabel McHugh）轉譯自弗蘭茨·

「Bright Design」，不知什麼根據，你知道否？

　　長信還沒有覆，你多寫幾篇critical biography，我想最是上策，所以和華大方面談判，還是把自己的plan陳述一番較好。Carol，Joyce皆好，隔兩天再寫信。專頌

　　近安

弟　志清　上

庫恩（Franz Kuhn）博士德譯本的《紅樓夢》英文節譯本，勞特利奇與吉恩‧保羅出版社（Routledge & Kegan Paul）1958年版。

490. 夏濟安致夏志清（1961年2月4日）

志清弟：

　　大作已經拜讀，世驤和我都極欣賞。世驤認為「非常之好」，特別是英文好。關於王際真方面，他認為：不論王對於後四十回的偏見為何，只要他對於文學有點真興趣，總會佩服你的見解的。

　　但是我認為，你且不忙把這篇文章給王看，因為你的一本大書已經夠他消化的了。他為人既然怪僻，在沒有把他的做人摸清楚之前，暫時不必提出和他不合的意見。他可能亦同意你的看法，不過他弄「紅學」已有數十年，未必一下肯改過來。他如贊成你的說法，這篇文章對於你的書說來不過是錦上添花，他萬一不贊成，那反成畫蛇添足了。

　　你的《紅樓夢》研究，全世界恐怕只有你能寫得出來。分析的精細和見解的深刻，中國人之中恐怕沒有第二人了。洋人則能批評的，不能看中文；能看中文的，皆不會批評也。

　　你把《紅》裡面的人物分兩類，那是很對的，尤其是賈寶玉並未縱慾一點，是發人之所未發。薛寶釵的吃苦，乃是真正對中國社會的批評，這亦是極精深的見解。你真能把握住全書的結構，這在對於有考據癖的人——甚至受過考據影響的人——是不可能的。

　　我讀《紅樓夢》時，覺得前後的時間觀念不對。前面所發生的事，各種過年過節慶賀做詩的事，時間是停頓的，即過年、元宵、端午、中秋等令節，可以是任何一年的。那時人生似乎只是年節的循環，而並不向前推進。即使推進，亦是緩慢而不易覺察的（所以那時賈寶玉和林黛玉的年紀，考證家亦考不出來的）。後四十回則有hurry to the climax之感。我那時還是受了「四十八十對立說」的影響。你提出Arcadia和毒蛇（搜春宮畫）的說法，比硬分四十、

八十合理得多。「搜春宮」一節，實是全書主要的關鍵，我看了很心服。

《紅樓夢》對於「佛道」，只是感情方面的接受（或拒絕），並沒有理智的分析。佛道兩教只是代表出世（或兩教共同的容易認識的特點），它們之間的不同，作者是不管的，讀者亦不必管。天下有佛道在，總之，在儒家做人方法之外，便還有另外一種做人的方法，這是比較重要的。「一僧一道」的搭檔雲遊，以及「入我門中一笑逢」（「我門」──佛 or 道？）這些例子很多。這亦是中國平常人對佛道的看法。曹雪芹在這方面還是接受普通的看法的。

《紅樓夢》中的奇怪 symbols 很多，你能爽脆地指出曹雪芹沒有把它們發揮透徹，這亦是很重要的發現。否則在那些裡面糾纏不清，亦會迷失全書的真義的，王國維說賈寶玉的「玉」是叔本華的 will，我看很難說得圓通。

那段翻譯（118），我對讀了一下，我認為翻得很好。「聚散浮生」什麼出典，世驤亦不知道，但是絕不像莊子的。這種話中國人用得太多已經成為 cliché 了。我看和浮萍有關，聚散都是說的浮萍。據《辭海》「萍浮」出《後漢書》，已是相當晚，和 Classics 無關。《紅樓夢》只是隨便引用，可不必加註。

晴雯，世驤說，可以譯作 Bright Design。因為中國字含有「文」根者，皆有 design 的意思。原來「文」有「紋」的意思。（《辭海》：雲成章曰「雯」）。

你那篇文章拿到芝加哥去讀，一定可以壓倒羣雄。主要的，當然還是全文（40pp）的發表。到「學會」來聽講的，很多是心不在焉的人，而且各人興趣皆狹仄，只有拿出來發表，才能找到真正的讀者也。

最近看了 *Birth of A Nation*，Griffith 的技巧，的確大大的值得佩服。片子這麼老，但中國香港那批導演到今天還沒有用熟這麼多的

技巧。故事是反對黑人在南北戰爭以後的驕橫與胡鬧，沒有什麼大
道理，但使人聯想起，中共實行土改後（即使1927年在湖南吧，
看毛的《農民運動視察報告》），那輩受中共所扶植的所謂貧農與
農村無產階級（流氓等）的「翻身」情形。

　　我的生活如舊，你如沒有空，信慢慢地寫亦可。家裡想都好。
Carol和Joyce均在念中。專此　敬頌

　　近安

濟安　啟
二月四日

最近準備寫一篇有關中共幹部下放的文章。

491. 夏濟安致夏志清（1961年2月7日）

志清弟：

　　賞雪回來，展獲來信，甚是快慰。你的讚美，對於我的寫文章，當然加深了很多勇氣。我雖然做事膽小，怕羞，但亦略有自知之明。這一類夾敘夾議的文章，我最擅長──儘管寫起來仍然是很吃力的。純粹學術性文章與純粹小說，寫起來還要吃力得多。我很求「流利」，但是「挖空心思」，英文的句法與字彙還是嫌不夠，Clichés是難免的。記得上海你在滬江大學讀的一本課本中，有一篇文章比較Lytton Strachey與James Joyce的style，大罵Strachey文章中的clichés之多。當時我剛看Strachey不久，對他文章當然很佩服，看了那篇文章，印象很深。現在想想，這個比較有點不公平；Strachey假定英文有個公認的寫法，他在這寫法的範圍之內，力求elegant。他並不想創造新的說話方式。Joyce是十分precise的，但是他的說法是他自己的，天才的說法。寫普通non-fiction prose，只要善用公認的共同的說法即可。Strachey自從那時以後，未曾看過，這裡不妨替他辯護兩句。我自己的句法與字彙，比起Strachey來，那是差很多的；像我這樣，絕不能出口成章──出口成句的「句」還常常很蹩腳的。文章中所有的「流利」（中文的流利，則是自然的，中文我一天可寫五千字，英文只能寫五百字），都是硬改改出來的。讀讀不順了，再寫一次，精神是花得很多。好在對於此事，我還覺得有興趣，我的artistic sensibility，全部用進英文的句法與章法中去了。在寫〈瞿秋白〉的過程中，常常拿起A. Huxley的文章來朗誦兩三個pages，想得到他的「文氣」。據我看來，赫胥黎（還有蕭伯納）都是十幾個noun phrases可以脫口而出的，我勉強只好湊三個五個。赫氏的文章段落很長，中間「天衣無縫」，轉

彎抹角地方毫無痕跡。我亦想用長段落，但是一句一句連綴起來就比較吃力。要改好多次，才有一個比較長而流利的段落，而段落與段落之間的聯繫，還是很麻煩的。

寫biography的好處，是故事在進行，靠着先後發生的事蹟次序，文章自然能貫串。寫議論文，語氣貫串就較難。至於寫小說，則事情全部憑空捏造，表現方式要求獨創，關於日常生活的用字許多我是不知道的；而且我認識不少abstract nouns，以及與它們有關的adjectives & verbs，在小說裡面，這些都用不進去了。因此我的字彙立刻大打折扣，寫起來更吃力了。（再則，我對風景沒有什麼興趣。）

寫biography還有個好處，即可冒充Scholar。我對於小考證，亦略有興趣。對於personality則大有興趣的，尤其是中國近代的這些名人。你所建議的這些題目，加上我自己所想到過的，我都可以寫，至於research，那是一定要的，而且相當花時間。這種research，只是花時間而已——如翻閱舊雜誌、舊報紙（美國很難找到1945以前的中國舊報），瞎翻一天，未必有多少材料。但是瞎翻並不吃力，只有寫文章才是吃力的。

對於蔣毛這種政治人物，我寫起來頂好還要多看些洋人的傳記——如關於凱撒、拿破崙、列寧、華盛頓等，還有中國古代人物傳記等，這樣引經據典，文章更多姿采。

近代的intellectuals，因為造詣都不很高，而且我們前進了，看他們似乎都很落後。憑這點superiority，寫起來比較容易。像梁啟超（Levenson的書，我尚未看過）其實都應該重新寫過。

講起傳記文學，我新近看過胡適的《丁文江傳記》[1]。這算是胡

---

[1] 丁文江（1887-1936），字在君，江蘇泰興人，地質學家、社會活動家，中國地質事業奠基人，創辦了中國第一個地質機構「中國地質調查所」，1923年與張

近年的大作，雖然仍只有一百多頁。胡自負能寫傳記，其實是他的「史才」還是不夠的。（一）《丁傳》差不多每句都有出典，胡只是抄書剪貼。胡自己的話很少（很少narrative），——雖然胡的文章亦總是流利的。胡似乎不知道「傳記」除了剪貼以外，還有別的寫法（即使看看司馬遷吧）。（二）丁的思想很幼稚的——這種幼稚當然有其時代性，但胡自己亦是落在那時代的圈套內，不能超越而批評之。因此，胡更沒有話可說。

丁是中國研究地質學的開山祖師，「科學的人生觀」論戰的開第一槍的人（打張君勱），北大—中央研究院學閥系統建立者之一。他的思想還是屬於富國強兵一流，曾主張「新獨裁」「統制經濟」「要有真正統一的政府……收回租界，取消不平等條約；行政制度徹底的現代化……有廉潔的官吏；組織要健全：握政權的人要能夠信任科學技術，識別專門人才……」，我相信，中共政權在他看來是能符合這些條件的。丁於1933年曾訪問蘇俄：

「我離開蘇俄的時候，在火車裡，我曾問我自己：『假如我能夠自由選擇，我還是願意做英美的工人，或是蘇俄的知識階級？』我毫不遲疑地答道：『英美的工人！』我又問道：『我還是願意做巴黎的白俄，或是蘇俄的地質技師？』我也毫不遲疑地答道：『蘇俄的地質技師！』」

中國近代人的愛國與富國強兵思想，實有助於共黨之興起。我目前要研究的，只是若干文人的思想，但是對於事業人才，技術人才的思想，亦可以傳記的題材來研究的。（如陳嘉庚② ——典型的

君勱展開「科學與玄學」論戰。主編有《中國分省新圖》等。

② 陳嘉庚（1874-1961），福建同安人，愛國華僑領袖，同盟會成員，集美學村和廈門大學的創辦者，在辛亥革命、抗日戰中中均貢獻了重要力量，著有《南僑回憶錄》。

近代愛國華僑富商。）

　　還有一點，智識分子要做官而倚靠有槍階級。丁文江之曾倚靠孫傳芳，後來他們——「獨立評論」一派——都是靠蔣介石而做官的。最notorious的是青年黨（國家主義派），他們的領袖曾琦③的集子已出版，遺留下來的很多詩，有不少是瞎捧各地的軍閥。左派文人與教授之投靠毛澤東，亦一例也。孫中山在廣東與軍閥們（粵軍，桂軍，黔軍，滇軍，各軍尚有很多派系）的聯絡，是很可憐的。梁啟超之與北洋軍閥。

　　梁啟超的《歐遊心影錄》大約是本很有趣的書，我在很多年前看過，現在已不記得了。他之遊歐，帶了張君勱、蔣百里④（「文學研究會」發起人之一，曾做吳佩孚的參謀長，老蔣的陸軍大學校長）、丁文江等。張君勱曾遊蘇俄。中國那幾年去蘇俄的人——近代的法顯⑤、玄奘⑥，除瞿秋白、劉少奇之外，還有各種人。有一個江亢虎⑦，在北洋政府時組織「社會黨」，後來在汪政權底下做一個

---

③ 曾琦（1892-1951），原名昭琮，字慕韓，四川隆昌人，中國青年黨創始人和領導者，宣揚國家主義，反對國共合作。

④ 蔣百里（1882-1938），名方震，以字行，浙江海寧人，軍事學家，先後留學日本、德國，歸國後執掌保定陸軍軍官學校，1937年出版軍事專著《國防論》，影響巨大。

⑤ 法顯（334-420），平陽武陽人，東晉僧人，為求真經，遠赴南天竺（今屬印度）、獅子國（今斯里蘭卡）等地搜求佛經，歸國後譯出《大盤泥洹經》、《僧祇尼戒律》等經書，並撰寫《佛國記》。

⑥ 玄奘（602-664），洛州緱氏人，唐代高僧，法相宗創始人，為到印度求法，貞觀三年（629）從長安出發西行，在印度各地參學研法十餘年，被尊為「大乘天」和「解說天」，貞觀十九年（645）歸國後譯經書75部1335卷，奠定中國佛教唯識學說，口述《大唐西域記》。

⑦ 江亢虎（1883-1954），原名紹銓，江西弋陽人，社會活動家、學者，中國社會黨創始人，社會主義在中國最早的傳播者之一，因甲子復辟案逃往北美，在大學任教，傳播中國文化。汪偽政權成立後出任考試院院長，抗戰勝利後被關

什麼院院長。他們遊蘇，大約是和瞿秋白差不多時間。

寫那幫人可以寫成一本或幾本很有趣的中國近代文化史。Levenson等看中文太吃力，決不能吸收這麼多材料。用筆縱能搜集材料，可是抓不到問題的要害。要我來做，大約是能勝任的，但是還得看機緣。留日的智識分子——從秋瑾、章太炎到胡風、雷震；留法的智識分子——曾琦、周恩來、李立三⑧、王獨清；留美的——胡適以及很多大官，都可以大寫特寫的。如能一帆風順，在美國有長飯碗，先出一本書，再申請Foundation的錢，到東京去一年，巴黎去一年，搜集材料，寫作，這當然很理想。這在美國學術界亦不算是很希罕的事情。但是我有沒有這福分，還不知道呢。

魯迅那段文章，我在「橫排本」全集翻翻，尚未發現。我看橫排書較吃力，看直排書大約可以「一目十行」。以後當去翻直排本的全集。魯迅的各種版本，文字可能有不同。據香港某反共報紙說，過去單行本的《華蓋集》等，裡面對於左派的攻擊還要凶些。可惜此人沒有詳論，我尚來不及做這種考證。

你的論《紅樓夢》一定非常精彩，所論tag-of-war一點，你提起後，我很能了解。這的確是中國文化的大問題，從《論語》裡，孔子confronting南方幾個隱士（可參考馮友蘭的《哲學史》）以及莊子所imagine的孔子——老子的辯論等就開始了。我自己亦有此感，如在臺灣辦《文學雜誌》，這是儒家「救世」之想在作怪，但後來道家出世之想，又抬頭了。現在只想關起門來做研究，即是隱居或出世也。我相信用你這個觀點，對於中國的詩人的「矛盾」

押。著有《洪水集》、《江亢虎文存初編》。

⑧ 李立三（1899-1967），原名李隆郅，字敏然，湖南醴陵人，工人運動領袖，曾一度掌握中共中央實際權力，後因「立三路線」的失敗，赴蘇聯學習。文革期間遭到迫害去世。

（陶潛、杜甫、李商隱都感覺到的），亦可寫出很好的評論文章（中共和臺灣爭取留學生回國，即是康熙皇帝的徵山林隱逸之士也；清初的一羣隱士，曾受「一羣夷齊下首陽」的諷刺）。「中國文化上最crucial的debate」，一點不錯。不少留學生（esp.學理工的）想回大陸去「把學問貢獻給祖國」是可以同情的。于斌主張多從臺灣運少女到美國來，羈絆這幫留學生的心；不知他們的「入世」之心，亦是一種道德的力量。而臺灣雖高談道德，實不能在道德上使人滿足也。當然「出世」是另外一種道德力量。

所要的照片，已去添印。Joyce在樹上那張，的確很好，我初看transparences時，覺得顏色不夠醒目，沒有注意，印出來真是很好。還有幾張底片，上次沒有印的，現在豫［預］備一起去印。

Joyce的記憶力真好，那兩個遊戲她想出來的，可惜我不能陪她玩。

玉瑛妹結了婚，亦是了結一樁心事。我希望她索性入了共產黨算了（可能焦良是黨員）。Djilas的New Class之說，是有點道理的。做了黨員，當然紀律更嚴，但可能有privileges，亦許可能給父母親多一點保障。你在信上不妨隱約提起。這不是principle的問題，既然逃不出來，只好適應那環境。把目光放短淺一點：如何吃最少之苦，得最大之享受，這點我們亦要幫家裡想想的。我上次信上對大陸的饑荒，亦許看得特別嚴重一點，因為真相不明。看父親的信，知道情形還好，亦就心安了。

〈瞿秋白〉一文，陳世驤要叫U.C.給重打一次，印五十份，在這裡派送人。這事給U.W.知道，又要吃醋的。我得寫信去打招呼。印好後，我想試試*Partisan Review*等高級雜誌去發表，不知道有沒有希望。Carol的反應對我很重要，因為我的文章不是寫給專家看的，希望一般讀者對它都發生興趣。

今天是Carol的生日，我是要吃麵的，請告訴她。並祝她快

樂。再談，專此敬頌
　　冬安

濟安

二月七日

　　[又及]Mills最近寫了一篇〈魯迅與木刻〉，油印了在傳觀中。

492. 夏志清致夏濟安（1961年2月17日）

濟安哥：

　　兩封信都已收到。夜深了，長信隔兩天再寫。前天收到王際真一封信，他把我佩服得五體投地，大約Columbia job有希望，祇好看我和他見面後的交際工夫了。我交際工夫不佳，可能較吃虧。但這兩天Carol和我都很興奮，你得訊，也必高興。

　　王信翻印附上，陳世驤也可一看。Columbia幾個教授，王，Goodrich①，de Bary②，Wilbur等，他們專長什麼和脾氣如何，請向世驤處打聽一下。世驤和王不睦，不知王為人究竟如何。匆匆　專頌

　　近安

　　　　　　　　　　　　　　　　　　　　弟 志清 上
　　　　　　　　　　　　　　　　　　　　二月十七日

《紅樓夢》一文已寫好，明日打字交出。

---

① Goodrich（Luther Carrington Goodrich，傅路德，1894-1986），美國漢學家、歷史學家，出生於中國通州，曾任哥倫比亞大學東亞系教授、系主任，美國東方學會會長。代表作是其主編的《明代名人傳》（*Dictionary of Ming Biography, 1368-1644*），獲法國儒蓮獎。

② de Bary（William Theodore de Bary，狄培理，1919- ），美國漢學家，哥倫比亞大學東亞系教授，中國思想史研究和儒學研究泰斗，代表作有《東亞文明：五個階段的對話》（*East Asian Civilizations : a Dialogue in Five Stages*, 1988）等。

493. 夏濟安致夏志清（1961年2月22日）

志清弟：

接獲來書，非常高興。此事大致可成，這是你的運氣轉了，從此可以穩穩地「坐」在美國學術界的領導地位，可喜可賀。

多少年來你為尋job之事傷腦筋，現在不費心思的就有很好的offer來了。這就是所謂「運氣」，你的野心也許不大（世俗方面），但是來的事情比你所想像的還要好些。

當然你肚子裡真有貨色，加以多少年埋頭苦幹地寫了一部大書，然而在上位者的「拖一把」還是很要緊的。也有人寫了好書，仍然沒沒無聞地瞎吃苦的，歷史上例子很多。王際真的欽慕與援手，是求之不得的事情，現在很容易地得來了，這就是叫做「緣」。

你很擔心「交際工夫」，其實這是多餘的。誰都有他自己一套處世的辦法，每套辦法都各有利弊。你的辦法是比較天真，幾十年來一直如此，現在再學虛偽亦來不及了。但是天真的作風，亦有人欣賞的；虛偽的作風，亦會給人看穿的。你就照你一向的作風，與人相處，亦不會吃虧。最要緊的是你沒有害人之心，不會暗算人；你關心的只是學問與真理——這是你的本門工作。把本門工作弄好，總有人欣賞與擁護的。我的理論：你把人事問題看得簡單，它就簡單；你把它看得複雜（如錢學熙之打擊袁家驊，捧朱光潛等），它就複雜了。人事本來很簡單，你不用手段，它不會變成複雜的。別人用手段，你還是不用，仍舊複雜不起來的。這是中國老子一派最高深的做人的道理。

在美國做人，比在中國簡單得多。中國幾千年來的虛偽作風，你雖然不會去用的，看一定看得很多——不知道在小說裡面的反映如何？美國人根本不知道天下有這樣虛偽的民族的——共產黨來

了，只有使人更虛偽；獨裁者靠虛偽治天下，幹部與老百姓說的話，真偽誰知？很多中國的好人，要來美國做expatriates，脫離那個虛偽的社會，恐怕亦是原因之一。

在美國做人的好處：用不着在「手段」上多費心思。以真誠待人，不會吃大虧。真本事大約可以得到「真」欣賞，有本事的人總可以出頭。此所以美國的社會還算是健康的。

我用不着在這裡痛罵中國社會習氣（魯迅的「世故」很深，其實他是痛恨世故的，這是他為人可愛之處）。在美國以中國人來研究中國學問，只消做到一點起碼的交際工夫就夠了，即保護洋人學者的自尊心。那些洋人「皓首窮經」，結果亦是「著作等身」，其實可能看中文書都很吃力。他們自己內心必然惶恐，但是牌子已經做出來了，只好硬了頭皮挺下去。對於這種人，我們只好同情他們。他們自己一定知道不行的，他們亦很希望中國人能幫助他們。為了整個學術界的前途，我認為中國人應該幫助他們，讓他們知道得更透徹，寫出更好的書。他們已經享有的盛名，我們亦該保護之。

陳世驤在U.C.搞得很好，一則他來得早，再則他和洋人處得好。我出席過幾次Colloquium，他在座必發言，對洋人的paper，總是三句讚美的話，加一句輕輕的批評，使洋人聽了很舒服而又實惠。如Levenson的〈論井田〉（收在 *The Confucian Persuasion* 中），他私下認為根本沒有什麼道理的，但在Colloquium上他還是捧Levenson的。那些洋人，看中國書有什麼不了解，偷偷地可以去請教他。反過來，洋人亦捧他。這樣他在U.C.的地位就很穩了。

法國的moralists，好研究self love（amour propre）。他們認為這是做人的first principle，我認為尊敬別人的self love，的確是處世的一個要訣。孔子講「忠恕」，其實把做人道理都包括在裡面了。老子的道理太高深，有時且近於陰險。老子的「自然」，有時是很

矯揉造作的。莊子的自然，是真的自然，但是他是丟棄社會的。

陳世驤還有一點長處，是跟英文系相處得好。他說他的許多papers，中文系看了並無反應，英文系的人都說好。這點對於你是沒有問題的。中文系「皓首窮經」的人，可能心智蔽塞，興趣狹仄，但是在Columbia這樣一個大學堂，英文系裡人才濟濟，你一定可以找到好朋友。對於王際真他們，你總是多捧少說壞話好了。你舉的那些人，Wilbur我在Seattle見過，覺得很和藹慈祥（我沒有上去和他講話），不難相處。Columbia的巨頭如Barzun，Trilling等，我們心儀久之，看法和我們亦接近，你上去一談，包你會很合拍的。

你要開一門「中國史」，我勸你不要拒絕，硬了頭皮接下來就是了。一面教，一面再自修。第一步，先不理中國的參考書（太多，太亂），把英法西文的書好好地先看一看，反正我們可以假定洋人學生看不懂中文參考書的。《史記》、《周禮》等好像有法文譯本，不妨拿來和中文對着看。幾年之後，再慢慢多看中文書，包你成為「專家」。中國歷史是一門很有趣的學問，你多看看，必有高明的見解。我最近看了些有關中國上古史的書（郭沫若在這方面的貢獻究竟如何，我還不敢評），覺得很有趣。對於「井田」略有了解，Levenson在文章裡對於井田是什麼東西，一句話亦不說，實在有愧他的歷史家的地位的。

中國書你在香港能買到，那是頂好了。此間China town亦有中國書，常見的亦買得到。「25史」（開明的）一套$150；我如能在美國長住，一定亦要大買古書。研究中國學問，應該貫通古今的，你在Michigan，對於古學問已經下了一些工夫。現在「邊教邊學」，對於古中國的大略，不難於短期內把握之。我們到底根基好（比起洋人來），吸收得快。

昨天晚上看到來信，打電話給陳世驤家裡，沒有人接，他們想

必又去出席party了。今天早晨（華盛頓誕辰），不便去驚動他們，尚未打電話。關於王際真，據我在Seattle所聽見的，他是個很怪僻的人，對待他太太似乎亦不好。我的source是個外國女人，她和王際真是多年認識的。她說，他本來很好，後來不知怎麼變怪僻了。但是怪僻之人（即使所傳是實）其心必寂寞，他是很希望有知心朋友的。你只要少去管他的private affairs，多談學問好了。他能對於素昧平生之人，寫出這樣一封「五體投地」的信，可見其人還是很「真」的，而且能「識貨」的（胡適就不大能「識貨」，亦不「真」）。我認為和他交際不難，但是怕他怪僻起見，寧可稍為疏遠；君子之交淡如水，可以保持友誼之長遠。再談　專頌

　　快樂

濟安

二月廿二日

　　P.S.已和陳世驤通過電話，他亦替你很高興。他亦認為王是eccentric，而且晚年愈甚，但他說王絕對是個正派人，沒有虛假的。他的確「愛才」，陳之去Col，亦是王邀去的。後來二人感情有沒有變壞，我可不知道了。還有蔣彝（silent traveller），亦是王見了他的書而邀他去的。蔣後來complain：王開頭很熱，後來就冷淡了。但王並無惡意，只是eccentric而已。所以我的勸告：你不作交際的打算最好；反正你不會交際，問題反而簡單。對付怪僻之人，即使交際老手亦會束手無策的。你的天真亦許是對付怪僻最好的辦法。

　　de Bary是系主任，"young & vigorous"，他是王和Goodrich他們的學生。陳認為王如提出來，de Bary不會反對的。de Bary的field亦是modern Chinese thought，陳認為他做人相當開通的。第一年即便沒有tenure，我希望你亦接下來，當然最好上來就有tenure。

　　總之，美國的人事很簡單，你不用worry。人跟人相處得好，有時冥冥之中似有前定。兩個人一見投機，或者無論為何談不投機，有時沒有理由可說的。只有付之因緣了。我因為對於命運之說，信仰愈深，所以把世事看得愈來愈簡單了。

濟安

　　［又及］給Carol的信和照片另封寄出，先向Carol和Joyce問好。

494. 夏志清致夏濟安（1961年3月6日）

濟安哥：

二月間你給我好幾封信都沒有好好作覆。上星期又收到你看了王際真信後寫的兩封信，信上為我興奮而高興的情形，讀後我很感謝。王的那封信，的確是我生平第一封 fan letter，說我英文寫得怎樣好，連我自己也難以置信。我大約四月初去紐約，去見王際真及哥大其他東方系教授。我給王的回信上說及三月底去芝加哥開會的事情，王回信謂他並非 JAS 會員，並我也無法看到全班哥大人馬，決定四月初邀請我去紐約，日期在下次 faculty luncheon 上決定。他第三封信日內當可收到。第二封信上他提及蔣彝買到 Oxford 新出的一本關於《紅樓夢》的書，問我要不要借去一讀。我希望這次去哥大 interview，結果圓滿，但近年來關於中國的書出版的怎［這］麼多，大多我都沒有讀過，和教授們談話起來，可能顯得不夠 well informed，此外我倒不怕什麼。《紅樓夢》一文想已讀過，希望一兩日來看到你的批評和指正。這篇文章我寄給 de Bary 看，他一定喜歡，因為我所弄的東西，正是他所編 *Approaches To Oriental Classics* 所着重的東西：Mrs. Feuerwerker 和 Donald Keene[1]的文章（論中日小說）和我的文章比起來，內容都比較空虛，沒有什麼的新見解。但王的 approach 和我的不一樣，他把後四十回翻譯得把原文味道完全失去，而我着重的是後四十回，希望他讀後不會不高興。我譯文有錯誤的地方，請提出，改正後把文章寄王際真。陳世

---

[1] Donald Keene（唐納德・基恩，1922-2019），美國學者，日本文學研究專家，在哥倫比亞大學任教超過五十年，退休後定居日本並加入日本國籍，代表作是四卷本的巨著《近代日本文學》（*A History of Japanese Literature*）。

驥有什麼意見，也請告訴我。

　　Yale Press告訴我書定於三月22日出版，我去芝加哥，書剛出版了一星期，很可使人注意。《中國文學》session上其他幾篇papers，我想不會太精彩的（Frankel可能有新見解，但Time & Self in Chinese Poetry題目很大，不容易寫得好）。Mathew收到我的文章後，對我大為佩服，有意把《紅樓夢》去重讀一遍。我的書advanced orders已近500，first printing 2000冊，我想銷完不難，二三月內即可重印2nd printing。定價已減低為$7.50，我想也是Yale Press預計銷路好的緣故。封面已看到，紅底白字，有一幅王方宇②所藏的齊白石的筆硯圖，相當美觀：

　　希望一兩星期內看到書，當寄你和世驤各一冊。

　　你信上勸告種種做人辦法，很對。我不想虛偽，也不會虛偽。如能真正被聘哥大，只有好好弄學問，做些成績出來。哥大很器重Donald Keene（很快已升正教授），我寫東西決不會如他那樣快，但成績我相信可比他好。Keene對西洋東西知道不多，是相當吃虧的，但他譯書寫書之勤，是相當驚人的。

　　你自己的事情，上次提到UC預備把你瞿文添印五十份後，已好久沒有談及了。不知summer job已談安否？下年度華大的事情已

---

② 王方宇（1913-1997），生於北京，藝術收藏家和學者，先後任教於耶魯大學、西東大學，自上世紀50年代專注於八大山人作品的收藏和研究。

開始進行否？世驤去Hawaii，我想你在UC教summer school可能性
很大。Li Chi下年度留Ann Arbor與否，想應該通知世驤了。我希
望你去華大做你的研究，但李祁不返UC，你暫時留在UC也無妨。
我總希望你和華大早早談判，不要怕面皮嫩，把自己的事情耽擱
了。胡適已來美否？在芝加哥可能見到他。

　　附上父親及焦良的來信和照片。照片上焦良眼眉之間很有些英
氣，身體也結實，一點也沒有沾染到共黨的陰險虛偽，很使我為玉
瑛妹高興。他文字修養方面也比玉瑛妹好得多，他可以和玉瑛妹同
派在一處工作，生活雖清苦（婚期postponed to暑假），但總算是幸
福的。希望你早日寫封回信寄給我，我可以早日作覆。父親把「陳
世驤」錯當「鄭之驤」，實在是笑話，鄭之驤不知現在什麼地方為
人民服務了。

　　三張照片已收到，Carol還要兩三張。wallet size送朋友，你有
空可再添印。

　　我從香港Universal Book Store買過兩套郭、茅文集，價很便
宜，最近買了一套全唐詩，俞平伯校訂的八十回本《紅樓夢》，和
北大集體著作的文學史，都還沒有工夫翻過。我總覺得好好研究
中國小說，幾部西洋的大小說沒有讀過的，還得一讀。最近Dos
Passos又紅了起來，我忽然想到《三國演義》常常介紹些有趣的人
物如華陀［佗］之類，往往和正文沒有多大關係。此種vignettes，
非但沒有破壞小說結構，可能和USA中Short Biographic一樣，使
人對當時政治戰爭生活外更增加一種intellectual & artistic life的一
種認識，也未可知。中國小說episode的寫法，好好研究，也非把
冷門的picaresque novel一讀不可。《水滸》中的英雄和Icelandic
Sagas中的英雄很有相像處，這種種都值得寫。這暑假如去哥大，
則準備教書要多讀書，沒有時間多寫文章。否則把《紅樓夢》文
expand，再研究《三國》、《水滸》，也可為第二本書作準備了。

　　《賓漢》已看過，不大好（不久前看 *He Who Must Die* ③ 大為滿意）。Wyler 是大導演，但《賓漢》中看不到他 subtle 的地方。大凡電影上 hate 容易表達，love 不容易，《賓漢》下半部意義是相當 blurred 的，耶穌的上十字架和 Ben-Hur 本人 drama 配合得很勉強。

　　今冬 Potsdam 相當 warm，積雪已溶，但地上的雪水又時溶後重結成冰，很 slippery。不多寫了，你近況想好，Grace 世驤前問好。專頌

　　近安

弟　志清　上

三月六日

---

③ *He Who Must Die*（《該死的人》，1957），劇情片，朱爾斯・達辛（Jules Dassin）導演，吉恩・賽維斯（Jean Servais）、卡爾・蒙納（Carl Möhner）主演，Kassler Films 出品。

495. 夏志清致夏濟安（1961年3月19日）

濟安哥：

　　二月四日來信已收到，我的文章承你和世驤稱讚，很感謝。關於《紅樓夢》時間處理問題，我也有同感，可惜文章中無法提到。總之，搜春宮後，曹雪芹自己幾段文章大為精彩。晴雯死的一段是前八十回最好的文章，接着幾節，其irony的深刻也使人佩服。晴雯嫂嫂調戲寶玉一段A. West①已提到了，但跟着賈政叫寶玉去做詩贊林四娘，賈政對家裡人死活的情形不管，有閒工夫去研究「千古佳談，風流雋逸」的舊帳，其迂腐處祇曹雪芹完全抓住。寶玉那時哪裡有心緒做詩，卻做了一首長詩。離開父親後，寶玉「一心懷楚」，做了一首晴雯的祭文。他所念的祭文被黛玉聽到，黛玉對晴雯的慘死，一點也沒有感慨，對寶玉的心境，一點也不表同情，反和他討論文句的雅俗，後來寶玉聽了她的話，重改了兩句「黃土隴中，卿何薄命」，觸動了黛玉的心事，「陡然變顏，雖有無限狐疑……反連忙含笑點頭稱妙。」這一段文章把黛玉的自私完全寫出（襲人的reaction也相當suspect）。同時寶玉對林四娘、晴雯的死同樣地大做文章，硬把晴雯封為芙蓉仙子，雖然情感是真的，他的懦弱，自己安慰自己的作風，也很赤裸裸地寫出。

　　大觀園和adolescence一段，承你欣賞。其實還有一點，我無法提到，即是賈母以下的女眷及寶玉，逢節逢時，都有意無意地

---

① Athony West（安東尼‧韋斯特，1914-1987，英國作家、批評家，是英國著名科幻小說家赫伯特‧喬治‧威爾斯與麗貝卡‧韋斯特的私生子，從母姓。他在 "Through a Glass Darkly"（*New Yorker*, November 22, 1958）一文中提到晴雯嫂嫂調戲賈寶玉，譯文見《文學雜誌》1959年第6期。

revert到childhood各種games，酒令，猜謎，在我看來都是兒童的pastime。許多女人，在party上，自己心事不好講，有的做詩做不來，祇好在childhood境況中找快活。在我看來，childhood的mood可能比adolescent mood更重要也說不定。

前三天（星期四晚），王際真打電話來約我於本星期天（三月25日）去紐約，住在他家裡，同時和家裡人相見。今晚他又打電話來，把時間confirm了一下。本來約定我去芝加哥後再去紐約，但我的書本星期出版，我去芝加哥後可能另外有offer。Columbia此舉可能有forestall的意思，看來大約事情已無問題。我《紅》文寄王與否，最初不能決定（在未收到你信前），最後決定送了王、de Bary各一份（文中把Bright Cloud改為Bright Design）。de Bary為人較新派，對我的文章一定會欣賞，能夠得到他的賞識我覺得比可能incur王displeasure的consideration重要。結果不出我所料，de Bary回信對我文章大為欣賞，所以事情也推動得快了。去芝加哥本擬找事情的，現在去芝加哥前，大約事情已定了，倒可好好地玩一下。我星期日由紐約飛芝加哥，de Bary也去Chicago，但他可能要早到。Yale Press星期一發信，謂書已寄出，至今尚未收到，但明天一定可以看到。Yale先寄兩本，其餘13本free copies問我要不要由Yale直接轉送，或寄給我，讓我自己分送。我決定自己分送，所以寄你和世驤的兩本，可能下星期四五方可寄出。我自己留一本，另一本答應借給Library，讓此地的學生、faculty有機會看看書的外表。上星期偶然翻 *N.Y. Times*，看到李國欽（K.C. Li）逝世的消息，我本來想送他一本，現在他去世了，倒添了我一番感慨。

父親來信，謂玉瑛妹已和焦良於二月七日結婚，並把信附上（看後請寄還），可看到家中food的情形比一般人好得多。你自己job方面和華大已繼續談判否？一切念念。但望這次去紐約，interview哥倫比亞諸公，一切順利。不多寫了，專頌

春安

弟 志清 上

三月19日

496. 夏濟安致夏志清（1961年3月20日）

志清弟：

　　來信收到多日，一直未覆為歉。前天、昨天（星期六，星期日）本來可以寫信的，可是借來了兩年全份 *China News Analysis*，看得出神，把正經事又耽擱了。*China News Analysis* 是香港一批天主教人士辦的（Jesuits），每週一次的 news letter，密排英文每期約七頁。我看了對於共產黨覺得又是可恨又是可憐。我是看《人民日報》成為習慣的了，但是老實說，對於中共的情形我還不大清楚，因為《人民日報》幾乎是天天一樣，年年如此，千篇一律的。在字裡行裡要看出人民以及中共首要們（yes，they too！）的痛苦，是不大容易的。CNA執筆人的筆調還帶點幽默，可是對於中共的資料看得比我多，研究的經驗比我豐富，說來娓娓動聽，而且大多都有把握，要知道中共內幕，CNA是最好的讀物。我希望你何時有空，也把CNA翻一翻。我興趣廣，什麼都想知道一些，所以每期都有興趣。即使限於文學，CNA亦很有些材料。如342期（Sept.30 1960）描寫茅盾發表他的《夜讀偶記》的尷尬情形，就很有意思的。茅盾要介紹「社會主義現實主義」，可是就在那時候（'58的四月前後）毛發明了革命的現實主義和革命的浪漫主義相結合，這樣使茅盾很難下筆，因此他的五篇東西斷斷續續地發表，很難自圓其說。關於人民的生活，CNA裡材料更多。總之，在上者的瞎作主張，幹部的無知，都是使公社（及其他一切計劃）失敗的重要原因。但是中共經濟困難這幾年特別厲害（'58-'60），這三年算是「苦戰三年」的，以後應該「苦盡甘來」了，但是情形更形惡化。「苦戰三年」的口號，據史誠之（HK友聯）對我說：是1957年年底毛去莫斯科談判借債不成而開始的。近來蘇聯日益小氣，北

京方面悻悻然地叫喊「自力更生」，結果一塌糊塗。1949以來，中共一直以重工業為首務，'59改成工農業等並重，'60老實宣布是以農業為首務之急，可是農業失敗之慘，亦以'60為最厲害。毛澤東之流，即使罪大惡極，可是我相信假使能夠給老百姓吃飽，他們亦願意給老百姓吃飽的——奴隸亦得吃飽了才能做工呀！可是力不從心，只好承認失敗。毛澤東之流又是「死要面子」的人，他們肯承認去年全國耕地之一半「受災」，情形之嚴重可想。

我的myth一文，不知何時能打出。第二篇我定《幹部下放》，材料搜集了一些。但是整個局勢不大清楚，現在相信可以開始執筆了。（「幹部下放」這個制度所造成或推廣的terms。）

焦良的確是個很好的青年（從他信裡看來，他是想多讀書而少管閒事的，可是環境不允許他！），玉瑛妹嫁給他，我是很放心的。但是他們的吃苦，正是方興未艾——這種話我們信裡當然不好說。奇怪的，父母當初還要挑剔焦良家境不好，不知國內還有誰是「家境」好的？高級共幹當然可以享受，但是我們可以拿女兒嫁給他們嗎？上海的小布爾喬亞，兆豐別墅的居民和我們「門當戶對」的那些人家，假如現在還有誰「家境富裕」，早晚要給壓榨逼乾為止的。共產黨講究「出身」，焦良假如出身「貧農」，這就好像有了金字招牌，做事順利得多。他和玉瑛妹只要乖乖地做人，不去「鳴放」惹禍，吃苦耐勞，那麼在那絕不合理的制度下，亦許可以享受一點人間的溫暖的。焦良肯給我們信，表示他並不因「階級」而大義滅親，這個人的良心還是好的：中共並沒有把他腦子洗清。這亦表示，他亦會愛和尊敬我們年老的父母。我們都在海外，父母親真亦需要這樣一個小輩來照應照應的，雖然在那社會制度下，小輩們能幫忙的地方是非常之少的。

臺北美國新聞處要出一本英文刊物，問我要稿，我想拿你那篇《紅樓夢》出去發表，不知你有何意見。你不妨添兩句：「全文

篇幅不止此」等云云，等回音後再做決定。USIS不搶你的版權，將來全文仍可另行出版。又美國新聞處的主任（director?）Richard MacCarthy希望你的書能親筆簽名送他一本，MacCarthy倒是很愛好中國文學的，嚮往你的書已有好幾年，亦算一個你的fan，他的地址是USIS Taipei。

你的書臺北是否禁售，我尚不得而知（寄給美國人是沒有問題的）。你的態度反共，但是講了這麼多左傾作家，亦許有人會認為其中有危險思想。想起我的那篇「附錄」，我常常很害怕；假如從此不回臺灣，亦沒有什麼可怕。萬一要回去，亂子可不小：（一）我表示和雷震很熟，而且比他更進一步地主張要以文藝作品來批評社會（即使不是批評政治）；（二）我對臺灣那些作家，無一有好評，他們之中一定不少人要憤恨的。我當然希望臺灣沒有人看見我的文章。

出路問題：暑假去Seattle（工作性質，待遇照舊），早已談妥，以前信中忘了提及。暑假以後，還毫無着落。此事你和朋友們都很着急，但是我是盡量不去想它，做人只管眼前快活。希望你不要為我的事出力，因為此事太複雜；關鍵不是美國的job問題，而是臺灣的護照問題。有了job，而得不到護照，變了四處對不起人了。我的「靜觀」辦法不是個好辦法，但是我不想亂鑽瞎動，因為這樣，情形亦許更糟。請你容許我靜觀一個時候再說吧。我現在的態度是：但願不回臺灣，這樣你也許可以放心了。我現在隱隱約約地有個計劃，以後再談。

專此　敬頌

近安

濟安

三月廿日

Carol和Joyce前都問好，Joyce照片送上六張。焦良的信和他給你的照片寄還，請你保管。另寄上我給焦良的照片一張。

497. 夏濟安致夏志清（1961年3月28日）

志清弟：

昨晚回去，看見寄來的大作，興奮異常。書的精彩內容，一時尚不能全部吸收。你的思想vigorous，文章紮紮實實，不讓人鬆一口氣，看起來非聚精會神不可（我的文章之所以有所謂cadence，實在還是腦力不濟，常常需要換氣休息，不能一步一步的relentlessly，vigorously的推理分析）。印刷很漂亮，校對、附錄、索引等做的都很精——虧你的！

結果失眠，大約兩點以後，吃了Sleep-eeze才睡着。—— 是我生平第二次吃安眠藥，第一次是在Seattle拚命趕寫〈魯迅〉一文，亦是因腦筋活動過度，畸形興奮之故。我平常睡眠都十分酣熟的，請勿念。

我那篇〈臺灣〉，你改得非常之好（對於我在美國的學術地位無疑是大有幫助的，特此感謝）。Style還是我的，帶一點irony，但是那時候我剛離臺灣不久，對於臺灣文壇（該說中國文壇）前途還是抱着極大的希望。現在已經把它「氣出肚皮外」了。我這點希望和熱忱，現在看來完全是過去的事了。但是我相信，即便在臺灣的人看來，我是沒有什麼惡意的。書出以前怕人攻擊的worry，現在已減至極少極少。全文最大的諷刺，是假定《自由中國》還在出版，「明眼讀者」當然會下他自己的結論的。文章裡牽涉蔣經國，反而是好事。蔣經國大約不會因此而生氣，但一般文人看見蔣經國亦牽連在內，他們反而可以不來多管閒事了。

憑你的sound judgment，驚人的學問，和十分純熟老練的英文，書之轟動學術界，是不成問題的。最大的影響，我希望是能offset哈佛學派（？）的淺薄的「前進—後退」兩元論的positivistic overimplication的影響。美國的莘莘學子（研究中國問題的），甚至已成名的學者，大多皆受些二元論的影響。跟他們口頭說，亦說不清楚的。你的有力量的巨著，總可以使他們開開眼睛。他們之所以「親共」，不一定對「共」有好感，實在還是迷信「共」是代表（至少在中國那種「落後國家」）「前進」也。你能指出人性與中國文化、世界文化中的永恆的部份，對於整個美國學術界（不僅研究中國問題之人）是大有裨益的。陳世驤私下談話，亦很討厭那輩自命研究Social Sciences，相信「科學方法」之人；在他同事之中，就有這種人，不過他為人prudent，不會去大罵他們的。

　　來信亦已經收到。你去哥大小住，和去芝加哥開會，一定都是會很愉快而順利的。玉瑛妹已經結婚了，很好，亦少了一樁心事。手錶我勸你不要在美國買（假如尚未買），仍舊請陸文淵代買寄去，香港的錶比美國的便宜得多。家裡糧食不缺，聞之甚慰。再談，專頌

　　近安

濟安

三月廿八日

　　〔又及〕袁可嘉最近在《文學評論》上發表一篇〈託‧史‧艾略脫──美英帝國主義御用的文閥〉。

　　HAPPY EASTER to you all! Carol Joyce前一併問好，are you very happy to see Jonthan's books out at all?　T.A.

498. 夏志清致夏濟安（1961年4月6日）

濟安哥：

　　芝加哥回來後，隔二日看到你的信，很高興。你為了我的書興奮失眠，我剛收到書也很興奮（雖然還沒有把書從頭看一遍），現在已在等看reviews時期，因為美國懂中國現代文學的內行太少，那些reviews寫些什麼，很難預測。前星期六，在紐約看到 *Times Book Review*（Sunday）的A.C. Scott①的書評，Scott在哥倫比亞Boorman Project做事，不見經傳，看見他的review，他所有關於modern Chinese fiction的知識，就是中共的一套，所以對我的書，實在不會欣賞，最後幾段（引據了你的appendix兩次）都是政治性的討論，而且你的irony一點也抓不住，以為你我都是臺灣的apologists，distort facts，看後很生氣。我appraise《旋風》，何嘗presage臺灣的文藝復興？你提到《自由中國》，何嘗捧國民黨？他這些都看不清楚，可見沒有把書好好地看一遍（文載p.3，你想已見到，如未見到，可寄你一份）。我的書反共，liberals一定不喜歡，將來 *Saturday Review* 之類的reviews也不會太favorable。你所希望的「轟動學術界」，還得等待學術性journals的書評。陳世驤那裡書已寄出，我希望他能在大雜誌上寫一篇書評（如 *Asian Studies*， *Harvard-Yenching Journal* 等），他批評我不怕，但至少他是識貨的人，能指出書的真價值也，這句話，你可轉告他。

---

① A. C. Scott（Adolphe Clarence Scott，斯科特，1909-1985），是美國從事中日戲劇研究的先驅者，在威斯康辛麥迪森校區創辦了「亞洲戲劇項目」。代表作有《梅蘭芳：一個京劇演員的生活與時代》（*Mei Lan-fang: The Life and Times of A Peking Actor*, 1971）、《演員是瘋子》（*Actors Are Madmen: Notebook of A Theatregoer in China*, 1982）等。

　　這本書校對的確很精，錯誤絕無僅有（發現金聖嘆的「嘆」拼了t'ai，此外「張天翼」一章內一個character黃宜庵拼了Nian，glossary內已拼對，此外錯誤，我還沒有看到。有一兩處，punctuation可以改善）。但中文題目我本來寫的是「現代……」，看到title page proof的時候，王方宇自動改寫了「近代……」，那時title page既已印好了，加上按Matthews字典「近代」「現代」通用，我沒有去correct，現在想想，「近代」兩字包括的時間較長，實在是不妥的，不知你以為我的看法對否？書中討論individual novels可能也有不對的地方，如以前信上你把《洋涇浜奇俠》，看不入眼，我把小說看過一遍，覺得很「發鬆」，但沒有看過第二遍，所以書的真價值如何，我自己也說不定。但大體上我給許多小說家的批評是相當公允的，只是討論小說家時態度沒有conclusion那樣嚴正而已。最後寫《旋風》，把孫中山、康有為等都罵了一下，自己很得意，覺得把modern Chinese intellectuals的弱點指出了一大半。不知你有同感否？你把全書看完後，有什麼不同意的地方，請多多指教。

　　前星期六飛紐約，下午見到王際真，他太太是滬江畢業的，在UN做事。王人很瘦小，戴圓框老式眼鏡，山東人，在美國讀（政治系）Wisconsin B.A.，此後就一直在哥倫比亞。他以前很佩服魯迅，看我文章時，他的熱忱已減低，所以對我〈魯迅〉那章特別佩服（他稱我「少年老成」）。他對英文style特別有興趣，以前看了張心滄的書，也有請他到哥倫比亞來的意思。我的事大約沒有問題，因為他預備請我的時候，系裡budge已定，王自己情願把他的薪水一半給我，此外再弄二三十元就好辦了。Rank方面associate professor系裡通過後，還得administration特別開會通過，比較難辦，因為太late了。我可見先去當一年Visiting Associate Professor，明年再改名義，此事一兩星期內當可有消息。離開王家後，到

faculty club 見到了 de Bary、Keene、蔣彝。de Bary 個子很高，很能幹的樣子，他是 professor of Chinese & Japanese，兩國文字都通，但究竟中日文字程度如何就難說了。Keene 是 bachelor，人很可親。蔣彝舊詩根底很好，他屬於 faculty of general studies，即以教 extension course 為主，不算真正哥倫比亞的 faculty，他對你很佩服，說你學問很「博」。我們談了些課程的事情：王把「文學史」course 出讓，我此外在大學本部教一門 Oriental Humanist，另外開一門「Modern China Lit」，上半年 lecture，用英文 texts，下半年讀原文。假如這個 schedule 實現，我對這類課是不必大費力的。王際真為人極 retiring，在哥大三十年，哈佛祇去過一次，他與世無爭，前三年才升正教授，40's 年他翻譯的幾本書，我想是因為升級關係逼出來的。他平日研究花鳥，目前他最佩服的作家是 Krutch②，但近代英美文學 after Eliot 我想他都沒有看過。他中國書看了幾十年，古文根底一定很好，但暑期有空的時候，還在編國語教科書，不知何故。他和 publisher 有 contract 翻譯《醒世姻緣》，至今尚未動手，大概年紀大了，energy 不夠之故。我和他比起來，舊學問知識實在太差，最好有機會讀一年古書（和在 Yale 讀研究院時相仿），再去哥倫比亞，纔能對得起人。

星期日下午又和王際真談了兩小時，然後乘飛機去芝加哥。住了 Palmer House，見到的朋友不少（李田意、張桂生、趙岡等），但開這種會，我心裡總不太舒服。李田意決定返 Yale，Indiana 仍要人，李田意有些忌才，所以我和 Indiana 主管人沒有多談（你有興

---

② 應該是 Joseph Wood Krutch（克魯齊，1893-1970），美國作家、批評家和生態學家，1923 年獲哥倫比亞大學博士學位，代表作有《撒母耳·詹森》（*Samuel Johnson*, 1944）、《梭羅》（*Henry David Thoreau*, 1948）、《生命的巨鏈》（*The Great Chain of Life*, 1956）等。

［趣］，不妨再去apply）；Wisconsin倒真要添一位教中國文學人，我回來後寫信去apply了一下，以防萬一。芝加哥開會的，中國人真多，有一次吃早餐，見到曹文彥，他是你的好友，你護照方面有問題，盡可去托他。曹文彥等在星期三中午還請中國人吃了一頓飯，以示聯歡。我的書，Yale辦事慢，星期二才on display，但我既有書，又讀paper，當然引起一部份人注意，至少我的名字不再是陌生了。Paragon Gallery也在那裡有書陳列，老闆（Faerber③）就是在上海開舊［書］店的（你恐怕不認識他，他開店時，你已到內地去了），他order了十五本我的書，都一買已空，所以我的書沒有陳列。我問起Heinemann④，他也在加拿大開書店。上海的猶太人，都很有辦法。Chinese Literature Session我的paper當然最精彩，但文字太elaborate，和其他paper的普通英文相差太多，《紅樓夢》不熟的人，聽來可能很吃力。Han Frankel，Hsu Kai-yu的papers都很好，祇是柳無忌的《蘇曼殊》實在沒有什麼道理。Wingtsit Chan⑤、陳受榮⑥等聽了我的paper，都大為佩服。陳受頤也在芝加哥，聽說

---

③ Faerber，即馬法伯（Max Faerber），流亡上海的猶太人，1942年在上海創辦了佳作書局（Paragon Book Gallery）。後來書店轉至紐約和芝加哥，成為亞洲藝術領域出版與收藏的重地。其中紐約期間的旗下出版社Paragon Reprint Ltd專營東方文史著作的出版，遷至芝加哥之後設立的Art Media Resources出版公司，與多家博物館合作，更側重於藝術類著作的出版。

④ Heinemann（海尼曼），英國出版家，William Heinemann（1863-1920）家族後裔，抗戰時期是上海分店的主持人，生平不詳。

⑤ Wingtsit Chan（陳榮捷，1901-1994），美籍華人學者。哈佛大學博士，先後任教於夏威夷大學、達慕斯學院、哥倫比亞大學等，美國亞洲研究與比較哲學會會長。研究領域主要集中在中國古代思想與哲學，尤擅宋明理學，是公認的朱子學權威。代表作有《朱子門人》、《朱學論集》、《近思錄詳注集評》等。

⑥ 陳受榮（Chan Shou-jung, 1906-?），廣東番禺人，陳受頤的弟弟。曾任教於斯坦福大學，主要從事漢語教學與研究，著有《漢語初階》（*Chinese Reader for Beginners*, 1942）。

他的《中國文學史》已將出版了，不知世驤曾見過原稿否？

見到Mckinnon，他和藹可親，他主持的日本文學panel，papers都是很新派的（有一日本學生講Genji的color symbolism），所以我和你一樣，對他很有好印象。據楊富森（？）說，你明年Seattle的事大半已決定了，不知確否？我想你暑期去華大後，明年的job一定不成問題。護照事我勸你趕快辦好。華盛頓大學聽說要大招人，此事世驤一定有數，但最好留在華大，Hawaii我看水準太低。

見到了Harrit Mills，她去年看了我page proofs，一直回信也不寫，現在我要考問她的論文（日期：五月四日），她道歉不止。她身［材］很高大，年齡看來不大（據說已近四十了），相貌相當秀氣。她說在condense你的〈魯迅〉一文，因為文章太長了，*Asian Studies*托她去condense的，不知此事你有所聞否？她對你我，相當「吃鬥」，雖然外表客氣，心裡不一定高興。我回來後，她的論文（600頁）也收到了。論文太長，文字很馬虎，一開頭就把魯迅和Voltaire，Gorki⑦，Swift比（再加上Pushkin，就和王士菁的結論一般無二了），看來不大順眼。可惜我手邊關於魯迅的書一本也沒有，無法指正她可能有的錯誤。真正有資格審定她論文在美國祇有你一人勝任，可惜文稿郵寄不便，而且時間不夠，否則我要把論文寄給你看。（王際真今春看兩篇論文，Mills之外，有Olga Lang⑧的

---

⑦ Gorki（Maxim Gorky，馬克西姆·高爾基，1868-1936），原名阿列克塞·馬克西莫維奇·彼什科夫（Alexei Maximovich Peshkov），前蘇聯作家、學者、社會活動家，社會主義現實主義文學奠基人，代表作有《母親》（*The Mother*, 1907）、《童年》（*My Childhood*, 1913-1914）、《在人間》（*In the World*, 1916）、《我的大學》（*My Universities*, 1923）等。

⑧ Olga Lang（奧爾格·朗），美國漢學家、巴金研究專家，《家》的英譯者，著有《巴金及其創作》（*Pa Chin and His Writings: Chinese Youth Between the Two Revolutions*, 1967）、《中國家庭與社會》（*Chinese Family and Society*, 1946）等。

《巴金》，她中文不通，更不成話。）

　　星期三晚上，朋友都散了，相當無聊，在附近小酒吧吃了兩杯啤酒，看了三人表演striptease，其中一人年輕很美。但酒吧間人不多，大家不起勁，多看就很乏味。這種酒吧式的表現，我生平還是第一次見到。店內有hustlers，stripteasers跳完舞也下台hustle，但她們一杯酒二塊錢，坐二分鐘即走開，毫無意義。

　　父親方面已寄信去，你的照片和給焦良的信也已轉去。你寫「幹部下放」，想沒有什麼困難。你〈臺灣〉那文，我當時把「雷震」的名字delete了，現在想想倒是好事。王際真覺得我翻譯的《紅樓夢》那段有二三處可改動之處，我在這裡提出，和你商議一下：他說「人品根柢」應譯為moral characters，我譯 "innate character"？因為要照應到「赤子之心」；「堯舜不強巢許；武周不強夷齊」，王以為是可 "not force their view on"（勉強）的意義，不是 "superior to"；另外一句「古來若都是巢許夷齊……」，應作「古來都以巢許夷齊為是」解，我想王是對的。我把譯文改好後，可能就把文章在美國雜誌刊出，如USIS的雜誌不銷美國，同時出版也無妨，但暫且不必答應新聞處方面。有人說PMLA歡迎關於東方文學的文章，我去試一試。我的書送的人都是些老朋友和小朋友，自己有的幾本都已送出了。可能再買幾本，送一本給MaCarthy，但現在手邊只有兩本書了。你近況想況［好］，不寫了，即祝

　　近安

弟　志清　上

四月六日

499. 夏濟安致夏志清（1961年4月10日）

志清弟：

　　來信收到。紐約芝加哥之行，都很順利，聞之甚慰。A.C. Scott 的書評，此間一到，我即聽見Nathan說了，就去買它一份。世驤亦看見了，他是很生氣，要去駁他，可惜那時他還沒有看見你的書。我看了倒有點amused，我本來一直在擔心批評臺灣之事，偏偏出了這樣一篇書評，硬派我是在捧臺灣，這倒使我心安理得了。在美國我是不怕notoriety的；臺灣雖小，倒是黃蜂窩，不去惹它為是。

　　你的書精彩之處太多（Misprint: 某處有medium拼作medum，在前面，忘其頁碼），非細心咀嚼不可，而且要對原書要看得相當熟。那些中國小說，有些根本沒有看過，有些看過了亦忘記了（如「洋涇浜奇俠傳」）。但是凡是對於我所知道的題目（不論大小），你的意見都很精彩，可說發人所未發。罵孫文、康有為不過是一端（其他地方批評孫文的，我看了亦很痛快。孫文是最最需要批評的一個人；胡適的影響不過限於少數老小學者，孫文的影響可大得多了）。對於魯迅我雖有點偏愛（小時受他影響太深），但是對於你的批評，我看了還是心服的。

　　陳世驤既然要罵Scott，他大約一定高興替你寫書評的。他認為這本書還是要讓不學中文的人去欣賞，學中文或研究中國學問之美國人，太可能有「Scott式思想」了。弄了中文，即不大可能有文學批評之訓練。看懂中文已是太吃力，無暇他顧，其苦一也。美國式的research（胡適亦提倡這一套，如李田意之流即為這學派培養出來的）只要找死材料，思想訓練可說沒有，其苦二也。加以如再對中共存有偏愛，如何再能對你的書有真認識？如Scott之流，照中共流行意見複述一遍，倒可拿他作典型來看。他讚美你的

bibliography與死材料的搜集——死材料如能加上馬列毛觀點，這就是他所認為最高的學問了。（他對於你的書根本沒有看，怎麼敢寫書評的？）

　　關於Scott，我倒略有所知。他是香港大學的（英國人），太太是港大圖書館的館長（？），畫得一手好的鋼筆素描。丈夫是京戲戲迷，太太畫的京戲速寫，我看了是很喜歡的。既然是戲迷，我相信他和我們一定談得投機，而且我們可以指導他一些京戲認識亦未可知。他新出一本《梅蘭芳》（*Mei Lang Fang*），我曾亂翻一下，覺得相當有趣，當然新見解新發現是沒有的。四年前，在Munich開的「東方學者會議」（即去年在莫斯科開的上一屆），Scott讀了一篇《On丑》的論文，幼稚貧乏得很。中國幾百年來戲種很多，他只談京戲，已經顯得學問不夠。但是即使在京戲裡面，他關於丑的智識仍舊是欠缺得很的，我就可以補充他很多。西洋方面他只舉莎士比亞和中國來比，Ben Jonson與羅馬喜劇等的「典型的丑」，乃至pantomime，馬戲班的丑等等，都大有學問在，他都沒有講。（Harlequin似乎專門和pantaloon某一種丑打架的，還有Scaramouche等。）他的論文只是一個英國的京戲戲迷，根據一點粗淺常識的報告，居然亦當論文來讀，不亦怪哉。我曾翻過一厚本的《Munich東方學者會議報告與論文集》，論文印英法德各國文字，Scott那篇是英文的，而且內容相當有趣，我所以把它看了。想不到*N. Y. Times*叫這位先生來評你的書的。

　　新近Franz Michael來柏克萊（他亦看了Scott的評，很不服氣，尤其是"reckoning of history"一語），陳世驤曾為我的事和他長談。Michael表示的確U.W.有意再請我去研究一年，現在正在弄錢。世驤說，錢弄不到，U.C.都可以幫忙的（和U.W.合辦一個project都可以）。世驤說，U.C.最大困難不是錢，而是我的護照問題，「素仰George Taylor神通廣大」，能夠把這個事解決了，什麼

都好辦了。Michael本來的確正在進行我的事，得世驤一語，事情應該更順利了。知道你關心，所以先行奉告。我仍舊認為此事太複雜，能夠不用我自己傷腦筋，最好（楊富森的話，是有點根據的）。但是如不成功，請你亦不要懊惱。

Asiatic［Asian］Studies要condense我的文章，Hackett信中亦說起。我不知道是請誰，亦不知道怎麼改法。現在知道了是Mills女士，倒覺得有點滑稽之感。Mills要想魯迅在美國成名，我們是應該幫助她的，我服她做專家，亦無所謂。關於中國學問，路子太寬了，釘牢了魯迅來研究，我亦不幹的。關於現代或近代中國，我可以想出一兩百個題目，可惜研究起來都很吃力。你的書真是在講大道理，可是如叫我來寫，我倒有很多如Scott所說的nostalgia。那些critical biographies中就會有不少，還有我以前信中提起的上海風俗人情之沿革。這幾天又在想起吸鴉片的事。Aldous Huxley是原諒人吸鴉片等毒物的，至少在Aspirin發明之前。還有對我有極大興趣的：中國的邪教（道教之別流）、迷信與民間傳說等。還有，中國的各次戰爭，尤其是老蔣怎麼把大陸丟失的。

最近電影看了不少。*The Passion of Joan of Arc* ①（法國1928年舊片，無聲），Carl Dreyer ②導演，出乎意外的精彩。全片只有審判場面（不說話用字幕）與最後一段火刑，可是那位導演用了連續的close up鏡頭，得到驚人的效果。勝過Henry Fonda的*12 Angry*

---

① *The Passia of Joan of Arc*（《聖女貞德蒙難記》，1928），歷史傳記片，卡爾·西奧多·德萊葉（Carl Theodor Dreyer）導演，瑪利亞·法奧康涅蒂（Maria Falconetti）、安托南·阿爾托（Antonin Artaud）主演，Capitol Film Exchange發行。

② Carl Dreyer（卡爾·西奧多·德萊葉，1889-1968），丹麥電影導演，丹麥藝術電影創始人之一，代表作有《聖女貞德蒙難記》、《吸血鬼》（*Vampyr*, 1932）、《復仇之日》（*Day of Wrath*, 1943）等。

Men，因為*Joan of Arc*裡是沒有plot的。全片百分之八十以上的畫面是特寫，那些教堂高僧，臉型個個像老年的Fredric March，Laughton，Edw. G Robinson等那樣凸出。我假如要學拍電影，這部片子應該看一百遍。不一定是好的drama，但是攝影藝術不同凡響。（宋奇的電影，似乎還不知道特寫怎麼用法。）*General Della Rovere*③亦是一部令人難忘的好片子。別的再談，專此　敬頌
　　近安
　　Carol與Joyce前均問好，謝謝她們的美麗的卡片。

　　　　　　　　　　　　　　　　　　　　　　　濟安
　　　　　　　　　　　　　　　　　　　　　　　四月十日

　　［又及］胡世楨春假中來過，他說你如在Col.暫時沒有tenure，在Potsdam可請假，不要辭職。胡太太的腦子血管先天有病，最近有一次stroke很危險，現在已回家休養無大礙了。

---

③ *General Della Rovere*（《羅維雷將軍》，1959），戰爭片，羅伯托‧羅西里尼（Roberto Rossellini）導演，維托里奧‧德‧西卡（Vittorio De Sica）、維托里奧‧卡布里奧里（Vittorio Caprioli）主演，Continental Distributing發行。

500. 夏志清致夏濟安（1961年4月21日）

From review by David Roy in THE CHRISTIAN SCIENCE
MONITOR, Thursday, April 13

The publication of C.T. Hsia's book is an event of the first
importance, it has the distinction of being first serious study of modern
Chinese fiction in English. It also has the rarer distinction of being the
best study of its subject in any language. No more ambitious attempt to
apply the principles of modern Western literary criticism to the study of
Chinese literature has even been made.

今天Yale寄來 *Monitor* 上載的review，看後很高興。David
Roy①是哈佛man，對郭沫若有過研究，但他能看出書的重要性，
大加讚美，可見有些文學修養。他對我魯迅、張愛玲的評價不大同
意，但全文用字很恰當，不像Scott用些comprehensive，interesting，
enthusiastic不着痛癢的讚美詞。Review請你到library查看一下。

來信已收到，謝謝你的同情。哥倫比亞處尚無消息。我受
托 *Journal of Asian Studies* 寫吳世昌② *On the Red Chamber Dream*
（Oxford）書評，"Love of Compassion"該Journal也在考慮中。世驤

---

① David Roy（芮效衛，1933-2016），出生於南京，1958年哈佛大學本科畢業，
1960年哈佛大學碩士畢業，1965年哈佛大學博士畢業，長期任芝加哥大學中國
文學教授，花費40年時間將《金瓶梅》譯成5卷英文本，注釋多達4400多條，
還編有《古代中國：早期文明研究》（*Ancient China : Studies in Early Civilization*,
1978）等。

② 吳世昌（1908-1986），字子臧，海寧硤石人，著名紅學家，代表作有《紅樓夢
探源》、《紅樓夢探源外編》等。

肯寫書評，很好，如沒有Journal請他，他也可以volunteer。不多寫了，隔兩日再寫信，即頌

　　近安

弟 志清

　　陸文淵看到我的書已在英國Oxford Catalogue上列入，定價6.8s。

501. 夏志清致夏濟安（1961年4月28日）

濟安哥：

　　好久沒有給你寫長信，原因是de Bary方面吞吞吐吐沒有確切的答覆，你和世驤既在等候好消息，我暫時沒有什麼news可奉告，所以寫信也不勤。昨天柳無忌打了長途電話來，要我去接任他的位置。他在U of Pittsburgh當Director of Chinese Studies，下手有Samuel朱等兩人，柳無忌自己要去Indiana U.了，這次推薦我，我剛剛出了本書，加上學歷背景和柳無忌相仿，學校當局是一定不會提出異議的。下星期四我去紐約會審H. Mills（做她論文審判員的，應當是你，可惜你在西岸，我把論文寄給你看的時間也沒有），接着乘飛機去Pittsburgh，星期五和Pittsburgh副校長談話一番，大約job可不成問題的。除非哥倫比亞正式給我Associate Professor的position，我準備接受Pittsburgh的offer。原因有下列幾點：在Pittsburgh我沒有上司，獨當一面，我學問寡陋之處，沒有人批評，正好給我一個喘息的機會，把中國舊文學好好讀一下，用功兩年，那時教中國文學已很有經驗，古文根底也打好，C.C. Wang如仍有意思叫我去接他，我可受之無愧。我直接去哥倫比亞，天天和王際真在一office，辦公，他三十年來中國書看得這樣熟（雖然沒有寫過學術文章），我相形見絀，心裡一定不高興，也可能disillusion王際真。在哥倫比亞教書要多寫文章，同時自己得多讀古書，結果兩面不討好，一定忙得不堪。在Pittsburgh，pace較輕鬆，自己讀書寫文章，可少收外界的壓力。U of Pittsburgh很有錢，pay可能很好，Associate Professor是不成問題的，談判得好，也許拿到professorship也說不定。我想去Pittsburgh教兩年，是不錯的。兩年以後，哥倫比亞去不成，別的大學想必仍在到處

搶人，所以跳入更有名的大學是不很困難的。在Pittsburgh有幾位
Yale的老朋友，Carol的social life也較熱鬧些。柳無忌失意多年，
他去Pittsburgh，Indiana都是李田意幫的忙，希望他在Indiana能有
一番作為。我想Indiana有意請柳無忌在芝加哥開會的時候已在進
行中，最近談判成功，所以柳無忌立即打電話來。在芝加哥柳無忌
就有意邀我去Pittsburgh，我那時以為是做他的下手，沒有表示特
別興趣。柳無忌去Indiana我是沒有想到的。

　　Franz Michael來Berkeley和世驤長談後，你的job想已不成問
題。護照問題想也可早日如意辦妥。你的文章由Mills condense實
在是大笑話（*Asian Studies*篇幅較少，我想你的〈瞿秋白〉文章
可送*China Quarterly*，但先試試*Partisan Review*也好），她的那
篇〈魯迅和共產黨〉文筆還不錯，相形之下，她的論文文章實在
馬虎，長至600頁，她把魯迅的材料差不多都看全了，吃虧的是
魯迅同時的intellectuals她可能都沒有讀過，所以對於陳源、周作
人、胡適的看法大體都是依照中共的看法，是很不公平的。她引
林語堂、胡適的意見，都是*China Critics*內的英文文章。論文只
看了一半，預備兩天內看完它。有些材料，因為我沒有看《兩地
書》，對我是新鮮的，如魯迅和高長虹①筆戰，原因是高長虹為
了許廣平吃魯迅的醋。關於周揚在左聯得權一事，Mills也沒有
provide documentation。Mills去年就向Boyd Compton（Rockefeller
F.）借到了你的文章，論文下半部借用你的文章一定有好多處。你
文章revised version有些新材料，是她所沒有看到的，她兩星期前

----

① 高長虹（1898-1954），原名高均，山西盂縣人，現代作家。在上海等地發起
　「狂飆運動」，編輯《狂飆》周刊，作為「莽原社」重要成員，協助魯迅創辦
　《莽原》半月刊，後與莽原社分裂，抨擊魯迅。為人疏狂驕傲，加之對魯迅的態
　度，1941年赴延安後很快得罪上層人物，晚年精神失常，鬱鬱而終。

重寫了十多頁，也把這些材料放進去了。她論文的題目是*Lu Hsün 1927-1936:The Revolutionary Decade*。她信上、論文上misspellings 極多，"preceding"寫"preceeding"，末尾"tail end"寫"tale end"，"embarrass"寫"embarass"（以上三例，都是她信上的，preceeding 一字她論文上用了不知多少次）。

有一種*The International Guide*的年刊，囑我寫一篇報導中共文壇近況，我因為找材料太麻煩，已辭卻了，推薦了你。這刊物沒有什麼聲望，你高興寫一篇也可以，不寫也無所謂。*International Guide*要搜集世界各國"little magazine"的data，我回信說中共沒有一本雜誌是可稱得上"little magazine"的，臺灣倒有好幾種。編者Mary Bird[2]如同你通信，你不妨把臺灣幾種文藝雜誌的性質、編者姓名、地址抄給她。

我的書這星期在波蘭華沙展覽（The 6th International Book Fair），大約派到波蘭的代表已看到這本書了。Yale把這樣一本反共的書去exhibit，倒是我料想不到的。David Roy的那篇書評想已看到，據說*Saturday Review*上已有了書評，我是沒有看到。書的銷路如何，最近沒有消息。

不久前我看了一本Holmes Welch[3]，*The Parting of the Way*，上半部講《道德經》，下半部講道教史，其中所載的怪僻材料，你想是熟知的，但對美國人一定是很有趣的。T.S. Eliot稱此書為"first rate"。你對中國風俗人情有興趣，可把這本書看一看。

---

[2] Mary Bird，不詳。

[3] Holmes Welch（尉遲酺，1921-1981），漢學家，主要研究領域是中國宗教史，代表作有《近代中國的佛教制度》（*The Practice of Chinese Buddhism, 1900-1950*, 1967）、《中國佛教的復興》（*The Buddhist Revival in China*, 1968）.

電影不常看，最近看了 *Rosemary* ④，second feature *Tiger Bay* ⑤
是 Hayley Mills ⑥在未被 Disney 發現前所演的片子，這個女孩子你
一定會欣賞。*Elmer Gantry* 沒有看到，相當遺憾。今年第一次 watch
TV 上的 Academy Awards，可惜沒有看完，Jimmy Stewart 代 Cooper
領獎事，沒有看到。想不到 Gary Cooper 得病很重，得訊很有感
慨。我第一次看電影是在蘇州青年會（or 樂群）看的《勇大尉》⑦
（*Only the Brave*），是 Cooper 主演的，此後看了他的影片，不知多
少。目前我已不能算是影迷，對古柏這種 loyalty 在我自己生活史也
成了一種陳蹟了。星期三到 Albany 去開了一次會，Albany 城沒有
什麼可看。Carol，Joyce 近況都好，即請

　　近安

　　　　　　　　　　　　　　　　　　　　　弟　志清　上
　　　　　　　　　　　　　　　　　　　　　四月二十八日

---

④ *Rosemary*，即《女孩羅斯瑪麗》（*Das Mädchen Rosemarie*），西德喜劇片，羅
　爾福・席勒（Rolf Thiele）導演，娜佳・蒂勒（Nadja Tiller）、彼得・凡・埃克
　（Peter van Eyck）等主演。

⑤ *Tiger Bay*（《猛虎灣》，1959），犯罪劇情片，J・李・湯姆斯導演，約翰・米
　爾斯・豪斯特・巴奇霍茲（Horst Buchholz）、海莉・米爾斯（Hayley Mills）主
　演，英國 Independent Artists 出品。

⑥ Hayley Mills（海莉・米爾斯，1946- ），英國女演員，約翰・米爾斯之女，《猛
　虎灣》是她的處女作，並一舉成名。早年為迪士尼出演了多部電影，包括在
　《爸爸愛媽媽》（*The Parent Trap*, 1961）中一人分飾兩角的表演。

⑦ 《勇大尉》（*Only the Brave*, 1930），戰爭片，法蘭克・塔特爾（Frank Tuttle）導
　演，賈利・古柏・瑪麗・布萊恩（Mary Brian）主演，派拉蒙發行。

502. 夏濟安致夏志清（1961年5月1日）

志清弟：

　　信都收到。這兩個禮拜以來，我很為寫文章傷腦筋。Metaphor 一文尚未印出（U.C. Red tape 太多，不像 U.W.），但外面口碑卻不差，那天 Levenson 對我說，聽說那篇文章 wonderful，很想一看云。那篇文章印好了，要賣一元錢一本的，這頗使我增加惶恐之感。第二篇如編寫 glossary，那早已弄完，可是我再想 present 一個 theory，而腹中空空，並無 theory。給我亂寫亂想亂看，終算找到一個 theory：共產黨的 language 和人民的 language 之間的矛盾和「統一」（！）。現在終算想通，可以貫串了。我自命博學，可是對於 linguistics 實在所知太少。最近看了 Edward Sapir [1]：*Culture，Language & Personality*，對此公相當佩服。此公可說是胸襟開闊，頗有 wisdom，linguists 中出此一人（他是李方桂的先生），可替 linguistics 爭光。我們是 linguistic project，我要冒充專家，亦很吃力的。李祁是個小心謹慎的學者，我卻想把問題牽廣，是自尋煩惱也。

　　你去 Pittsburgh 如能成事，亦是好事，所舉理由，我認為很對。Pittsburgh 事原來是劉子健（Jimmy Liu）主持的，此君到了 Stanford 來就發神經病了，真是可惜。和王際真天天坐在一個 office 裡，我相信是很難受的。中國古書對我們這種人來說，我主張先讀四史（《史記》、《漢書》、《後漢》、《三國》），中國上古文化的結晶也。我自己從未讀過，但總希望有一天能把它們讀完。四史都有

---

[1] Edward Sapir（愛德華・薩丕爾，1884-1939），美國人類學家、語言學家，哥倫比亞大學博士，先後任教於芝加哥大學和耶魯大學，是語言學學科發展早期的重要學者。代表作是《語言論》（*Language: An introduction to the study of speech*, 1921）

很好的注解，這些注解都值得讀，此乃古人scholarship的結晶。古人主要的著作，四史中搜集了不少（都錄全文）。如諸葛亮的前後〈出師表〉，《三國志》諸葛亮傳中都有的。S.F. Chinatown有四史，我可以買一套（或四種不同的本子）寄上。

　　你的《紅樓夢》那段翻譯，我很抱歉，雖然你托了我，我可沒有細對原文。後來文章給陳世驤拿去，我更不管了。這是我做事馬虎貪懶之處，而且假定你的翻譯一定對的。現在細讀原文，覺得王說很有道理。第一點，沒有什麼大關係，moral character似較合寶釵世俗人的口氣。第二點，「強」是「勉強」；第三點，是「以巢許夷齊為是」。這些我是很容易發覺的，可惜當初我把中文粗粗一看，沒有細讀，沒有早發覺。但是這些小毛病無損整個文章的價值，而且很容易改正過來的。但是王際真是怪人，他有什麼想法，我可不知道了（我本來主張是不拿文章給他看的，但此事若影響你在Columbia的地位，只有委諸命運了）。

　　*Monitor*的文章我是在發表後兩天之內就看到的。看後很高興。Roy是哈佛的Junior Fellow，聽說在中國長大，中文小說可以拿來看着玩的。他對中文的熟識，和哈佛Junior Fellow對於一般Humanities的知識，他的意見是遠較Scott的靠得住和可寶貴，而且他的口氣很帶點authority，可以使人信服。*Sat. Review*我在報攤上每星期總去翻翻，似乎沒有看見書評。

　　陳世驤正在細讀你的書，而且考慮怎麼寫書評。對於全書的觀點和文章，和這本書的重要性，他將給予非常高的評價。但是他的書評將是指導美國學生怎麼讀這本書，對於小地方恐怕有和你意見不合之處。當然你並不希望一篇全部捧場的書評。他的評將寄給*Oriental Society*的那本刊物；*Journal of Asian Studies*他和他們吵過一次，原來他評《袁枚》（Waley著）一文，指出Waley的欠妥之處，都給編者刪去了，他很不高興。

　　我對於自己的事，仍是一切付諸天命。最近交到一個怪人
Conrad Brandt ② 做朋友。不知怎麼的，德國人（還有猶太人，但
Brandt似非猶太人）跟中國人的感情總容易好。Brandt是出名的哈
佛派近代史家，但他到處跟人吵架，弄得沒有朋友。哈佛不要他，
U.C.恐怕亦不要他（只讓他教一門課，聽說只給他1/3的薪水）。
他是相當寂寞而可憐的。思想其實並不左，他對老蔣的堅強的個
性還相當佩服，對於周恩來的虛偽，則是痛惡的（蔣、周他都見
過面）。他不過是成見深，看人還講點道理。我亦不想去改他的
思想，免得同他吵架，但是我多少可以給他一點影響。他正在看
MacFarquhar ③ 的《百花齊放》，他說看後非常難過，足見尚有是非
之心。我們兩個光棍禮拜天常到S.F.去吃飯。他很想幫我的忙，當
然我並不希望他幫忙，只怕他是「泥菩薩過江」也。

　　今年的Academy Award我沒有看，聽說很冗長而沉悶。電影
看了四張老Hitchcock，一張是1926年的無聲片，忘了叫什麼東西
（叫什麼*Paradise*），幼稚低級，真看不下去（相形之下，同為無聲
片，*Birth of A Nation*確有點藝術，而那張*Joan of Arc*是頭等之作，
現在人亦拍不出來）。一張是Leslie Banks ④，Edna Best ⑤ 的 *The Man*

---

② Conrad Brandt（康瑞特・布蘭特），學者，中共黨史專家，與費正清、史華
　慈共同編寫《中國共產主義歷史文獻》（*A Documentary History of Chinese
　Communism*, 1952）更新了美國中共黨史研究的面貌，另著有《斯大林在中國的
　失敗》（*Stalin's Failure in China, 1924-1927*, 1958）等。

③ Roderick MacFarquhar（馬若德，1930- ），英國學者，牛津大學博士，任教於
　哈佛大學，文化大革命史研究專家。《劍橋中華人民共和國史》主編，《中國季
　刊》創辦人，代表作有《文化大革命的起源》等。

④ Leslie Banks（萊斯利・班克斯，1890-1952），英國演員、導演，在上世紀30、
　40年代的黑白電影中，以扮演陰險詭譎的形象著稱，代表作有《擒兇記》（*The
　Man Who Knew Too Much*, 1934），《亨利五世》（*Henry V*, 1944）等。

⑤ Edna Best（愛德娜・貝斯特，1900-1974），英國女演員，以在《擒兇記》中扮

*Who Knew Yoo Much*⑥，不如Jim Stewart與Doris Day的那張。另一張亦是高蒙公司（上海國泰想都演過，但是我們誰想到去看呢？）John Gielgud⑦演Maugham的*Ashenden*（Gielgud的臉很像Cyril Birch，會不會是猶太人？），片名*The Secret Agent*⑧（女角瑪黛琳卡洛兒⑨）亦不過如此。Hitchcock大約不算了不起的天才。還有一張是*The Shadow of A Doubt*⑩，是Teresa Wright掛頭牌之作，在我是重看。看了不禁滄桑之感，因為Teresa Wright太可愛了。若干年前看過她扮演母親（忘了是什麼片子），時光過得真快！Gary Cooper生重病，亦是叫人意想不到的。你說Hitchcock喜用Blonde，但T. Wright是Brunette，在片子裡非常吃重。

最近為時局瞎緊張一陣（我希望他打），Kennedy似乎有點一籌莫展，不過此人想有一番作為，打擊共產黨，其用心是很值得

演母親而成名，其他作品還有《寒夜琴挑》（*Intermezzo: A Love Story*, 1939）、《幽靈與未亡人》（*The Ghost and Mrs. Muir*, 1947）。

⑥ *The Man Who Knew Too Much*（《擒兇記》，1934），驚悚片，阿爾弗雷德‧希區考克導演，萊斯利‧班克斯、愛德娜‧貝斯特主演，高蒙英國電影公司（Gaumont British Picture Corporation）出品。

⑦ John Gielgud（約翰‧吉爾古德，1904-2000），英國演員，偉大的莎劇演員，與拉爾夫‧理查德森、勞倫斯‧奧利佛並稱統治20世紀英國舞台的「三位一體」。也嘗試拍攝電影，主要作品有《雄霸天下》（*Becket*, 1964）、《亞瑟》（*Arthur*, 1981）等。

⑧ *The Secret Agent*（《間諜》，1936），懸疑劇情片，阿爾弗雷德‧希區考克導演，約翰‧吉爾古德、彼得‧洛、瑪德琳‧卡羅爾主演，高蒙英國電影公司出品。

⑨ 瑪黛琳‧卡洛兒（即瑪德琳‧卡羅爾，Madeleine Carroll, 1906-1987），英國女演員，上世紀30、40年代紅遍英美兩地，成為全世界最賣座的女星，她最為人稱道的是在希區考克的電影《39級台階》中的表演。

⑩ *The Shadow of A Doubt*（《辣手摧花》，1943），犯罪懸疑片，阿爾弗雷德‧希區考克導演，泰瑞莎‧萊特、約瑟夫‧柯頓主演，環球發行。

令人同情的。Seattle曾來了一位Treadgold[11]（俄國史教授），是來
開會的，此人和Seattle很多人一樣，堅決反共。據他跟我說，這次
把古巴革命黨送上岸去給Castro屠殺，恐怕有陰謀，是有人（不是
Kennedy）存心要消滅這批反Castro分子的。他承認此事可能性不
大，但不可不注意云。

　　別的再談，Carol和Joyce想都好，家裡想亦都好。百花齊放
時，大陸上曾逃出一批人，可惜父親、母親、玉瑛妹想不到這一
點。專頌　近安

濟安

五月一日

　　［又及］International Guide事，我想交給臺灣的朋友去辦。

---

[11] Treadgold，即Donald Treadgold（特雷德戈爾德，1922-1994），1950年獲得英
　　國牛津大學博士學位，1949年加盟華盛頓大學直至退休，代表作有《列寧和他
　　的反對者們》（*Lenin and His Rivals*）、《西伯利亞大遷徙》（*The Great Siberian
　　Migration*）、《二十世紀俄國》（*Twentieth Century Russia*）、《西方在俄國與中
　　國》（*The West in Russia and China*）。

503. 夏志清致夏濟安（1961年5月15日）

濟安哥：

　　五月初到紐約、Pittsburgh、紐海文一帶走了一陣（Carol，Joyce同去，她們住在Hartford附近hotel。在陳文星處吃了一頓飯，Ellen人很好，現在commute去Fordham讀Ph.D.，向你問候），回來後也相當忙，所以一直沒有寫信。現在把job事negotiate經過簡述一下。五月四日（星期四）我去哥大審考Mills論文，那星期一de Bary寫信給我一個offer，第一年當assistant prof.，Salary $7500，合同三年，promise第二年consider升副教授，三個暑期供給研究費$1500-$2000 each summer。第一年收入可有$9500，但名義不大好聽，而且升級必開會通過，de Bary不便先寫保單。去Pittsburgh大學後，由柳無忌招待，見到Dean、Vice-Chancellor諸人，他們那邊教中國方面有歷史Samuel Chu①，社會學C.K. Yang②，其他東方政治、人類學都有幾個人，空架子很大，但真的在文字文學上求深造的學生不多，因China Language & Area Center還在初辦，不能吸收優秀學生也。Pittsburgh給我的offer是最高級的Assoc. Prof.，年薪9000元，Pittsburgh係trimester制度，9000元只教兩學期，四月底功課即結束，教summer學期，另酬三千元。哥大，Pittsburgh，每學期教授都只教三課，九小時，學生不多，

---

① Samuel Chu（朱昌峻，1929-），歷史學家，哥倫比亞大學博士，曾任匹茨堡大學、俄亥俄州立大學教授，著有《中國近代的改革家張謇，1853-1926》、《清朝政府實行現代化的能力》等。

② C.K. Yang（楊慶堃，1911-1999），廣東南海人，社會學家，密西根大學博士，主要研究領域是當代中國社會，著有《革命中的中國農村家庭》、《初期共產主義下的中國社會和家庭》等。

paper work方面要比Potsdam輕鬆得多。Pitts的offer是我返Potsdam後柳無忌在電話上confirm的。我因為在Pitts沒有人監視，自己讀書較自由，覺得答應後能夠對自己較有利。我給哥大信就把自己要研究中國學問的大道理說了一通。上星期五de Bary收到信，大為shocked，他以為我決不為［會］認真考慮Pitts的offer的。他既誠心要我，在電話上即答應代我弄一個Associate Professorship，星期一再通電話。今天通電話，他和系裡商議後，見了Provost Barzun③後，得到下列結果：我可以今秋去哥大as Visiting Associate Professor，年薪八千（哥倫比亞salary不久即將大為改善，事見*N.Y.Times*）or暫去Pitts教一年，哥大方面明年再給我正式Associate Professor的聘書。我雖然沒有正式答復他，我想先去Pittsburgh一年較理想，自己得到些經驗，Sinology方面種種訣巧［竅］也弄熟了，那時再去哥大，雖然學問好不了多少，至少不是「外行」了，教中國文學史已有經驗，教起書來了，駕輕就熟，用不到多費工夫，同時向王際真請教一年（他開一門Bibliography，這方面知識我很缺乏，得好好請教），也可好好地當一個哥大的中文副教授了。我這樣計劃，雖然搬家兩次較雜煩些，但對我是有利的，對哥大也是有利的。今年有兩個大學搶我，和在Michigan教了一年書後情形大不相同。de Bary對我很看得起，怕不久別的有名的大學把我搶去，所以很着急的樣子，我相信我可以在哥大把文學program整頓得好些。王際真雖研究中國文學，但很看不起中國文學，這種態度他對我直說，以前在文章上也講明過（見MacNair④, *China*

③ Provost Barzun，即Jacques Barzun（雅克‧巴贊），彼時其在哥倫比亞大學任教務長。

④ MacNair（Harley Farnsworth MacNair，宓亨利，1891-1947），美國外交史專家，主要研究遠東國際關係，1912年來華，曾在上海聖約翰大學任教並任《密勒氏評論報》特約編輯，1926年返美後從事教學和寫作，曾任華盛頓州立大

書）。

　　芝加哥回來後，de Bary他們就開會討論我的appointment，有某人提出我說話太快，上堂教書delivery的問題，結果committee只好settle for Assistant Professor。事後王際真即打電話來道歉。我為了此事，很不高興，因為我在美教書六年，一直受學生愛戴，現在有人malign我，不免冤枉。我在五月四日重見de Bary，那時他已知道我有了Pitts的offer，講話很confidential，才知道提出這意見的Martin Wilbur（我和Carol早已suspect他，我和他在芝加哥同吃過一次早餐，可能我給他的印象不好），但de Bary說這僅是托詞而已，主要原因是我反共太烈，Wilbur不希望有這樣一個anti-communism在哥大，Wilbur自己的position大約和哈佛派相近。同時我和Rowe關係太深，而Rowe和Wilbur兩人一向是鬧意見的。de Bary自己是反共的，而且明年Wilbur去臺灣一年，Executive Committee通過我升級較容易，所以極希望我能立即去哥大。王際真無權，de Bary對我的確極佩服，once我有了Assoc. Prof的rank，Wilbur是歷史系人，也無法陰謀，況且我以後多弄舊文學，也不多牽涉中共問題了（我在審考Mills時，表現得很好，Wilbur事後對我delivery不好的疑問，已自動收回了。這是de Bary上星期五電話上告訴我的）。我和de Bary、Keene年齡都相仿，以後大家都寫文章，可把哥大中日文系弄得很像樣。

　　Mills defends她的論文，沒有通過，她一人重返Cornell，情形相當淒慘，結果Committee recommend major revisions，此事我已告訴柳無忌、李田意（他來Pittsburgh看柳，並勸我join Pittsburgh，

　　學、芝加哥大學教授。主要著作有《中國》（*China*, 1946）、《革命中的中國》（*China in Revolution: An Analysis of Politics and Militarism Under the Republic*, 1931）、《中國國際關係》（*China's International Relations*, 1926）等。

就擴大他自己的empire。我去哥大，當成他的rival了），不久必
將轟動Sinological world。Mills的論文不通過，其實是有些冤枉
的。Mills論文寫了600頁，太長，太囉嗦，文字也很拙劣，有幾個
chapter重述魯迅思想，毫無新見解，讀來相當boring。但這許多毛
病改正過來，並不困難。至少Mills關於魯迅的參考書是看得很多
的，她的兩章"Lu Hsun & CCP"、"Lu Hsun & 左聯"有些新材料，
是很可寶貴的（Mills論文上說周揚是左聯的Secretary-general，
1931-36，沒有加註，據她說是哈佛某人給她的information，可
能是有根據的）。但王際真自稱十五年來沒有研究魯迅，其他
committee諸人（de Bary、Wilbur、蔣彝、Keene、英文教授一、俄
文教授一）對魯迅都是外行，對Mills查材料的苦心不能欣賞，她
有貢獻的小地方，也看不出。結果各人發言，Wilbur相當公允外，
接着王際真把論文罵得一錢不值，蔣彝、D. Keene也跟着罵，接着
我雖說了較公平的話（我的basic criticism是Mills的ambivalence，
她對整個period沒有見解，所以對魯迅也沒有見解），大勢已定。
原來事情是這樣的：Mills看不起人，雖然寫魯迅的論文，幾年來
從來沒有找王際真請教過，她有問題專找Wilbur，王際真積怒在
心，正好有個大發作的機會。Mills第一次繳論文是正月，四月份
是第二次繳，王看了後，即寫封信給Mills，謂論文無通過希望，
並將該信的copies分寄de Bary、Wilbur、蔣、Keene諸人。他們
對Lu Hsun既無研究，祇好跟他來。那天，王也給了我一份，茲附
上，供你和世驤一讀；王早年意見其實和Mills很相近，信上的有
些意見——few ideas & his own；vanity pettiness——倒是根據我的
那一章。蔣彝對中國現代文學完全外行，但他說在三十年代，他
在江灣，與文人很熟，信口開河，瞎罵一陣，最沒有道理。——
他問Mills為什麼不討論魯迅的舊詩？——Mills論文不好，正因為
她參考書看得太多了，把中共的偏見都抄了過來，也可說是整個

Lu Hsun Scholarship有問題，不是她個人的錯。現在committee要她重立thesis改寫，那如何可能？我看王際真在哥大一日，她論文即無法通過。她的論文要等他退休時才好辦。兩年前Mary C. Wright看了我的MS.後，覺得我的Lu Hsun那章可能有問題，要我去請問Mills，想不到今日我會witness她的disgrace。Olga Lang寫巴金，王際真要把她通過了，Olga是Wittfogel[5]前妻，中文壞極。

　　王際真自己對英文有興趣，對我的英文極佩服，我把《紅樓夢》那段翻錯了，他可能有些disillusioned，但他既是我的advocate，不便明說。他指正我的錯誤時，一面道歉說《紅樓夢》原文不通，我想他對我還是有好感的，但我此後在哥大的support當是de Bary。

　　父親不久前寄來玉瑛妹、焦良結婚小照四張。新人都穿着西式禮服，毫無中共氣派，看後甚喜。茲寄上兩張。手錶已寄文淵處，據文淵說父親謂戶口身份證遺失，手錶暫緩寄，不知真相如何。父親血壓正常，望勿念。程靖宇收到我信後，曾上一封信，希望我書再版時，把他的親戚陳衡哲[6]女士捧一捧，並立專章討論張資平，張資平[7]的長篇我都不 [沒] 有讀過，不知程的話有沒有道理。

---

[5] Wittfogel（Karl August Wittfogel，卡爾‧奧古斯特‧魏特夫，1896-1988），美籍裔歷史學家、漢學家，法蘭克福大學博士。一直關注中國革命，並對意識形態持反對態度，代表作有《東方專制主義：集權的比較研究》（*Oriental Despotism; a Comparative Study of Total Power*, 1957）。

[6] 陳衡哲（1890-1976），筆名莎菲，祖籍湖南衡山，作家、學者。早年留學美國，歸國後先後任教於北京大學、國立東南大學、四川大學，講授西洋史，是新文化運動中的著名才女，著有《小雨點》、《文藝復興史》、《西洋史》等。

[7] 張資平（1893-1959），廣東梅縣人，作家。與郁達夫、成仿吾組織「創造社」，又創辦樂群書店和《樂群》月刊，其作品以戀愛小說為主。代表作有《沖積期化石》、《飛絮》等。抗戰時期為汪偽政權服務，1955年被以漢奸罪判刑，不久病逝。

　　世驤為我寫書評，萬分感謝，我新近加入 American Oriental Society，將來文章一定可以看到。世驤教中國文學史多年，如有現成油印好的 outlines, bibliographies 之類，不知他可否每種寄一份來，可供我自己研究、教書之用，十分感謝。你 Seattle 明年事想已弄妥當。在 Seattle 希望有 permanent job，否則，我離開 Pittsburgh 時，可推薦你接任，也是個 possibility。你研究中共和人民 language 之間的矛盾，一定有很多的發現，我文字學一直是外行：Bloomfield、Sapin 都沒有讀，此外 Michigan 也有一套東西，我也不大清楚。電影看了 *Pather Panchali*[8]，甚為感動，印度音樂配音也好。Teresa Wright 已多年未見，很想重看 *The Pride of the Yankees*[9]。不久前在 TV 上看到 *Sargent York*，看到 Joan Leslie。最近好萊塢的小美人我都不認識了。Kennedy 上任後美國 setbacks 極多，Kennedy 做事不夠果斷，我希望 Acheson 當 State Secretary，反共可以有些轉機。不多寫了，專頌

　　近安

弟 志清 上
五月十五日

　　［又及］Hans Frankel 將去 Yale，Stanford 一定要人。

---

[8] *Pather Panchali*（《大地之歌》，1955），劇情片，薩蒂亞吉特·雷伊（Satyajit Ray）導演，Kanu Bannerjee、Karuna Bannerjee、Subir Bannerjee 主演，印度 Government of West Bengal 出品。

[9] *The Pride of the Yankees*（《洋基之光》，1942），運動傳記片，山姆·伍德導演，賈利·古柏、泰瑞莎·萊特、貝比·魯斯（Babe Ruth）主演，雷電華電影公司（RKO Radio Pictures）發行。

504. 夏濟安致夏志清（1961年5月20日）

志清弟：

收到來信，對於美國大學內幕知道得更多了。你如先去Pitts一年，再回Col.，亦是一法，我很贊成。Mills的事，是大出我意外的，照我想法，Ph.D.論文沒有通不過的道理，很多內容空虛文字拙劣的論文，都沒有問題的通過了，Mills真是倒霉。如Schultz的《論魯迅》只講到1927年為止，關於魯迅早期生活，quote了很多周遐壽的東西，自己心得非常之少，U.W.照樣給他Ph.D.。這亦不是U.W.標準低，Col.特別嚴之故。我相信Olga Lang的論巴金一定不會比Mills的好多少的，可是她如能通過，這就是不公平的。中國過去許多有學問的人，在科舉場中不得意的很多，左宗棠只有舉人（M.A.），他認為生平憾事，康有為考進士（Ph.D.），亦失敗了一兩次。這是制度的問題，在任何種制度底下，總有不合理的現象。洪秀全大約曾去考過秀才（B.A.），沒有考中，後來就不再想去考，只想另找出路了。Mills初到紅樓，跟趙全章讀魯迅（那時你已去美），我是記得很清楚的。她用了那麼多的功，在美國人中應該是無出其右的了。在Col.校外已經聲名鵲起，哥大當局至少可以做個順水人情的。

你要埋頭苦幹研究古文，我很贊成。我自己亦非常之想研究古文，總是沒有時間。弄近代的東西，到底範圍有限，不可能有大發現。古文化裡面好東西太多了，中國人自己都還沒弄清楚，洋人更不用談。我們如真想改行變為研究中國文化文學的人，真力量還得要在治古文學中表現。古文能自修嗎？曰：能。郭沫若閉門造車地研究甲骨金文等，總算給他弄些成績出來。我們的智力，總不比郭沫若差的。古文學如何着手，我亦不知道。我的興趣，

是在Myth，所以想先讀四史。據專家們的意見，應該先讀《說文》
——從識字着手。這的確是很重要的，德國近代有許多大學者，
討論文化現象，都從Etymalogy講起，Elymalogy裡面亦有Myth存
焉。《說文》著於東漢，大約東漢以前的古書裡的字義，都給收進
去了。我在下月離開Berkeley之前，亦許要去買些書，寄一包給
你。我們從小讀過《孟子》，但《孟子》中的話，如關於井田的，
關於性善的，我們當時不懂，現在才知道，這些話在學者之間，迄
今尚無定論的。研究小說，大約是要從《山海經》講起，《山海經》
本身就是大學問。以後六朝的志怪小說、敦煌俗文學等，每個都是
很複雜的題目。

美國人治學，尤其在中國學問方面，大多忽略根基，只求
productive，所以他們的中文一輩子學不好。如Schafer研究鳥獸蟲
魚，關於這方面的材料搜集得很多，可以寫很多paper，別方面知
道多少，那就很難說了。Conrad Brandt研究勤工儉學的運動，只看
關於這方面的材料（看來很吃力），別的就不看了。他們在西洋學
問方面，有Culture；在中國學問方面，可能並無Culture。我們研
究中國，比他們更吃力，因為我們要同時注意博（culture）與精。
如先秦一段，不論研究任何題目，都非好好的知道不可的。這就太
費時間。如再想研究別的專門題目（如六朝志怪小說），它將把你
的注意力牽引到別的地方去——如佛教，因此對於根基——先秦，
不能花很多時間去培植。而中國學問實在太廣，不可能全知道的。
郭沫若在某文中，曾把王陽明的「險夷原不滯胸中⋯⋯」一首詩弄
錯了（詳情已忘，見《蒲劍集》？），別人寫信去更正。這個錯我
是不會犯的，因為我關於這點，恰巧知道。當然我可能在別的地方
犯錯誤。要研究唐詩，或宋人話本，那麼唐、宋的社會情形，就是
研究不完的題目。你在Pitts一年，即使苦讀，亦得定一個範圍，只
好先注意和「教書」、「著書」有關的題目，別的只好隨時吸收。

　　陳世驤對於中國古文學，的確大有研究，非吾輩所可企及。他能背很多舊詩，就使我佩服不置。聽宋奇說，當年吳興華每年暑假把《文選》讀一遍，這亦是很可怕的。錢鍾書自己能寫「宋詩」，他對於宋詩的欣賞，當然比不會寫宋詩的人，高明一籌。以你的智力與勤學，如能有機會得到「中國文學」的Chair，好好地弄五年十年，亦將有不得了的成就。陳給Encyclopaedia Americana寫的《中國文學》，另封寄上，這是他每年發給學生們的outline；學生們程度差，每年只能教少數材料；關於survey方面，學生們就讀這個。

　　程靖宇的話不足信。張資平的長篇小說，被魯迅撮要成為Δ.這亦許挖苦太甚，但他的毛病（長處恐不多），你的書中於討論別人時亦已把他包括在內了。他有三部很長的自傳，對於我的工作，倒是很有趣的。對於陳衡哲，我毫無好感。她的小說，沒有看過（亦許看過已忘）。但是她的《高中西洋史》，我們在高中時讀過，現在想想簡直是liberalism愚民政策的最惡劣的代表。她硬是把歐洲史曲解成為「進步」與「反動」兩大勢力的對抗，結果「進步」勢力日益得勢云。她雖不信共，但她這種理論，無疑有助於共產思想的執行——尤其對於高中學生。她在美留學時，曾追求胡適，這在《胡適傳》中可以寫得很有趣的。

　　玉瑛妹和焦良結婚的照片亦收到了，玉瑛妹穿了禮服很美，毫無共產氣，看了很高興。希望他們之間，不要互稱「愛人」。孔子曰：必先正名乎。夫妻是夫妻，愛人是愛人，共產黨把terminology搞亂，就是把人倫關係搞亂了。但是看此番玉瑛妹與焦良為了結婚，亦曾傷過腦筋，亦曾遇到小小的阻礙，如我們父母的不大同意，婚期之遲早難定等，足見他們把結婚看得還很重要，並不是以「做愛人」就算了，這亦是使我們感到欣慰的。

　　我的事情承蒙關懷，但是現在得到意想不到的幫助，可能有點希望。U.C.可能出面，申請Dept. of Education，Health of Social

Welfare，特請國務院，轉請移民局，批准改身份。關口一道一道有很多，不知有無希望都能通過，但是現在總算有路可循，以前則完全在黑暗中也。如成，則將留在U.C.（李祁回來，與她無干）。U.W.辦得怎麼樣了，因沒有通信討論，故一無所知。但Seattle天氣惟夏天最好，餘時能在Berkeley亦是不錯的。此事成功與否，我是抱很小的希望，暫時請不要對任何中國人談起。因為我怕消息走漏到臺灣去，臺灣當然關心我的行蹤，只怕他們出什麼「對策」，把事情弄得更複雜了。

中國人，尤其是和臺灣有淵源的（我現在和臺灣簡直不大通信），不免在寫信回去時瞎說。假如事情未成，而鬧得滿城風雨，這是對我不利的，今年事尚未定，明年事更不敢想。如能去Pitts，亦是好事。但是主任名義，我是絕對不敢接的。假如U.C.把一切手續辦妥，那時你的美國公民的身份，對我很有用，因為亦許可以分到immigration quota了。但是即使這點，現在看了，還是很渺茫的。我一無資格，二無著作，完全靠「人緣」吃飯。在陌生地方，建立「人緣」不易，U.W.和U.C.已給建立好了的關係，是很寶貴的。

Brandt在*Journal of Asian Studies*，1959 NO. 2中有一篇書評，痛罵Beauvoir的*Long March*，文字精彩之至，如未看過，謹此介紹。It's a pleasure. 想不到此人英文有如此造詣。（他認為Wilbur是Petty，little man，是Sadistic的。）

電影現在多看老片子。看了四張卓別林1915、1916間的短片，十分佩服。卓別林的手法身法步法，很像京戲中的丑角，真是大天才。京戲靠傳統，卓是獨創的。我對卓以前並無認識（後來的片子恐怕亦有「才盡」之歎），看他早年之作，覺得確是不凡。別的「名丑」，身段都沒有他「乾淨」（W.C. Fields[1]說他是在

---

[1] W.C. Fields（W.C.菲爾茲，1880-1946），本名William Claude Dukenfield，美國

跳ballet）。馬克私兄弟*A Night in Casablanca*②仍可使我狂笑，但還有點拖泥帶水處（Peter Sellers很「乾淨」）。*And Then There were None*③——偵探片，Agatha Christie④原作，收集性格演員Barry Fitzgerald⑤、Walter Huston⑥、Roland Young⑦、Judith Anderson⑧、

喜劇演員，以扮演憤世嫉俗和酗酒的自大者聞名，在百老匯音樂劇《罌粟花》（*Poppy*, 1923）中一舉成名，同時活躍於電影、廣播等領域，在表演形成了鮮明的個人風格。代表作有《1938年廣播大會》（*The Big Broadcast of 1938*, 1938）、《銀行妙探》（*The Bank Dick*, 1940）等。

② *A Night in Casablanca*（《卡薩布蘭加之夜》，1946），喜劇片，阿齊・梅奧（Archie Mayo）導演，格勞喬・馬克斯（Groucho Marx）、哈勃・馬克斯（Harpo Marx）主演，聯美發行。

③ *And Then There were None*（《無人生還》，1945），懸疑犯罪片，雷內・克萊爾導演，巴里・菲茲傑拉德（Barry Fitzgerald）、路易斯・海沃德（Louis Hayward）主演，二十世紀福斯發行。

④ Agatha Christie（阿嘉莎・克莉絲蒂，1890-1976），英國偵探小說家、劇作家，一生書寫了66部長篇偵探小說和14部短篇偵探小說集，銷量經久不衰，1971年因其對文學的貢獻被授予女爵士（Dame）頭銜。代表作有《東方快車謀殺案》（*Murder on the Orient Express*, 1934）、《尼羅河謀殺案》（*Death on the Nile*, 1937）等。

⑤ Barry Fitzgerald（巴里・菲茲傑拉德，1888-1961），愛爾蘭演員，憑藉電影《與我同行》（*Going My Way*, 1944）獲得第17屆奧斯卡最佳男配角獎。

⑥ Walter Huston（沃爾特・休斯頓，1884-1950），美籍加拿大裔演員、歌手，約翰・休斯頓的父親。代表作有《孔雀夫人》（*Dodsworth*, 1936）、《黑暗煞星》（*All That Money Can Buy*, 1941）等。憑藉《碧血金沙》（*The Treasure of the Sierra Madre*, 1948）獲第21屆奧斯卡最佳男配角獎。

⑦ Roland Young（羅蘭德・楊，1887-1953），英國演員，代表作有《女人街》（*Street of Women*, 1932）、《逍遙鬼侶》（*Topper*, 1937）等。

⑧ Judith Anderson（朱迪絲・安德森，1897-1992），英籍澳洲裔女演員，獲得過兩次艾美獎、一次東尼獎和一次葛萊美獎提名，被認為是二十世紀最偉大的古典戲劇演員之一。在電影領域，她也憑藉《蝴蝶夢》（*Rebecca*, 1940）中的表演獲得了奧斯卡獎提名。

Mischa Auer⑨、C. Aubrey Smith⑩等，一個一個死掉，精彩異常。
Agatha Christie的小說，其實平平（好的偵探小說實在太少了），但
拍成電影，可能非常緊張。如以前的 *Witness For the Prosecution*。
And Then There were None 在 cleanness 上，較之 Witness 猶有過之而
無不及的。我的最近喜歡看舊片子，大約和對於歷史的興趣一樣，
都是年紀到了相當後自然產生的。但是假如不在Berkeley，不容易
看到這麼多舊片子。Seattle就沒有這麼多機會，除非有TV。「周
揚和左聯」，我最近已好久未研究，但是說周揚負責1931-1976（不
論掛什麼名義）時期的左聯，我是不信的。「左聯」之複雜：內部
是包羅很多雜牌人物，對外則是十幾個（餘如社聯、劇聯等）左
翼文化團體中的一個。這些團體大約不免受到共產黨內部鬥爭的
影響。左聯開始時，是在李立三路線（魯迅曾和李立三見面）指
導之下，但1930黨裡鬥李而未倒，1931年（此時出現羅章龍⑪、何
孟雄⑫反黨路線）陳紹禹上台，但毛始終既不服從李，又不服從

---

⑨ Mischa Auer（米莎‧奧爾，1905-1967），美籍俄裔演員，在《我的高德弗里》
（*My Man Godfrey*, 1936）、《浮生若夢》（*You Can't Take It with You*, 1938）、《阿
卡丁先生》（*Mr. Arkadin*, 1955）等電影中出任配角。

⑩ C. Aubrey Smith（C.奧布雷‧史密斯，1863-1948），英國板球國手，後轉型為
演員，出演了《瑞典女王》（*Queen Christina*, 1933）、《魂斷藍橋》、《小婦人》
等電影。

⑪ 羅章龍（1896-1995），原名羅璈階，湖南瀏陽人。政治家、革命家，中共創始
人和早期領導人之一。1930年中共六屆四中全會上，因反對共產國際確立王明
中共中央領導地位的決定，與三十餘名黨員一起成立「中共中央非常委員會」，
被選為書記。後「非委」成員多半被出賣給國民黨或殺害，羅章龍逃至河南大
學，在校教授經濟系，著有《中國國民經濟史》、《歐美經濟政策研究》等。

⑫ 何孟雄（1898-1931），字國正，湖南酃縣人，政治家、革命家，中共創始人之
一，因在六屆四中全會中對王明領導地位合法性的否認而被出賣給國民黨，遭
到槍決。

陳的。'33以後，上海共產黨首領又躲到江西去了。這樣一個情形之下，黨內人物決難保其職位。假如說：魯迅做了六年Secondary General，還比較可能，因為他是同路人，對於黨內鬥爭，可以不管；他對外有號召，至少可做六年figure head——但是事實證明魯迅並未掛名義。周揚之起來，大約總在瞿、馮去贛之後。我以前不是說過曾看過當時為魯迅所痛恨的小報《社會新聞》的嗎？該報經常造謠，如瞿秋白病死上海等（這些恐怕是瞿的朋友故意放出的空氣，以保護他的安全的），但是在馮雪峰留滬期間該報說他是左聯「總書記」，馮雪峰走後，才出現周揚，該報還笑他「膽小如鼠，深恐跌落法網」。在馮與周之間，潘梓年⑬（被捕）、樓適夷、蓬子（被捕）大約也負責過一個時候。《社會新聞》是國民黨的小報，而那時共產黨分子脫黨的很多，國方對共方的情報來源是很多，只是真偽難辨。描寫當時左派文壇的有小說，張若谷（天主教徒）著《婆漢迷》，其中大罵魯迅，張曾主編被魯迅所痛恨的大晚報《火炬》。可惜《婆漢迷》後見過「國防文學」論戰時，黨爭情形我毫無所知，但據後來毛公佈陳紹禹的罪狀，說他先是「左傾機會主義」（反聯合陣線），與國民黨妥協後，陳又成了「左傾機會主義」（投降KMT路線）了。1934年，陳還在「左傾」時代，說不定魯、馮、胡等是站在陳的一面（或者多少同情陳了），而周、徐等是站在毛的一面。這完全是猜測之辭。不過以共產黨黨人黨性之強，在上海時雖極倒霉，被人搜捕，但他們自己還是忘不了「鬥爭」的。左聯內部糾紛，我認為是和共黨內部鬥爭有密切關係的。當時（30'S）黨內互相告密出賣人頭之事，屢出不窮，借KMT特

⑬ 潘梓年（1893-1972），江蘇宜興人，《新華日報》的創辦者，被稱為「中共第一報人」。1949年後又創辦《自然辯證法研究通訊》，推動哲學研究，文革期間下獄病逝。

務之手，以鋤「同志」中之異己者，手段之毒辣，實駭人聽聞。有時共黨特務混進KMT特務機關中去做事，提幾個「同志」來槍斃，以博KMT當局信任（而且製造社會對共黨的同情），然後可擴大其勢力。柔石⑭等之死，很多可能死在「同志」之手。我尚無證據，但可能證明，整個左翼文壇顯得還要齷齪。你已經在你書中把Snow、Smedley等所謂KMT屠殺左翼作家一說，加以駁斥。不知即使在當時，共產黨已經可能在屠殺左翼作家了。看過Dostoyevsky的 *The Possessed*（當時情形：Bakunin⑮ betrayed Marx；Nechaev⑯ betrayed Bakunin；Nechaev殺人「同志」；）我們可以想像，這是太可能了。左聯之齷齪，是和整個共黨無恥作風分不開的，相形之下，魯迅等同路人的人格，是要顯得「偉大」了。整個故事，太複雜，尤其共黨內部情形還弄不清楚，叫我來寫，一時還寫不出。

你們哪天搬家？又要辛苦Carol長途開車了。Joyce大約不反對住Motel的。我離Berkeley，總要元月十五日左右。再談，專頌

近安

濟安

五月廿日

---

⑭ 柔石（1902-1931），原名趙平復，左翼作家，「左聯五烈士」之一，代表作有《瘋人》、《三姊妹》、《為奴隸的母親》等。

⑮ Bakunin（Mikhail Alexandrovich Bakunin，米哈伊爾·亞歷山大洛維奇·巴枯寧，1814-1876），俄國革命家、無政府主義者，代表作有《上帝與國家》（*God and the State*, 1871）、《國家制度和無政府狀態》（*Statism and Anarchy*, 1873）等。

⑯ Nechaev（Sergey Gennadiyevich Nechayev，謝爾蓋·格那季耶奇·涅恰耶夫，1847-1882），俄國革命家，以主張達到革命目標可以不擇手段的恐怖主義思想著稱，也是杜思妥耶夫斯基小說《群魔》中「魔鬼」彼得的原型。代表作有《革命者教義問答》（*Catechism of a Revolutionary*, 1869）。

505. 夏志清致夏濟安（1961年6月8日）

濟安哥：

五月廿日來信已收到，這兩三星期來，看學生 papers 和考卷，忙得可以，沒有時間寫信。前天把分數繳出後，許多積着的信都得覆，晚上的時間都花了寫信上（兩星期來請同事學生到家裡來吃點酒，時間也花了不少）。今天晚上寫了封信給張心滄，不預備再多寫，但你六月中旬要動身，所以先寫封短信，並把玉瑛妹照片、焦良和父親的信附上，希望你在離 Berkeley 前看到。

知道你下學年在加大留下大有希望，並改正身份的事情進行也很順利，我很高興。你在 Berkeley、Seattle 朋友很多，受人景仰，弄一個 permanent position 並不是難事，祇是移民局那道關難過而已。現在此事已進行順利，我想不再有什麼特別困難了。明年 Pittsburgh 的事，只是一個 desperate measure，沒有什麼可取之處，你當然以留在西岸為是。看 U. of Pittsburgh Bulletin，發現 L. C. Knights 現在該處任 Mellon Professor，可以和他多談談。我的事仍如上信所述，沒有什麼變動。下學年在 Pittsburgh 教兩學期，薪水九千。我們預備八月間搬家，因為 Pittsburgh 夏季氣候好，可以多讀些書。普通 Pittsburgh 教員住在郊外，我不開車，得在學校附近找房子，可能麻煩些。現在此事託 Samuel Chu 代辦。

《中國歷史研究法》、《現代語法》、《國學概論》三部書都已收到，謝謝。這些書對我很有用，王力編《語法》看來相當用過工夫，《國學概論》以前在滬江王治心①採用為大一課本，我是讀過

① 王治心（1881-1968），名樹聲，浙江吳興（今湖州）人，前清考入庠生，曾任東吳第三中學、華英學校等校國文教員，代表作有《孔子哲學》、《孟子研

的。附寄書店目錄，我要什麼書，自己可以去order，不必你花氣力了。我上次信上說要讀古文，究竟如何讀法，自己也沒有計劃，大約先讀些散文詩詞，把文言根底重新打好。今天我開始讀鄭振鐸的《文學史》，無非是記些書名人名，可對整個文學史，有一個概觀而已。

最近電影不大看。GWTW重映沒有去看，*Can-Can*②、*Sanctuary*③影評雖惡劣，MacLaine、Juliet Prowse④、Lee Remick，都是值得欣賞的，也錯過了。你所講的舊片子，這裡當然沒有機會看到。*Elmer Gantry*、*The Apartment*重映倒去看了，我對Jean Simmons也很滿意。

關於周揚早年得權之事，我想你的推論一定是準確的。他和胡風筆戰以前，實在是沒有什麼表現的。不多寫了。專頌

旅安

弟 志清 上
六月八日

究》、《中國宗教思想史大綱》。

② *Can-Can*，音樂劇，據布羅斯（Abe Burrows）舞台劇改編，沃爾特·朗導演，福斯發行。

③ *Sanctuary*（《慾海遺恨》，1961），據福克納小說改編，東尼·理查森（Tony Richardson）導演，李·雷米克、伊夫·蒙當（Yves Montand）主演，福斯發行。

④ Juliet Prowse（朱麗葉·普勞斯，1936-1996），英裔印度人，參演舞台劇、電影及電視劇多種。

506. 夏濟安致夏志清（1961年6月12日）

志清弟：

多日未接來信，為念。昨日馬逢華來，看見你六月七號的信，知道一切平安，諸事順利發展，甚慰。我這幾天心亦相當亂，但是前途很可樂觀。本來約了Father Serruys①（研究中國古代文字的神父，在我office辦公）一同開車去Seattle，但是我在這裡的事尚未舒齊，一時不能走，所以請神父替馬逢華保鑣［鏢］，一同開去Seattle，我暫留Berkeley。馬逢華亦是初學開車，昨天從Los Angeles開來，曾有小小驚險場面（車身擦樹，但只刮去車上的克羅米，可謂大幸）。再往北開，膽子更怕，有神父代勞替換，安全得多。我亦許仍是飛去，東西不多帶，假定暑後仍要回來的。

我亦許至少還要留在此一個禮拜。一方面，文章還差三、五個pages；再則，要等回音。Berkeley此次花的力量不少，有Law School一位教授，Jerry Cohen②（曾做Warren③大法官的助手）現在華府替我在聯邦政府機關鋪路。U.C.本身組織複雜，但現在這裡

---

① Father Serruys（Paul Leo-Marry Serrus，司禮義，1912-1999），比利時神父，1936年被派往中國傳教。1949年到柏克萊加州大學，師從趙元任和卜弼德，1956年獲得博士學位。曾任教於華盛頓喬治城大學、西雅圖華盛頓大學等，一度與夏濟安同事。1981年退休後曾去臺灣，後返回美國，逝世於比利時。著有《從「方言」了解漢代的地方話》、《殷商甲骨文語言研究》等。

② Jerome A. Cohen（孔傑榮，1930- ），美國人權律師，耶魯大學本科及法學院畢業，1959年任柏克萊加州大學法學院教授。1964年轉任哈佛大學法學院教授。1980年代曾在北京開展律師業務，1989年返國。1990年以後執教於紐約大學。

③ Warren（可能指Earl Warren，厄爾·沃倫，1891-1974），美國法理學家、政治家，1943-1953任加州第30任州長，1953-1969年任第十四任美國首席大法官（Chief Justice of the United States）。

的各「關」大致都已打通，只要華府方面沒有問題，這裡的正式公事可以送出去。先去Education, Health, Social Service部，再去State Dept.，再去司法部——移民局，複雜得很。但如能辦成，倒是一勞永逸之計。如成，則將在Center做Research Associate，兼Oriental Languages副教授。陳世驤這次當然出力最大，但繳〔僥〕倖各方面的人，都願意幫忙。先是Center for Chinese Studies的全體，然後上面還有個International Studies，還有Dean、Chancellor副校長Kerr④等。糊裏糊塗的，好像都很順利。

U.W.亦已有offer來，名義是Visiting Research Professor，可謂尊崇之極，但我對名義等等，暫暫〔時〕並不關心。我該去U.W.的理由：（一）U.W.的組織較tight，我在那邊人緣比這裡更好；他們的熱心，for personal reasons，我更appreciate，而且U.W.是第一個「慧眼識英雄」的學校。（二）他們研究的題目，對我更有興趣。暫時不能接受——亦許終於不能接受的理由：（一）護照事如不能解決，再好的事亦不能接受。U.W.亦許已經替我辦了，但我不知道。U.C.出的大力我是親眼目睹的。（二）Visiting Status一年一換，我雖自信在那邊很受歡迎，萬一不renew，將很傷腦筋（此所以我寧可做Associate Professor，使人家續聘時考慮簡單一點）。U.C.花了這麼大力氣，大約會用我較長，以後我可少花費心思找事情。（如在U.C.耽長了，研究的題目亦可換的。）

目前在等華府的回音，如華府方面不成，那末一切成泡影，還得另外打算。

你們什麼時候去Pittsburgh？大約不久就會看見你的信，再談。專此 敬頌

---

④ Kerr（Clark Kerr，克拉克・科爾，1911-2003），美國經濟學家，1952年加州大學重組時創設校長，科爾任首任校長（1952-1958）。

近安

濟安

六月十二日

Carol，Joyce前均問好

507. 夏志清致夏濟安（1961年6月20日）

濟安哥：

讀來信知道U.C. offer你Research Associate、Associate Professor 兩職，U.W. offer你Visiting Research Professor之職，大喜。我想U.C. 為了你身份問題出力很多，還是先答應U.C. offer的好。U.W.對你一直有興趣，將來機會還多，不必現在就去。U.W.所offer的position 較高，但U.C.薪水大，酬報方面，想必差不多。你在Berkeley再住一兩年，地位即鞏固後，再去Seattle不遲。信到時，護照問題想已解決，希望早日把好消息告知。這學期的project想已寫好，你的 *Myth*，*Metaphor*已經出版，我在系主任哪裡看到brochure，廣告做得很好，demand一定也很大。（世驤夫婦已去Hawaii否？）

我上次寫出一封短信想已看到。每年學期結束，Potsdam變成死城，我心境總不大好，今年也不例外，所以寫信不勤。兩星期內看鄭振鐸的《文學史》，同時讀些短篇小說。鄭振鐸書上所列的作家這樣多，要做成中國文學各方面全通的專家實在困難。鄭自己除對俗文學大有興趣（而且suspect把它估價太高）外，對於正統文學祇抄些conventional description，自己毫無主張。《今古奇觀》看了半部，好小說不多，祇有《賣油郎》追求花魁那一段寫得入情入理，很覺此人個性的可愛；《杜十娘》結局寫得也不錯，此外特出的地方不多。如你在討論《李太白醉草嚇蠻書》一文上所說的，很多故事很像童話；《轉運漢巧遇洞庭紅》已接近*Dick Whittington*[1] or *Arabian Nights*，《灌園叟》是Disney最好的cartoon材料，一個

---

[1] Dick Whittington，指英國著名的民間故事《迪克‧惠廷頓》（*Dick Whittington*），講的是愛德華三世時期一個父母雙亡的孤兒迪克‧惠廷頓和他的貓闖蕩倫敦的故事。

可親的老人，許多 flower fairies，幾個 villains，可惜 Disney 不會看到這個故事。那許多小說最引人入勝的地方大都是 omitted from the narrative，如李公子為什麼情願 give up 杜十娘，or 早期的傳奇，張生為什麼突然對鶯鶯沒有興趣了。故事中所給的理由都是不通的，但根據近代心理學把這些男子心理分析一下，直寫出來，也很乏味。這種不 disclosed subtle 地方小說中倒很多，可以寫篇文章討論。又《今古奇觀》內，着重的是故事結局，而不是一個人所受的磨折和福氣。一個人吃苦幾十年沒有關係，小說家有興趣是他最後怎麼樣。這種 approach 和近代小說是絕對相反的：近代小說有興趣的是 actual process a living，不是一個人最後得到些什麼，但近代小說祇考驗一個人生活快活不快活，老實不老實，容易增加 self-pity 之感，好像人生無意義，事事不如意。《今古奇觀》內的人物幾乎每人都 affirm life，沒有工夫考慮自己的 condition、motive，所以 incidents 特多多，人生好像是 full of miracles。這當然是受佛教的影響，可比擬當然是歐洲中世紀的文學，可惜我在這方面讀得不多。故事的 purpose 是 didactic 的（《明言》《喻言》），故事的着重點是在「奇」字上（《奇觀》《拍案驚奇》）；近代人對萬事已不感到驚奇，生命上也可能少了一種很重要的東西。

　　Carol 愛開車，我們明天要開車去 Detroit 看張桂生夫婦。路上來回四天，在 Detroit 住兩天，大概要花掉一個星期。我去看他們實在沒有興趣（雖然張太太──久芳──是很可愛的），但旅行是 Carol 的唯一娛樂，換換地方，看看風景，大家精神也可好些。Carol、Joyce 身體都很好，Joyce is very excited。你想已飛到 Seattle，馬逢華有信來，他決定去 Seattle 教書，很為他高興。不多寫了，專頌

　　旅安

弟　志清　上

六月 20 日

508. 夏濟安致夏志清（1961年6月23日）

志清弟：

　　來信並附來家書與玉瑛妹照片等均已收到，知道你很忙，但想必都平安。我最近心亦很亂，Berkeley的offer我已接受，因此間公文已送去華府，為我所出的力量很大，但他們怕我去了西雅圖，不再回來，希望我在行前有所表示，所以貿然答應了。U.C.的地位是Research Associate，860元一月，十一個月算，待遇亦算不惡。最有利者為假定每年可延長的，這比Seattle一年為期好得多。目前的大問題還是移民問題，如此事解決，則我可在美國作安居的打算，不致於每年暑假為「行乎？留乎？」傷腦筋。華府如決定把我留下，則臺灣亦無能為力的。這一切對於我一生關係太大，在臺灣糊裏糊塗混日子呢？還是在美國留下來做些成績出來呢？這些大約在命中已經前定，我亦不敢作過份妄想。只要Congress裡有private bill送出，我即可在美國暫住，所以大致今年是可以在美國住下去的了。即使美國住不下去，我想到歐洲去混混，臺灣是仍舊不想回去的。

　　寫「下放」寫得乏味之至，假如我移民一切手續現在業已辦妥，我真想take a vocation，到各處去玩玩，散散心。但是我在美國立腳未穩，現在還正是賣力氣的時候，所以Seattle還得去，暑假裡還得趕篇文章出來。題目尚未定，頂有趣當然寫關於「目連救母」「女吊」等迷信與魯迅的關係（Miss Mills論文裡大約沒有把這些寫入吧），或者寫篇總論左派知識分子（最近胡秋原寫了很長的自傳，在臺灣的《民主潮》分期連載，很有價值）。總之，去Seattle後沒有工夫做很多research，只是把文章寫一篇出來就夠。如U.W.原諒我去U.C.，而不接他們之聘的理由，我希望，（如一

切順利）每年暑假去他們那裡研究一下。這樣我對於左派知識分
子的研究，仍舊可以寫一本書出來的。寫「下放」，看了很多《人
民日報》，內容總算相當充實（約兩倍於"Myth，Metaphor"的長
度）。題暫定：*A Terminological of the Hsia-Fang Movement*。所謂
terminology是有它的system的，李祁過去所寫，似乎隨便挑幾個
terms來談談，可多可少，可添可漏。我先得替「下放」找出一個
system，然後把有關的terms放在system裡頭，考其來源（共產黨
人哪一個先用的），所以比較吃力。回來後，我亦許把共產黨所演
的戲（改編、新編的京戲、地方戲等）研究一下，這個亦許比「下
放」有趣些。

　　我定星期日（25日）飛Seattle，既然預備回來，東西帶得很
少。車子亦將存在garage裡。但是把apt.出清，仍是吃力的事。老
是要搬家，實在可怕。想起你們八月間長征Pittsburgh，當然更可
怕了。現在我愈來愈懶，連包紮書郵寄，都有點怕了。希望以後可
以settle down，你們如常住紐約，我常住Berkeley，那是最理想的
了。馬逢華已去Seattle，他有三年tenure，亦可安頓一個時候，他
的地址：3936 University Way, apt. 26, Seattle 5, Wash.，我的信暫時
由他轉寄。

　　這裡的人慢慢走空，陳世驤夫婦已去夏威夷（c/o Summer
Session, University of Hawaii, Honolulu）。大約七底八初就可回來
的。在Berkeley，與Seattle，交際都很多，你們在Potsdam比較清
閒，不知到了Pittsburgh如何？紐約華人太多，你們去了交際亦會
很忙。我不知道那些教授，差不多每夜有party，怎麼有工夫寫書
寫文章的。陳世驤還算不忙的，有些教授一年要去紐約和歐洲遠東
各地好幾次，真是虧他們的。如生物學家李卓皓①（研究Hormone、

① 李卓皓（Choh Hao Li, 1913-1987），生於廣州，華裔美籍生物學家，臺灣中央

Cortisone之類）上月剛去歐洲兩個禮拜，暑假裡還要出遠門三次，換了我，這樣大旅行，什麼研究亦不好做了。

詳情抵Seattle後再談，專此　即頌

近安

Carol、Joyce前均問好

濟安

六月廿三日

［又及］Frankel一家定26日飛Yale。

研究院院士。1933年金陵大學畢業，1935年入柏克萊加州大學，獲生物化學博士。1956年至1967年主持加大荷爾蒙研究室，後轉任加大舊金山荷爾蒙研究室主任，直至1983年退休。代表作有《性腺刺激荷爾蒙》、《腦下腺荷爾蒙》等。

509. 夏志清致夏濟安（1961年7月6日）

濟安哥：

六月廿三日信我們從Detroit回來後看到，知道你已接受Berkeley的offer，改換身份的公文已送華府，甚慰。你寫「下放」，花了不少時間，雖然乏味，但結果一定是很impressive的。你弄了一年中共terminology的研究，在linguistics方面知識一定長進不少，你做學者的equipment較前更完備了。現在想已在Seattle住定，多做些research，一定可以寫一篇和〈瞿秋白〉同樣精彩的文章。

我們三［六］月22日動身，23-25在張家住了三晚。我和你有同樣的感覺，住在人家家裡，兩方面都不安適。我們被桂生夫婦堅留，他們有個不到一歲的女小孩Elaine，加上要煮菜燒飯，晚上談得相當晚，兩方都很勞頓，小孩夾在中間，不能得要［到］正常care，更是受苦。（馬逢華和張桂生很熟，在他面前祇說我們玩得很痛快就是了。）我和桂生在芝加哥已見到，要講的話，都已說遍，加上沒有別的朋友湊熱鬧，談天方面也並不興高采烈。星期六下午張氏夫婦參加婚禮，我們在家babysit，新娘是Marie蔣，T.F.①的女兒，馬逢華的old flame，不知馬逢華有沒有收到請帖。Detroit因工廠裁人，apts for rent、houses for sale的signs到處皆是。希望Pittsburgh也同樣的不景氣，找房子可以方便得多。

上星期一回來後，收到Oxford寄來的吳世昌*On The Red Dream Chamber*一書。就把書仔細去讀了一遍，花了些時間寫了篇review，寄Rhoads Murphey。限定800字，實在不容易寫。結果

---

① T.F.即蔣廷黻。

寫了一千四五百字，還只是把最近scholarship和發現的材料survey
一下，駁了一下吳世昌堅持「高鶚續作」的theory，文章也寫得不
好，不能算是篇好書評。討論《紅樓夢》牽涉太多，祇有Ed. Wilson
在《紐約客》上那樣寫法，才可把要說的話都說出來。吳世昌舊學
問根底很好，講起批評來，還逃不出俞平伯和中共文人的一套看
法。最近中共發現了不少新材料，連俞平伯也把「高鶚續作」的說
法放棄了。吳世昌開始做研究必在1955左右，書將寫好的時候，
看到不少新的東西，祇好強詞奪理地堅持他的theory，很難使人信
服。他在Appendix III內討論了甲辰本和1959年才發現的《紅樓夢
稿》120回手抄本（title page dated 1855，是後來加上的），其一頁
上有「蘭墅閱過」高鶚親筆寫的四個字（吳世昌把「蘭墅」音譯
lan-hsü，想必手誤，請一查）。關於討論這兩個MSS的文章有王佩
璋[2]的一篇（on甲辰本）載《文學研究季[集]刊》Vol. 5，1957，
Fan Ning[3]的一篇載《新觀察》No.14，July 1959。你有興趣，可
翻看一下。Fan Ning那篇文章很短，是120回手抄本看後的初步報
告。你如找到，請拍照寄一份給我。

　　學校放假已有一月有餘，去Detroit來回六天，寫review又花了
一個多星期，其餘時間看書實在沒有什麼成績，不久要搬家，暑假
內能accomplish什麼，想想很心慌。古文詩詞實在沒有時間讀，還
是多看些小說，可以早些弄些研究成績出來。其他各方面，反正在
匹大要教一年文學史，祇好一面教一面自己做些準備了，按在Ann
Arbor教中國哲學的老方法，也可能有些長進的。de Bary要我在十

---

[2] 王佩璋（1930-1966），1953年從北京大學中文系畢業，分配到社科院文學所擔
　　任俞平伯的助手，在俞平伯的指導下代寫了《紅樓夢的思想性與藝術性》、《紅
　　樓夢簡說》等四篇文章，並與俞平伯合作勘校了八十回本《紅樓夢》。「文革」
　　中自殺身亡。

[3] Fan Ning，即范寧，紅學家。

一月間去做一篇演講（大約是聘請教授，副教授必經手續），他還要請英文系做co-sponsor，那時Trilling等都在場，我要impress他們，實在很難。這事雖是routine，不會影響我的appointment，但也得趁機會顯顯身手才好。因為聽眾不都是內行，lecture要由淺入深，文字處理也相當吃力。我題目大概是關於中國舊小說方面的，還沒有定。

電影好久不看，不久*One-Eyed Jacks*④、*Parent Trap*⑤上映，都想去一看。Carol已在準備搬家，相當忙。我們預備把一切東西由搬家公司搬運，麻煩就在把書籍衣服等預先裝好。父親有信來，知道我要去Pittsburgh，Columbia，很高興，你有空請寫一封短信由我轉寄。在Seattle，老朋友見面，一定可以暢談。張琨婚事進行如何？Joyce身體很結實，附上在Detroit所攝照片兩張。即祝

　　近安

　　　　　　　　　　　　　　　　　　弟 志清 上

　　　　　　　　　　　　　　　　　　七月六日

---

④ *One-Eyed Jacks*（《龍虎恩仇》，1961）據查爾斯·奈德爾（Charles Neider）1956年小說 *The Authentic Death of Hendry Jones* 改編，馬龍·白蘭度唯一執導的電影，馬龍·白蘭度、卡爾·馬爾登主演，派拉蒙影業發行。

⑤ *Parent Trap*（《天倫樂》，1961）據伊利奇·卡斯特納（Erich Kästner）小說 *Lottie and Lisa* 改編，大衛·斯威夫特（David Swift）導演，米爾斯（Hayley Mills）、瑪琳·奧哈拉主演，迪士尼出品。

510. 夏濟安致夏志清（1961年7月9日）

志清弟：

多日未接來信為念。你寄Seattle的信，早已收到。去Detroit後，想已返家。熱天長途開車，想來亦無多大樂趣。我所以不從加州開車到西雅圖來，主要是對於自己的體力沒有自信，萬一開得疲倦了，怎麼辦？再則身體如能支持，如眼睛疲倦了，又怎麼辦？我的目力不佳，戴了太陽眼鏡，很不舒服，如不戴太陽眼鏡，則眼睛老看公路，在大太陽底下，眼睛也會酸痛的。現在Seattle，仍舊週末租車，開一、二十里，走走短路，開車仍是有其樂趣的。

現在住在一家人家裡，那家人去度夏去了，我一個人住一幢房子，寬暢得使人不舒服。原主人是Jack Leahy①，是英文系Instructor，在念Ph.D.，可是已有小說一本（*Shadows of the Waters*）在Knopf出版。他留下的圖書館，以新派小說居多，我大約不會有工夫好好地利用。有T.V.，尚未看過。有鋼琴，該買本琴書從do re mi fa so練起練幾課。我主要是聽FM無線電作為消遣。此人亦留有唱機與很多唱片，我亦沒工夫聽它。房子大而不切實用，如此人的書房在basement，該地太陰濕，我不喜歡。我仍在臥室（沒有書桌）寫字，在living room看書與聽無線電。至於打掃等等，我還不知道該怎麼辦。草地很少，但是叫我澆水剪草，亦是無從下手的。一個人有一幢房子，亦是麻煩的事。反正我在這裡不會住長的。房租是85元（學校的產業），連水、電、電話（有分機一架，設在basement）等，亦得一百餘元。這個價錢不好算貴，馬逢華現住一

---

① Jack Leahy（Jack Thomas Leahy，傑克·利希，1930-1988），下文提到的書名應為*Shadow On the Waters*，初版於1960年。

新派的apt.，一個bedroom，living room與書房合，地方很小，房租亦得95元。

　　馬逢華暑假教兩門課，他忙着準備，沒有工夫做research了。我的research，自己亦不知道有沒有算正式開始。做人總是得隴望蜀，走到一步又對於現狀不滿意了。我現在不滿意的（假如移民等等都沒有問題），是研究工作要配合人家的需要，不能想做什麼就做什麼。U.C.的terminology其實是很無聊的；U.W.希望我寫關於「左聯」的事，這仍是個難題。何以故？文獻不足故也。我頂多只能證明「左聯」是受共黨操縱的。證明了這點又該如何？對於文學，對於人生都不算有什麼心得和貢獻。再要尋像瞿秋白這樣一個「有人情味」的題目，亦不是容易的事。所以到底今暑要研究什麼，現在還不知道。

　　叫我亂看中文書，其中亦有樂趣。《聞一多全集》四大本，我希望你一看，假如尚未看過。聞一多初回國時，寫信給梁實秋，立志要反共的（他和羅隆基、梁實秋都是國家主義派）。在昆明時，曾苦心思索七天，才決心做「民主鬥士」。全集裡關於伏羲的研究，是十分精彩的。還有一篇把《九歌》和巫術祭典配合起來，你如教《楚辭》，不妨拿來一看，一定會覺得楚國祭神的情形，活龍活現的如在眼前。（他對於新詩的理論，很注重文學之美與格律，我認為還算是看對的。）

　　在舊金山又寄出兩本文言書的白話註釋本，對你亦許有些用處。我本來想寄大套的線裝書，後來想這對你亦許暫時用不着。那天寄出的兩本書，注解似乎不錯。如《左傳·鄭伯克段于鄢》中的「寤生」我直到看到那篇注解才知道怎麼講。要做漢學的考證工作，實在太難了，普通一個人是只好如胡適所說的做點點滴滴的工作。但是大家點點滴滴，唯物史觀一以貫之的大道理，把那些碎片就統一起來。你信上老說，研究古學問的材料不夠，容易讓人家盲

目猜測。胡適一派沒有大道理，點點滴滴，與閒人沒有影響；但唯物一派，講起「奴隸制社會」「封建制」等，胡適一派就沒有話去對付了。（研究20世紀歷史，材料亦是不夠，如魯迅在'27-'30之間的心理變化。）

我現在的大野心，是整理中國的神話，迄今尚毫無研究。（周作人《藥堂雜文》與趙景深②《銀字集》都講起浙江的社會，我如要研究「女吊」，倒是可以下手了。）小野心是娓談20世紀中國的智識分子，但小野心目前亦尚無實現可能。神話對我是非研究不可的，這是取巧的題目，容易成為 Sinologue。即使自己沒有獨創，能夠把本世紀以來，中國各家的學說，綜合一起，對於一般學者，貢獻亦不小了。（如顧頡剛③說夏禹是蟲，他到底怎麼說的，我尚未看過他的文章。）

你對於《今古奇觀》的看法很對。這些故事很難歸入小說的範疇，為好奇看之則可，當文學來談是要失望的。（《賣瓜張老》故事，Birch 的 *Ming Tales* 中似乎列入。）如《封神演義》，內容很有趣，但文章之糟，我去年想看亦看不下去。《金瓶梅》亦老看不下去的。昔顧頡剛想替亞東書局的新式標點本《封神》寫篇序，研究十年，不能下筆。他所研究的，當然只是那些故事的來源，如要批評其文章，那只好說：該書不值得重排流通的。

研究宋元明白話小說，我們恐怕是做不過李田意等專家的。

---

② 趙景深（1902-1985）曾名旭初，筆名鄒嘯，祖籍四川宜賓，生於浙江麗水，代表作有《中國小說叢考》、《中國戲曲實考》。

③ 顧頡剛（1893-1980）名誦坤，字銘堅，號頡剛，江蘇蘇州人，歷史學家、民俗學家，「古史辨派」代表人物，曾任廈門大學、中山大學、北京大學、蘭州大學等校教授、中國科學院歷史研究所研究員，代表作有《古史辨自序》、《秦漢的方士與儒生》等，2010年北京中華書局推出《顧頡剛全集》，凡八集，五十九卷，六十二冊。

他們至少是版本與目錄熟悉，對於書的內容與文章，他們是沒有theory，但叫我們成立什麼theory，亦很難。那些話本，主要還是說話文學，不是寫作文學。原來講得亦許很有趣，寫下來可能遜色不少。但是寫得很壞的故事，碰到天才的講故事人（即使他不識字），仍舊可以講得津津有味的。敦煌俗文學，是「漢學」裡的新興熱門，其間好文章恐怕亦很少很少。我勸你不妨看看元曲，這些到底是真有作家為了寫作（終究是要上演）而寫作的。劇本的結構與心理描寫等亦許比不上西洋之戲曲，但是文章大約還可讀。王國維此人taste不差，他讚美「宋元戲曲」總有點道理。

我的一切事情，都還懸着。你們哪天搬家？搬家真是苦事。即使Carol以開車為散心樂事，但車駕出發之前的packing，是夠你們受的了。Seattle電影院沒有S.F.多，來此後只看過兩次日本電影。這裡的日本電影，是比S.F.熱鬧（可能日僑較多）。如Narayama Bushi-ku[Bushiko]（楢山節考），紐約近上演，我尚未看到*Time*等的影評，但片子我在Seattle早已看過，是一張不同凡響的可怕的電影。

Joyce想要在Pittsburgh上學了。一路開車勞苦，請你們大家保重身體。父親處和玉瑛妹處的信，過些時候再寫吧。專頌

　　近安

　　　　　　　　　　　　　　　　　　　　　　　　濟安

　　　　　　　　　　　　　　　　　　　　　　　　七月九日

511. 夏濟安致夏志清（1961年7月19日）

志清弟：

上信發出後，即收到來信，知道一切都很好，甚慰。關於《紅樓夢》的學問，我是很不夠的。蘭墅閱過的《紅樓夢》，最近有什麼研究報告，我沒有見到（我看《人民日報》是很熟的）。《新觀察》一文，我倒是老早看到，由馬逢華（當時在Berkeley）印了寄給趙岡的。現在又印一份，寄上。所謂「紅學」，老是靠一些秘本珍本，實在是很可憐的。吳世昌書未見，恐怕他亦沒有什麼獨特之見，但為洋人而寫，把中國研究的成績，做一報告，亦可滿足西洋讀者的需要了。你的書評，很想一讀。（李方桂說：他不知道「墅」可念Hsü。）

哥大演講，極是好事。聽「眾」之中頂多只有兩三個人是懂中國文學的，所以你的材料只應淺近，而見解深刻，則可impress明眼人也。我認為如談談《今古奇觀》，即照你來信所說的，就是篇極好的文章。當年劉大中（馬逢華所最佩服的華人經濟學家，現在Cornell，年薪二萬），去Ann Arbor演講，亦像老法結婚「相親」似的，給人鑒賞。聽馬逢華講，經過很有趣。劉大中事前寫信給馬，問明了教室形勢容量，以及氣候等──因為太冷太熱都會影響演講者的腦筋的。他是研究數理邏輯的，結果講得太深，聽的人都為瞠目，講完了沒有人發問。只有兩位教授──密歇根的傑出人才──提問題，劉當然給他們解釋了，其中一位似乎不服。劉好勝心強，在離Ann Arbor之前，特別到該人的seminar上去講一次，非拿這一點問題把那人說服不可。一切都很順利，但他沒有接密大之聘。

我在Seattle生活十分簡單，很守規則，研究則尚無頭緒。心情比去年夏季為好，蓋一時尚無遞解出境的危險，但此事尚未解決，

在心中尚是個「隱憂」。我是不大worry的，但亦絕不敢打「如意算盤」。我的辦法是過一天算一天，不去想將來的事。假如這算是「修養」，我的修養工夫就是這麼鴕鳥式的。好運氣當然人人喜歡的，但是我還是中國人想法：一、自己謙虛一點，不要以為自己是「配」享有好運氣的，寧可信其無（好事），不可信其有。二、福兮禍所倚，不要骨頭輕，未來是不可知的。最近在報上看到當年俄國革命領袖Kerensky[1]（今年八十歲），在Stanford的Hoover Library每月拿三百元薪水，工作了六年，最近把他的回憶錄（他的百日執政期間）寫完，將由Stanford University Press出版。你想如講才學，我如何能和Kerensky相比？我如能在美國留下來，已經是最大的幸運了。聽說，胡適在Princeton圖書館的薪水還不到三百元呢。

在房東的藏書中，發見一本Buckley[2]的 *Up From Liberalism*，知道了一些關於liberals的事情。Liberals的無知與專橫，令人可恨；但我認為無知與專橫，是人類共有的弱點，並不限於liberals。Conservatives也有他們的不知之事，亦可能強不知以為知；他們如有了權，亦會專橫的。我現在沒有什麼積極的主張，只是心平氣和的想求「知」。拿liberals當人看，他們亦是很可憐的。哥大liberals勢力之盛，想不亞於Berkeley，我勸你暫時不要take sides。我們中國人犯不着軋在美國人淘裡去爭閒氣。你上次信上說，少討論中共，多研究古代中國，我是很贊成的。我們總會有我們的影響——

---

[1] Kerensky（Alexander F. Kerensky，亞歷山大・克倫斯基，1881-1970）俄羅斯社會黨人，1917年俄國二月革命後，出任臨時政府司法和軍事部長，1940年遷居美國，代表作有《布爾什維主義序曲》（*The Prelude to Bolshevism*）、《大災難》（*The Catastrophe*）。

[2] Buckley（William F. Buckley, Jr.巴克利，1925-2008），美國保守黨作家、評論家，1955年創辦 *National Review* 雜誌，代表作品有《耶魯的神與人》（*God and Man at Yale*）。下文提到的 *Up from Liberalism* 初版於1961年。

讀我們的文章的人，和我們在友善的空氣下談話之人。勉強樹立自己的影響，用周作人的話，就是不「雅」。勉強去取消別人的影響，總會引起許多自己不願見的麻煩。對於人生、社會的意見，頂好還是用小說、詩的形式表現出來。政治社會問題大多都很複雜，說理文章很容易陷入自己建立的邏輯陷阱中。從事創作藝術的人，不必求「自圓其說」，寫論說文的人，總得要「自圓其說」，但常常很難圓得過來。尤其是文章寫多了，還要照顧幾十年前寫的文章，圓起來更難了。「破」又比「立」容易，批評Liberalism不難，但是要建立Conservatism，我看近代很少人能自圓其說的。（感情上接受conservatism，是另一回事。）

　　Buckley書中提起美國大學裡教經濟學，只教Keynes③一派，其他各派是不教的。他舉了些名字，我是一個都不知道；Keynes的理論只是偶然*Newsweek*的Henry Hazlitt④看見一些介紹；H.氏的文章很清楚，但Keynes到底說些什麼，我至今不知。說我博學，是很慚愧的。Henry Hazlitt似乎為大學裡經濟學家所不取。看來美國liberals以Keynes為正宗，但Keynes到底不是馬克思，更不是列寧、毛澤東。經濟學系只教一派，當然是愚民政策；哲學系的愚民政策亦很厲害的，如Berkeley（U.W.聽說亦然）只以Logical Positivism為哲學（Carnap⑤在那裡），其他都不算哲學。這情形跟漢朝立什麼人的經學為「學官」相仿。師徒相傳，某一派得勢，別派就衰落了。這情形該如何補救：例如什麼樣的經濟學才算是正確

③ Keynes（John M. Keynes，凱恩斯，1883-1946），英國經濟學家，代表作有《印度通貨與金融》（*Indian Currency and Finance*）、《論概率》（*A Treatise on Probability*）。

④ Henry Hazlitt（亨利‧哈茲里特，1894-1993），美國專欄作家，在《華爾街日報》（*The Wall Street Journal*）、《紐約時報》等刊物發表經濟學評論。

⑤ Carnap（Rudolf Carnap，魯道夫‧卡爾納普，1891-1970），德裔美國哲學家，精研邏輯實證主義，是維也納學派代表人物。

的經濟學，我是一點不知。我因為所知太少，還不敢跟專家如馬
逢華等討論過。但馬逢華現在小有困難；他現在已是有相當成
績的經濟學家，是否是Keynes一派，我亦不知。不過他是講究「算」
的，注意figures和figures的計算，算起來很苦。無論如何，是想
把經濟學化成exact science的。經濟學大約應該如此，不如此，又
該如何？他現在U.W.受經濟系和遠東系的聯合聘請，他這種研究
（他是非常用功的）和作風，想必可受同系教授的重視。可是遠東
系注重反共——從人道立場的反共，經濟學家討論農業，據說是不
管農村殺人等事的——人口問題那是另外一個問題。遠東系都是經
濟外行，徒有反共熱忱；馬逢華自己亦是十分反共的，但他研究經
濟學是根據他的專門訓練出發，研究第一，反共第二，他又如何能
滿足遠東系的要求呢？他因為我在遠東系的人事較熟，常跟我討
論。我勸他還是以先建立他在經濟學界的地位為要務，外行的意見
暫時少聽。經濟學硬是要成為一門科學，Humanities方面的人常有
意見（如在Berkeley，陳世驤等常歎息社會科學家之跋扈），但是
對於我們所不懂的學問，我們是沒有意見可發的。現在不會再有像
Raskin⑥、Carlyle⑦、Arnold、Morris⑧那樣的人來討論經濟問題。

　　華大想在遠東研究方面建立地位，但是他們缺少一個研究中國

---

⑥ Raskin（John Ruskin，約翰・羅斯金，1819-1900），英國維多利亞時期藝術評
　論家、藝術贊助人，代表作有《現代藝術家》（5卷）。

⑦ Carlyle（Thomas Carlyle，托馬斯・卡萊爾，1795-1881），英國哲學家、作家、
　社會活動家，代表作有《論英雄與英雄崇拜》（*On Heroes, Hero-Worship, and
　The Heroic in History*）、《法國革命史》（*The French Revolution: A History*）、《衣
　裳哲學》（*Sartor Resartus*）等。

⑧ Morris（William Morris，威廉・莫里斯，1834-1896），英國設計家、詩人、翻
　譯家、社會活動家，代表作有《烏有之鄉消息》（*News from Nowhere*）、《世界
　盡頭的井》（*The Well at the World's End*）。

經濟的。以前有個張Chung Li⑨（寫Chinese gentry的），聽馬逢華
說，華大經濟系把此人看得一文不值。但Michael等把張又捧得跟
天一般高。Chang之回大陸，是對華大遠東系最大的諷刺，以後一
直沒有人。馬逢華來了，遠東系如獲至寶，但馬逢華一直在怕要使
他們失望。共產黨的基本立場是唯物史觀，一名經濟史觀，他們
對於經濟現象，可能是曲解，再拿這些曲解來進一步地曲解歷史。
遠東系對於此事十分關心，可是經濟學系——可代表全美經濟學界
——是另有他們的問題要研究的。

　　附上一份我的研究草案（我明年暑假在U.W.的job已有offer）
——這不是計劃，我亦不想寫這樣一本書，不過U.W.需要這樣一
份東西，給大家討論，我就隨便想了些題目。我寫什麼東西，還
是看材料什麼方面多，就寫什麼。材料不夠，硬向架子裡塞，我
是不來的。左派文藝作品，老實說，我不想看——因為看來是乏味
得多，而且我認為你的書已是定論，美國人只要照你的書去研究就
夠了。有些問題是非常重要的，但我很難去深入研究——如馬列理
論，這些東西弄幾十年都弄不清楚的。Plekhanov在30's時中國非
常之紅，他到底講些什麼，我一點不知。中共批評「托派」有句
話，是很扼要的：「政治——無產階級的；文學——資產階級的。」
Trotsky⑩的《革命與文學》要旨大致如此，該書大約在全世界影響

---

⑨ 張Chung Li（張仲禮，1920-2015），江蘇無錫人，1941年畢業於上海聖約翰大
　 學，1953年獲西雅圖華盛頓大學經濟學博士學位，並留校任教。1958年回上
　 海，曾任上海科學院經濟研究所研究員、上海社會科學院院長、中國經濟史學
　 會副會長等職。代表作有《中國紳士》、《近代上海城市研究》、《長江沿江城市
　 與中國近代化》等。

⑩ Trotsky（Leon Trotsky，托洛斯基，1879-1940）馬克思主義革命家、理論家，
　 蘇維埃政治家，紅軍創始領導人。代表作有《被背叛的革命》（*The Revolution
　 Betrayed*）、《我的生活》（*My Life*）、《保衛馬克思主義》（*In Defense of Marxism*）。

廣大，中國大約亦是如此。胡風、馮雪峰之理論大抵皆和Trotsky接近。我亦犯不着來說他們是托派。但在列寧之前，歐洲即有好幾派Marxists，今天共黨裡又有所謂「修正主義」，他們對於中國的影響，我相信我是既無此耐心，又無此intellectual vigor來研究的。我的興趣是講故事，但是一定要facts收得很多，融合貫通，我才能把故事講得津津有味，所以我的研究是並不照計劃來進行的。

最近中文閒書看得很多，看了有什麼用，現尚不知（研究任何題目，一家圖書館總是不夠的）。有一本《中國現代作家筆名錄》，好像是1936年中央圖書館出的，其中列周起應的筆名有四：一、年棗；二、企；三、企新；四、綺影（？）。'36以前他似乎還不大用周揚的名字，因此周揚並未列入。有了這四個線索，來trace周揚的early career，是比較有路了。此事好像從未有人提起，但先得找老雜誌，看有沒有署這四個名字的文章。周曾留學日本，日本方面的材料，也沒有多少人用過。這種工夫即胡適所謂「動手動腳找材料」，其實亦是福爾摩斯式的——腦力的低級運用。研究左派的計劃雖已擬出，但我可能多研究「右派」，蓋右派的理論，我對之有興趣，亦比較看得懂也。

張琨已於五月底結婚，馬逢華給他們賢伉儷照了一張相（新娘叫Betty，Yale出身的，Tibetan專家），還有我一張相，他都會寄給你。這張相我添印了亦想寄一張給父親，這個連給父親的信下次一併寄上。

Carol和Joyce想都好，你們在Detroit照的相亦已收到，神氣都很好，看見了很高興。再談，專此　即頌

近安

濟安

七月十九日

512. 夏志清致夏濟安（1961年7月25日）

濟安哥：

　　七月九日、十九日兩信都已看到。昨日看到馬逢華信內附寄的照片兩張，你在照片上神氣很好，寄給父母看，一定可博老人家高興。張琨的那張，新娘在Yale我是否見過，不記得了。又承蒙你印寄了《新觀察》上的那篇文章，文章的要點，吳書上已提到了。很奇怪這樣重要的MSS中共學者沒有多加研究，范寧不能算是對紅學有什麼研究的。我感到更有興趣的倒是你那篇outline，九大綱領，真是把左聯值得研究的地方都抓握住了。把所列條目全部寫出來，書一定太長，而且你這種工作一定不肯做的。我覺得還是利用你的特長，注重有human interest的節目寫些出來，一定大有可觀。我覺得Chinese background、Fluctuation of the fortune、Agony &Ignoring三節可大加發揮，再加上魯迅和瞿秋白兩篇大文，必是一部極有趣的書了。你這方面材料搜集得已很多，寫起來不太難。而你所不能解決的某些小問題，我看別的學者也不能找到答案的。

　　我書評寄Rhoads Murphey，他回信自費城寄出，你暫時看不到了。Rhoads說我的書和《紅樓》的reviews同在十一月份刊載（我書的reviewer可能是H. Mills，這是我的猜測）。吳書有Arthur Waley作序，自己序上也列了不少sinological界的大人物：我對他的書好評不多，似乎也得罪了不少人。吳本人中文根底很好，但可能中共材料看得太多了，對胡適、林語堂、王際真等都看得一錢不值，俞平伯、周汝昌反而捧得很高。考證後四十回關於情節方面都是根據俞平伯的說法，很幼稚。而這種種我書評上都沒有提到，我的意思是即使曹雪芹後半部殘稿今日找到，我們有一部新的《紅樓夢》，這一本《紅樓夢》也不能discredit程高本：因脂硯所drop的

hints都是曹家吃苦，王熙鳳被離婚之類，情節「蠻苦」，而缺乏悲劇意義也。

　　我今夏讀書雖甚努力，而記憶力較差，所以成績較差，頗以為苦，主要原因還是tranquilizer戒不掉，多吃了這種東西，腦筋想必遲鈍，此地又沒有好醫生，只好去匹茲堡後，找名醫把身體檢查一下，有什麼方法，不靠藥石，把nerve system改善起來。我讀完了一二十回本《水滸》，此書實不能和《紅樓》相比，三四十回後即沉悶不堪；《征四寇》固然寫得不精彩，七十回後半部雖然有些石秀、盧俊義節目，結構也mechanical之至。書中寫得最好的魯智深幾回（尤其是他在五臺山做和尚的那一段）；林沖、武松寫得也不壞。宋江和閻婆惜一段寫得很好，梁山泊好漢劫宋江法場後，有個性的人物僅祇李逵一人而已。他一人還保持魯智深、武松等英雄本色：有差使他就想下山去，打架殺人胡鬧一場；宋江不給他差使，他也要跟着去。原因是梁山泊的生活是一種有discipline的collective life，而好漢們真正有興趣的生活是to be on the road。他們除不好女色外，ideal是和美國Jack Kerouac差不多的：大碗喝酒，吃牛肉，路抱不平，顯顯自己的本事。所以魯、林、武on the road的幾段文字精彩，因為他們的作風能得到讀者同情，而小說後半部的企圖僅是很吃力地把108好漢逼上梁山，把他們改造成無個性的東西（可憐林沖殺王倫後，魯智深、武松上山後，一共沒有說過幾句話）。《水滸》中雖然有幾個貪官，但給人一般的印象：人民生活是很富裕而自由的，即使犯人刺配，一路上還有他的自由，相比下來梁山泊leadship的cunning和cruelty實在嚇人。秦明的一家老小被宋江用計殺了，還有什麼「義」？以後朱同、柴進、盧俊義等都是逼得很慘的（毛澤東愛讀《水滸》，可能他從書上學到不少東西）。而這cunning的symbol是吳用，他是中國小說上少不了的謀士，中國讀者一向對這種cunning很有興趣，但這種cunning跡

近偵探小說所exploit的cunning，對mature readers是沒有什麼吸引力的──中國公案小說發達得早，原因也在此。另外一種公孫勝supernatural的cunning僅把小說suspense減弱，更是毫無道理，所以我覺得《水滸》的悲劇──假如有悲劇的話──是把活生生的人改造成anonymous的工具，為一個團體的增強而出力。所以不管宋江自己做皇帝也好，為宋朝出力也好，李逵所夢想的生活在這種團體紀律下不會再實現了。（我重讀《三國演義》，不知會不會revise我對諸葛亮的好感？）

金聖歎說《水滸》比《史記》寫得好，我想是不可能的事。謝謝你寄兩本古文選讀，我在兩星期內差不多把文章都已讀過了，這樣自修讀書，對文言的appreciation，一下子增進了不少。即以《左傳》文字的簡要，敘述故事時是很注重人物個性的，《史記》當然是更在這一方面努力，敘述扼要而給人印象很深。即《宣和遺事》寫徽欽二宗的吃苦，很有幾段好文章，在《水滸》後半部是看不到的。所以敘事文不管簡詳，不管文言和白話，作者的intelligence還是主要的考慮。胡適以白話為中國文學的主流的說法是一點也靠不住的。

最近讀《儒林》，初讀很有興趣，覺得作者很resourceful，諷刺的目標也不僅是周進、范進之類，而有幾個ambitious young men（巨超人之類）寫得也很好；婁公子養了幾個食客，結果大為disillusioned，寫得很精彩。但到後來人物愈來愈多，吳敬梓就顯得相當笨拙，讀起來也相當乏味。我僅讀到杜慎卿、杜少卿出場後幾段情節，值得研究的是作者對這兩位heroes有不［沒］有抱一些諷刺態度。假如他肯把杜少卿加以諷刺，那就不容易了。我對中國小說中所謂hero的ideal很有興趣：不管好漢和名士，他們都着重好友和慷慨兩事，但此外他們還有些什麼就很難說了。他們所看不起的是官場和一般士大夫的作風（賈寶玉也是這種看法），他

們所追慕是不受拘束的自由，但是有了自由後，他們的行為仍受convention所支配，做不出什麼真正enrich自己生活的事情來。吳敬梓所喜歡的王冕，是伯夷叔齊一類人物，是相當可憐的，此外一般古人的喝酒賦詩，也僅是一種mild hedonism而已。武松、魯智深所表現的僅是exuberant physical vitality，殺人報仇，大吃酒肉，自己的body感到舒服，但intellect、emotions方面的發展都是很rudimenary的。杜少卿的「慷慨」，杜慎卿的「雅」，還得靠祖上的積蓄，靠自己的wits打天下那就非俗不可。我看中國小說中的non-conformist scholar，他們的ideal不外乎孟嘗君的慷慨，伯夷叔齊的清高，和司馬相如的風流（or李白式的嗜酒吟詩）。這是被中國傳統社會所限制，真正對ideas有興趣，對自己內心生活極端注意。歐洲式的intellectual hero是絕無僅有的（不知文素臣怎麼樣）。

　　你計劃寫中國近代intellectuals和中國myths兩本書，現在看書搜集材料，將來寫出來，一定都是驚人的巨著。反正你目前久居美國已不成問題了，將來做研究自己作主，一定有很多的時間。《聞一多全集》我以前翻過，但沒有好好看他的學術性文章，Arthur Waley翻譯的《九歌》，interpretation我想也是和聞一多相同的。我對於中國舊小說ideas已很多，寫一本評介幾部小說巨著的書，祇要mood好，寫起來也不困難，但不能假定讀者已熟讀原著，故事也得介紹一下，所以得採用E. Wilson、George Steiner等寫法：有幾段文章是focus on text詳作評解，有幾段文章是對人物、結構、思想作較general的批評。這樣讀者看起來可有趣些。

　　*National Review*我仍讀，但雜誌對各問題的看法，我肚裡有數目，已缺少新鮮之感。Keynes的經濟理論我也不大清楚，但FDR的New Deal的經濟政策是Keynes式專家所策劃的，所以美國社會的變質，Keynes經濟學說影響不小。Kennedy上台以後，連*LIFE*的社論觀點已與*National Review*差不多，大概有良知的人都覺得

Kennedy這種沒有果斷，凡事僅求妥協的作風不是辦法，應當舉國上下好好振作一番才是。但不知這種new awareness何時可以translate into policy。Barry Goldwater近月來prestige很高，但三年後是否能得選總統，還是大成問題的。Conservative勢力雖已漸漸felt，但美國大報，*N.Y. Times*、*Washington Post*等都是liberal，左派作風，影響輿論，勢力仍很大。一般大學liberal教授勢力仍是鼎盛，所以何日全國決心反共，振興企業，削弱工會勢力，在外交方面對敵友態度表示分明，為是很渺茫的事。

Carol忙着準備搬家，下星期pack家具書籍仍是我的事，想想很可怕。預備八月七日左右動身，到Pittsburgh後住在學校hotel內，再找房子。馬逢華的回信可能日內寫，如沒有空，到Pittsburgh後再寫，請致意。電影看了*One Eyed Jack*①、*The Parent Trap*②兩張，前者攝影很好，都是Montreal一帶的風景。Brando演的也是林沖式的人物，但全片結局不夠緊張。你近況一定很好，明夏仍去華大，甚好。不多寫了，即請

　　暑安

　　　　　　　　　　　　　　　　　　　弟 志清 上
　　　　　　　　　　　　　　　　　　　七月二十五日

---

① *One Eyed Jack*（《龍虎恩仇》，1961），西部電影，據查爾斯‧萊德（Charles Neider）1956年小說*The Authentic Death of Hendry Jones*改編，馬龍‧白蘭度導演，馬龍‧白蘭度、卡爾‧馬爾登主演，派拉蒙影業發行。

② *The Parent Trap*（《天倫樂》，1961），據埃里希‧卡斯特納（Erich Kästner）小說*Lottie and Lisa*改編，大衛‧斯威夫特（David Swift）導演，米爾斯（Hayley Mills）、瑪琳‧奧哈拉主演，迪士尼出品。

513. 夏濟安致夏志清（1961年7月28日）

志清弟：

　　前上一信，想已收到。這幾天你們想為搬家事忙，我是算在研究，有一椿小事，使我花了些腦筋。*Journal of Asian Studies* 把我的魯迅稿縮短了寄回來了，信是由Berkeley轉馬逢華（他將有一篇文章，在Nov.發表）轉給我的，我收到稿子還笑着對馬逢華說：我做人是馬馬虎虎的，隨他們怎麼簡縮，我總是OK，只要他們給發表就是。但是一看稿子（不連notes約26頁），大為皺眉，假如這是Mills所改，想不到她的英文這樣壞，而且頭腦不清。先把頭一段抄給你一看：

Examined in its historical perspective, the attack on Hu Feng & associates like Feng Hsueh-feng in the 1955 purge of China's leftist writers has some intriguing aspects. The evidence indicates that these two men, long intimately involved in communist literary affairs, were in fact being punished for their support of Lu Hsün & for their opposition to Chou Yang in a controversy over slogans within the Chinese league of leftist writers over twenty years before .

　　她（假定是她）全篇就來替我證明這一點：魯、周之衝突。我的文章主要是說一個artist，在一個冷酷的政治性的文藝團體中，終究要失望；即使他所追求的理想，最後也要被出賣為止。左聯一事不過拿來作例。Mills沒有看出。胡風、馮雪峰等等被整肅，原因甚多，現在一改，改成了全是為了「口號之戰」獲罪。這種歷史考證，如何能站得住？

　　Mills不單是文章不行而已。我的很多有趣的details都給刪了──這些在一篇縮短的文章之中，自該刪除一些，原在我意料之

中，但她常常莫明［名］其妙的給我下了些結論；這些結論並不是
我的意思——如第一段（即她所認為的全文要旨）；有些結論如無
事實作證，似乎也是站不住的。我的兩三段流利文章之後，忽然來
了一段她的笨拙文章，使我看了很不舒服。而她的笨拙文章中的話
又往往並不是我所要說的話。這足見她非但不會作文，而且還不會
看書。

她的態度還是pseudo scientific的，總想替我證明些什麼；不過
她所要證明的，並不是我所要證明的。而且我所列舉的facts，加上
外面能找到的facts，也不能證明：胡、馮是為二十前舊案而獲譴。
二十年前舊案只是在1955年又被提出而已，其實照共黨看來，
胡、馮不但在1935、1936年犯了罪，幾乎沒有一年沒有一天不在
犯罪，因為他們的思想，根本是「錯誤」的。

我想替自己文章重新condense一下，但發覺下筆很難。這裡
的Franz Michael與*Journal of Asian Studies*有仇，他根本不贊成我
的文章送去那邊發表的，但他認為Roger Hackett還是好人。陳世驤
評《袁枚》（Arthur Waley作）一文被他們大為刪改，陳亦曾大為
生氣。但陳世驤的書評似乎未得他本人的同意，就被印出來了。結
果剩下的只是讚美Waley的話，大失評者原意。陳因此與J.A.S.絕
交，此事我前信中已提起。我初想我的地位比不上Michael與陳，
委曲求全，隨便發表一篇文章亦好。但繼想，反正我在Berkeley的
地位暫時不會動搖，而U.W.似乎亦很歡迎我，我一時不忙着要發
表文章。文章若立論不穩，對於自己名譽亦許有損。現在決定〈魯
迅〉一文暫不送出去發表了。

U.W.方面非常的鼓勵我出書，Michael、Wilhelm等的意思，是
只要我再寫一篇文章，三篇湊滿一兩百頁，稿子就可送U.W. Press
印書出版。但是我無此大膽，第三篇寫什麼東西還沒有定，三篇
東西如何連貫，也是問題。我的心目中的大書，十年亦未必寫得

出來。今天想，亦許可以寫一本小書：《魯迅與瞿秋白》，但是這本書要出版，還得補幾章：（一）緒論——民國以來的左傾思想，（二）左聯的成立與它的政治活動（證明其非為文藝團體），（三）魯迅的生活、思想、作品——最有趣的一段當是關於《女吊》、《無常》等，（四）瞿秋白的活動—— 1925-1935（就是我文章中沒有列入的事情）。這四章東西補進去，也許《魯與瞿》可以成為一本書了。但寫完這四章，還得至少花一年時間。至於孫中山、汪精衛、胡適等有趣的人物，只好俟諸異日來研究了。今年暑假亦許寫上面的第二章。最近在看上海《字林西報》的星期刊 *North China Herald* 舊報，非常有趣，只是搬運太重，灰塵太多（似乎從未有人借過），而到處都是 distract 我的材料，使我不能專心研究。

我的事情大致仍舊。已接受明年暑假在 U.W. 的 offer。你們何日搬家，甚念。Carol、Joyce 想都好。餘續談，專此　敬頌

近安

濟安

七月廿八日

514. 夏濟安致夏志清（1961年8月4日）

志清弟：

來信收到，趁你們在搬家之前，再寫一封信。

我的permanent residence事，華府當局內定擬已批准，不過手續尚未了，還得經一congressman提一special bill，我還得在華府委任一名律師做我的attorney，辦一切手續。一兩星期之內，我亦許要飛Berkeley一次，看看有什麼手續我在那邊可辦的。華府是不去了，太遠了，去了亦沒有什麼用。剩下的，還有向臺大辭職之事。國民政府仍舊可以向U.S. government提出抗議的，美國可以不理，但是這一來，將弄得大家都很窘。所以對付臺灣還得很小心──現在的新的發展我除告訴馬逢華外尚未告訴別人。非到一切都敲定着實，我是絕不敢「骨頭輕」的。如一切都順利，我只有感謝上帝，因為此事經過能到這一步，有許多許多事情，都不是我的力量所能辦到，而且有些我都不敢樂觀的幻想的。對於臺灣，我們當然還是盡可能的支持老蔣。對於臺灣，我最大的不滿意，你亦知道，是社會心理之消沉；我無力能挽天，只有暫時withdraw一法。否則只有跟大家一起消沉下去也。

臺灣現有人才，我最佩服的是胡秋原。此人我在臺灣見過幾次，但從未長談（我見生人還是很shy的），現在看他的東西，越看越佩服。他主要的思想，是要重振儒家剛健之風，但對於梁漱溟、錢穆等復古派還是批判的。An ex-Marxist，他已完全拋棄馬克思主義，這一點亦是難能可貴的。我和他思想很多不同：如我近道家，思想亦較悲觀，但看他的東西，仍覺有鼓舞之功，足見其文章之魔力也。他再三的強調要認識大陸淪陷之原因，這種面對現實的精神，是真儒家，而蔣介石、胡適是缺乏這種精神的。他的著作

很多，有兩大本《中國古代文化與中國知識分子》（香港亞洲出版
社，講到漢朝之末，漢以後的，他應該亦寫完了），我很希望你能
一看。很少人對於中國史有如此之grasp——對小地方考證亦頗有
工夫，而其interpretation實意味無窮，看得可以叫人不忍釋卷。你
的態度和我的態度，都或多或少的對於儒家有同情。但是我們對於
儒家精神都很難發揮——實在還是對於舊學問的研究不夠。看了他
的書，即使不能接受他結論的全體，或即使對於他的分析，有些地
方亦不滿意，但我們自己的思想可以受他啟發之處很多很多。他的
書實是thought provoking，因為他的介紹儒家思想與精神，是對我
們這種intelligent而受過西洋思想訓練的近代中國人而發的。他尊
敬我們，我們亦非尊敬他不可。他是儒家的最好的廿世紀的代表。
康有為是19世紀的怪物，林語堂稱為the last Confucian的辜鴻銘亦
是大怪物。梁漱溟、錢穆等不懂西洋學問，馮友蘭的「新理學」大
部份是word-game，我未見其深刻與conviction。我亦許就開始寫
胡秋原亦說不定。此人從Marxism到Confucianism，亦可說是妖魔
修煉成道，但他的大道是否真能修成，還得看儒家之究竟能否復活
也。

　　關於左聯事，我所知道的許多散漫之事，很難聯串成文。有
三點，我的知識很不夠，如夠了，寫文章亦許容易得多：（一）共
黨內部不斷的鬥爭（Mills的錯誤是咬定周揚自始至終就很重要，
但是1932年分明是馮雪峰指導整個左翼文化活動，丁玲是左聯書
記。周揚的起來，是饒有興趣的問題。裡面的鬥爭，該還牽連着
李立三、瞿秋白、王明、毛澤東。）（二）日本的左翼——左聯裡
面有多少留日學生，從成仿吾、李初梨到周揚、胡風（胡風和日本
左翼的來往一定是很密切的。去年日本反Ike大暴動，他們的「全
學連」zengakuren據說是托派團體，其間因果很難猜測，亦許在
30's時，日本左翼內部的托派力量很大，而胡風是受其影響的）！

且不說魯老頭子。（三）蘇聯文壇的糾紛；RAPP解散前後，他們自己窩裡亦曾大鬧一陣，我只看過Ernest Simmons編的 *Through the Glass of Soviet Literature*，當然很不夠，還有整個左派理論指導問題，如Plekhanov等的地位。胡風常quote的「盧卡契」（匈牙利人，*Partisan Review*可能介紹過），已被共產國際brand為「修正主義」（周揚去年曾大罵他）。他們這套東西，我如弄不出個頭緒，講左派理論，總沒有力量。但這套東西把人腦筋搞昏，亦不容易弄清楚的。誰能替我寫一篇《左派文藝理論指掌圖》，我的工作可以容易得多，否則我自己得看好多無聊的東西。魯迅譯的《藝術論》之類，我就沒有看過，而且不想看。

如能寫一篇關於胡秋原的長文，再加一篇總論左派活動的文章，這麼四篇東西合在一起，你看像不像是一本書了？當然已寫成的兩篇中，還得加以補充。先寫胡秋原，因為這比較容易；明年再寫左派，你看如何？

你對於舊小說，就是這麼看看，一定可以寫出一本很有精彩意見的書來。你的頭一本書之所以吃力，我相信大部份時間是花在穿針引線的幾章上。那幾章真不容易寫，各時代的背景，與文壇情形非得看很多書，不能下筆。假如專叫你來評幾本書，評幾個作家，對你亦許要省力得多。如重慶一段，關於胡風、毛澤東之鬥爭，極為重要，但是很少人注意到。整個所謂抗戰文學之空虛，亦很難提綱擷〔挈〕領的寫。這些research都是虧你做的。現在你寫舊小說，可以少管那些背景，可以不理那些次要的作品，擇其精華而攻之，書寫出來就省事。而且參考書亦不難找。攏統的講一個朝代，如明朝，或清初，亦不需要很多的research的。

你對於《水滸傳》的意見，我很有同感。金聖歎之斬斷到七十回為止，實為明鑒；照作者的scheme，實無法往下寫了（又，金聖歎as literary critic，將是個很有趣的題目，希望你注意）。你對於吳

用等的意見，如參看胡秋原的論中國知識分子，亦又得到不少參證啟悟的地方。《儒林外史》，我是看不下去的，覺得文章太壞。《金瓶梅》亦然。中國舊小說中所謂的realism是很可憐的。《兒女英雄傳》的北平話，漂亮之至，而內容空虛。我希望你能一讀《海上花列傳》，是書實有苦心孤詣之處。清末及民國的章回小說，頗有佳作，超過《儒林外史》和《金瓶梅》者，可惜不受人注意，惜哉。共產黨近年亦有模仿章回小說之作，沒有看過。

　　電影看過一部 *Fanny* ①，很輕鬆，Leslie Caron很美。題材相當髒，處理得如此輕鬆，頗為不易。最近一星期五天，都在students union吃飯，吃的是cafeteria式西餐，澱粉大為減少，吃飯習慣已改。馬逢華是生活很守規律讀書非常用功之人，我的心比較「野」，老想東逛西逛的，現在受了他的影響，生活亦較有規律。他說他在Michigan讀書時，曾在students union吃過幾年無聊的飯，已習以為常。他在U.W.三年聘約，目前尚是assistant professor，非好好苦幹，在美國學術界還難佔一席地。他現在聲望已很大，照他這樣下去，必能成第一流人才。他這種精神，很像美國人；我是總有點中國大少爺作風的。再談

　　祝　一路保重

　　Carol和Joyce前均此

濟安

八月四日

---

① *Fanny*（《春江花月夜》，1961），彩色劇，約書亞・羅根導演，李絲麗・卡儂、莫里斯・希佛萊主演，華納影業發行。

515. 夏志清致夏濟安（1961年8月10日）

濟安哥：

七月28、八月四日兩信已看到。知道你爭取permanent residence事，已得華府當局擬定批准，甚慰。想你委任一名律師在華府代你辦手續，special bill的通過當然不成問題。你已找到胡秋原作你書一章的題材，甚好。他和魯迅、瞿秋白正是三個contrasting types，把他的思想進展寫來一定很有趣，而且可糾正Levenson、Schwartz①等關於中國現代intellectuals認識的錯誤處。在H. Mills defend論文時，蔣彝曾提到他和胡秋原在early 1930's時是朋友而肯定胡不是共產黨。究竟他有沒有一度加入共產黨，此事你可直接寫信向胡問一問。此外黎烈文諸人你也不妨通通信，討教他們所知關於左聯的內幕。周揚早期做些什麼事，他們一定知道很清楚的。胡秋原的書我都沒有看過，經你介紹，應好好地讀他的作品。

我們昨日下午二時動身，上午家具書籍由North American Van Lines搬了先走。當晚停在Ithaca，Cornell的校園極美，我們粗略看了一下，不知比Indiana的怎麼樣。據我所看過的，實在比Princeton、Stanford、U.C. Berkeley的更美。可惜入冬下雪太厚，開車的人叫苦。今天下午七時抵Pittsburgh，現在宿在Bruce Hall，是學校招待客人的旅館，我們住在九層樓，一個suite，有兩個bedrooms，dining room，kitchenette，很寬暢［敞］。明日整天找房

---

① Schwartz（Benjamin I. Schwartz，史華茲，1916-1999），美國漢學家，哈佛大學博士，1983-1984年主持費正清中國研究中心，代表作有《尋求富強》（*In Search of Wealth and Power: Yen Fu and the West*）、《古代中國思想世界》（*The World of Thought in Ancient China*）等。

子，Carol看報已看到幾個promising apts，大該［概］找房子不困難。今夏我又在State U. Reserch Foundation領了750元，Pittsburgh答應reimburse搬家費200元，所以這次搬家並無損失。一兩日內找到房子後再寫信。

看Pittsburgh報，紐約所上演的電影此地都在上演，如 *Two Women* ②、*La Vita Dolce* ③、*Guns of Navarone* ④，要看電影則很可看幾場。離Potsdam前，看了 *On the Double* ⑤，Danny Kaye因片子惡劣，似不夠滑稽。馬逢華前代問好，隔兩天寫信給他。我哥倫比亞的演講已定於十一月一日，事前有lunch，事後有reception，相當鄭重，非得好好寫一篇演講稿不可。

你文章被Mills改削得不成樣子，很令人好笑。你暫時不發表是很對的。我的那篇 "Love & Compassion" 也被 *Asian Journal* 退回了，這篇文章是批評性質，對該journal是不適合的。給 *Partisan Review* 等發表，我覺得太短，非把文章expand不過。*Harvard Journal of Asian [Asiatic] Studies* 我從未看過，不知編輯方針如何，所以我文章也沒有去動它。臺灣英文雜誌已出版否？如第一期內容還可以，我可把那篇短文先在那裡發表了，也無所謂？你覺得如何。

搬家亂了一陣，終［總］得過七八天才可把房子佈置舒齊，不

---

② *Two Women*（《戰地兩女性》，1960），義大利電影，維托里奧・德・西卡導演，蘇菲亞・羅蘭、楊波・貝蒙（Jean-Paul Belmondo），Titanus Distribuzione 發行。

③ 應為 *La Dolce Vita*（《露滴牡丹開》，1960），即第455封信中的 *The Sweet Life*（《甜蜜的生活》）。

④ *Guns of Navarone*（《六壯士》，1961），史詩電影，李・湯普森導演，平・克勞斯貝、大衛・尼文主演，哥倫比亞影業發行。

⑤ *On the Double*（《千面福星》，1961），沙維爾森（Melville Shavelson）導演，丹尼・凱耶、達娜・溫特主演，派拉蒙影業發行。

多寫了，專頌

  近安

弟 志清 上

八月十日

  如有要緊事，信可寄Chinese Language & Area Center, U. of P., Pittsburgh 13, Pa.

516. 夏志清致夏濟安（1961年8月25日）

濟安哥：

　　搬進了一幢apartment house已十天，還沒有給你信，累你掛念。前天晚上曾給馬逢華一封信，想你已略知我們的近況。我們現住的apt（5826 Fifth Ave. Apt19, Pittsburgh 32, Pa），處在較潔淨的住宅區，到學校去，走路要半小時，乘電車則很方便。附近有小學，Joyce已在那裡註冊入幼稚園，apt houses兩排，四五歲的孩子不少，Joyce上學課後淘伴比在Potsdam時多。Space較Potsdam寓所小，但牆壁新漆，地板光潔，125元月租，住下來還舒服，也沒有車馬之鬧。這次搬家，我裝了26 cartons書，已把許多暫時用不到的書，裝了六cartons，不去動它，再搬家也方便。U. of Pittsburgh所有liberal arts的offices，教室，圖館，都在40層樓的Cathedral of Learning上，我的office在十六層樓，望窗外即是pirates的ball park，可惜ball games都是晚上比賽，日間看不到什麼。同樓都是教modern languages，法、意、德、俄加上我和朱文長①兩個教中文的。最近假期，offices很少有人辦公，想來faculty是不算太用功的。我有一個女書記，十八歲高中畢業，她一半時間是給Romance languages派用場，一半時間歸我。我official letters一向自己打字，叫我出口打［成］章dictate，還相當nervous，上星期有兩三封信，還是自己打字寄出。但正式開學後，非訓練自己能dictate不可。朱

---

① 朱文長（Wen-djang Chu, 1914-1997），祖籍浙江浦江，出生於北京，著名教育家朱經農之公子。曾就讀於山東齊魯大學、北京大學，1955年獲華盛頓大學博士學位，長期任教於匹茲堡大學東亞系，代表作有《中國西北的回族叛亂，1862-1878》（*The Moslem Rebellion in Northwest China, 1862-1878; A Study of Government Minority Policy*, 1966）等。

文長也已到，他是華大歷史系的Ph.D.，在Yale Institute教了五年中
文，這次來很想長住下去。匹大中文系學生少，他一個人主持也綽
然有餘了。他人看來很好，也會講上海話，和陳文星等很友善，我
和他做做朋友，也可減少寂寞之感。匹大的Chinese Center一半錢
是政府出的。每年得寫報告，請下年度的經費。我雖非director of
Chinese Center，但柳無忌走後，此職暫時空着，那些報告之類，將
來大約是我起稿，在匹大教書花不了多少準備時間，希望那些行政
工作不要都壓到我頭上來。我教三課：Readings in Cont. Chinese Lit
（即用柳李Yale課本），預註冊的有三人，Newspaper Chinese註冊
者一人，文學史無人註冊。正式註冊時可能有幾個學生選這門課，
但學生一定不多。朱文長三課，僅有三人註冊。一般講來，美國人
對中國興趣很濃，近年來各種書也出版了不少，但大半新書，不到
一兩年即remainder了，一般人對中國文化興趣實在並不高。

　　搬場前後，我重讀了《三國演義》，覺得敘事competent，故
事結構完整，但讀後並沒有什麼新見解。覺得該書處理最subtle的
是loyalty的問題。每個人都有上司下屬：曹操對獻帝雖然虐待，
但一般忠於曹操的謀士武將人格都很完整，作者對他們沒有惡意批
評，雖然也有兩三個disillusioned而被賜死的。書中的大衝突當然
是劉備忠於友誼，不顧國家那一段興兵伐吳的故事。（孫夫人被騙
回吳，後來劉備失利後自殺，她這段故事可和*Helen of Troy*的故事
相比，但在中國，她的abduction當然不能成為戰爭的導火線。）我
哥倫比亞那篇演講，決定講《三言》tradition和短篇小說，講起來
容易討好，幾部長篇性質各各不同，很難把它們概劃龍［籠］統討
論一下。若專講一部小說，似乎題材太狹，不合演講的宗旨。離
Potsdam前我也看了《老殘遊記》，很感興趣，覺得劉鐵雲為人很
可愛，不似吳敬梓那樣的古板而胸襟狹小。Technique方面也自有
獨到處，小說的形式受了西洋的影響，似乎也放寬了。

　　Smith College邀我去演講（明年正月），同時請Creel、Arthur
& Mary Wright、James Cahill②等，他們都是有大名的專家，我和
他們比，地位既不如，學問也不夠，不知什麼人出的主意，叫我去
講中國文學。但既有這個好機會，也可好好預備一篇稿子，impress
他們一下。

　　你改身份手續辦得如何了，甚念。華大暑期學校想已結束，
但想你正在忙着寫文章，一定仍舊在Seattle。胡秋原那篇文章，
寫起來一定很順手。Pittsburgh好電影很多，但懶得走動，祇和
Carol、Joyce看了一張sneak review，Audrey Hepburn，*Breakfast
at Tiffany's*③。看小說時，覺得Monroe演Holly最適合；由Hepburn
演，comedy成份減少，而片子也不見得出色。Pittsburgh氣候很
好，我初到時每晚上館子，現在晚上仍在家中吃，惟午飯在學校或
附近小館子吃，飯後向書店走走，也很散心。Joyce、Carol皆好，
不多寫了，專頌

　　近安

　　　　　　　　　　　　　　　　　　　　　弟 志清 上
　　　　　　　　　　　　　　　　　　　　　八月25日

② James Cahill（高居翰，1926-2014），藝術史家，加州大學教授，代表作有
　《中國繪畫》（*Chinese Painting*）、《隔江山色》（*Hills Beyond a River: Chinese
　Painting of the Yuan Dynasty, 1279-1368*）、《江岸送別》（*Parting at the shore:
　Chinese painting of the early and middle Ming dynasty, 1368-1580*）、《遠山》（*The
　Distant Mountains: Chinese Painting of the Late Ming Dynasty, 1570-1644*）。
③ *Breakfast at Tiffany's*（《第凡內早餐》，1961），浪漫喜劇，據杜魯門‧卡伯特
　1958年同名小說改編，布萊克‧愛德華茲（Blake Edwards）導演，奧黛麗‧赫
　本、喬治‧佩帕特（George Peppard）主演，派拉蒙發行。

517. 夏濟安致夏志清（1961年8月29日）

志清弟：

　　兩信均已收到，知道你們已安抵匹茨堡，找到合適的公寓，甚慰。我在暑假沒有趕寫文章，所以生活不算緊張，現在還在繼續搜集材料中。文章到Berkeley去再寫，像去年一樣，今冬明春再來此討論。

　　胡秋原留到明年再寫。他的一本《少作收殘集》，收他早年作品，臺灣出版的，此間圖書館所無，order來不及，索性等明年，多看些東西之後，再好好地寫。

　　關於胡秋原可寫者為：一、一個左派人思想的變遷；二、文藝自由論戰與左聯之不承認文藝自由；三、上海當時各派左派與他們所受的打擊，終於Stalin派獨尊。四、社會民主黨與十九路軍一·二八抗日。

　　今年想寫的是左聯的成立，李立三路線，與柔石、胡也頻、蔣光慈等人之死。蔣光慈死得很慘，被共黨開除黨籍，不久患腸T.B.而死。蔣光慈的那些低級作品，非向全美國圖書館借閱不可。他的東西雖然不行，有一個時候倒是有瘋魔作用的。魯迅很瞧不起他——即使在左聯成立以後。他總算是對共黨有些功勞的，結果被開除，其間經過詳情，我還不大知道。他的死是在柔石等後幾個月，我雖然知道關於蔣光慈的事情不多，但如和柔石等做在一起，寫篇合傳，材料勉強亦可夠用。這樣一篇文章算是cover左聯早期的活動。

　　蔣光慈被共黨開除後，但他仍得躲避國民黨的追捕，情形很慘。他無疑是政治——與他自己革命熱情——的犧牲者。柔石等無疑亦是犧牲品。你當然知道和柔石一起被捕槍殺的有二十餘人，這

二十餘人是誰，我無論如何查不出。《社會新聞》有個理論，說：一九三〇年十一月（日期有問題），反李立三兼反陳紹禹的何孟雄（上海工會領袖）在老東方旅館召開蘇區代表大會（那些代表等已選出），用意是反對中共四中全會（一九三一年一月八日召開）（決定陳派的優勢的），被幹部派（陳派）告密而全體被捕，何孟雄如何被捕？何日被捕？這些是中共資料中所不載的，蓋中共黨史認何孟雄（和他同派的是羅章龍）是叛徒也。假如柔石等和何孟雄是一起被捕的，其中便大有問題。假國民黨之手以製造烈士並消滅異己，此固共黨所優為者也。柔石是魯迅的得意門生，從此以後，魯迅後退的路亦給切斷了。

最近曾去Berkeley一遊，借來波多野乾一[1]的《中國共產黨史》（1920-1937）共七大卷，材料很豐富（英文中尚無此類書籍），遠勝Brandt、Schwartz、Fairbank的 *Documentary History*。但關於中共內部，所洩露的事情還是不多。

有一本楊家駱[2]編的《中國圖書年鑒》（一九三四年？）你書的bibliography中未列入。該書內容甚豐富，可以一翻。許多小作家的作品都收進去了（當然還不全，有些禁書亦列入，但有些禁書恐未列入），好處是許多書目下還有說明，那些說明寫得還很精彩，如關於《兩地書》，有幾百字批評魯迅的個性，是篇好文章。

瞿秋白在獄中有封信給郭沫若的，據說一九三五年底曾發表於 *New York Herald Tribune*，我尚無工夫去翻查。

最近Mark Schorer在 *N.Y. Times* Book Review中講他寫Sinclair

---

① 波多野乾一（1890-1963），日本新聞記者、漢學家，代表作有《中國國名黨通史》、《中國共產黨史》（合著）、《京劇兩百年歷史》。

② 楊家駱（1912-1999），江蘇南京人，目錄學學者，曾編纂《國史通纂》、《中國圖書年鑒》等。

Lewis傳的經過，其用功之勤，實令人佩服。洋人寫傳記，工夫主要是花在實地調查上。這種精神我很缺乏。在臺灣，知道魯迅很詳細的，有臺靜農，我和他很熟，但他是諱莫如深的，黎烈文亦然。胡秋原之外，尚有杜衡——見過幾次，其人謹慎得可怕。孟十還亦在臺，沒有見過，大家已不知道有這麼一個人。假如美國人去請教他們，他們也許還肯談談，中國人和中國人之間，大家反而互相戒備。臺先生我和他很熟，為他安全計，我亦不便向他請教。許季茀〔黻〕（壽裳）③為什麼死的，至今尚是疑案。他的兒子許世瑛（魯迅曾開了一個書目——皆國學書，給他啟蒙）現為臺大教授。

鄭學稼該知道一些，但他的文章似乎缺少學術價值。香港友聯那一幫人，收集中共材料頗勤，但對1949以前的事情，知道得很少。他們只為研究中共而寫中共，缺乏歷史的眼光與訓練也。

我假如再寫一篇《柔石與蔣光慈》，一篇《胡秋原》，對於左聯活動，大致講了一些，連前寫兩篇，一本書的大體規模亦許具備了。臺灣和香港反共的人很多，但很少人能從歷史方面來真正揭發共黨的罪惡，與文人賣身投靠的痛苦的。

我的移民事，在美國方面，大約沒有什麼問題。向臺大辭職的信很難寫，最近總算寫了一封。我的臉皮嫩，心腸軟，做不出殺辣的事來。即使能留在美國，心中對臺大，甚為歉然。

匹茨堡大學的學生程度不知如何？加大與華大的洋人學生中，頗有些優秀人材，跟他們談話，是很有趣的。我很希望你能和他們認識。華大的中文系辦得早，畢業生在美國各校執教鞭的很多。洋

---

③ 許壽裳（1883-1948），字季茀，號上遂，浙江紹興人，學者、作家，1937年與周作人一起編撰《魯迅年譜》，1946年赴臺主持臺灣省編譯館，後轉任臺灣大學教授。代表作有《章炳麟傳》、《亡友魯迅印象記》、《我所認識的魯迅》、《傳記研究》等。

人學生不論如何聰明，如何用功，或者能講流利的中文，我看他們看中文書總是很吃力。學校注意研究，鑽牛角尖，他們即使學有專長，但對於中國文化的常識，還是不夠。他們研究的成績愈好，即愈沒有工夫再去管常識方面的事。他們成了教授以後，內容實尚空虛。我們所能做的，只是使他們知道中國文字之難，中國文化之博大，免得他們驕傲自滿。我希望你能鼓勵你的學生試寫中文作文，有許多字和詞，不是自己寫過，總是很難熟練的。

你去哥大講奇觀體小說，題目選得很好。演講不是寫文章，對於考證方面，可以不必十分注重。演講中不妨捧捧李田意的場，他雖沒有什麼見解，但他既然下了這麼多工夫（何況李田意背後，尚有胡適等人），亦該給他些recognition。他認你做「同派」的人，你暫時賣他一下帳，與［於］你是無損有益的。這點起碼politics，你該開始注意了。去Smith College，不妨總論中國小說——長篇短篇，文言白話都應列入；看他們的人選，大約是預備一人講一個大題目的，這種大題目只要文章做得漂亮，話是有說不完的話。

你對《三國》的看法，認「伐東吳」是一大關鍵，是很精彩的看法。「伐東吳」亦是諸葛亮悲劇的開始，從此以後，諸葛亮就難有大作為了，而諸葛亮的grand strategy（隆中對）終於不為劉備所接受。更有趣的是這悲劇的造成者，乃被後人奉為神聖的關老爺。劉備有何等忍耐精神，有多麼圓熟的tact，且有何等野心，但皆為「雪弟恨」而付諸流水。劉備之終於不能成大事，其原因乃對異姓弟兄的loyalty。後世的對他的同情，固並不是全因為他姓劉而已。吳三桂的「衝冠一怒為紅顏」為後世所笑，但劉備的悲憤，中國人是能了解的。「雪弟恨」的前面，有「關公困曹營」，有此一節，乃見劉備之非伐東吳不可；而曹操之愛才若渴，亦是其可愛處。《三國》一書的要旨，蓋是天下可失，而忠義不可失也。

你的書我曾送Michael一本，Taylor看見了，問我要，我亦送

他一本。他們皆為行政之事忙碌，未必真能看。此間有俄國史教授Donald Treadgold者，乃Rhodes Scholar，在牛津得的Ph.D.，英文出口成章，曾與我交換，去臺灣半年。他是決心反共之人，最反對Issac Deutscher④等人。他在自修中文，有個研究生Paul Thompson⑤，教了他一篇陳獨秀，一篇李大釗，我後來推薦了一篇胡秋原。他自動買了一本你的書（叫我簽名，等着你的簽名），正在仔細閱讀中，他說愈看愈佩服你的insight。總算是你的知己。他現為*Slavic Review*的managing editor，他說已托人（不知是誰）在寫review。

　　Treadgold這種人，精力真充沛，還有勁學中文。我是想溫習德文，好好的學日文（日文講中國問題的書，雖全不知其文，亦可猜得其大意百分之五十以上），都沒有開始。看波多野乾一之書，日人對中國問題真是處心積慮的研究。'30年左右，《字林西報》、《密勒氏評論報》對於中共研究的材料極少，英美人恐還是蒙在鼓裡，對中國許多問題是全不了解的。而日人在同時期的《上海日報》（日文）、《上海週報》，以及北方的《滿鐵（尚滿鐵道）日報》、《滿鐵支那月志》等所刊有些關於中共的材料，是很可珍貴的。將來如能在美國站定腳頭，學一兩年日文，再去日本研究一

---

④ 應為Isaac Deutscher（艾薩克・多伊徹，1907-1967），生於荷蘭，後遷居英國，傳記作家、評論家，代表作有《斯大林傳》（*Stalin: a Political Biography*）、「先知三部曲」（*The Prophet Armed: Trotsky, 1879-1921*、*The Prophet Unarmed: Trotsky, 1921-1929*、*The Prophet Outcast: Trotsky, 1929-1940*）。

⑤ Paul Thompson（譚樸森，1931-2007），出生於中國河北的一個傳教士家庭，1945年隨父母回到北愛爾蘭，之後獨自遊歷歐美、亞洲學習和工作。1959年進入西雅圖華盛頓大學，先後獲得碩士和博士學位，畢業後曾任教於威斯康辛大學。1970年轉至倫敦大學亞非學院，1996年退休。代表作有《慎子逸文》（*The Shen Tzu Fragments*, 1979）。

年，可以搜集到許多有趣的材料。

　　看電影 *La Dolce Vita*，醜惡的人生，極美的鏡頭，是張了不起的片子。

　　附上照片一張，是在Berkeley照的。馬逢華的哥哥馬逢周到Hawaii去開遠東科學會議（他在臺灣農村復興會做事，是學農的），先來Seattle，我們辦〔伴〕他去Berkeley。我在那邊沒有辦多少事情，只是和陳世驤商量如何向臺大辭職。

　　我現住之屋的房東月底要回來了，我也許搬到男生宿舍去住兩個禮拜。九月地址暫定由華大C/O Far Eastern Institution轉。十五日返加州。

　　謝謝Carol和Joyce所送的生日卡，她們想都好。別的再談，專此　敬頌
　　近安

　　　　　　　　　　　　　　　　　　　　　　　　濟安
　　　　　　　　　　　　　　　　　　　　　　　八月廿九日

　　你在匹大可以做一件事：多研究香港、日本（有家叫「大安」的，專辦中文書）與海外的書目，好好地替匹大圖書館多買些中文書。

518. 夏志清致夏濟安（1961年9月10日）

濟安哥：

希望這封信能在你離開Seattle前看到。八月29日信早已收到，知道你已向臺大辭職，並改換身份，在美國長久居住已不成問題，甚慰。你決定再寫一篇《柔石與蔣光慈》，詳盡報導左聯早期活動和共黨文人自相排擠告密出賣的情形，是再好沒有的事。而且這種工作只有你能勝任，你有耐心和興趣看舊報，把零星的消息和謠言重新整理起來，普通學者不夠alert，記憶也不好，是做不好的。關於何孟雄被捕的事，我以前一點也不知道，你如能找到clue，把他的被捕和柔石等的被捕歸納成共黨消滅異己的一樁大事，在學術界的功勞就不很小。蔣光慈的書我祇看過三部，《鴨綠江上》、《少年漂泊者》和《衝出雲圍》，其他的書哥倫比亞沒有。他被開除黨籍，祇Snow書上提了一句，中共出的《蔣光慈選集》一字也沒有提到，倒講了不少他戀愛生病的事。我書上把毛澤東得權以前那一段共黨領導人物互相衝突爭權的事，一字也不敢提，實在知道得太少，不敢瞎寫。你能把這一段故事寫出，我就是第一個fascinated的讀者。

柳無忌在Pitt時買了好幾部大書（二十五史之類），但英文書和雜誌之類，卻沒有訂購，所以有許多書我在Potsdam已order的，這裡反而沒有。最近自己買了一本Birch的《古今小說》，他選譯了《蔣興哥》，我很grateful，因為這篇話本實在可算是最深刻動人的一篇（雖然我「三部」還沒有全部看到）。我想在lecture裡多討論一下，有了Birch的譯文，我自己不必再動腦筋了，我今天打了十頁，祇好算是preliminary discussion，未入正文，關於說話人處理愛情方面的種種，尚未提到，祇好先寫三四十頁，將來再condense。

Birch 對那個牙婆仍作一貫傳統的看法，其實那牙婆的確可算是三巧兒的朋友，可愛處是三巧對蔣興哥、陳大郎兩人都是真心愛的，他兩人也真心愛她，這種情形，中國小說，無論長篇短篇，是絕少寫到的。中國少女，因為沒有courtship的規矩，對於愛慕她的男子如何處置，她自己也不知道：讀過書的大家閨秀，受了詩詞的薰陶，往往一見鍾情，把自己身體交給那位男人；商界婦女則都得經過三姑六婆循循勸導這一個步驟。普通人對中國男女相見以後，過些時候就要上床，相當惡感。我對這種戀愛法相當能同情，對那些鴛鴦以下的女子很表同情。我《拍案驚奇》初刻二刻也看了些，凌濛初的contribution可能是愛情描寫比較露骨，有脫離「雲雨」「魚水」那一套clichés的傾向。可惜臺灣中共都是很puritanical的，世界書局的本子把色情部份都刪去（據說李田意校訂的本子，色情部份也被刪去了）。中共北大編的文學史也把他的色情描寫大罵。其實「雲雨」之類的clichés不是apologetic就帶着一些derogatory的意思，和小說家要表達的男女相歡快樂的情形，恰是相反的，讀來終是很不順也。

　　我把《十日談》大部看完了，初看很有趣，但多看了，因為故事性質相同，就不免沉悶，所以跳去了二十隻。Waley為 *Four Cautionary Tales* 寫序，說中國話本和《十日談》相比起來，《十日談》的寫作方法是很crude的。Boccaccio故事寫得很簡潔，很主
[注] 重unity，所引的moral也和故事的本身示意相同，沒有像話本作家那樣老用clichés代替描寫，所引的moral往往和故事不接頭的情形。所以專憑敘事方法而言，Boccaccio要比中國作家高明得多。Boccaccio幾乎專講戀愛，和尚尼姑出場也很多，但他們的罪惡僅是hypocrisy而已，不像中國話本上和尚尼姑犯姦淫後都要處極刑的。

Auerbach①有一部書叫 *Mimesis*，不知你見過否？此人學問淵博，把歐洲文學處理現實方法，從荷馬一直到近代作家都備專章討論；中世紀幾章，討論的東西很多，可惜我原著都沒有讀過。此書好好一讀，對中國舊小說敘事方法的優劣處，都可瞭若指掌了。

我這學期祇有學生兩人，教一門 Reading in Cont. Chinese Literature，根本不要準備。柳無忌開一門文學史，據他說學生有十幾個，不知怎樣今年學生一個也沒有了（可能他教得不好，把學生的興趣打斷了）。有一位好學生轉學到 Stanford 去，所以 Newspaper Chinese 也開不成。朱文長初級中文有九人（Carol 也每天到學校去學中文），intermediate 中文一人。這學年我好像是 on sabbatical leave，可以多讀書，多寫文章，把暑期中的 notes 整理起來，寫成初稿。office 的安排很不好，中間書記的辦公室，太吵鬧，office 房門是玻璃的，聲音也隔不住，所以倒是晚上做正經事時候多，日間做不開什麼事情來。英文系請到 L.C. Knights②（他是 Bristol 的教授），我已見到，此人衣着 tweedy，相貌瘦瘦的，是一貫英國 Don 的作風。有空可和他多談談。他開一門莎士比亞 graduate seminar，可能去旁聽，但匹大學生程度不好，seminar 可能是很沉悶的。

Sat. Review 有一篇我的書的 review（August 26），想你也見到。

---

① Auerbach（Erich Auerbach，奧爾巴赫，1892-1957），語文學者、比較文學學者，代表作有《摹仿論》（*Mimesis: The Representation of Reality in Western Literature*）、《但丁論》（*Dante: Poet of the Secular World*）等。

② L.C. Knights（奈茨，1906-1997），英國文學評論家，莎士比亞權威，1965年成為劍橋大學教授，代表作有《馬克白夫人有幾個孩子？》（*How many Children had Lady Macbeth?*）、《莎士比亞：歷史劇》（*Shakespeare: The Histories*）。

此人自己外行，倒很謙虛，不發表意見，抄錄了不少書的原文。在圖書館，看到幾期 *Chinese Literature*，藉知去年中共文學界開會的情形。幾篇演說，仍是老套，周揚的那篇演說上的確把胡風、盧卡契的名字連在一起了。*Kenyon Review* 前兩三期有一篇關於 Lukacs 的文章，是 G. Steiner 寫的，我還沒有看過，你可以去參看。

住在匹城，生活還是和在 Potsdam 差不多，加上沒有上講堂 lecture 的樂趣，和學生們的來往，生活似更寂寞些。看了兩張電影，*The Honeymon Machine* ③，很滑稽，其中 Brigid Bazlen ④ 美豔絕倫，值得你注意。另外一張是 *Guns of Navarone*，前半部較好，後半部把德國人刻劃得笨拙非凡，似不大通。這星期預備去看 *Dolce Vita*。

李田意關於《三言》寫過兩篇文章，一篇在《清華學報》上我已看到，另一篇他答應送我，但不一定會就送，你問 Cyril Birch，想他是一定知道那篇文章載在哪種刊物上。我 order 了《三言》，還沒有收到，所以許多故事還沒有讀到。逢華前代問候，即祝

　　旅安

　　　　　　　　　　　　　　　　　　　　弟 志清 上
　　　　　　　　　　　　　　　　　　　　　九月十日

　　［又及］照片謝謝。附上父親信一封。

---

③ 應為 *The Honeymoon Machine*（《糊塗軍事秘密》，1961），理查德·托普導演，史蒂夫·麥昆（Steve McQueen）、布利吉德·巴茲倫（Brigid Bazlen）主演，米高梅發行。

④ Brigid Bazlen（布利吉德·巴茲倫，1944-1989），美國女演員，代表作有《糊塗軍事秘密》、《萬王之王》（*King of Kings*, 1961）、《平西誌》（*How the West Was Won*, 1962）。

519. 夏濟安致夏志清（1961年9月25日）

志清弟：

離開西雅圖前接到來信，並父親的信，知一切平安，甚慰。我寄給建一的禮物：書兩本，想已收到。去買這兩本書的時候，在書店翻翻，看見Birch的 *Chinese Myths & Fantasies*（版權歸Oxford United Press所有，忘了何家書店所出），從盤古氏開天闢地講起；還有一本Carpenter①的 *Chinese Grandmothers' Tales*，裡面也是些我們所熟悉的故事（該書插圖為洋人所作，然甚為authentic）。這兩本書應該是很有趣的，但怕Joyce看不懂，沒有買。美國弄children's literature聽說亦是一項好生意，寫 *Five Chinese Brothers*②的恐怕已發了財了。其實中國還有一個故事，可以編成很好的兒童故事：《濟公傳》。《濟公傳》到底有多少種本子，我亦不知道，只是就我小時所見的，大約有幾十集，和《彭公案》一樣的無休無歇。其中有一集，我還記得：濟公要去破一座強盜山，照他法力，強盜王怕不手到擒來。但是他遊戲人間，先用定身法（「點穴」？）定住一個小強盜，把他關在山洞裡；自己冒充小強盜（搖身一變變成的），去騙大強盜。本來很笨的那個小強盜，忽然變得十分聰明伶俐，但強盜們也沒有注意。好幾十回書以後，強盜山才破掉，其間濟公作弄人已不知若干次了。濟公的故事大約曾經亦像

---

① Carpenter（Frances Carpenter，卡朋特，1890-1972），美國攝影家、作家，代表作有《南方美國故事集》（*South American Wonder Tales*）、《中國故事集》（*Tales of a Chinese Grandmother: 30 Traditional Tales from China*）、《韓國故事集》（*Tales of a Korean Grandmother: 32 Traditional Tales from Korea*）。

② *Five Chinese Brothers*（《五個中國兄弟》），作者是畢肖普（Claire Huchet Bishop, 1899-1993），1938年初版。

Buck Rogers、Steve Canyon③那樣無窮盡地發展。考其淵源，很是難事，但采其精華，重加編寫，還是可以寫得極有趣的。中國人的想像中，慣會胡鬧的除孫行者外，要算是濟公活佛了。如《花轎娶和尚》的情節，很像豬八戒招親，與水滸魯智深大打小霸王周通一節。

《濟公傳》對於中國小孩子所以有吸引力的原因之一，是濟公的髒。中國小孩不愛洗臉，此壞習慣濟公似可justify之。中國傳統故事中，神仙而癩塌［邋遢］者很多（如癩痢頭和尚，滿身癩痂瘡，「爛茹膀」，即腿等），這種故事在美國恐怕很難流傳。美國的兒童故事，是由父母或大人來挑選的，如叫兒童們自己來挑選（稍大的孩子），他們亦許愛看癩塌［邋遢］人的故事。《濟公傳》最能吸引人者，當然還是情節之離奇與wit & humor，這些經過改編後（「髒」可以minimize）可以寫得更精彩。蘇州說書說《濟公傳》成名者為范玉山，可惜我沒聽過。我記得「解放」後，范玉山因言語不檢點，曾經大吃苦頭。共產黨雖在提倡民間藝術，但濟公這樣一個玩世不恭的「形象」，是共產黨所不能容的。（中國民間故事是否比西洋民間故事更tolerate髒？）

《蔣興哥重會珍珠衫》一則我看過，但未加特別注意，經你一講，的確很有道理。關於中國評話小說的分類，有什麼講經、說史、煙粉、靈怪等等（還有一種「合生」——到底是什麼東西，似乎至今沒有人講清楚），其實另有一種是很重要的——即人間的悲歡離合，其來源約相當於今日報上的社會新聞。夫婦重聚，父子

---

③ Buck Rogers（巴克・羅傑斯），美國科幻小說、漫畫和太空電影中的主人公，最早出現於美國科幻作家菲力普・法蘭西斯・諾蘭（Philip Francis Nowlan, 1888-1940）出版於1928年的小說《末日決戰：甦醒西元二四一九年》（*Armageddon 2419 A.D.*）。Steve Canyon（斯蒂夫・甘庸），美國漫畫家米爾頓・卡尼夫（Milton Caniff, 1907-1988）所創造的連環漫畫中的主人公。

團圓等故事，在亂世的確是很珍貴的。這一類的plot，戲裡面亦不少，如《牧羊卷》、《生死恨》等。我在臺灣看了很多年的報紙，在社會新聞欄裡，亦偶而見到老婆嫁了人重會前夫的故事。這種評話故事，在宋、金時代，大約是代替今日報紙的地位，在民間流傳着。普通談評話小說分類的，似未加注意。評話小說中要是有realism，這種小說可作代表。假如悲歡離合的主角是小市民，說書人和聽眾當更可了解他們的心理。裡面所表現的manners與morals，亦更接近現實。才子佳人的故事，難免遵從俗套。《蔣興哥》這故事可以說在這類故事裡是最現實的，因無才子佳人氣。這故事我很難想像如何用蘇州的「小書」來說；小書裡面充滿着「現實的」小市民角色，但其主角總有點酸溜溜的。「大書」則似乎更為「浪漫」──說大書的所以能把「書」比「演義」原文多講若干倍的長，除了描寫更詳細以外，引進許多「現實的」小市民角色，想亦為原因之一。你能從《蔣興哥》裡看出其愛情描寫的重要，這樣的研究一定是很精彩的。

中國大家閨秀的戀愛，其情形不一定全如《西廂記》所寫。記得我們在北平初看《紅娘》（毛世來演），你很欣賞鶯鶯（何佩華演）的演技。中國小姐的「外冷內熱」情形的確很多，這些大約是正常的女子。但在過去那種社會裡，女子精神很易發生變態，即使正常的女子，亦可能帶些變態。「昇華」sublimation大約practised到驚人的程度──如刺繡、做詩、念佛等。各種fixation亦是不免的。鶯鶯的特點可能還是在她的all too human一點上。中國過去大家閨秀大約在十六歲上，即已成熟，那時如能得到愛情的滿足（即使有個未婚夫吧），心理尚可正常。再藏在家裡一兩年，不到二十歲，就可能有各種「老處女」的現象──甚至比這更壞的──發生。這些情形，在舊小說裡表現得多少，亦是值得研究的。此外大家閨秀們的世故亦是極厲害的，若鶯鶯似僅為愛情而生存。《珍珠

塔》裡的陳翠娥是個很有主見有個性的女子；《鳳還巢》裡的二小
姐（程雪雁？）則簡直是個厲害人物。《紅樓夢》裡當然有a gallery
of portraits。

　　中國現代小說描寫女子心理，一般上是不夠的。我在Berkeley
等地，可以冷眼旁觀地觀察中國男人追求中國女人的情形，發現中
國女孩子總是太厲害。完全冷若冰霜倒還好，事實上中國女孩子
──亦許是無意的吧──亦是coquettes，開頭總給男孩子鼓勵的，
然後再加以打擊。這可能與女子天性有關，但和中國特殊的文化亦
有關係的。中國女孩子「心比比干多一竅」，耍「愛情遊戲」很擅
長。中國男孩子最大的缺點，除了男性本有的笨拙以外，是不能在
現代中國女孩子身上，看出中國傳統的力量。現代中國女孩子有多
少成份是「中國的」？這是個很難的問題，而在現代文學中得不到
很多的答案。中國男孩子把中國女孩子當作外國書上或外國電影上
的heroines來追求，當然加倍的笨拙。結果不一定不愉快，因為女
孩子反正要嫁人的，但是很少小說家注意到現代courtship中comic
的成份。

　　日本女孩子恐怕亦很難追求。她們從小訓練得很有禮貌，喜怒
哀樂不形於色，總是和氣待人。男人當然很容易被misled的。《地
獄門》裡的京町子就是一個十分有禮貌的女子。

　　說起《地獄門》，它是《平氏物語》裡的一個小episode。《平
氏物語》（Heike Monogatari）有英譯本，哥倫比亞大學出版，我
沒看過，但我看了《新平氏物語》（The Heike Story英譯本Tuttle出
版），乃通俗小說家吉川英治[4]（Yoshikawa Eiji）所作（吉川的《宮
本武藏》電影，曾得金像獎）。發現氣魄遠不如《三國》。平氏之
興衰與源氏（此源氏非紫式部之源氏也）之代平氏而興，亦打過

---

[4] 吉川英治（1892-1962），日本作家，代表作有《宮本武藏》、《新書太閣記》。

很多次仗，但打仗規模都很小（通常只有幾百人），亦沒有轟轟烈烈的大將。《平氏物語》原書想不會更熱鬧的（因通俗小說更易誇張）。《三國》如此大規模地不斷地描寫戰爭，以及決定戰爭勝負的人物，這種想像力是了不起的，在世界文學中想亦少有。《平氏物語》所表現的日本，當然亦不像春秋戰國時代；就拿春秋時代而論，它亦只好算魯、鄭或宋一國的歷史，這國是很小而且沒有多少英雄人物的；齊、晉、楚等任何一國，其內部政治軍事鬥爭都比十二世紀的日本緊張而複雜也。（按平氏乃日本「武家政治」之開始，以後便是他們的「戰國」時代，一直動亂到德川氏興起為止，此後便較太平了。）

我很想學日文，看日本自己的文學書，恐怕非下多年苦工不可，這種心思暫時還不敢有。但日本人研究中國，確實很透徹，將來如能暢讀有關中國問題的參考書，於願足矣。中國舊小說，日本人亦很有研究。他們還收藏些中國見不到的書。李田意不是到日本去照了些相，把《拍案驚奇》補全，且把《醒世恆言》等從［重］新公諸於世嗎？這點功勞是值得標榜一下的。他寫的論文我倒沒有看過，所問之事待我見到Birch當轉詢。

來Berkeley後，什麼事亦沒有做。關於「柔石」一案，大約已找得一些眉目。蔣光慈一案，目前還不敢動。蔣光慈的書，散佈在美國各圖書館（Hoover有不少，Ann Arbor亦有不少），去轉借恐怕來不及，先集中精神來研究柔石一案吧。

"Metaphor" 一文已寄上，skeleton distorted out of recognition一句，你說要改，我懶得去動它，馬馬虎虎算了。Berkeley環境是很舒服，我仍住2615 ½ Etna舊居，常常吃到價廉可口的中國飯，只是在這裡冒充linguist，心中竊為不安。明年八月在波士頓MIT開世界linguists大會，他們還有信來邀請，使我頗感啼笑皆非。最近才知道structural linguists是個團結極堅的小團體，UW的李方桂、

張琨、Larry Thompson、嚴倚雲⑤都是裡面的重要人物。他們所研究的學問我是一點不懂，連頂基本的terms都不會用。希望有一天能改到「文學史」（或「文化史」）的方面去，如此方可安身立命也。

中共出的《光明日報》，希望你能見到。這是全世界學術水準最高的日報，新聞不多（百花齊放後，所謂民主人士大約不敢再談政治了），而學術論文極多。許多學術論文是和馬列主義毫不相干的──尤其是關於中國文史方面的。

好久沒有寫信，可談的還有不少，只此打住，專此　敬頌
近安

濟安

九月廿五日

[又及]信是在office發的，你的信放在寓所，手邊無地址，故寄學校。

Carol、Joyce前均此（昨天是中秋，曾吃月餅，並賞月）。

---

⑤ 嚴倚雲（1912-1991），字壽諴，嚴復孫女，福州人，畢業於西南聯大，1947年赴美，1956年獲康乃爾大學語言學博士，先後任南加州大學亞洲學系、西雅圖華盛頓大學亞洲語言文學系教授。代表作有《中國人學英文》等。

520. 夏志清致夏濟安（1961年9月25日）

濟安哥：

前星期收到航行保險單，知道你已於九月十二日動身，我寄Seattle的信，祇好轉寄Berkeley纔能看到了。好久沒有信，你返Berkeley後想仍在原址住下，學校想已開學，這學期有沒有擔任功課，還是專做research，甚念。上星期，收到 "Metaphor、Myth、Ritual" 全文，把已讀過的和未讀過都仔細讀了一遍，覺得文字清麗，態度從容不迫，全文設計構意費工夫而不露痕跡，學問方面引證多而沒有賣弄，是篇極好的文章，而對中共詞彙研究之有貢獻還在其次。我想 work is play 是點破中共處理人民方法一針見血的名句，不久必被學人採用無疑。討論中國小說 myth 和悲劇諸點，也極中肯，發前人所未發。這篇文章各大學東方語文系傳觀，必使人另眼相看，你的名譽也不可能祇 confine 在西岸了。第二篇中共術語研究，想隔幾月也可出版，接着你把左聯那兩篇文章寫好，即可準備出書了。

我哥倫比亞那篇演講打了初稿，但苦於《三言》全集沒有看到，僅根據《今古奇觀》幾篇小說不能算數，上星期《三言》剛收到，現在正在全部看一遍（我書是向王方宇郵購的，書到後，學校 post office 把包裹退回，因為我當時初到，郵局不知有我這個人。後來托王方宇重寄，花了不少時間）。李田意攝校的，我只買了一本《古今小說》，印得很好，不知你見過否？據李田意自己說，他本來預備在每種集子前寫一篇 introduction，不料楊家駱未准［徵］求同意，自己寫了短短的序言，就把它們出版了，所以李田意很氣。《警世通言》上載〈玉堂春〉、〈白娘子〉兩篇，文章都是比較細膩的，不知怎樣很少有人提到，也還沒有英文譯本。

我最近讀了不知多少短篇，故事大多predictable，實在比看新小說還要沉悶。有幾篇故事結構不大完整，似乎真實性較大，反有清新之感。今天翻閱Koestler① *Lotus & the Robot*，其中有一phrase "quite free eroticism"描寫中國小說也很恰當；中國人實在沒有什麼sin和guilt的感覺，祇有shame的感覺。一般壞人，motives不外乎「色」、「財」兩種，此外envy的感覺也很強，他們都不好算什麼特別壞人。中國短篇小說的缺點大概是它的世界too intelligible，毫無mystery可言，雖然說話人一心一意地在製造mystery。

我沒有學生可lecture，生活上減少了一種樂趣，但自己時間較多，生活也不緊張。看了兩張巨片*La Dolce Vita*和Bardot的*The Truth*②都很滿意。*Dolce Vita*有幾節特別好，如hero父親遊羅馬，Steiner家裡的party等，最後幾節似齷齪過份，可能引起revulsion。hero生活態度是近年好電影一般heroes的生活態度，他們對人生一無illusion，徒求片刻快樂而自願墮落。這種生活態度大概是「冷戰」和"welfarism"兩種勢力交逼出來的產物，是despair的表現。

我的同事朱文長，是朱經熊［農］③的兒子。他童年的時候，和魯迅、周建人④、葉聖陶都住在一條弄堂內。魯迅脾氣很壞，有時見到男孩在弄堂裡撒尿，就要「光火」大罵，朱文長也被他罵

---

① Arthur Koestler（亞瑟・科斯勒，1905-1983），原籍匈牙利，英國猶太人，記者、小說家，代表作有《正午的黑暗》（*Darkness at Noon*）等。晚年不堪帕金森症與血癌折磨，與妻子在倫敦寓所自殺。

② *The Truth*（《碧姬・芭杜浪漫史》，1960），亨利・喬治・布魯佐導演，碧姬・芭杜、查爾斯・文恩主演，Kingsley International Pictures發行。

③ 朱經農（1887-1951），浙江浦江人，1904年留學日本，翌年同盟會。1925年創辦上海光華大學，任教務長，歷任齊魯大學校長，中央大學教務長，商務印書館總經理等。1950年定居美國，著有《近代教育思潮》。

④ 周建人（1888-1984），浙江紹興人，魯迅三弟，生物學家。

過。在這一件事上，魯迅那種「新老法」的態度透露得很明顯。可惜這種材料不能在你書裡派用場。

我在Pittsburg反正一年，和同事間不大交際。同里有Ann Arbor經濟系Ph.D.印度人Tom Eapen⑤，和馬逢華、趙岡等都認識，他的太太（菲列濱人）新近生了一女，還留在Ann Arbor，一個人寂寞，倒和我們來往很勤。此人很天真，脾氣也很好，是我自Shibrurka來第一次和印度人做朋友。一般印度人外表傲慢，其實心地倒並不壞。

陳世驤夫婦去Hawaii，想玩得很好。Carol和Grace偶時通信，我不久當給世驤寫信問候一下。我們這裡都好，上星期一建一過生日，里弄小朋友到了不少，謝謝你送了兩本很有趣的書。不多寫了，專請

　　大安

　　　　　　　　　　　　　　　　　　　　弟 志清 上

　　　　　　　　　　　　　　　　　　　　九月25日

---

⑤ Tom Eapen，不詳

521. 夏濟安致夏志清（1961年10月3日）

志清弟：

上信發出後，即收到來信，並轉來的信。轉來的信是封 fan mail，當然使我很高興。使我不解者，乃為什麼英文系的人會編這樣一本東西作為作文教材耳。有關共產黨思想改造的文章，大抵寫得千篇一律，沒有幾篇值得讀的。再則要知道一點被「洗腦」的人的思想背景，如馮友蘭、朱光潛等，我們得先知道他們是何等樣人——如朱光潛不但是美學家，而且亦是三民主義青年團的理事；馮友蘭在1937前是左傾（1935年12.9大遊行後，他似乎曾入獄），抗戰時和國民黨很親近，以道統自任，蔣介石不大懂哲學，但似乎很尊敬馮，我們在昆明時都叫他做「國師」——他還有一個外號叫做「妖道Rasputin」，蓋其人臉黑而肥碩，一大部黑鬍子，長得是有點妖氣的。他們真正的「故事」，是不能在自白書中找到的，叫一個對中國沒有什麼研究的洋人來介紹這種自白書，該沒有什麼道理可說的。

我的文章他要選進去，我不反對。因為是 fiction，涵義較豐富，可以說內藏有說不完的道理。他如節刪，希望他把節刪處的大意簡略介紹一下。選進 anthology，可以多引幾個人注意。如能被很多本 anthology 選進，那麼一篇文章就「不朽」了。如歐文的 *Rip Van Wrinkle*、莫泊桑的 *The Necklace* 等。

此君有一點看得還有點道理，即共產黨那一套，對於不少知識分子，還是有吸引力的。這點臺灣如認不清楚，反共難起作用。共黨之起來是艱苦的，它亦不容易垮台。當年史太林殺人如麻，不少被殺的老 Bolsheviks，恐怕是甘心被殺的。這種心理我是不能了解，但是事實假如真是如此，那麼我們不得不承認共產黨是個勁

敵。共產黨非但別人殺他，他不怕；即使他自己人殺他，他亦死而無悔的。碰到這種瘋狂的人，我們該怎麼對付呢？

　　共產黨運動之興起，很難說出其道理。種種所謂「歷史的原因」，已成老生常談。我是有點迷信的看法的，認為這是人間一劫；要找原因，大約「洪太尉誤走妖魔」之類的神話，亦許亦可相信。但是這種原因要說出來，寫論文是不行的，只好寫「詩」。中外這許多專家，研究共產黨所以很難有高明的見解，就是因為忽略了運動中「詩」與「神話」的因素。（《水滸傳》一大缺點，即前面「妖魔」之說，和後面的故事配合得不好。再假如林沖和盧俊義等算是妖魔，亦是一大 irony 也。）

　　請你代覆 David Kerner[①]，說我高興看見我的文章被選入；他所認為不重要的部份——即與「洗腦」無關的——對於整個小說的結構以及作者對於中國的看法，仍是重要的；我不堅持選錄全文，但希望他在刪節處寫幾行說明。他如真對於文學有研究，當看出這篇東西的結構如受損害，是多麼可惜的事。

　　關於 Kerner 第二個問題，我很慚愧不能給他一個滿意的答覆，但我極力推薦香港 Jesuits 辦的 *China News Analysis*（一種 Newsletter），希望他能看到過去幾年的全份。CNA 內容豐富，立場反共而顯得很有 understanding，態度不是叫囂式，亦不是冷嘲式的。對他有用的，恐怕沒有幾期（如有關馬寅初[②]、馮友蘭等），希望他先看了，然後根據上面的 footnotes，再把原文找出來，仔細研究。哈佛大學的油印文章中，曾有一篇講「費孝通」的，他如能找

---

① David Kerner（大衛・科恩納），時任賓州州立大學奧岡茲（Ogontz）分校英文系助理教授，籌劃編一本書，徵求夏濟安意見，希望收入《耶穌會教士的故事》。

② 馬寅初（1882-1982），名元善，字寅初，浙江紹興人，經濟學家、人口學家，代表作有《新人口論》、《通貨新論》。

到，亦望一讀，內容很有趣。他的最大的興趣只在prisoners，這方面材料不多。我覺得最有興趣的人是溥儀皇帝，他現在亦許真信共產主義了。

謝謝你對於我"Metaphor"一文的好評。我寫文章，總想「言之有物」，總想證明些什麼。美國一般graduate students寫博士論文，似乎見解尚未形成，即去瞎找一個題目，然後把有關該題目的材料，稍加編次，堆砌起來。別的系的人我不清楚，如讀中國文學中國歷史的研究生，我亦認識些，他們選定博士論文題目時，還不知道要說些什麼話。題目選定了，編Bibliography，找材料，就算research了。有許多人等到做了教授，恐怕還不知道寫文章是為的何事。英文系的人大多比較高明，因為他們至少可以多看見些好的榜樣。我們作文，如尚能發揮些見解，訓練還是從英國文學研究中得來的。英國未來Sinologists的危險，即他們對於humanities尚未認識，貿貿然去做專家，寫文章很難超出過去沈悶「老儒」的範圍，充其量只好做個「故步自封」的專家而已。這種風氣要改，亦不是容易的。但Sinology至少還需要讀書，有些「社會科學」研究，簡直不要讀什麼書，更不知所云了。

陳世驤亦是很想改正這種風氣的，但能和他合作，響應他意見的人不多。他身上的burden亦真重，這麼多應酬，叫我就一定吃不消的（還有可怕的是Committee meetings，據說最傷精神，浪費時間）。不過他的service是much in demand。有兩件內幕新聞，希望你守秘密。一、是U.C.新任chancellor Strong③以及一些aggressive的教授（別系的），不大滿意Oriental Languages Dept在Boodberg,

---

③ Edward W. Strong（斯特朗，1901-1990），1925年畢業於斯坦福大學畢業，1937年獲哥倫比亞大學博士學位。1932年起任教於柏克萊加州大學，1961年升任該校校長，1965年因學潮被迫辭職。

Schaefer管理之下的奄無生氣。U.C.樣樣東西力爭上游，看來看去，似乎Oriental Languages頂不掙［爭］氣：老老實實研究學問，不去搶Foundation的錢，亦不求出風頭，亦不做些新花樣出來。他們心目中能改革Oriental Languages的人，是陳世驤。但陳自己是怕「黃袍加身」的，因為這一來，非但要得罪人，亦有妨自己的研究工作的。二、陳世驤這一quarter，還去Stanford兼課，一星期去兩個晚上，這樣是非常辛苦的。原來Stanford亦在力爭上游（看Time的報導可知），他們的中文系新成立graduate program，但他們的系主任陳受榮（？）不知如何辦法（他們是一個一個生字解釋，不大指導做research的）。Stanford的dean徵得UC dean的同意，找世驤去協助辦理。這一下在陳受榮面子上很不好看，但他還是容忍下來，找世驤去了。據說Frankel之離開Stanford，和陳受榮相處不好，亦是原因之一。Stanford現在有人在讀M.A.，亦有人在別的學校拿了M.A.，去讀Ph.D.，陳受榮在Sinology上的修養恐怕不大夠，沒有什麼東西可以教他們。

美國大學內部很複雜，如UW我總以為是內部團結最好，最和衷共濟的，今年暑假一看，發現內部意見很多，團結很差。希望你去Columbia後，能真如你所說，和de Bary、Keene等年富力壯的青年學者，團結一起，把哥大的中文系辦好。匹大其實亦可能有前途，但牌子尚未做出，找不到好學生，這是致命傷。（尚有一件小事：匹大貴系有沒有獎學金，可以幫臺灣的優秀人才出來讀書的？《文學雜誌》的老朋友如侯健、朱乃長④等，雖是英文系，研究中文亦可以有成績的。英文系如有部份獎學金，讓他們在中文系兼

---

④ 朱乃長（1929-），上海人，翻譯家。臺大外文系畢業，夏濟安的高足，1964年取道香港返回上海，任教於上海師大直至退休。曾協助夏濟安校訂《現代英文選評注》，譯作有《歐美恐怖故事集》、《小說面面觀》等。

個小差，解決他們的生活亦可。但此事不急。）但統觀美國全國，要好好 build up 一個中文系，找教授就不是易事。我們都是半路出家，真要弄經史子集，還要好好研究一兩年，教起來才有把握。柳無忌在印第安那教「中西文學因緣」，恐怕內容是很空虛的。美國各大學的中文系都在擴張，原來沒有的亦在添設，師資人才實在是個大問題。

　　別的再談，專此　敬頌

　　近安

　　Carol 和 Joyce 前均此

濟安

十月三日

　　寄學校一信，想已收到。

　　我今年是沒有教書，但只要研究真有成績，將來不怕沒人「請教」的。

522. 夏志清致夏濟安（1961年10月17日）

濟安哥：

　　兩封長信收到了已好幾天，一直沒寫回信，你一定很懸念，所以先寫一封短信。我這兩星期忙着打文章，文章寫得不大滿意，原因是我先把題目給了哥大，當時我在讀《醒世恆言》，覺得〈陳多壽生死夫妻〉、〈勘皮鞋［靴］單證二郎神〉兩個故事遙遙相對，正好把講故事人對「愛情」和「禮教」兩大端自己沒有固定主張那種ambivalent態度表現出來，所以定了個題目：“The God & The Leper: Opposing Ideals in the Chinese Short Story”，覺得很新派（*Wound & the Bow, The Lotus and the Robot*, etc），可以吸引觀眾。但是寫起文章來，要把這兩個key terms繼續運用，實在不大容易，把它們勉強運用，和自己文意合不起來，也不大妥，所以這星期得把文章好好修改一下，大概還可以弄得像樣。介紹故事，費篇幅太多，不介紹幾隻故事，文字太抽象，觀眾大半外行，聽來乏味。但《蔣興哥》這樣長的故事，好好介紹討論，一點鐘時間恰好，我現在把這篇故事來壓局，討論也不夠透徹。最後主要的意思，假如中國小說家肯走《蔣興哥》的路，那末一定有近似歐洲長篇愛情小說的傳統，可惜一般小說家只講人物繁多，情節熱鬧，所以長篇中沒有和《蔣興哥》相仿的東西，實是遺憾。文章寫好，本應請你指正，後再修改，現在恐怕時間來不及了，但文章下星期請書記打好後，一定寄上。

　　陳受頤新出的《中國文學史略》，不知你已見到否？我把他討論戲曲、小說幾章看了，沒有什麼新見解，但不失為一部有用的參考書。他書題名*A Historical Introduction*而不是*A Critical Introduction*亦是避重就輕也。陳受頤以前寫過幾篇中西文學因緣的文章，大概學問也（比）他弟弟好得多，陳受榮以前也學英國文

學，寫的論文是Milton，這是上次芝加哥開會時他告訴我的。柳無忌也在寫《中國文學史》，由英國Wisdom of the East Series出版，美國由Grove Press出版，他寫的兩本孔夫子的書，大家一齊痛罵，這本文學史大約也是同一性質的書。

陳世驤一身兼幾職，精神可佩，你我一定是吃不消的。我在匹大本來抱「無為」主義，但朱文長要在匹大作長久計劃，要多吸引學生，我也祇好幫他忙，辦些公事。此外order書，也是相當費力氣的事，柳無忌order的書，大半尚未catalogue，check很麻煩。即order英文書，也要先查圖書館catalogue，以免重覆［複］。這星期四Chinese Center同人吃飯聚一聚，我得主持，都是吃力不討好的工作。所以當行政人實在是一件很麻煩的事。

Western's International Dictionary，新出第三版，我想送你一本，不知你喜歡India Papers edition還是普通edition。我用的那本本來是你的，所以既有新版，我正好買一本奉還。讀reviews, 3rd edition可能比2nd edition較vulgar，因為把不知無識人說的話都引進去了，這種不講標準，接受大眾意見的文法觀我是不贊成的（但relativism是美國各方面所表現的新傾向，從外交政策到讀東方語言）。但字典舉例引證較2nd edition多，對你一定是極受用的。

Pittsburgh天氣很和暖，大約和Berkeley差不多。大百貨公司bargains很多，Carol常進城買東西，她也在跟朱文長學中文，Yale一套北平話文法，我也弄不大清楚。星期四Judy Garland來Pittsburgh表演一場，她唱歌我以前很愛好，預備去聽她一場。*Blood & Roses*①根據Le Fanu②原著，可能是我們在上海時讀的

---

① Blood & Roses（《吸血女殭屍》，1960），羅傑‧瓦迪姆（Roger Vadim）導演，梅爾‧法利爾、伊爾莎‧馬蒂尼里（Elsa Martinelli）主演，派拉蒙影業發行。
② Le Fanu（Sheridan Le Fanu，勒法努，1814-1873），愛爾蘭作家，代表作有

Carmilla（？），很想去一看。

　　David Kerner處已去了信了，尚無覆音。他這本書大約用來作大一英文的補助讀物，叫做 "controlled research material"，因為一般大學圖書館書不多，而 freshman English 有寫 research paper 這一個節目，所以這種 control research 的材料集本很多：如 Extrasensory Perception 也有一本書，*Turn of the Screw* 也有一本，學生做 research 就看這麼一本書，自己不去查看書報，其實也喪失 research 的意義了。我在 Potsdam 教書，Book Salesman 專來送書，希望採用。有一次我用了一本散文讀本，其中有一篇文章，把 flout，flaunt 兩個字都用錯了，也被選入。有一次有 salesman 推銷一本大二文學讀本，書中把 Allan Poe 拼作了 Allen Poe，給我當場指出。一大半不做 research 的英文教員，很多在編教科書，目的也無非是升級賺錢，每年新書出得很多，情形也很可憐。你近況想好，文章寫完後再寫長信，專頌

　　近安

弟 志清 上
十月十七日

《希拉斯叔叔》（*Uncle Silas*）、《卡米拉》（*Carmilla*）、《墓地旁的房子》（*The House by the Churchyard*）。

523. 夏濟安致夏志清（1961年10月20日）

志清弟：

　　接獲來信，甚為快慰。文章的確難寫，常常是動筆之前有些思想要發揮，動筆之後，思想凝聚集中，又添了些別的思想，因此連文章的組織都要大改動。關於中國小說（長篇短篇、文言白話）有說不完的話好說，常常牽一髮而動全身。如我的"Metaphor" etc.中提起「女將」穆桂英，曾引起Center女秘書女打字員等的莫大興趣。但是楊家將的故事英文書中恐怕很少講到（因此洋人教授亦就未必曉得），單是楊家將的故事做research，非一兩年不夠。「女將」（常常是番邦的，捉了漢人男子回去「成親」──這是中國男人Masochism的表現？）這一個theme，研究起來需要更大的學問。如歷史上有些什麼「女將」曾經真的俘獲過漢人男子的？隨便寫篇familiar essay還容易，但是research就大吃力了。由「女將」再可談到女子在中國通俗文學中的地位，問題更大了。你現在這篇文章一定可以寫得很精彩，因為要說的話太多，主要就是看結構組織了。《醒世恆言》兩篇東西，我大約看過，但是現在不記得是什麼情節，因此暫時沒有話說。很盼望能早日看見大作。你做文章，講道理一定入情入理，impress聽眾是沒有問題的；再可引進很多西洋文學的材料，學問的淵博亦夠表現了。來信中提起「蔣興哥路線」，很有道理，但是假如我是聽眾，可能要問：why？為什麼中國小說不走這個路子？我相信，這個問題很難有圓滿的答案，但亦不妨把這個問題加重地提出來，刺激高明的讀者聽眾一起來用腦筋思想。這是中國小說史上的一個大問題，無疑牽連到西洋近代realism小說的興起。你能夠注意到這個問題，已夠是十分重要的貢獻了。胡適之，馮友蘭等都想答覆「中國為什麼沒有科學？」他們

的答案都沒有什麼道理。其實中國在十七世紀以前的科學，決不比歐洲差，因此他們的問題是不大通的。你的問題有意思得多了。

最近讀 Jules Mannerot[1] 的 *Sociology and Psychology of Communism*，精彩萬分（Beacon Press Paperbound）。書中很少提到中共，但是幾乎沒有一個 page 不和中共相干的。這是研究共產黨最好的書，充滿了智慧，我是很難再說些比他更高明的話了。美國研究中共的人很多，其實與其去枝枝節節地瞎找材料，不如看 Mannerot 一本書也。很多反共的人攻擊中共農業大失敗，其實這是小問題。因為中共的農業問題可能會解決的，但即使中共真的做到生產大躍進農業大豐收，共產黨仍舊應該要反對的。至於思想昏憒之流，認1919以後中共之興起，為中國前進的表現，更需要多看看 Mannerot 的書。

電影 *Blood & Roses* 已看過，很美，但因為思想淺薄，感人不深。（*La Dolce Vita* 有真正可怕的人生觀。）Annette Vadim[2] 美極了（只有一幕在花房裡，經雨淋後，似不美），人恐怕是像 B.B. 一樣相當笨的（*The Truth* 預備這幾天裡去看），A.V. 和 B.B. 長得還有點相像，Roger Vadim 此人真是豔福不淺也。聲音之「嗲」，恐是舉世無兩。我尤其喜歡片前字幕的四張鉛筆畫，全片看完後，我特地把四張鉛筆畫像，和飛機上的 whisper 看過聽過一遍後再走。片子是不值得看兩遍的，但給我的印象仍極深。故事的確是根據 Le Fanu 的 *Carmilla*，我在上海時大約看過，現在是一點亦不記得了。看完電影，我再翻 Mario Praz[3] 的 *Romantic Agony* 書中 La Belle Dame

---

[1] 應為 Jules Monnerot（1908-1995），法國散文家、社會學家。

[2] Annette Vadim（即 Annette Stroyberg, 1934-2005），丹麥女演員，代表作有《危險關係》（*Les Liaisons Dangereuses*, 1959）。

[3] Mario Praz（馬里奧·普拉茲，1896-1982），生於義大利，藝術及文學評論家，英國文學學者，代表作有《浪漫痛苦》（*The Romantic Agony*）。

Sans Merci一章，照歌德以來的傳統，女Vampire應該吸男人之血的。Le Fanu怎麼叫她去吸女人的血——因而提倡「愛情至上」哲學呢？吸男人之血豈非更可表現「愛情至上」嗎？女鬼吸女血，男子因此無需suffer，浪漫主義到Le Fanu亦可真說是decadent了。

最近看電影興趣傾向歐洲，好萊塢的鉅片是些什麼公司出的都弄不清楚。報載的MGM的 *Ben Hur* 淨賺了六千萬，MGM用於投資五大鉅片：*King of Kings*（一定俗不可耐），《叛艦》④，《四騎士》⑤（Glenn Ford，Yvette Mimieux⑥——亦像Annette Vadim似的dumb blonde法國小美人，我看過她的 *Time Machine*⑦，她似乎無B.B. A.V.那種piquancy），還有兩張不知什麼東西。最近看 *New Yorker*，看見 *Splendor in The Grass*⑧被痛罵，十分高興。電影假如有害世道人心，*Splendor* 與 *On The Beach* 可說是達到了極點了，它們的危險是以High Brow自命，壞影響更深。低級片其實壞影響反而不大的。Bosley Crowther還瞎捧 *Splendor*，令我很生氣。

曾和Birch夫婦吃過一次晚飯，他很佩服你的書，但是有一點難過：他說以後要研究近代中國文學，非得根據你的書不可了——

---

④《叛艦喋血記》（*Mutiny of the Bounty*, 1962），劇情片，劉易士‧邁爾斯通導演，馬龍‧白蘭度、特芮沃‧霍華德、理查‧哈瑞斯主演，米高梅發行。

⑤《四騎士》（*The 4 Horsemen of the Apocalypse*, 1962），劇情片，據伊巴尼斯（Vicente Blasco Ibáñez）小說改編，文森特‧明奈利（Vincente Minnelli）導演，葛蘭‧福特、保羅‧亨里德主演，米高梅發行。

⑥ Yvette Mimieux（伊維特‧米米亞克斯，1942- ），電影及電視女演員，代表作有《猴子回家》（*Monkeys, Go Home!*, 1967）。

⑦ *Time Machine*（《幻遊未來世界》，1960），科幻片，據威爾士（H.G. Wells）同名小說改編，喬治‧帕爾（George Pal）導演，洛泰萊、亞倫‧揚（Alan Young）主演，米高梅發行。

⑧ *Splendor in The Grass*（《青春夢裡人》，1961），浪漫片，伊利‧卡山導演，娜妲‧麗華、華倫‧比提（Warren Beatty）主演，華納影業發行。

不是從你的意見出發，就得推翻或修改你的意見，因此文章更難做了。他這幾句倒是真心話。陳受頤的書他已介紹給我，他的意見：（一）沒有Bibliographs，沒有notes，於研究無助；（二）書中不注出什麼意見是別人的，或是中國通行的；什麼意見是作者自己的；（三）太注意gossip，忽略了作品本身的研究，如司馬相如，關於他和卓文君的戀愛說得很多，作品反而極少。關於李田意，據他知道，只有《清華學報》上的一篇文章，不知有其他，此事只有問李本人了。

　　承你送字典給我，盛意可感，但是書太貴，我暫時亦用不着，我想還是不送吧。臺灣可能會翻版。最近讀書作文，查字典不像過去起緊〔勁〕。如寫小說，對於用字要十分講究；寫現在這種paper，我對於用字是比較馬虎的。我還有和Rockefeller Foundation的帳，尚未結清，結清後，我再想同你討論關於家用的事。大約我在美國是可以長住下去了。再談，專頌

　　近安

濟安
十月二十日

　　Carol學中文，大是好事，這亦是她的愛情的表示，希望你能多多appreciate，Joyce上學後想很乖，念念。

524. 夏志清致夏濟安（1961年11月6日）

濟安哥：

　　十月二十日來信收到已久。上星期三四在哥大留了一晚上，一早晨，回來後多休息一下，至今天方寫信。我文章於去哥大前打好，因為題目早先定好，先得舉兩個例子，佔了不少篇幅，但對外行觀眾，這兩個例似乎是有些用處的，結果文章結構不夠完整，但精彩的話很有幾句，觀眾六十人似都很滿意。我這篇講稿本想impress英文系的，但English Graduate Society，祇是英文系研究生的同學會，和教授們沒有關係，所以大人物都沒有出席。哥大中文系英文系看來也沒有多大人事上的來往。演講完畢，王際真先把我compliment一下，以後蔣彝、de Bary和一位Barnard①英文系教授大家討論一下。吃飯時先吃了兩杯whisky，所以我mood比較好，也不太nervous。翌晨去見了Barzun，他已把我的講辭讀了（Desk還有我那本書，大約他也預備翻看一下），大為滿意。他是有學問人，對於我治學態度當然容易欣賞了解，他希望我那篇文章能在*Kenyon Review*等雜誌上發表。這次去哥大，成績大約不差，據de Bary說，王際真對我態度已改變，因為他對於新派批評東西覺得沒有道理，但演講完畢後，他說我這篇東西比《紅樓夢》那篇好，大約他對我不滿意處就是《紅樓夢》那篇文章也不一定。哥大人事politics我目前也不管他，appointment大概一定這學期內可以送上的。此外看到Burton Waston②是王際真的高足，新近出了兩

---

① Barnard，即Barnard College（巴納德學院），創立於1889年的一所女子學院，位於哥倫比亞大學對面，學生可到哥大選課。

② Burton Watson（華茲生，1925-），1956年獲哥倫比亞大學博士學位，曾任教於京都大學、哥倫比亞大學、史丹福大學等大學，專注於中日文學的翻譯與研

大本《史記》的譯文，他教書時間不多，常在日本。另外一位Ivan Morris③，也是日文翻譯家，英國人，在London School和Birch是同學。聽眾間有石純儀④Christa Shih，你的學生，我初次和她見到，以前曾通過幾次賀年片，她極白嫩，看來年紀很輕，在哥大讀了英文系後，再讀了Library Science，現在哥大圖（書）館工作，今天我還收到她一封讚美我lecture的短信。她問起你，你有興趣，不妨和她保持通信的友誼。她很漂亮，不知如何還沒有結婚。我文章還得稍加修改一下，日內請書記打字，再寄你一份如何？

不久前收到父親一封信，父母因為我的關係，大約常和華僑家屬一同開會，母親已認買了一噸化學肥料，此是小事，但父親要我寫信托華僑聯合委員會把玉瑛妹調回上海，此事我實在不好辦。這是父親第一次信上提到華僑聯合會的組織，我若寫信，將來麻煩必多。我把信附上，你看後請寄還。信上所托諸點，如何處置，只好和你商量。蘇滬親戚病死的日多，雖然年紀大了，在貧苦下死掉，情形亦很慘的。

Blood & Roses 我沒有看，自己不開車，晚上出門相當麻煩，將來有機會可能去一看，欣賞Annette Vadim之美。以前法國電影美女很少（除D. Darrieux外），B.B.等新型臉龐以前確是見不到的。

究，出版著作逾20冊。代表譯作有*Su Tung-po：Selections from a Sung Dynasty Poet*（《宋代詩人蘇東坡選集》，1965）、*The Columbia Book of Chinese Poetry*（《哥倫比亞中國詩選》，1984）、*Zhuangzi*（《莊子》，1964）、*Records of the Grand Historian*（《史記》，1961）等。

③ Ivan Morris（伊凡‧莫里斯，1925-1976），英國日本研究專家，1960-1973年主持哥倫比亞大學東亞語言與文化系，代表作有《失敗的尊嚴》（*The Nobility of Failure*）等。

④ 石純儀（Christa Shih Meadows），湖南人，早年喪父，由母親撫養成人，事母至孝。1955年畢業於國立臺灣大學，後獲哥倫比亞大學碩士學位，曾當選過中國同學會皇后。夫婿Meadows任教於哥大電機系。

我在Potsdam時還常翻*Variety*，研究好萊塢生意經，現在office在高樓，圖書館在五樓，上下要乘電梯，無事也不去圖書館了。所以*Variety*已數月未看，加上電影看得少，對影壇情形亦隔膜，祇看*Time*影評和*Life*的報導。以前我儼然專家自居，現在真的變成外行了，一個月前曾借看了B. Crowther的*Hollywood Rajah*消遣了一下，Crowther仍舊捧Thalberg⑤, Schary⑥，攻擊Mayer，其實四十年後的MGM歌舞巨片不斷而來，實是Mayer的功勞。現在歌舞片已淘汰（除非Rodgers-Hammerstein⑦，*West Side Story*等舞台hits），好萊塢以前那般輕快的風度，現在是一無餘蹟了。U. of Pittsburgh月前曾給Gene Kelly honorary degree，他是匹大畢業生，三星期前我也去看了Judy Garland，她一人能吸引一兩萬觀眾，不是容易的事。Judy Garland很casual，唱唱歌，喝些水，和中國老生差不多。但她的喝水倒不是口渴，僅是一種噱頭而已。

　　大字典匹大書店已有出售，我買可打九折，所以不算貴，明天即到書店囑他們把書寄出。你對文字一直有興趣，這本字典quote既多，備着作參考，總是有用的。我別的東西也想不到什麼可以送你的，這本字典對你總是很實惠的。新近買了一本Malamud，

---

⑤ Irving Thalberg（艾爾文・薩爾伯格，1899-1936），米高梅製片人，製作了《大飯店》、《叛艦喋血記》、《茶花女》等名片。他的最大貢獻之一是確立了以製片人為核心的電影生產模式，取代了以前的導演核心模式。

⑥ Dore Schary（多爾・沙里，1905-1980），美國電影導演、劇作家、製片人，歷任米高梅製片主任、總裁等要職，代表作品有《蓋茨堡之役》（*The Battle of Gettysburg*）、《偉人愛迪生》（*Edison, the Man*）等。

⑦ Rodgers-Hammerstein，美國百老匯著名的音樂劇搭檔，理查・羅吉斯（Richard Charles Rodgers, 1902-79）作曲，奧斯卡・海默斯坦（Oscar Hammerstein II, 1895-60）作詞。二人合作，創作了許多膾炙人口的音樂劇，如《真善美》（*The Sound of Music*）、《南太平洋》（*South Pacific*）、《國王與我》（*The King and I*）等。

A New Life，因為描寫 teacher college 生活，和我在 Potsdam 時情形相仿，看來想必有興趣。Malamud 的 *Magic Barrel* 中有幾篇怪小說，但 *A New Life* 頭一章平鋪直敘，相當 boring，看來 Malamud 做頭一流小說家的資格，差得還很遠。

Joyce 前星期出了似痧子的東西，病狀極輕，究竟出的什麼東西，我也無法斷定（醫生說是痧子）。她在家一星期，不和小朋友玩，不上學，自己畫畫、遊戲，知識方面的長進比在校一個月還多。美國小孩，不能享受 solitude，入學太早，求知慾反而減低了。

程靖宇有信來，預備送我們梅譚馬趙（燕俠）的 tapes，他現在在 apply University of Sydney 的東方系講師之職，上次他 apply 港大，我信態度比較公允，這次 Sydney 既遠在澳洲，我寫了一封極 strong 的推薦信，希望他能得到 job，離開香港也好。

Carol 讀中文，一星期五天，有空還得聽 tape，Yale system 注重文法會話，學了兩個月，中文大約已懂了一點。我這個月生活可很正常，預備在校讀小說，晚上自己多看些文言東西。不多寫了，你近況想好，專請

　　近安

　　　　　　　　　　　　　　　　　　　弟 志清 上
　　　　　　　　　　　　　　　　　　　十一月六日

525. 夏濟安致夏志清（1961年11月14日）

志清弟：

　　在接到你信之前，已接到石純儀的信，據她說你的演講是most interesting，thought-provoking and well presented，我相信你在哥大演講一定十分成功，心中很是高興，文章亟待拜讀。我本來已忘了你哪天要去哥大，現在看見來信，知道詳情，更為欣幸。Barzun的頭腦是清楚的，他恐怕不一定看得起死讀書的笨scholar，但學校沒有笨scholar支撐，也開不下去的。現在好容易找到像你這樣有學問有思想的人，當然捨不得你走了，全美國弄中國文學的人，有你這樣equipment的人，實在很難找。弄別國文學的人，都可頭頭是道地講些道理出來，偏偏弄中國文學的人，侷促於所謂Sinology之中，實在亦是中國之不幸。你的成功，亦是中國的光榮也。

　　哥大有個學生，在加大留學，名叫Moss Roberts [1]（？），我未見過，聽說面容醜陋，肌肉牽筋，但成績很好。他本想找我補習（《古文觀止》），但我沒有空，另外介紹給朋友了。據陳世驤和我那朋友說，此人對於哥大的教授佩服另一位中國人（不是C.C. Wang，忘其姓）。他對U.C.的那些高材生，亦不一定看得起，他可能是陳世驤全班成績最好的人。他現在大約能一個鐘頭看完《古文觀止》文章一篇，程度算是很好的了。此人將來可能做你的學生，不妨留意之。

　　中國學問浩如煙海，我常想發憤來讀古書（如研究神話等），

---

[1] Moss Roberts（羅慕士，1937-），美國漢學家，哥倫比亞大學英文系畢業，1966年獲哥倫比亞大學博士學位，長期任教於紐約大學，直至退休，譯有《三國演義》、《道德經》等。

怎麼亦沒有工夫。你如擔任小說課對於文言小說不妨開始注意。中共最近出了些中國小說英譯本（如《杜十娘》等），芝加哥某書店經售（CHINA BOOKS & PERIODICALS），我常常收到些書店目錄廣告等，你收到的想更多了，我已把它們全買來了，但尚未開始讀。你現在頂要緊的是等聘書，聘書到手，研究就可以優哉游哉，用不着像今年這樣緊張了。

哥大人事問題，你不管最好。這種事情，我只有一個原則，任其自然。虛偽總不如率真，不懂世故的人硬充世故，只有鬧笑話。一般人對於有世故的人，總不免「防一腳」；沒有世故的人反而容易和人處得好。不過教授之中，脾氣怪癖〔僻〕，乃至氣量狹仄（如傳說中的陳受榮以及陳錫恩②〈USC的〉），乃至mean的人都有，如見見他們躲不掉，只好敷衍。我其實是很怕交際的，和你一樣，來往的只是proven friends而已，但even so，我在Berkeley的交際應酬，我還嫌太多一點。陳世驤更多，我真替他可惜。洋人我倒容易應付，但加州中國同胞有多少，和他們——如尚未軋熟——來往，總覺吃力。華僑洋化的反好。紐約的同胞們將來恐怕亦是你的一個負擔。

上面一頁寫完後，擱了好幾天。我最近很忙，原定下月初到西雅圖去宣讀論文，但無論如何趕不出來，決定寫信去告假，在Xmas前把文章寫完，一月份讓他們打字油印，二月份我去參加討論。這篇文章的style只想維持〈瞿秋白〉的標準，但要證明我的論點，這次比上次難。這次的論點，將給左派人士不小的jolt，但

---

② 陳錫恩（1902-1991），福建福州人，教育家。1922年畢業於福建協和大學。1928年獲哥倫比亞大學教育碩士學位後，出任協大教育學院院長。後再度赴美，1939年獲得南加州大學教育博士學位。長期任教於南加州大學，代表作有《毛主義者的教育革命》（*The Maoist educational revolution*）、《1949年以來的中國教育》（*Chinese Education Since 1949: Academic and Revolutionary Models*）等。

我不願使他們冒火，說話總想極力婉轉，因此很吃力，總想找到一個適當的tone。tone找到了，事情編進去亦費事。瞿秋白的故事是直線發展的，這次的頭緒較多，容易弄亂。總之，我的文章是寫給左派人士看的，要叫他們心服，瞿的題材好，左右人士看了都可心服，此次題材就較難張羅了。

現在我一星期平均總有三四個晚上有應酬的，很感吃力。寫文章是晚上頭腦最清楚，但晚上有了party，時間就耽誤了。這些party大多無意思，吃飯喝酒而已，但這是美國生活方式，非如此更見不到人了。我最productive的時期，是在印第安那，那時是一點交際應酬都沒有的。我的臉皮嫩，「和露處」，有請必到。在臺北，我幾乎全為朋友而生存的。

最近信寫得較少，希願［原］諒。但如向U.W.請假，心中又可恢復一點優閒之感了，否則壓得心上很不痛快。石純儀處的信，即可寫。她是臺大女生中比較佩服我的一個，湖南人，亦許屬於passionate型。我的朋友王適③（哈佛Ph.D.，U.C.電機系副教授），曾和她有來往，覺得她很難服侍，此亦許是她至今仍小姑獨處的原因吧。我是要回她信的，但說要打什麼主意，我是不會的。我對於臺大的學生，原則是不來往，一來往起來，是不得了的。U.C.亦有不少臺大畢業生，我是一個都不招待。最近沒有空交女朋友，要交女朋友亦不在臺大畢業生圈子裡找。

這裡有一個Chinese Center，是中國人瞎交際的地方，主辦人是當年St. John's校長沈嗣良④。陳世驤對之甚感興趣，我是很覺

③ 王適，江蘇無錫人，1951年獲哈佛大學博士學位，柏克萊加大電機系教授。

④ 沈嗣良（1896-1967），浙江寧波人，體育活動家。1919年畢業於上海聖約翰大學，後獲美國哥倫比亞大學碩士學位。曾以中國體育代表團領隊或總幹事身份，兩次參加奧運會。抗戰期間，出任聖約翰大學校長。1945年被國民政府以漢奸罪關押，1946年獲釋後赴美定居。代表作有《中華全國體育協進會史略》等。

奇怪的。那center最近要排演stage show，Grace還要主持fashion show，請了十幾位中國小姐，穿奇裝異服（主要是古裝）上台表演。王適等對於這種為女性服務的事情，是很起勁的，我是毫無興趣。還有人練唱京戲，唱得不一定比我好，還要上台表演，其大膽殊堪佩服也。

這種是要敷衍的事，還有些是同事，談話尚有興趣而不易見面的人，如在party上碰頭，亦是好事。

最近還看了Leningrad Ballet，票價奇貴，七元錢坐二樓後排，叫做Dress Circle（二樓前排是Grand Tier，三樓是balcony等）。戲叫*Sleeping Beauty*，覺得那些人跳得很好（面孔是看不清的），但毫不受感動。Ballet與Opera一樣是缺少drama的成份，京戲的滿足，是不易duplicate的。其實崑曲的動作更細膩，更富舞蹈之美，可惜我看得太少。

字典已經收到，謝謝。這樣貴重的禮物，是可以用一輩子的，內容如何，尚看不出來，只覺得引用的例句以現代作家為多。《聖經》、莎翁等反而不大見了。這種字典的確是新編的為現代人用的現代字典，不是借用過去底子稍加改動而成的。

Rockefeller Foundation方面，只要我退回$490，是美國返臺最低飛機票價，但退回之款，仍要拿去援助臺灣大學。我想我領了兩千元旅費，只好算用了一千元，臺大太窮，我仍預備退回一千元，臺大待我不薄，這樣亦算小小的報答。

肥田粉事，我想我們應該幫助家裡，兩噸都是我來買好了。錢暫由你墊，因為今天去銀行來不及了，而我想把信早些寄掉。以後的家用，至少亦該由我來分擔一半。

今年聖誕，我仍舊歡迎你們來（請把意思轉達給Carol和Joyce，並向她們問好）。那時文章寫完，我亦很想透一口氣。說不定我想來Pittsburgh散散心，但現尚未定。我接受了U.W.之聘，弄

得沒有假期了。U.C.給我的聘約是八百多元一月，一萬多一年（小數目已忘），分十二月發，暑假休息一月，不做事拿薪水。要去U.W.做事，變成一年做足十二個月，人太辛苦，而經濟上是毫無好處的。所以如此者，因U.W.待我很好，很看得起我，而我在美國生活如單靠U.C.並不十分保險，和U.W.的關係不能斷。做事總得留一個退步。再則，terminology是弄不出大道理來的，在U.W. sponsor之下，寫一本書出來亦是好的。如能把書寫完，生活還得重新安排一下（我寫文章，反共而不敢得罪左派之人，亦是為job着想）。

玉瑛妹的事，不知你寫了信沒有？我認為信可以寫，但效果恐是很小的。共黨的「下放」為對付青年的「法寶」，很不願意把人再調上來的。還有一點，使我感觸很深，即父母親的奮鬥精神。我常想，假如我們不幸留在大陸，將如何做人。我的鬥志很薄弱，亦許一切「認命」了；到新疆做事亦好，吃高粱山薯亦好，我是不會反抗的。而父母親還想在極苦的環境之下，找些安慰，這種精神實在叫我難過。先是想替玉瑛妹找一個較有錢的丈夫（亦是僑戶吧），再則還想「據理」聲[申]請玉瑛妹調回上海。這是極微弱的奮鬥，但是他們找尋安慰與生活的保障，其努力實太可憐了。我們只好聽天由命。再談　專頌

近安

濟安

「又及」侯健想到美國來留學，我主張他到哥大來讀英文系，同時希望你能用他做助教，他很誠實可靠，能力亦不差的。

526. 夏志清致夏濟安（1961年11月24日）

濟安哥：

　　今天收到Barzun來信，謂Trilling已得Macauley[1]回信，文章准在*KR*發表，不過得 "make a few minor changes"。下星期大概可和Macauley直接通信，此事使我很高興，因為討論中國文學的文章，在美國上等文學雜誌上發表，這還是第一次，正像你的那篇*Jesuit's' Tale*是上等雜誌所發表的第一篇中國intellectual的創作。*KR*、*PR*、*Sewanee*、*Hudson*都登載過日本小說的review，東方文學翻譯也有過一兩次，前年Shils[2]（？）在*Sewanee R.*上也刊過一篇關於印度智識分子的文章，但真正討論東方文學的文章還沒有見過。這一關打通了，以後寫文章要發表也容易了，而且讀者select，容易得到欣賞。文章要稍加修改是意料中事，我自己已修改了一些，因為預備那篇稿子的時候，臨時緊張，有些地方寫得不滿意。這次修改，把題目也改了，但文字仍嫌生硬，說理也不夠透徹，請你看後多多指正。你覺得還可以，我想寄兩份給陳世

---

[1] Macauley，即Robie Macauley（羅比‧麥考利，1919-1995），美國小說家、評論家，畢業於墾吟學院，1958年接替藍蓀（John Crowe Ransom）主編《墾吟雜誌》。1966年成為《花花公子》雜誌的小說編輯，1978年出任霍頓米福林（Houghton Mifflin）出版公司資深編輯。代表作有長篇小說《偽裝的愛情》（*The Disguises of Love*）、《即將到來的時間秘史》（*A Secret History of Time to Come*）等。

[2] Shils，即Edward Shils（希爾斯，1910-1995），美國著名社會學家，早年在賓州大學主修法國文學，畢業後至芝加哥大學，改治社會學，成為芝加哥大學社會學和社會思想委員會的傑出教授，有著廣泛的影響力。代表作有《傳統與現代性之間的知識分子》（*The Intellectual Between Tradition and Modernity: The Indian Situation*）、《論傳統》（*Tradition*）、《學術倫理》（*The Academic Ethic*）等。

驤，Birch。這篇文章實在寫得沒有那篇《紅樓夢》好，因為牽涉太多，而且硬定先要舉兩個例，和後文連接起來，相當吃力。這篇文章可以發表，那篇《紅樓夢》當更可發表，預備先試 *PR*，再試 *KR*。*KR* 今年在革新，登載了 C.P. Snow ③ 的東西，預備和 *New Criticism* 脫離關係（雖然 Blackmur 的文章仍然登），但水準仍相當高。

　　我紐約回來後，Barzun 看我的書，看得高興，送了我一本他新出的 Anchor Book，*Classic, Romantic & Modern*，並給了我一封信。我把書看完後，也寫信謝謝他。原名：*Romanticism & the Modern Ego*，想不到 Barzun 是浪漫主義的發言人（*Home & Intellect* 上看不出這一點）。他擁護 Rousseau，把浪漫主義的成就抬得很高，把 Realism、Symbolic、Naturalism 都認為是浪漫主義的支流，對 Eliot、Joyce 等現代人很看不起。他的觀點大體是對的，因為廿世紀實在無法和十九世紀相比。這本書你可買一本看看。我和 Barzun 關係弄好，將來到哥大方便得多。但 appointment 還得先由系裡提出，系裡提出後，Barzun 批准當然沒有問題。但系裡開會時，王際真會不會製造困難，得看 de Bary 有沒有聘我的誠意了。此事我也不想它，我想大概是沒有問題的。問題是在 tenure 上，Visiting Assoc Prof. 是一定可以拿到的。

　　你一星期平均三四個晚上有應酬，的確是很吃力的事。陳世驤交際比你更廣，真虧他還能讀書寫文章的。美國作家寫文章時，常常不見人面，搬到小地方去隱居，大概也是這個道理。英國文人在

③ C.P. Snow（斯諾，1905-1980），學者、小說家，1930 年獲劍橋大學博士學位。1930 年至 1950 年，在劍橋大學基督學院從事研究、教學和管理工作，同時還進行文學創作，1960 年成為終身爵士。代表作有《兩種文化》（*The Two Cultures*, 1963）《陌生人與親兄弟》（*Stangers and Brothers*, 1940）、《寫實主義者》（*The Realists*, 1978）等。

秋冬季social season時去倫敦交際，平時不大進城，倒也是個好辦法。我很喜歡cocktail party，但絕少有機會參加，平時也少交際。今天晚上和開學後不久，匹城開中國同學會，我都沒有去參加。匹城中國人教書的不多。但在工廠內做事一定很多，和他們見面，也相當無聊。我去紐約後，應酬方面如何對付，的確是個problem。我想還是多和洋人交際，和中國人少來往為妙。最好的方法是製造一個「古怪」的印象，人家見你交際不起勁，也就不來找你了，但硬裝「怪」，我也不會的。

今年Xmas我們大概不預備來Berkeley了，你來Pittsburgh我們倒很歡迎：舊金山到Pittsburgh飛機直達，不比來Potsdam訪我們麻煩。我去Smith演講得預備一份稿子（正月十七），但早寫多修改，浪費時間太多，我決定給它兩星期的時間趕好。所以Xmas前後到年初三四我一無雜務，你正可來匹城玩一陣，我們交際不廣，你也可在匹城調劑精神，散散心，relax一下。所以希望你Xmas前把文章寫完，決定來此地過年假。關於「左聯」的第三篇文章，你材料搜集得很豐富，只要維持瞿秋白的那篇urbane and sympathetic的tone，我想不是難事。

玉瑛妹的事，我還沒有寫信。上次把信寄給你，是要和你商量；你既主張不妨寫信，請把父親的信寄回，因把［為］信上寫的地址人名我都沒有抄下。父親今天有信來，又提到這件事，所以信得日內寄出。父母很掛念你，希望即寫封信由我轉寄家中。父母親這樣地不斷奮鬥，我心裡也很難過，雖然我覺得是沒有什麼結果的。肥田粉信上似乎只認購了一噸，下星期寄錢文淵處，當多寄50元去。這次你要出錢也好。家用你存在我們這裡的二千元大概還沒有支完，我們手頭都不錯，以後家用還是二人各出一半好了。前天晚上看了 *Two Women*，很滿意。Joyce已全愈［痊癒］，Carol近況很好，她們都希望你來匹城玩。再談了，即祝

近安

弟 志清 上

十一月二十四日

　　[又及] 這幾天看《醒世姻緣》，文筆拙劣，敘事clumsy，頗有看不下去之感。看完了胡秋原《古代中國文化……》上冊，覺得精（彩）地方不少，尤其是他把「俠」提出來as a ideal，和中國重農抑商政策的批評。他把屈原當作「文人」代表，也很有道理。

527. 夏濟安致夏志清（1961年12月1日）

志清弟：

　　大作並來信都已收到。大作非常精彩，分析小說與現實中社會的道德問題，透闢之至。中國人像你這樣關心道德問題而有見解的，近代似乎還沒有。胡秋原其實還是「浪漫派」（pace Barzun），只注意單線的，向「善」的發展，還看不出道德問題的複雜。你雖然一派天真，其實對於「人情世故」的深處的了解，遠勝於一般「老油子」。《三言》中有這許多道德問題，我就看不到。我感到興趣的，還是它的exoticism，覺得它的希奇古怪（當然我的反應和明朝人的「驚奇」又是不同），其中嚴肅之處，一下子是看不出來的。當然，你挑這幾篇，也挑得有道理，很多篇如你所說亦沒有很多道理的。文章紮實得很，我是不敢改動什麼。你寫這篇文章的甘苦，你已詳細談過：我認為你要討論少數小說之外，還要討論全部《三言》，未免太吃力了。有些地方似乎發揮得不夠，但再發揮，可以寫一部書，只有讓它這樣了。對於知道《三言》的人，這樣寫法已經很夠了。我相信拿這篇文章到講堂上講，一定可以講好幾個鐘頭，而且有討論不完的問題。我希望你有空不妨多看看元明清的戲，就故事論故事，它們是和「小說」相彷彿的，而且道德、心理、社會的問題，亦可大加討論。再司馬遷as a moralist亦是非常有趣的題目，司馬遷有時大約亦寫fiction。Col. U. Press最近出了兩大本Watson譯的《史記》，妳不妨替*PR*、*KR*等寫幾篇書評。這些話只算對你寫第二部書貢獻，你第二部書不妨是部集子，把一些studies收在一起，主要是討論中國舊文學的。《三言》一文思想精深，內容豐富，所表現的學問亦十分驚人，在*KR*發表最為得其所哉。《紅樓夢》一文希望亦能早日發表。陳世驤和Birch都想早日看

見你的論《三言》一文，希望寄給他們。

　　我的《左聯五烈士》一文，寫得現在亦許找到合適的tone了，我對他們其實不大同情，他們是次等作家，為人除柔石大約都是些激烈派「橫人」，索然無味的（最不可愛的是馮鏗，連魯迅都討厭她的）。他們既缺乏「深度」，要嘲弄他們都很難。魯、瞿都是容易同情的，我的所謂research其實硬要找可以同情那五烈士的理由也。文章大約寫了一半，寫前面，其實亦是在整理後面的思想，所以前面寫得愈仔細，後面就可以省力了。你的文章大道理層出不窮，實在使我歎服，我是靠footnotes吃飯的。Facts知道得愈多，文氣愈盛。沒有facts，落筆就吃力得很。如對於「二郎神」，我最感興趣的題目是二郎神cult；宋徽宗時的harem制度，男神迷婦女（且不提impostor，中國小說中女神愛男子的很多，男神如愛民間婦女即為「邪神」——如蘇州的「五通」等，正義人士——官吏，士紳乃至老百姓都可加以撻伐的）等，但我還是佩服你這種寫法的。

　　另函寄上齊白石日曆一本，這一本比上次的似更精彩。德國人所印齊白石日曆，似分大、中、小三號，上次寄的是中號，其圖畫似乎每年不換，多買就沒有意思了。這次是大號（以前我未見過，其實不比中號的大，只是較長），圖畫面目一新。但到1963，可能仍是這幾張畫。另外又寄上一幅畫，可以掛的。這張畫其實我不大喜歡，但相當有趣。所以買它，因為國畫印成軸狀的，我就只看見這一種，無法挑選，只好買它。畫家是錢選①（字舜舉），宋末元初人，趙孟頫的先生，他的style據Cahill（他的書極好，我們送了陳世驤一本，我自己在舊書店發現一本，買了回來，非但畫印得好，道理講得亦好）說是unimpassioned，fastidious，sensitive，seldom

① 錢選（1239-1299），字舜舉，號玉潭，浙江湖州人，宋末元初畫家。

immediately appealing，特色是cool。畫中人是桓伊，字野王，東晉時文武雙全的名士，曾參加淝水之戰，善於吹笛。我所以說「不喜歡」，而又說「有趣」者，因為畫中人很特別的不是仙、佛、隱士、帝王、美女，而很像歐洲十八世紀的dandy，神氣倨傲得很。這種人我根本不喜歡，但中國畫取這種題材，倒是很難得的。印得不差，但紙張並不好；雖成軸狀，但並沒有裱，相當搭漿的。你要掛在office，家裡，或轉送別人都可以。我不知道你或Carol是否喜歡它—— artistically，線條是很精細的，但它不能給你如齊白石那樣的「生命的喜悅」的。

父親的信敬寄還，並百元支票一張，作買肥田粉之用。我是主張第一步把兩位老人家接到香港，第二步再接玉瑛妹和焦良（他們恐很難出來，因年富力壯也）。香港並非樂土，但是父親的朋友、小輩等還有不少，他們可能是勢利眼，但是現在既然我們二人在美國都還算有辦法，他們中亦有人肯熱心幫忙照應的。這意思在我心中醞釀好久，這次大膽把它寫在信裡，措辭大致還不至惹禍（不說是你的意思，只說是我的意思，共方如責備，可有推托）。共方既認我們是僑戶，亦許不放兩位老人家走——因為走了就少了一筆外匯收入。據聽說，年老而不能生產的人，共方是不大阻攔的。二老的旅費我願負擔——旅費之中可能包括賄賂，因共幹聽說亦貪錢而賣交情的（共方紀律忽輕忽緊，今年與'57 ——反右派之前——都是較鬆的），但這種話信裡不便說。母親不懂世務，父親的alertness因年老體弱，恐怕亦較前差了很多。如何去和共幹辦交涉打路條是頂難的一樁事，這一步辦通，以後就省力了。我的信寄去再說，同時希望你亦如二老所叮囑的去申請玉瑛妹回上海（好像兩個兒子有兩個主張，你那個行通了，亦小有裨益，但非根本辦法也），話愈簡單愈好。因共幹好辯，你理由愈充足，他跟你辯得愈起勁，反而把問題弄得複雜了。

　　假如我十年前就在香港打下基礎，父母親亦許早接出來了。一切的安排豈非命乎？報載，中共着手和美國談判買糧食之事，不管談得成績如何，只要他們放寬「路條」的限制，少反美，二老亦許就可以出來了。我信寄去撞撞看再說。再談，專頌

　　近安

濟安
十二月一日

Carol 和 Joyce 前均此。

　　[又及] 承邀東遊，甚感；但來否或何時來，尚未定。

528. 夏志清致夏濟安（1961年12月8日）

濟安哥：

　　十二月一日來信已收到，那篇文章，承你稱讚，極不敢當。文章有幾處精彩意見，但結構不好，文字也不夠漂亮，都是沒有預先腹中擬稿，一氣寫成的結果。但Macaulay既然要登，大概還可以欺瞞外行（我等了好久，他今天有信來了），Birch、世驤既然要看，也擬明天寄出兩份。我文章中有幾段精彩意見，到後來都放不進去：一、中國無courtly love的傳統，此事實和寫小說人的關係；二、中國小說描寫愛情的文字。此外佛教故事都沒有提到（有幾個老和尚被女色引誘的故事，應當一提），有幾隻故事講友誼生死之交，相當於西洋的grand passion（一見鍾情，答應一年後相會，某友先死，活着的悲痛異常，或竟自殺），而戀愛故事中倒沒有這種absolute commitment的描寫。我這篇文章，雖然讚美了《蔣興哥》，對其他故事並沒有很高的估價。事實上，說話人講故事，敘事方法相當於中世紀的rhetoric，一節一節湊成，談不到結構，所以模作也特別容易（如《拍案驚奇》）。我既不好討論文章結構，只好在思想、道德問題方面用些工夫了。最近讀完了Norman O. Brown①，*LIFE against Death*（Modern Library paperback），這是一本重述Freud思想而改正他結論的書，精彩之處很多，你如沒有看過，不妨一讀。我對Freud理論其實是外行，那篇文章用了些Freudism terms，觀點也帶些Freudism味道，自己覺得很慚

---

① Norman O. Brown（布朗，1913-2002），美國學者、作家，代表作有《小偷赫墨斯》（*Hermes the Thief: The Evolution of a Myth*）、《生與死抗》（*Life Against Death*）、《愛的形體》（*Love's Body*）。

愧，所以想把Freud的理論稍加研究一下。我以前以為Freud着重
sex，想不到他對anality（大便之類）也極有研究，結論是money
＝ excrement（中國也有銅臭，黃金如糞土的說法），一切佔有
慾的表現都是想逃避死亡而正被death instinct所enslave的表現。
Freud主張「異化」，Brown看來，「異化」還是向社會表示妥協、
屈服的表現，所以他不主張「異化」，而想重返到老子、Blake、
尼采所想像的世界，即Adam未殞落前的世界。這種話講起來很漂
亮，但如何把這種life實現，實在大成問題，所以他結局一章 "The
Resurrection of the Body" 極weak。Brown看不起Huxley，以為他提
倡的是Apollonian Mysticism，Brown自己的大概可稱是Dionysian
Mysticism。Brown這本書把Freud和歐洲的mystical tradition合為一
談，是很有意思的。根據Freud，批評中國舊小說所描寫的世界，
話說得很多，按照myth看法，說的話也一定很多。Formal criticism
運用到中國小說戲劇就比較勉強。

　　這一期的 *Asian Journal* 你想已看到了。因為你把文章自動抽掉
了，害編者們把雜誌晚期一個月。我那篇《紅樓夢》書評，寫得
還可以，但硬充學者，實非我所長。我這篇書評，想一定得罪很多
人，文章既寫了，也顧不得這些了。文章一字沒修改，first column
"compass" 應作 "compare"，Lan-Hsu 應作 Lan-Shu，我寫信更正後，
又給 Murphey 改錯了。有兩處地方我用了這個 expression（until
recently…has been），事後覺得不大妥，Murphey 既沒有更改，也
就算了。我的書想不到是劉君若[2]作評，這位女博士以前發表過兩
篇討論中國現代小說的東西，文章錯誤百出。她第二篇文章是在
Asia & the Humanities 一書上發表的，兩年前我向 Indiana 大學郵購

---

[2] 劉君若，美國威斯康辛大學博士畢業，明尼蘇達大學教授。代表作有《中國十
　　三世紀雜劇研究》等。

此書，事後給編者Horst Frenz③寫了一封信，指出劉女士文章大笑
話四五處，不料Frenz把信轉寄給劉，劉給Frenz的回信，Frenz也
轉寄給我，我也沒有作覆。所以劉女士對我這本書雖然不可能作
惡意的批評，故意用些份量較輕的讚美詞（fluently，scholarly，
informative），一般讀者看來覺得她很subjective，態度也很公允，
哪裡看得出她「春秋」筆法的苦心？她很捧你，不料她看書粗心，
以為評《旋風》的一小段也是你寫的。美國東方專家太少，一個也
不好得罪，我看了書評後，倒寫了封信謝謝她，不提往事，關於李
廣田那一點，也請她指教。希望她看信後不記舊怨，以後見面客客
氣氣就算了。

　　你給父親的信已寄去，你的主張我很贊成，但恐怕父親inertia
太大，不肯認真去想辦法。父親身體很弱，上次一封信說，他去公
園散步，一定要母親或阿二作伴，以防不測（以前數年，去公園散
步都是一個人去的），所以搬家、長途旅行這種花氣力的事，精神
身體條件都不可能辦到。其實，父母去香港住下，我們也可暑假回
去訪親，他們一定可以過得很舒服。但母親一定捨不得把玉瑛妹一
人留在大陸吃苦，此事如何決定，且看回信再說。華僑聯合委員會
處的兩封信，我也寫了，寫的是白話呈文，大概是沒有什麼效力
的。好久以前焦良給我們兩封信，我們都沒有作覆，新年將近，我
們應寫封信去安慰鼓勵他們小夫婦。

　　謝謝你寄給我們珍貴的禮品，錢選的《桓野王圖》，我很
喜歡，線條精細，色彩明朗而的確給人Cool的印象。我們apt
concrete牆上不可打針，所以這幅畫可能掛在office內。中國人物
圖毛筆trace臉型和features我都不大喜歡（日本的仕女畫和木刻更

---

③ Horst Frenz（弗雷茲，1912-1990），生於德國，1954-1964年任印地安那大學教
　授，以研究尤金·奧尼爾（Eugene O'Neill）知名。

caricatured到ugly的程度），錢舜舉的畫當然也有這種缺點。中國portraiture眼睛眉毛距離太闊，眼睛太細長，耳朵太大太厚（我發現耳朵小而無lobe，才能給人delicate的感覺。中國佛像都是耳長垂肩，給人笨重的印象），傳統如此，也無法complain。齊白石的日曆，這幾張畫着色比上一本更濃更鮮豔，他畫花草蟲魚，作風其實和Matisse畫仕女很相似，在flat surface加以大紅顏色，但他畫昆蟲魚蝦這種細緻的筆法，卻非Matisse可及。恰巧前星期程靖宇送了我一本《齊白石詩文篆刻集》（又送了幾張蘇州風景畫片，看到虎丘、天平、靈岩、拙政園、獅子林的景象），其中有一篇自述，我把它看了，對他的藝術更有了解。和其他藝術家一樣，齊白石是從小就表現天才而精力極充沛的人。看他的文章（不外祭父、祖父、亡妻之類），他極力把他自己看作極孝極「顧家」的人，他的感情當然是真的，但他不可能是Confucian world內的人。他五六十歲到北平住定後，據他說是他妻子建議娶一個十七八的小姑娘伴他，把妻子和老母都留在軍閥猖獗的湖南喫苦。看來齊白石是和Picasso一類的人，為藝術而不可免的更自私，齊白石兄弟妹妹很多，境遇都不太好，而齊也不濟助他們。他精力過人，子女生得多，而都沒有好好教育他們，糟蹋死了好幾個，他們當然天才不如父親，但齊的indifference也相當可怕的。且看他五十歲的時候，怎樣treat他的子女的（那時他已成名，積蓄已不少）：

那時，長子良元年二十五歲，次子良黼年二十歲，三子良琨年十二歲。良琨年歲尚小……跟隨我們夫婦度日。長次兩子，雖仍住在一起，但各自分炊，獨立門戶。良元在外邊做工，收入比較多些，糊口並不為難。良黼只靠打獵為生，天天愁窮。十月初一得了病，初三日曳了一雙破鞋，手裡拿着火龕，還渡到我這邊來，坐在柴灶前面，烤着松柴小大，向他母親訴說窘況。當時我和春君，以為他是在父母面前撒嬌，並不在意。不料纔隔五天，到初八日死

了，這真是意外的不幸。春君哭之甚慟，我也深悔不該急於分炊，致他憂愁而死。

他的如夫人（後來歸正）的子女，他待他們較好，但也不注重他們的教育，要他們撐氣。假定用西洋人寫藝術家傳記的寫法述白石的一生，着重點一定不同。但齊的自述，用傳統的看法看自己，好像 sex 佔極不重要的地位。同 Goethe、Picasso 一樣，齊精力過人，二夫人也比他早死。但齊藝術上表現的，卻和 sex 似毫無關係的。白石的刻印，粗獷有勁，自成一家，也是大天才的表現。齊自己 prefer 他的印 to 他的畫，這句話不是瞎說的。

我夏秋兩季因為戒 tranquilizer，身體不易服侍，efficiency 極差，寫文章也不能得心應手。現在總算戒掉了，ulcer 也不再發作，晚上失眠即服 sominex（即你偶而服用的同類東西）一 tablet 之四分之一或五分之一，大概不傷身體，情形也歸正常。希望可以好好讀書，我已買到《六十種曲》，預備把中國戲曲也認真看一下。文言也要讀。哥大聘書還沒有下來，我也不去愁它。如果此事不成，再換學校，也無不可。

假期很希望你來玩，你如時間許可，來玩一星期也好的。建一這兩天又生病，Carol 體質不堅，所以子女多病，Joyce 情形可能是 measles（假如上次不是 measle 的話），也可能是 virus infection，稍有寒熱而已，望勿念。即請

　　近安

　　　　　　　　　　　　　　　　　　　　弟 志清 上
　　　　　　　　　　　　　　　　　　　　十二月八日

［又及］謝謝支票一張，肥田粉一噸值 H.K. 300元，我僅寄了

50元，另50元下次當作家用匯上。*The Hustler*④已看過，極精彩，
Robert Rossen⑤不失為大導演。

---

④ *The Hustler*（《江湖浪子》，1961），劇情片，據沃爾特・特維斯（Walter Tevis）
　同名小說改編，羅伯特・羅森導演，保羅・紐曼、傑克・格里森（Jackie
　Gleason）主演，福斯發行。
⑤ Robert Rossen（羅伯特・羅森，1908-1966），美國導演，代表作有《當代奸雄》
　（*All the King's Men*, 1949）、《江湖浪子》。

529. 夏濟安致夏志清（1961年12月31日）

志清弟：

好久沒有給你們寫信，先後寄上的蜜餞與卡片，想已收到。你們想必過了一個很安靜的聖誕和新年，我在這裡亦很安靜，沒有開車出遠門去玩。還是在這裡寫文章，現在是一大半寫掉了。最難的部份是說話要說得「得體」，這是軟硬勁；一疏忽即語氣太重，氣浮理疏；稍加壓制，句子沒有勁。卻〔恰〕到好處地娓娓道來，是大不容易的。我在美國是靠寫英文吃飯，只好在這方面上多用些功。好在我並不趕完它，每天是寫寫停停，盡量保持心平氣和。如趕，則句子亦許更不成話了。

一年又是過去，有正經事情在幹的人，大約不大會去想到時間的消逝等，假期裡面，朋友們各忙各的，我的應酬倒並不比平常多。電影 *The Hustler* 在 Berkeley 已演了三四個禮拜，尚未抽空去看。可是 San Francisco 的頭輪電影倒去看了兩張（因成羣過海去看），一張是《花鼓歌》①，故事不通之至，但很熱鬧有趣的。Nancy Kwan② 之美豔（關南〔家〕舊）是沒有話說的；另外一個裁縫小姐，很能代表中國新派賢淑女性，其演技與舞蹈似不在香港大明星之下，不知叫什麼名字。Miyoshi Umeki③ 凡是中國朋友無不痛罵，

---

① 《花鼓歌》，1958年百老匯同名音樂劇改編，原為美籍華人黎錦揚（C.Y. Lee）1957年同名小說，亨利‧科斯特導演，關南施（Nancy Kwan）、詹姆斯‧繁田（James Shigeta）主演，環球影業發行。

② Nancy Kwan（關南施，1939-），本名關家舊，生於香港，代表影片有《花鼓歌》。

③ Miyoshi Umeki（梅木美代志，1929-2007），歌手，曾獲奧斯卡獎，代表作影片有《櫻花戀》（*Sayonara*, 1957）、《花鼓歌》。

我倒想聽聽你和Carol的意見。她誠然長得不美，其臉型、拙劣的發音乃至動作都像日本小丫頭（美國人亦許看不出來），可是我倒覺得她很楚楚可憐的。《花鼓歌》中三女性，我所最歡喜的還是日本小丫頭，你說怪不怪？日本小生James Shigeta④極英俊，香港無人可比。還有一張One, Two, Three，⑤Billy Wilder大用腦筋，其結構之緊湊，與前後照應等都是用過大工夫的，但是滑稽處則遠不及Some Like It Hot與The Apartment，蓋諷刺政治其滑稽總太「冷」，而且勉強。有些笑料亦重複太多，溫馨處不及Ninotchka。

有一天晚上，同王適去看了兩處脫衣舞，一處是President，stage show；一處是Chez Paree，夜總會。兩處各有一苗條少女，貌亦極美，故看得很滿意。我已好久未看脫衣舞（至少1961從未看過），蓋龐然大物即使「完美」到像Anita Ekberg⑥一般，看看亦乏味也。這次過年過節，就是玩了這幾個地方。24號晚上在陳省身⑦（數學系教授，人極好）家裡擲狀元籌、接龍，這種家庭娛樂久矣未玩之矣，相信Carol亦會喜歡的。舞是一次亦沒有跳。

Xmas我送給陳世驤夫婦一本大書：Two Thousand Years of Oriental Ceramics（\$25），這本書印刷之精良，不在Cahill畫冊之下。印的那些瓷器，是很值得把玩的。

Joyce的疹子，我一直沒有寫信來問，現在想必是大好了。我

---

④ James Shigeta（詹姆斯‧繁田，1929-2014），美國演員，代表作有《花鼓歌》、《虎膽龍威》（Die Hard, 1988）。

⑤ One, Two, Three（《玉女風流》，1961），喜劇，比利‧懷德導演，詹姆士‧卡格尼、霍茨‧巴獲茲（Horst Buchholz）主演，聯美發行。

⑥ Anita Ekberg（安妮塔‧艾格寶，1931-2015），瑞典─義大利女演員，代表影片有《露滴牡丹開》（La Dolce Vita, 1961）。

⑦ 陳省身（1911-2004），浙江嘉興人，美籍華裔數學家，1960年起執教於加州大學柏克萊分校，1979年退休。

不記得她出個疹子沒有（痧子）。Pittsburgh想必很冷，她大約不大能出去玩了。送上的三張唱片，我自己沒聽過，不知如何。Alice是否用英國音唸的，不知Joyce覺得它滑稽否？《天方夜譚》不知講些什麼故事。

Xmas我寄出卡片甚多，先是一大批給臺灣（都是航空），又是一大批給Seattle，其他地方寄得倒很少。上次給Carol卡片中，提起請你們到Seattle來玩，我所擔心者即找不到房子住。旅館與Motel，因World's Fair之故，都已heavily booked。今年（'61）暑假我是一個人住一幢房子，明年恐未必再有此機會。二月間我去Seattle，當留心房子的事情，如可能先去定好一幢房子，房價貴一些亦無所謂，反正只付三個月。你們可以好好地來玩幾個禮拜（Seattle我是客卿，對於上班並不十分準時，可以出空身體奉陪）。我自己是忙得連L.A.都沒有工夫去。我頂想去見識的地方是Las Vegas，至於山水等等，看不看倒是無所謂的。

這幾天你想必在寫為Smith的paper。哥大方面已有好消息否，甚念。別的再談，專祝

新年快樂

Carol與Joyce均此

濟安

1961大除夕

我已去信問張和鈞，關於上海去香港之事，尚未接到他的回信。

530. 夏志清致夏濟安（1962年1月12日）

濟安哥：

　　大除夕的信收到已多日，知道你聖誕假期過得很愉快，甚慰。Joyce發了兩次痧子以來（第一次可能是german measles），身體一直沒有復原。食慾不佳，聖誕節以後一星期我們不免有一些社交生活，星期日到不相熟的中國人家裡吃了一頓午飯，星期三晚上邀了兩對couples到家裡來坐坐，星期四晚上看了 *My Fair Lady*（票早已買了，我預備退掉，Carol不允），星期五下午我們帶了Joyce downtown去了一次，吃了一頓中國飯，結果星期六晚上建一發燒，星期日請醫生到家診治（十二月三十日），發現是扁桃腺作膿（Quinsy），情形比普通扁桃腺炎嚴重。醫生recommend送醫院去，當時我們很apprehensive，但扁桃腺發炎到底是局部性的，不像腦膜炎有性命之憂，所以星期日下午進醫院，每日打兩針配尼西林，到星期三下午一時即送出院，由醫生繼續在家注射了幾天配尼西林，身體已轉好，食慾增進，出院的時候骨瘦如柴，現在在家休養，體重已漸漸恢復了。望勿念。隔一兩星期可能再去醫院把扁桃腺割掉，據醫生說Joyce的tonsils已被damage了，留着祇harbor germs，virus；有害無益，割掉後反可減少病痛。割tonsils，住院僅兩日，並很safe，割時上麻藥，Joyce也不會感到任何痛苦的。假期你沒有來也好，來了，Joyce身體不好，累你一起worry，大家不痛快。去年年假，在你那裡過年，每日節目繁重，Joyce非但沒有生病，倒把身體休養結實了，返Potsdam後也一直不生病。初到Pittsburgh身體也很結實，秋季開學後，有一晚上發燒，那時我身邊antibiotics特效藥Potsdam帶來祇剩三個capsules，當晚吃了一個capsule，早晨熱即退，但病總沒有斷根。那時Joyce的醫生是

一位 allergy specialist，此公專弄 allergy 病症，別的毛病也不大會診治了，prescribe 一些 Sulta 的藥，Joyce 身體就一直沒有復原，後來她身上有斑點，他硬說是 measles（我讀 Spock，覺得症候不像是 measles），還是我 insist 他開了一個 antibiotics 的方子，糊裏糊塗把病治好了。建一在 Potsdam 打了一年多的 allergy 針，到 Pittsburgh 來後，打針後，反應都不太好，此種治療法，相當 drastic，我一直反對，現在已 discontinue 了。現在的醫生是 gp，住在同一弄堂裡，有照應，叫喚方便，希望 Joyce 身體轉好，不再生病。

Joyce 進醫院，在 Children's Ward 內住下，同房都是四五六歲的小孩。可以好好休養，小孩身上有病，突然離開了父母，精神上大受打擊，怨恨在心，就 refuse 吃東西，我看每個 tray——肉、湯、dessert、麵包都全——很少有人碰的。每日三餐廚房預備了很富營養的東西，trays 收回時，當 garbage 倒掉，簡直是一個 farce。小孩子都和被老鳥 desert 了的小鳥一樣，非得 hungry 到不能忍受時，才肯飛出巢內，自己找東西吃。所以一個病孩，如果沒有人去看他，過了幾天，或可能被 will to live 所支撐，自己好好地吃東西。但在醫院時，父母一日可訪問兩次，每次見面，自立的意志就被打消，要哭着回家，即着就 sulk，不吃東西。所以除非要動手術，非進醫院不可，小孩子進醫院，實在是受罪。普通孩子，一直吃得很好，餓幾天餓得起。建一已一星期沒好好吃東西，進醫院後，每日因 thirsty 祇喝些牛奶 ginger ale，全靠 Penicillin 和病菌作戰，也是虧她的。在醫院又不能好好休養，清早六時叫醒 take temperature，下午一時至二時半家長來訪，晚上六時至七時半又是 visiting hours，下午好好午睡一下也不可能。家長離開，又有量熱度、吃藥、打針種種節目，大約九點鐘以後方可好好入睡，普通孩子想家，當然睡不着，清早剛剛入睡，又要叫醒量熱度，洗身體，換衣服了。

建一在醫院的幾日，我緊張的情形，你可以想到。我每天勸

Joyce 多飲 liquid，求醫生送她回家。Carol 平日生活寂寞，逢假期總想多玩玩，假如那星期把一切應酬都辭掉了，*My Fair Lady* 不去看，Joyce tonsils 情形也不會這樣壞。本來星期二還想到 Ohio 去（看）朋友，被我打長途電話把 appointment cancel 了。以前她一定要帶 Geoffrey 去康州省母，結果把他的命都送了。Carol 社交工夫不佳，卻極喜歡 social life，逢到要請客，都 nervous 異常，在［花］一天工夫瞎忙，打掃屋子，逢到大場面，還得我自己下廚作［做］菜。所以幾年來我一直不多交際，以前在 Yale 朋友雖不多，每日見面，倒是無所不談的，現在人變得冷漠漠的，對生人絕少興趣。精神上實在比婚前老得多了。

　　Smith 演講稿子，我沒有多花工夫，稿子打了兩遍，第三遍等於謄清，沒有多大改動，文字也還流暢。題目是 "The World of Chinese Fiction"，現在由書記重打，打好後可以寄一份給你看看。我把舊小說可能說得太好一些，因為各方面期望如此，總想找些優點、特點來介紹或討論一下。目前我還沒有看清大局，不敢多加嚴厲批評。中國小說分歷史、家庭兩大種，性質不同，硬把他們歸作「一個世界」討論，可能也有欠［牽］強之處。我聖誕前，好好地讀了一遍 Putnam 翻譯的《金瓶梅》，同時把我的 cheap reprint 中文本對照，讀後極為 impressed，認為是本了不起的書。可能 Kuhn（翻譯錯誤很多）把細節除去了不少，故事反顯得緊湊。我那本中文本，字跡細小，刪節很多，看了傷眼睛，不上算。以後找到完整的版本，再讀。但《金瓶梅》情節雖很繁瑣，但 moral vision 都是一貫的，西門慶死後，各人下場的處理更是難能可貴，頗給人「淒涼」之感覺（張愛玲大概熟讀此書，學到了不少東西）。西門慶 abduct 潘金蓮是 melodrama，但此後 melodrama 極少，西門慶本來人也變得愈來愈 human。他對李瓶兒的情感是真的，她兒子死後，瓶兒自己死後，他的 grief 也是真的。那時的西門慶是最令人同情

的。後來他舊態復萌，靠了吃丸藥，支撐他 dissipated 的生活，但已是強弩之末，死期也不遠了。你《金瓶梅》看不下去，不知你看了多少。但讀了譯本，我覺得《金瓶梅》是和《紅樓夢》可相比的書。書中也講「報應」，但並不重要，「色情」部份，在美國青年都看 Henry Miller 之今日，更［根］本用不到大驚小怪。西門慶生活雖然荒唐，大致不像 Sade 那樣有好 experiment 的虐待狂。潘金蓮的 nymphomaniac 是很可怕的，外國小說中她這樣的女人恐怕不多見。

六月間 Indiana 大學開中西文化交流第三次 conference，這次柳無忌請我去演講，我決定講《水滸》，我《水滸》看法和別人不同，可能講得很精彩。Conference papers 以後要出專書發表，所以文章寫好後，不必再找出路。你的幾篇《左聯》大文，其實也可到 Indiana 去一讀，你如不好意思毛遂自薦，我希望你拿了學校的錢，去 Indiana 開會，我們相聚，同時你可順便來 Pittsburgh 一玩。暑期來 Seattle 的事，我一時不能答應，Barzun 已 appoint 了 committee，我的 appointment 得由 committee 通過後才可正式報表。據 de Bary 說，明年 Bulletin 上已把我的名字和功課印上去了，希望沒有問題。我 *Flower Drum Song* 尚未看，目前好電影有 *Five Day Lover*①、*Purple Noon*②等，都沒有去看。Pitt 有 Burlesque 的戲院，下星期中國女郎 Mai Ling 第二次來匹城（掛二牌），但我不知戲院在那［哪］裡，並且下星期要去 Smith 演講，大約不會去看她。Robie Macauley 來信，文章 spring issue 可發表，最遲也在 summer issue，但文章中

---

① *Five Day Lover*（《浮生五日》，1961），法國色情喜劇，菲利普‧德‧普勞加（Philippe de Broca）主演，珍‧西寶、米謝林‧普雷斯勒主演，Kingsley-International Pictures 發行。

② *Purple Noon*（《陽光普照》，1960），據派翠西亞‧海史密斯（Patricia Highsmith）小說 *The Talented Mr. Ripley* 改編，雷納‧克里曼導演，亞蘭‧德倫（Alain Delon）、莫里斯‧羅奈特（Maurice Ronet）主演，Miramax 發行。

得加一些說明文字，此事明後天辦。

　　程靖宇寄了一卷Tape來，有張君秋，梅楊《霸王》，趙燕俠，譚富英等所唱的東西。我在假期間聽了幾次，後來承［程］靖宇把唱辭一部份也抄來，可惜我已把tape records送還學校了。Tape兩面都灌了音，我日內寄給你，因為程的意思是要我們假期見面後一同聽的。程的澳大application沒有下文。

　　父親有信來，不準備去香港，玉瑛妹一時也不能調回上海。茲把信轉上，並附賢良弟近照。宋奇有賀卡來，另封轉上。不多寫了，專頌

　　近好

弟　志清　上
一月十二日

　　［又及］謝謝你送的蜜餞、唱片，蜜餞很可口，已吃完了。唱片Joyce也聽了幾次。Alice唱片節述了原書好幾節，"*Arabian Nights*"轉［專］講Aladdin、Ali Baba、Sinbad等有名故事，很動聽。

531. 夏濟安致夏志清（1962年1月29日）

志清弟：

　　接到來信，知建一曾住醫院，甚為掛念。你的擔心與 fuss，我可以想像，而且要替你着急的。幼年時候多病論紀錄我是很可憐的，後來一直遷延到三十歲以後，才漸趨強壯。建一的身體無疑比我小時候要強壯十倍，小病痛小時候總是難免的，希望你們不要太着急。着急了給小孩子心理上不好的影響。按我自己的經驗，健康與否，一大半是命運的決定，如我小時候為什麼如此羸弱，除命定外，無其他理由可說。希望信到時，建一業已出院，已活潑健康如常。另函寄上中共出的京戲「臉譜」一本，希望你或Carol陪着建一剪貼着玩，或者可以幫她解除一兩天的悶。

　　看見父親的信，總是使我很難過。二老如此固執守舊，個性一點不 yielding，在中共政權之下，日子想必更難。中國老百姓這種精神，共產黨如知道了，當亦為之吃驚。去香港當然有各種好處，但我信上亦不敢多說，多說了恐怕惹麻煩。父母親不斷地寫信去申請玉瑛妹回上海，使得玉瑛妹（她是很孝的）增加不安，realize 自己的不能盡孝道。再則，她在她學校裡，可能受到同事等的檢討，認為她小資產階級思想未淨等，除非她自己表明不願意回上海——這樣當然是給父母親更大的打擊。父母親這種奮鬥的精神，這種「看不開」，徒然增加自己的痛苦而已。

　　還有一點是二老看不開的，即你的生男孩子與我的結婚。他們不想想，我們已有的成就——總算很「成人」（而且不在吃苦）——是應該值得感謝菩薩神佛與祖宗的了。人生哪裡有十全十美的事？你比我孝，但我希望你不要為生男孩子事而難過。為這種事情操心，是自尋煩惱的事。至於我的結婚，我亦曾追求過，何以追求

不成，那亦是命運之事。如上帝叫我挑選：在中國大陸、臺灣或香港結了婚而窮困，與在美國過一個不錯的獨身生活，我是情願挑選後者的，所以我自己是並無怨言的。在美國而富貴雙全坐擁嬌妻，子孫滿堂——這種人當然亦有；但人生未免太完美了，我是主張謙虛一點的。我年事日增，當然passion漸淡，把人生各方面看得都比較淡了。男人看中女人，當然為的是passion；有了passion，行動當然大為錯誤，追求於是很難成功。我當然仍有可能結婚，但是現在很自得其樂，如培養與work up對某個小姐的passion，做人又要大痛苦了。此間有一朋友，王適，哈佛的Ph.D.，U.C.的副教授Electrical Engineering（有tenure），做股票多年，積資不少，年紀約三四十歲，條件什麼都比我優越，對於女色這一道當然尚未「看穿」。歷年以來，追了不知多少小姐，現在我成了他的戀愛顧問，看看他的情形，實在很可憐。憑我現在這點shrewdness，與對人的心理的了解，做戀愛顧問當然比程靖宇高明很多，但是我的指導，實在幫不了他多少忙的。Weekend他如date不成，就大痛苦——下一次和小姐見面，未免有些怨望與緊張，小姐亦許就更不願和他出去。他如不感痛苦，那麼就根本不會去追了，而且以他教授之尊（他亦很conscious of這一點的），在學生淘裡鑽法鑽法，情形亦很狼狽。這一類的事情在中國留美已established或將established的學人之中，是很普通的。（再看馬逢華。）為了目前的快樂，這種問題最好不去想它；為這種事情，再花太大的力氣，是花不來的。而且我的自尊心極大，特別敏感，過去為了追求所受的委屈，實在比追求不成所給我的痛苦更大。我現在對於臺灣來的人個個疏遠，主要原因是因為他們知道我一段「醜史」。除了少數知己朋友之外，我是假定他們大多maliciously enjoying it的（或者感覺「憐憫」），所以能夠不見他們最好。我知道這種心理並不正常，但是我並不想傷害別人。對於朋友如王適、馬逢華，我仍希望他們（且幫他們，

if possible）成就美滿因［姻］緣。我自己暫時不想製造話柄。

目前生活：工作，應有的休息與娛樂（電影與武俠小說），無法避免的社交（包括聽演講等）加在一起，已使我的時間排得相當滿，實在亦湊不出多少時間留給小姐們了。心上沒有多少問題，只是覺得research的成績還是太慢，達不到自己所要求的完美與速度；再則U.C.的事情可能再做很多年，但到底能做多少時候，自己毫無把握。如有tenure就好了——人之不知足有如是者！

對於父母親，這一套話當然用不着說，只是說：工作太忙（因在美國腳頭尚未站穩，非得賣力氣不可），且美國合適對象不多，但是在隨時留意中。一有好消息當即奉稟云。

我心裡雖然還有點彆［彆］扭，其實做人愈來愈mellow，很easy-going，許多事情無可無不可，一點shrewdness是夠保護自己——中國道家的理想快樂境界，想亦不過如此。美國人是不講究修養的，道家的修養是對於許多事情不去想它（如我在臺灣時，不想來美之事，當然更不鑽營），這一點恐怕亦不容易做到的。要說成就，亦可說是成就。所求者，無非小小的快樂；當然，儒家的「驚天地泣鬼神」之事，與我是無緣的。

前面四頁寫好了一個多禮拜，一直沒有續完，實在是太忙了，害你們等得很焦急，很是抱歉。原來我那文章橫拖豎拖，決定於一月底前趕完。全文總在九十頁以上，吃力非凡。這次所做的research，遠在魯、瞿二文之上——我真的去研究「中共黨史」了。這方面我知道的已不少，漸漸可以成一小專家。再則材料愈多，整理愈難，文章亦愈難寫。英文恐怕不能自始至終的smooth——因修改得還不徹底，沒有時間了。文章內容將是對共產黨一個極大的打擊，你看到了自然知道。我定二月廿一日在西雅圖討論此文（文題："Five Martyrs"），大約十七、十八號飛去。

有一件小事，亦算了了一樁心事：美國移民局已正式批准我在

Waiting list上，等quota（早已客滿），我算是first preference的。臺灣的護照可以暫時不要了。條件：（一）我的sponsor只許是U.C.，不許換job；（二）不許離美──離美要辦複雜的手續。當然我可沒法請議員提Special Bill，硬插到quota裡去，但現在無暇顧及。勞幹經UCLA請他為歷史系教授（有tenure），臺北的領事館因移民quota已滿，不放他走，所以去年暑假未走成，數月以來，經State Debt.特別批准，已經全家來美了。

你的"World of Chinese Fiction"文章非常瀟灑流利，看了佩服不置。我最能欣賞的文章是像你這一篇的，深入淺出，講的道理使我有同感。這篇文章我認為比論短篇小說那篇更重要，因牽連更廣，更basic也。有兩點不贊成：（一）Trilling、Wilson等名字可以不必提，他們不懂中國，是無可奈何之事，就像我們不懂希臘文一樣，大家馬馬虎虎算了。（二）最後兩頁語氣似太重，恐怕不能叫人心服（美國的左派很討厭，這點我是念念不忘的，我不敢直接去惹他們），輕描淡寫一點亦許亦可以說出你要說的話。原稿是演講稿，像這樣亦可以，但是我贊成你去發表，發表時不妨少去惹犯別人。

大學閥John K. Fairbank曾來U.C.演講，說的話倒亦腳踏實地（只講research，不講ideology），不討厭。他對我說greatly admire你的書，所以此人亦不好算左。

西雅圖有個朋友Jacob Korg寫信來問關於Pound's Notions of Fenollosa's Views of the Chinese Written language①，我是一點亦不知

---

① 此處的Fenollosa是指Ernest Francisco Fenollosa（費諾羅薩，1853-1908），美國東方學家、日本藝術史家。1878年到日本，任教於東京大學，開始從事日本藝術的研究與收藏，並鑽研中國古典詩歌。1886年他將藏品出售給波士頓美術館，並出任東方部館長。1908年費諾羅薩在倫敦去世，其遺孀將其手稿贈予著名詩人龐德（Ezra Pound），龐德據其中國詩筆記整理出版了詩集《神州

道。去西雅圖時當見到他，請你有空指示，免得我見了他回答不出。張和鈞太太有信來，說張去英國，約五月返臺，計劃事很表贊同。

宋奇的信（卡片）還沒有回覆，其實我倒很想寫封長信給他。程靖宇的tape很想一聽。張心滄有封信，亦已久擱未覆了。

文章一月底趕完，然後打footnotes ——這個不要做什麼文章，不必費什麼腦筋，可以剋日完工。然後可以鬆一口氣，陰曆新年可以去看看電影了。最近看了 *The Mark*，沒有什麼道理。Joyce已痊癒否，甚念。Carol前一併問好，專頌

年禧

濟安

一月廿九日

集》（*Cathay*）和詩學筆記《漢字作為詩媒》（*The Chinese Written Character as a Medium for Poetry*），產生了廣泛影響。

532. 夏志清致夏濟安（1962年1月30日）

濟安哥：

好久沒有接到信，甚念，想必趕寫文章忙，何時去華大？此信到時，可能你已去Seattle矣。

昨日接de Bary函，哥大appointment事已正式通過，名義是Associate Professor of Chinese Literature，下年度開文學史year course一課，現代文學term一課，Seminar on Chinese Fiction Term一課，此外在大學本科教great books一課。功課投我所好，教起來不困難。為了appointment事，你也等得很心焦，問訊，當可釋念。哥大中日文系有二十人，有Professor of Chinese Hans Bielenstein①一人，以前沒有聽到過，可能是德國教授。

Joyce星期四下午送醫院，星期一（昨天）割了扁桃腺，今日出院。割tonsils是小手術，隔兩三日當可飲食正常。上次返家後兩個多星期，身體調養得很好，體重也漸恢復，所以這次吃了些小苦頭，不影響健康，望勿念。

父親有信來謂玉瑛已懷孕，九月初生產，有了小孩，她和焦良的生活一定更艱苦。玉瑛分娩前後有兩個月休假，可返上海，由父母阿二好好照料。

兩星期前去Smith College演講，聽眾二千多人，把大禮堂擠滿。有這樣大的audience，生平第一次，講辭大受女學生歡迎。晚上吃cocktails、飯，飯後看了 *Throne of Blood*②，影片太長，男主角

---

① Hans Bielenstein（畢漢思，1920-2015），瑞典漢學家，專治漢代學問，代表作有《漢代官僚政治》（*The Bureaucracy of Han Times*）、《中國外交與貿易》（*Diplomacy and Trade in the Chinese World, 589-1276*）。

② *Throne of Blood*（《蜘蛛巢城》，1957），日本電影，據莎翁《麥克白》改編，黑

動作過火，不如 *Time* 說得那樣好，女主角則極精彩。

程靖宇的 tape 上次未寄出，明天一併寄上。隔兩日再寫長信，即祝

年安

弟 志清 上

一月三十日

澤明（Akira Kurosawa）導演，三船敏郎（Toshiro Mifune）、山田五十鈴（Isuzu Yamada）主演，東寶株式會社發行。

533. 夏濟安致夏志清（1962年2月11日）——明信片

志清弟：

今日來Reno小遊，沒有像背面那樣豪華的show，賭錢穩軋
［紮］穩打，只求一元二元輸贏。

Carol前均此，Joyce前問好

濟安

534. 夏濟安致夏志清（1962年2月12日）——明信片

志清弟：

昨晚看了背面的show，相當有趣，美女約十餘名。賭上面輸掉已有十元，五元是陸陸續續在吃角子老虎上輸掉的（There are acres of slot machines here！），再在21上贏了回來。假如從此洗手，可以無輸贏。續賭21，大敗，乃停手。Slot Machine，賭皆必輸；21，賭者似尚有贏的希望。此間無Poolroom，亦無馬[麻]將Polar等。

在輪盤賭前看了好久，沒有下注。另有Keno一種，如買彩票，我亦未賭。昨天已發出平信一卡。

濟安

535. 夏濟安致夏志清（1962年2月13日）

志清弟：

來信收到。哥倫比亞的聘約是今年的第一好消息，從此以後，你可以安心做自己的工作，不必再worry職業問題，搬家問題等等了。Carol一定很高興。紐約住家問題最嚴重，你們是否將住在Long Island？胡昌度住在哥大附近，那地方下等人太多了，於Joyce大為不利。我勸你們還是住得遠一點，這將是你們住一輩子的地方，對於Joyce的教育環境，亦是第一考慮。Joyce已出院，聞之甚慰，希望她日趨強壯。

年底有個不好的消息，我遲至今天才告訴你們，免得新年就使你們不快樂。胡世楨太太在年前死了，腦溢血病復發，大約一兩天就過去了。一年之前（亦是陰曆年底），她那次病亦很兇險，虧得醫生盡力，給治好了。病因是腦中血管畸形（先天）發展，成了tumor，隨時可溢血。遲至現在才發，那就是運氣走完，大限已到了。

一年之前，汪霞裳①給治好的時候，胡世楨想起了上海算命先生袁樹珊②的話（上海靜安寺區同孚路，現在臺灣）。他說汪霞裳四十歲那一年的年關逃不過的（他們在結婚時去算的命），因此批命批到那一年就不往下批了。想不到一個陰曆年關逃過了，第二個陰曆年關還是逃不過。

胡世楨在Pacific Palisades（附近皆闊人住宅）買了一幢豪華房子，一直叫我去玩玩。陰曆年前，卻巧U.C.是兩學期之間的寒假，

---

① 汪霞裳，即胡世楨夫人。

② 袁樹珊（1881-？），名阜，以字行，江蘇揚州人，代表作有《桂生叢堂醫案》。

他又約我去小住。我因文章未趕完，沒有去。如去，則趕上汪霞裳發病，情形將很悲慘了。

文章已寫完，約一百頁，footnotes就有十幾頁。寫完之後，總覺得人飄蕩蕩的沒個寄託（此所以在美國大家都緊張地工作，閒了反而覺得生活空虛），看了兩場電影。法國 *Murder: Purple Noon*，很緊張，手法亦乾淨。福斯鉅片 *Tender is the Night*③，Jennifer Jones 很美，演技亦如你所說的「賣力」，看樣子真不像四十歲的人。Jill St. John④ 我在報上看到她的相片，覺得很美，銀幕上則不如照片上。眼睛睜得太大，含蓄不夠，不如 Lee Remick。福斯另一美女，Tuesday Weld⑤，大約亦屬 Lee Remick 一型，我尚未見過。Mad 雜誌年前有一期大諷刺 Tuesday Weld，不知你曾留意否？*Tender Is the Night*，描寫美國人20's時在歐洲生活的無聊，有點像 *La Dolce Vita*，但結構鬆懈，感情模糊，遠不如 *La Dolce Vita*。還看了一張舊片，*A Night of the Opera*⑥，Marx Bros 仍叫我笑痛肚子。

在 Reno 寄出的兩張明信片，想已收到。2/12 林肯生日，U.C. 放假，因此我們有一個 long weekend。王適在追一個某小姐，迄今尚未能單獨的 date 過她，老是合群白相，他覺得愛情難有進

③ *Tender is the Night*（《夏夜春潮》，1962），據費茲傑羅的聖誕同名小說改編，亨利・金導演，珍妮佛・瓊斯、傑森・羅巴茲（Jason Robards）、瓊・芳登主演，福斯發行。

④ Jill St. John（吉爾・聖約翰，1940-），美國女演員，代表影片有《鐵金剛勇破鑽石黨》（*Diamonds Are Forever*, 1971）。

⑤ Tuesday Weld（塔斯戴・韋爾德，1943-），曾獲奧斯卡最佳女配角獎、全球獎戲劇類電影女主角，代表影片有《失落的人》（*Play It As It Lays*, 1972）、《慾海花》（*Looking for Mr. Goodbar*, 1978）、《小店風雲》（*The Winter of Our Discontent*, 1983）、《義薄雲天》（*Once Upon a Time in America*, 1984）。

⑥ *A Night of the Opera*（1935），喜劇，山姆・伍德導演，馬克思兄弟主演，米高梅發行。

展。這個 long weekend，他想把那小姐忘記一下，碰着我亦正無聊，因此我們就上 Reno 去了。

加州近來天氣多怪，本世紀內最冷的日子（S.F. 下過雪），亦過過了，最近則不斷下雨（L.A. 大水成災）。天氣不好，我們沒有開車去，坐的 greyhound（如坐賭場的專車，則交通完全免費）。過 Donner Pass（加州與 Nevada 交界處），大雪（十九時），車輪裝鐵鏈而行。星期六 Reno 還下雪。星期天見太陽，星期一大太陽，但回到 Bay Area，還是不斷地下雨。

Reno 是個相當無聊的地方，如自己開車去，還可去附近 Lake Tahoe 一帶玩玩，自己沒有車，困在 Reno，只好賭錢了。而賭起來，輸得太快，使我害怕，因此不敢賭。在賭場裡坐的地方都沒有，立得腳酸，亦是相當無聊的。

像我這樣謹慎的人，大約還是輸了二十餘元。星期天晚上，我就退出戰局，在旅館裡看書了。王適一人去反攻，給他扳回來些，他大約輸了十元。

Reno 幾家大賭場，都擠在一條街上，到每家去逛一圈，就可能在十分鐘內輸掉三元五元，幾家一跑，很快就輸滿二十幾元了。賭場倒是很公平的（Nevada 的人很和氣），賭的是 chance，不是技巧。賭場不作弊，靠賭客多，根據 law of probability，他們是穩贏的。最大的一家（？）Harolds Club，雇用了一千個人，這些開銷哪裡出來呢？賭客如長期抗戰，根據 the same law，亦有贏的機會。贏了就走，則身價可保。如贏了不走，則非輸光不可。像我這樣，到每家去撞運氣，是太靠運氣了（玩的時間太少，則機會出現不even）。我亦撞到過，但贏的錢再拿來下注，結果還是輸掉了。

賭場裡最靠不住的是「吃角子老虎」。它不作弊，它的 jackpot 出現亦是根據 law of probability 的，但普通遊客，不知道每隻機器出現過幾次 jackpot，場裡的職員則知道的（因為 jackpot 的錢歸場

裡的職員付，她們就隨手登記了）。我相信jackpot大多是給職員們撈去的。別的賭客去開路，放了很多角子進去，到快出現jackpot的時候，賭客亦許已經give up了。職員們則瓜熟蒂落地去湊現成。

我在輪盤上贏過十元錢，這是平生得意之秋。我在四週瞎逛，由王適坐定了統計「0」出現的次數。它必出現，如好久未出現，乃可押。我逛回來了，一押即中；中了我又出去逛；回來了，押到第二次又中了。這樣，大為得意，乃坐到輪盤邊上來賭，給輪盤轉得暈頭暈腦，忘了自定的principle，亂押一起〔氣〕，結果贏的輸掉，還賠了幾塊進去。我就站起來了。

王適會打撲克，他和banker坐定了賭21，最後還是靠它反攻的。21的確很公平。輪盤亦很公平，客人盡可用鉛筆記數，冷眼旁觀而不押。但是能長期maintain self control的人，究竟不多。Craps亦很公平，但此賭需要客人自己擲骰子，我們都shy，沒有去擲，而且對於規則亦不大懂。

賭場裡亦有show，但都不大精采，賭客埋頭於賭，哪有閒情逸趣看此show哉？Harrah's的show是24小時不停的，加上24小時的bar，restaurant與賭，Reno可算城開不夜了。酒很便宜，且容易order，一舉手就有小姐來侍候端酒了。如要點咖啡，則甚困難，因coffee house常擠滿了沒有位子坐。酒吧則一家賭場裡總有很〔好〕幾個。我雖能飲，但亦不敢多飲。照賭場的環境，頂需要的飲料是黑咖啡，並非Alcohol也。

Riverside旅館裡的show很像樣，三元錢minimum change（看客不賭），舊金山拿不出同樣的東西。可惜全Reno只有這家的show像樣，星期六晚上我看了，星期天就無戲可看，只好回旅館看書。如去Las Vegas，則show更豪華，而且一個禮拜夜夜看，可以看不到同樣的東西云。

我是膽小謹慎之人，而且不貪橫財，偶而進一次賭場，只求小

敗，亦無傷大雅。但下次如去Las Vegas，預使輸它五十元到一百元。什麼時候去，還沒有定。亦許再要一年之後吧。

Seattle定十九日去，文章Seattle在油印，印稿當從Seattle寄上。你同Carol的生日，我寄上拖鞋兩雙，薄禮請簽收。給Joyce的京戲臉譜，想已收到。

程靖宇的「戲」tape已收到，我尚未聽完（借人家的機器），覺得很精彩，趙燕俠唱得遠比我記憶中的好，她在北平現在亦算是頭牌花旦。我尚未買tape recorder，想買一隻舊的，正在物色中。買來了把tape轉錄後，當將程的tape寄還。望你去信時，先謝謝他，如自己有了tape recorder，我還想寄錢給他，托他轉錄余叔岩的全部，孟小冬的（if any），程硯秋的《鎖麟囊》，more譚富英等。（some馬連良，麒麟童）。

再談　專祝

生日快樂　新春如意

濟安

二月十三日

536. 夏志清致夏濟安（1962年2月28日）

濟安哥：

　　前天收到 "Five Martyrs" 長文，當晚讀了一遍，昨晚又細看了一遍，大為佩服。文章仍保持「瞿」文的風格，有條有理，不慌不亂，讀來極引人入勝，但在 research 上所能花的工夫的確比「魯」、「瞿」兩文所花的工夫多了好幾倍，真是虧你的，能看這樣許多材料，而同時能得到這樣許多收穫，實在是不容易的事。Schwartz 以 *The Rise of Mao* 一書而成名，你把何孟雄和五烈士這一段共黨歷史整理得清清楚楚，貢獻已不在 Schwartz 之下，何況你這篇文章的成就還不止於此。同樣重要的是五六個青年人生活情形，精神狀態的描繪：胡也頻是胡也頻，丁玲是丁玲，柔石是柔石，馮鏗是馮鏗，你把他們的個性和內心衝突刻劃入微，二三十年代在中國住過的，都一定會感到你描摹的真切性，即未到過中國的美國學者也一定被你文章的魔力吸住，走進一個古怪的世界，把自己的眼光擴大，而承認自己 preconceptions 的簡單而錯誤了（如周策縱書上所轉載的機械式的 information）。你「魯」、「瞿」、「五烈士」三文，表面上講的中國當時智識界和共黨的一段關係，at bottom，卻是當年智識青年嘴臉的素描：這樣帶同情的，這樣 objective 而 detailed 的 portraiture，中國人實在還沒有嘗試過。我所能想到的只有 Edmund Wilson 的 *To the Finland Station* 中刻繪 Lenin、Trotsky、Stalin 幾章可以說是和你文章是同樣性質的，而同樣成功的。我一向反共，但讀了 Wilson 的書以後對 Lenin 的果敢和毅力不能不佩服，對他為亡兄報仇的心理，不能不表同情。你研究黨史和左聯內幕的情形，永遠不忘記這幾個 actors 是有血有肉有志氣的人，把中共領導人和左聯領導人的 ruthlessness 和 blundering 反赤裸裸地

expose了。你老怕文章過火，得罪左傾學者，在這一點上，「五烈士」全文一無火氣，是不必worry的。

全文也有很好的文藝批評。殷夫的幾段寫得最妙，讀了你的譯詩，我也很為intrigued。你能看到殷夫的好處，也是文學史上的一個發現，我想目前中共critics（和魯迅一樣），是看不到他的好處的。《子夜》、《一九三〇春的上海》我都讀過的，但後者在我書上我僅提了一下，前者我也僅總評一下，沒有把小說和時代背景的聯繫多加說明。我看《子夜》的時候，對於中共的情形知道得還不很清楚，只覺得敘述女工的幾段寫得很混亂，不知其所指。後來對中共情形稍有了解後也沒有工夫重讀小說，所以《女工》的幾節文字我根本沒有討論。茅盾其他小說提到「托派」分子很多，我因為對托派和Stalin派衝突情形不詳，書中都略過。我書上做過和你相仿research工夫的只有胡風、丁、馮幾段文字，但我手邊參考書有限，所根據也僅是《文藝報》而已。

你到Seattle去present你的paper，一［亦］必大獲成功，引起Michael、Taylor和中國學者們對你更大的欽佩。其實三篇文章集成一書，已是一本了不起的巨著，要出版即可出版。至多把胡秋原、蔣光慈等合在一起，再添一章，同時把「左聯」許多你還沒有交代清楚的事情，交代一下。因為加入「左聯」的人物，不出乎幾型（胡秋原可能是另外一型），你把這幾型的人物，描寫得淋漓盡致，已是最重要的intellectual和literary history了。多寫同樣性質的人物，反而沒有意思了。

你已被移民局正式批准在waiting list上，很好，既是first preference，久居美國當是時間問題，不必再憂慮。暫時不離美，也無所謂。你巨著出版前後，移民局的手續也一定辦妥。那時名正言順，可到日本去玩一年，同時做research。我在哥大教了兩三年書後，也想到日本去走一遭。

　　我哥大聘約已定後，較定心，但正式致力研究中國文學，要看的書很多，實在感到時間不夠。最近教了《詩經》、《楚辭》，把原文好好地讀了不少，得益匪淺，但詩三百首祇讀了五六十首，無法全讀。Arthur Waley 譯的《詩經》，我以前沒有和原文對照讀過，現在覺得是他對中國學問的大貢獻。他對 anthropology 頗有些研究，很能體會到當時的風俗習慣，至少對我他這種學問是很 refreshing 的。Waley 中文根底不很好（*JAS* 上有一篇評他《雅片戰爭史料》的文章，評者是張 Hsin-Pao ①，把 Waley 譯錯的地方指出很多處，《志考》、《西遊記》想也是同樣情形）。但《老子》、《詩經》等古老東西，反正大家都是瞎猜，他的譯文倒有些出人頭地的地方。相反的，倒都是根據朱熹的註解的，但他「直譯」「硬譯」的地方很多，同時用了各式各樣的 meters，所表現的 virtuosity 很不合《詩經》樸素的風格。Pound 的硬譯等於「拆字」，簡單的倒是「桃」譯為 omentree，而不譯 "peach tree"，和 Boodberg 是同道，大約是受 Fenollosa 的影響，把一個字本身當 image 看待，把它的 components 都譯出來。Pound 譯的《詩》還沒有全部直譯，他譯的《大學》、《中庸》，其「怪」而「不通」的程度，令人難以置信。上次你問起我 Fenollosa 對於 Pound 的影響，我沒有立即答覆，很抱歉。但 Fenollosa 那本書我也沒有看過，我上面所講的一些東西，想你一定都也知道的。在 *Cantos* 裡 Pound 是真正尊王攘夷的老派 Confucianist，他有一個 canto，從黃帝，周公，講到雅［鴉］片戰爭，全文大罵釋道，大罵洋人，正和他在別的詩內大罵猶太人，usurers 相仿。人家罵 Pound 法西斯蒂，其實他的「法西」倒是以孔二先生做根據的，他可能和辜鴻銘是同樣的人物。

　　不久前看了《隋唐演義》，上半部描寫秦叔寶落魄情形，的確

---

① 張馨保，1958年獲得哈佛大學博士學位，代表作有《林欽差與鴉片戰爭》。

是中國小說中少有的成就。他的性格比《水滸》中的人物較複雜，描寫得也更細緻，假定是羅貫中的原文，那末羅貫中實在當得起great novelist的稱呼。初讀煬帝和他的諸妃遊宮院的節目，覺得很怪（煬帝是happy & contented寶玉），後來發現全書對后妃宮闈之事特別着重，自有其pattern，也很有道理。全書都根據正史稗史，所以一直引人入勝。最拙劣的描寫恐怕是花木蘭、羅成、竇線娘幾段，故事不大通，作者着意「浪漫」，而同時又要標揚禮教，不倫不類。武則天、唐明皇幾節，都沒有這個毛病。楊國忠和安祿山的衝突，寫得很好，蕭后也是小說上不大多見的女子。我參閱了林語堂的 *Lady Wu*，《隋唐》裡的人物，正史上都有的。想不到長孫無忌、褚遂良諸人下場這樣慘。秦叔寶歸唐以後，沒有什麼表現，但作者屢次提到秦母的生日，也是別具匠心的。單雄信臨死一節，文章也很好。

　　我答應在Indiana Conference上讀一篇關於《水滸》的paper，還沒有動手寫。同時 *China Quarterly* 有信來，請我寫一篇關於小說的文章（MacFarquhar要出一本《小說》專號，我已把你的名字介紹給他了，想已有信給你），他給我的題目是《家庭與婦女》，我不想重讀巴金之類的東西，很有意寫一篇關於satiric fantasy的東西，Cyril Birch在《老舍》那篇文章上提到《貓城》，我很想把《貓城》（Pitt圖書館有）讀一遍，同時也想讀張天翼的《鬼土日記》（此書可能是寫實的），沈從文的《阿麗思中國遊記》，再加上一些魯迅《故事新編》、郭沫若《馬克思遊文廟》之類的東西，和舊小說中的《西遊記》、《鏡花緣》也提一下，可以寫成一篇好文章，而且材料都是我書中沒有討論到的。但問題是《鬼土日記》、《阿麗思中國遊記》這兩本書美國圖館有沒有，請你查一查（Union Catalogue上我沒有查到），也請托Birch查一下。此外廢名有一長篇《莫須有先生》（？），曾在朱光潛《文學雜誌》上連載，不知

有沒有登完，廢名學問較廣，可能對中國社會有獨特的看法。《文學雜誌》哥大有全套。

哥大方面，de Bary答應今夏給我1800元做research，寫那本舊小說名著批介的書，明夏同例。《水滸》、《紅》、《金》、《儒》等書的critiques我隨時都可以寫，但我想多看些西洋名著，和其他中國小說，否則frame of reference太狹，書的內容不夠着實。所以春夏兩季我當很忙。哥大明年請到Hans Bielenstein，代Goodrich，名義是正教授，我以為他是德國老人，不料他是加拿大的Ph.D.，陳世驤的學生，年齡和我相仿，他現在澳洲大學教書。

程靖宇逼稿，沒有法子，我把《紅樓夢》那篇文章寄去，讓他請人翻譯。胡適去世了，我也有些感觸，下星期的*N.Y. Times* Book Review有一篇London Letter，說Waley已退休，不再寫書，他的中日藏書，也已送給英國北部某大學了。上次去Smith，見到David Aaron[2]，他的*Writers on the Left*最近出版，我和他談得很投機。去哥大我們大約住在哥大附近，Joyce受些委屈，也無可奈何。胡世楨太太過世，我也已去信致悼意。胡世楨來美後，我曾去Princeton見他一次，霞裳那時繪畫消遣，情形很理想。要說的話很多，夜深了，不多寫了。玉瑛妹已懷孕，想在信上已告知了。專請

近安

弟 志清 上

二月二十八日

臉譜、套鞋都已收到，謝謝。Joyce身體很好，tonsils割去後，

---

[2] David Aaron（指Daniel Aaron，阿隆，1912-2016），美國作家、學者，曾幫助建立美國圖書館（Library of America），代表作有《左派作家》（*Writers on the Left: Episodes in American Literary Communism*）。

的確已沒有傷風現象。

上星期我們請 B. Schwartz 來演講，他寫了一本《嚴復》，不日可付印了。他也 compliment 我的書，和 Fairbank 一樣。

《海外論壇》上看到一篇文章，討論你那篇〈臺灣〉的 appendix，張得生③想是你的朋友，茲附上。

看了 L'Aventara④，不太滿意。

[又及] other examples of Pound's translation：

耿耿不寐 for flame in the ear, sleep riven

靜女 Lady of azure thought

實維我特 My bull till death he were

---

③ 張得生，不詳。

④ L'Aventara（指 L'Avventura《情事》，1960）米開朗基羅‧安東尼奧尼（Michelangelo Antonioni）導演，加比利艾爾‧費澤蒂（Gabriele Ferzetti）、莫妮卡‧維蒂（Monica Vitti）主演，Cino Del Duca 發行。

537. 夏濟安致夏志清（1962年3月2日）

志清弟：

　　好久沒有接到來信，甚念。我從西雅圖回來，已有一週，今天始寫信給你，亦很抱歉。文章業已寄上，很想聽聽你的意見。這篇東西U.C.要印，不像 "Metaphor" 一文那樣的油印，而是打字後照相，騎縫釘，像本小書似的，可以多印幾份，流傳較廣。在Processing期間（文章標題你能否suggest換一個？），你的寶貴的意見可以供我應用，使文章更臻完美。文字小毛病想必很多，寫的時候實在太吃力，有些不妥的句子，因精力不夠，沒有改動，放在那裡就算了。很小的毛病如articles、prepositions等，這裡有editor可改改，如有你認為不妥的句法，亦不妨順便指出。我在organization方面，花了很多心思。開頭先「蓄勢」，然後讓文章暢順地流。許多themes，很早就present，然後慢慢develop，像音樂作品似的。但因文章分了幾批寄到Seattle去的（否則他們來不及打字的），亦許氣勢仍有不銜接之處，而且先寄出的已經在打字，後來要改動亦不易。頂大的工夫當然是research；假如沒有research，光照creative writing寫法，在文章上可以更用力。有了research，精力不能兼顧，文章有時候只好馬虎一點了。

　　文章在Seattle的反應尚好，有人說：這是personal tragedy，不是political tragedy，我很欣賞此評語。給人的印象應該是一種「悲觀」，覺得人去搞政治，總是沒有出路的。我的intention亦是如此。Franz Michael與一二「死硬派」，認為我罵共產黨罵得還不夠，態度曖昧，他們以為這種人根本不值得同情的，槍斃了亦好。殊不知我對於他們（五人）的同情，是硬做逼出來的，是Style規定了我的同情，我自己如不寫這篇文章，本來對他們亦沒有多少同

情。講到反共，我想我是把共產黨罵慘了。我對國民黨亦罵，但是稍為subtle一點的國民黨人，當看出我的文章還是對國民黨有利。我傷的是國民黨的皮毛和共產黨的根本。雖然，我對於「革命」是完全不贊成的，國民黨的革命我亦認為是毫無是處。「革命」之誤人，有幾十篇文章可寫，將來我可能去研究國民黨的革命家，如汪精衛、戴季陶等。

胡適逝世，是最近的大事。寫他不難，你亦曾鼓勵我寫。哈佛有個學生在寫以胡適為題的博士論文。胡適的下場，其實亦很淒慘的。程靖宇要辦《獨立論壇》，向我要稿，我已去信拒絕。中國讀書人，似不應再走梁啟超、胡適的舊路，徘徊政治學術之間。當然，程靖宇所約的是文藝稿，但我亦不願把文藝文章，放在政論一起發表也。我說：他如辦頓性刊物，我很願意投稿。我可以談談電影、武俠小說等等。Serious的雜誌——甚至所謂「純文藝」的——難免與政治發生糾纏，我實在見之有點怕。

加州最近天時不正，奇冷而多雨，使人精神不振。我一星期來很少走動，想去買tape recorder，亦提不起勁。陳世驤好久未見，不知他已把音帶錄完否。

Seattle這次給我的印象很壞。我以前認為那邊和衷共濟，團結得很好，但現在裂痕愈來愈深。Michael甚至托我找事情（當然是confidential的），使我啼笑皆非。此事詳情我亦不十分清楚，總之George Taylor是預備犧牲Michael了。可憐Michael，十幾年來一直跟人打架，沒有好好做research，弄得外面人緣很壞，而研究成績很少，現在忽然自己家裡人亦預備拋棄他了，他的處境實在很苦。Michael是個紅臉大漢，一口德國腔英文（相當流利），是個直心直肚腸的人。他要向Taylor爭一口氣，頂好是到比U.W.更有名的U.C.來，但是U.C.是絕對不會要他的——他來過幾次，很想在U.C.演講，但是人家沒有請他。我的文章講的是共黨內部鬥爭，但

一向以反共標榜的U.W.，內部鬥爭亦很兇，這對我是很depressing的。

Taylor大約已與哈佛妥協。一年多之前，幾個所謂大教授，組織了一個Committee on Communist China，Taylor做主席，哈佛的L什麼人做秘書，聯合起來統盤籌劃地研究中共，一起向foundation伸手要錢。Michael是排除在這個Committee之外的，去年暑假他就氣憤得很。

U.C.恐怕亦有campus politics，但行跡不顯，至少沒有什麼鴨屎臭的事發生。我最近和哈佛派的Levenson與Franz Schumann感情很好。他們亦許較「左」，但他們的intellect不低，瞎談談（不牽涉到政治）還是很有趣的。Conrad Brandt和我私交甚厚，他是另外一種情形下的可憐人——U.C.給他halftime pay，做full time的事情——新近到巴黎去講學了，差不多是逼走的。但哈佛派在幫他忙，半年後亦許仍可回來。

Levenson是個很shy的人，人很和氣，英文講得很漂亮。日常談話中，成見似沒有他文章中所表現的那麼的深。他有一個好處：少管閒事。學校的committee等，以及校外的民眾團體等，他都不大去顧聞，甚至和foundation一幫人、政府機關等，他都沒有什麼來往的。他只是埋頭做他的工作，這點修養很值得我們效法。你去Columbia後，希望亦少管閒事。

Stanford的陳受榮的系主任的位子，現在已告卸了，繼任者為Nivison。事前似乎鬥得很厲害，陳受榮的下台，對他是很傷心的。詳情我亦不明，但陳受榮不能指導research，是他的致命傷。

U.W.的Rhoads Murphey亦算是我的好朋友，是個聰明、用功的正派人（quaker），曾去臺灣。最近Roger Hackett辭編者職（*Asiatic〔Asian〕Journal*），由他繼任，他曾有信向我約稿。他很欣賞我的"Five Martyrs"，但U.C.既預備印成小書出版，他亦不

便要了。他沒有看見我的〈瞿秋白〉，我今天寄了一份給他。他說，牛津的Dobbs①（Dubbs？曾譯《漢書》）有信給Asiatic［Asian］ Journal，很反對你的評吳世昌的《紅樓夢》，認為unfair。他的信據說措辭很重，已退給他，請他把文字修改後，再發表。Asiatic［Asian］ Journal我平常不看，你的書評我亦沒有看見，但你不妨準備答覆。

講了半天，多是有關學術界的鬥爭的事，我相信我很乖，不會捲入什麼糾紛中去的。最近Levenson借了我一本Robert Van Gulik② 的Chinese Bell Murders（《狄公案》），文章寫得很好，跟你現在研究的題目有關，值得一看（Harper出版）。其中有兩個故事，在《醒世恆言》中有類似的plot。陳世驤認為洋人漢學家中，中文真學通的，Van Gulik算是一個。

Joyce最近健康如何，甚念。Carol想亦好，她對我文章印象如何？她如覺有興趣，我的書將來銷起來比較有把握。上海家裡想都

---

① Dobbs（指Homer H. Dubs德效騫，1892-1969），美國漢學家，1925年獲芝加哥大學博士學位，1958年再獲牛津大學博士學位，曾任教於明尼蘇達大學、馬歇爾學院、杜克大學、牛津大學等學校，著有《古代中國的一個羅馬城市》（A Roman City in Ancient China）、《一種古代中國的神秘崇拜》（An Ancient Chinese Mystery Cult）等，並翻譯了《前漢書》、《荀子》等著作。當時夏濟安對漢學界不熟，把Dubs的名字寫錯了，也常把Asian Journal寫成Asiatic Journal。

② Robert Van Gulik（高羅佩，1910-1967），荷蘭漢學家、東方學家、外交家、翻譯家、小說家。1930年進入萊頓大學學習漢學，1935年在烏德勒支大學通過博士論文答辯。畢業後進入荷蘭外交界，先後派駐世界各地，其中主要在荷蘭駐中國和日本的外事機構工作。工作之餘，熱衷於中國文化研究，並嘗試書法、篆刻、繪畫、古琴等。除了小說《大唐狄公案》（Celebrated Cases of Judge Dee）外，還著有《琴道》（The Lore of the Chinese Lute: An Essay in Ch'in Ideology）、《中國繪畫鑒賞——中國及日本以卷軸裝裱為基礎的傳統繪畫手法》（Chinese Pictorial Art as Viewed by the Connoisseur）、《中國古代房內考》（Sexual Life in Ancient China）等。

好。專此　即頌
　　近安

　　　　　　　　　　　　　　　　　　　　濟安
　　　　　　　　　　　　　　　　　　　三月二日

　　P.S. Malcolm Cowley正在U.C.講學，我的文章還沒有送給他
「指教」。

538. 夏志清致夏濟安（1962年3月12日）

濟安哥：

上次來信想已看到。三月二日信上你要我對你的文章提供些意見（one-suggestion：文章很多處用"we"，我覺得用"I"較妥，因為"I"代表個人的意見，"we"所指較vague），我一直沒寫回信，一定累你等得心焦，甚歉。我這幾天沒有工夫把"Five Martyrs"重讀一遍，待這個週末把文章細讀一遍後，再給你信。據我讀過兩遍的印象，文章保持你一貫的流暢清新的風格，實在用不着revise，"Five Martyrs"當main title很好，但可添一個subtitle，把青年們的delusions和共產黨的陰謀間的關係點明，不知你以為如何？你去Seattle讀文章，結果Franz Michael不能了解你的苦衷，可見文章要四面八方都討好是極困難的事。但你參考書籍之廣博，documentations之thorough，共黨內部鬥爭expose的徹底，當然是有目同賞的。希望你文章早日印出，各大學傳觀，使專家等讀後吃驚。

謝謝你告訴我Dubs寫信的事，我即寫信Rhoads Murphy處，request給我答覆的機會，Hackett把Dubs的信寄給我（十二日），限我十九日前把rejoinder寄到Ann Arbor，否則覆信不可能在May號上同時刊出。所以我上星期忙了三個晚上把文章趕出，字數超出了規定的500字，但文章很着實，一點一點說得很清楚，希望Hackett能把信在五月號刊出。Dubs在漢學界很有聲譽，但他對《紅樓》根本是外行，他祇看吳世昌的書，別的東西都沒有看過，他寫信的目的祇是為他同事吳君抱不平而已。吳世昌中國學問很好，考據做得也很有工夫，但他堅持後四十回是高鶚續作的，態度比俞平伯更堅決，對小說的interpretation錯誤也更多。並且他無

形中受了中共的影響，所reconstruct的《紅樓夢》真本着重social pretest，着重貴族墮落和農民前進的對比，荒謬不倫。我的書評應當是篇critical essay，指出他對小說本身的誤解而造成立論上的錯誤。但因為space不夠，我的review一大半是根據現在所找到的校本稿子來說明高鶚續書的不可能，這樣態度比較dramatic，可能引人反感。這次得了個教訓，以後不再冒充「專家」，純以critic的態度評書，比較妥當。如托評的書，實在一無可取，最好謝絕editor的request，讓別人去評，否則得罪人太多，對自己也是不利的。

今天收到MacFarquhar的信，邀我八月初去London參加中共文藝conference，並讀paper。Paper題目仍選定「婦女家庭」（我所suggest的satiric fantasy，他信上沒有提到），我對「婦女家庭」可說的話也很多，雖然分析中共最近的文藝是很silly的工作。去英國玩玩，是不可多得的機會，所以我準備去。上次給MacF信上我曾提到你的名字，據MacF說，美國conference主持人是Birch，Birch如還沒有請你，希望你能得到他的同意，也去倫敦讀一篇paper（expense是由Conference for Culture Freedom付的），這樣我們同遊倫敦，可以玩得更起緊〔勁〕。上次我托你查的《阿麗思》、《鬼土日記》，不知你有沒有找到，如你知道什麼團館有這些書仍請告訴我。倫敦大會Arthur Waley有一篇paper，MacF要我做discussant，這也是一件不大好辦的事情，Waley已退休，應當好好恭維他一陣，但他paper有不妥處，批評起來，措辭得特別當心。

同事朱文長把《文學雜誌》合訂本四大冊借去看了，看得很滿意，希望能把雜誌全套買到，不知你可否向侯健問一問，把雜誌寄給他，並開實價，不要客氣。住址：Dr. Wen-djang Chu, Chinese Language & Area Center, CL 16 17, U. of Pitt, Pittsburgh 13。Pitt大有一位德文教授，德國人，在大學時寫的論文是毛姆，並十多年來把〔與〕毛姆保持通信關係。此人以前在Yale Library做事，是

bibliophile，毛姆的作品搜集得很全，日本的譯本也集了不少，我想吳魯芹的《毛姆短篇小說集》對他一定是有用的，你寫信給侯健或劉守宜，請他們寄一本給我（with invoice）。此外你知道Maugham的作品有多少中文譯本，請告訴我，我可去香港托購。這位德文教授把毛姆的信都存在銀行保險箱，很可笑。並出過一本Maugham論文的symposium，寫信給Eliot、E.M. Forster、Duke of Windsor，他們的回信（M40622）他都珍藏在Album裡面。

　　看了 Les Liasons Dangereuses① 很滿意，電影是很忠實於原著的，可惜reviewers大多沒有讀過這本小說。Annette Vadim 相貌很像我教過的一個女學生。不多寫了，即請

　　近好

弟 志清 上
三月二十二日

---

① Les Liasons Dangereuses（應為 Les Liaisons dangereuses《危險關係》，1959），法國電影，據拉克洛（Choderlos de Laclos）同名小說改編，讓那·莫羅、傑拉·菲利普主演，Ariane Distribution 發行。

539. 夏濟安致夏志清（1962年3月21日）

志清弟：

　　長信已收到多日。你對於《五烈士》一文的意見，使我大為心安。Seattle有人以為我筆下有「親共」的嫌疑，我覺得有點「含冤莫白」。共產黨這玩意兒，文章中頂好少去碰它。「親共」「反共」是說不清楚的，我相信我總算是天下「反共」人士之一，但何不「剖明心胸」呢？我們總算是弄學問的，說起來是「學術第一」，政治僅是附帶。但學術界有的是激烈派，反共要學John Bird Society①，這真使人啼笑皆非。我作文時怕得罪左派，想不到得罪了右派，但你總算是「明眼讀者」，你贊許了，我亦就放心了。陳世驤亦很喜歡這篇文章，他認為結構方面，所下的工夫，更勝於〈瞿〉文。此亦是「知文」之談。有你們二位作支援，我是敢面向天下的左派右派的。

　　文章中小疵不少。最可笑的句子如：

　　The notorious futility of Chinese intellectuals have their cultural nervous……（p.33）

　　陳世驤沒有看出來，這裡有位editor（Mrs. Kallgren）亦沒有看出來，反而是我自己提出來的。這裡連我有三位在提毛病，請你不必再在這上面花時間。印好後，大約是相當的presentable的。

　　文章寫完後，人相當吃力，一個多月來沒有好好的做什麼工作。做research在我是不吃力的（我甚至認為是消遣）──我只是

---

① John Bird Society（約翰‧博多學會），美國極右保守派反共的民間社團，成立於1958年，為紀念1945年遭殺害的美國情報人員John Bird（約翰‧博多）而以此命名。該會成員激烈反共，甚至認為艾森豪總統與杜勒斯國務卿有助長共產黨的陰謀。

有點懶，怕走動，頂好是材料都放在身邊。如去 Hoover Library，我亦有點怕。最吃力的是寫文章，非但造句吃力，連佈局我都想一氣呵成，因此文章在起草時，改了很多次，稍有不順，即改之。等到改好，打好，有點怕再讀它，頂好忘了它。再讀一遍，即引起感情的起伏，人覺得很緊張，讀完後又覺得很疲倦。做個職業作家，實在是件苦事。

現在為了 Language Project，想寫一篇中共「文言」的復活。最近數月來《人民日報》上，所發表的舊詩，似比新詩更多。討論舊詩與古文的文章，亦有很多。這篇文章，寫起來亦許可比《五烈士》省力。希望在暑假前趕完。

暑假中，將去研究「蔣光慈」，蔣光慈後，只等再寫一篇較長的 introduction，就預備賣稿出書了。

此書如告成，我想去研究五四時代的人物——胡適這一輩人的。再以後，則是辛亥時代的人物，孫中山之流。三本書如寫成，則洋人對於中國近代人物，可以有更多更深之認識。最後，我想寫部很長的歷史書：《中日戰爭史（1937-1945）》之類。這些書是否能寫完，還得看各種機緣的湊合，如我若在臺灣，則什麼書都寫不成的。

程靖宇約稿，我居然已寫好寄去了。我先想討論電影，後來發現寫有關電影的文字，亦得做 research，但這方面的材料，找起來亦很吃力。最近看了 *Two Women*，覺得很好。De Sica 者（還有他的老搭檔：Z 什麼人的編劇），是電影界的杜甫，其描寫人民因戰爭而受的痛苦，境界可比杜甫的「路衢唯見哭，城市不聞歌」之類。但關於 De Sica 的材料，我只見過 *New Yorker* 上一篇 profile，現在連該期 *New Yorker* 都找不着了，怕寫來太空虛，不敢下筆。現在寄去的稿件是《讀〈獨立評論〉》（之一）。總題是《海外搜書記》，我反正預備要大看過去國內的雜誌，從《新青年》到《宇宙風》，看後有心得，隨手記下，對我不算是吃力的工作，對於程靖宇，則很受用

了。但我很怕程靖宇肉麻的捧場，因此化名「孫學權」，此人算是一個年青人，是香港崇基書院的畢業生。這麼一來，他總不會把我拖出來，亂捧一陣了。你把英文稿寄去，未始不是一法，但我真懷疑，香港有人能翻譯我們的英文文章。翻出來非驢非馬，你恐怕要啼笑皆非的。頂好譯稿先讓你或我（如你無時間）過目後再發表。

《獨立評論》是胡適等在1.28滬戰後在北平辦的刊物，辦到盧溝橋事變後結束。我沒有工夫，只看了一百期（兩年），胡亂寫了些感想寄去。還有三年多的雜誌，以後邊看邊寫吧。當時那些學者的意見，並不甚高明。據當時的實際情形，輿論是在左派操縱之下──那時左派的口號是抗日。胡適等人，是已和青年脫節的了。

你要寫有關《水滸》與「近代幻想小說」的兩文，很好。像你這樣productive，令人羨慕。關於「近代幻想小說」的資料，《阿麗思中國遊記》曾在《新月》連載，Birch提起後，我亦想起來了。《鬼土日記》不知曾在哪裡連載否？《新月》你有辦法借到否？如無，我可以借來寄上。

我對於寫文章實在有點怕。其實要在美國學術界出頭，短文章──三、四頁的書評，七、八頁的報告──亦得寫。馬逢華在這種地方，向不後人。今年Boston的大會，他要去的，我則懶得走動了──且懶得與人敷衍。其實中共四中全［會］（1931）以後「羅章龍右派活動」，有關材料我還搜集了不少，「左派」之滅亡亦很可惜的（這話就大有「親共」嫌疑），我要寫篇十頁左右的文章，並不難，但亦懶得動它了。MacFarquhar那裡，我還欠了一篇有關「左聯」的文章，今年恐還無法繳卷。今年十一月Philological Society Western Branch要在Berkeley開會，陳世驤（他是負責人之一）已約我報告一篇。我報告什麼，尚未定；可能是有關《魯迅與目蓮戲》的東西。本星期週末American Oriental Society（Western Branch）在Stanford開會，我可能去，去後大致很無聊。美國的學

者以無聊為樂事，互相傾聽一些太高深專門的文章，真是怪事。你約我去 Indiana 報告，我亦並不很起勁。

McGill［MaGill］有信來，他要編一部「小說人物介紹」的百科全書，約我介紹十五部小說中的人物。我尚未去信答應。不知你亦曾收到同樣的信否？我有更重要的事做，這個工作想不接受了。此間有高材生 Hunter Golay②，中文很好，我想介紹他去做。

《五烈士》題目已改成 "Enigma of the Five Martyrs"，意義較明顯。文章不需多大改動，即可付印。現在還缺一篇〈序〉，約一、二頁，我起了幾個稿，自己看看都不滿意，還沒有定，該怎麼寫。〈序〉裡的話，該是表明我自己的立場，且要防備從左派右派來的批評——這是不容易說的。但想通了一揮而就，很快就可完，文章就可付印了。

中國現代創作文藝（詩與小說）之失敗，即一般讀書人所感覺到的大問題，文藝創作家不能好好地表達出來。《獨立評論》中討論過很多問題，如農村家庭傾家培植子弟升學讀書，讀書畢業後失業，知識分子削尖頭鑽營想做官等等，似皆為小說的絕妙題材，但小說家很少寫這種題材者。臺灣似亦有此種現象。《自由中國》等論文中所討論的問題，在小說中即很少有表現。小說家有他們一套習慣的東西來寫。這一點如好好發揮，可以做你的書的註腳。即如我《五烈士》一文中說：大家講革命，而偏不喜歡寫革命也。如把五四以來，所討論過的中國各種問題：新舊文化問題、農村問題、青年出路問題、戀愛問題、政治貪污問題等等，再拿這種問題在小說中所表現得比較着來看，可見政論家中不乏有頭腦清晰、見理深刻之人；但小說家（詩人尤劣）自命擅長文藝，實皆頭腦糊塗之人也。中國文藝創作和時代脫節，在這一點上表現得最明顯了。好的

---

② Hunter Golay，不詳。

小說家，應該看得比一般讀書人更深更遠，但在近代中國，文藝作家所見實尚不如一般讀書人也。新詩與新小說，不能消化一般的人生觀與社會觀——這是我們對於新文藝失敗的最適當的批評。文藝作家腦筋貧弱，所以很容易被共產黨「牽了鼻子走」。

梁啟超與胡適，被人當作典型的思想來看，容易受 over simplification 之害。其實胡適亦說過很多高明的話。我在給程靖宇所寫的稿子中，提出至少兩點：（一）他有感於辛亥以後，「社會重心」的喪失，而且以後再也不能建立起來；（二）他亦反對北宋末、明末、清末與中國九一八以後士大夫的那種瞎起勁，專說不負責任的激烈話，外行談論軍事等。這兩點，都是很深刻的對社會的批評，但小說家中似乎從沒有人提出這種問題來。「小說」應為「社會批評」，但中國在這方面是大失敗的。我在給程靖宇的稿子中，沒有提起寫小說之事。現在想想，愈覺其重要，故在信中補敘。Modern Chinese Fiction 的 Social Criticism，似尚可大加發揮也。

美國又發表對蔣的白皮書，臺灣方面，似更將悻悻然了。中共是一塌糊塗，它的「人民代表大會」，兩年開不出來，足見其步伐之亂。在人道主義的立場，我是主張美國賣（或送）糧食給中共的。很多人在研究老毛與 K 的分裂問題，我看誰都是在瞎猜，真相是沒人知道的。老毛虐民如此，將何以了其局。上海情形，甚在念中。玉瑛妹懷孕，負擔將更重了，實是不幸。

Carol 和 Joyce 想都好，念念。Kennedy 本星期五要來 U.C. 演講，我是不預備去聽。此間天氣甚惡劣，陰雨不定，如星期五如下雨，聽 Kennedy 的人將大掃興。

別的再談，專頌

近安

濟安

三月二十一日

540. 夏志清致夏濟安（1962年3月30日）

濟安哥：

　　昨天收到父親一封信，內附李鈺英小姐小照，今天又收到父母一同出面的信，讀信後使我很興奮，父母的意思是要我把他們信上的話轉達，但我覺得你自己應把這兩封信細讀一番，再作定奪。同時你最好和世驤夫婦等好友商量一下，不要把這事悶在肚子裡，自作決定。有興趣，不妨進城算個命，也無不可。我是贊成你接受李鈺英的好意的，你生活上傳奇式的adventures不多，這次如真有月下老人牽線，遠隔重洋，玉成好事，也是你生活上一個大奇跡了。母親萬里之外肯代出主意為你作伐，可見愛子之情深，而鈺英她自己有主意肯把終身遠託於你，更是中國現代女子中少有的人物。她想逃出大陸，可能是答應和你結婚原因之一，但她有決斷有志氣爭取自由，也是值得我們欽佩的。何況她的情感是在十多年前兆豐別墅培植的，她年紀輕輕即有慧眼識英雄的能力，是和在美一般中國女子專求security，專求物質享受不可作同日而語的。你和她的這段故事，本質上和紅拂女、李藥師的romance相仿。你有李靖之才，她有紅拂識才的能力和自薦的勇敢。而她要逃出苦坑，正和紅拂不甘於做楊素的侍女的情形一樣。將來你的文名更大，這段故事，必為世人所樂於稱道的。

　　看照片上的相貌，鈺英有「湖南型」熱情的含蓄，和你以前所喜歡的女子有相似處，而不是臉部平坦膚色白淨的你所憎惡的那一型。和在留美一般小姐比來，她的相貌可算得是上等。不知你在滬時同她拍照事有沒有印象，你一向對於young girls有好感，和她我想你一定很有pleasant的回憶的。你一向愛好未成年的少女，但

目前有做 Lewis Carroll 式 bachelor-don 的危險，現在有一位已成年的 Alice 向你求婚，豈非美事？你可能覺得把此事辦好麻煩太多，但你目前經濟情形很好（我也可以幫忙），把她救出中共，似乎並不太困難。到香港後，apply 來美國讀書，是很簡單的事。鈺英雙親已故世，一無所依，你情場一直失利，有一個少女鍾情於你，兩方面的 gratitude 正是愛情的基礎，所謂「恩愛」是也。王適等努力追求，花了不少工夫，即使將來追求成功了，情形仍很勉強，婚後不一定太快樂。你很欣賞 *Flower Drum Song* 中的千里尋夫的廣東鄉女，鈺英相貌比日本醜女好了千倍，而其 romantic appeal 則較電影中的鄉下姑娘更有 factual basis 也。

我很同情你最近安於學者生活，不妄動的苦心。因為從事王適式的追求，徒勞民傷財，自討苦吃，是「犯勿着」的。但鈺英的情形不同，請你不要因為覺得目前自由自在的生活很舒服而辜負她的一段好心。

結婚當然是一種束縛，但情感生活太平坦的自由（正如我在討論 Taoist 仙人那篇文章上所說的 the futility of barren freedom）也並不是人生最可取的理想。我希望你能聽 Henry James 的勸告，肯接受人生的 challenge，而 live joyously。結了婚，生了孩子，聽了天命，在家庭生活中得到人生應有的情感支撐，這可能是儒家修身治家的大道理。

我希望為了你自己的快樂接受鈺英的 proposal，不使父母失望，不使鈺英傷心還是小事。你一直被父母的奮鬥精神所震驚，但他們的 will power 不是不能產生效果的，玉瑛妹的能調回上海工作即是一例，我希望母親的 prayer 在你和鈺英這段姻緣上產生同樣的動力。這次信上講正經，你上一封信停幾日再答覆，希望月內能聽到你的答覆。

希望你有Carlyle式的勇氣，給生命肯定一個everlasting yea。

預祝　你未來的快樂！

弟 志清 上

三月20日

541. 夏濟安致夏志清（1962年4月4日）

志清弟：

來信很是disturbing，很難答覆，因此隔了兩天才寫回信，想你已是久等了。

父親勸我慎重考慮，那是對的。他似乎沒有你那樣的romantic。上海到美國來不是容易的事情，即使我已取得permanent residence，「配偶」是否能入境，還是問題。何況我現在尚非permanent residence，對方亦不是「配偶」。permanent residence的未婚妻是否容易入境，我不知道——但我相信你亦不會贊成我貿貿然「通信訂婚」的。

對方的動機可能完全純潔，但有一點不能不防——這就顯出我的pettiness，這種態度可能引起「杜十娘怒擲百寶箱」的——就是假如她奉有共產黨的使命怎麼辦（注意父親第二封信中所說：對於她的內在的尚不能了解）？這種事情過去發生過很多。胡宗南（他已在臺北逝世）曾經受過共方女間諜的誘惑的。

我的重要性當然遠不如當年的胡宗南。不過一個女孩子受過十多年共產黨的教育，和我談話一時之間很難投機。要建立共同的興趣，還得要一些時候的栽培。

你所說關於李靖紅拂種種，我希望是事實。不過我的才華亦許勝過胡宗南，但是遠遠不如李靖的。

當年的李鈺英，我是一點印象都沒有。我對於未成年的女孩子其實並無興趣，只有在北平那一陣子，以後在上海、香港、臺北、美國（或在去年以前），我對於未成年的女孩子是毫無興趣的。Brigitte Bardot或者有點像，但是電影明星中，我的偶像還有Grace Kelly等等。

我想結婚之前，男女間建立intimacy的關係是很重要的。對於

李鈺英，我並不相信她真會對我發生興趣——那是太不可能了。另外兩點動機倒是可能性較大：一、她想投奔自由（我們去上海的信中當然不好說的），離開共區；二、她無依無靠，而年近三十，想擇人而事。我有個不切實際而且可以說是romantic的建議——這個母親大約是不贊成的，因為她老人家總是反對花冤枉錢的——我的建議是：為了她對母親的「自薦」，為了她是玉瑛妹的同學，為了她想投奔自由，我亦該幫她忙。我不預備和她通信，但是她如自己有辦法逃到香港，從香港到美國的旅費我預備幫忙。來美國的護照，亦許得借用難民法案，這個亦許相當麻煩，但或者有法可想。來到美國，她可以進學校念書，什麼小大學都可以。我們認識了，如雙方認為合適，亦許就結婚。美國eligible的bachelors很多，她亦許和別人談戀愛成功而結婚，那麼我亦算做了一件好事。所欠的旅費等，以後再歸還亦可。

這個辦法still depends on so many ifs。她要去香港恐怕就非常之難。退一步想：假如我們通信訂婚——這是很可笑的——她或許仍舊請不到「路條」，仍舊得留在大陸，而我可算是莫名其妙地訂了婚了。

我在臺大有一個同事，憑朋友介紹，和香港一個小姐通信訂婚。訂婚之後，去臺灣的入境證怎麼亦領不出來，小姐就擱在香港好幾年，那位朋友在臺大的職位丟不開，這件事恐怕就此「吹」了。（《花鼓歌》的「梅木三好」Umeki Myoshi是偷渡來美的。）

我為什麼不願意和李鈺英通信呢？因為在大陸這種嚴密的管制之下，任何人說話沒有自由，而我最想和她討論的，是中共政權問題。我當然相信她真想投奔自由，這點如能相信得過，通信從她到香港之後再開始亦可。

中國女孩子不善文的，亦許為人很好；善文的「才女」，可能

只看過些新文藝惡劣小說，提起筆來，滿紙濫調，反而掩飾了本心的善良，所以通信很難看出一個女孩子的性格。至於我自己，憑我現在的job以及我的興趣，我當然很想討論共產黨，但這種話信裡現在是不好說的。（頂要緊的是把父親母親接到香港。）

這封信態度很冷淡，我覺得很抱歉。我現在的做人，真有些你所說的futility of barren freedom；but I am shrewd enough to guard that freedom。我的性格，不是ardent的一種，近來更是玩世不恭。如說有什麼心理變態，還是narcissism是比較相近的。過去我所追求的女子，假如有誰想跟我來「覆水重收」，那倒真會成為我的moral crisis，因為我將拒絕她們。我的ego已經hurt，我是要求報復的。這一點上我將表現得氣量非常之小，近乎瘋狂。但現在我並沒有這種crisis——上帝保佑我——對於女子，一般而論，我並無憎厭心理，但我亦很難再去追什麼人。將來如結婚，亦許跟美國女子結婚的可能較大。因為我的ambition是想寫作成名，娶了美國太太（假如是文才較好的），亦許有助於我的事業。但是beatnik式的「美國才女」，我是不敢領教的。

玉瑛妹流產，聞之甚為繫念。父母親抱孫子的心，又受了一重打擊。我們夏氏這一支，不知道怎麼的，人丁很不興旺。我們在光福的祠堂，我去過一次，好像是明朝建立的，那時我們的祖宗是兵部尚書（相當於美國現在的McNamarn[1]）。不知怎麼傳到民國，只有我們這一支去祭祖掃墓了。那些別的支呢？

---

[1] McNamarn（應為Robert McNamara，羅伯特·麥克納馬拉，1916-2009），1961-1968年任美國國防部部長。

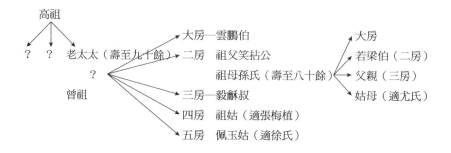

照人口繁衍公例，明朝到民國，三百多年，人丁應該很興旺，就是說我們的祖父應該有許多堂兄弟，我們的曾祖父亦該有許多堂兄弟，甚至親兄弟。難道我們的高祖、曾祖都是單傳的嗎？我們的祖父亦許有個堂姊妹（我們的堂祖姑）嫁給天官坊陸家，從這方面我們聯上了陸耆（Chih）雙、衛聽濤等；若梁伯由這個關係開典當，父親亦由這個關係進的交通銀行。很奇怪的，那些別支不知哪裡去了。可能他們不住在蘇州。我那次去上墳，有個風水先生同去，他似乎亦說我們這塊墳地不主人丁興旺的。

英國暑假開會，我暫時不想去，謝謝你推薦的好意。何以故？去了人家亦不會佩服的。想當年梁實秋、崔書琴等曾建議請一批學者回臺灣去觀光（後來沒有辦成），你那時亦並不起勁。我現在態度亦與你那時相仿——這倒不是由於氣量狹小，實在是自己知趣識相。這種開會，將來仍舊會不斷地舉行，等到我的名氣稍大，自然有人家來請。這點我倒很有自信。你今年建議我去，反而使得Birch為難，因為我們的私交不差。U.C.方面他自己去，又請了世驤去，兩個人已經盡夠了。世驤大約去講有關詩歌的問題。

李鈺英的事，我看成功的可能很小，所以請你不要覺得失望。我一個人並不覺得寂寞，家裡沒有radio，沒有TV，沒有唱機，亦過得很好。程靖宇那一卷京戲，已經轉錄了兩卷，預備自己留一卷，送給世驤一卷（他有錄音機），他的原卷，現存世驤處，要回

來了，再寄上。我本來想買錄音機，決定還是不買了。

李小姐照片並父親來信都寄上。另附給父母親的信，請轉寄。Carol與Joyce想必都好，專此　敬頌

近安

濟安

四月四日

542. 夏濟安致夏志清（1962年4月20日）

志清弟：

自從在Hoover Dam寄了一張明信片以後，尚未寫過信給你們。Las Vegas回來了已好幾天，此遊十分愉快，Las Vegas實在是美國最好玩的地方，我很想再去。

我們只有星期五、星期六兩個晚上，時間實在太局促，可是要玩的地方太多。星期五我還在Berkeley辦公，坐jet到Las Vegas已八點多。當天晚上在Stardust旅館旅館的Aku-Aku Room吃晚飯，飯是廣東、日本與檀香山口味的混雜（so-called Polynesian Food），很好吃，約五元一客；同樣的在Trader Vic①（從未去過）約需十元一客。

晚飯後去New Frontier（與Kennedy無干）看Minsky's Follies，這個show我在Reno已看過一次。此show是midnight show，看完已近兩點（上午），但是旅行社（package deal）已在對門的Desert Inn又定了一個show，我很懷疑我的精神能支持下去，不料看得大為滿意，一點不覺得困倦。那邊的show分三節：一是美女團體歌舞，平平；二是Kim Sisters②，三個韓國女孩子大唱大鬧（大約Judy Garland亦復如此），雖不美，但因她們過份賣力，亦很提神；三是

---

① Trader Vic's，是一家高檔連鎖餐廳飲店，1940年由Victor Jules Bergeron（維克多‧柏格森）創立，以波利尼西亞餐飲著稱，發明邁泰（Mai Tai）酒，遍布美國及世界各地。位於紐約廣場酒店（Plaza Hotel）底樓之分店，1989年被唐納‧川普關閉。目前美國僅存加州Emeryvilll老店，及喬治亞州亞特蘭市分店。全球各大城仍有分店，包括坐落在臺北松山區的商人偉克自助餐廳。

② Kim Sisters指Sue (Sook-ja)、Aija (Ai-ja)、Mia (Minja) Kim三人團體。

Sid Caesar ③ 獨腳戲，想不到此公如此賣力，滑稽突梯，即使看 Marx Bros. 的電影亦沒有使我如此大笑也（最近看了一張 *Go West* ④）。他的表演分四節：先是學法國人、英國人、義大利人、俄國人四種男人求婚方式，彎舌頭亂說一起，但腔調與姿態都很像。二、男人起床姿態與女人起床姿態（pantomime）；三、彎舌頭歐洲學者答覆美國記者（Jim Dooley ⑤ 飾）訪問；四、Tschaikovsky "*1870 Overture*" 中的打鼓手的表情，唱片配音；音樂中敲銅鼓時，此人即大起勁；沒有銅鼓時，此人即無聊萬分。那天晚上四時睡。

第二天我約八九點鐘起來，一個人坐公共汽車到 downtown，賭輸了兩元錢。回到旅館，他們都已起來，rent a car 去 Hoover Dam。Hoover Dam 實在像埃及的古廟，只是沒有偶像而已。

我十分喜歡 Las Vegas 的天氣（你來了可能會覺得乾燥），乾爽之至，使人神清氣爽，不睡覺亦不覺得睏，天亦許熱，但 jacket 穿上亦許不出汗（晚上很涼爽，此沙漠氣候之特點也）。Hoover Dam 在 Boulder city 附近，該城一片青蔥，綠得可愛，不去沙漠不知 oasis 的可愛也。

我們的旅館有 1,300 個房間，可是是 motel 式，只有兩層，可算是一個很大的 motel 了。旅館前面是個巨大無比的 hall，內有很大的賭場，cocktail lounge，幾個餐廳，購貨部（gift shop，男裝，女裝）。星期六晚上，我們看 dinner show。Dinner 連 show，價約從八元到十元不止，我點的是 Filet Mignon，$9.00（New York Steak，

---

③ Sid Caesar（席德‧西澤，1922-2014），美國喜劇演員，曾主持多種電視節目，如 *Your Show of Shows*、*Caesar's Hour* 等。

④ *Go West*（全名 *The Marx Brothers Go West*，《新西遊記》，1940），愛德華‧拜茲維導演，馬克思兄弟主演，米高梅發行。

⑤ Jim Dooley，不詳。

$8.00，魚蝦約$7.50，當然還有稅）。我們都是Package Deal包掉的。Show是"Lido de Paris"，其精彩實超過我的想像。美女的確如雲，如何美法，因我坐得太遠看不清楚，但她們動作之整齊，姿態之優美，亦為生平所僅見。難得者，為老闆之不惜工本，機關佈景服裝，在在不惜工本，使人嘆服。例如有一幕，只有五分鐘，專門賣弄stage effects，沒有演員。演的是山洪暴發，村莊淹沒，雷聲隆隆，電杆觸電着火，滿臺大水。有個魔術師，手法亦漂亮之至。主要當然是美女歌舞，其規模我想當年齊格菲亦不如。幕啟之前，餐廳中天花板上先掛下來四個裸體美女，這想是巴黎作風。據去過紐約Latin Quarter的人說，紐約是遠不及Las Vegas的。

Stardust旅館在Las Vegas鎮外經過沙漠的一條公路上，人稱strip，strip上有十幾漂亮華貴的大旅館（房價不貴，double room約$12；他們主要是靠賭賺錢的），每家都有show。據說最豪華者即Lido de Paris，可以與之頡頏者為Tropicana的Folies Bergères，亦是巴黎來的；但是我們看了Lido de Paris，已經十分滿足，稍為賭了一下，沒有精神去看第二個show了。（那種show訂座亦很難。）

Las Vegas賭客派頭比Reno賭客來得大，我是什麼都不敢來。在Reno，賭輪盤、Blackjack、slot machine，各輸幾元，結果輸了約廿元。在Las Vegas，我只玩slot machine一種。星期天上午，在5¢機器上賭出了一個jackpot來，約五元餘，最後當然仍還給機器。統扯約輸了五元。

我最喜歡的還是Las Vegas的明朗的天氣。可惜我們這次玩的時間太局促，弄得睡眠不足。否則在Las Vegas實大可relax，因為它除了賭和show之外，沒有其他distractions（當然還有游泳——碧綠的水、golf等）；像我這樣小賭而只看show的人，休息的時間應該很充裕的，不像在紐約那樣的緊張。以後如能去玩一個星期，就很relaxed了。

　　Carol去過Las Vegas沒有？你們聽了想必很神往。Easter快到了，今天看見一支筆很特別，買來送給Joyce，恭祝你們
Happy Easter!

濟安

四月廿日

夏志清夏濟安書信集：卷四（1959-1962）

2019年5月初版　　　　　　　　　　　定價：新臺幣750元
有著作權・翻印必究
Printed in Taiwan.

主　　　編	王	洞
編　　　注	季	進
叢書主編	陳逸華	
校　　　對	吳美滿	
封面設計	沈佳德	
編輯主任	陳逸華	

出　版　者	聯經出版事業股份有限公司		總編輯	胡金倫	
地　　　址	新北市汐止區大同路一段369號1樓		總經理	陳芝宇	
編輯部地址	新北市汐止區大同路一段369號1樓		社　長	羅國俊	
叢書編輯電話	(0 2) 8 6 9 2 5 5 8 8 轉 5 3 0 5		發行人	林載爵	
台北聯經書房	台 北 市 新 生 南 路 三 段 9 4 號				
電　　　話	(0 2) 2 3 6 2 0 3 0 8				
台中分公司	台 中 市 北 區 崇 德 路 一 段 1 9 8 號				
暨門市電話	(0 4) 2 2 3 1 2 0 2 3				
台中電子信箱	e - m a i l：l i n k i n g 2 @ m s 4 2 . h i n e t . n e t				
郵政劃撥帳戶第 0 1 0 0 5 5 9 - 3 號					
郵撥電話	(0 2) 2 3 6 2 0 3 0 8				
印　刷　者	世 和 印 製 企 業 有 限 公 司				
總　經　銷	聯 合 發 行 股 份 有 限 公 司				
發　行　所	新北市新店區寶橋路235巷6弄6號2樓				
電　　　話	(0 2) 2 9 1 7 8 0 2 2				

行政院新聞局出版事業登記證局版臺業字第0130號

本書如有缺頁，破損，倒裝請寄回台北聯經書房更換。　　ISBN　978-957-08-5299-8 (精裝)
電子信箱：linking@udngroup.com

國家圖書館出版品預行編目資料

夏志清夏濟安書信集：卷四（1959-1962）
/王洞主編．季進編注．初版．臺北市．聯經．2019年
5月（民108年）．624面．14.8×21公分

ISBN　978-957-08-5299-8（精裝）

856.286　　　　　　　　　　　　　　108004755